瞿兑之日记

中國近現代日記叢刊

唐雪康 輯録

上海人民出版社

瞿兑之先生與父瞿鴻禨、母傅幼琼、侄瞿同祖合影

瞿兌之先生 1919 年復旦大學畢業照

道志居

瞿

瞿末那底

瞿卿

守塵閣

湘西瞿氏

宣穎長壽

瞿兌之日記中瞿先生用印

宣統三年歲辛亥正月

十五日　陰雨竟日日前王壬丈有贈余七律一首因疊韻奉

荅錄如下　宣穎得見湘綺太年伯之明日即承寵賜詩藉慰

其問學蹤迹送歲荷之私上詩一首自慚世用乏經徒迫時相

罰恕狂名章藻思新得見蔡邕逢倒屣主奬余文甚至許爲作

譽喜狂雲屢拂牀塵尊前拍泡長年酒戶敘梅返綠勝人高海

耳宣吟沉數散忘努力負青春解嘗借分湓霜愛卷之句藻莫

送去今夕家宴甚懽畫醉而麗仍閣杜集數章而臥　後明日

十六日　晴閱通鑑二卷壽玉臺新詠序優面贈材瑜渠明日

特歸寧與之定諸壽課程一紙

　七時半　十時半起十二時　二時半至四時至

　至九時　十一時半至一時　三時半至五時

日　詩經　道鑑論文　說文　書法

辛亥歲第二冊

八月

初一日　晴自五日課一紙錄于左

剛日　第一　誦毛詩　第二　讀漢書一卷　第三　校義

山詩集　第四　看三禮經典　第五　臨書譜　第六　誦

文選

柔日　第一　誦毛詩　第二　點通鑑一卷　第三　校義

山詩集　第四　習大字　第五　寫說文一葉　第六　看

經典

今日長兒三十初度有客在座未能行課惟王鼐集十餘首

看畫裏悅有趙文敏竹林七賢圖室子妙品看劉夢浮詩後業

許

初二日　　晴又復糊起誦詩溪奧至顧人一卷看漢書常惠傳

辛亥歲日記第二冊（長沙市圖書館藏）

七月八月

十五日廿七日

晴曉後微雨閲吉金文鈐論類二本影寫鄭文公碑

一紙畫水墨畫十條紙臨不怡心又拓前畫之牡丹

茶花補完擬合裝二紙贈日本松崎鶴雄并云

書以騰之書云

不揺清秘海論句月春言欷噓長田無笖僕臥病

筆於漳濱悲秋同於宋玉覓藥蘇醫斯慈疾

聊因讀素微遺宿陰念弟尊重許作書奉贈今

壬子日記散葉（長沙市圖書館藏）

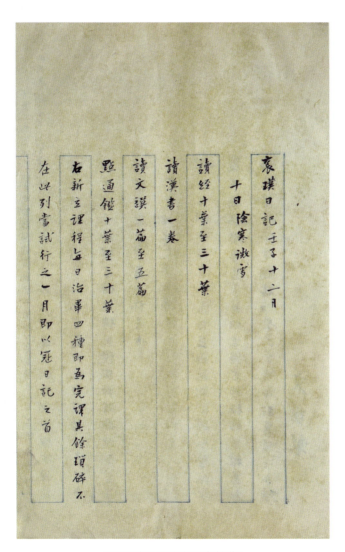

袁玘日記壬子十二月

十日陰寒讀書

讀經十葉至三十葉

讀漢書一卷

讀文選一篇至五篇

點通鑑十葉至三十葉

右新立課程每日治畢四種即為完課其餘瑣碎不

在此列當試行之一月即以冠日記之首

還湘日記（長沙市圖書館藏）

瞿兌之先生日記簿（復旦大學中華古籍保護研究院藏）

溫度	氣候　雨	提要

晨七時三刻去校與大作先壁回行迨家適內在臙八粥

三峰至正今配克劇場觀音樂學校游祇會有音樂演祝祖及亞

翰青年會音樂會唱歌

晚七時半返校

附記○金每年置日記一冊為之雜梅日記載實為媳怓全家方戒

本年實做內必須了結之事一任博士二俗書二花田雜件之小說

三膽廣轍十編

提要

（學修）祖看歷史　在家閱英文小說半篇　譯羅馬史編一兩

（治事）買洋油五利元　王壽農來談　三兄來電云〇東信到來

（通信）雲片與伍少臣　李立齋

一月一日（丙辰年十二月初八日癸卯）　月曜日　（即星期一）　學校日記

1917 年日記（復旦大學中華古籍保護研究院藏）

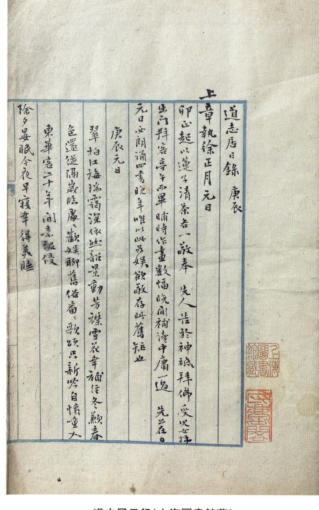

道志居日錄　庚辰

上章執徐正月元日

卯正起以蓮子清茶杏一敬奉　先人告於神祇拜佛受器拜

出門拜客亭午而畢晡時作畫數幅前補讀中庸一過　先茔在〇

元日必朗誦四書晚年唯以此娛親敬存此舊矩也

庚辰元日

翠柏紅梅瑞霭深依然諧景動芳禩雪花幸補住冬顏春

色遷迤偶歲時屬、歡娛聊倍蓰、歌頌只新吟目懷童大

東華居二十年間素辦侵

除夕晏眠今夜早寝幸得美睡

道志居日録（上海圖書館藏）

九月朔日記

人事不測若將所欲言者略舉如下

负疚之身百端悔吝實無可言者世界虛空亦不必留恋人

生邁有此百亦非皇上不宜悲傷

余本無意於名利二字畢生一事無成亦不足追悔死後一

切付之冥漠而已學表愈尚章愈妙

生平文字儘可拉雜堆燒不必留存自間心實無可存批

惟先世手澤沒沒尔等能知葆慎字而已

尔等除必各尋生路將來婦宿不可知惟望精神上仍團

結補余跃洧

乙酉十二月手編補
書堂诗録略存平生
身世排寫對本寫存
圖書饵

道志居日録(上海圖書館藏)

蘇常日記

瞿元霖撰

八月初六日曉出東便門赴通州東關登舟旋詣夏階平吏部坐糧使廨先晤其猶

子果泉暨曾漢庭階平出見殷殷止宿薄暮柳雲艙易少塢塢珊乃郎長蘆大使偕至飯畢繼

談階平言其整頓積弊甚悉聞雞聲始就寢。

初七日晨起見廳事嵌石刻記葺廨始末為吾鄉謝薌泉先生振定遺蹟嘉慶間所

稍燒車御史者也。午刻漢庭果泉偕至舟中少坐去後以舟人責孥轉不能解維。

悶甚憶去年此時從蔣霞舫少京兆郡試襄校寓此彌月曾借閩州志今殊黌然惟

水道經考證頗詳因檢草稿附錄於此。按通州卽漢潞縣北齊為潞郡金始有今

名元明因之洪武初建城景泰間增築西新城置倉為受糧之所潞水源出塞外丹

花嶺匯九泉水南流至密雲縣石塘嶺白河自西來源出宣化舟

此名又歷懷柔東紅螺山水入之至順義靈蹟山川河入之源滴水崖合為故又稱白河一名九度河源出至昌平州黃花鎮

瞿元霖《蘇常日記》

使豫使閩日記序

先文愼公於光緒元年乙亥以大考一等由編修升侍講學士旋典河南試自奉使

至還朝逐日記程爲一卷次年督學河南再由京入豫所記拊焉今謹合題爲使豫

日記至光緒十七年辛卯典福建試試事未竣復奉督學四川之命是年五月由京

循驛道入閩過揚州與先伯父相見九月自閩浮海至滬乘兵輪泝江至武昌先是

先母於八月中旬由京回湘省視外祖母後至鄂相會買舟入峽抵成都已將歲莫

矣起自奉命使閩訖於入蜀日記較前加詳謹題爲使閩日記玆合使豫使閩兩記

爲一册校錄付印今年癸酉距使豫時將六十年矣民國二十二年夏日孤子宣穎

謹識

瞿鴻禨《使豫使閩日記》

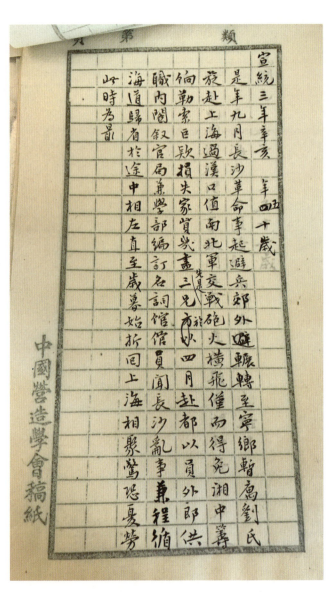

瞿兌之《傅幼瓊編年事略》（上海博古齋拍賣本）

目　録

整理説明 …………………………………………………… （ 1 ）

宣統三年(1911)辛亥 ………………………………………… （ 1 ）

民國元年(1912)壬子 ………………………………………… （ 44 ）

民國二年(1913)癸丑 ………………………………………… （ 57 ）

民國三年(1914)甲寅 ………………………………………… （ 77 ）

民國五年(1916)丙辰 ………………………………………… （ 109 ）

民國六年(1917)丁巳 ………………………………………… （ 118 ）

民國九年(1920)庚申 ………………………………………… （ 143 ）

民國十年(1921)辛酉 ………………………………………… （ 164 ）

民國十八年(1929)己巳 ……………………………………… （ 166 ）

民國二十八年(1939)己卯 …………………………………… （ 168 ）

民國二十九年(1940)庚辰 …………………………………… （ 193 ）

民國三十三年(1944)甲申 …………………………………… （ 260 ）

民國三十四年(1945)乙酉 …………………………………… （ 281 ）

民國三十五年(1946)丙戌 …………………………………… （ 342 ）

附録一　蘇常日記　　瞿元霖　撰 …………………………（343）

附録二　使豫使閩日記　　瞿鴻禨　撰 ……………………（450）

附録三　傅幼瓊編年事略　　瞿兑之　撰 …………………（498）

人名索引 …………………………………………………………（506）

整理説明

瞿宣穎(1894—1973)，字鋭之，後改字兑之，抗戰中易名益鍇，晚號蜕園。湖南善化(今長沙)人。出身名門，是晚清重臣瞿鴻機之子。生於成都。幼時曾隨父任，輾轉長沙、江陰、北京等地。1906 年，考取京師譯學館，初學英文、算學。1907 年，父遭開缺回籍，自此定居長沙。早年讀書，受家學濡染甚深。居湘後，又從王闓運、尹金陽、王先謙、曾廣鈞等湖湘耆宿學習詩文書畫。辛亥鼎革後，全家避居上海。曾先後就讀於聖約翰大學、復旦大學，接受新式教育。1920 年，赴京求職。初任職交通部，後任國務院秘書、代理國務院秘書長、司法部秘書、京兆尹公署秘書長、財政部總務廳廳長、外交委員會秘書、印鑄局局長等職。北伐後，充任大學講席。1928 年，任燕京大學歷史系講師。1929 年，兼任南開大學史學系教授。1930 年，復任清華大學歷史學系、國立北平師範大學史學系講師。1931 年，任財政部鹽務稽核總所總務科文牘股助理員。1932 年，任河北省政府秘書長。1933 年，任河北省通志館館長、河北省普通考試典試委員會秘書長。同年，辭任回北平，編校《蘇常日記》《使豫使閩日記》等先人著作。1935 年，赴廣州學海書院講學，任書院學長。1936 年回北平，任冀察政務委員會法制委員會委員。1938 年起，在僞中華民國臨時政府任職，曾任"中華民國臨時政府行政委員會”秘書長、“國民政府華北政務委員會”秘書廳廳長、代理“北京大學”總監督、“國立華北編譯館”館長等偽職。抗戰勝利後，流寓上海，筆耕爲生，受聘爲中華書局上海編輯所特約編輯。1968 年，因涉及對江青之不利言論，以“反革命罪”獲刑十年，在上海市提籃橋監獄服刑。1973 年 8 月 28 日，瘐死獄中。1983 年，經上海市高級人民法院再審，宣告無罪，對其訴謂“反革命罪”予以徹底平反。①

　　瞿兑之先生中西兼學，新舊雜糅，工書畫，善舊體詩文。其友人吳雨僧先生曾云：“兑之博學能文，著述宏富，又工書法，善畫山水及梅花。合乎吾儕心目中理想的中國文人之標準。”②早年以方志名家，留心燕都掌故，於秦漢史用力頗勤。曾編有《北平史表長編》《同光間燕都掌故輯略》，纂輯《中國社會史料叢鈔》，又有《漢代風俗制度史》（前編）、《方志考稿》、《中國駢文概論》、《兩漢縣政考》（與蘇晉仁合撰）、《秦漢史纂》、《人物風俗制度叢談》（甲集）諸書傳世。晚年流寓上海，以經典注譯爲主要工作。選注《古史選譯》《左傳選譯》《楚辭今讀》《史記故事選》《漢書故事選》《後漢書故事選》《通鑑選》《漢魏六朝賦選》等經典。又應中華書局上海編輯所之約，注成《李白集校注》（與朱金城合撰）、《劉禹錫集箋證》。二書在其身後付梓，備受學林矚目。晚年還編選平生所作舊體詩文爲《補書堂詩録》《補書堂文録》，前者在香港影印出版，後者則油印行世，今已鮮見流傳。

　　瞿兑之先生賡續清人傳統，以寫作日記爲日課。但因複雜之

---

　　①　瞿兑之先生生平事迹，參考田吉《瞿宣穎年譜》，復旦大學 2012 年博士學位論文。

　　②　吳宓《空軒詩話》，《吳宓詩話》，商務印書館 2005 年版，第 217 頁。

歷史原因,日記迭遭散佚、毀棄,近年民間偶有散出,已爲公家和私人收藏。現將已發見日記按其來源分别概述如下。

一、嘉德拍賣本

中國嘉德 2022 年春季拍賣會"筆墨文章——信札寫本專場"第 1925 號拍品爲瞿兑之《辛亥年雙海棠閣日記》。日記毛裝一册,以毛筆寫於自訂竹紙册上。封面題"辛亥年雙海棠閣日記",卷端鈐"宣穎長壽""湘西瞿氏"白文方印。據其《長沙瞿氏家乘》卷六《佚聞録》:"書齋前有雙海棠高出屋簷,北方産也,余兄弟朝夕讀書於是,故吾仲兄自署'雙海棠館'。"[①]知雙海棠閣(館)是其兄弟少年居湘讀書時所用室名。日記以舊曆紀日,始於辛亥年正月十五日(1911 年 2 月 13 日),止於辛亥年七月二十六日(1911 年 9 月 18 日),於現存日記中時間最早,是早年居長沙時所寫。

二、長沙市圖書館藏本

長沙市圖書館藏瞿兑之日記四種,數年前自蘇州某書肆購入。按時間順序依次爲:

(1) 辛亥歲一册,毛裝。以毛筆寫於自訂竹紙册上,卷端首行題"辛亥歲第二册"。日記以舊曆紀日,始於辛亥年八月初一日(1911 年 9 月 22 日),止於辛亥年八月二十日(1911 年 10 月 11 日),與上述《辛亥年雙海棠閣日記》在時間上前後接續,正可相爲連屬。武昌起義後不久,瞿先生即奉父母避亂寧鄉、湘潭,待時局稍定,又舉家乘船趕赴上海。日記止於八月二十日即武昌起義後

---

① 瞿兑之輯《長沙瞿氏叢刊》,民國二十四年(1935)鉛印本。

3

一日,持續不到一月即中止,當與時局變故,外出避亂有關。

（2）壬子日記,散葉七紙。以毛筆寫於九華堂紅格稿紙上,首頁首行題"壬子日記"。日記以舊曆紀日,始於壬子年七月十五日(1912年8月27日),止於壬子年七月二十九日(1912年9月10日),僅存半月。瞿先生時居上海,不久即由滬返湘,七月二十一日(9月2日)日記云"婧君書來,欲過廿四日歸,余復書促之,因有令余等赴湘之議也",即可證。

（3）還湘日記一册,毛裝。以毛筆寫於自訂藍色稿紙册上,稿紙左下印"裒璞制"三字。封面題"還湘日記",卷端首行又題"裒璞日記",封底左下鈐"瞿"朱文方印。"裒璞"爲雙關語,用"抱璞"故典,瞿先生1910年冬娶衡山聶緝規之女聶其璞,"璞"亦代指其妻。用"裒"字,或仿效湖湘前輩陳鋭"裒碧"之號。① 日記以西曆紀日,始於1912年12月10日,止於1913年3月12日。瞿先生1912年秋冬間自滬返湘,1913年暮春又由湘到滬,日記即其在長沙時所寫。

（4）1914年日記一册,洋裝。以毛筆寫於民國三年(1914)上海商務印書館印製學校日記簿上,扉頁有朱筆題記:"癸丑歲九月十九日買此册,請自明年元旦始,每日排記,立誓不得間斷。"西曆紀日,一日占一頁篇幅,邊欄印有日期、星期及名人警語。正文之外,分"氣候""温度""修學""治事""通信"數項。彼時瞿先生已奉父母移居上海,並入聖約翰大學讀書。日記册後有其所記課表,課程有算學、讀本、會話、演説、文法、道德、作文、宗教、格致、地理、國文、歷史、繙譯、唱歌、圖畫諸門。

---

① 此承上海大學中文系王培軍先生賜知。

三、復旦大學中華古籍保護研究院藏本

上海博古齋 2015 年春季大型藝術品拍賣會"古籍善本專場"第 1382 號拍品爲瞿兌之私人文獻一組,爲復旦大學中華古籍保護研究院購入。有日記十册,三册是瞿先生妻聶其璞日記①,洋裝,以毛笔寫於"天津中孚銀行敬贈"袖珍日記簿上,存 1920、1921、1922 三年,記每日購物、拜客、打牌等瑣事甚細。另七册爲瞿兌之日記。按時間順序依次爲:

(1) 1916 年日記一册,洋裝。以毛笔寫於丙辰(1916)普通日記簿上。西曆紀日,一日占一頁篇幅,邊欄印有日期、星期及名人警語。正文之外,分"氣候""預約"二項。未能按日記録,間斷極多。

(2) 1917 年日記一册,洋裝。以毛笔寫於民國六年(1917)學校日記簿上。西曆紀日,一日占一頁篇幅,邊欄印有日期、星期及名人警語。正文之外,分"氣候""温度""修學""治事""通信"數項。彼時瞿先生仍在聖約翰大學讀書。日記册後有其所記課表,課程有作英文、英文學、西史、代數、幾何、生理、宗教、物理、譯學、作文、文學、史學、生物、德文諸門。册後另有"師友姓名録"一頁,記録魏綏章、曾熹、蔡振華、宋春舫、王尊農、徐繼昌、方孝嶽、徐志禹、慎餘、劉健丈等人之電話、地址。

(3) 1920 年日記一册,洋裝。以金筆兼毛笔、鉛筆寫於民國九年(1920)上海商務印書館印製袖珍英文日記簿上。西曆紀日,兩日占一頁篇幅。彼時瞿先生已於復旦大學畢業,赴京求職,屢次往

---

① 由内容可判斷,日記中皆以"兌"代稱瞿先生。

返京滬二地。

（4）1921 年日記一册，洋裝。以毛筆、鉛筆寫於民國十年
（1921）上海商務印書館印製袖珍日記簿上。西曆紀日，兩日占一
頁篇幅。僅有十餘日雜記備忘。

（5）1923、1927 年二册，"天津中孚銀行敬贈"洋裝袖珍日記
簿。無實際内容。1927 年日記簿册後有"交遊住址録"一頁，記録
唐執夫、梁任公、陳淮生等人之電話、住址。

（6）1929 年一册，洋裝。以金筆寫於民國十八年（1929）青年
協會書局印製青年會日記簿上。西曆紀日，四日占一頁篇幅。僅
有十餘日雜記備忘。日記簿前有"本人自記"一頁，記録住宅地址
四：北平黄米胡同八、奉天六緯路中華里十號、吴宅、天津南開大
學。彼時瞿先生已任南開大學史學系教授。

四、上海圖書館藏本

上海圖書館藏《道志居日録》三册，線裝，爲未編目書，未注明
撰人，經目驗確知爲瞿兑之日記。以毛筆寫於自訂藍色稿紙册上，
稿紙左下印"瞿氏補書堂寫本，丁丑製"。三册皆以舊曆紀日。第
一册封面題"道志居日録，己卯十月起"，扉頁又題"道志居日録，己
卯冬起"，並鈐"瞿末那底"朱文長印，卷端右下鈐"瞿卿"白文長印。
始於己卯年十月一日（1939 年 11 月 11 日），止於己卯年臘月三十
日（1940 年 2 月 7 日）。第二册封面題"道志居日録，庚辰春起"，
右下鈐"湘西瞿氏"白文方印，卷端右下鈐"守塵閣"朱文長印。[①]始

[①] "守塵閣"或瞿兑之先生室名。案此印爲喬大壯所治，喬大壯是瞿先生北京譯
學館同學，二人訂交甚早。印鑑見喬大壯《喬大壯印蜕》，人民美術出版社 2013 年版，第
63 頁。

於庚辰年正月元日(1940 年 2 月 8 日),止於庚辰年四月二十八日(1940 年 6 月 3 日)。日記後録《惜抱軒詩選》數十首,並鈐"道志居"朱文方印,最末頁題"戊寅(1938)十月寫,道志居士題記",則其抄録詩選時間,應在書寫此册日記之前。第三册封面題"道志居日録,甲申十月起",始於甲申年十月朔日(1944 年 11 月 16 日),止於乙酉年十月廿九日(1945 年 12 月 3 日)。①最末另録詩稿若干。日記大都寫於北平淪陷期間。

瞿兑之先生一生經歷複雜,出入政學兩界,又歷經數次變局,身世變遷。目前已發見之日記,前後跨度近三十五年,涵蓋其居湘讀書、在滬上學、居平任職等重要人生階段,從中可窺見其成年後大半生經歷之一斑,具有重要史料價值。今將已獲見之日記據原稿標點整理,説明如下:

(一)原稿各册題名不一,今以時間爲次第,逐年編排,不另注明原稿之分册、題名。

(二)原稿各册紀日方法不一,今統改作西曆,並於括號之中標示舊曆。

(三)原稿天頭偶有眉批,今據内容插入相應正文,不另出注。

(四)原稿書寫習用異體字,除人名、地名等特例外,今徑改爲規範繁體字。

(五)原稿涉避諱者,今徑改,不另注明。原稿表敬稱之抬頭、空格,今徑自接排。

(六)原稿中漏字,確實者徑自補出,以"[ ]"標示。原稿中明

---

① 册中另存 1946 年 4 月 18 日日記,瞿先生注明是"假此册餘隙録之",故未作計算。

顯之訛字、衍字,以"( )"標示,校正文字以"[ ]"標示,不另出注。

　　(七)原稿殘破、筆迹漫漶難以辨識之字,及原稿原有闕文,以"□"標示。

　　(八)復旦大學中華古籍保護研究院藏1923、1927年日記簿二册,存鉛筆、毛筆字若干,並無實際内容,今不作整理。上海圖書館藏《道志居日録》第二册中所録《惜抱軒詩選》,今不作整理。《道志居日録》第三册中一頁爲摘抄《續資治通鑒長編》文字,與前後日記不協,今不作整理。

　　(九)北京侯磊先生藏瞿先生妻聶其璞日記一册,存1910—1913年斷續日記。驗之筆迹,知1913年8月27日[①]以下,爲瞿先生代筆,或因聶氏即將臨盆之故。同年10月16日日記又有"以下乃鋭之自記"之語。今亦將瞿先生代筆數月日記整理,附於1913年日記之末。

　　(十)日記涉及人名,編製索引,附於書後,以漢語音序排列。凡字、號、别署、習稱等,皆盡力考索其姓名。

　　本書除《瞿兑之日記》之外,另有附録三種:瞿元霖《蘇常日記》、瞿鴻禨《使豫使閩日記》、瞿兑之《傅幼瓊編年事略》。瞿元霖(1814—1882),字春階。咸豐元年(1851)辛亥舉人,官刑部主事。日記是其應喬松年之聘,入常鎮道署參幕職途中所記。瞿鴻禨(1850—1918),字子玖,號止庵。同治十年(1871)進士,累官内閣學士,後又升任工部尚書、軍機大臣兼政務處大臣等。因直言忤西太后,遭開缺回籍。辛亥革命後避居上海,卒諡文慎。《使豫日記》是其典試、督學河南前後所記。《使閩日記》是其典試福建及奉命

---

　　① 原稿用舊曆,今徑轉成西曆。

督學四川前後所記。《蘇常日記》《使豫使閩日記》係瞿兑之先生1933年夏間據祖、父日記手稿校録,鉛字排印刊行。今據復旦大學圖書館藏《長沙瞿氏叢刊》整理,方法與上述之(四)(五)(六)(七)相類。排印本原有舊式句讀,偶有錯脱,今均改爲新式標點。①《傅幼瓊編年事略》係瞿先生爲其母傅幼瓊所撰編年事略,原稿以毛筆寫於"中國營造學會稿紙"上,未見刊布。原稿由上海博古齋2019年季拍第二期藝術品拍賣會"古籍善本文獻專場"釋出,今據原稿標點整理。

　　瞿兑之先生散佚日記,自丙申以來,間有所獲。釋讀整理,至今春始克蕆事。數年來,復旦大學許全勝先生、中南大學陳文波先生、文物出版社陳博洋先生相與辨字析疑,助我良多。蒐訪遺編,曾蒙上海圖書館張偉先生、梁穎先生,復旦大學圖書館眭駿先生、王亮先生,長沙市圖書館龍耀華先生,上海博古齋拍賣有限公司吳曉明先生,作家侯磊先生鼎力襄助。張偉先生嘗賜示上海圖書館藏《道志居日録》書名,俾沈埋得彰,功德尤重。惜先生已於2023年1月歸道山,哲人其萎,謹志仁澤,藉表哀忱。本書出版,端賴蘇州博物館李軍先生居中紹介,責任編輯上海人民出版社張鈺翰先生推進有序。業師王水照先生學林耆宿,年逾九十,欣然寵題書籤,提撕之意,感荷無已。康學殖尚淺,整理疏失之處,尚祈高明不吝指正。斷編殘簡,佗日或有新見,拾掇補輯,請俟將來。

甲辰花朝津門唐雪康謹識於海上百一山房

---

　　① 《蘇常日記》,此前未見有整理本。陳左高嘗輯《晚清二十五種日記輯録》,僅選録《蘇常日記》中有關上海史料十七則(《清代日記匯抄》,上海人民出版社1982年版)。《使豫使閩日記》,此前已見有諶東飈點校本(《瞿鴻機集》,湖南人民出版社2010年版)。

宣統三年（1911）辛亥

2月13日(舊曆辛亥一月十五日)　陰雨竟日

日前王壬丈有贈余七律一首,因疊韻奉答,錄如下。

宣穎得見湘綺太年伯之明日,即承寵賜詩篇,
勉其問學,輒述感荷之私,上詩一首

自慚世用乏經綸,來詩以"通經濟時"相勖。忽枉名章藻思新。得見蔡邕逢倒屣,丈獎余文甚至,許為作家,愧非仲宣,不足當盛譽耳。喜從虞願拂牀塵。尊前柏泛長年酒,戶外梅迎綵勝人。高誨正宜吟諷數,敢忘努力負青春。來詩有"莫言一日能千里,解惜分陰最愛春"之句。

薄莫送去。今夕家宴甚懽,盡醉而罷,仍閱《杜集》數葉而臥。

2月14日(一月十六日)　晴

閱《通鑑》二卷。書《玉臺新詠序》便面贈叔瑜,渠後日將歸寧,與之夜話。書課程一紙。

	七時半至九時	十時半至十一時半	十二時至一時	二時半至三時半	四時至五時
剛日	《詩經》	《通鑑》	誦文	《説文》	書法
柔日	《詩經》	諸子	《通鑑》	諷詩	《説文》

2月15日（一月十七日） 晴

製日記册，書右二日事。讀《論語》"顔淵""子路"兩篇。點《通鑑》。登樓一望，旋天色變陰矣。夜仍與叔瑜談。

2月16日（一月十八日） 陰

晨未起。聞外祖姑張太夫人已於昨夜寅正不諱，自念甫爾結褵，遽罹家厄，公義私情，兩相煎迫，相對凄然而已。旋同詣行禮。外舅卧疾在牀，幸尚能抑哀痛，行年六十，在禮亦許不毀。余遂無言而出，入殮亦不再往矣。歸檢《大清通禮》及《讀禮通考》，將送去備查，又書訊叔瑜。夜誦義山詩十餘首。

2月17日（一月十九日） 陰雨

飯後即謁聶宅行禮，並視外舅疾。歸閲王代豐《喪服經傳學》。春雨沈綿，凄清特甚，卧後口占四絶，寫寄叔瑜。

2月18日（一月二十日） 大雪

2月19日（一月二十一日） 陰雨

昨夜讀《莊子》，卧稍安。得夫人書，問余疾，余固無疾，但有相思耳。飯後即去，約定明日歸家。其家甚雍容，成服乃在十日外，無余措手處也。歸閲小説《孽海花》《老殘游記》。

3月12日（二月十二日） 晴

余十八歲初度，歲月侵尋，雕蟲自誤，每歎逝川，徒傷撫髀。是日晴雲漾空，風光最佳，園中吟望，欲作詩，不成而罷。八伯母、二十嬸、昭姐均爲余生日而來，又有星槎、濟甫等。入夜觀書時許。

3 月 13 日(二月十三日)　陰,微雨

訪諸處道謝,兼過聶宅一視。

3 月 14 日(二月十四日)　陰

聶處成服,未食而往。昨遇張子武婭兄,今日得談刻許,余僚
壻輩三得其二矣。又晤骰師。及昏而歸。

3 月 15 日(二月十五日)　陰

閉門守靜,作《醫無閭銘》。近有小詩,錄稿如下。

櫻桃爲雨所敗

　　一夜東風解鬒鬟,五銖衣薄怯輕寒。夢中引被情堪擬,鏡
裏抽簪祇獨看。珠館朝歸虛白燕,石城歌罷佇青鸞。從知咫
尺傷離地,碧海蒼天未是寬。

春思贈內

　　寂寂高樓曉,相思正渺然。離心與芳草,一半委春煙。願
逐閒花度,飛君斗帳邊。

　　自從離別苦,難作雨中情。□□□□□,真愁夢不成。淒
清庭樹色,三兩杜鵑聲。欲寄文窗柳,春遲葉未青。

十二日超覽樓中口占

　　春陰二月中,東風草木長。策屐愜幽尋,雲山契遐賞。樓
邊吟望得蕭閒,正見青霄孤鳥還。十里清川揮去棹,萬重空翠
擁煙鬟。一從昨來走塵霧,那識風光成久負。今朝暫得眼邊
明,重窺舊日馮闌處。乃知人境異喧寂,莫令歲月等閒度。君
不見千齡閱世幾輩人,空有哀樂徒紛紛。

3 月 16 日（二月十六日） 陰

聞聶季譪丈病甚重，往視之。春寒益甚，黯黯愁人。

3 月 17 日（二月十七日） 陰

王母生辰設祭文作成。夜讀玉溪詩。

3 月 18 日（二月十八日） 陰

點《樊南文集》。聞王壬丈云：先舅以哀毀卒，則不應有遺疏，其籲請旌卹，均具公呈，無庸旒綴。此説甚精當，父命余爲轉達，即遇外姑，與談此事，不見聽。又詣皈師，談刻許，得觀其《送張劭翁入桂林》七律二首。又謁壬丈，假觀其《壽朱宇田詩》長律六十四韻，因鈔稿三通。詞極詼諧，對屬有極，妙者如"酬酢金剛四，招邀玉饌頻。牡丹從客賞，雌白守吾真"，"博辨藏三耳，重談亥六身"之類。夜不寐，即起點《李集》半册。

3 月 19 日（二月十九日） 陰

照像二幀。閲《絕妙好詞》，因填小詞一闋寄内。

看雨中桃花，記以《念奴嬌》一闋柬河東君

曲闌深鎖，正春陰，幾日愁人無語。露井東風催解佩，贏得凄涼夢雨。短徑落封，文窗影墮，看到花繁處。文嫣垂淚，分明芳怨如許。

鎮日小院飄紅，閴階胃綠，燕被疏簾誤。又容易芳菲，節換也，怨入落花無數。殘夢依稀，待歸南陌，記取花開句。喚愁春雨，愁來不自將去。

鐙下看《杜牧集》。（點點）[點]《李集》首册畢。

3 月 20 日（二月二十日） 陰雨

詣聶宅，候外姑，並取雋威所作呈稿。聞季丈昨狀極危，西風

吹藋，家運蕭森，一至於此，代爲唏慨。又至樂心田與子武談，極快。子武學不逾恒，而才識頗爲先舅所重，余將贈以詩篇。借戴文節《畫絮》一觀，其中論畫間有精語，惜體例不宏，抉擇未純耳。

3月21日(二月二十一日) 陰

父代擬呈稿一段，余鈔兩通，攜至聶宅，坐頗久。欲作贈張子武詩。點《八代詩選》數詩。閱《通鑑》二卷。圈唐詩五律數首。點《李集》十葉。作律詩二首。

3月22日(二月二十二日) 陰

閱《詩·曹風》及《豳風》序、正義二卷，《通鑑》未及閱。鈔《八代詩》僅二首。余曾以湘綺《八代詩選》乞皈師重選一過，將其最上者鈔出，以便諷誦，尚未及其半也。得皈師書並朱宇田壽詩，此次題係《觀洞庭盛漲》五言排律五十韻及詞四闋，詩題殊不易著筆。子武來，云今日即起程赴京，喜其歸期不遠耳。作書與叔瑜。燈下戲搜取舊書札閱之，又點《李集》。

3月23日(二月二十三日) 陰

舊書中有父親在浙中視學諸郡，母親在署寄贈之詩倡和，凡三首。時丙戌孟冬，距今二十五年，先我之生猶七歲也。戲次元韻一律紀之。

曾聞芳躅抗劉萊，珍重新詩五色裁。望海山衙吟月到，剡溪官驛憶花開。當時黻佩期松雪，此日衿纓奉壽杯。廿五年來應記取，華顛一笑首重回。

又書一律寄叔瑜，未錄稿。讀老杜排律詩約半時。閱《七月》正義。聽春雨，飂飂觸人愁緒，沈吟無賴者久之。計與叔瑜別正周月,當時海棠閣下正相攜玩雪,預約歸期,曾幾何時,變故百出,輒以小詩五絕句述相思之苦,他日相見,又當以爲拊掌之資耳。

3月24日(二月二十四日) 陰

近起太晏,當改此病。尹和師來,臨惲畫鳳仙花一幀,未畢。

級師所批閱文已送來。燈下戲擬玉溪《無題》詩,即次其韻二首。

　　來是空言去絕蹤,心心一夜待晨鐘。纖袿猶作石華色,羅帕偏宜汙酒濃。夢著沈吟低翡翠,定知消瘦緩芙蓉。相離莫道無多地,隔住春煙又幾重。

　　記否曾歌起夜來,香車油壁似春雷。雲屏取暖當花掩,月扇障羞背燭迴。引鳳幾聞秦女樂,驚鴻空費魏王才。華箋欲寄相思意,最觸離情是冷灰。

4月29日(四月一日) 晴熱

自昨日患頭痛齒痛,困臥數次。昨吟短歌一首,今足成,不計工拙,以爲送春之資耳。是日午後忽大風雨,驟寒。

　　小苑換春衣,春深花事稀。蠶驚南雁斷,還見老鶯飛。行行四月芳林晚,寂歷閒階春夢短。陰陰落地碧於金,麥風吹起南雲暖。花光日午潤無痕,小架薔薇紅惱人。不道心心怨璚樹,那堪片片舞僛幃。君看此日枝頭意,春來春去盡銷魂。

夫人以廿九歸寧,今日迎歸。夜點《通鑑》兩卷,臨帖二紙。

4月30日（四月二日）　陰雨

擬王湘綺《九夏詞》作《消夏曲》。

　　槐陰夢破輕輕雨，白雲不到花深處。起把金釵觸畫屏，嬌多背影最分明。

　　十斛新泉浸寒玉，窺人羞對雙明燭。香鬟冷透墜雲鈿，著衣無力向郎前。

　　曉妝攏罷東風鬢，細雨輕塵暗相引。（下闋）

　　芳綃影作春雲色，翠刀一畫如輕雪。粉痕先上鳳皇釵，冷香微散撲儂懷。

　　花叢午氣深深過，燕脂色重難勝火。鉛華一抹向眉峯，輕妝素豔比芙容。

　　閱《詩》疏一卷、《漢書·蓋諸葛等傳》、《通鑑》一卷。臨帖一紙。○是日始聞廣州又有揭竿之變，禍機滿地，如奔猱伏虎，一發而不可制。爲民上者方日縱其淫，無危得乎！○煩痛尤甚，夜眠不安。

5月1日（四月三日）　陰

夫人以事復歸。余病臥，閱説部。又擬湘綺賦，得《新昏聽雨六韻》云：

　　畫燭初搖影，紅紗復透寒。流珠飛玉卮，碎玉濺雕闌。未近凝脂煖，還愁翠被寬。嬌心同宛轉，春夜已闌珊。乍共鴛鴦枕，應羞同夢難。他年渺歡恨，爲憶一宵閒。

閱《樂府詩集》清商曲。夜但焚香靜坐。

5月2日(四月四日) 陰雨

尹和叟來。夫人歸。看《漢書·蕭望之傳》、《通鑑》半卷。翻閱《湘綺樓詩集》。夜誦元白諸家歌行。

5月3日(四月五日) 陰

昨思沈休文有《六憶詩》，四首而軼二，憶壬父丈嘗為擬補，見集中，清新婉麗，可稱青出，余愛之不能釋，輒復效顰。余昔敘《八代詩選》有云："假脂澤以為飾，資婉孌以運思。曾微燕女之譏，本異狄成之響。"讀此詩者，不可不知此誼，王序中固明辨之矣。

憶來時，倩影傍花枝。盈盈如不遠，珊珊故來遲。別君未許久，相看復然疑。

憶眠時，引被復波橫。不愁春夢少，應避九枝明。一作旬時別，難為枕上情。

憶食時，面前青玉案。微笑櫻桃開，傳杯脂暈散。不有帝臺漿，那應勞玉腕。

憶去時，風回步步香。玉階留履迹，瑤樹掛羅裳。出門還顧語，後夜莫相忘。

憶坐時，端然一尺要。錦薦香仍暖，羅衣褶未消。嫌郎太相逼，並坐卻妨嬌。

憶起時，殢人唯繡被。臉印昨宵紅，鬢垂一編翠。儂覺不勝眠，倦倒君懷裏。

點《通鑑》一卷、《漢書·馮奉世傳》。書扇一柄。

5月4日(四月六日)　陰,昨夜及晨大雨

閱義山詩,去年從骰師處借得馮氏箋本,迄今閱五月未歸,紙墨亦稍摩損矣。冬末買得坊間程氏注本,欲以相校,值婚期近而罷,故今復理故業,期以次月畢工。

夜讀《漢書・匡衡傳》。賦《驚魂同夜鵲》《倦寢聽晨雞》二首,余欲效趙承祐演《昔昔鹽》廿韻,各為五律一首。

不見添香伴,鴛情夜正清。那堪孤樹鵲,況值月明驚。片影千重怨,孤游萬里情。音書欲憑爾,奈爾復南征。

黯影到紅閨,驚人報曉雞。風高聲自遠,望隱月同低。衾枕愁兼嬾,川原夢裏迷。煩君最相警,真作杜鵑嗁。

5月5日(四月七日)　陰

尹叟來,繪扇一柄。讀《張孔馬傳》。

5月6日(四月八日)　陰,午後微晴

得湘綺《答櫻花詩》并餽自植櫻桃。詩云:

春氣溟濛島嶼空,好花開日趁東風。平泉得傍玲瓏石,群玉曾吟縹緲峯。唐棣禮華分赤白,海棠微雨妒香紅。牡丹無子添妖豔,不用頹盤出上宮。

遠僧親為劚蒼苔,分得靈根兩處栽。玉蕊開時倦女至,碧桃看罷省郎回。芳名近欲移蘭杜,枝葉誰能認杏梅。野外棠梨應自笑,不曾東渡海波來。

9

讀《唐詩選》七律。校《義山集》。

5月7日（四月九日） 陰晴無定

吟成《謝櫻桃詩》二律。

美人名字譜新歌，從古風流鬥翠娥。曾與寢園珍薦後，還誇紫陌玉盤過。淺深脂暈春鶯在，紅醉枝頭莫雨多。想見空山時駐屐，香林一倍愛清和。

幸依陶令柳株前，不數明光伴御筵。春豔晚迷居士帶，璚枝朝挂白雲編。名芳近已成新詠，經説還應續禮箋。爲見紅香勞遠憶，夢魂遥在九疑煙。

夜與閨人批閲《嘯亭雜録》，畫芍藥稿一幅。

5月8日（四月十日） 午後晴

校《李集》半册。閲王氏《爾雅集解·釋木》。鈔韓舍人七律二葉。夜畫《金農寫生册》五幅，此册筆意頗高潔，無時史氣。又觀黄筌《牡丹湖石稿》，乃知宋以前結體用筆與元明已判若霄漢，無論近代矣。例以文詩，則吾輩畫當學八代三唐，而真蹟今不可見，此韓公所以歎生晚也。能致力於兩宋名家，庶幾近古。若寫意小體，則不妨下逮明後，所以廣其蹊徑也。處流俗而求逿古，乃如屠龍刻楮，當不厭精勤，非鶩名者所能爲也。○夜月甚清，明或當晴佳耳。

5月9日（四月十一日） 復陰

尹叟來，畫牡丹。夜讀唐人五律，擬姚合詩二首。對月暢飲而卧。

5月10日（四月十二日）

晨讀唐人五律。至聶宅小坐，晤程子大丈。歸途經書肆，買温飛卿、李昌谷集,《困學紀聞》、《疑雨集》、《醫宗金鑑》,共錢七緡。
歸閱《疑雨集》,讀溫五律。

5月11日(四月十三日) 陰

夫人小疾。看《疑雨集》一本、《困學紀聞》"考史""評詩文"二
卷、溫集七律。欲擬溫《江南曲》,未成。

5月12日(四月十四日) 陰

看《疑雨集》次本、《困學紀聞·考史》一本,有所辨爭,皆録之
簡端。深寧學識,於宋人爲傑出,雖不足以與古爲徒,未可求之元
明以後也。其書簡練深切,猶近唐風,微惜不能博大。《日知録》名
與之齊,而文遠不逮,豈亦時代限之邪?看宋人小説遣悶。

5月13日(四月十五日) 陰

看《困學紀聞》。買黃子久、王石谷畫印本觀之,又買漢魏碑帖
數種。臨《刁惠公碑》三紙。余欲從三唐進求北朝筆法,庶乎操翰
無時俗氣。書不到漢魏六朝,終無古茂淵懿之味,世以奇險相詆,
非也。《天發神讖碑》勢尤險勁,然失漢風,《司馬夫人墓誌》微傷姚
佚,作行書仿之,乃當佳耳。

《疑雨集》閱竟。唐人爲豔體者,前稱溫李,後稱韓吳,李最高
雅,餘子不逮也。次回名學李實學韓,求之朱明,誠未易得,惜其淫
也已甚,不足以入大雅之堂耳。君子修辭立其誠,唐以後文不足傳
者多,豈非不本於誠邪?沒齒自惑於狄成滌濫之音,故宜及世之
訾。《語》云"依仁游藝",既歎逝者,又以自儆也。

5月14日(四月十六日) 昨夜大風驟雨,今晨寒甚

題五言一首。閱《困學紀聞》。臨帖三紙。

5月15日(四月十七日) 晴

出市買扇,經靜樂街,又買舊書數種,內有《高青丘集》,經評

點者,似尚精好。他如《閣帖考正》,印極精;張氏《詞選》《填詞圖》,均有評點;《十七史商榷》,乾隆刊本;又醫書三種,亦精善。歸閱《詞選》。

5月16日(四月十八日) 陰雨

三兄擬以今日赴京,離思黯然,旋因船未到而止。鈔《張皋文集》五葉,新買原刻本缺損,因據他本補鈔。

5月17日(四月十九日) 晴

閱《困學紀聞·諸子》。三兄今日登舟,把袂泫然。未明而起,登超覽樓,目送征帆,月落雲森,不可窮覿,唯見暗影透迤,晨雞曉柝,相唱答於寒風簌簌之中而已。同起者,長嫂及夫人也。

5月18日(四月二十日) 晴

誦《詞選》。填《齊天樂》一闋送征人。

　　危闌一上愁無奈,淒然暗迷煙樹。衣露侵寒,薄雲催曙,送爾茫茫川路。行舟是處。但縹緲寒汀,依微官渡。短夢初回,傷心暗枕吟愁賦。

　　瑣窗最驚夜雨,況芳草煙波,北梁南浦。霽色安陽,黃昏駐馬,歸轡重經何許。離亭無數。想風景依然,撩人偏苦。付與垂楊,離腸千萬縷。

夜閱小說《儒林外史》,此書乃全椒吳文木敬梓撰,乾嘉間學者也,所指皆實事,而託之於明,寫小人情態如生,結構亦爲小說別開生面,近今蓋無此能手矣。

5月19日(四月二十一日) 陰

聶季謨丈以今日開弔,飯後即往陪客,及午而歸,家祭故也。

閱《詞選》。假寐片時,醒而誤以爲次日天曉矣,方大疑訝,視時表乃悟卧才數刻也,記湘綺詩有句云"卷簾斜日如初曙",不謂今日躬逢其境,當填一詞紀之。夫人歸寧。

5月20日(四月二十二日) 陰,下午晴

赴聶宅,傍晚方歸。看小說。

5月21日(四月二十三日) 晴熱

淩晨至聶宅執紼,歸晨餐。閱《墨子》數篇。前月嘗鈔韓君平七律詩一卷,昨已寫畢。

5月28日(五月一日) 晴

尹叟來,畫箑一柄。閱《藝蘅館詞選》,近人新會梁女士令嫻所選,頗詳備。

6月24日(五月二十八日) 晴

立此册幾及半年,而時輟時作,無一月全備可觀者,所書又半是雕蟲小技,絕無以驗進德之勤惰,閱之媿恨無地。古人云:"少壯不努力,老大徒傷悲。"並此小節,而不能持恒,又焉望德業之有成乎?不痛自砭責,悔將無及。從此書日記,雖酷暑隆冬,不得有一日之間,誓不自負,當與閨人共勉之。

今日夫人以雲台將赴申,歸寧一宿。余畫一紈扇,寄一書與桂林張劭希師。昨作三詩詠園中白芍藥,加以小引,寫入紈扇,令夫人畫之,亦佳品也,揮汗書成,未能盡美。鉤摹《中國名畫集》中南田畫册二紙。本日係八伯父忌日,詣其家行禮。歸家小卧,傍晚洗浴。觀邸鈔,知吏部中書科等署已裁內閣官制,頒示閣丞一人:制誥、統計、敘官、印鑄四局。昔新莽紛更官名,史稱其不能盡記,多復舉故名,今之人何爲襲亂亡之故典哉!擬杜《秦州雜詩》二首。書日記而卧。

13

題芍藥畫扇詩

流豔玉爲塵，香風暗度春。枝停初避日，影靜不逢人。試詠當堦句，應知粉態新。

夜月照飛花，闌干玉樹斜。粉濃欺露凝，衣薄帶雲遮。晚梅正二月，顧影不如他。

錦障騰香滿，輕妝背雨蔫。夢沈三日醉，春鬥一枝妍。爲遇瑤臺月，朝來定化仙。

超覽樓前舊植白芍藥數叢，每歲當春，蓓蕾無算，及開才得一枝，素豔清芬，便娟獨絕，蓋名芳難數見，乃以彰其珍貴也。今夏閒居，追思其盛，輒令婦輩髣髴於紈素，遂復賦之云爾。

6月25日(五月二十九日)　昨夜風雨，驟涼

飯後讀《秦州雜詩》。作《擬昌谷秦王飲酒詩》。寫昨詩。翻閱王、孟、李三家詩，因集作聯句，得二紙。擬集五言聯狀雙海棠閣之景，得上句云"老樹空庭得"，下句擬孟"琴歌野興間"，嫌其不稱不工。午餐後略清几案上書。夜圈點《絕妙好詞》。夫人歸，攜觀董北苑《滕王閣圖》、王若水《草蟲卷》、周銓《花鳥册》。

6月26日(六月一日)　雨，涼

上書皦公，送詩詞十八首。尹叟來，畫一扇，又畫桃花玉蘭，未畢。夜讀王右丞五律，又溫杜《夔府詠懷百韻》詩一過。日間登樓，望雨景極奇，麓山諸峯盡爲雲氣所掩，乃知"白雲迴望合，青靄入看無"二句之妙。

6月27日(六月二日)　午前陰晡，後略有晴意難頭

畫牡丹團扇稿。閱楊巨源詩。擬《春日上聖壽無疆詞》一首。

閲《十八家詩鈔》,將封面題識。讀大小二杜七律二卷。牧之時有極豪曠語,而皆豎以健邁之筆,亦他人詩境所無,雖太白亦不盡似。少陵七律,殊無勝人處,乃知天資固亦有限也。將小杜尤愜心之句録出,老杜則約略閲過而已。欲集一極興趣之楹聯云:"塵世難逢開口笑,晴林長落過春花。"下句爲劉夢得句,即景亦相合,微嫌句法不稱耳。夜閲小説解悶,竟忘書日記。

6月28日(六月三日)　晴熱

讀孟從事詩。續集太白詩句。畫扇。閲謝宣城五言。余於五言甚愛小謝,愛其才韻能變元嘉委弱之習也。句法頗開唐人蹊徑,如"大江流日夜,客心悲未央"、"天際識歸舟,雲中辨鄉樹"、"滄波不可望,望極與天平"、"洞庭張樂地,瀟湘帝子游"、"雲去蒼梧野,水還江漢流",輕雋大與晉宋不類,宜太白亟稱之也。薄莫納涼,口占一首。

水亭涼氣分,悠然白雲靜。夕照送餘暄,珍柯弄清影。丹漢拂兩袂,翠竹羅帷屏。華簟微波平,絺衣涼夢醒。正見紅荷斂,蒼然煙樹暝。散髮沴孤懷,長歌激清迥。擬議屬山阿,棲遲思逝景。嬋娟待初月,千里清陰冷。遥情一以歇,鳴蟬坐相警。

既夕獨往園中,則天容欲雨,實無月也。再作一律。

日莫百蟲鳴,孤桐響露清。氣吹涼袂靜,風過薄雲生。隔舍陰陰火,疏鐘了了聲。此中應得道,不是世中情。

6月29日(六月四日) 晴

讀謝及鮑詩。畫牡丹扇。翻閱蘇子瞻七律。作書與三兄,昨接其來信也。熱甚,不能治事,閒坐甚久。夜作擬孟從事五律一首。驟雨增涼。夫人歸寧,夜仍返。

6月30日(六月五日) 陰

讀《太白集》。雨甚,庭中海棠損一大枝,夜作小詩悼之。畫芍藥摺扇稿、桃花冊頁。傍晚假寐。

樓頭海棠勢奇壯,雙幹扶疏碧霄上。年時繁累黏蟉蜷,冶色春光劇駘蕩。名種傳來自薊燕,皴膚歲月俱深長。百年陵谷更誰論,黛幹霜柯競森爽。南風吹雨湘上來,湘波澒洞天爭迴。驚飈怒號愁且哀,階前一夜濕蒼苔。苔深骨重風力厚,一墮龍要如折帇。參天濃色半隱現,恰似雲鬟初上手。摧頹玉骨怨天闇,寥落寒蟬動虛牖。憐君舊友森奇幹,卻憶池東折桑柳。桑已除根柳半臥,如君已是淩遲久。鍾繁遷刑聊可方,瓦全鏌折竟何有。世間萬事皆如此,是非不用多唯否。清宵愁雨不得寐,放筆爲歌聊清酒。

7月1日(六月六日) 晴,不甚熱

況侄周晬,兼太高祖妣忌日。古人生兒及期,設雜具,令取之,以驗愚智貪廉,謂之"試兒"。自《顏氏家訓》詳稱其俗,而《南史》載王(暕)[慈]① 兒時唯取筆研及《百孝圖》,知六朝咸重此節,迄今千

___

① 原稿"王暕"應作"王慈"。案《南史》卷二二《王慈傳》:"慈字伯寶。年八歲,外祖宋太宰江夏王義恭迎之內齋,施寶物恣所取,慈取素琴石硯及《孝子圖》而已,義恭善之。"

年矣。人生生日以此爲始,故自壯至老,皆緣此累,一期再期,累積而成。然則人當此日,寧可不灑然自警,迴憶往初,念生我之劬勞,圖罔極之德乎!故昔人孤露不稱生日,今人殆莫能知其緣起矣。感憶及此,因書之。余閲《通鑑》敬宗一卷。偶閲李易安《金石録後序》,頗覺其情致纏綿,感人天性。人生閨幃之樂,殆無以踰於文字往還,典墳酬酢,況德甫夫婦未餐周粟,比之趙管徒沾沾於書畫,不免失身他姓者,尤爲高出,讀其文,故宜使人增伉儷之重。

7月2日(六月七日) 晴

尹叟來,攜示王煙客《擬古山水册》,凡八幀,李營丘、范華原、關仝、巨然、吳仲圭、倪雲林、范伯履、□□□,皆宋元名家。余近擬學山水,以博其趣,古人名家者,無不能山水,徒效徐、黃,殊嫌其雕蟲鏨悦,近於婦人耳。畫營丘一葉,未畢。聶二來。○閲《説文》禾部。又爲唐仲蘭畫一扇。

7月3日(六月八日) 昨夜雨,晝晴,傍夜又雨,夜又晴

畫團扇,此扇余與夫人同製,其一面乃虞美人花,用没骨法,余之牡丹用鉤勒法,後有好事者,其亦珍異之乎?閲《圖書集成・畫部》。夜作書與三兄,暢論作官之説。

7月4日(六月九日)

極熱,不復能伏案。夫人歸寧,余亦無所事,清理舊作書畫,檢出去年九月手鈔《曾文正家訓》一卷,係假曾氏所藏手蹟摘録,七千餘言,一日而畢。其中教學之語一一切中余病,頗可時時省覽,以資警惕。蓋修身治學之道,畢於是矣。欲擬唐人詩未成。

7月5日(六月十日) 晴,酷熱

出拜客,皆覥侄周歲日來者也。至聶宅,坐頗久。

17

7月6日(六月十一日)　晴

尹叟來,仍畫李營丘山水,鉤稿二葉。

7月7日(六月十二日)　晴熱

聞朱七荷生卒,因詣其家唁慰,晤梅僧。聶季丈喪滿百日,便道一往,因遂爲所固留。與聶七等至鄰居黃氏水香別墅一觀,歸已昏黑矣。

7月8日(六月十三日)　昨夜大雨,逮晨不息

唐仲南二十生日,因一往。又至聶家觀尹叟授畫。夜坐,有詩云:

朝來新雨足,涼氣散餘曛。滴露和蟲語,疏鐘警夜分。詩成催落月,坐久失孤雲。斗覺絺衣冷,(下闕)

7月9日(六月十四日)　晴熱

讀《西征》《游天台》《登樓》《蕪城》等賦。至朱氏弔,其成服本明日,因家慶不便,故先往也。昨檢前年所臨之陳章侯《群仙拱祝圖》,略爲修補,擬付裝池,筆墨雖不佳,亦不欲沒其傳染之勤耳。曾礮師送詩課來。從聶氏假得曹氏溶所刻《學海叢書》,紙墨板本皆殊,聊借此游藝,蕭閒之品,以消永晝而已。前數冊無非書畫、古玩之談,似雅而仍不免俗。

7月10日(六月十五日)　陰雨

大人六十二初度,循舊例,不稱觴召客。傍晚登超覽樓聽雨,作七言律一首。夜閱《漢書》公孫弘傳、司馬遷傳。

明滅微嵐宿雨收,晚涼天氣好登樓。清泠初月宜消暑,淅瀝蟬聲欲度秋。蘿葉暗侵波影動，荷衣冷透翠珠流。蕭閒祇覺心無住，臥對江天數白鷗。

7月11日（六月十六日）　晨陰，午後晴

出拜客，周歷東南北城。閱《漢書·張湯傳》。

十四夜坐納涼，口占得句，今夜足成之。

清宵六月半，未伏似新秋。水月涼於玉，風簾穩上鉤。蓼花融粉落，荷露翠珠流。隔寺聞清磬，高吟且未休。

7月12日（六月十七日）　陰雨

畫罌粟一幀，未畢。爲所鈔《曾相家訓》撰一跋，未脫稿。

7月13日（六月十八日）

陰雨沉悶，大有水潦汛溢之慮，欲作《夏雨》五言詩，不就。閱《説文》。畫牡丹稿。擬太白《古風》二首。臨《刁惠公碑》三紙，久已閣筆，乍爲之，乃驟退於前，無恒之爲病也如是。作書與三兄。

7月14日（六月十九日）　陰，午後微晴，氣略燥

畫罌粟。録昨詩，又擬上官游韶詩一首、皮襲美一首。閱《漢書》司馬遷傳、武五子傳。臨帖三紙。

7月15日（六月二十日）　晴，巳刻微雨，熱甚

閱《漢書·楊胡朱梅云傳》。作書與聶雲台，其人好講理學，有宋人風，頗與論修身養性之説。擬温飛卿《江南曲》，未畢，因觀《温集》。夜讀《詩》"草蟲""采蘋"二章。以後雖極忙冗，均不得廢讀經。

7月16日（六月二十一日）　晴

尹叟來，臨巨然山水一紙。夜頗涼，讀《甘棠》一章，臨帖二紙。

7月17日(六月二十二日)　晴,熱甚

夫人歸寧。再寫芍藥詩扇,此扇凡再成而再毀,易稿乃不計其數,此次易紈爲箑。夫人所畫甚工美,余自書詩,並記緣起於後,非敢望歷劫不磨,庶幾風流自矜,比於趙、管耳。午間小睡,閱報紙甚多。擬上官儀《八詠》一首。今日心緒甚惡。

7月18日(六月二十三日)　熱甚

昨讀《行露》《羔羊》二首,今日擬陸魯望一首。錄諸作,未畢。夫人有書來,知廿六日當歸,作書覆之。夫人近習八分書,臨《曹全碑》才數日,已具規模,欣慰無已。吾家太夫人工此法,聞於遠近。得賢婦爲傳家學,以不墜其聲,使國人稱願,乃所望也。他日由此以窺文訓,貫古今,則卓爾大雅,豈惟區區藻翰,自囿於槧鉛哉!○今晨讀張皋文《詞選》數十首。

日來於月下乘涼,輒有所感,頗思齊哀樂,外形骸,當仿湘綺《秋醒詞》,爲詩道之。今夜閱謝朓詩。誦《金剛經》二分,微有所悟。

7月19日(六月二十四日)　熱甚

稍久坐,輒汗下如雨。畫菊花一紙,本婧君作而未成者,時歷一載,不忍棄去,爲補成之,因戲題一絕。

　　爲嫌庭綠盡迎霜,貌取陶家籬畔香。便作白頭偕隱券,莫將松雪讓嵩陽。

　　游藝未甘輸趙管,隱居常自慕劉萊。他年若向深山去,荷舌先將紫豔栽。

閱《說文》瓜、宀等部。閱《世說·德行門》。○接三兄信兩封。

7月20日(六月二十五日)　晴熱

近每夜皆雷電,風涼而無雨,晝則炎暑如故。今晨隨侍至園中撷餐蕉露,乃其蕊間小囊所貯,才一滴,味甘香清,溢齒牙。作詩一首。

　　陰陰夏木有餘清,際曉剛宜捧杖行。落月初澄虛閣色,涼風稍亂竹塘聲。甘蕉一掇消塵暑,朝槿微紅驗道情。斗覺夜來多俗夢,悔無真訣遣浮生。此詩乃次日補作。

閱《世説·言語門》、《通鑑》唐二卷。讀《殷其雷》《摽有梅》二章。○夫人是日歸。夜閱《國風報》。

7月21日(六月二十六日)　晴熱

苦　熱

　　入伏才三日,驕炎苦不勝。剖瓜虛畫雪,今夏多雨,瓜晚出,不可食。吹氣欲消冰。

憶燕京游蹟口占數律

　　五載衣消九陌塵,天游翠輦夢時巡。雲移萬壽宮前仗,宮在玉泉渠旁,自禁城至頤和園常駐輦,蹕於此易舟輿。日靜頤和苑裏春。玉帳珠簾排角觚,牙檣錦帆簡鉤陳。他年花草傷心地,卻望橋山涕淚新。

　　曾向甘泉拜紫宮,研京欲賦敢言工。丁未孟夏,嘗賂守園吏卒,導入徧觀名勝,驚爲仙境,時年才十三也。露臺本惜中人産,靈囿還成不日功。自爲尊榮天下養,豈忘歌舞萬方同。祇今歲

21

月淹多難，猶夢韶音想大風。

熙雍省説太平年，故苑遺聞絶泫然。四聖重光崇紫極，三時避暑到甘泉。暢春園故爲世宗潛邸，聖祖所賜，歷雍、乾、嘉、道百餘年，皆以每歲春夏御園，冬初還内，詳王壬父先生《圓明園詞》序中。五侯珂轡驕皇陌，萬乘旌旗拱禁天。記取扇湖憑弔處，祗從荒礫數殘甎。扇子湖在園附近，舊多爲大臣賜第，所謂澄懷園也。乙丙之閒，曾過其地，略爲公廨所占，風景凄絶。時余方童穉，不復能省記其詳。

讀杜老《八哀詩》、《世説・言語門》首册。夜坐閒思五年前事，因以詩述其所感。

7月22日（六月二十七日）　晴

前母忌日。尹叟來，畫倪雲林山水一紙。夜閲《世説》"政事""文學"門。

盤龍繡柱拱蓬萊，太液薪煙一炬哀。讖伏蒼鵝虛遠讖，妖徵白馬竟連災。不關宣謝讒人火，猶向驪山認劫灰。誰道胡塵逼南斗，蒲稍天馬至今來。

7月23日（六月二十（五）[八]日）　晴，熱甚，竟日無纖風

詣曾林生之母處，賀其六十。
題董北苑《滕王閣圖》，圖爲聶氏所藏。

英光寶氣照滄海，畫棟珠簾儼素秋。未許吳生當大敵，置之唐苑故無儔。題詩杜老吟難就，作記昌黎筆欲休。（下闕）

續前題。

　　望幸空思浩蕩恩，淒涼金粟掩松門。幾曾翠鳳巢阿閣，獨
聽啼鵑託斷魂。南國漸催風露冷，北辰須慶冕旒尊。祇應□
樂春堂□,（下闕）

7月24日（六月二十九日）　晴
閱《世説》二册。

7月25日（六月三十日）　晴
　　熱甚，不復能伏案。閱近人小説《國朝中興記》，又閱孫季述
《平津館叢書》中《長離閣集》《素女方》等册。日中難頭，讀太白歌
行甚夥。

7月26日（閏六月一日）　晴，竟日皆有風
　　閱《中興記》六册畢。閲孫氏《續古文苑》"賦類"，唯"天象"尚
未及讀。中有若孔臧《諫（拒）[格]虎賦》、袁宏《東征賦》、蔡邕《述
行賦》，均麗則，可諷誦，孫氏表章之功，不可及也。午後大風，登
樓，有作一首。

7月27日（閏六月二日）　晴風，午後驟雨，夜有電
　　讀隨李播《天文大象賦》，苗爲注論列星象頗詳晰，余雖門外
漢，讀之不厭其煩賾，即其佳可知矣。臨碑三紙，自覺略進，夜再書
字二紙。作書寄三兄。

7月28日（閏六月三日）　晴，午後雨，夜雷電，甚涼
　　閱孫氏《魏石經考》，此書就《隸續》所載遺字考釋甚詳。漢世
所藏孔壁古文，到永嘉而亡於五胡之亂。魏正始中立石，即承其
法，歷魏齊至隋，石漸散佚，僅有《尚書》《春秋》。唐貞觀中，猶置經

石於九成宫,蓋至北宋而始盡亡。皇祐間,蘇望得搨本而摹刻之,凡爲文八百十九,則又以《尚書》《左氏》雜糅不別,淵如董理之功,頗足稱也。又閲《寰宇訪碑録》敘目。《天文大象賦》讀畢,此賦諸書説撰人不一,孫之騄云張衡撰、苗爲注,王厚齋云李播撰、李台集解。孫氏從《困學紀聞》定爲李播撰,從《宋志》及孫本定爲苗爲注。後坿顧千里跋,考校各史志異同極詳。

7 月 29 日(閏六月四日) **陰雨**

尹叟來,畫趙千里山水一紙。登樓眺雨,空濛漸瀝,極聲勢之奇,初猶依約可見遠山,頃之雨益急,并門前諸峯皆迷失矣。望湘流,清如碧玉,風動曾瀾,危檣一一漸過,怳如親在櫓聲人語中也,作小詩紀之。

　　超覽樓前雨,空濛似散埃。湘流浮地迴,青靄接天來。人語千帆過,江風疊浪開。危闌吾不厭,憑望且裵回。

7 月 30 日(閏六月五日) **晴熱,夜有電**

夫人歸寧,夜返。晨誦《邶風》一卷。點《通鑑》唐文宗、武宗二卷。日中小卧。擬張文昌《白頭吟》、儲光羲《田居詩》。閲《續古文苑》第二册,"詔敕類"中有漢元壽二年,丞相、御史大夫遣郡國計吏二敕,次首"方察不稱者","方"當即"訪"假用字。又成帝《賜趙婕妤書》,並古茂可喜。

7 月 31 日(閏六月六日) **晴熱**

爲聶十畫一扇,并書辛稼軒《瑞鶴仙》詞於上。點《通鑑》武宗、宣宗一卷。看《續古文苑》"疏奏類"一卷。臨帖二紙。讀《詩正義》"凱風""雄雉"二章。

觀　隸

自卷重簾下,翻嫌午漏遲。花箋隨意引,翠墨暑中宜。體格高華擅,靈芬緒業遺。衛家珊管在,問字肯相師。

　　煙暝萬鴉驚,荷香一水清。樹分深淺綠,風雜雨晴聲。涼氣侵衣上,螢光點砌明。衹看煙景異,便有入秋情。

8月1日(閏六月(六)[七]日)　晴,午後微雨

點《通鑑》宣宗、懿宗一卷。看《續古文苑》“書啓”一卷、《説文》穴、廖①等部、《詩·匏有苦葉》。發書與三兄。

園中夜坐納涼奉懷三兄京師

玉繩銀漢望霏微,超覽樓頭影到衣。詠罷新詩和夜杵,遠聞清梵發仙機。林風暗拂螢光亂,竹露涼生蚄語稀。爲問鳳城今夜月,縣光爭似舊柴扉。

　　無分機雲賦帝京,馳心千倍長離情。湘江夜月人初醒,易水寒風恨未平。少海三山無夢到,明河千里覺愁生。石田堪隱吾誰與,勸子他年約耦耕。

　　選唐詩七律,約爲五十首。余欲就王氏《唐詩選》重鈔簡編一册,要在三百首内外,以爲朝夕諷誦之資。

　　定消夏日課一紙:

---

① 原稿“廖”省作“𤲞”。

《詩正義》。以三章爲帥。

《唐通鑑》。一卷。

《説文》。十葉。

《續古文苑》。一卷。

習字。以二紙爲帥。

8月2日(閏六月八日) 晴熱

看《王湘綺文集》,吾最喜其《潮哈密瓜》《悼舊》《牽牛花》三賦,《哀江南賦》乃其少作,不足稱洛陽紙貴之目,直虛得名耳。臨帖二紙。點《通鑑》宣宗一卷。選唐詩雜五言體半本。僚壻卓君衛來訪,因往拜之,夕即行矣。接三兄初三信。

8月3日(閏六月九日) 晴熱,傍夕作風,欲雨

本日僅閱《續古文苑》二卷,篆《説文》日部。

8月4日(閏六月十日) 晴

作詩一首。

長夏將闌,小樓清坐,有懷聶三海上十二韻

高樓一以望,湖海若爲心。夢裹江南緑,秋前楚澤陰。霧蒸青靄合,天暝翠煙沉。遠浦皴千疊,門前秀一岑。野花沐雨色,夏木餘蟬音。炎暑消芳酌,新泉引玉琴。莫情千里送,涼序兩鄉侵。之子饒幽興,相於愜素尋。塵中獨爲賞,言外一何深。樂廣多羸疾,陶潛返舊林。故山浮桂櫂,秋氣動湘潯。遲爾沙鷗畔,相和《梁父吟》。

與婧君議同治《説文》,婧摹篆文,余寫隸釋,日以七行格紙寫一番，約廿餘日而畢一篇，十四篇期季可周也。既可精習篆書，又可研求小學，爲益無窮。○自寫一至示部一葉，合寫一葉，未畢。點《通鑑》一卷，未畢。選雜五言體詩□十首。

8月5日(閏六月十一日)　晴熱

寫畢昨篆一紙。尹叟來，畫趙大年、吳仲圭山水兩紙。夜點《通鑑》僖宗一卷半。

8月6日(閏六月十二日)　晴

夜驟雨生涼，已而霽月，朗然可玩。臨魏碑三紙。看《渚宮舊事》一卷，此書唐太子校書余知古撰，記荆楚人物遺文軼事，巨細兼包，可稱佳作，使後人得以窺見佚書古籍，功豈小哉！吾鄉文獻可徵者不乏，願以暇日歷覽群書，裒而録之，踵斯勝業，勉之勉之！

8月7日(閏六月十三日)

點《通鑑》一卷。篆《説文》一紙。新得馬齒莧花，以筆摹取其形，並爲小賦記之，未成。誦王右丞、杜工部雜律。看《渚宮舊事》二卷。臨帖二紙。

8月8日(閏六月十四日)　晴

點《通鑑》一卷。篆《説文》一紙。臨《刁惠公碑》二紙，此通凡費月餘之功而畢。誦《文選》"雜詩""詠史"等詩數卷。作書與三兄，乞爲製一鎮紙，其一面鐫文曰"辛亥七月蒙山館造，用銅十四兩，長七寸，廣容八十四票"，其一面刻連理枝文。

8月9日(閏六月十五日)

昨夜大雨，晨猶未止，觀庭中落葉蕭森，漸有秋氣。嗟乎！朱明肆毒，則夢憶寒冰；白藏戒節，而神戀遥暑。故知無形之逝，澄慮而靡覿；不舍之痛，接感而方驚。人生百年之中，自擾七情之役，形神銷鑠，筋力變遷，潛冥之間，推移之迹，芒乎杪乎，離妻不能察已。

然則世永者損深，而期促者真完，浮游有期頤之運，彭聃無殤子之樂。世人但欲駐景返顏，以爲至道，亦祇見其愚也，因作五言一首紀之。

　　風勁悲夏徂，日寒怨秋侵。云何窮居士，復軫蕭瑟心。嚴霜旦夕實，低檐覆愁陰。飛雨掠衡茅，薄涼生短襟。黃葉醉青柯，陽鳥引哀音。驕炎邈已往，促晝感至今。周天無返駕，六龍去駸駸。遲莫豈余懷，端憂寄微吟。默然曠虛慮，無爲涕淫淫。

　　臨《崔敬邕誌》二紙，此帖結構較《刁惠公誌》稍拙，而秀發之神，披露楮墨。看《文選》詩。篆《説文》一紙。點《通鑑》一卷。摹畫庭中雜花，成一小卷。

8月10日（閏六月十六日）　晴，午後陰

點《通鑑》一卷。轟六來。臨帖二紙。篆《説文》一紙。

8月11日（閏六月十七日）　晴，有風

戲述連日所事，供閨人一粲，時立秋弟二日

　　露落風高秋氣初，緑蘿涼夢助蕭疎。喜逃三伏閒題篆，卻憶孤眠起讀書。花底圖成敧玉鳳，夜闌歌倦冷明蛉。雙飛試奏神仙曲，釣瀨微吟思有餘。

賦馬齒莧花，花葉似莧，花具五色，叢生易長，不爲几幕之玩，燕京尤多此種，故有末句

　　短徑涼風雨過天，卻餘散綺一嫣然。石家自貫敲珊樹，姹

女羞從鬥錦錢。粉豔容誇金屋寵，莫霞應勝綠屏仙。上京秋老曾憐汝，幾向滄江籠野煙。

晨詣苣孫處，見案頭有《湘綺樓詩集》，乃先生子伯亮手校，以授先生孫禮純者，與市中行本頗有不同，其改定處皆已旁錄。先生嘗云，觀名人稿本，可以增悟，即以此義讀之。

8月12日(閏六月十八日)

往謁筑湘母舅，便道之聶家，又至肆中購紙。午中登超覽樓看山，作一律。

映門山色秀，翠入白雲層。永晝蟬相警，新詩水共澄。涼風搖兩足，穩夢近秋能。君問高人意，蕭然玉簟冰。

8月13日(閏六月十九日)

錦 葵

柔綿芳草傍階斜，淺護朱闌籠絳紗。翠作蜨裙雲潑黛，紅爲鶴頂綺成霞。嬌分黃赤清霜色，名擅笙歌玉樹花。若論新秋籬下賞，應同蠻婢入陶家。

牽 牛

藍琖亭亭映碧羅，曉風涼動葉生波。星熒細蕊微香散，露浥茸絲冷翠多。斛脫似能超闇景，離憂終莫照明河。向來朝徹傳蒙叟，不獨閒情洽薜蘿。

讀《湘綺樓詩》，因鈔七律二葉，皆就心賞之篇錄之。

8 月 14 日（閏六月二十日）　晴

鈔湘綺律詩。寫中元供色。申刻大雨如注。〇夫人歸寧，夜返。

8 月 15 日（閏六月二十一日）　晴

尹叟來，畫吳仲圭山水一葉。夜作《詠花詩》三首，稿後錄。鈔湘綺詩。

8 月 16 日（閏六月二十二日）　晴，午後大雨

湘綺詩已鈔畢。看《文選》詩，因擬《燕歌行》一首。寫中元供色。夜坐，聞雨聲，淒然動魄，口占一絕。

風過閒房燭影清，夜來涼雨似秋聲。檐前無限騷人意，省識江湖萬里情。

8 月 17 日（閏六月二十三日）　晴，傍晚又雨，至夜不止

擬柳柳州、李君虞詩三首。仍寫色。讀《文選》詩，因擬《燕歌行》一首。夜鈔湘綺《夜雪集》。

購《名畫集》觀之。又看《風倒梧桐記》，是書爲明遺臣□□□撰，皆記永曆間事，痛詆□□□等誤國之狀，書名甚怪，豈取杜子美“青梧日夜凋”詩意邪？

秋海棠

憑將珠淚染瑤階，分付秋陰一尺栽。玉女仙雲元自夢，雨花唬露爲誰開。曾無逞豔禁紅日，總自含羞問碧苔。正有叢筠留帝子，好將孤翠伴妝臺。

夾竹桃

清秋妝洗豔逾新，秀色憑誰寫洛神。節貫四時千歲景，名偕雙美一家人。醒紅上頰如中酒，玉雪凝酥不惹塵。巖下碧桃無氣骨，風流饒爾獨占春。

赬 桐

新繙草木問稊含，耐熱偏宜出海南。炎氣加衣侵午重，深紅無韻入秋堪。粗疏豈有驚人貴，弟靡如隨入世談。秖爲施朱成太赤，一生無分近華簪。

點選讀唐詩七言絕句，於花下詠之。有詩一首。

8月18日（閏六月二十四日）　晴，申刻又雨

將擬唐人詩録稿。詣皈師談，攜呈所書北碑，頗承嘉異。買石印唐碑十數種。偶臨《麓山寺碑》二紙。寫《説文》一紙，此業又停閣數日矣，暇時當力補之。擬儲光羲詩一首。看馬湘蘭畫，戲題二絶。

百般紅紫鬥芳菲，爭似湘靈舊舞衣。寫出春風無限思，莫愁堂下燕雙飛。

莫向秦淮問板橋，錦衣玉貌儘煙消。薛濤箋上風流葉，猶似當年靜婉腰。

8月19日（閏六月二十五日）　晴，申刻仍雨

寫《説文》一紙。點《通鑑》一卷。讀庾子山詩一本，庾之華秀，唐人唯王右丞近之，此則相馬於牝牡驪黃之外者矣。鈔湘綺七絶詩。擬庾《詠懷》一首,未成。讀《邶風》一卷。夜臨帖二紙。

8月20日(閏六月二十六日) 雨

校《義山詩集》足成。擬庾一首,又看《庾集》。讀《鄘風》"柏舟"至"君子偕老"。夜寫《説文》一紙。思作《苦雨》詩。臨《麓山碑》半紙。

8月21日(閏六月二十七日) 晴

作《苦雨》詩一首效張載。尹叟來,畫范寬山水一紙。夜看《庾集》,擬庾《燕歌行》一首十二韻。寫《説文》一紙。

苦 雨

徂歲易及秋,初寒忽已陰。涼風肅金行,熛電警飛霖。曾雲鬱然滿,密雨靡四臨。膚寸殊泰山,有渰帶南潯。擾擾黑蜧喜,皇皇元螾潛。盛潦溢周渠,縣溜穿廣櫚。候蟲訴衷情,賓雁無遺音。蒼蘚棲頹檐,弱草委低涔。崇朝竟淅淅,促夜彌淫淫。禾苗日夜疏,農夫坐悲吟。暘雨乘皇極,庶徵昭已深。登高軫遥望,結念感微心。環堵困蕭條,端憂無開襟。

8月22日(閏六月二十八日) 晴

寫《説文》一紙。誦《文選》"符命"。作篆書郭景純《游仙詩》一扇。點《通鑑》一卷。録昨詩。是日見王湘綺《後食瓜詩》。

8月23日(閏六月二十九日) 晴熱

不作一事。看《世説》弟二過。寫《説文》一紙。

餞 夏

空庭老樹灑疏陰,一夕風聲換玉琴。寥落晚蟬清帶露,衰回新雁冷和砧。仍留冰簟袪心熱,可耐銀河伴夜深。休訝年長秋信早,昨來涼夢上羅衾。

昨今兩日臨《書譜》兩紙。

8月24日（七月一日）　晴

鈔湘綺樓《夜雪集》已畢,因作跋一首記其意。

偶以酒後述所志,爲五十六字

一夢刪回午簟冰,初秋炎氣轉難勝。絺衣蘿薜閒來掛,落葉梧桐晚後增。酒半新詩難竟紙,眠中經卷悟三乘。祇應杜牧知吾意,佳句長吟靜愛僧。

效義山

風過冷雲屏,鐙斜照玉櫺。醉歌憐酒綠,花眼笑鬟青。竹重聲和露,桐疎影漏星。看看蓮箭曉,猶伴玉顏醒。

詣四叔祖及竹湘舅,偕游定王臺,今改建圖書館,姜白石之游蹟,蓋亦不復可尋矣。裒回馮弔,唏歔久之。○從黃濟甫假得《稗海》,夜閱《侯鯖録》一册。

8月25日（七月二日）　晴,午前微雨,後晴

閲《儒林公議》《隨隱漫録》《楓牕小牘》數種。點《通鑑》一卷。臨《書譜》一紙。

8月26日（七月三日）　晴

看《絕妙好詞》,因填《念奴嬌》一闋。

半彎眉嫵,又匆匆,催到新涼時節。便玉簟銀牀冷透,怎得閒愁消歇。一秋星河,滿樓蟲語,夢裏都淒切。疎桐漸老,夜風吹上秋色。

曾記紅雨剛收,香塵尚軟,總付奈他鵑鴂。何況已秋還顧夏,併入清霜蕭瑟。紈扇迎秋,絺衣消酒,難把離傷心説。望來新雁,楚天飛盡孤闊。

長嫂三十初度。○夜看岳珂《桯史》。作書寄聶三。

8 月 27 日(七月四日)　晴風

看《桯史》。同婧君畫一扇。夜作一律一絶。

孟秋月朔登定王臺故址感賦

草色西風暗換秋,只成高詠不成愁。孤桐半死猶殘淚,危磴幾尋餘古丘。影幻豈知人閒世,情多唯共水爭流。饒他舞袖寬還窄,終是千年旦莫休。

8 月 28 日(七月五日)　晴

清理畫幅。濟甫送《稗海》全部來。看葉夢得《石林燕語》。

8 月 29 日(七月六日)　晴

母親五十慶辰。

8 月 30 日(七月七日)　晴

出謝壽。夫人歸寧,余初未之知也,恨銀河雲錦之佳期,而無璧月璦枝相對耳。

8 月 31 日(七月八日)　晴

夫人夜歸。臨《書譜》半紙、魏碑二紙。

9 月 1 日(七月九日)　晴

作《七夕雜詩》三絕。

　　夜半涼風入畫廊，新秋偏是怯宵長。簾前星漢階前月，共與離人訴斷腸。

　　銀牀冰簞夢悠悠，千里明河隱玉鉤。惆悵佳期無處所，畫屏猶自待牽牛。

　　鵲橋鸞扇望苔苔，不抵年時恨寂寥。天上人間同一例，空將素手怨涼宵。

9 月 2 日(七月十日)　晴

閱《唐世說新語》、《詩正義》"定之方中"至"干旄"。是夕以中元祀廟，蓋古秋嘗之典也。

以後數日均未記。

9 月 9 日(七月十七日)　晴

尹叟來。昨謁曾公，錄詩四首。今日閱畫四件，有郭熙《輞川圖》，甚精妙，文徵明書右丞詩，則未必真矣。仇十洲畫《文姬歸漢圖卷》、顧見龍仕女直幅、董香光山水，均非上品。夜閱汪穰卿舍人所刊《振綺堂叢書》六本，内陳(慶)[樹]鏞《漢官答問》尚有用。《聖祖五幸江南全錄》，不著撰人名氏，雖若記錄游幸、賞賜甚庸瑣，而中頗具微意。《客舍偶聞》，彭孫貽撰，記康熙間事，絕無隱諱，逸文瑣事，賴以略存，亦實錄也。此外皆近人筆墨。

9 月 10 日(七月十八日)　晴，夕細雨

臨《書譜》一紙。郭卷賈人索八十金，夫人出奩金爲余購之，相顧以爲趙德甫、李易安之風，不是過也。〇看《拾遺記》。

9月11日(七月十九日)　晴

9月12日(七月二十日)　晴

看曾太夫人詩集,麟生之母,余妻從舅母也。詩甚佳,絕無脂粉態,滄海橫流之日,乃有此閨中績學,令人欽慕。爲校一過,吾父已爲作敘一篇。○看楊子鶴、查士標兩畫卷,均不佳。又看《九宮大成南北詞宮譜》,乃乾隆中莊親王因開律吕正義館時所纂,中皆俗調,不足當雅樂之名。○誦《文選・文賦》。

9月13日(七月二十一日)　晴

9月14日(七月二十二日)　晴

閱畫,有趙千里《賞荷圖卷》尚佳,張果亭小山水亦真,又有孫正朋花竹。

9月15日(七月二十三日)　晴,夜雨

赴張子武亞兄之約,同詣桂林王芰(王)〔生〕太守壽齡處觀畫,頗多佳者,如沈石田山水卷、金冬心梅及小册、馬江香花草、錢籜石蘭竹,皆妙品。其人風流儒雅,無俗官氣,環堵蕭然,琴書靜靄,頗有眼力,惜藏不多不古耳。

9月16日(七月二十四日)　陰寒

與閨人同摹孫正鵬《富貴平安圖》。

9月17日(七月二十五日)　晴

仍鉤昨畫。至傅五舅處,不遇。至摯甫兄處借觀《中國名畫集》五册,又劉繼莊《廣陽雜記》,閱一册。

9月18日(七月二十六日)　晴

9月22日(八月一日)　晴

自立日課一紙,錄於左。

剛日:弟一,誦《毛詩》。弟二,讀《漢書》一卷。弟三,校《義山詩集》。弟四,看三乘經典。弟五,臨《書譜》。弟六,誦《文選》。

柔日:弟一,誦《毛詩》。弟二,點《通鑑》一卷。弟三,校《義山詩集》。弟四,習大字。弟五,寫《説文》一葉。弟六,看經典。

今日長兄三十初度,有客在座,未能行課,唯校《玉谿集》十餘首。看畫數幀,有趙文敏《竹林七賢圖》,定爲妙品。看劉夢得詩,纔葉許。

9月23日(八月二日)　晴,又復酷熱

誦《詩》"淇奥"至"碩人"一卷。看《漢書》常惠、陳湯等傳一卷。看字畫數種,有董玄宰、何蝯叟書,冷起敬、趙千里等畫,俱録入《蒙山館金石書畫記》。余自上月立一册,專記所閲古蹟,非欲爲著述,以備遺忘,爲他日之考驗耳。今日臨蝯叟所書《石門頌》一紙,似不失其貌。點《通鑑》唐昭宗一卷。

9月24日(八月三日)　晴,仍熱

略無意緒治事,閲近人所刊明人遺著數種。《投筆集》,錢謙益著,皆和杜《秋興》詩韻,凡十三疊,百又四首,附重題又四首,傳是樓鈔本,儀徵劉氏藏。多譏切北人,而睠懷故國,亦可謂驅邁蒼涼之作矣。《燼餘録》二卷,宋遺民吳人徐大焯撰,李模爲之校識,紀宋末喪亂時事。《餘生録》,張茂滋撰,紀其祖肯堂殉難時事,見稱於《全謝山集》。《留都見聞録》,貴池吳應箕次尾撰,紀秣陵遺跡,皆孤本零篇未行世者。買人持陳眉公畫來閲,賞翫數過,因製短歌記之。

題陳眉公《江南秋畫卷》,卷爲寧鄉周夢公家藏

青山曾疊白雲滿,下望長江向天遠。歷歷漁村不見人,無限清幽遥在眼。中間山勢最雄奇,樹石莽蕩煙淋漓。兩頭空闊吸秋水,似有漚鷺——飛。陳侯用筆真萬變,馳騁神靈一匹絹。飄然去向畫中游,圖成題作江南秋。江南秋色無人識,苦向寒林唤空碧。他年夢到秣陵山,著我扁舟滄海客。

9月25日(八月四日) 晴

尹叟來,共觀昨畫,俱爲矜賞。摹北苑《滕王閣圖稿》。删改昨詩。

9月26日(八月五日) 晴熱

讀《漢書·韋元成傳》。校《玉谿集》。閱畫數幀,有董文敏《山中白雲》一軸,的爲神品,余愛不釋手,已書入《蒙山館記》矣。

9月27日(八月六日) 晴

熱甚,不能治事。甚愛董畫,因摹一稿。校《李集》。

9月28日(八月七日) 晴

臨董軸。夜誦唐人七絶。

9月29日(八月八日) 晴,稍涼

作書與張劭希。

9月30日(八月九日) 晴

尹叟來,共看畫多種。余與夫人議刊廣告,徵求佳畫,專以謹嚴工麗爲限,欲令海内士庶聞風興起,以救頹俗。因擬一稿,亦可謂志大心勞者矣。將《山中白雲》軸臨寫一通,匆匆歸之。閱唐詩五律,集爲聯語,鈔寫三紙。夜讀《文選》"哀策""碑文"。

10月1日(八月十日)　晴,雨不定

秋聲漸老,每一聞之,心摧目駭,秋之感人與人之感秋也,吾無以知之。觸緒懷人,聊墨短行記之。

　　纔聞征雁又悲風,無那秋聲向晚濃。不信閒愁無處訴,惱人都是木夫容。

　　似晴似雨晚涼初,滿目秋雲思有餘。拚得玉階成久立,任他清露濕衣裾。

　　密語清愁事已諳,攬人思緒似春蠶。不堪垂柳蕭蕭影,還有雲鴻度兩三。

　　赤花珍簟水紋流,曾記憑肩看玉鉤。今夜水精簾外月,淒涼猶自解當頭。

校《玉谿集》十餘首。清理字畫。誦《詞選》南唐、北宋數十家。看《華嚴經論略》,又看《圖書集成·畫部》。曾劬公生日,余往賀之。夫人歸寧。

10月2日(八月十一日)　陰

尹叟來畫,鉤摹陳仲醇畫卷。夜閲《華嚴原人論》,又誦杜詩五律。

《華嚴原人論》云:"此身本不是我,不是我者,謂此身本因色心和合爲相。今推尋分析,色有地、水、火、風之四,心有受、想、行、識之四,若皆是我,則成八我。"此説即《莊子》所謂"自其同者視之,萬物一體;自其異者視之,肝膽胡越"。不泯人我之見,便不能止息緣業,無我觀智,真妙諦也。

《華嚴經》云"佛子,無一衆生而不具有如來智慧,但以妄想執

著而不證得",此《孟子》"人皆可以爲堯舜"之誼也。悟道雖分頓
漸,而求仁不遠,一也。

10 月 3 日(八月十二日) 晴

10 月 4 日(八月十三日) 晴

誦《詩》"泉水"至"伯兮"。摹惲畫一紙。看《漢書》翼奉、京房
傳。出詣傅、聶二家,又偕尹叟訪郭氏養雲山館。過畫買戴朗軒,
觀惲正叔《臨徐崇嗣花草》長卷,定爲神品。歸看近人所著《河海昆
侖錄》,紀塞外風物。

10 月 5 日(八月十四日) 晴,稍熱

點《通鑑》一卷。影寫《黑女誌》一紙,連前數日所寫共四紙。
看近人所刊《嶽雪樓鑒真帖》。薄莫偶吟一首。

八月涼風際曉清,醒來無事只孤行。煙含叢桂傳香遠,露
浥疏篁滴響輕。滄蕩詩懷堪送日,蒼茫風物又關情。百年醉
夢能多少,試看朝暉漸漸明。

晨行園中,見牽牛花一叢,迎早涼,娟娟有餘態。帶露摘歸,對
寫一影,因紀以絕句。湘綺賦云:"當淑子之晨妝,惜秋窗之旦開。
襲羅襟而薄涼,朦豔影其臨階。"其爲勝事,定何如邪!

翠鬖羅衣不染塵,清秋籬落見精神。夫容初日饒相笑,終
是炎天趁熱人。此花見日而蔫,與荷適相反。

10 月 6 日(八月十五日) 晴

家人賀節畢,出外詣客,輿中漫成一律。

晴秋佳興復如何,且趁良辰一放歌。木末芙容兼夜發,小山叢桂向人多。一樓螢雁催涼氣,萬里雲煙散碧波。從此畫屏清夢穩,年年璧月照青娥。

夜與閨人踏月,散景明麗,照人灑然,裳袂俱清。香風時來,疏桐短竹,一一在地,嫋嫋蕭蕭,殆不復有一塵沾著我魂夢。況有縞衣雲鬢,婉變相輝,攜手顧盼,怡然傲然不自知,其過於樂也。嗟夫!百年能幾,四美難并,天幸優而游之,又焉可不有以志欣感,且爲他日無央之券也。詩曰:

清風微嫋合歡裙,萬里冰華靜夜分。璧月遥聯天上月,卿雲來護鏡中雲。荷花老後當秋豔,桂樹香來帶露聞。今度佳期無限思,鳳皇琴引欲煩君。

適聞鄰舍新昏,歌吹之聲,清景奇絶,加此新豔,不可無以爲賀。

清秋佳氣引妝臺,湘瑟秦簫一片催。桂樹已教人比豔,月華應共鳳俱來。乍開羅幔疑冰扇,更卷銀河送玉杯。永願團圓比天上,莫將歌舞一時回。

10月7日(八月十六日) 晴

再贈新昏一首

秋草映朱霞,冰陰散月華。蘭堂留海燕,桂樹擁雲花。酒上芙蓉椀,香融翡翠車。天邊團扇影,莫遣向人斜。

偶　書
灑落閒心鶴不如,高秋雲氣入看無。鑪煙不動剛眠足,起向晴牕搨畫圖。

摹陳繼儒卷一紙。影寫《黑女誌》一紙。點《通鑑》梁太祖一卷。寫《説文》一紙。

10 月 8 日(八月十七日)　陰寒

臨《書譜》一紙。看《圖書集成·閨媛部》。寫《説文》一紙。看《畫傳》。

10 月 9 日(八月十八日)　陰雨

新寒撩人,意緒無賴,大似梨花閉門,時雨也,填小令一闋。讀張氏《詞選》。寫《黑女誌》一紙。點《通鑑》一卷。

浣溪沙
細雨斜風鎖畫樓,鑪煙深卷玉簾鉤。新寒人起倦梳頭。瑟瑟疏桐輕惹夢,濛濛香桂散成愁。天涯芳信不禁秋。

雨夜十七夜作
瑟瑟斜風悄悄涼,卷簾時有桂花香。卻如二月春分雨,紅燭高燒看海棠。

10 月 10 日(八月十九日)　陰

晨誦《文選》"哀弔"諸篇。畫野菊一叢,又作畫二幅,遂無所事。夜與閨人對酌。○昨賈人持一惲南田花卉卷,余閱之,愛其妍媚秀逸,即以四十刻之功,鉤摹底稿,從容畢事,時已日入,籌鐙冒寒爲之。今晨退還,尚有審翫欣賞之功,殊不迫也。

10 月 11 日(八月二十日)　陰,午後微晴

誦《文選》"序""頌"諸篇。

民國元年（1912）壬子

8月27日(舊曆壬子七月十五日)　晴,晚後微雨

閱《古今文鈔》"論類"二本。影寫《鄭文公碑》一紙。畫水墨畫十餘紙,皆不愜心。又將前畫之牡丹茶花補完,擬合荷、蘭二紙贈日本松崎鶴雄,并爲書以媵之。書云:

不接清徽,淹踰旬月,眷言歡晤,良用憮然。僕卧病等於漳濱,悲秋同於宋玉,難覓薝蘇,蠲斯愁疾,聊因續素,微遣窮陰。念昔曾面許作畫奉贈,今輒以近作四紙寄呈,伏冀論纂之餘,加之裁鑒。敞邦文獻卓冠寰球,書雖小道,而名人文士研精覃思,二千年來日新月異。論者多以中法但求之筆墨氣韻,而西人兼能具體勢陰陽,斯言殊爲未達。求之古昔,尉遲乙僧之畫佛象,宣和之畫花鳥,近代沈荃、郎世寧,皆極精於陰陽凸凹,然而技之高者,能寫神理於筆墨蹊徑之外,故不復斤斤於此也。今日畫學所以不能比迹歐美者,徒坐俗工不習古訓,不覩古法,妄樹流別,以草率爲雄奇,以嫵媚爲妍秀,無神理之足言,無氣韻之足察,病其不古,非古之過也。但觀北宋以上之畫,皆氣超秀而温潤,體雄偉而謹嚴,恰如漢晉六朝之文,與唐宋古文家不可同年而語,蓋盛衰關乎世運,非偶然矣！今之所

獻，殊未足以副所言，然而較之流俗，故自有別，求之前代，則惲正叔之流亞也。念先生於敝邦文學既已精研，而孰識之，必能判然於今古之異、雅俗之別。倘不以下體見遺，憨其困苦，采其偏陋，得先生之介紹，以與貴邦美術家相周旋論難，增其學識，是所願也，不敢請耳。銀河曉没，玉露宵凝，林葉微黄，滄波無極。言念君子，願護寢興，佇惠箋僧，慰其翹想。

日有詩二首，今録於此。

秋　荷
銀塘風起識秋聲，撩亂新妝理不成。消受涼天二分月，雲鬟翠袖不勝情。

雨　望
西風送飛雨，一夜滿江湖。水氣籠青靄，霜林換綠蕪。魂隨帆影落，夢破客情孤。淒絶沙邊鳥，驚寒亦自呼。

夜閲張溥《通鑑紀事本末論》，又讀《歷朝詩選》七絶。
8月28日(七月十六日)
昨夜枕上口占，擬《宫詞》三首。

雪覆宫花滿苑春，垂楊新跐御街塵。年年御輦從容處，依舊東風自惱人。

露濕煙濃曉色迷，小鬟紅粉隊新齊。君王手自調驄馬，葉葉春衣護跰躃。

金井風高莫色秋，夜寒無睡鎖珠樓。分明一樣昭陽月，不
照繁華袛照愁。

鈔杜律詩。畫荷花長幅。閱《歷代名人書札》。臨帖一紙。
8月29日(七月十七日)　晴
午後偕婧君至商務印書館購書物。仍畫荷花。看《名人書
札》，又看《繡像小説》。
8月30日(七月十八日)　晴
婧君將歸寧，且留宿。旬日愀然不樂，是日除看小説外無所
事。夜赴聶管臣宴。
8月31日(七月十九日)　晨雨，午晴
作《懷人詩》一首。

淡淡斜陽剪剪風，秋葵花發照簾櫳。羅幃人去飛塵冷，翠
被香殘隔夜濃。舊夢新愁俱髣髴，清秋明月肯從容。莫將珠
淚輕拋灑，弱水蓬山定幾重。

緩漏疏鐘斷續聞，曉來涼雨更紛紛。從來孤鶴無眠意，寫
入新詞一寄君。

是日訪曾重伯。飯後至聶宅，四時始歸。仍看《小説》，中有某
君著《小説原理》一篇，實爲佳構。夜看《英文云謂字通詮》。誦《八
大人覺經》十五徧。日來情緒無聊，不復能收視返聽，精思傍訊，因
之稍廢正課。○夜臨帖一紙，已間兩日矣。
9月1日(七月二十日)　晴熱
晨鈔唐詩四葉。看《英文云謂字通詮》。臨帖一紙。訪左台

孫,不晤。夜檢舊帙,得婧君所爲雜詩兩紙,憮然有感。婧君當去年夏秋間,家居多暇,又緣新婚,無塵俗相繞,得恣意於書史文藝。下帷引鏡,朗如連璧,綵雲蕭史,顧盼神仙,曾幾何時,都成陳迹,炳燭夜游,斯言良爲不誣矣! 今録其詩於此。

七夕寄外

閒步畫郎前,氣涼風露零。今宵郎何在,唯影隨儂行。閨中枉密約,獨看牛女星。定知人靜後,無睡倚雲屏。

無　題

日日盼郎來,郎來卻羞見。執書伴未覩,低頭匿儂面。

二詩並似南朝人風格,不能詩者乃有此,真性情語。余空學爲詩,媿不能及也。使君假歲時之力,耽寢饋之勤,班姑左妹,何足道哉! ○晨詠杜詩,頗有悟。夜誦《八大人覺經》十五徧。

9月2日(七月二十一日)　晴

婧君書來,欲過廿四日歸,余復書促之,因有令余等赴湘之議也。得電音,知明日歸,甚喜。臨碑一紙,又鈔唐詩。看《英文云謂字通詮》,又寫英字數行。夜復張子武書。○誦《八大人覺經》。

9月3日(七月二十二日)

婧君歸,余親往迎之。是日鈔唐五律詩畢。摹帖一紙。夜誦經。

9月4日(七月二十三日)

飯後訪左台孫,又不晤。是日僅看小説,摹帖一紙。夜誦經,並誦六朝五言數十首。

9月5日(七月二十四日)

婧君和余風韻詩,今日始見示,稍爲改定,亟録之。

> 落葉殘紅怨峭風,臥看明月射簾櫳。江文通詩"秋月映簾櫳,懸光入丹墀",香閨怨别,此時爲最。秋來景色留人苦,昨日心情入夢濃。雙照故園猶有淚,清輝今夜若爲容。於今遠作申江客,迴望關山隔幾重。

偕左台孫至寶豐飲茶。摹《鄭碑》一紙,又臨《張玄誌》一紙。讀鮑詩"乘軺實金羈,當壚信珠服。居無逸身伎,安得坐梁肉",有感。

9月6日(七月二十五日)

誦《歷朝詩選》數葉,此選不愜意處甚多,因其每將不止一首之詩割裂吐棄,如《秦州雜詩》《武功縣作》之類,無以見其精神脈絡。又每一人往往將其作詩之前後顛倒,甚失知人論世之旨。至齊梁以後之新體詩,往往截爲八句,置之五律,皆非選詩正軌,蓋劉君亦本非行家耳。又有五言長韻截去其中十數句者,尤謬。

唐人五古無甚可觀,唯張文獻、李太白有劉公幹之風。杜老號爲"孰精《文選》",而五古殊不入六朝之室,徒以粗獷開宋人之門,何也?然他體詩實有能融化《選》理神髓者。近人李君詳著《杜詩證選》,僅於字句間求其證佐,恐未必然耳。○摹《鄭文公碑》一紙。

9月7日(七月二十六日)

是日閱《紀事本末》"晉論"畢。○夜閱繆荃孫所撰《古學彙刊》,中有《越縵堂日記鈔》一卷,會稽李先生尊客著也。此君學行風概,余所素慕,其日記歷四十年,無一日間,亦聞之孰矣。觀其貫串馳騖,博極群書,顧氏《日知録》殆無以過,而一則刊木於生前,一則零亂於生後,何其有幸有不幸也!余年來向學,致力於詞章者多,致力於經史者少,緬對宏達,良用惕然。夫百家之原於六藝,猶百川之赴東海,衆星之拱辰極,蓋未有拾詞賦之咳唾,而可以窺聖賢之制作者也。服膺六經,咀茹何鄭,扶唐宋之藩籬,趨兩漢之堂奧,庶守斯志,以終吾身。

9月8日(七月二十七日)

是日閱《通鑑紀事本末》"東漢"一本,有奇。夜左台孫招飲酒樓,余乃初爲顧曲周郎也。

9月9日(七月二十八日) 大雨

婧君歸寧。閱《涵芬樓古今文鈔》。

9月10日(七月二十九日) 今日雨,寒甚

摹《鄭文公碑》一紙。臨《張黑女誌》一紙。閱《通鑑紀事本末》《古今文鈔》《歷朝詩選》。

湘南久熱,滬地先寒,感念平昔,倍有悲秋之意,聊以短韻紀之。

天寒意多悲,急雨夜浪浪。孤雁時一鳴,葉下如散霜。氣候感先變,窮居心旁皇。豈無忘憂酒,聊復引一觴。盛夏不再來,草木將不芳。念此終永夕,隕涕下沾裳。

12月10日(十一月二日) 陰寒,微雪

讀經十葉至三十葉。○讀《漢書》一卷。○讀《文選》一篇至五篇。○點《通鑑》十葉至三十葉。

右新立課程,每日治畢四種,即爲完課,其餘瑣碎不在此列。

當試行之一月,即以冠日記之首。

按《原涉傳》:"天下殷富,大郡二千石死官,賦斂送葬皆千萬以上,妻子通共受之,以定產業。"知京外官都如此矣,獨生日不聞耳。清世督撫大寮吉凶之禮,屬員例有餽獻。《漢書·儒林傳》:歐陽地餘爲少府,死,官屬共送數百萬。由來古矣。

讀《易》"咸"至"睽"、《漢書·儒林傳》、《文選》陶淵明雜詩數篇、《通鑑》梁武帝廿葉。看小說甚多。

12 月 11 日(十一月三日)　陰寒

聶六來。

舟過漢口

鐙明江樹青,雁下秋霜白。五兩搖朔風,歸人警孤夕。

夏口雞鳴殢客愁,蘆花吹雪過巴邱。征衫早濕吳淞雨,返棹還依黃鶴樓。

樓前山色引舟行,裹翠沾衣撲酒醒。明朝更折湘春樹,一夜輕帆過洞庭。

雜　興

晚桂猶芬芳,時菊亦榮曖。空庭覆朔雪,悲風感虛籟。有情眷微物,生意自欣快。寒姿冠林叢,秀色明無礙。貞固信難量,浮根易爲敗。時危詎相迫,高性方陵邁。遙心攬物華,萬彙悅所會。至人秉充符,達士永貽佩。

首篇前日作,次篇今日作,並録存此。〇頃又作《長江舟中有懷上海》一首,閒生無事,憶及其景而筆之。

水宿一鐙明,孤舟傍月行。夜風聞駁浪,歸雁識秋聲。書卷頻年客,雲山故國情。昨來新夢處,東望海潮生。

讀《易》"蹇"至"姤"卦、《漢書・循吏傳》、《文選》謝惠連、靈運雜詩數首、《通鑑》梁武帝廿餘葉。從子武處看何蝯叟手鉤《法華寺碑》,又《道因碑》,有蝯叟鈐印,甚佳。又臨《孟法師碑》一葉。

12月12日(十一月四日)　陰雨

《漢書・尹賞傳》載長安中歌:"安所求子死?桓東少年場。生時諒不謹,枯骨後何葬?"爲樂府之濫觴。《古詩十九篇》,論者以"游戲宛與洛"一語疑後漢人作,觀此歌神韻逼近,知五言實盛於西漢,蘇、枚真筆,故無疑耳。○讀《易》"姤"至"井"、《漢書・酷吏傳》。

12月13日(十一月五日)　陰寒

婧君微有不快。○《漢書・貨殖傳》"荅布皮革千石",《宋書・徐湛之傳》"高祖微時,伐荻有納布衣","荅"、"納"皆重厚貌,今俗有"荅連布"之稱,音義古矣。○僅閱《漢書・貨殖傳》,臨碑一紙,心殊不快。點《通鑑》廿餘葉。

12月14日(十一月六日)　晴明

是日有客。○裱店送來自書聯,即張之臥室。聯語云:"直遣麻姑與搔背,偶逢神女學吹簫。"《香屑集》唐句也,記爲李商隱、陸暢句。余不能書聯幅大字,近始學之。

讀滬諭,旋繕稟緘發,並寄右詩,又作《擣衣詩》一首。

龍庭邊雪苦,江南朔吹高。佳人怨早寒,游子泣征袍。結念託文石,哀音訴商猋。蘭房啓月夜,珠檻潤霜朝。皓腕擢輕

51

杵，瀼露墜芳綃。階蛩引潛悲，宵雁屬長號。餘響嫋未畢，微汗詎云勞。皎皎砧上紈，霍霍筥中刀。縫衣寄萬里，寸心薄玄霄。恩惠詎永隔，眷焉結長謠。

此詩本意學法曹，及成，全不能似。獨起句得勢大似小謝，小謝工於發端故云。《擣衣詩》余獨賞法曹"(衣)[腰]帶準疇昔，不知今是非"及工部"用盡閨中力，君聽空外音"四句。情文相生，洗淨陳腐，知古體與近體脈絡不同也。

近閱小說，悟其摹寫入神，全在用字之妙，往往加減一二字，而神味索然，人視爲非要，而句之關鍵乃全在是。《史記》《漢書》佳處，使人不厭屢讀，正復一理。○讀《漢書·游俠傳》，未畢。夜點《通鑑》梁武帝五十葉。余讀史不疲，而終不若小說之能彊識，亦一證也。看《八代詩選》首冊數篇。

12月15日（十一月七日）　晴

有客。○滬諭督余作壽王湘綺詩，竟日爲之，不成。晤譚大武。夜閱《通鑑》廿餘葉。○聞湘綺被任爲國史院長，直似新室之徵龔生，比之康成、淵明，又不如矣。

仙巒篇贈湘綺太年丈

仙巒會縣圜，曾霄麗卿雲。揚靈必希世，蓄祕期千春。純風歇末王，宗緒企儒真。伊人感天符，獨邁播清塵。通幽洞元旨，敷華煥靈文。瞬目辨流別，游心獵典墳。總義造聖微，披秀蘊道醇。樹□軼晉唐，摛芬友漢秦。珪璋既文府，禮樂實治源。弱歲際艱虞，慷慨念隆民。婉婉贊訏畫，棲棲歷翰藩。四紀迄橫流，橫流竟泯棼。群飛黷滄海，崩亂錯天辰。時危志始窮,身退道彌尊。外物徒龍蠖,因遇自屈申。斗酒樂陶公,六藝仰鄭君。精義指蕙柏,幽性息丘樊。素襟洞名理,元覽挹清言。泉石養天倪,崇情邈埃氛。伊余實庸弱,鄰德更依仁。多難謝薄材,流轉媿微身。談經子雲宅,授書蔡邕門。鑽仰歎既竭,雅鑒枉相存。和冬鬱陽榮,松雪照連淪。芬風扇明德,大羣貽哲人。歲寒思高山,撰德頌嘉辰。

12 月 16 日(十一月八日)　陰,微雨

作此詩,竟日不得閒,共寫三分。在子武所閱劉松年畫甚佳,惜價太鉅耳。

12 月 17 日(十一月九日)　陰雨

以橘皮浸酒,共三斤餘。發家稟并詩二首。○譚五索余詩,因檢舊詩,鈔十六首,擬自攜去。比成,聞其兄樸吾没,遂不果。○臨《孟法師碑》二紙,遂畢一通。夜臨《張黑女誌》二紙。是日所寫近三千字,未覺疲也。點《通鑑》十餘葉。閱柳子厚、劉夢得集。

《匈奴傳》"秦有隴西、北地、上郡","趙置雲中、雁門、代郡","燕置上谷、漁陽、右北平、遼西、遼東郡以距胡"。然則郡縣制不始於始皇審矣。○又中行説曰"必我矣,爲漢患者",此語與《檀弓》"誰與哭者"同一句法。

12 月 18 日(十一月十日)　陰雨

緘發家稟。是夜接諭二通。臨帖一紙。讀《漢書‧匈奴傳》,未畢。讀《文選‧頭陀寺碑》。閱元白詩。○婧君自今日始臨《華山碑》。

匈奴號無文書,不知禮義,然自犯邊以來,漸染漢化,亦頗自進於冠帶之俗。按《漢書》本傳云:"楊信使匈奴,其儒生,以爲欲説,

折其辭辨”，是有儒學也。又“且鞮侯長子爲左賢王，次爲左大將，病且死，言立左賢王。左賢王未至，貴人更立左大將爲單于。左賢王聞之，不敢進。左大將使人召左賢王而讓位焉，左賢王辭，左大將謂曰：‘即不幸死，傳之於我。’”是單于能禮讓，有目夷、季札之風也。自拓跋以逮元、清入主中國，世數長短，輒與漢人參半，其所由來，豈一朝一夕之故也。

12 月 19 日（十一月十一日）　陰雨

婧君歸寧。○讀《孟子》“梁惠王”“公孫丑”“滕文公”三篇，《漢書·匈奴傳》未畢。點《通鑑》廿餘葉。臨碑一紙。

12 月 20 日（十一月十二日）　陰雨

子武贈余老坑研一、水盂一。○與婧君彈棋半日。看《漢書·匈奴傳》畢。臨碑一紙。點《通鑑》四十餘葉。讀《孟子·離婁上》篇。

今世所傳周秦諸子，往往篇簡散亂，句讀詰屈，學者窮殫歲月，白首僅能通其一家。獨《孟子》七篇，以韓氏推崇，程朱衍釋，竟能章句明暢，誦習遍於童稚。由此推之，諸子失傳，蓋在唐宋之間。南宋以還，人競虛囂，愈成絕響，使先哲遺文日就湮沒，作俑者實韓氏，推波助瀾，又北宋諸君之過也。

12 月 21 日（十一月十三日）　晴

至唐采臣家賀其子昏禮。讀《孟子》“離婁”及“萬章”。

12 月 22 日（十一月十四日）　晴，冬至

家中有祭，未讀書。○讀《孟子·告子上》。讀《漢書·西南夷列傳》。看子武所得《化度寺》，有翁、何藏印。

12 月 23 日（十一月十五日）　晴

三兄今夜赴滬，送之出城。○看《漢書·西域列傳》，未畢。讀

《八代詩選》詩數首。臨碑一紙。得譚大武還書,余又作書索其詩卷。

12月24日(十一月十六日)　晴

親往郵局、電局。星槎、濟甫并尋家。○得大武書摹湘綺字亦可亂真。并湘綺改本詩數十首,浮藻沉辭,興高采烈,不愧湘綺樓門人。獨余未窺河籍,徒襲華聲,對此畏友,慚悚兼之。讀《孟子·盡心》,未畢。夜讀李長吉詩,子武贈余石印本《長吉集》,甚精美。又《魏勃海太守王偃碑》,以二圓得之。寫家信二,家事漸繁,不能漸心問學,思之憬然。

12月25日(十一月十七日)　晴　曾祖忌日

約尹和叟、黃濟甫、陳道威來小酌,黃未來,而張十二叔宜適來,因邀之。子武以殘本《李西平碑》屬余檢定,因重鈔一清本,頗費鈎稽之力。夜閱《李長吉集》。

12月26日(十一月十八日)　陰雨

是日全未讀書,以《金石萃編》校《李碑》,得竣事。

12月27日(十一月十九日)　雨雪

登超覽樓看雪,景色甚麗,欲吟詩,不成。臨碑一紙。點《通鑑》二十餘葉。

12月28日(十一月二十日)　雪霽

子武邀譚三組安、譚五觀瓶、汪九頌年、王莘田、童梅岑、趙夷午、呂蘧孫集超覽樓看雪,余宴罷作詩。

朔雪蕩冬榮,暄風戒春淑。境偏崇構迥,趣永幽情足。清泠契襟袍,曠望超平陸。輕煙麗陂陀,隱秀明岩谷。華林冠晶月,曾峯削寒玉。晴暉豁雲表,流澌下汀曲。蕭條愜近尋,愉豔曬遥目。良游撰嘉客，招攜眷邁軸。澄觴薦冰池，飛蓋妨珍木。清言廁群彦，賢功即明牧。但得心賞間，豈惜歡宴促。退思感舟壑，弛情軫巖屋。妙善倘可期，妍游冀能續。都督在坐，故有明牧之句。

民國二年（1913）癸丑

1月1日(舊曆壬子十一月二十四日)

在家未出。

1月2日(十一月二十五日)

1月3日(十一月二十六日)

1月4日(十一月二十七日)

訪湘綺，不值。

1月5日(十一月二十八日)

日尹和叟來談。

1月6日(十一月二十九日)

日同人公宴湘綺並演劇，余往陪一日。

1月7日(十二月一日)

謁湘綺，得見。

1月8日(十二月二日)　晴

接家書。○臨《華山廟碑》二紙，去年廿八日起，今日畢弟一通。夜又臨《魏司馬景和妻孟氏墓誌》一紙。看《水經注》一卷，又《説文繫傳》數十葉。

1月9日(十二月三日)　陰雨

訪譚瓶齋，不晤。作書與聶慎餘、曾皈庵。集唐詩聯語二紙。

臨碑一紙。讀《論語》，又讀《南北朝文鈔》。

1月10日(十二月四日)　陰雨

不記。看畫數種，手鉤一種。

1月11日(十二月五日)　陰雨

偕譚瓶公訪王湘綺，極論爲學之方，聞其昔年手撰《九經注》，每經皆寫六七遍，日寫至少三紙千餘言，良可驚歎。自明日始，媾精爲學，心不旁涉。

1月12日(十二月六日)　陰雨

偕張子武、譚大武訪湘綺，久談。在大武處借明本《玉臺新詠》并湘綺近詩，歸亟鈔三紙，備寄呈大人，今鈔數首於後。

世事真難料，忽忽蠆蠆傷。誰言九州伯，空作一夫亡。尊酒孤良約，郵箋寫誄章。惟餘書畫篋，遥吐劍虹光。富貴元如夢，風流見亦稀。金門能玩世，石尉豈思歸。直以多才累，猶蒙俗士譏。九疑不相訝，碧血恨濺衣。

右《端方尚書挽詞》。

悲憤二首

誰謂賢豪多，共逐輕塵散。一身不自保，焉能任楨幹。日余隨俛仰，乃欲游汗漫。方舟溯瀟湘，時序閔回換。春寒忽中人，長夜不能旦。朔風驚改律，千里吹繁霰。行行且旋轍，迴望成一歎。何以慰我情，夢接英與彥。

昔年與張李，行國至海隅。乃悟戮飛廉，特以和戰驅。紛紜五十年，國是淆中樞。并心論外交，禹甸日榛蕪。邦謀啓戎心,華風遂淪鋪。無禮何以立,亡秦信非胡。從來失神器,未若此摧枯。余逢廣廈傾,豈得槍枋榆。毋忘喝啾義,感物獨嗟吁。

歸鈔《玉臺新詠》三葉,聞湘綺廿歲曾鈔此書,欲學之也。

1月13日(十二月七日) 陰雨

鈔《玉臺》。點《通鑑》十餘葉。讀《論語》。點《列女傳》一卷。

1月14日(十二月八日) 陰雨

鈔《玉臺》三十葉。

1月15日(十二月九日) 陰

1月16日(十二月十日) 陰

1月17日(十二月十一日) 晴

1月18日(十二月十二日) 晴

1月19日(十二月十三日) 晴

1月20日(十二月十四日) 陰雨

夜在潞生處。

1月21日(十二月十五日) 陰

看雪戲作新體

玉樓吹笛夜,龍山度漠晨。入戶全欺月,流光暗作春。璚枝封故絮,瑤席滿芳塵。將花非一笑,照臉自生顰。皎潔空如許,流恨歲華新。

送人歸園

送子湘春路,孤城日易曛。驛梅臨水發,歸雁渡江聞。向日看蓬島,長歌寄海雲。舟行舊游處,因爲感離群。

1 月 22 日(十二月十六日)
1 月 23 日(十二月十七日)
1 月 24 日(十二月十八日)　晴
是日《玉臺》寫畢。
1 月 25 日(十二月十九日)　晴
作《玉臺》題詞一首。
1 月 26 日(十二月二十日)　晴
往聶宅。
1 月 27 日(十二月二十一日)　陰

送日本古川氏歸國

洞庭波暖雁飛遲,送客重吟晁監詩。應見扶桑鄉樹外,櫻花如雪柳如絲。

擬湘東王應令

春　朝

羅帷暖明鏡,雙面還相映。花鬘卷未成,宿粉凝逾淨。春宵應不眠,縣知正朝病。

秋　夜

秋月最關情,空房秋更清。摘釵憐玉冷,掩帳覺羅輕。隴頭嗚咽水,今夜擣衣聲。

左湘綺集外詩□首,從大武本鈔出。

盆蘭池蓮皆並蔕,戲爲新體各五韻戊申

曾聞滋九畹,本自喻同心。采香初並蒻,紉佩定連襟。合歡泛瑀酒,雙聲譜玉琴。仍抱孤芳賞,還堪兩鬢簪。贈君紅露下,聊以慰離音。

日照玉池初,雙花笑屬舒。陵波一莖秀,鏡影兩鬢姝。鴛鴦同命鳥,東西比目魚。聽香論九品,解珮得雙珠。若識同心苦,蘭心定不如。

超覽樓宴席作

一身爲浮雲,值此西北樓。憑高覽川原,曠朗銷百憂。阿閣既已遠,清湘自安流。循廊即曾薨,竹樹下脩脩。園林喜新成,未老欣早休。翻思贊畫難,幸無鳴甲羞。從來功名士,崎嶇念曾劉。及此歲未晏,期君弘遠謀。

1 月 28 日(十二月二十二日)

借譚藏王圈本《唐詩選》,偕婧君分録之,一日夜畢。[①]

1 月 29 日(十二月二十三日)　晴

昨尚餘半本,今日補完送還,又借一本,有王評語,亦用墨筆録之。[②]

1 月 30 日(十二月二十四日)　晴

1 月 31 日(十二月二十五日)　晴

是夜録畢。數日皆録湘綺圈批唐詩。

---

① 原稿記在"廿九日"(西曆)下,最末注云:"此廿八日事"。
② 原稿記在"卅日"(西曆)下,最末注云:"此廿九日事"。

擬美人梳頭歌

芳林露落春無迹，玉窗豔豔珠簾白。嬌鶯喚破不得眠，鸞帳沈沈翠雲澀。團團金鏡雙鳳皇，犀鈿雲篦沈檀香。窄衫鏤薄淡紅袖，自潑銀盤洗膩黃。雙鬟側墮難回面，背後要身鏡中見。玉釵逗粉拭羅襟，拂黛彈脂傳寸心。妝成女伴應相逐，羞向人前親度曲。忽見窗前紅槿花，界破新妝兩行玉。

壬子除夜

雨聲猶傍歲朝飛，永夜親人燭影微。塞雁暫來還北去，報春無地若爲歸。

2月14日(舊曆癸丑一月九日)

春日詠懷送子武亞兄之上海一百韻

生理乾坤大，哀吟歲月遷。春風能幾日，歧路各依然。往事俱塵夢，新情寄簡編。以茲還惜別，誰分更師賢。憶昨逢君歲，相歡拜慶年。謝庭同顧步，劉妹兩聯翩。玉鏡開仙桂，華星影月躔。蒸湘供粉墨，沅澧亟洄沿。歎逝俄成賦，軍烽欻屢傳。鳶書飛慘切，鶴髮感淒漣。遂戒三吳棹，還飄萬里船。倉皇寧盡室，杼軸異輸邊。彗孛連江浦，驚疑到海澳。鼓鼙逃戰伐，杖履慶安全。聞爾專征貴，相思異地縣。手書勞尉藉，餘澤被枯蔫。每憶清徽遠，遙聽偉略宣。提軍轉荊楚，重鎮保幽燕。投袂無傳箭，鳴弓悉控弦。旌旗覘整暇，鷰鳥伏機權。騄服龍文劍，琱鞍赤玉鞭。威稜齊臥虎，顧盼失霜鶣。神武知無敵，雲程竟不前。翱翔自寥廓，孤憤實憂煎。浩蕩天難問，興亡理則玄。民生猶不靖,國命屬誰延。白馬閶門練,蒼鵝雒邑泉。風塵迷素府,板蕩接雲鋋。肉食謀無遠,姦壬濫備員。但聞行揖讓,無復理腥羶。形勢今如此,伊誰實禍先。滄桑變雖亟,風雨道能堅。魚鳥存吾性,豺狼任汝脧。故園勞夢想,薄養竭餬饘。運去如雲逝,憂來覺體屟。窮途傷蹎蹙,清淚灑潺湲。煦沫還相顧,微生亦自憐。危時看幕燕,春意怯嗁鵑。詞賦矜華屋,朋游並錦韉。花枝愛嬌小,鷟羽正嬋娟。回首頻驚浪,歸與再扣舷。俱逢洞庭雁,共憶滬濱蟬。敝宇全薪木,兵塵洗市廛。鶴還無舊壘,戰罷有新阡。鈴閣賢勞最,茅齋氣概聯。不隨雲出入,唯愛鳥飛還。徐孺休縣榻,休源未拂筵。賢功遺綬冕,清興在丹鉛。恥問封侯骨,相期世學氈。沖襟洞名理,縣解遁天淵。玉照千林雪,寒銷九點煙。臨樓宴華月,乘霧語神仙。梔子同心麗,桃鬟鏡影鮮。簫聲尋鳳史,琴曲寫師涓。寶髻螺為黛,新黃粟作鈿。珮珠同照耀,茗椀盡清妍。繡被慵朝起,華燈愛晚眠。深閨形影密,劇迹賞心駢。顧我今王獻,相逢老鄭虔。鋒芒追石谷,韶豔擬南田。蜜換元常表,珍攜禮器篇。粉圖森海岳,玄石比瑤璇。意愜羞論價,情殊美不捐。尊罍見文物,椎拓盡罝研。含浦珠歸櫝,昌城玉用鐫。縑緗羅斗室,虹劍燭寥天。自歎時無偶,孤行態不悛。功名付冥漠,生意任迍邅。困學當求友,依真得忘筌。文章須辨難,經史費鎔甄。夜寫徐陵集,朝溫湘綺箋。新吟互披賞,妙義共流連。雪為臨書聚,惟因問字寋。閒情供嘯傲,息影愛安便。書籍容千卷,茅茨祇一椽。壺中堪醉臥,枝上任翩翾。論道休焚塵,彈琴不用絃。霜深還插菊,秋老憶收蓮。蠱壞池邊樹,落凝雨後甎。井柵飛撲簌,牆柳鬥翩躚。仁祖元能舞,和嶠不愛錢。羽觴爭潑酒，紅燭戲藏拳。永夜頻敲户，行游每接肩。形餘狂簡在，交重禮容躅。羿穀游無命，濠梁樂有緣。韋編猶未絕，藜榻要重穿。學問徒爲爾，朋親亦已焉。感君照幽鬱，隨分許周旋。翰苑游無隟，清輝照不偏。交期見真摯，裹抱永孤鶱。興罷仍思逝，時危尚勉旃。勳名終不朽，出處貴能專。同皁寧爲驥，高飛莫跕鳶。年華休棄擲，塵網暫拘牽。晤道研金粟，尋山友倔佺。本期成著作，無意問仙禪。獨夜吟清句，遐思理昔愆。深襟傾淼淼，餘藝照芊芊。垂柳堪離別，天涯恨渺緜。卜鄰他日事，招隱白雲顛。

2月17日（一月十二日）　陰雨

舨師從滬還湘鄉，過長沙，止余齋，縱談連夜，見示新詩，輒題長句以志欣快

草間霜露換殘暉，遼鶴還來事事非。何止通天堪慟哭，獨於哀郢見芳菲。杜陵老筆知逾健，廣武雄心莫頓違。一卷靈光頻往復，師門風義識依歸。

錄和作。

河山破碎見斜暉，草色人心有是非。敢將虎須馳辨説，且於翠羽拾芳菲。避仇東海時何晚，射獵南山願不違。甚欲與君同結約，春風沂水憺忘歸。

近日未寫日記，實爲大病，當痛戒之。

2月19日(一月十四日)　陰,夜晴

接滬信。〇閱義山詩,因將僻典記出。臨《爨龍顏》一紙。瓪公夜來,示新詩,因再和二首。寫經三紙半。

操戈難駐魯陽暉,反袂應傷吾道非。江上鼓聲催鬒髮,咸原草色換芳菲。躬耕只爲逃秦去,入谷真甘與世違。好在春風隨舞詠,從知石尉早思歸。

親傍鸞皇覽德暉,願求天樂少人非。據梧喪我如枯木,蠟屐尋山代草菲。絳帳恩情慚屬望,白華孝養不相違。君平卜盡興亡事,道德於今有指歸。

2月20日(一月十五日)　雨,夜晴

發滬信。〇寫經三葉。覆鈔《唐詩選》。

2月21日(一月十六日)　雨

寫經一葉半。和瓪師。次樊山韻上湘綺三首。

2月22日(一月十七日)　雨

出門。〇瓪師來談。改定昨詩,寫寄湘綺。夜寫經半葉。

2月23日(一月十八日)　雨

寫經三葉。

春日幽居

短徑偶攜卷,荒原閒倚扉。暗苔留雨澀,寒蜨避風飛。獨立太無意,春光時自歸。物華本寂寞,相顧可忘機。

2 月 24 日(一月十九日) 雨

寫經四葉。點《莊子》。讀《文心雕龍》一本。

2 月 25 日(一月二十日) 雨

寫經三葉。借譚五王批《八代詩選》,錄己本。

2 月 26 日(一月二十一日) 雨

寫經三葉。聞隆裕皇太后升遐,擬作一詩,未成。錄王批《詩選》。

2 月 27 日(一月二十二日) 晴

寫經三葉。

正月二十一日聞京報

武帳珠襦事已空,垂楊終古切悲風。不關破璽尊文母,豈意持縑出漢宮。玉樹聞歌猶剩淚,黃花徵讖竟難終。龍驂一去蒼梧道,地老天荒注翠穹。

2 月 28 日(一月二十三日) 晴

寫經五葉。

續前題

玉輦忘還竟未迴,總帳明月照泉臺。鮒隅山曲追靈馭,龍喜池頭問劫灰。身毒鏡留花有淚,東平衣舊篋難開。杜鵑唬血宮鶯冷,併送三清鳳吹哀。

3 月 1 日(一月二十四日)

寫《禮》四葉。

3月8日(二月一日) 雪

寫《禮》三葉。接信。

3月9日(二月二日) 晴,雪融

發滬信。○外舅大祥,去行禮。歸寫《禮》三葉。

3月12日(二月(六)[五]日) 陰雨

擬編《説文》爲四集,以詔學童,除繁而不通用之字外,約計六千文,平均日識十五文,期年可畢。

弟一集:部首中之最簡者,如"二""王"之類。

弟二集:部首及次簡之字,如"元""吏"之類。

弟三集:稍繁之字,如"禛""福"之類。

弟四集:次繁及最繁而通用之字,如"禱""靈"之類。

擬鈔集名家文數百篇,爲目於左。

司馬遷、枚乘、東方朔、劉向、匡衡、揚雄、班固、蔡邕、曹操、曹植、陸機、潘岳、謝朓、任昉、徐陵、庾信

約計□十人,餘單篇不成一家者不在此限。

曹操令云:"欲孤便爾委捐所典兵衆,以還執事,歸就武平侯國,實不可也。何者? 誠恐己離兵,爲人所禍。既爲子孫計,又己敗則國家傾危,是以不得慕虛名而處實禍也。"此語自今觀之,殊覺誠慤,不似奸雄吐屬。

附:瞿宣穎代筆聶其璞 1913 年日記

8月27日(七月二十六日)

是日爲太高祖妣生日,供飯。換洋紗帳。阿母同五姊來,三哥亦來。晚間將牀移直,俾可兩面開門。

8 月 31 日(七月三十日)

阿母同八姊來。今日又開一牀。

9 月 1 日(八月一日)

大兄生日,余未上樓,亦未稱賀。

9 月 2 日(八月二日)　日内頗涼

9 月 3 日(八月三日)

午後三兄來,知七兄於廿七日戌時棄世,不勝傷感,此時家人均不敢遽告阿母知之也。夜間銳之至子武處,攜搆屋圖樣歸。○五姊還銀來。○阿母遣王干娘子來。

9 月 5 日(八月五日)

阿姑至謙吉里慰問阿母,今日家人始告知也。聞已進食,少慰。

9 月 6 日(八月六日)　陰雨,甚涼

昨夜因熱,未蓋被,今日略感寒。銳之至子武及譚大武處,傍夕始歸。日内患腰腿酸痛。

9 月 7 日(八月七日)

十弟來。朱媽送雞湯來。五姊送鞋來。

9 月 8 日(八月八日)

銳之至謙吉里,歸言阿母顏色甚佳,爲之欣慰。

9 月 9 日(八月九日)

晨妝竟,忽覺腹痛甚劇,如前次泄瀉時狀。旁人遽以告阿姑,並電話請阿母來。旋泄數次,約五次。痛漸減,並能進飯。黃醫來而復去,五姊亦來,同阿母歸去。

9 月 10 日(八月十日)

請杜雲帆來立方,服一付。○五姊送肉茶。

9 月 11 日(八月十一日)　雨

銳之至譚宅，又至謙吉里。○牛奶今日始。

9 月 12 日(八月十二日)　雨

9 月 13 日(八月十三日)　雨

今日自午餐後即覺腰腹劇痛，直至夜十時以後，始有發作現象，立即電知謙吉里及黃醫生。以明日丑正一刻誕一女。自惟此次雖苦痛，爲有生以來所未經，而竟能先生，如達絲豪，未逾期候。墮地之兒，復啼聲洪大，肌體豐滿，人間最如意之事，誠無有過於此者。苟非冥冥中有默佑者，何以至此？自今以往，唯有洗心滌慮，勉爲善行，以蘄保介福於無疆耳。

9 月 14 日(八月十四日)　晴

阿母來。

9 月 15 日(八月十五日)　晴

昨夜即今晨五時，三嫂亦舉一女，吉慶聯翩，可喜可喜！夜月食。

9 月 16 日(八月十六日)　陰雨

命兒名曰"裳"，示婦功之意，且略取霓裳羽衣之典也。三嫂女名曰"團欒"。

9 月 17 日(八月十七日)　陰

9 月 18 日(八月十八日)　陰而復晴

今日爲湯餅之會，來者姨老太太、三太太及五姊也。

9 月 19 日(八月十九日)　晴熱

早間銳之隨兩親觀我家新屋。爲兒更名曰"超男"，此兒得自超覽樓，示不忘本，且欲其勿爲尋常女子態耳。○超男不時啼哭，似有外感，加以乳娘不告而去，哺乳亦似有不足。此夜遂不能多眠,服黃醫通便藥,亦無效。

9 月 20 日(八月二十日)　陰寒

超男今日尚佳,晝夜共兼哺牛乳三次,夜中余眠略安。

9 月 21 日(八月二十一日)　陰

超男自昨午後即未大便,不宜牛乳無疑,幸乳娘亦覓來一人,與余乳相兼哺之。阿母、五姊、萬弟、松侄來。昨晚、今晚大便均極少,又不欲再服藥。

9 月 22 日(八月二十二日)

大便已通。午後阿母、五姊又來。

9 月 23 日(八月二十三日)　陰雨

三兄生日。超男自昨日日間即不喜眠,常欲人抱,今夜授乳尤無節,每次含乳片刻即睡,睡片刻又啼,一夜幾不能合眼。二十四日。

9 月 25 日(八月二十五日)

今日超男生十二日,俗謂之小滿月。

9 月 28 日(八月二十八日)

此數日超男尚好。三嫂小孩近患口中白點,亦愈。

9 月 29 日(八月二十九日)　晴,午後雨

阿母及姨老太太、五姊來,余漸能離床久坐。銳之夜看中國影戲。

9 月 30 日(九月一日)　天氣晴和

去年今日,起程赴湘。

10 月 3 日(九月四日)

余家遷居威賽路新屋,銳之往賀。

10 月 4 日(九月五日)

雲兄生日,阿翁、姑、銳之均往。

10 月 5 日(九月六日)

阿母、五姊均來。

10 月 7 日(九月八日)

三嫂來,送招合還威賽路。

10 月 8 日(九月九日)

去年今日到湘。阿母、五姊、八姊、三嫂均來。同阿姑、大嫂往張園看燈。

10 月 10 日(九月十一日)

三嫂來。

10 月 12 日(九月十三日)　微陰

10 月 13 日(九月十四日)　晴

今日滿月。阿母、五姊來。三少奶奶患發熱。

10 月 15 日(九月十六日)　甚寒

10 月 16 日(九月十七日)

余於是日始,攜阿超赴威賽路,蓋閉房者二月餘矣。以下乃銳之自記。

一年以餘,余與婧君跬步不離,久成慣習,一旦分別,雖三宿,已不啻期年。空房顧影,情有所不能自已也。

近日余頗思發憤學醫,余之宗旨,殊不在僅以醫爲餬口計,實欲藉此以表章余之智力優劣如何。謀之婧君,贊不容口。然有困難數端:

一、余素無科學門徑,除生理學外,其關係於物理、化學、算學者甚大,此項科學,恐非數月間所能見效。

一、余之英文較深者,亦大半拋棄,日、德文更無程度可言。今必重將英文練習,雖可不注意語言,專研文字,究已不易,況日文

71

亦須兼學邪？

一、既欲專心此事，必須將詞章之嗜好斷絕。所可懼者，其所亡者，當不能知，而已能者，反以此忘之。則余無以逃旁人之指摘。

一、將來必須赴歐留學，無論旅費不易籌，即父母之年，一喜一懼，亦未必能遠離數年之久。此數者，皆須慎思明辨者也。

余擬定功課如左：

每日中西學各得其半，中學即寫經、讀史二者是也。○西學即醫學、書英文、日文是也，其有餘力，必行實驗卻病法。

10 月 17 日（九月十八日）

是日余一舉一動必遵衛生良法，而行看書作字，至多不過三十分時，必休息一次。余視官缺損甚大，聽官亦略有之，欲學醫，不可不亟謀補救之術也。惟早起太晏，明日當試勉之。昨夜美睡九小時，月餘所未曾得。

10 月 18 日（九月十九日）

昨夜九時十五分就枕，輾轉幾至十一時後始能熟寐。今晨七時即起，恰得八小時，若能日日奉行，不患不能眠矣。兩日內每食必細嚼，且力制不多食，厚味除兩餐外，晨僅麪包數片、粥一小碗，餘不食他物，甚覺舒暢。○夜中心地澄寂，而縈想超男不已，舐犢之情，何其深也。

10 月 19 日（九月二十日）

昨夜十時半就枕，今晨六時即起。下午同余君壽秋吃番菜，未免吃虧。婧君先余歸家。

10 月 20 日（九月二十一日）

昨夜十時睡，今晨六時起。

10 月 21 日(九月二十二日)

超男大便作綠色,請丁梅仙來看。

10 月 22 日(九月二十三日)

超男略佳,余二人同到兆豐路張宅小坐。

10 月 23 日(九月二十四日)

三哥、三嫂來。

10 月 26 日(九月二十七日)

日內朱奶媽竟無奶可喂,非常焦灼。

10 月 27 日(九月二十八日)

是日顧奶媽來,銳之到威賽路。

10 月 28 日(九月二十九日)

是夜改由顧奶媽喂乳。

10 月 29 日(十月一日)

十月朝,供飯。

10 月 30 日(十月二日)

希兄到。○出外買物。

10 月 31 日(十月三日)　　陰雨

聞五姊明日行赴湘,即至其家午餐,復至威賽路侍阿母來家。
今日顧奶媽又去,換一新奶媽,姓李。

11 月 5 日(十月八日)

超男日內漸好。

11 月 6 日(十月九日)

出外購物。朱奶媽去,並攜其孩。

11 月 7 日(十月十日)

萬弟生日,到威賽路。晚同銳之看影戲。

11 月 8 日(十月十一日)

銳之侍二親游日本公園,并至桃源隱晚膳。

11 月 10 日(十月十三日)

七嫂到。又新姨太太生日。到威賽路。

11 月 11 日(十月十四日)

又到威賽路。

11 月 12 日(十月十五日)

侍阿母乘汽車游徐家匯聖母院。

11 月 14 日(十月十七日)

是日始打拳。○同大嫂游六三園。

11 月 15 日(十月十八日)

請阿母來看跳浜。晚同大嫂至青年會看影戲。

11 月 17 日(十月二十日)

是日定新閘路新宅。

11 月 18 日(十月二十一日)

夜同銳之看影戲。日間到威賽路,同五姊至其家。

11 月 19 日(十月二十二日)

看《東方雜誌》。

11 月 20 日(十月二十三日)

《小説月報》第六號昨日送來。

11 月 22 日(十月二十五日)

同大嫂及銳之往青年會看影戲,遇阿母亦在焉,聞二嫂之幼子
廿三日染疫而殤。

11 月 24 日(十月二十七日)

超男鬍頭。

11 月 25 日（十月二十八日）

到威賽路。

11 月 27 日（十月三十日）　陰

11 月 28 日（十一月一日）

本擬今日先將木器移入新閘宅，忽房主索加租，即不遷矣。

11 月 29 日（十一月二日）

日間銳之隨母看《幻游火車》。晚間與余及大嫂、三兄看青年會影戲 *Quo Vadis*，阿母全家俱在。

11 月 30 日（十一月三日）

連日陰雨，今始放晴，較暖，法倫表五十七度。

12 月 1 日（十一月四日）

法倫表五十九度。到西華德路並買物。

12 月 2 日（十一月五日）

法倫表五十五度。

12 月 3 日（十一月六日）

五十二度。

12 月 4 日（十一月七日）

七兄百日。到謙吉里。銳之夜在威賽路同慎餘學柔術。今日極寒，法倫表四十度。

12 月 6 日（十一月九日）

買氣槍并婦人攝生英文書。〇三兄回湘。雲兄來。今日柔術課未往。

12 月 7 日（十一月十日）

阿母、八姊、七嫂、新姨太太俱來，余同去買物。

12 月 8 日(十一月十一日)

近稍暖，今日表五十五度。

12 月 14 日(十一月十七日)

同孫媽到五姊家。又到威賽路晚餐。

12 月 15 日(十一月十八日)

表五十六度。

民國三年（1914）甲寅

癸丑歲九月十九日買此册，請自明年元旦始，每日排記，立誓不得間斷。

1月1日(舊曆癸丑十二月六日)　晴　法倫表六四度

從今日起，力行所定弟一課程表各事，不使間斷。

晨寫《儀禮》二葉，近數旬未寫，手覺生澀，擬將此事暫停，專寫《楞嚴》，以免分力而求速成。○午後偕婧君至威賽路，一人徒步而歸，約行八里。傍晚復至南京路一行，以後當每日步行里許，必有大益。○今日寫《楞嚴》一葉，鈔詞一葉，點《晉書》數葉，看 *Advice to women* 二葉。

1月2日(十二月七日)　晴　五四

批發所送銀摺來，柔術課今日滿一月。○晨寫《楞嚴》一紙。鈔詞一紙。點《晉書》十餘葉。譯英文一葉。習字帖數行。作畫一紙。○晚間至郵政局發信。○閱《成功寶鑑》。

1月3日(十二月八日)　晴　六二

今日沿例，家中食臘八粥。○晨讀《禮記》"孔子閒居""坊記""中庸"三篇。○譯英文。○午後偕婧君步行至南京路購物。○晚間又出外定閱《中華小説界》。

近日起牀太晏，燈下復以目蒙不敢讀書，致光陰虛擲甚多。今晚特早睡,欲明晨早起,以補所失。

1月4日(十二月九日)　晴　五六

得湘電,知三兄已啓程。○晨寫《楞嚴經》一葉。鈔詞一葉。寫英文帖十餘行。點《晉書》二十葉。○慎餘侍外姑來。

1月5日(十二月十日)　晴　六四

鬍頭。○寫《楞嚴》一葉。讀《左傳·宣公十二年》。點《晉書》十餘葉。○午後四時,同婧君至威賽路。子武自京來,得晤。晚學柔術,十時後始歸。又至桃源隱酒館算賬。

1月6日(十二月十一日)　晴 節已小寒,而連日温暖,殊不似歲暮光景　**六三**

斯盛府君生辰。○寫《楞嚴》一葉、詞一葉。譯英文。○至胡定臣、未晤。曹東寅兩處。○午後偕婧君出游,步行數里,傍夕而歸。○夜點《晉書》。

1月7日(十二月十二日)　晴 今日極寒,户外水皆成冰　**五二**

三兄來電,今日由漢乘大福來。○寫《楞嚴》半葉。寫英字帖十餘行。讀《左傳》"宣公十三年"至"成公八年"。習英文。夜點《晉書·後秦載記》四十葉。○張子武兄來,言其太夫人有疾,馳電召歸,將以明夕赴湘,爲之悵惋。

1月8日(十二月十三日)　晴　五二

寫《楞嚴》一葉、詞半葉。讀《左傳》"成公八年"至"襄公元年"。閲英文及《晉書·載記》各數葉。○晚至子武處,渠今日不行。旋至聶宅習柔術。慎餘患喉痛。

1月9日(十二月十四日)　晴　五二

晨至九華堂紙店買對聯等物。○午後同婧君至威賽路視慎餘,渠病殊未減。余步行至譚武丈處,送還李西涯字卷,相左,未晧。傍夜而歸。〇讀《左傳》"襄公元年"至"十年"。

1月10日(十二月十五日)　晴　五一

晨至曹梅訪處,爲其五十生日也。至譚宅小坐,吕蓬生在焉。又至聶宅,詢慎餘疾。歸途過青年會。〇午後同婧君步出買物。三兄到家。〇夜又至聶宅學柔術,兼學日語。〇點《晉書·後涼載記》。讀所鈔《八代詩》,乃余三年前所作也。

1月11日(十二月十六日)　晴　五三

聞商務印書館總理夏粹芳昨晚在該館門前被刺而死,亦可駭也。〇晨寫《楞嚴》一紙、詞一紙。閱英文書三種並寫字帖十餘行。〇夜點《晉書·後燕載記》二十餘葉。讀《左傳》"襄公十年"至"二十年"、《八代詩》數葉。

1月12日(十二月十七日)　晴　五六

雲兄交到青年會費收據。〇寫《楞嚴》二紙。〇晚赴聶宅晚餐,青年會體育教習史文在坐,并譚、吕二人,均欲觀余等習柔術也。

1月13日(十二月十八日)　半晴午後三時忽起風雨　**六〇**

點《晉書·西秦北燕南涼載記》二十餘葉。〇同婧君至子武處,尚擬至威賽路,遇雨不果。〇夜又點《晉書·南燕載記》,看《英語類選》一本及文法教科書。

1月14日(十二月十九日)　晴今日極暖,可衣單袷　**六七**

寫《楞嚴》一葉。點《晉書·北涼載記》數葉。〇晨至河南路購物。午後子武約至劇場看北方力士奏技,其佳者,已以竹捍兩端,貫石輪各一,兩手或兩足執其中。其上復累數人,皆倒豎,高至數丈,亦云奇矣。美國史文亦同觀焉。技畢,至望平街租小說數本而歸,皆步行。〇夜,母親覺畏寒,發熱。余爲父親鈔翁蘇齋《題東坡畫像詩》二紙。

西國力士皆本之解剖學,以之爲教論,早易行,能使社會受其利澤,民氣爲之鼓舞。我國習此者,大抵自矜其祕,託之神異,以驚世駭俗爲宗旨。宜乎國運陵夷,民無勇,而且不知方也。

1 月 15 日(十二月二十日) 晴 六二

晨延丁福保醫生爲母親診視。午後步行至山西路買小菜。○夜赴柔術課,并學日語。○爲父親鈔陳伯嚴詩數紙。點《晉書·夏載記》畢。點《宋書·高祖紀》十葉。

1 月 16 日(十二月二十一日) 晴 五五

母親今日尚未愈,仍丁福保診,是日未能進食。○看英文 *Rip Van Winkle*。○夜間丁醫生診脈,云:脈三數,跳忽停。吾國古名"殆脈",現象甚重,亟進安和之劑以止之。次晨復診,即無之矣。

1 月 17 日(十二月二十二日) 陰雨,午後略晴 五二

柔術課未赴。雲兄侍外姑來。○母親尚未愈,改延曹蘭生醫生來診,立方係輕清瀉大之劑。母親自今日始,現頭面紅腫而光澤,按之作痛。據丁醫生診斷,疑爲丹毒,西名 Erysipelas,係急性傳染病之一種,惟彼尚未能確定。午後四時,由張菊生代延柯師醫生。六時,又由雲台代延克利醫生,二人均斷爲丹毒,各立方而去。先是服曹醫生中藥數次,皆吐出,及進柯醫生藥水一次,旋又飲好立克粉數次,居然未吐,似覺稍好。及九、十時,服克醫生止心跳藥及安眠藥後,夜中忽自覺不快,氣促喘,身不自主,須人扶坐乃略定。於是用灌腸器瀉下黑糞及稀便各少許,時已天明矣。克醫生聽診心臟劇跳,云有病在心。據云此病尚非最重之丹毒,而柯醫生則言之稍覺過甚。丁醫生亦云,此種症用待期之療法即是。○閲

丁譯《急性傳染病講義》。

1月18日（十二月二十三日）　陰,午後大晴　四八,午後五四

子武來。○丁醫生及柯師、克利先後來診,各二次。○克利晚間覆診,用 Streptokokken Serum 注射皮內,果能即見輕快,夜中遂能安睡。

1月19日（十二月二十四日）　陰雨　五二

丁、柯、克三醫生均來診,並延杜雲帆丈參診,惟未服其藥,均云今日更佳。

1月20日（十二月二十五日）　晴　五三

柯師來二次,克利來一次,雲台同來。今日飲食較多,精神更好,唯三日無大便,諸醫均謂宜亟通便。

1月21日（十二月二十六日）　晴,午後陰雨　四九

柯、克及丁福保各診一次。

1月22日（十二月二十七日）　晴　五二

兩醫生均來。

1月23日（十二月二十八日）　晴　五一

柯、克各來一次,克又注射一次。○聞雲台言子武丁內艱,亟往唁之。○又延華醫楊文川診脈,服其藥,頃刻大汗浹衣襦。

1月24日（十二月二十九日）　晴　五一

楊醫又診一次,克、柯各診一次。○昨夜熱已全退,今晨復增至一〇四度,服楊藥,又出微汗,熱亦漸退,西藥即未服矣。

1月25日（十二月三十日）　晴　五〇

三醫生均來一次,仍服楊藥。○夜六時,祀祖團年。七時半,同叔瑜至威賽路賀歲。

1月26日(舊曆甲寅一月一日)　陰,微雨　五三

五時起,祀神賀年。同三兄至李藝淵、劉健之二處,旋偕叔瑜至聶宅賀年,余至卓君衛、譚大武處。〇今日母親慈體更健,能扶杖而行矣。

1月27日(一月二日)　晴　五四

柯、克各診一次,余請克利看眼。下午至科發藥房買眼藥。〇寫《楞嚴》半葉。讀《詩·小雅》及《論語》三篇。

1月28日(一月三日)　晴

午後至洗清池洗浴。〇讀《論語》四、五、六篇。臨《道因碑》二紙,又寫英文帖十數行。〇君衛來。

1月29日(一月四日)　陰　五五

讀《論語》七、八篇,古詩數葉。臨《道因碑》三紙。〇午後步行至北四川路伊文思書館,買圖畫帖一本。〇夜同婧君至愛保羅影戲園看戲。

1月30日(一月五日)　晴　五八

寫《楞嚴》半葉。點《宋書》十餘葉。臨《道因碑》四紙。寫英文帖十數行。

1月31日(一月六日)　晴　五五

至子武處。晚至威賽路學柔術。

2月1日(一月七日)　晴　五五

柔術課今日滿二月。〇臨《道因碑》三紙。點《宋書》半册。看英文數篇。

2月2日(一月八日)　晴　五五

雲台來,同至謙吉里雋威處,晤左台孫。回家後又至粵華樓,雋威約飲也,君衛、管城等均在。未終席,又至威賽路學柔術,彌富攜其妻並一西洋人同來,雲台爲余與彌富攝一像。○與婧君製紅樓葉戲一匣。

2 月 3 日(一月九日) 晴 五三

午後至批發所。發本月十五元。○點《宋書》"帝紀"畢。讀《曲禮》。寫《道因》三紙。○是夜子初接春。

2 月 4 日(一月十日) 晴,午後雨 五五

殷太夫人忌辰。○點《宋書》后妃及劉穆之、王弘傳。讀《檀弓》。○夜同三兄赴青年會懇親會,有中國正樂社男女合奏音樂並偵探滑稽影戲二段。

2 月 5 日(一月十一日) 晴 五六

臨《道因》三紙。寫《楞嚴》一葉。點《宋書》徐羨之等傳。○夜至威賽路,偕叔瑜侍外姑并慎餘、松熊至愛保羅影戲園,中有 *Live of Yuan Shih Kai* 一齣。

2 月 6 日(一月十二日) 晴 五九

雲台請。○臨《道因》三紙。點《宋書》謝晦等傳。○雋威來,因同坐車至威賽路赴宴,座客爲左台孫、曾俊衡、蕭伯愷、蕭哲夫、卓君衛及余與三兄。○午後四時,偕婧君出游,步行福州路而歸。至精益公司換眼鏡邊。

2 月 7 日(一月十三日) 陰雨 五○

臨《道因》三紙。○晚至威賽路學柔術。

2 月 8 日(一月十四日) 陰,傍夕下雪子,極寒 五○

潞生來信並尹和伯收條。○晨同三兄訪李亦萊、左台孫。○點《宋書》二十餘頁。臨《道因》三紙。

2 月 9 日(一月十五日) 晴 五○

至子武處。今日本有柔術課,因上元節停。○夜點《宋書》十餘葉。

2月10日(一月十六日) 陰 四五

青年會報名。李亦萊丈請。未去。○晨同三兄至青年會報夜學名,又至中華書局取《小說界》弟二期。晚又至青年會排班讀英文。臨《道因》二紙。

2月11日(一月十七日) 晴 四八

侍父親至威賽路並大武、子武兩處。○晚至青年會洗浴。

2月12日(一月十八日) 晴 五五

英文夜館開課。○寫《道因》三紙。讀《論語》兩篇,又讀《文選·兩都賦》。管臣來。○晚到青年會上課。○日間至福州路剪髮。

2月13日(一月十九日) 晴 六○

修學:讀本、演說、會話。○到威賽路,與慎餘等擊球,乘自行車為樂,日旰始歸。歸恰已晚餐,餐後即赴青年會讀英文。○讀《文選·西京賦》。

2月14日(一月二十日) 晴,夜十時雨 六○

修學:讀本。○寫《楞嚴》一紙。溫英文。○侍兩大人至張園觀梅花。晚至青年會讀英文,旋與綠旗隊歡迎會,有戲法及偵探影戲各一種,歸已十時半。

2月15日(一月二十一日) 陰,午後晴暖 五八

至威賽路,與慎餘擊球。乘自行車,遇胡美。○夜歸,閱《女鐸報》,為婧君譯報中英文一首寄至該館。

2月16日(一月二十二日) 晴,夜雨 六一

修學:讀本、文法。○寫《楞嚴》半葉。臨《道因》三葉。溫英文。讀唐詩數首。○晚到青年會。

2月17日(一月二十三日)　晨半晴,午後雨　六一

修學:會話、讀本、《聖經》。○青年會體育班開課。○晨至商務印書館,買英文法。○晚在青年會晚餐。

2月18日(一月二十四日)　陰,夜雨　五九

聞子武夫人舉丈夫子,飯後往賀之。又胡美邀飲卡而登。○到子武家,聞臨盆時危殆萬狀,賴德醫碩治氏獲全。

2月19日(一月二十五日)　陰雨　五五

修學:讀本、文法。○Keep them every day: Reader, Grammar, *Parables of Jesus*, *Advice to women*.○寫《楞嚴》半葉。點《宋書》一卷。溫英文書。臨《道因》二紙。○晚到青年會。

2月20日(一月二十六日)　陰雨　五五

修學:讀本、影燈、會話。○寫《楞嚴》一葉。臨《道因》二葉。點《宋書》一卷。譯英文一葉。○晚到青年會,有影燈演意大利古蹟。

2月21日(一月二十七日)　陰　五五

偕婧君攜超男赴子武家,賀三朝洗兒之喜。子武今年三十有八,始舉此子,喜可知也。○晚歸家,同三兄至青年會。課畢,觀串演假公堂戲。○晨至商務印書館,取《小説月報》弟九期歸。

2月22日(一月二十八日)　陰雨　五四

午後至威賽路。晚同大嫂及婧君至新民新劇社,看《緑窗紅淚》一劇。

2月23日(一月二十九日)　晴　五四

修學:商算、讀本。○晨至恒豐批發所。○寫《道因》二紙。溫英文。○晚六時至青年會,學商算及讀本,因未及晚餐,遂未學文法。

2月24日(一月三十日) 晴 五三

修學:會話、讀本、道德。○晨至屈臣氏藥房代張家買吸乳器,並伊文思書館自買商算書,歸演命分廿餘題。○晚余獨至青年會並洗浴,歸途至時務書館,租小説。○寫《楞嚴》半紙。臨《道因》二紙。點《宋書》。讀唐詩。

2月25日(二月一日) 晴 五八

寫《楞嚴》半葉。臨《道因》二葉。讀唐詩。○下午至威賽路,與慎餘等擊球,歸途至子武處。○The observing eye and inquiring mind find. ○Matter of improvement and delight in every ramble.

2月26日(二月二日) 晴 六○

修學:算學、讀本、文法。○卓君衛來。○日內兩親俱患感冒,延楊醫來診。○外舅忌日,偕婧君攜阿超前去行禮,余先歸。○今擬每日以日間任抽四小時作課,以二小時治英文,以二小時治中文,無論如何,必須補足此四時之課。○晚同三兄至青年會。○A hero is a man who does hard things that all worth while.

2月27日(二月三日) 陰 五二

修學:讀本、演説、會話。○至衛生館取菜單。○寫《楞嚴》半葉。臨《道因》二葉。演命分習題。點《宋書》。○晚到青年會,有美國人柯利演講華盛頓影片。

2月28日(二月四日) 晴 五三

修學:讀本、作文"The Uses of Water"。○晨至衛生館定菜一席,備明日送聶宅。○寫《楞嚴》半葉。臨《道因》五十字。點《宋書》。○子武來,同至張園打彈子,余尚初學也。便至萬國花園看花。

3月1日(二月五日)　晴

外舅六十冥壽,余等同去行禮。在彼晚餐,座客爲李梅庵、譚組庵、大武、呂遽生、俞壽臣、李白貞、子武、君衛、蕭伯愷、哲夫、叔方、楊潛庵等。

3月2日(二月六日)　晴　五九

修學:算學、未到。讀本、文法。〇晨同三兄請柯師醫生爲小兒種痘,余又獨至洗清池洗浴。柯師來,先種天虮等,因其痛甚,遂未與超男種,擬明日別請克利。〇晚七時到青年會。〇臨《道因》五十字。

3月3日(二月七日)　晴　六〇

修學:會話、讀本、道德。〇兩次至批發所。〇寫《楞嚴》半葉。臨《道因》五十字。〇晚到青年會。

3月4日(二月八日)　晴　六四

晨臨《道因》一紙。〇同三兄訪譚組厂丈,不遇,因至威賽路,乘自行車,並試演柔術。夜歸,看《新編攝影術》。

3月5日(二月九日)　晴,大風,晨間小雨　六五

修學:算學、讀本、文法。〇晨,君衛來。〇午餐後,偕婧君攜阿超至威賽路,請雲兄同赴克利家種痘。余本擬學照相,因日晏,獨歸。又至子武處一談。〇晚到青年會,在彼晚餐。

3月6日(二月十日)　陰雨　六三

修學:讀本、演說、會話。〇爲君衛畫屛四幅:一桃柳、一牡丹、一菊石、一松,勉能塞責,余不作畫者又半年矣。〇晚到青年會,有美人梅思安用影燈演講芝加哥青年會情形,九時半歸。〇臨《道因》一紙。看《納氏文法》。

3月7日(二月十一日)　晴

修學:讀本、作文"Evils of War"。〇臨《道因》一紙。將昨畫

修飾、蓋章。○侍母親至子武家,與彼公請君衛夫婦餞行,訂明日
六時,席設衛生館。旋至卓家,送畫與之。至威賽路,歸與婧君步
行至南京路染衣片,又至張園一游。晚七時,同三兄至青年會。

3月8日(二月十二日) 陰雨,午止,夜復作 五五

余二十初度,少壯力學之年已駸駸過矣,後此人事相逼,而來
性靈消減,正不知據案讀書日能有幾刻耳。奈何奈何! 慎餘、喬松
來,子武、君衛亦來。五時半,同至小有天,雋、雲、管俱到。八時
半,散歸。

3月9日(二月十三日) 晴,午後雨 六〇,午後極冷

修學:算學、讀本、文法。○取《中華小說界》三期。○晨至商
務印書館。飯後同三兄至華德路六五號看蔡氏屋,便至威賽路,遇
雨,五時歸。晚六時,至青年會。

3月10日(二月十四日) 陰 五二

修學:讀本、會話、道德。○阿超半歲。○晨至商務印書館,買
英文習字簿帖。余擬每日閱字典,將其中應用之生字分類撮鈔,以
便省記,較之隨時雜記者,宜爲有益。今分門如下:

自動門、他動門、形容門、物體形狀屬焉。人事門、人類品藻屬焉。
器用門、政術門、衣食住門、天象門、地理門、生理醫學門

子武今夜入京,往送之。七時,到青年會。○臨《道因》一紙。
讀唐詩數葉。

3月11日(二月十五日) 陰 五二

偕婧君至威賽路擊球,夜十時歸。借英文書《翰鑰》閱之。

3月12日(二月十六日) 陰 五八

修學:讀本、文法、算學。○晨至九華堂取宣紙。同三兄訪黃
次如師,不遇。雲兄邀飲,爲曾岳松丈有田押於彼處,欲余等作中

人簽字。〇鈔英文書《翰鑰》數紙，皆緊要者。〇晚到青年會，課畢，聽費吳生演講冷熱之理及燈火進步。

3月13日(二月十七日)　陰　五八

修學：讀本、會話、演說。〇殷太夫人生辰。〇鈔英文書《翰鑰》。臨《道因》一紙。〇晚到青年會。

3月14日(二月十八日)　晴　五二

修學：讀本、作文。〇英文滿一月。

一月內英文之成績：

讀本、弟九課，約得全書四分之一強。會話、共九課。文法、二十二葉。耶穌譬喻、二課。作文、二課。算術、十葉。自修文法、代名詞。自修字典。二十四頁。

晨，君衛來，云今晚赴京。飯後至威賽路，聞雲兄明日亦赴青島並入京。歸步至張園一游。習算學。晚到青年會。鈔英文書《翰鑰》。〇在華美書局買英文日記一本，欲借以練英文。

3月15日(二月十九日)　晴　五二

晨臨《道因》一紙。飯後至威賽路送雲台。偕婧君至東京影戲園看 *Last days of Pompeii*。晚間復至維多利亞看偵探影戲 *Fantomas*，情節甚佳，洵足游目騁懷。

3月16日(二月二十日)　晴　五二

修學：算學、讀本、文法。〇晨至恒豐批發所，又至美華利修表。〇晚至青年會，三兄未往。

3月17日(二月二十一日)　陰　五〇

修學：讀本、會話、道德。〇閱英文通史。〇晚到青年會。

3月18日(二月二十二日)　晴麗　六五

鬄頭。〇寫《楞嚴》一紙。閱英文通史。下午至威賽路擊球。

〇鈔英文書《翰鑰》。

3月19日（二月二十三日） 晴 六二

修學：算術、讀本、文法。〇下午復至威賽路擊球。鈔英文書《翰鑰》。〇晚到青年會。

3月20日（二月二十四日） 晴 六五

鈔字典。譯 *Fantomas* 影戲爲中文説明書。

3月21日（二月二十五日） 晴，夜雨 七〇

青年會同樂會。表取回。〇閲英文通史及文法。鈔字典。〇午後三時，同三兄至愚園附近看招賣屋。晨至商務印書館，買《説林》一册。〇晚侍母親、兄嫂至青年會看影戲，即 *Fantomas*，座客極擁擠，外姑等亦在焉。

3月22日（二月二十六日） 陰，午後微晴

偕婧君攜阿超至威賽路，今日留宿，余一人歸。〇晚讀《禮記》"祭義""祭法"二篇。

3月23日（二月二十七日） 陰雨 五五

修學：算學、讀本、文法。〇寫《楞嚴》半紙。讀《祭統》《經解》《哀公問》《仲尼燕居》《孔子閒居》五篇。〇六時，到青年會。

3月24日（二月二十八日） 陰 五五

修學：會話、道德、讀本。〇飯後訪子武，彼前晚自京歸也。至威賽路，知超男略感寒，甚以爲念。七時，到青年會。

3月25日（二月二十九日） 陰 五六

晨同三兄看出賣屋數處。飯後至謙吉里雋威處借小説數册。又至威賽路，偕婧君侍外姑來家，婧君仍去。〇婧君見報紙有英女教師告白，同余至禮查路二號訪之，與定每星期五小時，每月十六元，三時半至四時半，名 Mrs Parsons，訂下星期一爲始。

3月26日(二月二十八日) 晴 五五

修學:算學、讀本、文法。○晨出購鞋一雙。晚到青年會。○讀《坊記》《中庸》。

3月27日(三月一日) 晴 五五

修學:讀本、演説、會話。○晚到青年會,有 Dr.Jaylor 演説。

3月28日(三月二日) 晴

婧君攜阿超歸。○青年會未去。

3月29日(三月三日) 晴

至子武處。

3月30日(三月四日) 晴 七一

修學:讀本、文法。○子武入京,余擬同去一游,得二親許可,即往告之,定十一早車。行至威賽路,晤雲台,新自京歸。○西女教師處本定今日上課,以余將行,作書辭之。○晚到青年會。

3月31日(三月五日) 晴 七一

4月1日(三月六日) 晴

4月2日(三月七日) 雨

4月3日(三月八日) 雨

4月4日(三月九日) 陰

4月5日(三月十日) 晴

準明日早車北上。至子武處,又至威賽路。

4月6日(三月十一日)

晨四時起,叩別雙親。坐馬車至子武處,同到車站,買得聯票,去洋五十七元。七時十分開車,抵寧又加津浦睡車五元,登飛虹輪渡江,即登津浦車。

4月7日(三月十二日)　晴

夜七時半,到京,行李因在行李專車,與子武候之甚久始齊。一人喚車至桂辛宅,適桂在家,引見甚驚異,其兒女亦均不相識矣。留余住宿,余亦不辭。桂意力勸我家北游,余擬明日寫信詳述之。母親病後大宜游散,藉此一游,最合宜也。

4月8日(三月十三日)　晴

早間至青年會。至郵局發信二件。晤周佩之等,相待尚殷。至西河沿金臺館訪子武,不遇。歸已開飯,飯後在上房略坐,其家請女客。余喚車至舊刑部街卓君衛宅,晤其兄君實。至棉花五條,晤林季武姨丈,滿姨云有疾,未出。歸已天黑,與桂兄同飯,飯後至上房,徵蓮表姊亦在此。

4月9日(三月十四日)　晴

早間至青年會洗浴。發槀一封。少石來此。飯後桂嫂邀游雍和宮,徵蓮姊及湘筠、淇筠、淞筠、濱厓夫人均去。其中門窗牆壁,均已破落不堪。最奇者大佛像一座,上達三層樓頂,丈二金身,莊嚴璀璨。哈達一方,係孝欽后所加,全身皆整楠木也。所懸佛像繪畫極精,采色鮮明,歷久不壞。惜同游皆女眷,未能久覽爲恨。

4月10日(三月十五日)　晴,夜微雨

發家信二封,一晨一夜。

4月11日(三月十六日)　晴

午後四時半,乘專車同桂公全眷赴津。

4月12日(三月十七日)

發家信一封。

4月13日(三月十八日)　晴

英文滿二月。○發叔瑜信一封。○早車十一時返京。

4月15日（三月二十日）

同晏府君忌辰。

4月16日（三月二十一日）

發稟一封。

4月17日（三月二十二日）

接父致桂書及婧書。

4月18日（三月二十三日）　晴

書與婧。○君衛約余瞻仰頤和園，晨七時即起，在朱宅覓一巡警同去。行一時有半，抵萬壽山宮門，下車步入，入門為仁壽殿，乃召見軍機之所。轉後為樂壽堂，為玉瀾堂，二堂即太后、皇上寢宮，皆臨湖倚欄，一望碧波萬頃，魚鱗水藻，歷歷可見湖中石舫。守者賣茶於此，景尤清絕。沿千步廊至排雲殿，殿門堅鎖，游人皆不得窺。上山至千佛閣等處，望山下兵房，綿延數十百所，皆禁衛軍駐所也。山中松柏、雜花，香氣紛郁，令人不忍去。惜天時溫熱，衣襦皆汗濕，不克窮其勝。下山折由宮門左行，沿湖岸里許，見銅鑄水牛，有高宗製銘。過石橋，橋柱百餘端，皆作石獅，無一同式者，橋盡無路，遂折回。復覓得戲臺，為三四層樓臺，下空為井，設機械，以備演魚龍曼延之戲。出宮，日已將西下矣。復至農事試驗場一游，無甚可觀者。

4月19日（三月二十四日）　晴

今夜接手諭，有來意，余擬日內南歸。○京張鐵路總巡官劉君景喬約張子武游湯山，張轉約卓君衛及余，余又約傅少石。晨七時，與少石同出西直門，至車站會齊。八十三十七分開車，行數刻，抵沙河站，下車雇腳驢，行二十餘里。五人銜尾相接，穿沙河城而過，過大小湯山，形若伏虎。至行宮旁一小廟暫憩，以燒餅數枚、牛乳半盞充飢。食畢，入行宮，斷井頹垣，荒涼滿目。溫泉有雙井，以白石爲瀾，深不可測，旁更有小屋，引水甃池，以便濯浴。然人衆且時已促，不果，僅就石罅流泉洗面而已。歸恰遇四時回京車，乘之而返。

4月20日（三月二十五日）

是日傍晚，朱眷回京。

4月21日（三月二十六日）

歐太夫人忌辰。

4月22日（三月二十七日）

晨四時起，盥沐。近五時，始至車站，傅少石送余登車，桂辛遣送之張弁已先在。十時，到津總站，下車略候，津浦車已到，澤農來送。車行至滄州，風大作，塵沙蔽目，旋降雨，而氣候驟涼。晨間著單袷，此時易綿，而猶不足。在車中兩餐，至沛南，有本路西人來，欲共居一室，不得已，許之。夜中睡甚佳。

4月23日（三月二十八日）

四時三十分，行抵浦口，登飛虹小輪。乘客冗雜，渡江幾至六時。抵岸與張弁相失，余獨至滬寧車站，幸彼亦隨到，候車直至十時。張弁爲余定一房間，將行李拴入行李車，即給以一回信并犒以四元，令其自去，余俟車，行即熟寐。同房三人，有二人至蘇州。

4月24日（三月二十九日）

晨七時，車抵滬。到家，家人俱未起。婧君攜阿超已往外姑家，因外姑今日壽辰也。余略息，即赴威賽路。

4月26日（四月二日）　陰

飯後侍雙親至徐園看蘭花。歸與婧至威賽路，余又至章一山處，桂辛夫人屬帶銀百元以交之。

5月3日(四月九日)

三兄來電,今日啓行。

5月4日(四月十日)

朱公來電,敦勸北行,云十七有快車,即以是日啓行。

5月5日(四月十一日)

至電局發覆電。

5月7日(四月十三日)

三兄到家。○到章一山處。

5月8日(四月十四日)　晴,午後雨

夜與婧君觀 *Fantomas* 影戲,係弟三齣,甚佳妙。

5月9日(四月十五日)　陰

桂遣張福來迎。○飯後至子武。

5月10日(四月十六日)　陰

張讓三約午餐於小有天。○晚間與婧君飲於大觀樓,旋至子武處。

5月11日(四月十七日)　晴

七時與長嫂侍母親登車赴京。

5月12日(四月十八日)

英文滿三月。

5月13日(四月十九日)

發稟。○晨七時抵京,桂辛、伯庸夫婦均在站相迎。

5月14日(四月二十日)

發婧書。

5月15日(四月二十一日)

魯青府君生辰。○是日朱長女公子與宛平孟重遠氏結婚,賓客甚衆。晚間演影戲,二時始散。

5 月 16 日(四月二十二日)

得婧書,因覆。

5 月 17 日(四月二十三日)　晴,夜雨

作與武書,而未發。

5 月 19 日(四月二十五日)

取五元。

5 月 21 日(四月二十七日)　晴

飯後至林季丈處,林丈約游北海,與長嫂、滿姨、傅五小姐同去。入承光門,上璃島,石級數百,至最高層,全城在望,下視渺茫,幾不復敢下。至萬佛樓,四壁滿嵌金佛像,今已毀矣,有黃瓦佛像。所造高閣,正如頤和園之千佛閣,而高大過之。有大佛像一尊,環以四層樓,高五六丈。又有木質雲洞一座,可迴旋而上,亦覆以大殿,皆奇觀也。庚子一役,殘毀幾遍,頹垣壞瓦,觸目荒涼,令人追想千百年來盛衰之故。乘扁舟渡海,尋來路而出。○歸途至瑞記飯店晚餐。至青年會看影戲。

5 月 22 日(四月二十八日)　晴

昨晚作與婧書,今日發。○四時半,由京赴津,朱眷同行。八時到,寓杏花村朱宅。

5 月 23 日(四月二十九日)　晴

飯後至河北仁壽里傅宅,又至公園一游。傍晚七時,上津浦車,八時開行。

5 月 24 日(四月三十日)　晴

晨寤,車已到泰安矣。到臨城午餐,到明光晚餐。九時抵浦口,有津浦局朱君競代爲照料。乘飛虹輪渡江,上滬寧車,安臥。

5 月 25 日(五月一日)　晴

晨四時即起,七時抵滬。

5 月 26 日(五月二日)　晴

攜阿超趁電車,赴威賽路。

5 月 27 日(五月三日)

今日阿超始給以牛乳一次,後以爲常。

5 月 29 日(五月五日)　晴

午餐後至威賽路。○函索聖約翰大學章程來,余擬入該校肄業也。○又書與君衞,託取清華學校校章。

5 月 31 日(五月七日)

雋威約余及三兄晚餐。○午間侍母親觀日本馬戲。

6 月 3 日(五月十日)　晴

夜與婧至愛保羅戲院看 *Nick Winter*。

6 月 4 日(五月十一日)　晴,日中驟雨

婧君生日。

6 月 7 日(五月十四日)

租小説兩種。

6 月 8 日(五月十五日)

取《中華小説界》第六期。

6 月 9 日(五月十六日)　晴

連日讀英文通史,甚有進境。○子武在湘生頭癰,醫云甚險,其夫人擬今夜赴湘,慎餘亦去。余與婧君往送之,適湘電到,云十九日準啟程來滬,遂止。

6 月 10 日(五月十七日)　晴

慎餘來此,同至普濟飲冰,因至其家,婧君攜阿超先往,因與同歸。君衛來函,寄清華學校章程來,余前託其代覓也。

6 月 11 日(五月十八日) 陰,微雨

英文滿四月。○午後慎餘來此,渠亦擬入聖約翰肄業,因同至該校一觀,並報名。由此坐電車,至靜安寺,改乘人力車,至梵王渡。規橅美備,風景宜人,泂足引起讀書興趣,以文案不在,未能報名而返。

6 月 12 日(五月十九日)

至郵局,擬買保險信封寄報名費與該校,未成。○午後偕婧君至威賽路,慎餘、喬松同來。

6 月 13 日(五月二十日) 晴

婧君侍母親往觀巴拿馬出品協會。○往郵局寄報名費去,復書云後日上午九時往考。

6 月 15 日(五月二十二日) 大雨竟日

晨間慎弟及松熊、紅姪來此,同赴聖約翰投考。余雖能完卷,錯悮甚多,恐不能考取耳。○托、武自湘來,晚間訪之,武瘡已漸愈矣。

6 月 16 日(五月二十三日) 竟日陰雨

袁總統前日遣章華來滬,致書敦促入京。今日繕寫覆書,半日始就。下午讀英文、化學初步。

6 月 17 日(五月二十四日) 陰

晚同婧君至愛保羅看 *The Curse of War*,情節極佳。○上午至威賽路,旋托兄來此。

6 月 18 日(五月二十五日) 晴

通信:與君衛、潞生。○報載聖約翰新生票,同考者均經取列。○至威賽路。

6月19日(五月二十六日) 陰雨

子武等來此。○連日看《納氏文法》並提要摘鈔。

6月21日(五月二十八日) 陰

點《通鑑》。

6月22日(五月二十九日) 晴

點《通鑑》。

6月23日(閏五月一日) 晴

偶檢得英字方箋一匣,計五六百字,強半係已識者,將其餘生字亦一一默識之。○下午至威賽路,婧君偕去。

6月24日(閏五月二日) 晴,下午驟雨

點《通鑑》。

6月25日(閏五月三日)

點《通鑑》晉孝武。

6月26日(閏五月四日) 晴,夜雨片刻

青年會有影戲。○晚間至青年會。

6月28日(閏五月六日)

是日奧皇儲爲塞爾維亞人所刺,並其妃遇害,日後引起全球重要戰爭,實此事爲始點,特補記於此。

7月3日(閏五月十一日) 今日風止,熱甚

連日看《通鑑·晉紀》畢。

7月5日(閏五月十三日) 午時大雨,旋止

偕婧君至威賽路拍網球。

7月6日(閏五月十四日)

看《通鑑》宋文帝。

7月10日(閏五月十八日) 晴,下午大雨

慎餘來。

7月11日(閏五月十九日)　晴

下午至威賽路拍網球,連拍數日,略有進步。

7月12日(閏五月二十日)　晴

日內鈔父親近詩一本,寄章一山,渠索之已久也。

7月13日(閏五月二十一日)

夜看愛保羅 *The Terror of Paris* 影戲。

7月14日(閏五月二十二日)

《通鑑》已點至"齊紀",此次已閱畢。

7月19日(閏五月二十七日)

下半偕婧君至市肆飲冰。

7月20日(閏五月二十八日)

下午至威賽路拍球。

7月21日(閏五月二十九日)　日內極熱　今日一〇一·五,
爲本年最高之度

是日移牀出外,因超男發熱,故請丁福保來診。

7月22日(閏五月三十日)

至威賽路拍球。

7月23日(六月一日)

奧向塞要求懲辦排奧黨。

7月24日(六月二日)

夜間至威賽路。

7月25日(六月三日)　今日少涼

7月26日(六月四日)　晴風

至威賽路擊球。○寫《楞嚴》九卷一葉。

7月27日(六月五日)　風,小雨

雲台起程赴日本。○偕婧君攜阿超至威賽路,因留宿,余獨

歸。○今日路透電,塞爾維亞軍已在 R. Danube 向奧軍開戰,此事於世界極有關係,以後逐日摘要記之。二十八日記。

7 月 28 日 (六月六日)　晴熱　最高九八·五、最低七四·五

李太夫人忌辰。科發買 Pebeco tooth paste。○至商務印書館買《英文地理》一本及《學生雜誌》。○寫《楞嚴》一葉。

7 月 29 日 (六月七日)　晴　今日溫度最高爲一〇一·七、最低爲七八·三

今日《大陸報》載俄皇已下一部分之動員令,並在國會宣言云:我輩預備此事已七年半之久,實爲已足云云。同時向德國聲稱,如德國下動員令,則俄國將續下全體動員令云云。○又 *Ostasiatisehe Lloyd* 云奧軍現進行甚緩,然不日即將猛進,又塞京尚未克獲。此種新聞實即表示奧軍已侵入塞境,且正攻擊塞京也。○又英外相 Grey 通告德、法、意,謂可否令彼等駐英大使與英商議調停之策,現法、意已示贊同。

下午至威賽路擊球,歸途過子武,攜其《天演論》至家,閱之。余意其說理處尚有未盡當者,嚴氏頗能捄之。又此書推崇佛法甚至,可見將來佛學必有暢明之一日,斯一奇也。

7 月 30 日 (六月八日)　最高九八·八、最低七九·二

奧政府正式宣布開戰,奧軍向 Mitrovitsa 進發,塞軍逐漸敗退。○宣戰消息到俄京,俄人極爲懽躍,現正調集波蘭軍隊。○柏林、巴黎均預備戰事。○俄、奧直接談判,維持歐洲和平之事,現已難望。路透消息。Sir Grey 所持之意見,德國則謂奧國必不能以己之政策付之如此之公斷,故此事亦無可望。

閱《天演論》及英文《歷史地理》。○寫《楞嚴經》一紙。

7月31日(六月九日)

歐陸戰雲愈緊,昨日竟無一非戰事新聞。○德報云俄國之軍事預備實較之公文宣布者爲甚,現火車已停止私家轉運,輪船在Volga者亦然,黑海燈塔已息。○俄人云戰骰已擲,惟神靈始能止之。○Danube正在血戰,塞京被攻,王宮已毀。○門國現出軍助塞。

8月1日(六月十日)　九七‧六、七九‧七

德國禁止食品出口。○俄國陸軍下動員令者五十二處。○德國詰問俄國下動員令之理由,並要求速覆。○奧軍迄未能過Danube河,塞軍拒戰甚力。

8月2日(六月十一日)

西報云德國致哀的美敦書於俄、法二國,以十二點鐘爲限,内容尚不得知。原因爲俄國請德皇出任調停之後,復下動員令,德人極爲憤怒。○柏林宮中消息,俄國已毀去奧邊之鐵路、橋梁,俄、法、德三國均下全體動員令,俄已預備四百萬人於戰地。

8月3日(六月十二日)　午後陰,竟夜雨,甚涼　九九‧四、七七‧九

寫《楞嚴》一紙。

8月4日(六月十三日)　陰雨　八八‧二、七一‧六

今晨一時,有路透電,云英國已決意出兵。○英國已向德國致哀的美敦書。○德國巡洋艦進攻Libau港内被焚。○法報云英國Sir John French被命爲前敵統將。○英内閣向議院提議,索五千萬鎊爲軍費。○意及瑞典聲稱中立。○俄精兵一縱隊攜砲及哥薩克騎兵襲德Konigsberg之東南一鎮。德國在法邊Cirey進兵。

至威賽路,偕婧攜超去。

8 月 5 日(六月十四日) 陰雨 七八・五、七二・五

至高松定皮鞾。

英、德確將決裂,英外相告德政府,謂德艦隊不得侵擊法邊或法軍艦,且須保存比國中立,德拒絕之。○俄、德艦隊在 Aland 島交戰,俄艦敗,入芬蘭灣,該島已爲德人佔據。○奧、塞軍在 Drin 河上血戰,塞軍圖過該河未成。○德國致哀的美敦書與比政府,要求與德以行軍之便利,限星期日晨答覆。比政府已拒絕之,謂願嚴守中立,且電英皇求協助。

寫《楞嚴》一紙。

8 月 6 日(六月十五日) 八八・五、六八・四

德軍佔領俄境三城。○德艦隊全駛入北海,Flamborough Head 正在劇戰。○英向德正式宣戰。○謠言德軍攻荷國 Linburg,荷政府否認之。○德國承認荷、比二國中立。○俄皇下諭,謂深信俄國國民能一心抗禦德人無禮之攻擊。

父親壽辰。

8 月 7 日(六月十六日) 九二・二、七〇・四

青島有德巡洋艦 Emden 追擊一俄商船,內有俄國義勇兵。德弟六軍團於星期日晚間向比境進發。○比國下戒嚴令,比王向議院演說,勉諭國人。○法邊 Luneville 有德飛機所擲炸彈三枚,然未受損。

婧君攜阿超宿威賽路宅,余亦去。

8 月 8 日(六月十七日) 九三・二、七七・五

荷后 Wilhelmina 宣告荷國之一部分戒嚴。○歐洲列國與德、奧爲敵者,目前有七國之多。○門國已與塞聯合。○德國告意政府如不助德,即將宣戰。○比、德軍在 Fleron 大戰,比軍二萬五千,德軍四萬,德軍卒被擊退,死者八千人。有德傷兵八百名運入比京,比王現在前敵指揮勉諭。○英艦 Amphion 擊沈德魚雷安置艇一艘,該艦旋又被毀於德人所設之魚雷。傳聞德艦二艘在地中海爲法海軍所獲,惟巴黎尚不信此事。○青島有德國水雷艇擊沈英國無畏艦一艘。○我國宣告中立。

下午至威賽路擊球。

8月9日(六月十八日)　半夜雨

英、德海軍在北海大戰。○德軍再攻 Liege,其槍騎兵仍然敗退,並有一中隊觸地雷,全隊覆沒,傷兵一千二百人,爲比人收去。○奧軍奪獲□河之橋。○奧、塞兩軍在波斯尼亞邊境大戰,傳聞塞軍失利。

下午侍母親至威海衛路看屋,旋至威賽路。

8月10日(六月十九日)　九三‧六、七五‧四

英軍登陸,與法、比軍聯合。德國潛水艇襲英某艦隊,英未受傷,德沉一艇。○法軍已得 Alsace-Lorraine 及 Mulhausen。○日本向德宣戰,聞以今日攻青島。

8月11日(六月二十日)　九四‧五、七五‧二

法、奧邦交已決裂。○德軍於攻 Liege 之前損失八千人,城中現有食物、軍火甚充足。法軍正來赴援(按此電與昨電矛盾,殊不可解)。○俄軍在德邊獲勝。

8月12日(六月二十一日)

德軍攻得 Lander(比境重要車站),現仍預備大戰。德軍再攻 Liege,損八百人。○法軍在 Mulhausen 敗退。

8月13日(六月二十二日)　九三‧四、七五‧二

今日無有關係之新聞。○每靜坐時,宜迴念平日所作何事未得成功? 如何補成? 此時心中所不足者何事? 應如何補足? 勿令空閒光陰一一虛度。

8月15日（六月二十四日） 九四・五、七七・四

日間同婧君至威賽路，旋至春江樓赴管臣之約。晚間至影戲院看 *Guiding Star* 一劇。

8月16日（六月二十五日）

潞生爲購英文《育兒問答》一書，余試譯之。

8月18日（六月二十七日）

雋威約赴別有天酒館晚餐。

8月19日（六月二十八日）

子武約譚五、李五等同在春江樓晚餐。

8月20日（六月二十九日）

雲台自日本歸，往晤之。

8月21日（七月一日）

今晚看一有趣之影片，名 *Dr. Nicholson and the Blue Diamond*。

8月22日（七月二日）

今日倫敦電稱比京已爲德軍佔領，此爲近日戰事最有關係之新聞。惟里愛巨究已攻拔與否，終無確信。

9月7日（七月十八日） 大雨竟日

超男乳娘以事索去，余因已屆斷乳之時，聽之去，而屬婧君攜之至威賽路住宿，爲劃絕根株之計。擬明日余赴學後行之，未知夜間能捱過否。

9月8日（七月十九日）

聖約翰開學。○午後四時赴學，婧君亦攜超歸去。○本校青年會開會，歡迎新生，頗見殷摯。他無所事，九時半就寢，念阿超，不置懷。

9月9日(七月二十日)　微雨

晨間寄二信,一與三兄,一與婧。○今日英文、中文分兩次定班,至六時揭曉。余在三班,慎餘在二班,餘三姪在四班。○家中送來緞鞋、茶壺並三兄信,云超男僅夜三時食粉一次,今晨八時始起。未能深信,聊以自慰。

9月10日(七月二十一日)　大雨,頗寒

修學:grammar。○發婧弟二書,接弟一書。○晨間接婧書,言超男尚好,余始放心,隨作一稟上雙親,報陳一切。中文班次今日揭曉,余入正科中級,新生同班者共只三人。○是日余只上一英文文法課。

9月11日(七月二十二日)　微雨

修學:文法、格致、地理、讀本、國文。○書與婧。○得雲兄信片,云阿超甚佳,至慰! 隨作書覆之,另一信與婧。○今日功課五小時。

9月12日(七月二十三日)　晴,略暖

修學:讀本、文法、算術。○洗浴、剪髮。○書與婧。○三兄來晤,談極歡。

9月14日(七月二十五日)

書與婧。○得婧弟二書。

9月15日(七月二十六日)

湯太夫人生辰。

9月17日(七月二十八日)　連日熱甚

與婧弟六書。

9月20日(八月一日)

與婧弟七書,得弟三書。

9 月 22 日(八月三日)

與婧弟八書。

9 月 26 日(八月七日)

與婧十一書。

9 月 28 日(八月九日)

與婧弟十二書。

10 月 1 日(八月十二日)

斯盛府君忌辰。

11 月 3 日(九月十六日)

歐太夫人生辰。

11 月 5 日(九月十八日)　晴

修學:作文題爲《嚴光論》。

11 月 6 日(九月十九日)　晴

修學:大操。○譯英文一葉。○作稟上雙親。

11 月 7 日(九月二十日)　晴寒

譯英文二葉。○托盧帶來橘子及西報。○作英文信與三兄。

11 月 8 日(九月二十一日)

得父親手諭,送來皮箱衣服。○譯書一葉。

11 月 22 日(十月六日)

李太夫人生辰。

12 月 16 日(十月三十日)

修學:格致小考。○向藏書室借《法苑珠林》、杜氏《通典》閱之。○余購此冊時,曾題"勿得間斷",而未記之日實不少,念之汗下。今年止餘數日,特按日筆之,聊作桑榆之補。

12 月 17 日(十一月一日)　晴

修學:課文多識,宜記。

12 月 18 日(十一月二日)　晴

修學:大操。○得三兄書。○重取西史譯之,僅葉餘。看《法苑珠林》。

12 月 19 日(十一月三日)　晴

雋威來。○得家書,即作復。○今日本校與高等工業學校比足球,本校得勝,同學皆渡河往觀。○閱西史葉餘。讀《荀子》一篇、《法苑珠林》數則。

12 月 20 日(十一月四日)　晴

譯西史葉餘。看《社會通詮》。寫經半葉。

12 月 24 日(十一月八日)

春陔府君生辰。○早赴校。○夜看本校演劇。

12 月 25 日(十一月九日)

日午歸家。

12 月 30 日(十一月十四日)

同晏府君生辰。

民國五年（1916）丙辰

1 月 12 日(舊曆乙卯十二月八日)

晨十時還家。○午後至卞喜孫處小坐,借其去歲大考題目。

1 月 13 日(十二月九日)

請丁福保來診父親口痛。○夜間偕婧出外購物,因買得是册。買《鏡花緣》《燕山外史》。

1 月 14 日(十二月十日)　晴,不甚冷

今日地理無課。發信索鐘。○晨九時來校。○大考在即,盡日惟温書而已。

1 月 15 日(十二月十一日)　晴

雲台、慎餘來。發卞信。

3 月 6 日(舊曆丙辰二月三日)

病歸。

3 月 13 日(二月十日)

來校。

3 月 15 日(二月十二日)

生日未得歸家。得三兄書,知慎餘十八嘉禮。

3 月 20 日(二月十七日)

課畢歸家,賀明日慎餘婚禮也。三兄亦今夜啓程赴湘,余送之登舟。

3 月 21 日（二月十八日）

清晨即赴聶宅，余爲伴郎。下午一時，結婚於徐園，父親爲證婚人，俞壽臣、劉衛之爲媒人。新人儀態萬方，可預卜其宜家也。是夜余即留宿彼處。

3 月 22 日（二月十九日）

飯後返家，少息，即來校。

4 月 6 日（三月四日）

是日返校。

4 月 14 日（三月十二日）　雨

《約翰聲》編輯部員攝影。○今日強立生日，下午三時歸家，外姑及諸嫂、管臣、慎餘均在。

4 月 15 日（三月十三日）　雨

飯後赴聶宅，中途忽覺畏寒，勉強支持，歸而臥病。

4 月 16 日（三月十四日）　陰

今日稍愈。晚間偕婧至街前戲館，看《拿破侖》影片。

4 月 17 日（三月十五日）　晴

飯後侍二親同婧至盧信公處，尚擬至周園一游，而余病驟發，遂先歸。歸而大吐，委頓。

4 月 18 日（三月十六日）

往丁福保處一診，給規尼並藥水一種，約七日後再看。

4 月 19 日（三月十七日）

今日極熱。

4 月 20 日（三月十八日）　雨

早間來校，同學諸君多於是日假歸，緣復活節期近也。

4 月 21 日(三月十九日)　陰

今日爲耶穌受難紀念日,放假。聞嚴南漳偕其夫人來滬,特歸晤之。晚間同去洗浴,遂未回校。嚴此來乃赴美國學生監督任過此也。

4 月 22 日(三月二十日)　陰

早七時來校,將地圖畫畢交去。

4 月 23 日(三月二十一日)　雨

午後四時歸家,晚間至威賽路。

4 月 24 日(三月二十二日)　陰

4 月 25 日(三月二十三日)

卞燕侯請在寶康。○午間劉子誠兄弟約在五龍明泉樓喫茶。

4 月 26 日(三月二十四日)　晴

買草帽,二元。○午間慎餘約在小有天聚餐,在坐爲美孚公司 Faxm 君、湯素君、范靜生及卞燕侯三君。餐畢,同慎餘赴子武家,子武四十初度也。

4 月 27 日(三月二十五日)　晴

晨來校。

4 月 30 日(三月二十八日)　雨

花生五分。○松姪今日歸去。

5 月 1 日(三月二十九日)　晴

外姑壽辰。書致三兄。花生五分。

5 月 2 日(四月一日)

三兄來校。

5 月 5 日(四月四日)

課畢還家,朱子陶之夫人由湘來此暫住。至慎餘處,與之話別,渠已定於八日啓程赴美也。

5月6日(四月五日)

八時,赴蘇州,看東吳大學運動會,游留園及玄妙觀名勝。夜九時,歸滬。

5月7日(四月六日)

請丁醫看。○今日請克利醫生爲强立診視,雲台兄亦來,余遂坐其汽車來校。雲兄贈我新出道德書數種,屬爲譯出。

5月8日(四月七日)　晴

5月9日(四月八日)　晴

5月10日(四月九日)　雨

花生五分。卞君去。○接家信,諗强立已愈。○譯《功效指歸論》,得三之一。○今日考英國歷史讀本。

5月11日(四月十日)

發一信。

5月12日(四月十一日)

人來。

5月13日(四月十二日)　晴暖

食物一角。○是日上海各中學借本校開運動會,又本校代表赴東吳大學與辯論會。○是日報載中國、交通兩銀行奉政府令停止兑現。

5月14日(四月十三日)　雨

養攝身心五約:

一、少食細嚼。

二、早晚用啞鈴運動。

三、一事未成,勿作他事,但可更迭爲之,以蘇腦力耳。無論作何事,總求迅捷。

四、每日必寫字一紙,藉以養心。

五、總使寸寸光陰皆用之實處,勿看無益書,勿作無益事。

5月21日（四月二十日）

卞君來校。○三兄來校。

6月6日（五月六日）

下午來校。

6月7日（五月七日）

是日聞項城已於昨晨逝世。

7月15日（六月十六日）

晨八時,由滬來杭,十二時半到,同游者俞君壽臣、羅君穀子暨武兄。抵杭,赴廉氏小萬柳堂下榻,便游三潭印月,啜藕粉。傍晚復乘艇出游,略覽岳湖、西泠橋等勝。

7月16日（六月十七日）　日間驟雨

樓外樓午餐三元。三潭印月藕粉一元。○拂曉同恪士、壽丞、伯剛、佶子等出游,至旁午始歸。○四時外又同子武買棹,徧覽湖景。

7月19日（六月二十日）

早車返滬,壽臣同行。

7月28日（六月二十九日）　飯後雨

譯《育兒問答》弟三編畢。飯後至英女士處,渠改星期二、五來余處,余將所作文交與改閱而歸。○閱樊雲門詩,覺其詩多有不必作而屢作者,此亦文人一大病也。余嘗謂古人著書患不傳,自今以往,文明日進,人知好學,家重藏書,決無所謂不傳之書,所爭者在有人讀與無人讀。若雲門之詩,其能望有人讀乎?○閱《顏氏家訓》。

8月12日(七月十四日)

王蒓農來訪,同赴小有天,並約王鈍根、周瘦鵑、莊鴻宣、左台孫、管臣、潞生、子武。歸譯《育兒問答》二頁。

8月16日(七月十八日)

鈍根約飲。子武北行。

8月19日(七月二十一日)

助姨氏清理書畫。

8月20日(七月二十二日)

閱姨氏所藏大興劉氏一門書畫卷,老輩風流,爲之低徊不置。

9月3日(八月六日)　午後驟雨

偕婧君至維多利亞劇場觀《兩軍曹》一劇。

9月6日(八月九日)

晨開至校。

9月7日(八月十日)

校中今日開學,余請假未往。○潞生今夜還湘。

9月13日(八月十六日)　陰涼

今日來校,校中生活抛荒已久,初來甚不慣習。

9月14日(八月十七日)

本班舉余爲班長開會,辭職不獲。

9月15日(八月十八日)

《約翰聲》編輯部開會。

9月18日(八月二十一日)

是日英文文學會成立,舉余爲會長,陳君炳章爲副會長,程君耀椿爲書記,馬君鳴鑾爲會計。

9月22日(八月二十五日)　雨

下午歸家,因校中明日停課也。○晚間至青年會,聽邢契莘君演講甲午戰事。

9 月 23 日(八月二十六日)　雨

早間至市肆購物，鬚頭。飯後至威賽路省外姑，方患瘧也。

9 月 24 日(八月二十七日)　雨

孔子誕辰紀念日，改於昨日慶祝。○早間來校。

9 月 25 日(八月二十八日)

作文題爲《擬張承業諫晉王書》。

9 月 26 日(八月二十九日)

是夜開英文文學會特別會，選定張君詠棣爲通信員，費文堯君及鄧志谷君爲幹事員。

9 月 27 日(九月一日)

今夜由校長召集華文科大學生，集議組織華文辯論練習會，當舉定教員陳寶琪、金聿修兩君，學生張石麟、徐世鈞暨余五人爲組織委員，並指定余起草。

9 月 28 日(九月二日)

今夜仍由委員五人集議，將會章草定。

9 月 29 日(九月三日)

將會章送交校長。

9 月 30 日(九月四日)

夜間余召集英文文學會職員商榷意見，即屬書記張君致函，敦請教員團顧問 Macnair, D. Robert, and D. F. Lee 三人。○將《約翰聲》中《孔子聖誕》一篇屬稿畢。

10 月 2 日(九月六日)　晴

因華文教員龐君檗子逝世，由陳教員提議開追悼會辦法，八班班長均與會。○夜間復由余召集中學各班職員，商定捐款等事。

10 月 16 日(九月二十日)
是日三兄去湘。

10 月 20 日(九月二十四日)
下午歸家。

10 月 22 日(九月二十六日)
是日辰正二刻,次兒生,以其生於辰年辰日辰時,名之曰"昭旂",小名即呼"三辰"云。○晚間來校。○作書寄三兄。

附日記原本中收存瞿宣穎致聶慎餘信稿:

慎餘仁十弟如握:

不通信者又逾月矣。聞入哥侖比亞豫備學校,未知幾時可進大學,其中學科如何,亟願聞之。今月二十二日陰九月二十六晨七時半,令姊又舉一男,以其生於辰年辰日辰時,命曰"昭旂",小名即呼"三辰"。產母、新嬰均平安健碩,想賢伉儷聞之,定爲忻慰。以穎之年,已得三兒,受於天者則厚矣,其如背違社會經濟學之原理何,一笑。

10 月 23 日(九月二十七日)
大人交來伍廷芳丈屬譯佛學書。

10 月 24 日(九月二十八日)
稟覆大人。○作書寄潞生。

10 月 25 日(九月二十九日)
擬辦一豫、鄂、贛、川、湘、桂六省校友聯合會,已繕就意見書,同一商議。○是日同舍舒君輝庭搬去,室中只賸二人。

12 月 4 日(十一月十日)

久不作日記,今日始續爲之。○録筆記。投《時報》。○《萬航週報》將出版,作告白宣布之。○作《弔蔡將軍》詩一首。

12 月 5 日(十一月十一日)　温

寫信與潞生。

民國六年（1917）丁巳

1月1日(舊曆丙辰十二月八日)　雨

稍看歷史。在家閱英文小說半篇。譯《益智編》一段。○買奶油、牙刷一元。王尊農來談。三兄來電，云今日乘法和來。○寄片與傅少石及李立藩。○晨七時三刻出校，與大維、光堅同行，返家適及食臘八粥。○三時至亞令配克劇場，觀盲童學校游藝會，有盲童演藝及聖約翰青年會等處音樂會唱歌。○晚七時半返校。

附記：余每年置日記一册，均不能按日記載，實可媿恨，今當力戒。本年寒假內必須了結之事：一、伍博士之佛書。二、花田摹史小說。三、胎産攝生編。

1月2日(十二月九日)　晴寒　三十六

爲人書喜聯一。聞劉子誠喪母。○閱《宋史紀事本末》。○美人麥克勞教授在此講英國憲政。

1月3日(十二月十日)　晴

考歷史，題爲《北宋論》，作八百言而出。○十九積之末，德人希利曼氏在小亞細亞、希臘等處從事挖掘，竟獲數千年前遺物無算，遂於古代歷史放一大光明。吾意中國北部若豐鎬、蒲阪、洛邑等處，亦必有三代以前遺跡薶於地下，可與史乘相參證者，他日有力，頗願步武希氏焉。

1月4日(十二月十一日)　晴

改作文,題爲《黨爭與國家之關係》。

1月5日(十二月十二日)　晴兩日内吳淞江均凍

得《東方日報》信。○考國文,題爲《贊蔡鍔》。○人來,得三兄信,余請其明日來校。○日内患齒痛,甚苦。

1月6日(十二月十三日)　晴

得黃任之信。覆一信,并寄鈍根一信。○今日各隊兵操比賽,美人雷森爲評判員,結果爲甲隊弟一。晚間三兄來,即偕之出校歸家。○至高長順處診牙。

1月7日(十二月十四日)　晴,夜微雪

王送二十元。○夜來聞一不如意事,心甚煩惱。○至外姑處。至劉慰之丈處。仍至高醫處。○傍晚來校。

1月8日(十二月十五日)　晴

考《莊子》,題爲《〈胠篋篇〉書後》,以齒痛,草草終卷。○是日冷極。

1月9日(十二月十六日)　晴

考文學史,考畢即出校。至高醫處覆診。晚間回校。

1月10日(十二月十七日)　晴

午後考英文文學。

1月11日(十二月十八日)　晴

今日考文法,考畢即出校診牙,牙已蛀空,須補也。○連日冷極,近始略暖。

1月12日(十二月十九日)

今日考歷史。

1 月 13 日(十二月二十日)

嘉平二日製筆二枚爲紀念,今成。○今日考生理,考畢[1]即出校,晚間仍回。○在街中遇少石,即拉之來家。後聞其從余家歸去時,趁電車未穩,傾跌受傷。使非過余,彼殆不致受此無妄之災,倘所謂前定者耶?

1 月 14 日(十二月二十一日)

今日考宗教,考題多余所不知者。

1 月 15 日(十二月二十二日)　晴

《萬航》寄與雲台及黃任之。○今日考幾何,此科余積分最劣,考尚過得去。

1 月 16 日(十二月二十三日)

製外套成。○晨假歸治齒,傍夕返校。○今日祭竈日也,往年均在家,今番乃不能親與此典矣。○校中爲紀念故教授顧斐德氏,募捐建健身房及游泳池,今日發來捐册。

1 月 17 日(十二月二十四日)　晴風

夜間出外修容、購物。○考代數,極劣。考畢即歸,今歲無休業禮故也。○譯《佛學入門》三葉。夜記《西史偶箋》二則。

1 月 18 日(十二月二十五日)　晴

通信:劉宣閣、卞少山。○晨間赴梵王渡,與朱敏章談有頃。此君學識,實爲吾校之冠,良可友也。○二時許,蔡振華來,因同至青年會,本訂今日《萬航》社會議也。席間討論結果爲繼續辦理,惟改二星期出版一次。會畢,同宋春舫及振華至商務印書,購英文書多種。○晚間即將所購之《中國之文化》譯出二葉。

---

① 原稿"考畢"下衍"考畢"二字。

1月19日(十二月二十六日)　晴

將《外人眼光中之中國》一篇譯竣,共約三千言。○又著手譯小說《珠帶記》。記《西史偶箋》二則。○至子武、雲台、大維三處。

1月20日(十二月二十七日)

譯《珠帶記》。○至楊家拜壽。

1月21日(十二月二十八日)

寄《萬航》與劉健之。○將關於蔡鍔之文、詩各一首鈔寄松坡圖書館籌辦處,以備刊登。

1月22日(十二月二十九日)　夜雪

《萬航》寄潞生。○至青年會沐浴。至恒豐算帳。晚七時,在家團年,後赴聶宅餞歲。歸後無事,因作書與慎餘。

丙辰除夕有懷慎餘美國

倚梅香雜翠爐薰,綺席風生笑語親。椒酒頻添人意喜,桃符俄見歲華新。一冬釀得霏微雪,萬里遥通浩蕩春。想得持杯定迴望,青山碧海與天鄰。

1月23日(舊曆丁巳一月一日)　晴

丁巳元日:國榮家慶人壽年豐,家人和樂四體健康。

未明即起,祭神後家人賀年。午後,至外姑處賀年,順道至俞壽丞、張子武、杜紹薰三處而歸。○雪後新晴,景象甚美。

1月24日(一月二日)　晴

詣二姨母處及楊表伯母處賀年,又至卞燕侯、張鶴隱、左台生、汪仲閣、劉宣閣、蔡振華、劉孝慈、張純敬、劉健丈、王鈍根數處。

1 月 25 日（一月三日）

夜至子武處，未遇。

昨張純敬以去年正月八日游張園詩見示補和

勝概俄陳迹，新詩詠隔年。園林冰雪古，梅柳早春妍。豪氣銷金粉，珠樓自管絃。獨看流水綠，依舊石橋煙。

1 月 26 日（一月四日）　晴

至商務書館、恒豐批發所。○至二姨母處。

丁巳新正三日，晴窗多暇，乘興取素扇畫墨蘭，因題三均

春風三日晴，先吹芳草遍。輕花結同心，露葉舒睫眼。黛色暖如空，香淺情無限。

1 月 28 日（一月六日）　晴

晤丁梅仙、魏綏章、蔡尚華。○至子武處，賀其夫人生日。○作畫數幅。

1 月 29 日（一月七日）　晴

宋春舫來。至曾菱生、張菊生處，均未遇。

1 月 30 日（一月八日）　晴

至楊聘生處，捐健身房款五元，又至王尊農、劉孝慈兩處。

1 月 31 日（一月九日）　晴

2 月 1 日（一月十日）　晴

蔡振華、魏綏章來。辦理編輯事，略已就緒，此次材料頗佳。

2月2日（一月十一日）　晴

午後張石麟、振華、振雅來。同石麟至商務書館印刷所，收稿交印妥洽。

2月5日（一月十四日）

劉宣閣兄弟約在古渝軒。○是日在高長順處補牙，余左下顎最後一齒腐壞不堪，今爲補之，不知能不再痛否？

2月7日（一月十六日）　微雪

夜雲台、管臣約在小有天宴會。

2月8日（一月十七日）　晴

午後四時來校，家居二旬，重來領略此枯寂之況味，無異於南浦傷離也。○午飯後至商務印書館，晤葉黎生，談《萬航》事。

2月9日（一月十八日）

買小几一元。○家信。○今日閲《輟耕録》，余久有志輯一書，專蒐羅閨閣佚事可傳者，初名"清閨秘玩"，今擬名"閨乘"。辛亥在長沙時已鈔數則，今當覓其本補之，並當約友人相助。○今日辭去班長一職。

2月10日（一月十九日）　晴

今日偶開卷，見壬子年在故園所藏落花，憮然久之，余擬以後所收落花，俱以函封之，留爲佳話。

梵王渡校舍作

雨餘雲影密，春淺日華涼。細草縈迴綠，幽花早認香。鳥飛齊野水，人語鬧歸航。薄詠閒愁外，寥天引興長。

123

2月11日(一月二十日) 晴風

寄李信。

2月12日(一月二十一日) 晴

牙痛又作,適家中人來,即假歸。至高長順處取出所補象皮,稍好。

2月13日(一月二十二日) 晴

晚間回校。

2月14日(一月二十三日)

將《萬航》弟二期稿件辦齊。

2月15日(一月二十四日) 雨

2月16日(一月二十五日) 晴

2月17日(一月二十六日) 晴

今日美國女子史天遜在江灣演飛機,校中放假,以五角券入一元位,余隨衆往焉。十二時五十八分自梵王渡站開車,及抵江灣,已近二時。女士從容至,就機審視,不意機乃驟損,不堪用,臨時裝一單頁者,約至五時,始就緒。汽力彌滿,振翼疾馳,頃刻間破空飛去,半天中往復迴旋,如隼之疾,如燕之輕,極操縱之能事。十九歲女子具此奇能,不能不傾服也。歸途與劉君以三元雇馬車歸家,八時返校。

2月19日(一月二十八日)

夜間甚覺不適,早睡。

2月20日(一月二十九日)

晨間竟不能起,因寫信至家,派車來,歸去。適兒曹皆病,延克禮至余就診焉,渠定爲流行性感冒。

2月21日(一月三十日)

剪髮。

2 月 22 日(二月一日)

是夜病較甚,又延克禮至,仍服愛司批令。

3 月 2 日(二月九日)

得蔡振華書,知魏君綏章以喉症逝世。

3 月 5 日(二月十二日)　下午陰,上午晴

二十四歲生日。

3 月 6 日(二月十三日)　晴

買《小説畫報》二册。○晨間至丁梅仙處乞診。又至二姨母處。晚間至校。

3 月 10 日(二月十七日)

以捐款事出校,晚歸。○大母百歲冥壽。

3 月 11 日(二月十八日)

是日齒又痛。

3 月 12 日(二月十九日)　雨

牙劇痛,即從林醫處取得證條,出就高長順家拔出之,出血甚多,人頗疲乏。婧適不在,歸乃知余冒此險也。

3 月 13 日(二月二十日)　雨

在家靜養一日。

3 月 14 日(二月二十一日)　陰

來校。下午五時。

3 月 15 日(二月二十二日)　晴

與初級辯論,失敗。

3 月 16 日(二月二十三日)　晴

得徐紹先信,將魏綏章君遺照寄來。○《約翰年報》舉余爲中文主任。

3月17日（二月二十四日）　雨

3月18日（二月二十五日）　雨

閱報，知俄皇被廢，革黨成事。

3月20日（二月二十七日）　晴

考幾何，極不得意。性拙於算，然爲學當須見所不足，念此輒爲汗下。○晚間有美國耶路大學華文教授全君演說中國留美學生情形，頗動聽。○華文辯論會開會，決定本學期僅開會二三次。

3月24日（閏二月二日）

剪髮。青年會，三角。照象。亞細亞，一元。○因《約翰年刊》須攝取小影，出外半日。

3月27日（閏二月五日）

幾何補考。

3月28日（閏二月六日）　晴

家信。

3月29日（閏二月七日）　晴

寫家信。○是夜二班與上級辯論，二班勝。高級與初級辯論，高級勝。○華文辯論會攝影記念。○寫《絕妙好詞》一紙，久疏筆墨，大足怡神，惟學劣可愧耳。

3月30日（閏二月八日）　晴

譯《佛法入門》。○偶閱此日記上端所録格言，不必看其姓名，但流目一覽，已可辨其爲諸子，爲宋明語録，爲西哲學説。此非天然有此界別也，文字之風尚爲之耳。

3月31日（閏二月九日）　晴暖

出校半日。又至亞細亞照相。至中華配眼鏡。

4月3日(閏二月十二日)

爲魏綬章作傳。

4月4日(閏二月十三日)　連日暖極,換袷衣

學問之事,不可妄自菲薄,蓋胸襟不大,則眼界不高,眼界不高,則將誤入歧途,而不可救藥。每見人謙讓太過,事事皆遜謝不敢,如此何能有爲。

4月5日(閏二月十四日)

清明日看花口占六絶句

一簾香雨鶯和燕,天半明霜粉間紅。比似龍華春十里,應無幽怨到東風。

綠萼朱櫻取次開,頻來屐齒劃蒼苔。玉窗五度尋常別,一樹江頭獨看來。

兩樹璠璵照粉廊,粉霞烘月月籠霜。青春縱少狂風雨,一樣飄零耐斷腸。

密比真珠細簇絨,梨花太小杏花紅。群芳譜裏無名姓,點畫青林也自工。

細草平鋪露似珠,垂楊茸嫩曉晴初。最憐萬縷黃金髮,遨住春風細細梳。

寂歷春寒成往例,今年風日勝常年。閒愁端應消除盡,只爲鄉園一悵然。

4月6日(閏二月十五日)　夜微雨

4月7日(閏二月十六日)　晴

本校運動會。

浪淘沙·和方乘

有客過龍華,贈我桃花。膽瓶春意透欹斜。一桁湘簾波影綠,影入明霞。

嫩柳欲藏鴉,望眼天涯。晚來心事最如麻。縱有斜陽芳草路,何處還家。

4月8日(閏二月十七日)

Easter Holidays。○放假還家。

方孝嶽再填《菩薩蠻》示余,次韻答之。

綠華飄忽雙成小,玉璫難寄西飛鳥。花絮斷人腸,難禁風雨狂。

舊巢雙燕識,煙柳春明織。何處再思家,芳尊酒正賒。

4月10日(閏二月十九日)

午間偕婧至威賽路,遂獨游舟山路之甘園,結構精巧,花竹蔚然,令人不忍遽去。

4月11日(閏二月二十日)　雨,寒

晚七時來校。燈下閱《二城故事》,書述法國革命時事,慘目傷心,不忍卒讀,夜雨潺湲,更難爲懷也。

4月14日(閏二月二十三日)　晴暖

得慎餘信。○午後歸家一視,强立今日斷乳,因至威賽路視之。又至子武處,久談。侍雙親至同孚路相宅。七時半來校。

4月18日(閏二月二十七日)　晴暖

4月19日(閏二月二十八日)　晴暖

衛生會寄回余文。○《約翰年刊》稿件辦齊。○華文末次辯論,高級獲勝,蔡君振華得弟一。

4月20日（閏二月二十九日）

題蔡振華伉儷雙影

少小情懷婚後減,畫圖衫鬢鏡中妍。從今一點閒心事,修到鴛鴦更羨仙。

此是白頭偕隱券,三生清福證梅花。倘尋遺迹鷗波館,十里苕溪好住家。

是夜有青年會音樂會。

4月21日（三月一日）　晴

因運動會放假歸家。○三嫂以是日未刻生女。○午後挈阿超游新世界,稱得渠三十九磅,余百二十磅也。復偕婧君看張園馬戲。

4月23日（三月三日）　陰

三月三日佳節,惜無勝事以點綴之。

4月24日（三月四日）

午後獨步,園中紫藤盛開,如張錦幄。

4月26日（三月六日）　晴

余生平所缺者,勤敏有恒,後此願時時念之。

4月28日（三月八日）　晴

午後歸家。母親違和,請黃醫診視。○至威賽路。至時報館,取得贈品。

4月29日（三月九日）　晴

至繡雲天一游,偕婧攜睨姪、超女去。○母親似仍未愈,請夏蔭棠來診。

4 月 30 日(三月十日)　晴

早七時來校。○寄譯稿至中華書局。

5 月 3 日(三月十三日)

下半六時半,大雷電以風,繼以雨雹,約十分鐘,大者如小兒拳,洵異災也。

5 月 22 日(四月二日)

雙親至杭州。

5 月 24 日(四月四日)

是日聞段祺瑞免總理職。

5 月 26 日(四月六日)

歸家半日,至聶宅小坐。

5 月 27 日(四月七日)

聞雲台夫人逝世。○後接慎餘信,知其夫人適於是日生男也。

6 月 2 日(四月十三日)

歸家作雲台夫人挽聯,云:"淑範宜家,悽惻遺言奠至性;平生知愛,思量摯愛已難酬。"代叔瑜作也。

6 月 13 日(四月二十四日)　雨

中文大考起。○考歷史,題爲《南宋論》。

6 月 14 日(四月二十五日)　雨

考作文,題爲《論今日之專制》。

6 月 15 日(四月二十六日)　雨

考國文,題爲《擬諭蜀文》。○連日陰雨悶損。

6 月 20 日(五月二日)

英文大考起。

6 月 28 日(五月十日)

大考止。

6 月 29 日(五月十一日)

因叔瑜生辰,歸家。

6 月 30 日(五月十二日)　晴,午微雨

是日行畢業禮,請朱交涉員、薩美領事演說,三兄侍母親來觀。此次余國文科大學、英文科中學均畢業,兼得國文最優獎章。

7 月 1 日(五月十三日)

至聶宅。

7 月 2 日(五月十四日)

是晨得復辟消息。○藍公亮來談。

7 月 4 日(五月十六日)

晚間至卞燕侯小坐,歸作寄方孝嶽詩一首。○劉宣閣兄弟來談。

7 月 17 日(五月二十九日)

《新申報》起。

7 月 19 日(六月一日)

黑夜青燈三千餘字,寄《小說月報》。

7 月 21 日(六月三日)

至上海大劇園觀劇。

7 月 22 日(六月四日)

黑夜青燈,寄《小說時報》。○潞生來,至威賽路視之。

7 月 23 日(六月五日)

鈍根送《明星畫報》。○與潞生至古渝軒小飲。

7 月 26 日(六月八日)　晴

接慎餘信並所寄美報社論一節,即譯出,送往《新申報》,託其登出。○美國芒德公司貨單寄到，攜往卞燕侯處，談片刻。○傍晚至威賽路，送潞生行。○寫信與慎餘，又寫報館兩信。○作閒話數則。

7 月 27 日(六月九日)　晴

將叔瑜寄慎弟信並余信寄往美郵局，顧余信忘貼郵票。○譯《藝菊術》。○寫信問劉雲舫及熊欲同學畫否。○燈下欲作《無題》詩，因看李義山詩。○爲超男寫字片七十餘枚，渠亦能識六十餘字矣。

7 月 28 日(六月十日)

復藍公亮。○作詩七律三首。○晚看《隋書》一本，讀《易·繫辭》。

7 月 29 日(六月十一日)

至蔡正華處小坐。

8 月 1 日(六月十四日)

致鈍根。

8 月 2 日(六月十五日)

復方孝嶽一片。○父親壽辰。○寄方孝嶽一詩云：

清明同看滬濱花，曾詠還家路正賒。今日棘榛真遍地，還家爭抵向天涯。

8 月 19 日(七月二日)

茲將《大陸報》所載之一星期食單，略參己意，訂如左。

一、午餐：燒蘋果　燕麥或玉蜀黍加牛乳　本國式麪　加非

　　小食:乳油麫包　桃片

　　晚餐:肉湯　丁子菜及米飯　燒茄子　量鎬或酥合加梅
　　橘醬

二、午餐:瓜類之一　簧餅　玉米糊　卻可力茶

　　小食:燒茄　糖醬麫包

　　晚餐:芹菜湯　燒雞附黑麫包　韭菜　果品

三、午餐:烤麫包荷包蛋　燒牛肉及生菜　米粥　可可茶

　　小食:冷菜麫包　果實

　　晚餐:羊湯　煎魚　鰕子青豆　西米粥　果品

8 月 29 日(七月十二日)

近日學寫草書,甚覺有趣。○看《香屑集》,欲仿爲之。

9 月 5 日(七月十九日)

夜間卞壽孫請在興豐西餐。

9 月 6 日(七月二十日)

夕間偕婧看齒,便買物,忽腹痛,歸後即瀉,竟夜不眠。

9 月 7 日(七月二十一日)　昨夜雨,轉涼

是日本應入校,以初愈未去。

9 月 8 日(七月二十二日)

下午入校。○夜間稍譯《軍人之妻》。○此爲余初入大學之
日,亦一生紀念日也。

9 月 9 日(七月二十三日)

通信:藍公亮。○狂風冷雨,秋意蕭然。四時後歸家一行。

9 月 10 日(七月二十四日)　陰晴不定

晤徐燮元,言書事。向卜索得銷假條。○通信:《東方》。○是

日幾全日無事。四時後,至伯利南路,略散步。

9月11日(七月二十五日) 上午晴,傍夕雨

上譯學、史學、德文、生物四課。四時歸家,聞大嫂明晨返湘。

9月12日(七月二十六日) 日晴,夜雨,不甚涼

上文學、史學二課。○作畫二幅。

9月13日(七月二十七日) 陰

是日共四課。傍夕出外,買花二盆。

9月14日(七月二十八日) 陰

昨買盆花,紫色不知名,置案頭,欣賞無既,賦之。

　　簪玉寒盈手,煙羅定幾重。謝囊清貯露,石障靄停風。秀色延虛幌,微香散綺櫳。娟花及秋早,寥寂暮愁空。

9月15日(七月二十九日) 晴

飯畢歸家,爲父親買《歷代詩話》一書,來校則八時矣。○晚間讀《希伯來教源流史》,欲譯之。

9月16日(八月一日) 午晴,夕雨

至禮拜堂祈禱。上宗教學一課,現時所用課本爲《希伯來宗教之源流》,余取而譯之少許。四時後歸家,以長兄生日也。

9月18日(八月三日) 晴

是日極熱,課後歸家沐浴,來校時已稍遲。

9月20日(八月五日)

寄短小說一篇與《時報》。○午後至上海購物。

9月21日(八月六日) 晴涼

午後四時許,與方乘君步行訪靜安寺,寺頗宏壯,非余所料,流連約一刻許即返,步行約十二里也。

夜間雷麥教授在英文學會演說,題爲《戰時經濟理論之謬誤》。列舉六條:

(一)列國因經濟互相依倚之故,不致有戰事發生。

(二)戰後不出六月,列國均將破產。

(三)國家增稅所不能得者,可以借債得之。

(四)戰事可多予國人以工作。

(五)戰事可促起國人之儲蓄。

(六)戰後須數十年方能復元。

雷君就此六條一一駁之,頗可玩味。

9月22日(八月七日)　晴

人來。○接卞燕侯信,復一信。○晨起頗晏,飯後復小睡,始就浴。劉雲舫來坐片刻,將《軍人之妻》譯完,即出外至三角場散步,購食物百錢。歸後,沈惟楚來小坐。晚餐後,至大維房小坐。

9月23日(八月八日)

午後歸家。

9月25日(八月十日)　晴

午後至商務印書館,將書券取小說數種、作文簿十本,歸家一視。譯《蕭寺紅爐記》。

9月26日(八月十一日)　晴

得婧君來書,謂十六早即赴杭。

9月29日(八月十四日)　晴

晨間上課,心已不在。課畢又疑其不準假,甚覺徬徨不安,幸未反對。十二時半,遂偕方君出門。○飯畢,至批發所取銀,付高長順帳。○今日阿超四歲生日也。○晚間侍母親至哈同花園,觀游覽會,是會爲助振京奉水災設者也,游人不及往年之盛。

9 月 30 日(八月十五日)

三兄以郵片五十枚屬畫。午飯畢,仍赴校,上宗教學課一小時。○晚間至威賽路一坐,仍往游哈同園。

10 月 1 日(八月十六日)　晴

偕婧君至商務印書館,取小説,購紙筆。婧明日往杭也。○晚七時來校,與方君緩步淞江橋畔,月色礁白,萬籟蕭寥,既欣美景,復觸離緒。婧君明日作武林之游,余乃不得與偕,湖山風月,只許夢中相伴矣。婧君平日每以羈累,欲游輒艱於成行,此番甚祝其能暢游也。阿辰乳媼忽去,不知其仍返否,殊爲懸系。

10 月 2 日(八月十七日)　晴

通信:婧一片。○早間忽然腹瀉三次,幸即止。人甚疲荼,聽講幾充耳欲睡。十一時,行入大學禮,各教員均列席。由那敦君演説,卜校長讀誓詞,略云:遵奉校中規則,保守校中名譽。諸生起立以示允意,乃由各生依次署名於簿籍。四時後,亟歸家,則見十九叔正來此。匆匆寫一郵片寄婧君,告以兒曹正好。○返校略看小説。本班請李迪雲君講物理,往聽焉。早睡。

10 月 3 日(八月十八日)　涼雨

10 月 4 日(八月十九日)　雨

四時後歸家,雨潦不堪。見王尊農送來銀券十七元、《龐檗子集》十一册。

10 月 5 日(八月二十日)　晴

接婧君信,具述宿舍蚊虻之苦,且雨甚,不能出游。

10 月 6 日(八月二十一日)　晴

晴窗無事,作畫一幅。四時後,同劉氏昆弟從火車站繞白利南路而歸。早間生物學課忽然考試,初未防及,不覺愕然,答案殊不佳也。

10月7日(八月二十二日) 晴

所讀希伯來宗教史甚難,盡一晨之力讀之,下午略看文學。四時半歸家,作書寄婧君。

10月8日(八月二十三日) 晴,漸寒

是日爲三兄三十初度,十一時課畢,歸家。○寫信與婧。○晚間草草就臥,遂感寒。

10月9日(八月二十四日) 晴

午餐時接婧信,知今日午車回。課畢,又趨回家,屬人往車站迎接。○以事往朱友漁處,渠忽謂曾見余三兄照片,余大訝,詢之,乃在周森友夫人處所見也。○是日歷史小考也,發表後得甲等。

10月10日(八月二十五日) 晴

晨七時列隊,向國旗致敬。九時放假,出門歸家,晤婧,往都益處叫菜五簋。飯後偕婧赴時和,買一領針送三兄,余又獨往福和公買食物數種。三辰乳媼今日去,遂爲之斷乳。雲台於五時許來,飯後遂來校矣。是日覺頭重,不甚舒適。抵校後,又偕方君至鐵橋畔徐步,遙聞聖馬利亞校中歌聲也。夜色沈沈,悄然生感。

10月11日(八月二十六日) 晴

昨晚因息燈稍遲,致扣去敦品分數一分,實則余就寢並不遲也。○譯小說《蕭寺紅爐記》。晚間至林步基、蔡振華房談。○午後在校外散步,見售煙管者,竹製頗佳,且廉甚,因購一枚。○與卜商運書事,渠擬繕一介紹信,交三兄致長沙同學,屬其代運。

10月12日(八月二十七日)

早間物理學缺課,在圖書館假得《擺倫尺牘》,閱之,甚有趣。

○卜令余在中學教授中文,自下星期始。

10月13日(八月二十八日)　　晴

今晨放假,以三兄今日行故,請假至明晨。○至都益處菜館、和盛等處。午後至丁福保處,爲父親送書。○晚間至新世界一游。

10月14日(八月二十九日)　　晴

四十後歸家,大嫂已於昨日由湘返矣。○校長又作書致長沙,美領約翰孫屬三兄帶往。○晚間晤羅君良鑄,羅以金陵大學棒球代表來此,前去兩年得演説弟一獎章者即其人也,可謂文武兼資,學生中不可多得之人物。

10月15日(八月三十日)

今日弟一次教授中文也。三班戊小考。○午後雲台來此,同坐汽車。由車站轉至伯利南路,余一人獨至同興,食炒飯一角。夜間三人坐談,遂不覺移漏。

10月16日(九月一日)

因三兄明日行,明日余不能歸,故今日午後一歸。

10月17日(九月二日)　　晴

午後三兄來,欲見卜,卜適不在。

10月18日(九月三日)

連日頗忙,遂又不及按日寫日記矣。

10月19日(九月四日)

傍夕至村中飯館樓上小食,憑闌望,萬瓦鱗,暮色蒼靄,頗思在超覽樓景象。

10月20日(九月五日)

午飯後歸家,三辰發熱,請林醫洞省來診,據云不宜食牛乳也。

10 月 31 日(九月十六日)

久不作日記矣。昨夜雨,自此連雨三日,幾有成潦之象。

11 月 2 日(九月十八日)

教國文時以學生頑劣,憤怒不已。

11 月 3 日(九月十九日)　日内奇冷

今日雨霽,午後出校,在家一飯,稍臥,呼匠薙頭。訖至先施公司一游,買奶油一磅、緞鞋一雙、煙絲一包、煙掃一枚,共費三元。又至文明書局買《小説畫報》一册。○今日在家始知三兄已赴湘也。

11 月 5 日(九月二十一日)

今日因有運動會,四時後出校,至商務印書館,買美術史一册,回家匆匆一飯即來。○午間畫戰艦一幅,尚得意。

11 月 9 日(九月二十五日)

僕來,云母親欠安,即令投書乞假,擬明日歸。

11 月 10 日(九月二十六日)　晴

午後歸家,晚飯後,至先施公司徘徊。約七時,即赴市政廳,觀女子義振會。布置甚好,中閨名淑,咸來薈萃,故來觀者亦多上流人物,雖亦有鹵莽不嫺儀止者,然已不多覯矣。惜男女分座,猶不脫陋習,女招待員不應接男賓,亦不售物,似亦太矜貴。愛國女學生所演炬舞技擊等,誠足令人驚歎,女學進步如此,五六年前所未夢見也。楊女士演説時,聲容並臻絕詣。婧君後至,雲台及外姑亦來。敬詒之子自英甫歸,與寶蓀女士均在焉,余當時祗意為西婦,後始聞為渠也。十一時許,偕婧歸。

11 月 11 日(九月二十七日)

傍晚來校。

11 月 14 日（九月三十日）

明日因家祭，請假歸去，至威賽路訪潞生。晚間同雲、管、潞在古渝軒晚餐。

11 月 15 日（十月一日）

傍晚歸校。

11 月 17 日（十月三日）

因童子軍在張園大操，得假半日。○買泥金聯，寫送卞喜孫。文曰：“翡翠珠被流蘇羽帳，芙蓉玉盌蓮子金杯。”夜間回校，又爲方君書篆聯，文曰：“琴瑟初調偕老手，酒漿日備大夫家。”

11 月 24 日（十月十日）　晴暖

剪髮。○飯後乞假歸家，三時至張園賀卞婚，又偕馬鳴鑾、方乘二君至其家，觀新房。夜間至先施公司，購尺一、筆一、《道聽塗説》小説一册。晚間略看《希伯來宗教史》，因明日須考此書也。

11 月 25 日（十月十一日）

午飯後來校考宗教，心猿意馬，不可收拾，幸考題尚易。○聞父親言，伍秩老催余所譯之佛書，至今無以報命，心甚媿之，自此當抽空畢成之爲是。

11 月 29 日（十月十五日）

在別發書店買畫册一，精美絶倫，愛不忍釋，費銀元四也。晚間歸校，即仿作一幅。

12 月 1 日（十月十七日）

午後因售劇卷，出校，因至威賽路。晚間請雲等兄弟在古渝軒小飲。

12 月 2 日（十月十八日）

宗教上次考卷發表，得甲。○晨間畫西法畫二幅，擬贈卞燕侯,因作一書,俟後日送與之。

12月3日(十月十九日)　今日冷甚,四十

夜間假蔡正華打字機,將托爾斯泰《與妻書》打出,余已譯成,擬送至《英文雜誌》也。

12月4日(十月二十日)

晨間偶閱以前日記,舊夢重溫,大有可樂,此日記所以不可不常作且多作也。

12月5日(十月二十一日)

借得藏書樓之《亞細亞雜誌》,中有言土耳其女子事一篇,譯得少許。○三班丁、戊各予以小考,丁題易,而不準閱書,戊略難,而準其閱書。結果則不閱書者反佳,而閱書者竟猶有不能完卷之人。甚矣,學生程度之低也。

12月6日(十月二十二日)

下午課後歸家,仍不遇婧。

12月7日(十月二十三日)

覓林醫驗身,欲其免余體操,竟不肯。○夜讀《蕭寺紅爐記》,將及卷終矣,文情之哀,不忍卒讀。

12月8日(十月二十四日)

是日校中假阿令匹克劇場演劇助賑,予以十一時半出校,夜九時歸。此次仍係持假片,否則須七時半歸也。○是日食菊花羹。

12月10日(十月二十六日)　晴和

作畫一幅。四時後,請張裕麟在同興喫,四角。○夜間小酌,同人新製酒令,任舉一姓,須立說古人名爲此姓之最古者。○將《土耳其閨乘》譯畢,送與《婦女雜誌》。

12 月 25 日（十一月十二日）

今日祈禱後放耶誕節假，歸家乃知父親前日下樓失足，今晨又忽惡寒，遂覺腰痛甚劇。

12 月 26 日（十一月十三日）

今日本約藍公亮同游崑山，因父親未愈，不能去，清晨自赴車站告之。

12 月 30 日（十一月十七日）

晨起甚晏，宗教課今日不考，故無甚事也。○連日寒甚，淞江皆凍，但猶未及去冬之甚，觀此卷首數葉墨蹟可知也。

12 月 31 日（十一月十八日）

今晨考物理，自覺尚佳，然亦甚險，近二次俱不及格也。○午後將《蕭寺紅爐記》弟三次稿完工，與卜言明今晚歸家。

民國九年（1920）庚申

1月1日(舊曆己未十一月十一日)

到教育會聚餐,偕□□□。隨到半淞園。

1月2日(十一月十二日)

不適,未出。

1月3日(十一月十三日)

到復旦。○取皮鞋 $4.50。

1月5日(十一月十五日)

偕慎餘至威賽路。○買皮鞋(惠羅) $6.00。早間到復旦領薪 $72.00。○婧是夜起病。

1月7日(十一月十七日)

買領帶、手巾、絨衫、髮蠟,十一元半。○接伯英十月分、仲健十二月分通函。發九年一月分通函。○剪髮。○薛次莘請吃飯。○赴教育會。

1月8日(十一月十八日)

接惲震信,即復。送邵仲輝禮。○慎餘、任先來談。○赴教育會。○寄 Biblicism 稿完。

1月10日(十一月二十日)

偕慎餘訪湯壽軍、《時事新報》"建設"、群益書局。○購《巴黎和會與中國》。

1 月 11 日(十一月二十一日)

赴威賽路,電車中失去一皮夾,損失六十餘元。

1 月 13 日(十一月二十三日)

赴恒豐,慎餘等堅屬擔任《民心》編輯。〇購 "Father and Sons" $ 1.20。〇收十一、二兩月教育會薪 $ 100。

1 月 14 日(十一月二十四日)

赴恒豐,將本期《民心》稿交去。〇國民教育促進團開會。今須寫一信。(一)索經費。(二)十二月一日五時,青年會開職員大會。〇購煙一元。皮夾一元二△。

1 月 16 日(十一月二十六日)

付裁縫十一元。

1 月 17 日(十一月二十七日)

教育會各公團開會。〇夜間作文一篇。

1 月 18 日(十一月二十八日)

買衛生衣褲 $ 2.50。看病(林洞省) $ 90。信封、筆 $ 40。軟領一 $ 30。〇取五元。

1 月 19 日(十一月二十九日)

上午考讀本。下午考繙譯。

1 月 21 日(十二月一日)

下午考歷史。

1 月 22 日(十二月二日)

付吃飯一元三△。

1 月 23 日(十二月三日)

上午考會話。〇付買書及食物二元。

1 月 24 日(十二月四日)

二時半,與慎餘赴杭,八時許到,寓新新。

1 月 25 日(十二月五日)

晨間與雲台、慎餘、□□至桃源嶺、靈隱二處。飯後至吳絅齋
處。又看黃五姊。六時附車,返滬已十二時。是夜作文,至四時始睡。

1 月 26 日(十二月六日)

下午至批發所交稿。

1 月 27 日(十二月七日)

正午與歡迎王正廷宴。

1 月 29 日(十二月九日)

偕任先、慎餘訪王正廷、汪精衛。

1 月 30 日(十二月十日)

是日因病未出。

1 月 31 日(十二月十一日)　雪

取洋十五元,前婧取去十元。入洋(《民心》Ⅹ‖期)四十元。
○在雅敍園請客:梅光迪、張貽志、薛次莘、朱杏生、鄧子冰、聶潞
生、慎餘兄弟、尹任先。○買電車票六元。

2 月 2 日(十二月十三日)

付裁縫十元。

2 月 4 日(十二月十五日)　雨

鄧子冰請晚餐。

2 月 5 日(十二月十六日)　雨

偕燕侯訪李啓藩。晚在教育會晚餐。

2 月 6 日(十二月十七日)　雨

取來商務印書館名片鋅版。

2月7日(十二月十八日)

收《民心》稿費二十五元。

2月11日(十二月二十二日)

付裁縫三十二元清。取五元。

2月12日(十二月二十三日)

硬一軟二。

2月14日(十二月二十五日)

到教育會一行。晚間至燕侯及岑德彰處一談。

2月15日(十二月二十六日)

寫信,覆古文捷。致同學二月分通函。○付榮昌祥九元二角。

2月16日(十二月二十七日)

收《民心》稿費十、十一兩期三十八元九角,存三十五元。○夜間至劉麟生處一談,約共教朱效曾等,隨至朱宅,募得五元,爲太倉水災事。

2月20日(舊曆庚申一月一日)　陰

2月21日(一月二日)　雨電

2月22日(一月三日)　晴

午後至俞家,旋偕雲台、子武二兄出至潞生兄家。

3月3日(一月十三日)

還卜喜孫五元半。

3月4日(一月十四日)

請客十二元二△。

3月14日(一月二十四日)

午車來杭,途中眼鏡打碎。到杭即發快信回家。

3月15日(一月二十五日)

晨間侍母謁墓,草蓬傾倒,即令人除去,幸未傷墓。○下午侍母至宗宅小坐,余一人往訪吳桂蓀、鍾更生等。

3月16日(一月二十六日)

今午居然收到眼鏡。下午訪吳絅齋、鍾更生,又與吳桂蓀同往訂水泥。買《儒林外史》二册四△半、傘四△半。○夜雨。○寄快信,内一信致尹任先。

3月17日(一月二十七日)

上午謁墓。下午又訪鍾更生,未晤。○寄信,内一信致康南海。

3月18日(一月二十八日)

今日天雨,一步未出,僅晨間侍母游孤山看梅。○得叔瑜信,知兒輩出痘。

3月19日(一月二十九日)

夜車回滬。

3月20日(二月一日)

收十四期稿費十五元五△。代收□競稿費九元五△。付青年會費十三元。

3月22日(二月三日)

午車侍母赴杭。

3月26日(二月七日)

是夜由鍾更生居間,與王開記訂約承造墓廬。

3月27日(二月八日)

晨間到山上供,即入城,至廣濟醫院,將合同與袁向梅、陳厚生簽字。○午車回滬。購金魚二尾於城站。

147

3 月 28 日(二月九日)

剪髮。○是日大中華開股東年會。曾香浦來拜,晚間至其寓中。

3 月 29 日(二月十日)

陳獨秀在省教育會演說,往聽之。公團會議,屬余草一書致工部局,贊成禁止妓業案。

3 月 31 日(二月十二日)

廿六歲生日。

4 月 4 日(二月十六日)　雨

湖南同學會在南洋公學開會,往赴之,略演說數語。

4 月 5 日(二月十七日)

清明上祭。○下午將稿彙送《民心》。夜間在余宅打詩鐘。

4 月 6 日(二月十八日)

購得《兒童學》一本,即余從前所曾繙過數葉序,今著手繙譯,應"世界叢書"之徵。本日已成五千字,郵寄北京胡適之審定。

4 月 7 日(二月十九日)

購英文小說一種、哲學書一種。

4 月 8 日(二月二十日)

譯《兒童學》三千字。

4 月 12 日(二月二十四日)

午車來杭,八時許到,寓臨安飯店。訪吳絅齋,不晤。訪宗子楹,託菊生事。

4 月 13 日(二月二十五日)

晚發一信。○訪吳絅齋,付百二十五元,內七十七元墓誌,二

148

十五元稅契,十四元還吳,餘定墓碑。付臨安賬三元六角。到靈隱
車八△。○到山上,遇雲兄及黃君首民,旋至新新,同訪蔣夢麟於
聚英旅館。余至臨安清賬。同宿於新新。

4 月 14 日(二月二十六日)

早發快信。○早八時偕蔣、黃、聶三君步行,三君先行,余留
飯。○取八十五元,內八十三元付余帳。本日車六角半。

4 月 15 日(二月二十七日)

付新新錢一元四△。本日車四△半。○寓臨安。

4 月 16 日(二月二十八日)

娛十七元。○偕王開記上山。○取二十元。

4 月 17 日(二月二十九日)

回滬車一元六△半。取十元。又付老張十元。

4 月 18 日(二月三十日)

旅館七元。本日車一元。

5 月 6 日(三月十八日)

由滬動身。

5 月 7 日(三月十九日)

到津。○付茶房費一元。換一元。存百七四元。

5 月 8 日(三月二十日)

□□房錢三元。赴京大車三元二△半。游一元。○存百六五
元。○早間赴中孚,晤管臣,飯於杏花村。在朱宅小坐,即赴京。

5 月 9 日(三月二十一日)

洗衞生衣袴一身、襯衫一件、領一條、韈二雙。○上午訪林季
丈、張劭師、朱子陶。下午訪卓君衞。在仙兄處兩餐。○發叔瑜弟
一號信。

5月10日（三月二十二日）

寄母親稟弟二號。○上午至君衛處。下午至仙家，晚間同游公園。○換錢一圓。游園一元。

5月11日（三月二十三日）

取十元。買草帽二元半。○發瑜信二號。○林季丈約飯於擷英飯店。○買手杖洋八△。

5月12日（三月二十四日）

寄母快稟三號。○遷至南河沿廿號。

5月13日（三月二十五日）

《益世報》今日起。○兌五元。茶葉六△半斤。○偕仙兄、三兄請客於西車站食堂。晚間君衛亦約於是處。

5月14日（三月二十六日）

失十元。兌十元。買煙一元二△。買花籃三元六△。

5月15日（三月二十七日）

卓宅拜壽。至劉健丈處，未晤。代三兄買物。○發瑜三號信。

5月16日（三月二十八日）

三兄還十五元。○母稟四號。

5月17日（三月二十九日）

仙兄借五十五元。

5月18日（四月一日）

三兄今晨行。○訪林季丈，晤談。○買表及零件十五元。

5月19日（四月二日）

八姊生日，往拜壽，並吃飯。謁陳弢老、張劭師。又訪劉健丈，不晤。

5月20日(四月三日)

請管臣、君衛等十一人,費十九元。管臣約游三殿。○訪趙逸生、李次公、林子有。

5月21日(四月四日)

存五十二元。○接瑜弟二號信。○買風鏡、髮水。○仙還五十五元。

5月22日(四月五日)

管臣約游頤和園及湯山,歸時在卓宅晚飯。○發瑜信弟四號。

5月23日(四月六日)

買對及扇三元。○回拜曾福謙,曾爲庚午年伯。

5月24日(四月七日)

到天津晤桂兄,當日回家。○車費八元。

5月25日(四月八日)

晨訪杜雲帆父子,便訪君衛、伯庸。

5月27日(四月十日)

桂到。偕仙游雍和宮、國子監,便訪桂,不遇。○夜伯庸在此打牌。○買雍和宮入場券一元。

5月28日(四月十一日)

晨訪桂。訪君衛。○君衛、君實昆仲請於來今雨軒,旋訪林季丈。○發叔瑜五號信。○桂贈$100.00。

5月29日(四月十二日)

買郵票一元。○見桂及任振采。○寫母稟弟五號(快)。○訪劉健丈、林季丈。

5月31日(四月十四日)

仙借二元付電話費。交仙一元。

6月1日(四月十五日)

發瑜六號信。

6月2日(四月十六日)

接瑜四號信。○訪陳弢老、張劭師。

6月3日(四月十七日)

發瑜平信七號。○游公園遇雨。澤農所帶衣物送到。

6月4日(四月十八日)

上母快信六號。○買帶滬食物六元。

6月6日(四月二十日)

打牌輸一元。○訪任,交信一件。

6月7日(四月二十一日)

發瑜信八號。○訪陳瀛生。偕仙槎、景宋訪唐醉石、王維季。○送唐、王搬家一元。買印色一元。朱、錢在此打牌,我贏五元,另仙欠四元。

6月8日(四月二十二日)

偕君衛看其新居。在東興樓午飯。午後訪任,交《尚書章句》,屬校讎。○接三兄信、瑜信。○買信紙,寄三兄,二元。

6月9日(四月二十三日)

取得寄來羽紗衫等件。○發瑜信九號(平)。又三兄信並信紙。發信九件。十二日請客。○搬入上房。○買洋餅一元。○存中行百元(滬匯來者)。

6月10日(四月二十四日)

發母稟七號(平)。○照相及牛奶一元。○訪張一志,不晤。○簾子三元四角。電燈一元。○清存六十二元。

6 月 11 日(四月二十五日)

打撲克,勝□□□□。○在青年會借書二本(是上日事)。

6 月 12 日(四月二十六日)

晨張一志來談。○請客:林子有、沈治丞、陳瀛生、卓君庸本恩、君衛、君則兄弟,朱子陶、張一志、趙逸生、唐齔生、仙槎、錢伯庸(未到),共費 $ 21.00,內除席票 12.00。○飯後到任宅取《皇清經解》。○接桂信,夜攜往張劭師家小坐。

6 月 13 日(四月二十七日)　雨

付仙五月十二日至昨日房金、火食 $ 10.00。○洗被面、枕套、□單領各一,自家洗。土布袿袴一身、外套布袴一件。○張一志約公園晚餐。

6 月 14 日(四月二十八日)

晨到任宅,晤主人,清書。

6 月 15 日(四月二十九日)

寄瑜九號信,內相片。○取十元,買花籃及煙三元。○花籃、席票送林朗溪太太五十壽。○晨到林宅。飯於卓宅。過訪張師。到任宅拜齔孫壽。

6 月 16 日(五月一日)

至任宅,便訪伯庸。

6 月 17 日(五月二日)

清晨訪張一志。○夜請看青年會電影一元。○清存二十七元。

6 月 18 日(五月三日)

今日點錢,殊詫用度之大,以後務須寫賬。○交行換現洋 200.00。

6 月 19 日(五月四日)

晨至任宅,便邀任崧生叔姪。在公園來今雨軒午餐,費 3.50。

6 月 20 日(五月五日)

在張一志處午餐。游鐘鼓樓。晚在子陶處打牌。

6 月 20 日(五月六日)

買票三十五元,找二元。

6 月 22 日(五月七日)

買加價票五元五△。兑□二元。○由津赴浦。餐三元。

6 月 23 日(五月八日)

大餐及零用五元。○晚八時到家。

6 月 26 日(五月十一日)

清存六十元津票。入十五元滬票。

7 月 6 日(五月二十一日)

由滬乘特別快車赴津,過浦江時遇雨。○車費卅五元。行李近十元。自帶六十元。母付五十元。

7 月 7 日(五月二十二日)

抵津,在少石家小坐,即赴桂宅下榻焉。

7 月 8 日(五月二十三日)

與桂辛小談,即赴中孚午餐。○買靴油、手巾等。換五元。○晚車到京。

7 月 9 日(五月二十四日)

快稟一號。○至卓宅談。在朱宅晚餐。

7 月 10 日(五月二十五日)

快稟二號。○買成毯、枕頭等五元。

7 月 11 日(五月二十六日)

存五十五元。

7 月 12 日(五月二十七日)

付老汪八元。仙房租廿元。

7 月 13 日(五月二十八日)

買汗衫二元一△。○發快稟三號、瑜平信一。○接電,立覆
電。日晚在朱宅。

7 月 14 日(五月二十九日)

洗澡一元。郵票一元。發仙快信二、朱快信一。

7 月 16 日(六月一日)

買書二元。

7 月 17 日(六月二日)

買船票十二元。賭輸三元。賞朱宅人四元。

7 月 19 日(六月四日)

晨抵煙台。

7 月 20 日(六月五日)

晨起始知遇新康機壞,施與同行,明日不能到滬。

7 月 23 日(六月八日)

晨到上海。○洗浴一元。

7 月 24 日(六月九日)

午車侍母來杭。

8 月 2 日(六月十八日)

方孝嶽來,請在馬玉山,一元四△。

8 月 3 日(六月十九日)

國防會董事會開會,即在恒豐午餐。○買玩具及食物二元。

8 月 5 日(六月二十一日)

修眼鏡七△。

8 月 6 日(六月二十二日)

雪茄二元。

8 月 7 日(六月二十三日)

小説一元。

8 月 8 日(六月二十四日)

奶油一元〇五分。賣舊書,收三元。

8 月 11 日(六月二十七日)

雋威生日。

8 月 12 日(六月二十八日)

晚上江裕輪赴湘。〇領八十元,並自存三元。〇付二十元(官艙十二元。統艙四元二△)。

8 月 13 日(六月二十九日)　雨甚大

午過通州。晚過鎮江。

8 月 14 日(七月一日)　晴

午過南京。晚過蕪湖。〇遇楊君繼增,彼由寧赴安慶也。〇熱水瓶打破。〇與同行朱君念祖、曾君勇父談,甚暢,皆赴九江者。

8 月 15 日(七月二日)　晴

晚十時,到九江。買茶具一付,僅去十角。

8 月 16 日(七月三日)　Fine

下午五時到漢。〇賞茶房二元五△。晚飯一元三角五分。買旅行指南及洗浴,一元。

8 月 17 日(七月四日)　Fine

中孚秦褉卿約吃午飯。〇旅館四元三△。茶房六角(六角黃毛)。熱水瓶四元。〇飯後到乘洛陽小輪至漢陽門,在黃鶴樓喫茗。六時在鮎魚套開車。頭等 $13.50。三等 $4.50。〇賞茶房一元。

8月19日(七月六日)

送到第四元。買筆硯二元,找八百。

8月20日(七月七日)

洗浴六百文。大前門煙九百文(一元找)。

8月21日(七月八日)

游嶽麓。飯於童梅岑家。

8月22日(七月九日)

上供。

8月23日(七月十日)

黃豫森交来一百三十七元八百文。下鄉掃墓。

8月24日(七月十一日)

拜客。○請客買菜 $4.00。買煙 $1.00。

8月25日(七月十二日)

向艾之交票洋 $100.00。

8月26日(七月十三日)

Chang check $100.00。取票 $20.00,洋 $100.00。

8月27日(七月十四日)

賞僕四元。交黃鎮高五元。買筆二元二△。賞尹僕一元。

8月28日(七月十五日)

車票交通鈔十五元、現洋二元。船票交鈔十元。

8月30日(七月十七日)

茶房賞二元。大菜三元八△。換洋二元。滬寧車票四元五△。

9月6日(七月二十四日)　雨

管臣生日。○早車動身赴京。

9月7日(七月二十五日)　晴

濟南發片與張一志。○過天津候車過時,到京已十點矣。

9月8日(七月二十六日)　晴

發瑜快。訪伯庸、君衛、子陶、季武。八姊今日滿月,又遷居,買景泰藍瓶一具送之,價五元。遇管臣。○取$5.00 for enamel jar。

9月9日(七月二十七日)　晴

晨到季丈處,偕赴院。飯後訪劼師,偕赴部。晚間王維季等七人公宴。○在部寫弟二號瑜信,附胡、顏二信(長沙)。

9月10日(七月二十八日)　晴

晨訪伯庸。到院。飯後到部。訪黃本甫,不遇。張劼師請在瑞記。晤郭侗伯、薛仲華。

9月11日(七月二十九日)

○取$3.00。○宋文魁來。○付車夫$4.00。報$1.00。

9月12日(八月一日)

母稟一號。十三日發(平)。○付仙槎$20.00。

9月13日(八月二日)

瑜信三號平。

9月16日(八月五日)

瑜四號(平)。○游公園。夜訪孝嶽。

9月17日(八月六日)

取$5.00。煙四元六△。

9月18日(八月七日)

煙五△。

9月19日(八月八日)

取$5.00。付車五元。付空房子五元。

9 月 20 日（八月九日）

付帥府園房大五十元。

9 月 21 日（八月十日）

來津。

9 月 23 日（八月十二日）

聯運處晚班。

9 月 25 日（八月十四日）

聯運處薪＄110。院薪＄73.00。○付仙槎＄20.00。車＄5.00。賞僕＄5.00。西餐賬＄5.00。呢袍＄14.00。

9 月 28 日（八月十七日）

卓老太爺生日。

9 月 29 日（八月十八日）

付二十七元。買皮桶。

9 月 30 日（八月十九日）

煙三元。

10 月 1 日（八月二十日）

收管臣交來十四元。

10 月 2 日（八月二十一日）

發瑜信八號。立交摺。

10 月 3 日（八月二十二日）

上午葉宅。○郭宅壽。何宅壽。毛穀孫弔。○換一元。郵票一元。

10 月 8 日（八月二十七日）

晚葉宅。○付仙飯□十三元。

10 月 9 日(八月二十八日)

坐洋車赴西山,宿碧雲寺天然療養院。

10 月 10 日(八月二十九日)

游香山臥佛寺,以肩輿往。下午策驢游附近各處。○作書與超男。

10 月 11 日(八月三十日)

聯運處晚班。○上午游西山八大處,騎驢往。二時半啓程回城,五時抵家。晚伯庸家小宴。接母諭並四種紀略。○付療養院十元,共費十五元。宋僕二元。

10 月 12 日(九月一日)

訪伯唐、慕韓,均未晤。

10 月 13 日(九月二日)

接婧快信並照片。

10 月 14 日(九月三日)

上午葉宅。○母稟快附譚信。接婧八號平信。

10 月 15 日(九月四日)

瑜快信(三號)並長沙房客各信。○郵票一元。

10 月 16 日(九月五日)

雲台生日。

10 月 17 日(九月六日)

支付宋文魁一元、老汪五元。○君衛請在東興樓。下午赴任宅。

10 月 19 日(九月八日)

潞生生日。○晚葉宅。

10 月 23 日(九月十二日)

收任＄100.00,入交摺。

10 月 25 日(九月十四日)

上午葉宅。○付車夫五元,找回十千。

10 月 26 日(九月十五日)

收聯運處 $150.00。請客在正陽樓 $5.00。○遇管臣來京。

10 月 27 日(九月十六日)

付君衛皮桶錢 $55.00。○發瑜新五號。

10 月 28 日(九月十七日)

聯運處晚班。○發瑜新六號快。

10 月 29 日(九月十八日)

張師處撲會,負廿六方。

10 月 30 日(九月十九日)

日午葉宅。

10 月 31 日(九月二十日)

付汽車游西山九元。照相定錢一元。

11 月 1 日(九月二十一日)

收浣薪九十九元。存交摺百五十元。

11 月 3 日(九月二十三日)

買帽、手套共三元。

11 月 4 日(九月二十四日)

張撲勝十五元,欠四十元。張積欠十二元。

11 月 5 日(九月二十五日)

桂嫂來京,晚至北河沿見之。林姨丈請在廣和居。○紙對五角。

11 月 6 日(九月二十六日)

付車夫四元。

161

11 月 7 日(九月二十七日)

錢伯庸兄生日。○花籃及餅送錢共三元五△。

11 月 8 日(九月二十八日)

錢太太生日。

11 月 9 日(九月二十九日)

卓君衛生日。

11 月 11 日(十月二日)

付仙房金、火食洋三十三元。付宋僕二人二元。老汪車大四元。付宋僕零用一元。付宋僕車費(由京至津二元)。

11 月 12 日(十月三日)

付賞中孚行僕一元。宋僕零用一元。○收管臣託帶＄250.00。

11 月 16 日(十月七日)

早車來杭。

11 月 17 日(十月八日)

換□一元。車一元。

11 月 18 日(十月九日)

取五元。買筆一元四△。車一元。

12 月 2 日(十月二十三日)

付宋文魁工三元。

12 月 3 日(十月二十四日)

寄捷運行李。

12 月 9 日(十月三十日)

發弟一號稟。

12 月 11 日(十一月二日)

發弟二號稟。發外姑信。

12 月 29 日(十一月二十日)

發母稟,附瑜稟。

12 月 31 日(十一月二十二日)

貢姪生日。○發黃福初、黃豫森快信。○早間見桂兄,交去條陳。

民國十年（1921）辛酉

1月1日(舊曆庚申十一月廿三日)

同君衛公請履初、匋卿、鑑澄、伯庸、子陶等在孝宅設席，費九元。○上午至葉宅賀年。晚偕婧及諸兄觀燈。

1月2日(十一月廿四日)

總長招談。草通電。晚至會館，便至劼師家一談。夜草桂公演稿。

1月3日(十一月廿五日)

同劼師赴津。

1月19日(十二月十一日)

發高詠庵信，收到房租四十元。發丁牧師信，收到房租二百二十五元。

2月2日(十二月二十五日)

母稟。孫伯醇復信。

2月3日(十二月二十六日)

夏定侯賀謝信。

2月18日(舊曆辛酉一月十一日)

發張一志快信。

2 月 19 日(一月十二日)

晨發母快稟。三兄信。舒鳴東信。

3 月 9 日(一月三十日)

寄母稟。寄方孝嶽信。

3 月 23 日(二月十四日)

瑞士信。郭泳生信。

9 月 12 日(八月十一日)

發長沙向艾之、高詠庵,催租。寄陸澍咸祭幛。

9 月 15 日(八月十四日)

發慎餘信,請撥家二百元,並抄賬。子武快信。

9 月 16 日(八月十五日)

發子武岳州快信論林事。汪仲閣信詢商務改事。

民國十八年（1929）己巳

1 月 7 日(舊曆戊辰十一月廿七日)

晨十一時赴沈。

1 月 8 日(十一月廿八日)

午到沈，寓中華里。發家信。

1 月 10 日(十一月三十日)

發家信。與孝嶽夫婦游昭陵。

1 月 11 日(十二月一日)

易銀五元。○未出門，作唁介民詩。

1 月 17 日(十二月七日)

到哈。

1 月 19 日(十二月九日)

夜離哈。

5 月 14 日(舊曆己巳四月初六日)

《又滿樓叢書》《三十三種叢書》《常州先哲》《壽樂廬》。

7 月 18 日(六月十二日)

《論衡》《御覽》。

7 月 31 日(六月二十五日)

《協紀辦方書》。

10 月 6 日(九月四日)

預備《孔子傳》。

10 月 7 日(九月五日)

取《管子傳》。清講義。送藏文《文昌大洞仙經》。《協紀辦方書》。

10 月 17 日(九月十五日)

《協紀辦方書》。

10 月 22 日(九月二十日)

列國都邑、制度、風俗表。

10 月 28 日(九月二十六日)

方勺《泊宅編》"秦詛楚文"。

11 月 4 日(十月四日)

《宋元戲曲史》《西周史徵》。

民國二十八年（1939）己卯

11 月 11 日(舊曆己卯十月一日)　晴暄

令庖人作八元之饌，加魚翅以祀先，尚可。○與硯西等談，旋徐、陳二君到余齋，款以麪。○補錄陶本《八代詩選》評語於余所藏本。

今年夏秋，家中多病多事，又炎熱踰常，余亦身心兩敝。自去年秋冬，又爲友事所擾，久不讀書，筆硯常廢，宿願皆未能了。近始稍欲恢復讀書之課，而餘暑不過四之三矣。若能努力，當可稍有所成，然精力日減，所騖又多，且無靜坐書齋之暇，遠不似往年，奈何！

余作書不能端正，由於幼時未養成習慣，近始深悔之。前月初六日始影寫《水懺文》，固欲痛懲前愆，亦藉以習端楷，然終不能入軌。

11 月 12 日(十月二日)

晨詣硯兄，並弔二處。又至賓老處略談，見所撰《漸江傳》，煌煌大箸也。午後過團城，北望池樹，秋容如靓妝也。○謚齋社集。進得五十元。○蟄園以所作《紅樓真夢》弟四卷見示。○連日覆閱《松禪日記》。

11 月 13 日(十月三日)

天陰，有欲雪意，實尚未至雪也。○至翠華軒。○夜臨《阿彌陀經》弟五通,明日贈劍翹生日。

11 月 14 日(十月四日)

兩次至翠華軒。○夜集備書堂,距上次之集一月矣,小飲縱
談。假得沅翁所校《邵亭知見書目》,觀此一徧,於目錄之學可得門
徑矣,擬迻錄一本。○始衣罽裘。○劍明電云欲來接超男。○買
篆隸羊毫大小各二管。○復希聖函。○檢得錢東注、董薌林皆庚
申生人。

11 月 15 日(十月五日)

閱乾隆三十八年《實錄》,正創修《四庫全書》時也。○夜與祝
公詣錢君等。

11 月 16 日(十月六日)

得日本墨一挺,曰"顯微無間",頗光澤。○鈔環天室《紇干山
歌》,嗜讀之,故不覺欲多寫數本也。環天晚年詩不甚經意,然格局
已成,非人所能及。○晚與瑞安孫兄約諸君小集。

11 月 17 日(十月七日)

晚至翠華軒。○寫《心經》兩通。

11 月 18 日(十月八日)

校《花隨人聖盦隨筆》始畢。○篆隸羊毫新者不佳,因退去一
管,別買戊辰、丁丑製者各一管。數日後復退去丁丑製者。○買《邵亭
見知書目》一部,七元,著手迻寫藏園批語。○謝兄爲我改嘉定張
脩府《江上詩緣錄》一部,六元,實太昂,然此書有光緒初年湘中掌
故,亦余所不得不買者也。○韓仲文贈明本《廣輿記》一部。○吳
摯父己巳三月二十四日日記,記曾文正論林文忠語,宜覓。

念今年僅餘八十日,而應了之事猶多未了,近日心身稍泰,且
不能振奮圖功,則來日抑可知矣。

11月19日（十月九日）

劉君樾樓來，贈《安陸金石志》一部，爲述東方圖書館有明世宗時所修《興都志》，世間孤本也。又云羅田王季薌葆心尚健在，《湖北通志》出其手。○畫梅扇面一，又寫自作詩扇面二。○蟄園集。負十餘元。○買紫毫四管，價九元，以贈新會。

客勇庵所介。有持梁茞林舊藏明清間人書册見示者，凡四册，四十餘家。其中毛奇齡字乾澀有味，餘皆不精。云德化李氏物，求售。又香光題北苑畫一大幅，字平而畫黯黮，余所未喻也。旋在蟄園見明清人書畫扇葉一大册，亦有毛西河書，則頗精。又松禪會議吳柳堂尸諫時一摺稿，字太不經意。君坦買松禪畫虎，價六十元。丁酉五日朱筆自題一詩云："禁廷公宴罷，亭午退休時。捉筆閒攄寫，龍騣未可知。"松禪是日日記所畫，尚不止一幀也。明年此際，公遂罷歸矣。筆意渾雄，超以象外，自余觀之，勝於畫史之能品多矣。

11月20日（十月十日）

陰陰增寒，蓋晴暄亦太久耳。○周士老七十生日，公宴於新陸春。○令人迻寫公渚所爲《延嬉室書畫經眼錄》。翁覃溪爲其四子樹崐取李氏婦時作《並蒂蓮圖》，賦詩末句押"鐙"字，和者甚夥，亦佳話也。此卷余曾寓目焉。

假得夏邑李樹穀《都門》《楚南》二集，李乃乾隆五十餘年作令吾湘者。此書有孫淵如藏印。詩亦不惡，中有《天然鐘歌》一首。又讀《淵雅堂文集》，雖自稱古文，而質實夷嘽，初無紆徐爲妍之習。得燕都掌故二則。

　　　盛衰一刹世風移，崇效看花偶得之。誰向詞科徵故事，姚江學士已來遲。

題《崇效寺看梅詩册》

今京師士大夫相與燕游,往往有崇效寺看花之約。邵侍講晉涵爲余言,二十年前未有游崇效寺者。自侍講以舉人會試輦下,一日步游得其處,出以語人,流聞寖廣,寖以日盛。今觀時帆先生所藏康熙中鴻儒諸翰林詩迹,則斯寺之游,其來舊矣。蓋中間又嘗曠絶,而侍講更興之。

槐陰氄毦蕉情多,割宅城南重二何。八韻五言場屋體,龍賓高會墨頻磨。

試帖詩課合存序

乾隆癸丑之歲,予爲咸安宮教習,下禮部試,將自免以去。諸故人勸而留之,靈石二何君硯農、蘭士,相與割宅,居予爛麭胡同。暇日過從,論文講藝,甚樂也。其年冬,稍邀旁近諸君作詩課,學爲八韻賦得之體,十日一會,會則各出其詩以相質,及明年四月而止。明年十月,復舉是課,迨今年三月而止。其始不過三五比隣,家厨脱粟,咄嗟具飯,迭爲賓主。其後客來益多,會益盛。

11 月 21 日(十月十一日)

宵末子刻以後,漸作雪起,見飄灑未已,旋更紛飛,然沾甓即化。○仲燦索書聯,因爲二語曰:

黄伯思《東觀餘論》;
孫光憲《北夢瑣言》。

《法苑珠林》《石渠寶笈》；

《中朝故事》《南部新書》。

類此者可集成許多，較之山水風月爲有意也。

11 月 22 日（十月十二日）　晴

爲蠶公草社園志序，詣祝其生日。○夜閲劉君所撰王、段二家年譜。

11 月 23 日（十月十三日）　陰寒，液池始冰

夜閲乾隆三十八年實録：海淀哈達哈官房前賞給劉綸、于敏中居住。今劉綸所住之房並賞給于敏中。貴陽府知府、貴筑縣知縣向爲苗疆要缺，部議删去苗疆字。

借得《好雲樓詩集》，閲之，前有《敍傳》一篇，述其少時見虐於兄嫂事，不少諱。長至二十二葉時，方四十二歲，避寇通州。所作詩中，亦再三道及家難。春湖侍郎之父宜民，少失母，隨父依外家衷氏。貧薄不能自存，鬻宅得八十緡，行賈桂林，洊改豐豫，故李氏世居廣西。宜民有厚德，享洪禩，而孫枝不能睦家，故知遺澤未易言也。然小湖大理以後，仍世清品，終不可及。

《好雲樓集》有《試童子即事》一首，富試場故實。○又江陰學署二堂曰存素，三堂曰燕喜。

11 月 24 日（十月十四日）　晴

作詩話兩則。○晚至翠華軒，過液池，月光照波，霜氣凄肅。

《段茂堂先生年譜》劉盼遂著：乾隆三十四年冬，在京寓法源寺側之蓮花庵，鍵户燒石炭，從邵二雲借書，注釋《詩經譜韻》《群經均譜》。每一部畢，二雲輒取寫其副，至明年二月書成。據《六書音均表》卷首。

《好雲樓詩》如《拜母》《謁妹》諸作，酷似籜石，蓋其遇相似也。又江弢叔在其閩學幕中時，亦類江詩者，蓋重習然也。《自題獨立蒼茫小照》竟用俗語，亦昔人所未有。此本爲其四十二歲所刊，不知尚有全集否。

爲周君題簣燈紡讀之圖，圖爲其節母陳夫人作

世間孤寡無窮恨，只有深慈一片真。稱願國人能有幾，報恩來日已無親。扶危也比臣躬瘁，迴向唯憑佛力神。至性從來塞天地，不勞文字侈璘份。

合浦明珠屏鏡奩，雲間黃耳戀車幨。幼男嬌女提攜獨，瘴雨蠻煙痼疾添。肘上柳生心血盡，創中葉裹劍鋒銛。玉門幸入猶難息，此責還勞教養兼。

裁成襦袴定奇溫，檢點兒笘度曉昏。破睡紡專忘手裂，充腸糠籹暗聲呑。廿年辛苦常如一，三郡周旋盡有恩。寡鵠慈烏身歷徧，庭鴉若與訴煩冤。

蓽門當日換烏頭，得博泉臺一笑不。字字丹青霑血淚，年年風雨守山邱。早知母命難延待，爭忍慈懷放遠游。終古精誠銜石者，薊門迴望嶺南秋。

初欲作五言古詩，而思不屬，改作四律，次晨始就，頗似錢坤一、李小湖二公集中詩也。語皆述本事。

11 月 25 日(十月十五日)

驟起峭風，寒氣砭骨。○蟄園社集。負廿元。○公渚回致易簡所寄柬紙。○以《八代詩》送還北澗。○寫昨詩。

11 月 26 日(十月十六日)

應酬數處。

11 月 27 日(十月十七日)

昨夜未甚得眠,未明即起,送超男行,親至車次視,展輪而後返。返又略睡,精神仍不甚得。○午後有阜成門外之行。晚在墨蝶林約庾樓、仲燦、硯西、燕令、剛甫等一敘。歸即就枕,一覺即明。

11 月 28 日(十月十八日)

午後到武英殿一觀畫片。旋至翠華軒一視。○晚集謚齋,定議創一竹溪精舍。○早眠。連日既不讀書,亦無暇晷。

11 月 29 日(十月十九日)

未讀書。從翠華軒歸,與陳君檢齊一切,即將交去。在齋閣中改文一段。

11 月 30 日(十月二十日)

前日故宮送來褚臨《蘭亭》印本,原藏重華宮,《石渠寶笈》著錄,有蘇易簡、米芾等題跋,最後收藏章爲卞永譽也。又虞臨《蘭亭》一本,宋人題較少,審藏印,蓋由馮銓、梁清標、安岐以入内府也。虞弟一,褚弟二,皆入蘭亭八柱,乾隆御筆記之。虞本洇黯爲甚,因以棉紙摹之。明牕響搨,亦一快也。○翠華軒一坐。

12 月 1 日(十月二十一日)

借閱《聖雨齋集》,明嘉興周拱辰孟侯著,道光癸未重鐫,學唐詩者也。又《雙白燕堂集》,乃武進陸耀遹劭文撰,耀遹與繼輅爲叔姪行,集中有《集唐》二卷,頗佳。

12 月 2 日(十月二十二日)

爲袁君集漢魏詩一首,寄去。

池中雙鴛鴦,白玉爲君堂。中庭生桂樹,葉葉自相當。玉衡指孟冬,明燈熺炎光。旨酒盈金罍,嘉肴充圓方。四坐莫不歡,奕奕合衆芳。君子福所綏,歡悦誠未央。

遇那相夫人之喪於塗,笯靈、齜翣猶是舊儀,不勝感慨,舊朝文物,恐從此絕跡於國中矣。

寫健民信。○宣閣信封入致正華信。○閲沈文忠兆霖集,集中有自訂年譜。○呼修足趾者。○又閲《雨(春)[香]書屋詩鈔》,咸寧雷以諴春霆著,同治丙寅江漢書院刊,詩尚好而多誤字。自其爲刑部郎始。

翁文恭癸未日記有云:

江菜生槐廷來談寶匣事,寶匣係内務府官會工部官安修,其匣狹而高,較舊式已小如無物者。四角四釘未能啓視,安時内務府官捧上。東華門扁則用黄袱蓋,而未安時正在黎明,未暇細審,似不致用木質。此皆江君云然,皆經查估大臣驗過。二月初一日。到蒙古館内務府公所查驗銅字銅煉,見廣誐大劍頭。璀璨溢目。又驗金銀錁金七成,每錁七錢五分。及銅鐵錫錁、五香料、五藥、有人蔓。五色絲、五色紬、合龍經,番字。皆可。銅匣十個,(十)[木]匣十八個。即令司官會同内務府郎中等眼同入匣釘好,外加封皮,兩衙門堂官各畫一押,存銀庫。出至東華門,令匠役乘梯至扁額,用試金石磨其字角,僅存紅銅,以銅錘敲之,聲淵淵然。其爲銅質鍍金無疑矣。僅鑄一滿文華字。

觀以上所記,似是年曾補修東華門扁額,因置寶匣,藉此可知寶匣之制。

夜間聞錢表姊中風，恐似吾母當日情形，懸懸竟夜，瑜去視之，余已解衣，遂未往。

12 月 3 日（十月二十三日）

早弔张昶雲父喪。視錢表姊，有轉機，能語矣。○午飯約善化邑館諸君楊翰華寅、劉懋修鴻典及黄君談邑館事，擬貸以百元。○謝、孫、劉、徐、薛五君來談，小食至晡。赴蟄園例集。進十六元。

12 月 4 日（十月二十四日）

晚吳子昂招飲，在它處飯而後去。○午間豐澤園與陶、劉諸君談。

摘録《翻譯名義集》：

三藐三佛陀：亦云三耶三善，正徧知也。

阿耨多羅：無上。

佛陀：知者。

毗舍浮：徧一切自在。

彌勒：慈氏姓也。

阿彌陀：《清淨平等覺經》翻無量清淨佛，《無量壽經》翻無量壽佛。

釋迦牟尼：能仁寂默。

菩薩：正音菩提薩埵。菩提，佛道名也。薩埵，秦言大心衆(有)[生]。

阿羅漢：阿羅名賊，漢名破，一切煩惱賊破。

文殊師利：妙德。

維摩羅詰：淨名。

須菩提:善吉,亦云善業,亦云空生。

阿難:歡喜。

僧伽:衆,多比丘一處和(會)[合]。

沙門:此言功勞,言修道有多勞也。

和尚:梵正本名鄔波遮迦,傳至于闐,翻爲和尚,傳至此土,什師翻爲力生。

闍梨:唐言軌範。

頭陀:此云抖擻。

提婆:此云天。《法華疏》云:天者天然,自然勝、樂勝、身勝。

大梵:《經音義》:梵迦夷,此言淨身,初禪梵天。《淨名疏》云:梵是西音,此云離欲,或云淨行。

羼提:忍辱。

耆婆:此云能活,又云故活。

瞿史羅:此云守護心。

婆羅門:淨行。

閻魔:兄妹皆作地獄主,故曰雙王。

12月5日(十月二十五日)

聞昨夕蓬萊星賈,固一世之豪也。○晚在蠖公處飯。○浴後就寢,久不得眠,始餌七寶美髯丹,得無躁結邪。

12月6日(十月二十六日)

修直贈我乾隆墨一殘錠、吳天章墨一笏,即以乾隆墨書一扇贈之,不甚光潤。○行弔蓬萊。○昨今兩視錢表姊,今日似不佳。瑜留伴未歸。旋仍歸。○晚應法源寺之招,禮佛後飫香積,語以以後當隨僧衆齋堂飯。○旋與公渚等公約歿甫,飲於蟄園,未陪舉箸。

歸後不欲治他事,試草張劭希師傳。蓋余幼時獲師之益最深,今時粗解文義,皆師啓之也。卒已十餘年,二子尚未能輝其先緒,竊恐師之事蹟遂無聞於世,余文固不足傳,然終不忍有以紀之。此意蓄之已久,近已索得事略,不可不早執筆也。尚有事吾母最久之孫嫗,亦擬爲文傳之。

12 月 7 日(十月二十七日)

擬張師事略成。○邵倬盦爲我書大字一紙,甚瀟灑可憙。日前張勺圃亦送來聯屏各一,今晨並付吳興東褾裝。付吳褾工五元。諸公皆高年,故欲多得,以資異日之玩。今耆舊多傾逝,後起能書者類少書氣,欲覓時人手筆張之壁間,竟未易得佳者。○修直云乾隆碎墨亦未易逢,佳墨踰昂矣。○閱《沈文忠集》,有《西山讀畫樓賦》及《洪武鏡銘》,驚才絶豔也。

記張劭希師事

光緒丁酉、戊戌間,先公奉使督江蘇學政,訪於汪文詥書,欲得明通之士以裹試事,兼爲余兄弟師,汪文遂以長沙張明經師進。師初至,先公甚許之,舉所閱試卷授之曰:"君試以己意更定甲乙。"師輒援古誼,評騭上下,不徇時俗見,侃侃證明。且曰:"某所見如此,若唯唯取容,非公所以見推意也。"先公益奇焉。余五歲時,先公授以羅忠節公所撰《小學韻語》,既從師,遂讀四子書,兼及唐人詩。庚子夏秋間,南北俶擾,先母挈余兄弟西歸鄉里,師實任護行之役。其年冬,先公報滿,亦乞假歸,每於里第之西聽事之側一小室中,與師論余兄弟塾課,兼及天下事,常移晷。入而語先母以師之善誘,曰:"吾無憂矣!"蓋師於讀書不主故常,常曰:"不能啓發其意,而徒責以佔畢記問,無益也。"啓發奈何?當先使達夫所謂詞者,始爲短語,而虛其中一二字,使學者以意實之。繼爲短文,繼則口述一事,或立一意,使學者依以成之。循序漸進,文理明白,旁達曲暢,皆合繩墨,而學者不患夫扞格,不憂夫窘迫矣。余自束髮受書,未嘗被撻楚,微特不以爲苦,且自幼至老,常陶陶於讀書爲文之樂,皆師之惠也。是時朝野皆尚新學,師縱覽所及,無不曉暢,余兄弟因得聞緒論,相悅以解。余既讀群經,師乃自撰《歷代統系歌》,以四言韻語驪括四千年帝王興廢之迹,課余成誦,旁及中外地理及動植物理之綱要。仲兄長余六齡,既畢諸經,能制義文及五七言詩矣,嘗見其日課讀史,必抒己意,疏於冊中以質師,師則細書批答,恒千數百言。

辛丑之冬北上,師亦偕行,止於武昌。館課之暇,與余兄弟同習西洋文字。次年抵京,仍館余家。旋中式順天鄉試,受知張文達公,以先公暨文達之揄揚,公卿間皆知其名,爭欲延致。既舉經濟特科,未及應會試,丁父憂歸里。再入都,值譯學館初開,章制草創教務之職,先公一委諸師,自是始不復宿邸中,二三日以來,輒便坐商榷焉。入資爲郎,簽分刑部咨送。外務部、學部既設,奏調充專門、實業兩司司長。其綜理微密,才識並裕,京朝士夫翕然交重。不數年,被選資政院議員,時沈中丞秉堃爲桂撫,以師管記,擢補右江道,未幾鼎革,未竟其用也。

余從師朝夕讀書者,無慮六七年。丁未侍先公歸里,不復相見。宣統庚戌十二月,師赴桂道,出長沙,值余婚期,師爲行媒,自此又別去數年。民國戊午,先公棄養,嘗以年譜屬諸師,筆札往還最密。庚申來京求祿，賴師左右之。從事諸曹，常與師偕。每於休假偶話舊事，低回欷歔，相對若夢。師喪偶後，續娶黃夫人，筍腴侍御之從妹，侍御亦余師也。善病多憂，自此師頗勞於家事。而往時抵掌論列今古，常多懸解之概，希復一遇。癸亥仲兄歿於海外，走告師，師黯然曰："死喪之威，兄弟孔懷。"余乃今知其語之痛也。未及兩年，師遂亦以微疾捐賓客。蓋時事益棘，人無好懷，多憂損年，徒令後死者悲愴不能已也。師卒後一年，黃夫人繼卒，歸葬故山。諸子旅食在外，不能自振，銘幽之文，莫知誰屬。恐仕履世系，後將無考，乃據諸子所述，繫於此篇。

師諱緝光，字劭希，本曰劭熙，避座主張文達公名改焉。世居長沙，以善化地小人少，割張氏及黃、皮、郭三氏隸善化，學籍遂爲善化人。曾祖祖鍾，姚黃。祖漢，字倬雲，舉人，官江西金谿知縣，有政聲，姚劉、李。父炳燮，字蕙庭，廩貢生，續學不遇，精岐黃術，嘗以醫藥濟人，有隱德焉，母爲長沙孝廉丁樓公之女。師於清光緒十九年入縣庠，先後爲學使張、江二君所激賞。丁酉以優行貢成均，朝考以教職用。壬寅中式，庚子辛丑恩正併科舉人，仕至廣西右江道。民國復出爲長沙關監督、廣西南寧道尹。師館余家時，與余之表兄朱君桂辛相善，同官有年，其復出也，以朱君之招也。晚年任總統府祕書，交通、農商等部祕書，京綏鐵路總務處處長。其生以同治癸酉七月初十日，歿以民國乙丑三月十七日，春秋五十有三。元配周，繼配黃。子四人，堅、固皆周出，弼、成早殤，皆黃出。女五，長適贛縣陳厚堪，周出，次、三、四均殤，五未字，皆黃出。弟子瞿宣穎述，述此時距師之卒十有四年矣。

立秋日賜游福海諸勝

澄空萬頃文波漾，蓬島瑤臺南面爲澄空一覽。瑤宮迴出層霄上。縹碧參差欲射眸，龍鱗照爛紛難狀。承恩許讀中祕書，奉敕復賜窺仙居。春和鎮外放蘭艇，正是秋清水滿初。迴谿一曲明如許，荇藻縱橫俯堪數。忽焉圓鏡開青銅，湧出樓臺群玉府。憑虛結構超塵囂，怳惚身已凌金鰲。還疑圓嶠方壺勝，遜此瑤樓玉宇高。雕闌暫倚看不足，更上輕艫泝煙縠。湖平東月待揚輝，堂夐西山好延綠。齋名蘊和和與游，齋在平湖秋月。軒開怡曠曠莫儔。軒在觀瀾堂。花嶼蘭皋互繆轕，平湖秋月臨河爲花嶼蘭皋。晴雲爽籟相夷猶。晴雲爽籟，觀瀾堂聯中語也。是時積雨乍開霽，新紋錦繡增奇麗。萬年枝上秋風生，冉冉微涼襲襟袂。侍臣榮遇伊古無，寵以天藻歡情孚。晚歸翹想若夢寐，勝景難憑弱翰摹。

三月十三日賜游春雨軒、淳化軒、澄心堂、暢和堂諸勝。〇軒内恭懸仁宗《春雨軒記》。〇春雨軒、淳化軒玉蘭俱已大放，惟暢和堂一株開稍遲。

題杜文正《澄懷十友圖》

至尊昔在潛龍邸，文正從容講書史。我時橐筆侍梁園，胄筵相向東西啟。兆霖以丙午八月詔授惇郡王讀。今上書房在前垂天覗東暖閣，惇邸書房在西暖閣。談藝餘閒出此圖，展卷數符唐十子。賜園水木鬱蕭森，金蘭氣誼神仙里。擅場畫手推吳生，同邑先容丁敬禮。吳冠英工寫真，與圖中丁誦蓀學士同爲毘陵人，誦蓀稱其能於文正，因以圖事屬之。憑君寫作瀛洲圖，添豪一一都神似。説經舊數延陵君，短童捧卷趨迻巡。謂吳崧甫前輩。竹槐榆柳蔭廣樹，其下文波開碧鱗。或行或坐或徙倚，清風拂拂生屨巾。五賢中得三宰輔，篆策彪炳同書勳。兩君次弟乘傳去，畿南黔右操珠衡。一亭面水，雜樹垂蔭，中坐二人，爲壽陽相國、徐惺葊前輩，抱卷而來者爲文正公，正立若有所思者爲丁誦蓀學士，倚樹者爲黃縣相國。圖成後三年，惺葊前輩視學順天，誦蓀學士視學貴州。致身少壯二開府，臨流坐石情何親。後來談笑靖疆圉，當時瀟灑超風塵。一人把釣，旁一人坐石几。而觀者爲篠浦、根雲兩中丞。掉船來者朱與戴，舟中載有圖書均。兵農籌策兩同譜，已歸踏西湖春。舟中積圖卷，二人同載，一爲朱桐軒前輩，一爲戴鹿床前輩，係壬辰同年，鹿床前輩歸里已九載矣。箇中人豈泉石侶，脩然如結煙霞鄰。閬風縣圃在人世，薜蘿軒冕真等倫。繪圖肇自蔡漳浦，先後甲子踰環循。自蔡文恭公作《八友圖》後，已歷甲子一周有餘。詎惟聲閥繼前美，即論籌畫還增贏。壽陽相公精籌箸，記盛如寫西園賓。德功言已三不朽，名山況與同崢嶸。不材我自慚樗櫟，步武芳塵溯疇昔。銅龍金馬兩追隨，十人九許陪前席。兆霖先直上書房，己酉夏，改直南書房。十友中，惟崧甫前輩未及共事。小有林泉何氏山，曾談風月徐家宅。兆霖前後寓居，即惺葊、根雲兩前輩舊居。鑒翠親看户牖開，碧鮮幾作壼觴客。鑒翠山房，篠浦前輩所構。碧鮮館，文正公談讌所也。荏苒年光激箭流，半辭朝籍半山邱。惟有尚書稱舊雨，亭苔西北水邊樓。十友中，今惟桐軒前輩猶同寓澄懷園。猶記金陵秋奉使，騎箕噩報來徐州。道旁多少饑黎泣，我亦挑鐙悵昔遊。壬子七月，以江南試事，行至徐州，得文正公捐館之信。時公以查振至江南。畫幛重披如昨曩，老成俎謝高山仰。五字留題忝附名，十年去夢空遐想。題圖額時,爲丙午之冬。宦迹仍隨兩嗣君,兆霖去秋調署工部,與繼園侍郎同官,今冬調補户部,又與筠巢前輩同官。韋平世卜絲綸掌。作歌敢詡共千秋,百尺龍門增向往。兆霖爲石樵太傅師門下士。

12月8日(十月二十八日)　大雪

《沈文忠公集》世少見,故備録其中掌故。〇擬十六字輓蓬萊云:

> 上爲日星下爲河嶽;
>
> 志在《春秋》行在《孝經》。

與北溟同約諸君小集。進得四元。

12月9日(十月二十九日)

昨逢節氣,似覺不適,以後再驗之,或偶因失眠邪?〇寫大字,似略有進境。〇曾實夫爲四川世兄弟堅約一見,並招飲鹿鳴春。

12月10日(十月三十日)　星期

徐、孫、劉三君假謝宅招午飲。轉至謐齋,談燕至午夜,盡歡。〇晨間詣蒲、陶二處。進得二十元。

12月11日(十一月一日)

閲寶廷《偶齋集》。

12月12日(十一月二日)　晨間微雪

晚郭、沈請王大人胡同,略談,即赴蟄園,爲蒲君醵祝。〇閲乾隆《東華録》賜安南國阮王敕書,詞雅猶存古風,蓋乾隆末季稽古右文之效也。〇版税百〇八元二角港來。

12 月 13 日（十一月三日）

筆墨稍忙。晚泰豐樓集，僅食水引餅而歸。

12 月 14 日（十一月四日）

晨赴儀鸞之會。歸作畫數紙，畫債似可了矣。○乾隆五十八年《東華錄》載英吉利貢使來華，飭諭各省接待事宜。稠疊周至，足知高宗亦深知英國之將爲中國患，惟恐措置失當。及到避暑山莊，因禮節拂意，後此遂不復措懷矣。觀迭次諭旨，似朝中亦非全懵外事也。昨夜閱至此，亟記之。

仙嫂五十九生日，詣之，旋赴儀鸞之宴。宴將畢，澤農姪告余錢表姊恐不起，亟馳車同往，至則屬纊矣。時正亥初，恰好一面。追念吾母歿時光景，曷勝悲哽。

12 月 15 日（十一月五日）

寫《心經》一幅未畢。○撰書錢表姊挽聯。

　　當地變天荒之時，五濁又何貪，六親終有分離，願此去早登極樂世界；

　　竟佇苦停辛以没，一編曾屬我，平生幾多心事，更那堪追紀外家遺聞。

同邑左敏求謙昨日病没，其妻來告哀，自往視之。左君爲從事河北時舊識宰邑，忤上官，余屬以《通志》中《鹽法志》一編，許其有著作才。人極鯁直孤介，屢望余援手，而無以應之，支離憔悴以没。視其殯一鐙熒然，孤嫠飲泣，舉目無依，真人世之極慘，贈以五十金，仍無以了此局也。旋又至錢宅，已蓋棺矣，不忍再見。表姊長余二十歲，近二十年，相依尤密，三年前曾捉筆代述其一生，皆含悲茹苦之言也，仍當爲詩以傳之。

12月16日（十一月六日）

錢宅接三赴之，步送約二里，至北新橋枺夠靈。○旋赴蒲、崔二君之約。○又應繆君約，於其客坐，見"古今來多少世家皆由積德；天地間第一人品必自讀書"聯，即自世宗御筆摹下，而署張得天款，極可笑。此聯吾家故有朱拓御筆本，丁未刻石於朝宗街家祠。今年又請羅敷龕寫之，以勒於今居前楹，蓋以里居既不保，聊復存此泥跡，亦猶先人靈爽所憑也。

12月17日（十一月七日）

朱少濒來，久談，因約至謐齋，晤汪藹士、黃賓虹、容熙伯。見謐齋所藏寙鼎。○旋至似園例集。進得二十元。

12月18日（十一月八日）

春皆公生日。昨日出門時太多，稍倦，後當戒之。自此不敢竟日出門。○拜王宅壽。○訪十堪，不值。

餘園約飲陪稻葉，云及見先公。○見陶齋後人斥賣之照片，中有其家人所攝，正是黃米胡同中院也，余識其窗櫺故也。○楊鑑資云蒯若木性畏貓，吳向老笑謂前身當是嬰武。○鑑資云其太高祖諱虔禮寶，以州縣仕至廣西巡撫，屬余閱《實録》時留意其事蹟。○芷晴先生業師爲湘人，見《翁文恭日記》。鄒君今日詢鑑資，云曾改文而非業師，亦不知其何名也。○坐中有詢及吾湘二王先生者，余曰余受古文於葵園，受駢文於湘綺。此余所足誇者，然師友不踰鄉里，亦云陋矣。

偶繙《會稽志》，始得讀朱育對，小時見汪容甫文，竟未嘗覓而讀之也。

思賢嘉善，樂采名俊。

其女則松陽柳朱，永寧瞿素。

有松若無松，道南望道北。銅街擁朱門，遠映翠微色。

玉泉水瀰汨，疏鑿入城趾。千枝蔽風潭，當時西海子。

此二詩已録《和西涯十二詠》。

12 月 19 日（十一月九日）

校雜誌字數篇。○爲人作小楹帖一、册葉二。○伯庸夜來。

12 月 20 日（十一月十日）

與二謝、柯、班、楊公宴君山於會賢堂，湖柳蕭疏，冬日可愛，較之市廛爲勝也。費七元。○寫《水懺文》二月有餘，尚不能得半，乃攜至寢室寫之。近日自覺事繁則不勝，宜少思慮，節言語，慎飲食。古人所謂"勿極視"，大言也。

乾隆《東華録》五十九年諭云：近來蘇、揚等處呈進貢物，多有雕空器皿，如玉盤、玉椀、玉罏等件，殊屬無謂。又云：甚至回疆亦效尤，相習成風，致使完整玉料俱成廢棄。觀此知乾清宮所藏玉器，皆蘇、揚及回疆各處所貢也。

五十八年：以舊制詹事府庶子洗馬兼翰林院講讀、修撰等銜已革，再革去大學士兼尚書銜、翰林院掌院學士兼禮部侍郎銜、順天府府丞兼提督學政銜。

又諭英吉利貢使事：（瑞徵）［徵瑞］以該使臣欲行敵體之禮，遂不輕往，僅派道將過船查看，殊屬矯枉過正。試思該使臣向徵瑞行叩見禮，亦無足爲榮，即不行叩見禮，亦何所損？況該使臣航海遠來，至一年之久始抵天津，亦當格外加之體恤，豈可以此等相見禮節與之較論,殊非懷柔遠人之道。

12月21日(十一月十一日)

近日午後輒似氣弱不支,今晚應六松堂招,席次懊憒,不能終飲。遂起辭歸,偃卧竟日,皆不甚思食,疑勞碌兼病,當亟休也。

12月22日(十一月十二日)

上午仍勉趨直,旁午即歸,不復治事,惟磨墨以自遣,似頗可矣。○閲《偶齋詩草》,仍作《燕都覽古詩》二首。弟四卷將畢,此爲弟五卷也。偶齋詩名士氣太重,不合其身分,恰似法梧門一派。○又讀《環天室詩》,細味之,蓋深得山谷筆意者也。其峻挺中含拙重,最不可及。○又自檢戊寅詩,頗自許,豈一年中少吟詠,遂無進境乃爾。然余所見不與時賢同,諸公所贊爲佳詩者,余亦素不之許,以此翻成自譽,固非所宜也。○蟄社又以課題來,曰"文選樓",限"江"韻;曰"雪花",限"肴"韻。余若應徵,又必不爲諸君所首肯矣。

服甘露消毒丹二次、草麻油一次,舌苔黃未解。近日晴暄太久,直似初春光景,冬雪太闕,抑非佳事,恐疾病多也。○昨疾作時綿惙,幾不勝衰弱,乃至此。記乙亥秋間,在廣州旅店,游蒲澗歸有此情景,是日幸未上能仁寺,否則殆矣。又有一次因步行過遠。近數年,不敢過勞,故未再犯,以後當切戒久坐、久立、遠行及人多氣濁之處。又日來長至將屆,不知此有關係否。

12月23日(十一月十三日)　冬至　晴暄

晨謁方醫,亦無所發明。午間祀先,用家庖十元饌,尚可。仙兄伉儷偕來,因同仙兄訪陳宜誠,稱疾,未出見。陳君世交,以醫名也。晚赴曹、蒲二處。喫西洋葠,覺頗健矣。○午後曾磨墨寫扇葉一、册葉二。○檢出乙亥在粵學海書院講學大旨示什公。○本定明日赴淀園熙伯之約,今託人謝之矣。

12 月 24 日(十一月十四日)

寫蓬萊挽聯送去。○盆梅暢發，暖日益然。○劉懋修鴻典來，談次出示所作儷體文，亦一健者，相見恨晚。○訪碧廬昆季，出示所藏劇蹟，假歸玩之。

吳駿公書《愛山臺禊集序卷》，有龔芝麓、吳園次諸人跋，吳文儷體，不知載文集否？字不佳。○朱野雲爲李虎觀《梅梁漁隱圖》，伊墨卿題隸書引首，款署"嘉慶九年八月朔，寓宣南坊查氏七十二駕央吟社"。虎觀曾爲永州同知，終於雲南知府，籍貫、科分俟考。嘉慶中，名士如張船山、彭甘亭、楊蓉裳諸人有題詩。王鐵夫一詩，寓意太湖多盜，致佳，字亦可愛。又道光中人題者，其子芷湘所續也。

午後齊生紀圖字鵬搏來，生旬前有札抵余，文字斐然，媿未有以答之。與談編中國大文學史之意，生欲集古今人論駢文之語爲一編，亦佳。○傍夕訪慎言，又有一刹那不適，疑多言傷神也。○晚仲簾來，令帶兩函與硯西、相甫。○客去，庭中望月，霜枝朗然，冬夜最佳之景，亦一年最佳之景也，賞之足以去病銷憂。○晨間負暄，讀《左傳》數葉，久未享此清福矣。○又作《燕都覽古詩》一首。

12 月 25 日(十一月十五日)

晨間訪海伯，見其擁書自得，著述不已，甚爲欣羨，出所著《古文聲系》爲贈，博洽非余所及也。又訪賓老，未值。○始仍服首烏延壽丹，晨夕各以蓑芪膏送下。

借得《通雅堂詩》，會稽施山字壽伯撰，光緒元年刊於江陵。施爲倪豹岑年丈幕客，故倪爲刊之，中頗有咸同中兵亂故事。○又《蘿藦亭遺詩》，光緒七年安慶刊。喬鶴儕太夫子詩，薨後故舊所編也。有一詩題云"廣濟寺蠟梅一株，京都所無，與劉寬翁外舅、馬研翁舅、戴筠翁侍御、何貞翁編修置酒其下，賞之"。

今日起居尤自慎，似稍佳，飲食亦稍多。○念希、君坦來，不敢久語。晚仲篪來。○遣人送傅、謝二函。○看偶齋詩畢，鈔撮不少。○夜月致清，看去年此際日記，所記較簡然意興。視今爲王政，當鼓舞之，無以憂爲耳。

12 月 26 日(十一月十六日)

假得《荷塘詩集》十七卷，涇陽張五典敘百撰。涇陽張氏，七世同居，見褒乾隆朝。五典曾令上元，旋擢徐州通判，前有袁枚一序，故知之。朱石君題一詩。○《寄圃詩稿》二十五卷，清江錢時雍虎川撰，時雍諸生不第，爲諸侯客，觀所刊諸序而知之。○二集皆多，而不甚有專長，故實亦尠。○《願學堂詩集》，鄞王宗耀恂德撰，前有陳僅餘山序，咸豐庚申刊。宗耀亦老諸生也。○《靜觀書屋詩集》，貴池章鶴齡六峯撰。鶴齡，沈侍郎維鐈所得士，舉貢太學，爲人中以蜚語而罷，嘗輯《池上詩存》。同治甲戌邑人劉瑞芬刊行。○以上四集皆名位不爲人所稱者，意大學堂初開藏書樓時所徵集，非余取閱之，亦閟置終古耳。

燕舲旬前爲余致桐鄉馮氏新刊《龍樹菩薩眼論》，唐以前古籍也，今日審閱之。○林同甫來，留晚飯，飯頗健啖，似不致發病矣。○仲篪、仲文均來。○午後赴翠華軒一坐，晴日煦風，可愛之至。見冰嬉士女，益羨之。○晚澄峯來，説官中事。

12 月 27 日(十一月十七日)

付吳縹工三元，來屏一、聯二、條一。○《中和》稿費七百元清。返回百〇六元。○晨何公來，旋驅車登永安寺之半，摩挲御碑。山半二亭曰"引勝""滌露"，復上二臺曰"雲依""意遠"。緩步負暄，殊不覺倦，若能常如此，當有進益。乾隆御碑中以燕京中爲答陽，不解其故。永安石橋新甃，反不如舊，工程苟簡，久非承平規制矣。

假得《梓廬舊稿》，秀水朱休度又自號小木子。介裴撰，自序云乾隆己酉赴選抵官，迄嘉慶丙辰去縣歸里。中有集杜爲人壽五首，錄之，可援用也。

秋水爲神玉爲骨，人生七十古來稀。吏情更覺滄洲遠，回首風塵甘息機。

宓子彈琴邑宰日，知君才是濟川功。諸公袞袞登臺省，獨泛滄浪學釣翁。

王母畫下雲旗翻，時聞雜珮聲珊珊。自是君身有仙骨，衰顔欲付紫金丹。

南極老人應壽昌，眼有紫焰雙瞳方。看君宜著王喬履，青史何勞數趙張。

百年地僻柴門迴，鄉里衣冠不乏賢。但使閭閻還揖讓，濁醪麄飯任吾年。

介裴嘗宰廣靈七載，刊此集時年八十餘矣。曾爲錢擇石山東學署幕客，詩格清迥，亦頗似之，能以星命及地形家言入詩，亦一奇也。有《相栲栳山麓董氏祖墓是劉文成公所擇》一詩云："平生無寸技，老去愛觀支。拭眼登斯穴，犁眉真我師。坎靈乘氣足，離照應方奇。只是剪裁巧，山來水去宜。"

是日魯青公忌辰，五簋以饋。○午後一人直，旋至翠華軒鬀髮。○片致貝松泉，索寄頻羅庵金石文筆。

12月28日（十一月十八日）

數日內可得假休，因乘朝旭，再游北海。登璚島，至普安殿，轉悦心殿而下,臨水負暄,約半小時,甚暢適。旋至翠華軒。

假閱嘉慶《東華録》,首函乾隆閱至五十八年。○午後薙髮。至大樓略理物件,歸見荷雲夫婦在此。伯庸兄旋亦來,遂未讀書。聞晚間有西風,頓寒。○前日寫九字云"春迴庭院相看到香南",作《消寒圖》以代"亭前垂柳珍重待春風"也,補記於此。○始服魚肝油。

昨見縶螇籠鳥,因思假令縱之去,亦必不能自全,然則檻外未必樂,檻内未必不樂也。城市中百種聲皆已改,獨夜中風聲、犬吠聲不改耳。此都寒夜巷中有貨餅者,其聲亦凄厲如故也。

12 月 29 日(十一月十九日)

請韓仲文來鈔録字蹟,即借自公渚之畫卷也,自昨日始。○晨至北海之瀕,坐數十分。午日仍暄,惟未陟陂陀,以節足力,緣昨覺要脅間作楚也。訪趙女醫,請其按摩,頗舒宧。午後未再出,爲伯庸兄譔悼啓約千言,遂似心神不繼,甚矣作文之艱! 晚見《適園箋啓》,題朱振鏞次江撰,中有致先公一函。

　　蒙點定拙文,所以獎藉之者太過,執事厚振鏞如子姪,必不爲世俗周旋,蓋矜其不能,故示之涂而掖以進耳。感善誘之深心,怦然良久,唯當黽勉趨赴,期以終身。醉司命日。

其餘致外祖、外舅及湘中諸名宿者頗多。光緒十五年長沙陳氏挹秀山房刊,其中自稱試事兩次乖牾,當徐訪其人。乙酉拔貢。

12 月 30 日(十一月二十日)

早訪趙醫。旋至北海,登東墻,下坡陀。出過品古齋,得舊蠟紙六幅,道光庚戌墨二笏、每笏二元。同治丙寅墨一笏,凡十元。蒁仲亦在彼。午後至豐澤園、翠華軒閒話。○爲張君畫梅花扇一葉。
爲楊、劉二君寫詩扇二葉。補作己卯冬懷舊詩一首，已恐太勞矣。
○晚間又作《燕都覽古詩》一首，幸尚無它，其實未得謂之用心也。

昨晨在非闇齋中，觀其筆硯畫具，云用花漢沖宫粉蒸過加膠，
作畫不黑，甚佳。昔所未聞，果爾，閨閣中物皆可以資點染矣。

復堪爲余題後雙海棠閣弟一圖，又書畫扇葉二，有其自作詩二
首，皆極佳。○晨蒓衷論今之書家，卓然可傳，而學力又相稱者，
張、邵、羅外，竟無弟三人。

12 月 31 日(十一月二十一日)

晨訪趙醫，允作題字贈之。北海巡蕉園、西墻一周，小憩而出。
○劉懋修來，交善化館借款字據，因以百元予之，留飯。與柯、劉、
謝、孫、徐諸君同餐冷淘，劉君先去，剛主、相甫遂甫繼之，柯、孫二
君坐至三時方去。余不敢久對客，否則仍可多談也。旋又至蟄園
社集。進二十。

民國二十九年（1940）庚辰

1月1日(舊曆己卯十一月二十二日)

元正團拜，九時半集，俄頃而散。仍詣趙醫。便道至中園，看心盦書畫，負暄一刻歸。飯後未及甘寢，念希等已到。作射覆之戲，負三十。尚不覺甚勞也。

1月2日(十一月二十三日)

硯西來。敏修來。○早間按摩，行藥如故。觀液池伐冰者甚有趣。○飯後未敢多勞，但編稿寫信，所寫字亦達二千，尚無他，然至夜遂苦不入睡矣。燈下作文，亦不宜也。○昨夜風聲震耳，今晨稍寒，午後又溫煦如故。今年各處嚴寒，突厥風水、震災，死數萬人，此都一冬無雪，不冷，皆怪異也。

1月3日(十一月二十四日)

晨起殊晏，寫"折枝古法"四字，綴以數語送趙醫，彼甚欣謝也。○午後訪蟄雲，借其廳事所懸翁文恭集黃聯云"稚蜂趨衙供蜜課，海牛壓紙寫銀鉤"，款署"庚辰三月"，正其典春闈時。聞僅以八元得之，蓋賈人以其字體不類翁公晚年所作耳。是年公五十一，正精力彌滿時。○渭漁昨日奄逝，前數日作六十生日，余亦未知也。以聯挽之。

回首舊巢非粉署，槐陰成斷夢；
懷人新詠在旗亭，蕉葉罷深杯。

含和堂與陶、劉、楊諸君閒話，斜照在林，蕭然無一事，恍忽十餘年前光景，余所最愛，亦最易生感觸也。○申之來，以所輯《淀園故實》見示，博贍之極，譽不容口。○仲文來，以昔年所鈔粵志中神祠各條交之，請其代編。

悉檀：悉華、檀梵。悉，徧也。檀，施也。佛以四法，徧施衆生。妙玄云：世界悉檀歡喜益，爲人悉檀生善益，對治悉檀破惡益。

僧那：此云弘誓。

摩奴是若：此云如意。

娑羅：力。

尼坻：願，志求滿足曰願。

浮曇末：至誠。

地底迦：有媿。

波娑提伽：或云梵摩，此云清淨。

羯磨：或翻爲業，或翻爲辨事，或翻爲作法。

南無：歸命，或翻信從，或翻恭敬。

彌羅：慈。

迦樓那：悲。

達摩：法。

阿耨多羅三藐三菩提：無上正徧知。

菩提：道之極者，稱曰菩提，秦無言以譯之。

陀羅尼：能持。

末那：唯識翻意，或云執我，亦云分別。

揵椎：翻磬，亦翻鐘。

僧祇：四方僧物。

阿蘭若：遠離處。

1月4日(十一月二十五日)

試有常所贈李鼎和湖筆，長鋒羊毫，亦有風致。○始入尚不覺勞，惟晚間看文字編數語，就寢後遂久不入夢，以後擬鐙下不執筆矣。○有行無願，其行必孤；有願無行，其願必虛。

1月5日(十一月二十六日)

晨起見霰，地面澂白如霜，踐之有聲，沈霽竟日。○按摩依舊，惟昨日實無暇也。○傍夕小澤來，以所著見質，甚有古意，亦直以糾之。年甫三十，若假以年，豈可量邪？

閱錢唐施安竹田《舊雨齋集》，浙派復峭，氣度終嫌小耳。槧楮精雅可愛，乾隆癸酉刊本。○晚於枕上閱陸耳山篁村詩，雍容博厚，愛不忍釋，乾嘉諸老，胎息終不可及，近人力求警闢，徒見矯揉作態耳。

1月6日(十一月二十七日)　小寒

昨雖薄霰，今乃暢晴，暖氣盎然，更無寒意。○按摩如舊。昨晚看書而未動筆，未致妨眠。○王欣夫還來《沈文定粤輶日記》稿，因閱一過，亦略有掌故。○看俞氏延青閣所藏高南阜乾隆庚申款《歲朝圖》，已病臂左書也。又見乾嘉諸名家畫山水冊葉十六開，云須千金，中有張鵬翀一扇，有詩，即錄之，足補春明掌故，畫亦蕭澹。○晡時至東安市場閱攤，買得《廣武將軍》、可羅。《山谷發願文》、石

195

印。《松禪手札》、石印。《韭花帖》、石印。《東坡春帖子詞》,可羅。共三元四角。近忽思以學書,養心兼遣興也。○今日治事之暇,寫《心經》一通。爲人寫小條一紙,懸腕,似有進境。

晚間將所得各加題識。今日即小寒,題款月日誤記爲明日也。《發願文》可時加警勉。春帖子留爲迎春之玩也。宋時春帖子十二月五日進。

久思作《食性詩》以存別體,今先成《韭花》一首。

畫寢朝饑語最妍,少師風味獨儵然。五辛非法猶難捨,嫩碧新黄雨後天。

閲鄞董沛覺軒《六一山房詩集》十八卷,中有道光中江海兵事史實。董君蓋光緒初年進士,江西知縣,修《寧波志》甚有法,詩中亦及之。○擬作《食性詩》,目如次。

韭花、柿、榆錢、菌、橘、豆花、藤花餅、脂麻茶、菘、冰酪、蜀黍、白薯、冰糖胡盧

此夕安眠,且抛書,即入夢,夢見伯兄。

1月7日(十一月二十八日)

上午謚齋例集,假所藏陳文恭分書及趙聲伯函稿述庚子都門亂事一卷,歸看之。○下午蟄園例集,略感寒,作嚏。歸而不能寐,展轉聞鐘鳴四杵,近來所罕,細思仍是有熱耳。○余生於蜀,一年而入湘,二歲入京,四歲至七歲,又居江陰卑濕之地,乳媼又湘人也,故稟性宜於溫暖之品。然北遷以來,冬季亦不敢過食辛燥也。

錄陸耳山副憲《篔村集》。余讀耳山副憲詩,極愛其名雋,而雲間許仲元《三異筆談》云其性渾穆,似不類其爲人,豈許言過邪?

潭柘岫雲寺

雨崖互引胆,仄徑劣容武。人家隱松杉,茅屋炊正午。明妝女行汲,負擔樵歸隖。溪流自東趨,一壑激萬弩。尋源稍登陟,宛轉呀重戶。刹竿隱深林,遥辨法堂鼓。寶坊龍象嚴,石塔莓苔古。小憩足清涼,諸天正花雨。

泉喧衆音寂,盈縮無夏冬。浮觴曲澗集,引筧香廚供。薊邱植汶篁,肅肅千竿風。槎枒見枯柘,子立瑩青銅。孳牙誰寄生,小草含春容。東軒夜無夢,冷逼嵐光濃。同龕有彌勒,宿火波黎紅。

東上洗心亭,凌虚躡飛磴。褰衣劃長嘯,歷歷響誰應。深潭俯黝黑,濕翠倒圓鏡。龍歸雲頭鋪,龍去雨腳橫。夕陽澹欲無,半嶺倏已暝。禪關清梵起,烟外一聲磬。

妙嚴何代甄,遺迹閻浮仰。六時勤唄誦,五體作供養。天人涕交頤,苦行留實相。金經祕靈鑰,龍虎衛珍藏。當年出宮闈,襲錦內家樣。我離文字禪,了徹十方障。庭虛泉自流,鳥散花欲放。雙眼見佛無,出山更回望。

木蘭扈從

哨門千嶂似肩排,片石凌空鏡面揩。天遣奇峯表靈囿,赤文綠字首磨崖。哨門地名石片子,青壁峭立,御製詩勒其上。

萬馬蕭蕭寂不鳴,巡籌傳警月三更。軍中號令風雲肅,不用清宵鼓角聲。御營舊例,以鼓角警夜,上特命罷之。

滿山輜重似雲屯,路近移營趁曉暾。齊候九霄張御幄,一時卓帳繞和門。

幔城周戟護金鈴,蓮漏丁丁響未停。騎馬黄昏望行帳,萬燈如雨亂春星。

數聲箄箂五更秋,雲際遥看纛影浮。催動一千三百騎,雁行娖隊下山頭。

分翼雙旗會看城,長圍合處月同盈。御驄安吉騮閒吉,飛上千峯赭蓋明。

宣問郵書日幾回,丹毫乙夜手親裁。黄門一騎衝圍入,丞相軍前驛奏來。

雕弧親彀笴如銀,獵罷爭傳中的頻。又早閣章催進御,楯郎承詔唤樞臣。

蒼莽平川曉霧開,佽飛踴躍氣如雷。寒光一片鎗頭白,已報前山殺虎回。

圍場七十互周遮,盡傍山坳與水涯。誰似巴顔最繁殖,毛羊角鹿總連車。巴顔圍場,獸所聚處。巴顔者,漢語富盛之意也。

突圍奔鹿未容逃,驚雉翻飛出埜蒿。手接斕斑馬頭墮,地爐分肉笑兒曹。凡圍中麀鹿,逸出得之者,皆獻於公,若得雉兔等物,則不獻也。

廣場什榜繡氍毹,鞠毱年年奉睿娱。馬上少年齊結束,繞山飛鞚捉生駒。

柳陰深處飲明駝,宛轉羊腸一綫河。記得上番留竈眼,又移氊帳下平坡。

草枯沙淨馬蹏輕,認取枯椿渡口横。急騁休誇好身手,一橋掌大萬人爭。

谷底濛濛散曉嵐，群峯如黛競抽簪。雲頭忽打穿林雹，知有前山海喇堪。山之有神靈者，謂之海喇堪，爲人馬所驚，每致冰雹。

地面看來紙面柔，淖泥還帶伏泉流。後蹄莫踏前蹄穴，陷馬須防塔子頭。

當年耕鑿剩溝塍，遺迹難尋大小興。獨向西風閱人代，亂山孤塔尚層層。西哨門內有地名半截塔，相傳元時所建。

疊嶂岭岈望月紆，如絲鳥道入雲孤。樺皮梁上紅千樹，渲染秋光入畫圖。

萬里清光月掛盆，十分寒色雪埋轅。塞山好作中秋節，故遣飛霙入酒尊。

僧機圖嶺湧青蓮，別是仇池小有天。不及捫多高萬仞，白雲常鎖翠微巔。僧機圖者，漢語玲瓏之稱，其山洞穴交通最爲奇秀。捫多，亦嶺名，險峻尤甚。

兗郡寄家人並懷後園草木

掩閣遙憐雪簟清，夜涼深院坐流螢。那知風雨嶸陽郭，聽盡瀟瀟滴枕聲。

庭前新種芭蕉樹，雨過抽莖幾許長。試拓小書篷一望，定延濃綠上西墻。

編枳初藩老圃家，豆苗藤蔓日周遮。五更風露無人管，閒卻牽牛一架花。

十年樹木計成迂，爲賞疏陰洗碧梧。明日銀牀應落葉，夜窗催動剪刀無。時十七日立秋。

彭城古蹟

千古雌雄閱項劉，荒臺落日迴含愁。寄奴自有天人表，亞父空爲豎子謀。幕府關中亦豪傑，參軍江左太風流。南岡賭跳須臾事，回首陰陵貉一邱。

北中郎將此停鑣，建業藩籬列戍遙。河上一時曾守鑰，淮西再擲浪成驍。布沙愛子身先叛，築堰降人骨已銷。太息壽陽來白馬，畫江真號小南朝。

黃樓樓下夕流黃，城角平臨僕射場。九日壺觴共王倅，一篇騷雅妙秦郎。山人埜鶴招難待，父老花枝裹更傷。曾見兩翁清似鵠，逍遙堂後木千章。

奉新夜宿題徐氏樓壁

叢桂吹涼葉，蘭池暑氣澄。南州下懸榻，西閣就明燈。纖月初三夜，高樓最上層。無眠愁擁被，已覺怯吳綾。

贛州道中

嶺北萬重雲，炎方氣候分。弄簫吟木客，擊鼓賽魖君。素柰秋樊繞，紅蘭午箭薰。縠婆聲更苦，斷續雨中聞。

犖确崎嶇路，荒荒野堠殘。烟生分水嶺，風急對魚灘。攬鏡新霜改，登天遠道難。萬山孤柝外，欹枕夢長安。

趙廣州招同簡農部曹璃州舒韶州泛舟珠江集海幢寺

偶隨漚鳥共忘機，瓜艇乘潮拍浪飛。篷眼點門江漲闊，城根擘岸市聲稀。布單禮塔仍三匝，穿幔看榕盡十圍。千指撞鐘迎太守，雲山顛倒壞緇衣。

佛桑零雨濕偏提,藥盞茶鐺次第齎。密葉翠蔫荷檻冷,亂
峯青闐竻牆低。天涯酒社憐萍會,物外香廬愛蟄棲。不枉芒
鞋踏南海,貝多樹底一留題。

沂 州

穆陵東去豁平疇,樹影中環斗大州。巡屬舊曾分兗府,輿
程近已接吳頭。倦如驛騎空支骨,吟比村蟉易棘喉。笑問一
繩天際雁,稻粱辛苦爲誰謀。

1月8日(十一月二十九日)

竟日沈陰,然猶無雪意。○又作《食性詩》二首。

木槿花

白椴朝華意邈如,雞香積露點湯初。不須粗粃拖輕糝,本
楊廷秀詩。滑趁銀匙過輔車。

百 合

苦味回甘倍可親,重跗卸罷玉膚勻。別名尤愛強瞿字,一
種清剛不受塵。

是日寫字二千餘,復未晝眠,居然不倦,意頗欣然。○輔頰膚
裂,亟食橄欖,並煎竹葉燈心爲飲。天乾,實可慮也。○檢今年日
記中所存詩,才四十餘首,若湊以《食性詩》,不知能得百首否? 尚
有長詩二三篇,未及成。《燕都覽古詩》不在內也。○昨故宅送來
宋袁本《郡齋讀書志》,大字極精,然非余所好也。擬題一詩,未就。

又釋自存畫册,亦不甚解其妙。○陳師曾以滌研餘瀋畫石,題篆書三字曰"五色石",爲易簡君所藏,絶妙。假玩已久,明日還其家。

> 毗柰耶:善治。
>
> 俱舍:藏,即包含攝持之義。
>
> 阿含:教。
>
> 楞伽:不可往。
>
> 瑜伽師地:相應。
>
> (法)[波]羅提木叉:解脱。
>
> 三昧:調直定、正定、正受。
>
> 檀那:布施。
>
> 尸羅:清涼。
>
> 羼提:安忍。
>
> 毗梨耶:精進。
>
> 禪那:靜慮。
>
> 般若:智慧。
>
> 波羅蜜:遠離。
>
> 奢摩他:止。

1月9日(十二月一日)

晴光微露而不暖。昨夜眠熟,起遲。○閲趙聲伯致其親友函稿,述庚子亂事,雖無他奇,亦實録也,令人寫之。○作《食性詩》四首。

木　瓜

鐵脚尤宜蜜漬來,金刀芳脆不勝裁。千般婀娜丹陽郭,恰似粧成粉注顋。

榛

薊遼秋早點新霜，細揀圓勻玉顆香。拾橡空山非易事，應慚禮鼠失冬糧。

煨栗

南京坊底栗園司，燕語曾聞諷諫奇。淒絕渡江人去久，故都猶贊李和兒。

柿

肺疾冬來得便差，飛飛蟲鳥避霜華。青龍寺與承恩寺，丹葉書成滿一家。《群芳譜》云：柿有七絕：一多壽，二多陰，三無鳥巢，四無蟲蠹，五霜葉可玩，六佳實可啖，七落葉肥大可以臨書。《酉陽雜俎》：慈恩寺中柿樹是法力上人所手植。昌黎《青龍寺詩》乃詠柿葉也。

又補《燕都覽古詩》六首。今日乃吟十詩，兩年來所未有也。○按摩停兩日，今日復故。○觥涕，喜食鮮果，幸飯不減。○貝松泉信來，云十二月十一日寄筆，今尚未到。

1月10日（十二月二日）

庚戌年此日成婚，今二十九年矣。○看嘉慶元、二、三年《實錄》畢。○昨日寫《水懺文》畢，細檢仍有漏誤，當徐補之。○按摩如故，然天色陰寒，殊不快意，始著棉襦。○小外孫女極活潑可愛，時時大嘑喚，足解頤。

1月11日(十二月三日)

貝松泉寄仿頻羅庵金石文筆四支,磨鍊出精神。六支凡五元六角,外郵費三角五分,頻羅庵筆豐滿而價不昂,良可用。○今日晴光藹然,因於午飯後意行瓊島之下,胸中有詩數句,而不能寫出。○閱《曇雲閣詩集》,吳縣曹楙堅艮甫所著,道光癸卯刊。蓋進士官刑曹者也,同時同邑諸名人多與往還。潘、彭、宋于庭、梁茝林、張亨甫。其《賃居北柳巷》詩注云"壬辰計偕于庭寓南柳巷,今官湖南",亦一段故實。其外集皆香奩體,有《風懷詩》五言二百韻,用"四支",誠瑋製也。坿《青匏隨筆》一卷,亦頗可觀。有《哭瞿三夢香紹堅》十一首,注云"君好道家言,多祕書",又云"同人議刻遺稿,不果"。瞿,常熟人也。

今日並未甚用心,傍晚又有一陣不甚如法,豈走路多耶?晚飯厪一盌。○晚飯後訪魯望於後院。○伯庸來。

1月12日(十二月四日)

天又霙而終不雪,意殊不快。○補《水懺文》畢。○硯西來。

陸耳山《寶奎堂文集》有《妙正真人婁公墓銘》云:婁名近垣,字朗齋,婁縣楓涇鎮人。從天師入京,雍正中授上清宮四品提點、欽安殿住持,又令為西安門內大光明殿第一代住持,又兼領道錄司,主東嶽廟。乾隆四十一年,移居城北之妙緣觀,化年八十九。《龍虎山志》自元元明善後久廢不修,君手輯為十六卷。

閱山陰史善長春林《味根山房集》,史江西餘干知縣,以事被議,遣戍烏魯木齊,三年賜環。著《東還紀略》一卷、《輪臺雜記》二卷。即刊集後。嘉慶中人,籍山陰,而居則廣州。其子編修,與譚玉生友。《輪臺雜記》備紀彼中人物風俗,有數事甚可歌泣,可作小說讀。已令人別錄存之。光緒中,清河王氏刊《輿地叢鈔》未收入,蓋傳世甚稀。○又假得《越縵堂日記補》,覆閱之,憶丙子秋冬間,匆匆假閱一過,並曾錄其有關風俗、物價者,存一小冊,至是三年。近日體常不快,故喜看此種足以遣興之書。即如常熟日記,覆閱亦不過三年,然每閱一次,輒覺前次之草草。

補《燕都覽古詩》兩首,第四卷尚缺十首。初意欲成十卷,計千首,乃荏苒兩年餘,不得其半,方知天下事未易言也。○看前年日記,所買同治辛未墨竟不復見,失物多矣。

1月13日(十二月五日)

仍陰晦,人意長如病矣,不敢用心,惟看《越縵日記》。其早年讀書不多,乃不解李東川"知君官屬大司農,詔幸驪山職事雄"之"雄"字,以爲強押,然今人不識唐人用字者亦多矣。

柯、謝、孫、劉、徐五君及齊生鵬摶並集談燕,款以五簋。論道光學術:一今文;二宋學;三經世之學;四史學中之海外及邊疆史地;五國史及典章;六金石及藏書;七書畫中之尚碑板及用羊豪;八詩中之尚宋詩;九文中之陽湖派。而政治則陶、林爲一種,姚石甫與嚴櫟園,又爲一種也。

晨間復就按摩,久亦不覺有效。竟日怯弱,咀葳一小段,精神乃振。晚間送客,小立庭中,南望若有赤光,而微霰飄瞥,在若有若無之間。今歲南寒而北燠,天行有異,宜人當之不快也。

假得《道光己酉同年齒錄》閱之,彤雲叔祖以是年拔貢中舉,猶在先公生之前一歲也。略錄欲知者。

順:法昀、曉亭,膠州。季念詒、君梅,江陰,文敏之子,庚戌進士。其子邦楨,辛未。崇綺、賽尚阿之子,其子葆初。景其濬、程鴻詔、伯敷。潘鼎新、琴軒。烏拉喜崇阿、沈秉成、丙辰。徐桐、景廉。副。以下貢：白桓、王昕、薊州，小巖，辛亥舉。王維珍、蓮西，天津，辛亥舉。袁開第、杏村、玉田。

魯：傅沅。夢寅，聊城，繩勛之子，辛亥舉。

晉：杜瑞聯。星垣，太谷。以下貢：康曾定、麥生，興縣。婁道南。丙卿，萬泉，辛亥舉。

江南：戴均衡、存莊。錢桂森、犀庵，泰州。尹耕雲、夏家鎬、伯音，江寧。貢：任道鎔、水安瀾、少泉，阜寧。倪文蔚、黃鈺、孝侯，休寧。李瀚章、小泉。孫家鼐、辛亥舉。孫家穀。鳳臺。優：方濬師。

贛：黃祖瓔。小農。優：夏獻雲、許振褘。

浙：吳觀禮、孫念祖、心農。陳壽祺、珊士，山陰。沈淮、東甫。孫廷璋、蓮士，會稽。拔：錢應溥、端木百祿。叔總，青田，太鶴之子。

粵：劉錫鴻、雲生。桂文燦、許應騤。

桂：周瑞清、王錫誥。

黔：唐炯。貢：楊先荼。

湘：黃澐、麓生，善化。蔣錫瑞、輯五，安福。畢大琛、純齋，善化。文以禮、竹筠，攸。周政和、句慶，龍陽。易章玉、漢喬，湘陰。黎培敬、譚鍾麟、楊春旂、瞿元燦、荊廷琅、蔚林，漵浦。劉代英、麗卿，寧鄉。王香蔚、文卿，衡山。陳國鼎、雨汀，善化。譚文蔭、署棠，瀏陽。譚繼洵、梁伯藩、厚庵，安化。羅本榮、桂樵，善化。譚信燮、鼎臣，長沙。黃式度、蘭丞，善化。許寶珩、荔裳，善化。康福廷、有慶，慈利。楊文鵾、翼樓，寧鄉。首調元、鼎臣，郴州。陸暄、耀星，清泉。屈勳楚、陶溪，長沙。李新莊、雲舫，寧鄉。陳名傑、小農，長沙。劉乙燃、小山，華容。李澤昱、沚秋，湘鄉。高樹棨、雲階,武陵。陳朝堃、鹿苹,益陽。汪炳璈、仙譜,寧鄉。周壽朋、卓三,益陽。毛鎮湘、鹿苹,長沙。謝錫圭、來泉。龔顯章、雲浦,巴陵。阮淵玉、雲池,巴陵。邱慶誥、紫山,瀏陽。曹鈞、蔭堂,安化。徐仲霖、雨階,長沙。彭符甲、作東,湘陰。杜學澐、筠圃,臨武。滕家興、雲亭,保靖。丁大彥、英三,醴陵。吳自烈、海航,鳳皇。貢：許瑤光、雪門,善化。許志洵、又泉,善化,廣西候補同知。子正筇,即大姑丈、易堂俊、伯雁,湘陰。劉長佑、陳士傑、鄧輔綸。

1月14日(十二月六日)

欲雪,仍不得,蓋醞釀三日矣。竟日無所事,猶慮用心。傍晚至墊園會友,與孫君談敬字之義,為儒先保民立極之至意。與柯君談僭閏,史中不乏可搜尋,遠如武都楊氏、汾州薛氏,近如大理杜氏、暹羅鄭氏,以及走南洋之諸豪。又齊王氏崛起川楚,以婦人雄一方,其霸朝文獻,必皆有可觀。〇詣研兄處論事。

1月15日(十二月七日)

仍竟日陰。晚間欲清理書室中叢殘之稿,竟無下手處。而魯兄來談,至近午夜方去,是夕遂又不得眠。

1月16日(十二月八日)

製粥供佛如舊例。今年五穀騰昂,歲華點綴,當不如前矣。〇暢晴和煦,雪意逾遠矣。〇得懋修書,示所作《題後雙海棠閣詩》,颯爽兀傲,甚洽余懷,惜韻腳非古法,不知能質言之否。〇《己酉齒錄》,四川滎經縣有倖尹德,敘永廳有母志瀛,三台縣有銀肇齡,蓋土司耶？今日閱竟,摘記數人,以備稽考。

余十餘年來筆記,自《社會史料叢鈔》以外,已編未編,若綜計之,當可得十卷。又有若干在諸史中,當時僅以朱筆略識數語,未暇輯成。古人以筆記爲畢生事業者不少，余若能殺青"道志居筆記"，抑足自慶，他著作非敢望也。此事亦須有閒身閒福，然亦須自振奮不怠耳。

1月17日（十二月九日）

昨夕寢仍不甚安。讀蘇、陸七言絶句以自適。○按摩一次。○訪予向翁，談畫並觀其近作，惜爲時甚暫，不盡興也。

昨夢中見昌蒲二盆，與人論其佳處，因作此紀之

夢中得兆益修齡，愛汝倄倄石髮青。明眼端宜對書帙，扶衰便合屏葆苓。纖塵不染春浮盎，寒淥常通曉注瓶。往日曾游仙澗曲，老來玩物喜丹經。乙亥客廣州游蒲澗。

1月18日（十二月十日）

晴暄如昨。○寫小條幅二。○看印稿及試卷。至翠華軒。○欲作答劉戀修詩已兩日，仍未就。

近人爲文少真意，徒於字句競巧媚。古人有作殊不然，必有元氣行其間。訓詞深厚本忠孝，扶質立幹根氏全。刻畫粉繢非體要，腔拍僅存供戲笑。俯仰悅俗作蠅聲，何如臥聽幽禽叫。劉先劉先真吾徒，觀書卓犖薄豎儒。意有所得詞必古，尋行數墨一字無。昨者爲我題畫圖，磊磊落落歌以吁。韓宣角弓甚見厚，敢不拜嘉肅趨走。自謂不習詩，君言胡謙下。布帛菽粟爲用宏，豈與珠翠同論價。詩之美在骨，妍澤乃其餘。即以詩論亦高品，神清骨重真璉瑚。時人不解勿復道，與子唱和聊相娛。明年春好新篘美，過我花前傾百觚。

1月19日（十二月十一日）

快晴，不寒不暖，輕裘自適。

送朗日盧主東還，即祝其三十初度

　　炯炯朗日盧，據梧有修士。耆書若性命，達旦恒不寐。南尋文選樓，北訪慈仁寺。所交賢士夫，所踐詞翰地。問年甫三十，已抗千秋志。春回宜行役，款段穩歸騎。衣上車馬塵，匧中蛟螭字。吾道其東行，禹甸方多事。嘉爾觀國賓，勉哉青雲器。

1月20日（十二月十二日）

晴而寒。○晚赴傭書堂之招，始見《春浮園日録》，以雋語怡人，惜事實太少耳。○昨夜初不得眠，因思丁丑贈寧遠詩，如續成之，亦古今一奇作。今日取庚午《大防山詩》殘稿一看，中亦不乏佳句，因隨筆增數語。

　　閱《空石齋集》，道光二年刊本，鄞汪國幼真撰，丁酉舉人，上虞教諭。其壻周鼎刊于嘉應州，學步窘促，無甚足取處。○閱《切問齋文鈔》，朗夫是書輯於乾隆末年，已有後來"經世文編"之意。蓋爾時曹司州郡之官，漸欲於漢宋二途之外，別尋軌轍矣。

　　借謐齋所藏光緒丙戌新繁縣出土漢專，吉語二十四字，橅作信箋。余每歲殆必製一箋，癸酉摹螁曳臨《張遷碑》中"福壽"二字，甲戌自書"守塵閣"作一小簡，乙亥失記，丙子臨蠿文書"踐塞盦"字，丁丑仿甲午瑶華仙館製，戊寅仿唐人行卷橫格，己卯瑣邊書"阿迦雲室"字。此明歲吉兆也，惜近無好紙耳。○夜歸，月色皎然，清寒刺骨。

1 月 21 日（十二月十三日） 大寒

畲作送行，因獨至北海負暄，風凜栗撲面矣。○爲燕衿擬史學題。

　　南朝諸大鎮，如荊、郢、江、湘，方制千里，動關安危。其民風物宜，及政事之升降，武力之彊弱，乃至彊宗巨室、名賢耆舊，皆可各述一篇。前人爲地理之學，過重山川險要，若能補爲此述，亦治史之一助也。

　　自漢沔以南，至於揚、越、寧、益諸州，並有蠻種，其人物、政事、文治、武功，非必遽遜於中國，而中國有難，諸蠻獨能保境傳世。後日湖、廣、川、滇諸土司，以及汀、贛諸土民，蓋其遺也。亦可疏證，爲南史補一“諸蠻志”。

清理書室，編録筆記十餘則，似皆雋永可玩。○蟄園社集。○晚風聲大作。

1 月 22 日（十二月十四日）

甚寒，日亦無色。○訪謐齋，久談。○閲《慶芝堂詩集》，瀋陽戴亨通乾撰，原籍浙江仁和，蓋其父以事編管奉天，進士，齊河知縣。其集刊於從子昭文縣署，外孫荊道復重刊，時道光十五年也。與李鐵君、陳石閭同稱“遼東三詩人”。其詩清穩，固乾隆中風格也。采其一入《燕都覽古詩》。○《句蘿山房詩草》，錢唐周向青蘇門撰，大挑知縣，曾令武昌，陳雲伯爲之序。中多詠古之作，於其詩注中，得知吳荷屋曾居丞相胡同。○前日寫篆文《心經》一幅，今寄嘿園。○昨日補成今夏《苦暑雨懷蟄園》一詩。

1 月 23 日（十二月十五日）

按摩一次。○夜訪魯望。○接杭州書，公然有伐塋樹者，無能爲計，愁恨不已。

1月24日（十二月十六日）

閱《唐文粹》，擬鈔其中罕見而有用者爲一編。○寫屏四紙。○閱新城喻福基少白所撰《海天樓詩》，福基游幕廣東，道光中人也。有一詩論雅片者，當録出。○點閱舊作詩，頗有意補構數首，因以油印法印數十部。○閱《楚寶》，新化鄧氏據寧鄉黃氏寫本及湘潭周氏刻本校勘補輯而成，明湘潭周聖楷伯孔所輯也。

1月25日（十二月十七日）

蒲集社集。○寫小册葉一紙，即録摩詰《六祖碑銘》。近閱《唐文粹》，方知禪宗文字之美。○連夜霜月冷靚，枯枝動權，詩意益然。記丙子十二月十二日雪後觀此景，欲以詩寫之，一字未成，今仍無一語。蓋筆無靈氣，不可强也。

1月26日（十二月十八日）

燕令招集其寓齋，談甚懽洽。兼赴藏園之約，作東坡九百四歲生日，觀所摹東坡畫象。

越縵庚申七月初五日日記云：戶科給事中（張）[陸]秉樞疏諫演內戲，蓋上自聞蘇、常失守，憤恚嘔血，體素羸。常爲近臣言：年來殊不堪憂，諸大臣之直御前居樞府者，遂共爲寬慰。未幾，爲萬壽節，戚臣遂爭以聲伎進奉，盡召外間樂部，如四喜、三慶、雙奎、春臺諸班，又選名優雛伶入南府。南府者，宮中按樂地也。尚書宗室某謹司其出入，排日按試。上命盡效市里爨演法，纖醜必備。上親執曲本，指顧其誤，率宮眷薄而觀。尤喜吳中雜齣名湖船者，日一演之。雛伶夏雲林能畫蘭，上出所執素紈扇，命畫以進，大稱賞，傳視妃侍，賞賚甚厚。老伶若程長庚及旦色喜禄、蘭香，皆得賜金。其不稱旨予杖者亦數人。

1月27日(十二月十九日)

蔡君輯圓明園事,成二卷,爲之小序。○欲作錢表姊墓誌,不熟古人金石例不能成也。

1月28日(十二月二十日)

晨起優游無事,欲赴公園負暄而未果。日來嚴寒,然日色融麗可愛。按摩後訪陳宜誠翁,與談醫理,因告我明周王橚所撰《普濟方》四百二十六卷,《四庫》著録,更無刻本。已鈔得一部,蓄意刊行,並自擬序一篇。授余觀之,所收醫方計五萬八千餘,自《隋書·經籍志》所載《四海類聚方》、《宋史·藝文志》《神醫普救方》之外,古今無此巨著,余按《晉中興書》,范汪撰方五百餘卷,後人詳用,多獲其效,亦巨著也。洵爲天地間奇珍矣。且實不止醫方,兼論方脈、藥性,乃至眼餌、導引、持禁,皆嘗涉及。明初尚有古書,觀《永樂大典》可見,然則是書亦必包羅已佚舊籍不少,更不止醫家之鴻寶也。若能以排字法廣爲流布,誠爲盛事,但恐易訛誤,難斠讎耳。宜翁診余脈,謂氣有餘而血不足,爲立一方。

> 雲茯神三分、珍珠母五分、鮮石斛四分、柏子仁去油,八分、杭甘菊二分、杭白芍三分、蓮子心二分、扁豆衣分半、靈磁石三分、鮮昌蒲分半

叔瑜云他藥皆相宜,惟昌蒲恐太燥。服之,夜果不眠,然不眠似由就寢太遲,不必由藥也。謚齋社集,至子夜方歸,殊不相宜。

1月29日(十二月二十一日)

閲《楚寶》。○汎掃書室。○閲《海天樓詩鈔》,新城喻福基少白撰,有其表兄陳敬曾序,道光中葉人,游幕廣東者,與張南山有

唱和。

1月30日（十二月二十二日）

午後約申酉間，雪花密集，盼之久矣。○今春鏡清齋禊集，詩分韻得雨字。本欲作七言長古，而搜典不得，久未有以報藏園，嘗以爲言，今日居然成詠。

　　佳辰感廢興，春色變今古。超然曠覽懷，上日聊容與。御柳移上林，重華去瑤圃。芝蓋想宸娛，花簪亂游女。散策倚蘿磴，點筆題網户。依依鶯集條，泛泛鷗依渚。紅舒嫩萼滋，碧颭新荑舉。暫寬筋骸束，列坐篚賓旅。寂寞洛水瀕，蕭條山陰序。賦詩承明命，撰德樂清醑。燕幕詎湎酣，雞鳴矢風雨。

日前坐書室中，有斷句，足成之。

　　縱橫書几漠生塵，自愛多閒病起身。鼻觀清澄梅供養，心苗滋長玉精神。唱酬已謝攢眉社，造請艱疏貸粟賓。損慮還宜廢觀史，道書隨意課宵晨。

近米粟騰踴，百物隨之，加以酷寒，鶉衣菜色，實可閔念，雖棉薄無力，終思有以稍稍益人。今年凡應周濟之人，皆已略有所潤，竟無造請之賓矣。既自幸，亦自箴也。

閲《冉涇草堂詩鈔》，道光初年浙人華光楣字謙齋者所撰，其妻姪孫爾準爲之序而行之。其人以福建鹽官壽至大耋，詩頗清妥。○余所誦阮刻《十三經注疏》、蜀刻《八代詩選》《唐詩選》及石印《全唐詩》等書，皆先余而來，今五十年矣。編摩敝損，久思重裝而屢不果,昨檢書及之,幾不忍卒覩。念先人鄭重相付,實望世世不絶讀書種子。余雖不克盡讀父書,而尚能保之弗失,時時愛玩,後此世變日亟,疇能逆覩,亦惟及吾身,盡吾力以實護之耳。

1 月 31 日(十二月二十三日)

柯、孫、謝、徐、齊五君來會,飯罷秉燭,爲采選之戲。徐兄所贈明百官格也,余擲得吏員出身,浮湛於王府官,一笑而罷。○晝間偷閒,援筆補作《大防山詩》十韻,又草庚子詩數韻,其成也,將俟諸開歲矣。○雪晴光景甚麗,雖寒而有春容。

2 月 1 日(十二月二十四日)

閱《恒春吟館詩集》,丹徒趙佩湘字芸浦撰,道光初年曹、潘諸巨公均爲之序。趙君以中書直軍機處,官至給事中,典湘試,視蜀學,云其詩殊不能成家。○嘿園來函,余於其母喪,未即致賻,遲之又久,始寄寫經一幅,而來書詞意過情,余甚媿焉,因立時裁箋爲報,勸爲詩話。余於朋交中之能文者,每從臾其留意著述,聊詫愛人以德之意。然著述當知著述體裁,此則有待直諒多聞之友者也。○晚約數友飲於東城洋菜館,坐中皆未嘗及見庚辛間之北京,獨余稍能説之。○圈改舊作詩,二十餘歲所作,實不堪入目,然若盡易之,又非存真之義。○虞人之張網也,鳥愚而人智矣,然鳥入網羅,觀乎人之僨到相爭,恐亦慨然,不暇爲人哀也。

2 月 2 日(十二月二十五日)

以所借畫二幅及詩稿還黃大,並送其歸覲。○劍老以所藏雲藍閣箋紙見貽,雖寥寥八番,而此物兒時所習見,一旦重獲摩挲,何音再生承平時節作綵衣戲邪!劍老所居怡園舊址,正余乙未至丁酉宛轉雙親膝下之地,出此相貽,尤覺有情,欲取其中"天保九如"一種,仿製而廣行之。其實當時所用之紙,即竹紙而研光者,徧諸州郡,無處不可市得,家家案頭必有此物,何意五十年,遂成奇珍邪?

近日自知血燥,頭運,不敢多用心。頗擬暫棄文史,然文興未闌,時時念及詩文債之當償者,終欲一埽爲快。較之今年夏秋,彌覺勇氣咆勃,亦竊以自喜也。○今日張蘭老索余舊作史論,已面諾矣。繼思余實無論史之文,深悔輕許,無可如何,乃臨渴掘井,欲仿《日知録》體,作數篇以應之,即起草於此。

政篇一

漢世取人,必於郡縣吏,内自輔弼之任,外及方面之選,罔非身歷掾屬,洞知物情。加之古代人事簡質,易於周悉,故政令措施,不蹈虛僞,而閭閻疾苦,得以章澈。其或鼎鍾之家,膏粱相襲,不乏忠貞諳練之士,爲國楨幹正爾。假其華資,以鎮物情,理劇之任,非所期也。唯魏晉以降,臺省清要,士流所羨。渡江而還,激揚爲務,門閥相高,王謝之裔起家,著作華而不實。政體實傷,末俗之弊,不可爲法準。酌古今官人之宜,殆惟唐宋進士得第,猶必試宏詞、拔萃。初官簿尉,備歷塵事,繼調幕職,擴其見聞,諸艱既試,方入樞要。若斯人者,由卑官而登禁近,州縣吏事,已所熟諳,臺閣典章,自然易習。畀以秉鈞之任,庶無覆餗之虞。王荆公經濟識度,夐越千古,苟非曾爲縣令,詎能生而知之邪?朱明以來,進士即用部屬、知縣,於古皆須歷試,方得者甫爾釋褐,便膺其選,故事既所未聞,民情曾不暇察。甚至黃髮未燥,已綰銅章,國門初入,便批鳳諾。坐是官之權移於吏,正途之選奪於雜流,而清正有爲之士,被制於庸猾。當夫海宇承平,中外無事,循流平進,曾莫此之憂。

一旦艱難多憂，弊乃逾甚。道光中，一二閎識幹略之人，如林文忠、陶文毅，嘗慨然於此矣。文忠欲有所興革，輒為猾吏所牽掣，因曰："恨我未嘗出身州縣官，無以折若輩之口。"文忠微時，嘗處州縣幕，其言猶若此，他可知矣。宣宗默察時勢方艱，非承平時持祿養交、習常蹈故之臣所能任，故留意詞臣中之來自田間者，以為當周知四方之事，俾之迴翔臺省，洊膺岳牧。其後中興定難，諸賢皆由此出。傳曰"明明揚仄陋"，宣宗有焉。是以取人之道，當於遠者卑者，政府臨御中外，不宜專以耳目之至近者為人才。譬之流水，此揚則彼伏，此塞則彼通，迴注不息，交流日新，則善之善者也。用人之道，當先難而後易，卑官則事難，事難則當使之。久歷高官，則所以使人，所以使人，則不必素習也。又年少氣盛，則當使之困心衡慮，而折其輕視天下事之心。比其就衰，則當崇其望、寬其途，無使其廢然而自屈。夫天下之事，待天下之才而治之，簿書程課之嫻，筋骨奔走之勞，聽斷鉤距之精，此庶事之有待於年少警敏之人者也。若夫持大體、斷大疑，則非夫齒長而更事多者莫能任焉。嗟夫！今也不然，年少而淺躁者，雍容而居貴要，力衰而猥下者，竭蹶而供使令。是以程功無膚敏之才，養望鮮老成之輩，蓋兩失之矣。

政篇二

古有掌故之官，曹司文案，秩然可保。燕京經李闖之亂，而光緒末年，內閣大庫猶有明代舊檔。離亂以來，公私塗炭，法紀蕩廢，此事遂不為人所措意。縣邑文書，但供餬壁，一官之去，煙滅灰飛。古今變衰，無此痛毒，所以然者，有官而無吏

爲之也。官同傳舍,吏世其家,考成雖嚴,曷若衣食於此。昔
時吏胥窟宅,大爲訛病,不知因噎廢食,害有甚焉。夫掌案者
吏,取其典守之專,察例者官,責以鉤稽之密。倚吏以察例,則
用過其所堪,課官以掌案,則職移於所重。浸假而吏職既廢,
官責復輕,文案不全,姦僞以出,吏之名雖去,而惡故存。大抵
簿書文案之事,實須專精之才,假以歲月,方得嫻習。例如出
納之司,符印之驗,乃至程式之勘斠,檔籍之檢索,自非體會有
素,則必臨事周章。自夫中下之官,所司皆有專責,欲復望其
珥筆按簿,纖悉中程,人非回賜,豈能堪此。宜立吏學,專育吏
材,典守之司,終身弗貳。分佈中外,別爲一流,姓名里貫,什
伍相保。假有作姦犯科,除名連坐,猶古市籍之法。此制若
行,當有數善:諸司文籍,不致散失,一也。長官判事,必經吏
手,不敢任意高下,若取諸懷,二也。簿書之事,既有專司,參
驗明白,績效精敏,三也。吏守其業,終身以之,無患得失,四
也。或曰:昔之蠹吏,舞文弄法,千古興歎,幸而廓清,人所稱
快,子欲復之,不亦慎乎?應之曰:余所言非復明清之吏員也,
欲復漢世之掾史也。吏非賤業,其所操持,乃國家政令所寄,
當制爲典憲,精其告戒,使知書而敏於事之人爲之。奈何以吏
爲不善,而遂罷吏之職事邪?且往時吏之爲姦,非吏之罪,乃官
曹多取草茅新進之進士,與夫世祿綺紈之子弟。未諳官典,拱
手仰成,權移於吏而無如何耳。吏能爲姦,官之爲姦,不尤甚
乎?今非吏姦之爲患,直官姦之爲患也,治國聞者,其鑒之哉!

政篇三

自來繁劇之職,縣廷爲最,其實備百司,宣教令,予奪生

死，真南面之主。漢時語稱縣官，蓋齊民不識天子之貴，但習見縣廷之尊也。縣令之輕，蓋始於五季，軍將恣橫，除授猥雜，貪酷萬狀，騰爲笑談。宋初有懲其弊，始以京朝官臨民，大易觀聽。其善有三：出身潔白，愛惜聲名，一也。體制崇閎，民知所畏，二也。京外互轉，各盡其用，三也。唯其末流，轉復輕猥。或黃甲初登，曹於情僞，或青袍久次，倦於風塵。齒少有燥率之嫌，資深有頹老之感。且一申捧檄之懷，便絕登仙之望。有黜無賞，阻其自奮之心，堂高廉遠，更無上達之路。行取之制廢，登進之途艱，處分之格多，趨避之方巧。迨夫捐納例開，人騖捷徑，公然辜較，無復檢防。一時粃政，遂成風氣，降而益下，更無俟論。夫臨制縣邑，克長克君，而待以廝養之儀，出乎市沽之技，未之聞也。衡其弊害，過於五季。宜略采宋祖之意，更定縣制，以中央官與縣令交爲出入，品秩略比曹郎，雖權受省府節制，而縣令報最，即加顯擢。至於省道監督之官，宜師漢世刺史遺意，卑其秩而減其額，毋使徒受箝制，有傷事體，斯亦袪弊之先務也。秩高體重，則當斯任者各知自愛，不致輕犯法禁，簠簋自污。威重幹略之才，得有所藉手，以自靖獻，亦不致騖集中央，輕鄙外吏。夫聚十百能者於曹司，不若置一二能者於縣邑。置十百能者，而數易其位，不若置一二能者，而久於其官。語曰"彰善癉惡，樹之風聲"，斯其義也。

政篇四

信賞必罰，爲治國之大經。末世賞罰，俱苦不行，宜乎人習媮慢，程效無覩。揆厥所由，良以柄國者營黨便私，使貪使詐，升降既隨其愛憎，則法紀必惡其害己。胥附者不患其幽滯,疏逖者彌喜其沈淪,於是賞不必行矣。政多隱曲,媿於公言,律己既有恕詞,責人難從盡法,於是罰又不必行矣。古之豪哲,達於治體,若商君武侯,皆斤斤於執法,其心誠爲公也。近人習於一切苟簡之行,憚於妨己,遂欲廢公。因濫賞而致無賞,因乩罰而致無罰,積數十年,而人幾不知國有賞罰焉。奸佞之徒,不畏罰而賞自至,貞固之士,不蘄賞而罰莫辭。挾趨避之術,可以變黑白於俄頃,昧讟張之技,則必蒙雲霧而終身。言之累唏,弊將胡底,治亂之道,尤在重罰。但令在官者稍知法戒,姦偽不得盡售其欺,裨益治道,當已非淺。往時官人之典,有革職、革任、降調、罰俸之例,量其情節,恰足示儆,而一眚之廢,不至錮棄沈淪。今若略采舊制,比附差等,罰不必重,期於必行,賞不必豐,勿私其親,斯亦濟時之一宜也。遲任有言:"善爲政者,不賞私勞,不罰私怨。"昔吾有先正,其言明且清矣。

2月3日(十二月二十六日)

自昨夕至今草論數篇,自十七歲後未嘗爲此,自笑亦自豪也。○杭信來,言先墓樹木被奸人強伐,恐典守者勾引爲之。久未上冢,奮飛不能,耿耿此哀,何時能釋。長沙舊塋,徒懸心目,屢以築路之故,迫令遷移,尚爲懸案。方謂杭州道近,易於省視,乃亦遘此。嗟夫!亂離之人,誠所謂不如無生也。

2月4日(十二月二十七日)

自巳時起,雪片紛飛,至暮而瓦溝積素,軒墀盡縞,難得春前一日,猶降此密霰也。○督兒輩檢點字畫,盡易之,濯拭几案。昨以二金買水仙二兜,今有人以紅梅、香櫞各二爲贈,差有年景矣。

○午後買氈履一雙，價至七金。更冒雪至北官房口訪勺翁，觀其作書，默會運捥之法。見其所藏舊搨《晉祠碑》。踏雪與高人談，不負此清景。

晚間作《錢表姊墓志銘》。讀《王荊公集》中諸婦人墓誌，語多空泛，蓋應人之請，而作者又不侔也。表姊少育於外王父母，周知戚郒之事，比年諸親零落，中表姊妹中，遂爲祭酒，視余猶弟，今則已矣。自辛酉以後，與先太夫人相依甚密，疾痛扶持，多得其力，尤不能忘。生性高明，遭際蹇澀，嘗自述行實，爲《寸心老人年譜》，余爲筆之於書，副本藏於余齋。寸心草堂爲外家舊名，故取以自號。人至中年，多傷親舊，況余戚族，尤苦飄蕭，外家遺聞，秖存夢寐。人非金石，生如露電，幾能不潸然永傷乎！當更爲文以存之。墓誌簡略，殊不申意也。

吳縣錢君夫人朱氏墓誌銘

夫人貴州紫江朱氏，父諱慶墉，績學穆行，潛曜弗彰。光緒元年赴試，道出玉屏，覆舟及難，遂與孤兄啓鈞隨母依外王父母以居。外王父傅公，諱壽彤，以翰林治軍河南，洊官按察，攝布政。其後緣吏議，鐫秩去，卜居長沙，優游林壑者十年。夫人依膝下，佐家政，箴紉調膳女子之事，自然嫻習。旁及方藥、數術、書詩餘藝，所以解親憂者，罔不嘿識而通其意。長適吳縣錢君濟勳，故湖北施南協副將諱林之子也。筮仕於楚，歷官至知府，衡興山縣知縣。改革以後，復官京曹，出爲遼寧鎮東縣縣長。夫人幼遭家艱，備歷劬瘁，年十四見母刲臂以療外王父之疾，泣不成聲，嘗私爲文記其事。其後母就養於蜀，舟中感風痺，自此起居不豫。夫人已嫁，不得隨比遷於吳，疾甚

而往，猶及聞治命，道衷曲，號痛隕絕，而夫人之躬亦殆矣。錢
君勞於四方，家無素蓄，夫人拮据支柱，儉不違禮。君姑耄期，
頤養愉悅，秉持大體，事無留滯。戚鄰推重，有所患苦，必就諮
焉，可謂明智有士行者也。嘗從官海寧，榷廨為濕厲所乘，疢
疾八年，不去藥餌。歲己卯十一月初四日日加亥，沒於北京寓
邸，年六十有六。明年春，錢君率孤有森奉葬於西郊之萬安公
墓從姑之側。以宣穎嘗受夫人之屬，次其平生事，爰與夫人之
兄啓鈐謀，令為埋幽之文。撫存念往，秉筆汎瀾，不敢溢美，但
紀行實，遂為銘曰：

寓形宇宙，數盡則漓。其生也勞，其息胡悲。天親之從，
魂無弗之。青青松柏，以永懷思。千秋萬載，視此刻詞。

2月5日（十二月二十八日）

雪晴甚麗，晡後行衢市間，若春氣之潛引也。日色照地，久久
不移，知晷已長矣。○閱《天禄琳瑯》中之《歷代名醫蒙求》，榕庵周
守忠撰，嘉定庚辰錢唐蘇霖序。

文摯者，宋國之良醫。見《列子》。

醫竘者，秦之良醫。見《尸子》。

史脫治疸，趙泉療瘧。均《晉書》。

鳳綱者，漁陽人也，常采百草花，埋之百日，煎丸之。《神
仙傳》。

許胤宗治柳太后，感風不能言，造黃芪防風湯數十斛，
蒸之。

馬嗣明一年前知人生死。《北齊書》。

秦承祖不問貴賤，皆治療之，時稱上手。《宋書》。

僧垣通治。姚法衛名僧垣。《北史》。

裴頠稽古。時人謂言談之林藪。《晉書》。

褚該盡術。字孝通，時論稱其長者，但有請之者，皆爲盡其藝術。《北史》。

張文仲，善療風疾。《唐書》。

從善《銓源》。姓賈，撰《脉法銓源論》，出《名醫録》。

賈祐《纂要》。《傷寒纂要》。

羊欣精能，嗣伯多效。

呂博玉匱吳。

孟詵金盤。敕賜金盤也。唐。

張華優博，祖珽詳練。李謨該覽，蜀。樓護精辯。

程高不倦，漢。法存無厭。

黄萬祐修道於黔南無人之境。《太平廣記》。

審雄父子，南齊。度嗣兄弟。《宋書》：徐道度、叔嗣皆熙之子也。

《齊書》云：“褚澄療疾，無問貴賤，皆先審其苦樂榮悴，鄉壤風俗，水土所宜，氣血强弱，然後裁方用藥。至於寡婦尼僧，必有異乎妻妾之療。”此真得醫意者。《潛邱劄記》云：“元人葛恒齋嘗立説，以爲醫當視時之盛衰爲損益，劉守真、張子和值金人强盛，民悍氣剛，故多用宣洩之法。及其衰也，兵革之餘，饑饉相仍，民勞志困，故張潔古、李明之輩多加補益。至宋之季，醫者大抵守護元氣而已。”此理容或有之。

李、翁二公日記記家居時載酒拏舟，往來邨郭之樂，此自江南水鄉風物,處處可流連也。余里居時,未嘗久宿林墅,湖湘少巖壑寺塔之美,故未領鄉居之勝,然未嘗不存之於心,而自恨不作吳越之氓也。世亂若茲,其惟託於吟想矣乎!

好議論、好著述,明人爲甚。明人所災梨棗,迭經國家功令之禁絕,與夫後來學者之屏斥,宜若可以肅清。而數十年來孤槧零編,時復出露,且層出不窮焉,亦足見當時刻書之易且多也。咸、同間兵燹,江南故家藏書殆無弗出者。亂後縱有孑遺,比歲湘、鄂、贛、浙深山僻邑,無弗被兵,恐從此不復覯片紙文獻矣。古書艱而且希,故多遺佚,近以易且多之故,終獲稍有一二逃於刦灰,然則刻書誠不宜過矜視之也。

然明人之書實罕可存,其論學問固無是處,紀見聞亦不足信,徒令閱者頭目爲眩。斯事遠不如清人,清人以時多忌諱,故立言不得不矜慎。今所傳野史,大抵參稽,可得其真,不似明人私記年月名氏,且多舛繆也。縱有意存恩怨,體乖著述,不能逃讀者之明鑒。前三百年史多而易誣,後三百年史少而差信,此學者所不可不知也。顧辛亥以後,私史既將絕迹,官報亦無足徵,人盡以寡相誠,舉目皆塗飾之詞,從此有書亦與無書等矣。

2月6日(十二月二十九日)

晨間又覺不快,對食而懊儂,細思乃夜來積食也。服飽和丸及蓖麻油,停一餐,以清臟腑,精神反爲之一振。年齒薦增,乃知調攝之不易。

古今至文,無不以詞達爲主,即桐城諸公,雖搖曳作態,然如方、姚,猶不至令人不解。近見一文字,糾繚往復,二三句輒作二三頓挫,令人驟不敢句讀。此君昔見吾文用阮文達《文言說》,斥爲不通者,今其見解亦猶是乎?吾非好爲詆諆揚人之短,近稍能讀書,

223

深晤文章之奇，固不在用字，尤不在顛倒句法以是取巧，此亦非潛味古人之作不能解，故聊記之。

檢點今年所作詩歌，已無慮百篇，仍有二三長篇未能削稿，唯可竢諸來年。庚午游大防山，以在讀禮之際，未嘗作詩，其後時復補吟數句，念已十年，不可不完此願。日來稍牽綴之，今日錄草於此冊，尚餘靈水洞及總敘二段未涉筆，已踰百韻矣。若成，亦大觀也，王蘭泉《雞足山詩》或可頡頏。古詩雖寥寥短章，無不具長篇氣勢，而長篇亦無殊短章之運掉自如。所謂"意愜關飛動，篇終接混茫"，文章之能事在此矣。五七言本騷賦之餘裔，未窺騷賦之源，必乘風雅之旨。近人之詩專主屬對，其高者隸事造意，稍精警而已。

2月7日（十二月三十日）

歲除矣，稍拂拭几案，位置盆花。偶至西苑，步流水音前，坐石几，對洞壑，晴日映冰，鳴禽穿樹，有悅豫之意。後訪蕉雨軒中居客，其壁間懸聯語有云"此中祇合神仙住"，信然。出西苑門，輒思三十年前此地景象。嗟夫！樹已易葉，鳥且遷巢，惟道上方石，聽履聲、車聲，而知人世有變易耳。再訪勺翁，爲致一信，因詢筆法，云以懸捥、迴捥爲弟一義諦。看董思翁辛未畫卷，蒼潤中有拙意。歸家已華鐙將上矣。

思今年所定功課，竟未能行，始勤終怠之事亦不少，期以明年有所成就，要以衛生爲先耳。○今年百物昂騰，民生困苦甚矣！行經地安門外，見鬻鐙彩玩物者，略有點綴，然皆有強顏爲歡之意。餞歲無一聲爆竹，余家亦不能守歲，固由老境催人，亦自無佳興也。昔年有句云"早眠無復愛攤錢"，彼時猶未甚確，今乃真有此景矣。然除舊布新，一年佳景，仍不欲稍廢舊俗。以年餻、橘櫞、木瓜、蘋

224

婆各一槃供先人，又祀百神及供佛，亦略如之。昔年祀祖之外，兼及中霤、户竈與佛堂，今從涓，存三處耳。中堂飾緋薦、揭朱帴，家人團坐，設八簋、四加籩皆如昔。紅燭辛盤，春滿一室，祝願世界復登豐樂，一切疾厄困窮從此埽盡，非獨一家之幸也。

大防山詩

庚年秋九月，禮佛謁上方。其日氣哀肅，天宇寥且滄。未明偕僕夫，擔簦治行裝。跼踏附傳車，顛簸如揚糠。既午達寶店，村驛具壺觥。休我筋骸束，諧價覓筍將。草驢不習乘，用以負衣囊。行行亂石溝，觸石虎鏗鏗。四山漸迴合，埜曠聞敲騻。山勢有向背，顯晦殊陰陽。其陰不受日，其陽轉明晶。連環數十疊，黶繡爲屏障。道旁所邂逅，巨石紛狰獰。或惷若盎覆，或亭如蓋張。或輪囷如芝，或連犿如薑。勁者若斧劈，柔者如羅纕。或翼天臝垂，或蟠地彭亨。忽立如巨槃，忽委若馴羊。排罞或雕鵬，歷落或蚌蛭。黭以赤城霞，縞以青女霜。有若椹汁紫，有若錦斑駢。霜韻接辞韻。有若阿房焦，有若大河黄。形色不敢諦，揮霍眩目精。日莫途又遠，數數問里程。遂至孤山口，稍稍見邨莊。矬屋瓦以石，廣場援以荆。食歉雞倦啄，客稀犬行僵。緋衣轉磨女，悴薄不勝妝。急殆發火絨，顛倒索汲鐺。涉險此方始，噫氣濡以漿。既懷山勢迫，復懼莫色荒。舉步重若絏，移杖堅踰枊。忽到一平臺，高柯欝横横。云是接待庵，於此姑旁皇。寺僧四五輩，問客來何鄉。遠行殊不易，具饌趣菿羹。兩壁約天起，一罅中修藏。地高日易暝，攪樹風根根。覆我床上衾，嚴植門中根。冷趣砭肌髮，竟夜心怦怦。凌晨禮蓮臺，祇肅五願香。閔茲三塗苦，迴向堅精誠。曉禽爲翻飛，清樾流華鯨。洗心苦不早，自失始茫茫。次弟要具瞻，七十二茅棚。余尤戀初地，曰惟煤石堂。遠對垂紳泉，悠悠一線絣。水乾石骨露，鐵色如裸裎。未上玉女峯，先覩娑羅坪。五里登石梯，鐵綆貫銀鐺。一步一喘息，接武不敢翔。云誰五丁鑿，馮監殊錚錚。想見進香者，絡驛多貴璫。山腰既上躋，諸庵據堂隍。就中曰廣慈，雙松與雲平。翠濤風蕩之，側耳疑砰磅。別院植牡丹，枝葉猶頡頏。濃春貯深色，依倚何媌娙。門右緗梅叢，風日豔相當。禪枝與忍草，不得比婜娙。幸無過客采，亦絶俗士評。嘗考謝公振定記，老圃植猩棠。復聞觀音閣，上覆垂絲楊。古藤穿柏腹，連理相糾縈。信兹物候殊，少松多篔簹。凡兹目未覩，想像三春芳。塵沙盡屏跡，幽獨聆風篁。虹橋徑斗絶，澗水鳴瓶笙。雖無荇藻姿，即此濯滄浪。言尋百丈峯，有若象鼻撐。陡起插青天，其上蘿蔓颺。長年一斗泉，點滴懸鈿纓。禪師叱龍地，振錫留渟瀯。其氣獨瀸潤，一洗山骨蒼。仿佛涼雨日，薄游蒸與湘。蒙茸覆黛碧，馨逸霏杜蘅。點染發朱丹，綷縩飄楓樘。夙聞摘星陀，險峻世所驚。奮輿重結束，行纏自擐攖。輿轎以即領，蓐食起長征。頗如嶢關路，七盤十二縈。徑密探峭蒨，壑濬臨噌吰。雲氣噓户牖，風力撼屏牆。鷹隼亦斂翅，側睨不敢搶。騎乘度阻阨，蠕動如蛣蜣。雖有飛走技，卻立愁鼯鼪。雖有草苯蕁，潛育絶蟓蟲。此身可齏粉，所恃一髮爭。舌結猶銜箸，心摇猶縣旌。累陟得數椽，石礎鐵作甍。燭盤何磊落，歷載鎮山楹。朱邸蜾扁書，金薤猶琳琅。頗疑古王者，望祭通九閶。申誠舉柴槱，致嚴瘞圭璋。風雷絽坤乾，翕忽變雨暘。金翅下擘海，巨靈倚高閌。閬風昆侖顛，矯首群龍蹡。下士亦再拜，冠緌振裘裳。云昔有闍黎,倉猝猛獸嬰。至嬰字百韻。自此人跡絶,空復遺瓢罌。榆棗不拱把,竦立癯而劲。土疎氣廉劌,歲久難爲榮。恭惟造峻極,拱揖如羣卿。靈氣通帝座,上下而四旁。曤睫動象緯,傾耳調咸韺。自此歎觀止,懼爲睢盱偵。往者朱邪族,潛師來自并。咄彼劉仁恭,扼險恣陸梁。猛士蹵而登,懦夫扼其吭。黄間與渠答,飛熗施雷硠。定有萬千士,肝腦膏銛鋋。至今飲馬窟,風起悲清商。山花爛盈隁,泫若哀國殤。爲此思古昔,浩歌慨以慷。水大者拒馬,隱見兼胡良。下視若游絲,大氣接混茫。渡嶺四五重,僕夫邪許更。爰達雲水洞,進叩開士房。爥我以束緼,冒我以裲襠。前行炳明炬,麻藟雜苞粮。繼進若蟲蟺,服伏被泥湯。趾抵不得釋,首壓不得驤。有進不可退,敢郵肌膚創。一洞猶見影,二洞黝無光。三洞一小竇,煙煤封目眶。圍可三四尺,蓄水清一泓。第九洞將盡,井穴不可量。欲入前後踵,欲卻左右妨。背負若蚩駏,腹帖若蟹螯。自此十三洞,爲里六七强。洞中石鍾乳,冰溓雜瑶霙。億萬瑠璃盌,倒瀉甘露瀼。殊形而異狀,鶻突而溯滂。靚妝若鄭旦,魗頭若方相。或掠曉鬢整,或被亂髮鬤。鳳臝左右立,對植俟使令。龍女護瓶鉢,儼然座金剛。昔聞洞庭山,石樓有神鉦。山膚何岸峇,乃奏微妙聲。崇牙既業業,猛簴復趪趪。肅然思武臣,忽聽編鐘鍠。若風起纖末,絙瑟流錚鐄。時聞雕玉佩,采齊戛蔥珩。厥音實奇肖,厥狀難盡詳。或云善附會,所見鄰村傖。噫嗟造化祕,神妙詎能衡。維兹廣昜郡,夙昔帝所京。東向鶩川原,演迤千里疆。其西起巨鎮,領脊走太行。幽燕之奥室,錫號曰大防。物産極甹詭,取精而用宏。或云蘋婆果,樹木甚繁昌。入秋自結實,色若兒頰楨。一一如來面,美好相常

227

呈。寺僧不忍摘,遍山珠顆瑩。或云雙崖門,老樹相交撐。寒葉翩而下,薿薿澗谷盈。流泉注爲池,三疊鳴琤琤。傳聞有龍臥,不敢濯我纓。石穴見故籍,冬溫夏清涼。春秋有白魚,味美踰侯鯖。徒然資朵頤,臨淵不得嘗。山多黃獨苗,堪作仙家糧。嘉名得莎題,環產宜穰穰。何敢覬久視,但期振羸尪。恨不北堂獻,駐齡祝籛彭。逢辰思古賢,孰如盧道將。下車表祠墓,先及霍休明。當年教授處,猶表大小嶨。胡爲豆田謠,害賢致菹烹。世亂名苦多,風烈身先戕。何能復正始,豈獨哀元康。縶馬白楊樹,旋車黃茅岡。千秋六聘山,悠悠處士名。寂莫春復秋,釋子苦經營。亦越遼金來,天開始恢閎。舊志諸碑碣,想見排雕楹。自入韓侯岢,崒嵂隱荔芫。詔書表延祐,斷珉猶崝嶸。護持國家力,禪宮此宗祊。錦鏡林淵地,寶花間棫樸。摩挲辨書勢,礏角供麠麖。頗聞茲靈區,行跡絕貙狼。用此沈冥士,獨往證無生。吁嗟人海中,觸日何傖儜。譬彼終南山,密邇丹鳳城。隄沙布官驛,車馬日熙攘。咫尺閟靈秀,謝彼俗客姎。尋常探幽勝,芥舟帆絕潢。誰具萬斛艦,壯觀凌瀛滄。初懲步武失,繼憂精魂喪。自非長往者,疇敢山神盟。發策索志乘,稽疑若追亡。一一合符節,泚筆親寒檠。長言二百韻,屢夕吟初成。作賦非余事,力竭徒望洋。他年或避地,劚石容躬耕。漏永秋宵闌,如聞清磬鳴。迴頭下山路,天風移我情。

此詩至癸未秋始成,補録後半,其前半亦不記是何日所書也。癸未重九前夕。

2月8日(舊曆庚辰一月一日)
卯正起,以蓮子清茶各一敬奉先人,告於神祇。拜佛,受兒女拜。出門拜客，亭午而畢。晡時作畫數幅。晚間補讀《中庸》一過。
先公在日，元日必朗誦四書，晚年唯以此爲娛，欲敬存此舊矩也。

庚辰元日

翠柏紅梅瑞靄深，依然韶景動芳襟。雪花幸補經冬歉，春
色還從隔歲臨。處處歡娛聊舊俗，番番歌頌只新吟。自憐重
入東華客，二十年間素髮侵。

除夕晏眠，今夜早寢，幸得美睡。

2月9日(一月二日)

假黄宅庖人治饌祀先，九簋四加邊，十四元。宗人皆會。家人
攤錢，至夜又至，妨眠。〇日内客來者不能悉記。

2月10日(一月三日)

謚齋社集，作采選之戲，用明百官鐸，余得弟一。又作詩謎之
戲，得進十五元。

2月11日(一月四日)

連日皆晅和，不必重裘温帽矣。是初春好景，惜牽於賀年之
俗，不暇園林中一靜坐。〇今日小汀翁來談，七十二矣，猶謀衣食。
〇午後詣藏園。〇傍夕詣慎言。〇日來又補得《大防山詩》二
十韻。

勺翁送來北齊乾明元年《孔廟碑》舊拓本一閱，其題瞩猶是安
吴包氏手書也。勺翁跋云：

翁蘇齋謂此碑篆隸正楷之法具備，斷爲三公郎中劉珉所
書。珉字仲寶，其書率更所自出，歐書盛傳，劉無一字，世無知

歐體爲彭城書派者。蘇齋題《比丘明空造像》亦云可證仲寶筆法。

又題《房彥謙碑側》云：

> 得此揭本，然後可合乾明《孔廟碑》以證《化度》《醴泉》之書體。蓋思其書不得見，求諸同時碑刻以指實之，未必可信也。又云《汝帖》摘摹十六字，以爲樊遜之書，亦無據也。中有數字，此揭已泐，書體殊與率更不近。新出《高澂碑》極似歐之《房彥謙》，澂爲彭城王，仲寶其部民，宜得其書以與魏伯起文相配，惜亦未具名，又惜蘇齋弗及見耳。以上均隱括其文。

閱嘉慶十一年《實錄》，見經筵御製論，直似制義體裁。此乾隆中所無也，足見爾時儒臣之庸陋者多矣。又得關於京師事一則。

> 御史楊昭奏請嚴堆卡之守。據稱近來京師南城七門以內，惟初更傳梆，更盡收梆，其一更以至五更，堆卡間既不巡更敲梆，柵門不掩，夜行不禁，城外亦復如是等語。京城內外設有堆卡，專司巡防，該兵丁等自應各就地面，徹夜往來，按更擊柝，互相聯絡。……從前左右翼總兵輪流在南城外駐紮，尚可就近督察，近年來自因總兵移駐城內，該處營汛將弁未免漸形怠弛。兵丁等巡邏亦相率疏懈，是以竊盜頻聞。……嗣後著步軍統領等申飭各營汛，隨時嚴督堆卡，實力巡防。

又諭內閣：前於嘉慶九年挑選八旗秀女，見其衣袖寬大并有纏足者,殊爲忘本,曾降旨嚴禁。本五月初九日,曾降旨令嗣後八旗漢軍兵丁之女,均無庸挑選。○又諭外省官員於謝恩摺批迴後即換頂帶。此制後未遵行,不知何年復改。二月初七日讀道光《實録》,始知道光二年復諭於接部文後換頂帶,蓋秉筆者未察舊檔也。

2月12日(一月五日)

天陰,濕潤而不寒,改御韉裘矣。傍晚偕沈君至廠市一游,草草而已。隨意購得破書數册,中有寫本《駢文選》一册,不知何人手筆,以其字跡尚舊,頗憙之。○午間至翠華軒,汪君來談,欲編大字典,余未能贊一詞。○閱嘉慶十二年《實録》,嘉慶《實録》有稱諭内閣此案云云者,此宜曰以某某案諭内閣,史臣失於修詞,乾隆初無此失也。又間有筆誤之字。○連日夕食後已券,欲卧,但覺日力不繼,精力不支,功課一無所就。

2月13日(一月六日)

晴煦,大有春氣。復硯按摩。

嘉慶十二年十二月諭内閣:據給事中周廷森奏,京城各堆柵,額設兵丁,令其輪班,晝夜巡守,立法至爲嚴密。近年來漸就廢弛,每於定更後擊柝兩三次,旋各閉門安寢,寂不聞聲。甚或燈燭不設,内外城一律如是,以致竊案日多。請令步軍統領衙門嚴飭各營員,認真稽察等語。京師都會殷繁,五方雜處,外來匪徒,易於潛蹤。向來各街市設立堆,撥柵欄,晝夜巡邏,不容稍有疏懈。今據該給事中奏,西城一月中屢報有翻牆入室之案,著步軍統領衙門嚴飭弁兵等嚴密巡防,毋得久而生懈云云。

竹溪諸友醵飲於厚德福酒肆,肆在大柵欄,猶是三十年前風格,取其嘉名,爲新歲利市也。挈頌兒往縱譚,極歡。余力主諸友當作腳踏實地工夫,以冀爲後進樹立模楷。飲罷風起,稍寒,疑尚有春雪。○買得榮寶齋舊箋四匣，光緒中葉物，戴生贈我兩紙則道光中物也。其一刻安車圖，款云：潘太傅重宴鹿鳴瓊林，將歸林下，哲嗣功甫舍人屬寫此圖，爲椿榮譿茂之祝。時壬子清和月，駿聲並識。章一曰"琴川胡氏"，一曰"駿聲"。雕鎸極精而不俗，可愛之至。又其一則白描菊花一枝，題曰：寶菊齋，小浮山人夢箋。章曰"辛生"。○作應酬詩一首，有句云"聽言藐藐人如醉，閱世茫茫夜待明"。

2月14日(一月七日)

昨宵失睡，今日尚能支持。應雅兄之招，兼爲其母夫人祝也。幾竟日未親筆研，負此人日好風光矣。

2月15日(一月八日)

至瑠璃敞閲書攤，得搢紳光緒三十一、三十四年兩本、光緒十四年時憲書一本、畫報八本、《內經素問靈樞》一本，尚不及四元。○始寫《阿彌陀佛經》弟六通，三百餘字。○夜醒慮事，又致妨眠。

2月16日(一月九日)

按摩一次。○傍晚詣謐齋談。○寫經約三百字而客至，屢作屢輟，何日始竟一通邪？○近日又不敢用心功課，俱從閣置，猶苦匆遽甚矣，人生暇豫之難得也。○晨間訪蕚兄，不值。訪錢君於馬神廟，略談數語，取其近作一篇。

續吟《食性詩》四首。

橘

清芬早挹帝臺漿，摘筆元能頌后皇。臣里木奴千樹在，一生分隔洞庭霜。

桂花餹

金粟霏時錦席鋪，秋陰庭院蘚模糊。餹霜留得經冬糁，點向牢丸粒粒珠。

榆　錢

屋棟親騎摘碧鮮，盈襜收得沈郎錢。䚄榆河北休相謔，正愛松風穩臥眠。《博物志》云：啖榆則眠不欲覺。

椿　芽

風含露染愛椿芽，妙絕吳鹽拌點茶。卻爲盧郎感風疾，繁枝放汝一庭斜。椿易動風，故云。

2月17日(一月十日)

擬塾課規約一紙。○友人三四來，食春餅，爲明百官鐸之戲，余得奉祀生出身，亦以翰林至閣部。○閱嘉慶《實錄》，見十八年以前，未始不履申因循怠惰之誡。仁宗固深知臣工積習，而終無以振之，此所以爲仁宗也。十八年有送宗室回盛京之舉，而訛言爲發遣，至煩御製論闢之，尤可概也。○寫《阿彌陀經》，共一千二百字矣。○夜醒，聞柝聲，似得詩數語，晨已盡忘之，它日或補成。○孫兄攜示龔孝拱手札與趙惠甫烈文者，意不敢以爲的，擬鈔存之。

2月18日(一月十一日)

晨訪伯屛、道南，因赴貫華之約，飲於譚宅。○過敞甸，匆匆得《曝書亭集》一部，二元。久欲收之，今始如願。嘉慶中，嘉善孫銀槎所注，麄閱一過，所不知之典實尚多，箋釋之不可無也如是。○寫《阿彌陀經》弟六通畢，計凡千九百言，用四日功。○譚宅見洪稚存手書《游仙詩》，蓋指當時文壇之事。○昨晡時謁留垞，斂襟相對，令人氣靜，有道長者，誠可親也。承以詩集相贈，皆辛亥後作。○閱嘉慶《東華録》，鈔得兩段，一入《覽古詩話》，一入筆記。○勺翁送閱楊濠叟庚辰篆聯云："舍爲善讀書別無安樂，即蒔花種竹亦有經綸。"字佳而句俗，亦擬臨一通。

忽欲譔《春明詠柳詩》，得一首云：

> 披拂天街萬萬絲，總教攀折更低垂。朱輪散盡棲鶯杳，每度春風似未知。

2 月 19 日（一月十二日）

約譚君伉儷及其女晚餐，自往迓之。○又赴友宴二處。○得太疏書并寄示近作，即復。稱其格愈平而愈老，味愈淡而愈真，默厂詩亦有此境。余生平所見師友，皆以晚年之作爲大佳，唯余苦仍無進益耳。此亦人生應有之境界，惟能奇者乃能平，能濃者乃能淡，亦不可強致也。太疏元日詩末句押秦字，因憶其己巳元日以"秦"韻屬和，余用過秦。今正十年，豈勝感喟，走筆和一首。

> 東華舊事值元辰，媿爾傳箋屬和新。但見鄰園三易主，始驚塵夢十經春。江山文藻思離亂，珠玉粃糠驗儉貧。拈韻當年留語讖，自緣天醉豈關秦。余與太疏昔住隔巷，與半畝園爲鄰。考完顏氏以道光辛丑購此園，今正百年，後人鬻諸黃某某，亦物故矣。

2 月 20 日（一月十三日）　雨水

約諸君小聚。○緋白桃、盆栽各一，日來怒放，鮮潔如濯，對之欣然。

嘉慶十九年《实录》諭軍機大臣等：蘇愣額奏嚴禁海洋私運一
摺，據稱近年以來，夷商賄通洋行商人，藉護回夷兵盤費爲名，每年
將內地銀兩偷運出洋，至百數十萬之多。該夷商已將內地足色銀
兩私運出洋，復將低潮洋錢運進，任意欺蒙商賈，以致內地銀兩漸
形短絀，請旨飭禁等語。夷商交易，原令彼此以貨物相準，俾中外
通易有無，以便民用。若將內地銀兩每年偷運出洋百數十萬，歲積
月累，於國計民生均有關係。著蔣攸銛、祥紹，查明每歲夷商等偷
運足色銀兩出洋實有若干，應如何酌定章程，嚴密禁止，會同妥議
具奏。

日來殊苦事雜而晷短，雖尚不廢觀書，而所得甚鮮，幸體中漸
覺安健。

2 月 21 日（一月十四日）

向許君借得《清儒學案》，略觀之，擬先致力於道光一朝，思輯
錄事迹爲《道光學術篇》。

元和顧千里廣圻，卒於道光十五年，開校勘刻書之風。孫淵如
之《古文苑》《唐律疏義》、黃蕘圃之《國語》《國策》、胡果泉之《文選》
《通鑑》，以至阮文達之《十三經注疏》，皆經其手。原書《思適學案》，
"思適"皆誤作"安適"。

治天算者，元和李尚之銳，受學於錢竹汀，其卒年在嘉慶二十
二年。其弟子順德黎應南，亦嘉慶戊寅舉人。

金華張讓之作楠，嘉慶戊辰進士，道光八年卒。著《翠薇山房
算學》，闡明對數之法，云："算取其捷，何問中西。"陶文毅薦授
知府。

婺源齊梅麓彥槐，嘉慶己巳進士，道光二十一年卒。算學之

外,海運議爲陶文毅所采,龍尾、恒升二車,爲林文忠所用。

李申耆,嘉慶乙丑進士,道光二十一年卒。手造天球銅儀、日月行度銅儀。其交游則徐松、包世臣、周濟、沈欽韓、惲敬、張惠言、莊述祖、劉逢禄、洪飴孫、董祐誠諸君也。

2月22日(一月十五日)

昨在蟄園看諸君所畫燈,物華綺麗,可爲一喜,然念及民生之多艱,亦爲之淒然揜目也。今午偕相甫復巡敝肆,以一元買《叢書集成》殘本二、湘鄉成君詩一册、石印《麻姑壇記》一册,聊爲此日留念。晚間頗有爆竹聲,璧月輝映,余則了無好懷,負此良夜。

讀《唐文粹》,因録張謂《長沙土風碑銘》。

天文長沙一星,在軫四星之側,上爲辰象,下爲郡縣。遁甲所謂沙土之地,雲陽之墟,可以長往,可以隱居者焉。其山麓山,其水湘水,其畜宜鳥獸,其穀宜秔稻。厥草惟繇,蕑、杜若、荃、蘅、留荑、蔿車出焉;厥木惟喬,椅、桐、桂、櫰、貞松、文梓生焉。篠簜嬋娟於原野,砆砆照耀於崖谷。昔熊繹始在此地,番君因之而後定王國焉。至漢道凌遲,董卓狼顧,文臺以三湘之衆,續著勤王;梁朝覆没,侯景虎視,僧辯以一州之人,勳成定國。桓文之舉,亦何加焉。至於致禮舊君,請尸歸葬,桓氏之子,可謂忠也;殞身强寇,有死無辱,尹氏之女,可謂貞也。軾鄧粲之宅,足以厚儒風;表古初之墳,足以敦素行。齊魯之俗,其何遠哉!巨唐八葉,元聖六載,正言待理湘東,郡臨江湖。大抵卑濕,脩短疵癘,未違天常,而云家有重腿之人,鄉無斑白之老,談者之過也;地邊嶺瘴,大抵炎熱,寒暑晦明,未愆時序,而云秋有赫曦之日,冬無凜冽之氣,傳者之差也。巴蛇食

象,空見於圖書;服鳥似鵁,但聞於詞賦。則知前古之善惡,凡今之毀譽,焉可爲信哉!因徵故老之言,用紀他山之石。詞曰:

舜去黃屋,於焉巡游。禹逢玄夷,於焉滯留。五嶺南指,三湘北流。鄰聯滄浪,邊遙峋嶁。湘山之下,青青衆草。有蕙有蘭,在江之島。烟雨冥冥,波瀾浩浩。不采不擷,棄捐遠道。湘山之上,青青衆木。有栝有松,在巖之麓。風霜淒淒,柯葉沃沃。不㯢不棟,老朽空谷。陸有玉璞,水有珠胎。隋侯云亡,卞氏不來。湘雲莽蒼,湘月徘徊。貞石紀事,層城之隈。

今日始見石印本舒鐵雲書曲本及函札,其書工雅,甚可愛。

2月23日(一月十六日)

張宅看畫。柯宅小集,談講課之事。○午夜車過西苑,春霧迷濛,星月華澹,宮闕寂然,疑非人境。

2月24日(一月十七日)

陳宜翁來談醫學。○閱嘉慶《實録》至二十一年。○始臨《麻姑壇記》,余幼習顏書,繼而不喜,偏信北碑,頗墮惡道。近忽有志臨顏以取端勁,真炳燭之明矣。

2月25日(一月十八日)

晨詣霜腴齋中談,復獨游北海負暄。憶去年於此觀伐冰淩人裘綺援絚,曳巨塊以升於岸,邪許之聲不絕,兼以冰歷地上行,殷殷若雷,頗思爲詩紀之。今池邊之冰漸解矣。○芸青假《余齋集》,諸客代爲治具。

2月26日(一月十九日)

偶見李華《三賢論》云:"元之道,劉之深,蕭之志。"擬取"蕭志"二字刻小印,近得小牙章四枚也。○苦欬甚。

2月27日(一月二十日)

寫扇葉二,榮寶齋所送也。○訪復堪談。○以石印《通鑑》三十六册及《八代詩選》六册付裝釘。○沈君贈舊榠帖紙一付,直六元。○補《燕都覽古詩》一首。

陳壽祺,嘉慶己未進士,道光九年卒。子喬樅,道光乙酉舉人,同治七年卒。

林昌彝,字薌谿,道光己亥舉人。受學左海,而著《破夷志》四卷、《平夷十六策》、《平賊論》二卷,又有《軍務備采》十六篇。王侍郎茂蔭獻其書。

謝震,字甸男,侯官人,乾隆己酉舉人,懷經世志。

淩曙,字曉樓,江都人,問業於包慎伯,道光九年卒。

陳逢衡,字履長,江都人,嘗壯游燕薊,咸豐五年卒。

林伯桐,字桐君,番禺人,嘉慶辛酉舉人,道光二十四年卒,學海堂學長。

李黼平,嘉應人,嘉慶乙丑進士,道光十二年卒,通樂譜。

張杓,字磬泉,番禺人,嘉慶戊辰舉人,學海學長。英人犯廣州,上書當道,陳攻守之法,並上《平夷四策》。

吳蘭修,字荔村,嘉應人,嘉慶戊辰舉人,學海學長,精算學。

曾剣,字敏修,南海人,道光乙酉拔貢,咸豐四年卒。

梁漢鵬,字南溟,番禺人。通算學,尤善製火藥,以所製者發鳥鎗,鉛丸較英吉利火藥所及加遠,西洋人亦驚眼焉。

梁廷枏,字章冉,順德人,道光甲午副貢生。道光中葉,海氛不靖,大吏聘修《海防彙覽》,乃采集海外舊聞著《粵道貢國説》六卷、《耶穌教難入中國説》一卷、《蘭崙偶説》四卷、《合衆國説》四卷、《夷氛紀聞》四卷。咸豐十一年卒。

2 月 28 日(一月二十一日)

鑑資鈔來留垞詩文,極粹穆,當更求之。○行游市場,買得石印漢隸《張遷》一冊、《松禪書札》一冊,明人著《醫學入門》一函,雖陋書惡槧,亦似有益,共二元。○客贈東土純楮紙信箋二種,極樸雅之致,中邦反無此古法矣。○臨顏書,頗有樂趣。作字以平正厚勁爲主,不從此入,終無是處。生平屢有志於書課而屢輟,爾後不知能自振否。

吟一詩云:《春明柳詠》之二。

　　驛亭新柳已堪攀,曉樹藏鶯綠又還。說與離愁渾不解,行人枉自唱陽關。

今日過液池,見流澌溶溶,有碧醅之色。久晴無雨,深爲禾稼憂。爾日物價飛騰,穀食稀缺,人間何世,真欲詠萇楚之詩矣。記此慨然。

3 月 3 日(一月二十五日)

昨夜飯過飽,妨眠,夜醒展轉,氣若不自持者。○聞去年年底裱工吳興東持去《超覽樓修禊詩》竟失去,大爲驚痛。日來苦嗽,昨又失眠,今聞此耗,心緒蓋劣,故數日未寫日記。所聞所見都不如意,不止此事也。

3 月 4 日(一月二十六日)

過液池,南岸尚有微溓,餘已溶溶矣。○寫小條幅二。臨顏書,頗有所得。○仍不能看書,中心滋媿。

3 月 5 日(一月二十七日)

始復按摩。○作聯輓楊君之母云:

　　生有自來，聞栴檀香，證菩提果；

　　歿無遺恨，受兒孫敬，盡唱隨歡。

○泰豐樓公局。○謚兄來夜談。○近閱嘉慶《實録》，見諭旨屢次申戒廷臣，如朝儀不肅，贊禮謬誤，以及宗室王公越軌之事，不一而足。不但無誅僇，且動即寬免，此廟號之所以稱仁也，然而紀綱從此隳矣。上諭有云：今日大病，因循、疲玩、要結、逢迎八字可以盡之。其時君相，似亦深知時契者，而終不能振。悲夫！

3月6日（一月二十八日）

終日無事可記。○鬆髮，爪剪。

3月7日（一月二十九日）

謚齋小集，燕飲强歡，釜鱼幕燕，且自排遣而已。

3月8日（一月三十日）

一年又去十二分之一矣。是日始陰，而繼以風，又無雨意，苦旱，將若何？○傍夕小步後街，買檀香一合、數珠一事，共一元七角。○又寫錢表姊墓志銘一過。

越縵己巳日記云："大凡子弟不能讀、不能耕者，即當令其習買，切不可覓食官司，游行公署。蓋一入此中，則卑官小吏之習氣沾染，終身不能自拔。不特依人難久，終成餓莩，且將舉家漸漬，敗壞風俗。今抽釐捐餉之局徧於天下，其浚億兆作苦之脂膏，害猶淺，其群千萬游手之子弟，害爲深耳！"此言可謂痛切。余所見四五十年前，宗族戚里，坐而仰食，於釐捐之差者何可勝計，今已俱淪餓隸之境矣。初謂吾湘所獨，今乃知江浙亦然也。顧近二三十年，又不患子弟之不能讀，反患其能讀而不能事事。能讀者愈多，不能自活者亦愈多，鄉居從事本業者日少，都市間平增無算分利之人。其爲害，又豈直游手而已。

3 月 9 日（二月一日）

閱《清儒學案》，因草《道光學術篇》約二千言。〇榮寶齋代製仿雲藍閣天保九如箋，頗精美可憙。〇近日冷煖不時，今遂感冒。晚赴宴席，稍坐即歸，飲粥而卧，竟夕不寐。

3 月 10 日（二月二日）

赴蒲社集，歡嘑頗能破悶也。〇作畫一小幀。

3 月 11 日（二月三日）

以箋紙及啓事分致趙、傅諸公，乞爲外姑壽言。〇寫小楹聯一副。

3 月 12 日（二月四日）

日內體中不快，不願讀書，亦不欲治事，時時偃卧而已。〇戲作《演雅》二十韻，詠射覆也。

　　幕燕敢忘危，轍鮒聊一集。貪遂攘雞來，勇羨當熊立。蜂王亦威儀，螘國權爵邑。雄囷計雖狡，魚麗陳已習。蠻觸忌並趨，隼鶪宜互襲。鷸蚌持不決，螗雀勢殊岌。五六銖兩爭，三四朝暮給。蛻丸甘弄轉，蜃市窮噓翕。或如兒涉冰，時逝不可及。或如兔觸株，唾手不假縶。壯哉蟁弧登，誓將虎穴入。縱能髓洗三，未若禽獲十。疾於秋鵻走，快甚長鯨吸。寒蟬胡無聲，春蛇行啓蟄。解牛喻合莊，貫蝨技須絞。顧景烏欲淪，投餌鱗漸翕。訓狐雖工陷，禮鼠不忘揖。甘爲羽陵蠹，冀舐淮南汁。駿馬已注坡，跛鱉苦拾級。誰爲蠍臂將，請從牛耳執。

　　夕刻微雨，雖未霑足，亦足慰三農之殷望矣。余雖無畎畝之勞,不禁鼓舞。

3月13日（二月五日）

感冒雖愈,而昨夜又失眠。距上月失眠正一月矣。〇草《道光學術篇》約二千言。

3月14日（二月六日）

驟復嚴寒如冬令。〇孫、柯諸公同福全館小集。十元。

3月15日（二月七日）

今晨丁祭,重裘方可禦寒。日出以後仍煖。〇頌堂昨來書,作長札覆之。渠已至上海,計經年不通問矣。〇行市場,買得《思闈錄》,聊以破悶,此書往日似未寓目。〇午後過液池,綠波溶溶,鳧鷗翔泳,增我感春之思。〇始閱道光《實錄》。自道光二年起盡一函。道光二年又申京城米店囤米五百石之禁。

3月16日（二月八日）

昨夜始酣眠,今日起又擬服歸脾丸。〇讀《道藏輯要》中之《金丹大要》,陳致虛撰。平生於此類書殊未措意,今乃覺未可厚非也。〇邵伯絅、張勺圃送壽詩來。

3月17日（二月九日）

貝松泉來函,云頻羅庵筆增至一元一角有奇矣。〇晚某尚有一盆,粉苞嫩葉,靜趣盎然。〇偕荷雲夫婦北海游憩,步行亦幾三里,未覺倦。〇蟄園社集。

3月18日（二月十日）

又至北海小坐,沼畔垂楊已稊,而日色尚澹,未甚暄也。〇連日服歸脾丸,俱獲美睡。

3月19日（二月十一日）

至內閣一看,生平所未嘗歷也。自正對文華門之門而入,大堂暖閣兩邊,懸嘉慶中御製藏及道光中諭旨,皆補録者。堂之東廟爲漢票簽處,止三楹,其西廟已圮。堂後爲典籍廳,無論當日侍讀、中書,不能全容,即九卿至内閣會議,不知何以能並集也。尋陳澤州相國所謂楮窗,不可得見矣。紅本庫中今暫貯。東華門樓上之八旗盔甲,無慮數千件,尚完好如新。又觀太和門前一藏穀之石倉、一石亭,不知何用,甚媿舁陋。協和門内石陛北向弟八柱蓮華形上有一孔,直透柱身,相傳可吹作響,今日亦親覘之。蹀躞數百步,頗勞頓,然滋有味也。

改革以來,文物制度敗於無識者之手者多矣。内閣負牆數弓之地耳,而門植數易,任意顛倒,致使來者迷離,不得其處。今即欲依式重修,已不可得,低回慨歎,殊不自已。○大庫磚簷、鐵窗之制,尚可依稀仿佛。庫中架閣高接,屋棟巨木盈尺,氣象甚雄,無怪其中藴積累朝寶藏也。○道光年中,内閣被災一次,故檔册無存。鮑氏所輯中書題名已不全,見《越縵日記》。

3月20日(二月十二日)

四十七歲生朝,追念多感,然猶克以望五之齡,拜於寢廟,吾父母在天之靈,其亦顧而差喜之乎? ○巡市場,買石印本小説若《歸田瑣記》《廣陽雜記》及《夷堅志》數種而歸,以備枕上消遣。○張君挹霏贈《文昌雜録》一部。侯世兄贈石章二枚。伯庸兄贈漆壽星一枚。○客兩席。○晚間居然酣睡,得歸脾丸之力也。

3月21日(二月十三日)　春分

訪勺圃翁。旋至諡齋,諸君公局,爲余壽也。○煊可不爐矣。○補《燕都覽古詩》一首。

3月22日(二月十四日)

寫畫扇葉各一。○治病齒。○午後忽又心不自持,豈日來稍勞而不自知邪？豈並此亦當戒節邪？○閱陳氏《燕下鄉脞録》，從前似未閱過。詳其體例，蓋自各家年譜、傳誌中摘出者爲多，與余所從事，如出一轍，惟彼不著出處爲憾。

3月23日（二月十五日）

方君贈東楮一匣，極朴雅之致。○上午亦覺如昨，亟歸稍卧，亦不思食。久之方悟積食所致，非有他也，因以飽和丸、草蘇油下之。○作書與宣閣、含章。

《廣陽雜記》云：“乘除之法，唐九執婆羅門，以書爲計，其學不傳久矣。回回土盤，未廣流布，世亦無有知者。泰西來賓，書數始爲合一。余別有序一通，推論其故。湯道未更製方籌，尤爲奇創，與盤珠而三，皆絶世之奇構也。”按今之算盤，來自天方，其用徧於禹域，與食物中之胡餅，皆吾國行用最廣者，人亦幾忘其爲外國所輸入矣。筆算之法，入華較晚，有清一代疇人言，西洋算法已極精微，而均未習筆算，亦可異也。

梁茞林《歸田瑣記》載，戴可亭相國均元每日早起，但食精粥一大椀，晡時食人乳一大茶杯。年八十餘，風采步履，只如六十許人。黄左田尚書鉞直南齋樞廷四十年，每夜早起，不以爲苦，惟亥、子二時，得睡即足。先公內直七年，每日亥初就寢，丑正率已夙興，其熟睡亦不過二時許耳。盥沐竟，食白飯一盂，並鹽菜不御，惟偶佐以魚肚、雞汁。午、未間，復假寐一時。老輩起居飲食朴質，有恒如是，故精神常裕如焉。清代樞臣宣勤，遠邁前朝，年皆在五六十以上。非是，亦不克勝任也。

乾隆五十五年諭：“內外文武大臣特恩賞在紫禁城騎馬，用資代步。但年老足疾之人，上馬亦覺艱難，嗣後仍加恩准，令乘坐椅轎，旁縛短木，用兩人舁行入直。”《朗潛紀聞》記之如此。余按《嘉慶實録》屢申此諭,謂漢大臣不諳乘騎,僅令人牽馬隨行,蹣跚風雪中,殊非恤下之旨。故漢臣賜朝馬者,皆得乘檐子以代之。然觀《翁文恭日記》,則仍策騎入直,意者文恭生長京邸,習於鞍馬,不肯自逸也。庚子以後,樞臣皆乘椅轎,今禁城内猶存甚多。又彭文勤於西華門内驟患痰疾,朱文正呼己輿舁之以出,竟經嚴議,蓋仁宗不欲有人自禁中輿疾以出耳。

梁茞林《歸田瑣記》自稱禦夷策云:"今大江兩岸口裏,滿號之漕艘,不下千百隻,似可預先調齊,橫塞江口。以鐵索聯爲巨栅,每船中預伏數兵,安設槍礮火器,從頭艙中穴孔以待之。再招集捆鹽人夫一二千名,各予器械船隻,使之并力堵禦。重賞之下,必有勇夫,以廢艘爲前茅,以捆徒爲後勁。四十里外,有此兩層扼隘,英夷雖猛,恐亦不能飛來矣。"陳珊士《朗潛紀聞》云:"道光朝,英夷横海上,師船游弋閩浙諸洋面,宣宗命都御史祁寯藻、大理寺少卿黄爵滋,馳往福建閩海口。祁、黄會奏:控海口莫如以礮墩易礮臺,法以囊沙爲墩,以小漁舟層疊沙囊之外,以兩船首尾夾縫爲礮洞。賊礮不能洞我沙,而我兵隱墩内,可於船罅擊賊。於是福建、廈門爲礮墩,賊果不能近。今西夷雖創設輪船,勢迅鋭不可抵禦,然於潮落之時,沙淺之地,此法猶可行也。"此皆當時身當其事者之議論,近人每以爲迂誕。然西人勞師遠襲,本恃虚聲恫喝,果能以我之長制彼之短,非不可行者。一味懾於其堅甲利兵,亦未免墮人術中而不自覺。及今思之,老輩未可厚非。而後生小子,輕肆誹笑,亦易涉於淺率也。

近日閲陳氏、梁氏筆記,頗觸技癢,頗思盡力斠録,及身寫定,以成一書。余所鈔零箋碎墨實已不少,若薈萃之,當亦不下一二十卷也。

3月24日(二月十六日)

早間緩步,自隆福寺至四牌樓,遂力乏不能行矣。以視前年體力,已大不如,衰微早見,可勝悔歎。○錢表姊之喪已踰百日,後日即下葬矣。今日爲受弔之期,赴之。人生如夢幻,坐中親戚,皆已老大,相顧各有感焉。大氐少年人了不知死生事,中年多感觸,至衰年更不暇爲人哀矣。余已過中年,漸及衰年,尤難爲情,不獨不願抒之筆墨,並不欲置之心胸也。○今日雖情懷作惡,而體中已輕快,晚飯能滿二盂。

錄《文昌雜錄》二則。古者尚書省爲天下政事總匯,故佔地最廣,間數最多。都省郎吏萃於一處,於事爲便。燕京初建,國門之左爲吏、戶、禮,右爲兵、刑、工。蓋明以來,有六部而無都省,遂致分散,然猶近在咫尺也。喪亂以來,官衙零亂,因利乘便,一切苟簡,此東南而彼西北,了不相關。經國者不諳舊典,復無遠謨,竟不知中央部署應建於一處,甚可歎也。宋元豐新官制行,命建尚書新省於大內之西,凡三千一百餘間。《文昌雜錄》詳載其制云:

> 都省在前,總五百四十二間:中曰令廳,一百五十九間。東曰左僕射廳,九十六間。次左丞廳,五十五間。次左司郎中廳,二十間。次員外郎廳,二十間。西曰右僕射廳,九十六間。次右丞廳,五十五間。次右司郎中廳,二十間。次員外郎廳,二十間。其後分列六曹,每曹四百二十間。東南曰吏部尚書廳,在中六十四間。次侍郎廳,四十間。其東曰郎中廳,四十九間。次員外郎廳,三十四間。後曰司勳郎中廳,三十四間。次員外郎廳,三十四間。其西曰司封郎中廳,四十九間。次員

外郎廳，三十四間。後日考功郎中廳，三十四間。次員外郎廳，三十四間。其北曰戶部，度支、金部、倉部在焉。又其北曰禮部，祠部、主客、膳部在焉。西南曰兵部，職方、駕部、庫部在焉。其北曰刑部，都官、比部、司門在焉。又其北曰工部，屯田、虞部、水部在焉。並如吏部之制。廚在都省之南，東西一百間。華麗壯觀，蓋國朝官府，未有如此之比也。

唐宋之制，百官日赴文德殿立班，謂之常朝。其實宰臣及釐務官，每日朝於便殿，百官常朝，空存具文而已。不臨前朝而御便殿，則喚仗由閤門入。百官因之入見，遂謂之入閤。蓋非有他故，則天子無一日不見群臣，而臨朝之儀，殿廷有麾仗，螭坳有侍臣，近侍有嬪御。自明代始，以內臣傳宣天語，不必日見，而臨朝之儀不講。清初御門聽政，猶是古常朝之遺，惟儀制已殺。季年天子沖幼，雖每日召見軍機，然僅便殿論思，不立仗，不鳴贊，無復威儀，而古制全廢矣。

3 月 25 日（二月十七日）

致岑函。○祖妣生辰。○今日又值春社，行經液池，遠望官柳濛濛，新黃覆樹尖。山桃縞李，臨水吐豔，風細無塵，誠春來第一佳日也。○雪橋先生以所撰《歷代五言詩選》見贈，惜其止於劉誠意，不足以饜貪讀者之望。題識數語，以付旂兒。○整比《燕都覽古詩話》，弟四卷已竟，此後當撰弟五卷矣。○治齒弟二次，它疾已瘳。見生日所印象，自驚老瘦。

3 月 26 日（二月十八日）

約諸君來集，甚歡。○夜微苦，晏眠。

3 月 27 日（二月十九日）

是日茹素一日。○昭旂以明日赴膠州任事，訓戒之。○治齒三次，連前次三元。

3 月 28 日（二月二十日）

昭旂晨發，余竟未興。○是日事多，然豪不覺勞，殊自熹。○檢點弟五期《中和》稿竟。

3 月 29 日（二月二十一日）

事尤多，終日憒憒。

3 月 30 日（二月二十二日）

午後同荷雲、恩寶至社壇側，遙看桃花，淺淡生暈，微風薄寒，頗襲襟袂。觀梁溪周君之畫，模古合律。近人文墨，似不能及古人，獨依仿明以前書畫，頗能形似。○臥看放翁《入蜀記》，昔所未嘗經意，今取翫之，慨然念漢末以來，山川形勝，在於吳蜀，古京雒之規模，不可復覩。其後之文人，未覩王制鉅麗，山河壯觀，徒以藻繢施之江湖舟楫、巖穴寺觀。故江南之勝，津津在人口，至於今日，並此將不更存，哀矣。

3 月 31 日（二月二十三日）

竟日微霽，釀寒，晚間灑雨數點。赴蟄園社集。進五元。○陳暢清來，言於友人處見吳滔爲先公畫《定香亭圖》，未知何時何人竊去，欵憤不已。此區區先人遺物，不能謹守，何以爲人，然思之亦不得其策。

4 月 1 日（二月二十四日）

陰寒彌甚。前院杏花正開，紫荊已萎復萌，梨枝亦微綻。

4 月 2 日（二月二十五日）

朱宅送來錢夫人墓志銘拓本，拙書實不堪上石，義不容辭耳。

表姊以此月十八日下窆,未能執紼,中心已負疚,覩此更愴然。

4月3日(二月二十六日)

詣林丈談。○夜眠,頗不寧。將曉大風,震撼牎牖,似有雨霰。

4月4日(二月二十七日)

作書與昭旂,與超男。船快。○上外姑。○致瑞泉、露嚴、論學館事。星叔各函。○此日寒食,勁風飛土,杏花零落矣。

4月5日(二月二十八日)

鄉人歲以清明日公祭李文正祠墓,年年未得與。今日暫閒,風停日暖,因作興赴之。其地今曰大慧寺八號,數訪方得,祠屋頗完,今爲小學。湘陰人李達清字郁然者主之,甚有幹才,墓產賴以無失。祠壁及墓前張皋文、翁覃溪、徐壽蘅諸家石刻,向所未見。茶陵手書一石及其冢婦墓誌皆可珍,因以十元付李君,爲覓工盡揭之。余不及隨衆行禮,但瞻卬墓上雙松,慨然長想。歸途停車極樂寺,明知海棠未花,亦不復入,獨見寺門前新植松篁,聊慰尋幽之意耳。遙望其鄰五塔寺,杏花亦爛縵可喜,亦未嘗叩門也。念我經年未作郊游,祇此已快然自足。

祀先,用玉華臺席。三十。○約客小集。進四十。○蒲君因攜來《超覽襖卷》見還,蓋禠工吳某盜,質長生庫,僅得三元,狡展不承,拘訊始服。元璧無恙,所費戔戔,爲之狂喜。

4月6日(二月二十九日)

函致頌堂,以有常來函,意甚殷殷,託彼代達。○昭旂來稟,因即復之。坿與秦君書。○勺圃書來,以印本《十七帖》見贈,坿包倦翁《疏證》,行草精極。又假觀所藏顏柳五種,有曹秋岳、畢秋帆藏印,實《越州石氏帖》也,尚有白樂天詩帖在其中。

4月7日(二月三十日)

晨詣勺翁家,看所藏福清《閣帖》。旋獨至北海意行,蠶壇内有一叢木作花,白瓣丹跗,細葉,疑是荳木花也。○接昭旂清明日函。○晚應曹公招,與沘公談學館事。○閲《夷堅志》桐江二貓事,與余庚戌年在湘所見正同,因記一段於《養和室隨筆》中。

4月8日(三月一日)

恩女生日。○是晨堯峯來,有西苑之行,風沙頗厲。○李岳生約飲春園。

4月9日(三月二日)

謐齋小集,負廿元。因訪章仲愚,又看城邊小宅數處。○是日德軍克丹麥、那威。

4月10日(三月三日)

晨有西苑之行。○午間楊味芸等六君約作社集,於鏡清齋題名,拈韻如去年之例,余得甸字。○風日甚麗。○晚赴孫君約。

4月11日(三月四日)

健民來函,初平可不往滬矣。○益暖,海棠盡開。

4月12日(三月五日)

風起驟寒,已落英滿堦矣。○晚赴蒲宅之約。進十元。

4月13日(三月六日)

益寒,而丁香盛開,傍晚至公園賞之。坐一息軒,望牆外紫白相映,更巡行壇南,梨花亦放。余以爲北方風塵之區,獨宜於丁香迎風翩翩,矯然埃壒之外,天之生物,固無施而不可也。

明日爲國學補修社公宴楊、尚二叟,並與社中同人晤談,當致詞以闡明其義,欲撰一稿而未就。此事自去年秋間計議若干次而

後底於成,其難也若此,今得小有規模,皆諸君之力也。○夜間因
小作博戲,遂又妨眠。○十餘年前,余嘗平居歎息,以爲年歲已長,
而學問一無所成,其所不知,何可勝數。獨學既苦無友,求師亦患
無門,因念與余同病者,應不乏人,頗欲鳩集同志,厲志修業,互以
所長補其不及。蓋求學貴乎潛修,而潛修亦仍須輔以求友。○剽
竊不根之談,儼然自以爲是,馴必致於以學徇人,而己無所得,此志
於學者之所甚懼也。

4 月 14 日(三月七日)

起絶早,復臥,不得入夢矣。陳暢清來,云吳伯滔畫在鍾子嚴
處,尚不肯見還。午間親詣雪橋老人宅,迎赴西斜街齊魯學社小
宴。與同人相見,攝一影,以志盛會。高材到者約二十人,皆彬彬
然。○晚赴蟄園例集。進十元。○是日甚疲,而尚能支持。

4 月 15 日(三月八日)

晡時步市場,買石印《胡刻文選》小本一部、《疑年録續録》一
部、舊格子本二本,凡三元。

4 月 16 日(三月九日)

讀《兩都》《二京賦》一過,奇字多已不識。

4 月 17 日(三月十日)

乘暄行游北海,自璚島之東繞而西出。

4 月 18 日(三月十一日)

約集補修社董事,弟一次正式開會。

4 月 19 日(三月十二日)

雨霏霏竟日。

4 月 20 日(三月十三日)

草樹如沐。○夜訪霜腴。○昨夜稍作博戲,又妨眠,切戒之。

4 月 21 日（三月十四日）

補修社弟二次會，講以顧亭林爲題，旋爲射覆之集。約負四十。

4 月 22 日（三月十五日）

文慎公忌日。〇昨日昭旂恰自青島歸。〇晚間爲兒輩講作文之法。〇近日全未讀書，既不用心，似舊羔稍可矣。夜眠雖未盡佳，亦不似前此之躁，緣此亦未寫日記。

4 月 23 日（三月十六日）

昨晚晤公渚，歸而欲早眠，竟不得。今晨又起絕早，不覺茶然。〇讀安仁《西征賦》一過。復爲兒輩作程文一篇。〇發補修社唐董事函。〇在市場書攤上見《南京定湘王志》一册，前數年所印行者。余於庚子、辛丑間在長沙，聞里巷婦孺稱定湘王之神不去口，今四十年矣，兒時聞見，思之憮然。閱此志，乃知神姓韓名元，字保吾，河南人。以翰林散館授善化縣知縣，時道光十六年。越三年，以吞蝗祝天，爲蝗所毒而死，祀爲邑城隍。咸豐壬子之圍，顯厥靈焉。湘軍既立功四方，神亦懋膺封號，列在祀典。文襄、忠襄繼鎮江左，故亦立廟於江寧，至今湘人猶震其威神。語曰："聰明正直之謂神。"又曰："以死勤事則祀之。"稗史之遺，過而存之可也。〇是日又發風，晚尤寒，調護真不易。

4 月 24 日（三月十七日）

晴爽，仍寒。行游西苑，波光灩瀲，草樹菲薇，芳春正好時也。

4 月 25 日（三月十八日）

蒲宅集。進二十五元。

4 月 26 日（三月十九日）

叔瑜昨日赴滬，諸事蝟集。

4 月 27 日(三月二十日)

淩晨起送行,遂不能臥。傍晚得津電,知已登輪,此行全賴秋航派人來一路護送。○寧遠來函,提婚事。○是日發方頌堂一函,又瑞全一函,皆爲補修社事。方函頗可存,惜不暇錄稿。

4 月 28 日(三月二十一日)

晨起甚早,漸成例矣。理髮後赴君坦之約,同游崇效寺,蟄雲、君武、伯明偕焉。楸樹依然,花已將萎,殿前瘦竹,作態伶俜。西院小圃數弓,牡丹高者可及項,寺僧强指黔紫一株,爲黑牡丹也。圃有柳一、松一、柏一,雜樹映之,淡日微風,使人意遠。東院地稍寬閣,新建屋數楹,惜爲人所據,不能置茗臨賞。周行花間,襪芬襲袂。余曾於辛酉年侍慈輿來游,今幾二十年矣,除楸樹外,餘皆不復記憶,翻歎歲月之長也。寺中《紅杏青松圖》卷從未寓目,兹乃勾蟄雲索而觀焉。卷幾如牛腰,裝褾已湮敝。細審國初諸老所題,皆無精采,蓋真跡已裁去別弆,惟隔水綾上字,尚存其真耳。嘉道以後,乃有佳者。曾文正一絕云:"春花猶是昔年紅,爛縵繁枝照碧空。定惠道人無一事,獨依松下聽清風。"同治庚午十月,正公入覲時。此詩未載日記及詩集,余若不錄出,恐遂無知者矣。越縵壬午、甲午兩次題,後題正其捐館之年,老筆頹唐,而真氣猶彌滿,誠有過人者。惜寺僧耽耽於旁,不欲余私有所錄,匆匆過眼,不知何年得復温此夢。其藏經閣規制頗舊,甚似余乙丙間所夢之境。歸途本欲訪慈仁寺,急於午飯而止。

午後諸君來集,旋赴四存學會,小小講演,仍以亭林爲題。畢事,赴譫齋社集。○覆鍾函,並函告叔瑜交超男轉。

4 月 29 日(三月二十二日)

譫兄來談。○賀遜五嫁女。

4月30日（三月二十三日）

以雪橋老人修函交鑑資。○從游者齊、閻二君來，與談讀《文選》之法，汎論作詩門徑。

5月3日（三月二十六日）[①]

二十四日以次，少暇失記，堆記二十六日。○在蒲宅小集，與伯明同作主人。餐時忽不適，不能下咽，亟步庭中，咀葍片，始能復食。以後數日皆不甚健，蓋稍勞又立夏將臨故邪？○又是日在蒲齋，見程春海侍郎手稿二巨冊，詩文詞聯無所不有，末有何蝯翁題記，謂多遺集中所不載。審其紙墨裝池，想見道光年間承平文物之盛，其中論學、論政有極精到之語，愛不忍釋。云索三百餘元，亦不欲奪而有之，乃以翊日再詣而假之以歸。旋以百元贈之，但乞迻録一通。世間如余之癡獸者，恐絶無僅有也。其首冊約六千字，竭一日之力，廿七日事。手謄一通，因此亦忘其過疲矣。

5月5日（三月二十八日）

是日偕辟兄詣客兩處，即赴謐齋，爲社友講湘鄉學術。旋開董事會，討論編纂事宜。晚歸，亦嫌過勞。

5月6日（三月二十九日）　立夏

晚應傭書堂之約，亦嫌倦。歸晤麥君，欲早睡而未能，至中夜方入夢。近又慣於早作，殊苦精神不振。○天熱如暑季，余猶未敢換衣。

5月7日（四月一日）

今日午後旭初來，對之忽若有失。○得《南苑唱和》一冊，潘文勤與黃孝侯鈺、徐頌閣郙、孫子授詒經、歐陽用甫保極同行所作，時

---

① 原稿未著明日期。

同治十三年也，可增予《覽古詩話》。又前旬得吳穀人《還京日記》一册，不記何年，極道友朋游賞之樂。

5月8日（四月二日）

初平夜寐不安，發熱善啼，欲延醫視之。正在躊躇，强立自外歸，時午飯甫罷。狼狽倒卧榻上，云大發寒戰，頭痛不可忍，呻吟不絕，旋又大熱，索冰。余惶急無所措，家中無人，呼應不靈，細思惟方醫較妥，乃電約其來。比來已四時半，不能遽斷爲何證，取血歸驗。予藥服之，至六時許，漸能小睡，熱度自四十度許降至三十八度許。時諸兒漸集，余方心安。是夜並請一護士朱君紓章護之，營擾至夜，始定。

5月9日（四月三日）

是日初平周歲，余抱之作晬盤，取秤焉。强立已漸愈，迴思昨日，真如出風濤而履平地。晨間仍延方醫視之。竟日未再發熱，初平亦然。作書與叔瑜，平快。尚未提强立病。〇楊彥和贈景宋本孟浩然、孟東野集，以朱筆圈東野並加題識。

5月10日（四月四日）

初平發疹。飛函至滬。請方醫。〇是日聞德軍侵入荷、比，上月此日甫入丹那也。〇晚間訪君坦閒談，值防空演習，衢巷寂然。

5月11日（四月五日）

又發航函。〇手寫程春海遺稿，上下二册均藏事。内有二字，值敷堪來，詢之，亦不能識也。〇午後雷雨至，夜又雨一陣，未必霑足，亦足以蘇花困矣。〇今日無事，稍得靜坐。臨《麻姑壇》二紙，然不足以解憂。

5月12日（四月六日）

航快。〇謐齋會講，聽蕭息叟説醫學門徑，娓娓如發蒙焉。余久有習醫之志，惜年華晚矣。〇遇徐榕生，談掌故。〇蟄園社集，余作主人。負十二元。

5月13日（四月七日）

〇明片。與復翁談書法，因及詩，云：“我可學荆公，然防其流入明人。”〇久未接滬信，漸皇皇不安。百事都廢。〇爲蔚如寫經一小幀。

5月15日（四月九日）

接瑜初七日信，大慰。〇是日風大，頗涼。

5月16日（四月十日）

與澄懷約集同人。負十二元。

5月17日（四月十一日）

仍有風。〇連日點《內經》。〇書聯一、扇一。

5月18日（四月十二日）

接頌堂轉來遠庵長函，意殊悽惻，即復之。〇魯望來，作夜談。

5月19日（四月十三日）

學社在寓齋會講，剛主講明史。〇旋至蟄園。進七元，以付洋葭價。〇魯望爲買遼中真野山葭一兩，百五十元，號爲難得。〇今日始燠，晝可單衣，夜仍涼。〇海兄爲余致潘四農詩集一部，求之已久矣。卷前有識語，皆甘苦有得之言，亦可窺其論詩宗旨，録之如左。

詩宜痛刪改，必浮靡之音去，而真愨之氣來。語語有用，方謂之言立。

先刪詩，次刪句，次改句。真處萬不可不留，率處萬不可不去。真率之間不容髮，殊不易辨也。然真則厚，率則不厚，此亦不難辨耳。

詩只一字訣,曰"厚",厚必由於性情。然師法不高,烏得厚也。

清贍方可學詩,道煉方可作詩,超雅方爲名家,渾化方爲大家,試自考來。

5月20日(四月十四日)

所假《邵亭書目》藏園批本,勢不能不還,努力臨寫,甫竟一册。○晚詣蟄園及岳君處談。○孫兄爲送一鈔本筆記,乃平湖人光緒中所作。

5月21日(四月十五日) 小滿

自晨起後,恒苦要穴中痛,疑病在腎也,亟瀹益元散飲之,果已。○海兄爲余買《圖書集成·醫部全録》,六函,三十五元。此余十四五時所常閱者,如對故人焉。○細閱《養一齋詩》,終嫌枯槁,貌爲厚而氣仍薄,故其自云:"作詩三十餘年,仍有淺薄之病。"又云:"必澹雅渾大,乃可以示天下。"此事固關乎境遇與識力,非可强也。

5月22日(四月十六日)

竟日雨深透,復涼。○晚過魯望談。

5月23日(四月十七日)

晴,仍涼。○晚心如來談。○連日臨批本《邵亭書目》,目爲之眊。

5月24日(四月十八日)

發航空信。○蟄園小集。○書店送《程侍郎遺集》來,其詩文皆奧詭。

5月25日(四月十九日)

始復暖。○昭旂今日赴青島。○復翁云强兒宜臨《大遍覺法師銘》,因詣墨因簃買之,去二元有半。又買扇葉、扇骨等件,去五元。此昨日事,補記於此。

5月26日(四月二十日)

蟄園再集。負三元。○補修社開會,假四存學校。○細讀四農詩,篇幅殊窘,蓋境遇爲之也。其詩話,持論似正而實迂,然當時詩教波靡,能高唱子建、淵明,固不凡之士。○齊、閻二生來論詩,屬以勿作小題,令作擬阮《詠懷詩》。

5月27日(四月二十一日)

自十八日始,請一馬叟來教我太極拳。十餘年前嘗學之,而不能就,老矣筋骨已僵,悔不習此五禽之戲,故欲爲桑榆之收。○今日曾大父魯青府君生日,百六十歲矣,因故不能設奠,甚疚恨。○復叔瑜及超男信,內附復有常信。明日航空發。○蟄雲交來樞曹掌故一卷。

5月28日(四月二十二日)

發信。○補設奠。○晚詣隱侯。君坦旋來。○湯陰來。○訪魯望,不值。○作應酬和韻詩二首,無謂之至,因此又妨眠矣。

5月29日(四月二十三日)

隱侯早來,同出。○未習拳。○略清釐文件。○晚過蟄園談。

5月30日(四月二十四日)

早眠,聽雨聲,乃頗易入夢。曉,雨勢尤大,不之覺也。○是日訪茶庵,茗話。

5月31日(四月二十五日)

雨後萬綠如沐,涼氣襲衣,甚快。○宴客譚宅,費半百。

6月1日(四月二十六日)

常兄信來今日可到,自赴驛前候之。同載赴旅舍,仍來寓同餐。少年同學,刧後重逢,喜可知也。

6月2日(四月二十七日)

夜醒頗久,早起,有一二客來。○午後赴齊魯學社聽講,歸而雨作,時冷時暖。○夜常、燕二兄先後來。○昭斾來信,即復之。○腹中不調,未看一葉書。

6月3日(四月二十八日)

有風雨之異。

民國三十三年（1944）甲申

11 月 16 日(舊曆甲申十月一日)　微陰,始爇火

循鄉俗饋先,烹一雞,益以加籩六,不能如舊例矣。○自立冬日始寒,不能具火,遂伏病。今日頭痛鼻塞,早眠。○雷川没,以詩輓之。不必存之。

　　明聖家鄉極望空,漁山家世晚差同。道修儒墨交持外,躬託禪真寂滅中。自在飛沈鷗鳥伴,重來坐臥蟲魚叢。金門應詔成陳迹,太液波翻歲晚風。

11 月 17 日(十月二日)　晴,頗暄

感寒,意怠,研墨作書而已。○倫池齋方册一,臨米帖。○近閱《文山集》,始知宋末制詞之體,纖詭可笑,宜乎元代道園、圭齋之文,爲盛世之音矣。平心論之,惟清之末季文體,猶爲不失於正者。

11 月 18 日(十月三日)

感冒猶未瘉。○昨夜撰《人物風俗制度叢談》序,録存於左。

　　隨筆之書,人皆喜讀,余尤嗜之若性命。既曠觀群籍,竊慕纂述之業,知古人斐然有作,皆由此襲積而成。如獺祭魚,如蠶吐絲,既得精英,遂棄糟粕。遠如顧亭林,近如俞理初,所就尤偉。又觀俞曲園、陳東塾治學之方,亦復如此,舍此固無由矣。然學出雜家,不專一轍,昔賢之作,常苦淩雜瑣屑,讀者如入五都之市,目迷口哆,擷取爲艱。因發憤以爲最有益之學,莫如討人物事蹟之墜逸,溯風俗制度之變遷,而尤以屬於近代之事,易於傳訛者。若能萃爲一編,大則可以考見時代運行、文化遞嬗之迹,小亦足以匡謬正俗,裨益見聞。人間何世,歲不我與。爰發篋,先寫定爲《人物風俗制度叢談》甲集,所錄大抵以近代爲主。昔在丁丑,嘗爲《中國社會史料叢鈔》甲集,與此書雖有近似處,而實不相襲,彼所已有,此即從略。惟昔年又有《枊廬所聞錄》一書,卷帙無多,其中約四之一采入此編。寫定之後,續有所獲,不復追加,當別爲乙集以行。凡隨筆之書,首貴資料豐富,而事物蕃變,包舉甚難,歲益月增,固容齋洪氏之例也。近序徐君《一士類稿》,詳闞掌故,考證之艱,余於徐君無能爲役。然徵引必實,取舍必慎,則祈嚮差同,覽者詳焉。

11 月 19 日(十月四日)

始出至快雪堂行弔,分六十。初不苦寒,蟄居徒使膚弱耳。○趙君來,以所贄詩文還之,略綴數語,並以擇石詩鈔本令一閱。

11 月 20 日(十月五日)

以六百七十元購料半九十五張。七十未付,皆以《中和》抵也。○近世學人,書家能畫者,錢十蘭、錢東注、伊墨卿、桂未谷、何子貞、子毅兄弟。文人則吳山尊、何蘭士、郭頻伽、江秋史、黎二樵、朱荼堂、姚元之、孫子瀟、舒鐵雲、王仲瞿。最奇者路闓生。而程瑤田畫芋花，余曾寓目焉。

閱《墨林今話》，得兩事，極可喜。

錢松壺嘗語泰州朱野雲山人云：畫中可以摹刻者，惟人物、鳥獸、屋宇、舟車以及几榻、器皿等耳。吾輩宜各就所見唐宋元明諸家山水中，一一摹而出之，分別門類，匯爲一書。留古人之規式，爲後學之津梁，亦勝事也。山人欣然諾之，於是廣搜博采，共相臨摹，兩年成書十二卷。即"籬落"一門，自唐以下得七十餘種，他可類推。此書未經鋟板，不知流落何所，惜哉！

曩於丁亥冬過一隅草堂，計壽喬丈枏出巨幀索題，視之，則小隅與諸昆弟及二峩合作《平安四季圖》也。文自跋云："乙酉冬，老人清興忽發，具素縑，命兒子芬[畫]古瓶、松柏已，適于甥二峩至，爲增瓶中天竹、月季、梅花，補巖藹。村二田、三小阮見之色喜，爭相攜歸，各綴四時折枝花果於旁，或簡或繁，或濃或澹，或率或工。不三日竣事，頓成巨觀。其間運筆、賦色諸法，雖出一家，而喜各具面目。懸之草堂，以娛老眼，亦暮年之樂事也。

貞翁在己丑至庚寅卅二。〇閱道光《東華錄》。

宣宗之信任漢臣、督撫，自初即位時，英和請清查各省陋規一案始。英和以建言非是，罷直樞廷。而諫阻之汪廷珍、湯金釗、方受疇、蔣攸銛、陳官俊，皆荷優敘。蓋帝深知滿人之不諳政治，與開國以來毗倚豐沛之旨殊矣。〇二年諭，山西省尚有二十一州縣，未將丁徭銀兩歸入地糧攤徵。○自三年始,內務府三旗女子内,回子、番子之女,無庸入排引看。○四年諭,禁蘇州五通祠,未指明何人奏請。○程含章請於廬陵等三十二縣,酌提羨餘銀兩,津貼大庾等十廳縣,不允。○寧、台交界南田地方,自前明封禁。○七年,程含章密參署浙撫劉彬士,自言窮翰林出身,住京二十餘年,負欠不少,今番須要還債。○那彥成奏,裁汰通省吏役二萬三千餘名。○八年,重申部院大臣簡放督撫,不准隨帶司員之令。○九年諭,京中能書拉體訥字者,止有謝觀廷一人,著李鴻賓、延隆於廣東洋行貿易漢人能譯寫拉體訥字者,揀選二人送京,給錢糧當差。○九年,停止每年八月進宮回園,設儀仗作樂,王大臣接駕。○十年,申七品以下僭用素金頂之禁,並飭驗看月官時糾參。○河南送照刷文卷之例,不解。○十二年,湖南江華猺人趙金隴等作亂,諭稱猺民入版圖百數十年,從未滋事。按上溯當係康熙中之事。○刑部審擬王法中結會傳徒案内,究出尹老須即尹資源,接管劉功離卦教,自稱南陽佛,創立朝考等場、黑風等劫名目。按此案詳情,不見錄中,固當時一大事也。○因御史陳悼請整飭吏治,諭有"吏治日壞"語。○兩江總督兼轄江西,道光十年重申其令。

11月21日(十月六日)

相甫來談,因質以所疑。見假《越縵日記》三册,其壬申十二月二十三日云:"詣東頭廊房胡同觀燈,技巧殊絶,其貴者有海山妙鬘諸景,一對須二十金。"此條記從前漏鈔。○相甫爲言宋以後風氣數端,可補者,書院文武分途。

《越縵日記》云:稗編脞説,篇帙寥寥,所謂底下之書,無當大雅。然隨所捃拾,皆足以廣見聞,觸類而長,亦資史學。惟吾輩精力有限,不暇徧觀,觀亦不能記憶耳。

《唐語林》載,牛叢自遺補出任睦州刺史,謂新制:未任刺史縣
令,不得任近侍官。《高齋漫録》云:宋故事,不歷轉運使,不除知制
誥。此皆欲近臣周歷四方之意,與明清差翰林、科道官任學政、巡
按諸差,意同而尤美。

續閱道光《東華録》。十六年,御史董宗遠請飭禁各省班館。

《越縵日記》云:《藝文類聚》引《益部耆舊傳》:嚴遵爲揚州刺
史,行部,聞道旁女子哭聲不哀。問之,云夫遭燒死。遵敕吏輿尸
到,令人守尸,曰:當有物自往。吏白有蠅聚頭所,遵令披視,得鐵
錐貫頂。考問,以淫殺夫。案《輟耕録》載元姚忠肅天福勘縣令妻
頂顙釘迹事,與此略同。今里俗小説,又傅會以爲包孝肅事。○其
癸酉日記,不知張瀛暹爲張石洲舊名,潘文勤諸公亦不以相告,何
也。○又論明監本《漢書》,鮦陽之鮦,音紂紅反,鄆侯之鄆,音多寒
反。"紅反""寒反"二字,皆明人妄加,王氏父子皆辨之,亦明本不
可信之一證。○又論唐史云:劉禕之,賢相也,而通於許敬宗之妾。
裴光庭,名臣也,而卒後,其妻與李林甫通。○又論《唐書·禮樂
志》,"朞"字作"周",今期年稱周年,蓋始於此。○又論《三國志·
王肅傳》注引魚豢《魏略·儒宗傳敍》云:"正始中,有詔議圜丘,普
延學士。是時郎官及司徒領吏,見在京師者萬人,而應書與議者略
無幾人。朝堂公卿以下四百餘人,其能操筆者未有十人。嗟夫!
學業沈隕,乃至於此。"其言可爲絶痛。蓋魏之三祖,崇尚文辭,遂
成風俗。故《高堂隆傳》言,自隆與蘇林、秦靜卒後,學者遂廢。至
於正始而何平叔誅,甘露而鄭小同酖,高貴鄉公勵精好學,間世一
出,而所餘王沈、王業、司馬孚、鍾會等,皆人奴國賊,無足與言。發
憤鉏凶,轉嬰酷變,而魏遂不可爲矣。國之將亡,學殖先落,承祚於
三少帝紀中,備載高貴講學往復之言。承祚史裁最簡,而此獨不厭

其詳，且高貴爲司馬氏之所最惡，而絕不顧忌，此其所以爲良史也。此條《東塾讀書記》亦有暗合者。

11 月 22 日（十月七日）　小雪，連日皆暖，可不爐

研墨，寫屏八幅，而誤其二。竟日無雜事，唯親筆研，而猶若此，殆耄及邪？○宣閣來函。又寄三千餘元。○陳厂以貞翁所畫《石梧圖》見屬題識。考貞翁爲壬申進士，而李文恭以壬辰通籍，圖作於庚寅，貞翁甫踰三十，文恭年亦僅長數歲，二公皆布衣也。筆致稍嫌蒼老，以此，人多疑其爲雁品。○今日閱書作字稍多，而仍苦日力不繼。

11 月 25 日（十月十日）　曉霧

連日編稿，甚竭蹶。今日鈔畢《道志居日録》、止《隨園詩話》一則。《趙忠簡畫記》及《東華拾聞》。外城官房、菜園、癩道人、白雲觀道士。○三函復文君。○孫函云畫已收到。

11 月 26 日（十月十一日）

晨起雪降，續續不已，迄至午間，四望皓然。君衛宅邑人小集，踏雪顛躓。○岑函云畫已收到，未售出。○發文函及陳函。

11 月 27 日（十月十二日）　晴皎

憚寒不出。○《越縵日記》中録有徐獻忠《山家月令》自序。

經曰："用天之道，因地之利，謹身節用，以養父母。"至哉言乎！小人俯仰有資，其斯有道矣。夫山原異土，習尚各宜，濟以聞識。協諸節候，庶乎不失太平之政，以符擊壤之化。至於柴門洞啓，牧豎前驅，夕照光回，籌燈自命，佳蔬在梘，濁酒可漉，布被擁寒，農書作枕。足以怡神，不知老至，斯又蒙之至樂也。舍是而遠有所慕，余所不能，夫亦習而成性者邪。

昨夕夢爲人講一至十十字之義。○嵇含《弔莊周文》、王沈《釋時論》、魯褒《錢神論》，皆宜於纂晉史時采録。《越縵日記》中論政治學術之風氣，最爲可貴。如論史學之進步云："錢竹汀能知《史》《漢》之用意，而猶輕視范《書》，惠氏亦致不滿，而王西莊獨深知其佳處。宋儒如王伯厚，猶極詆陳《志》，何氏、錢氏始力爲表微。"

11 月 28 日(十月十三日)

録舊稿論《通鑑·唐紀》一則於此。

《通鑑》自天寶以後，始博引唐代諸種史，而於《考異》中存其概略，兹舉其例。有徑采小説者，如天寶十載引《禄山事迹》及《禄山遺事》之類是也。有采諸家文集者，如至德元載引杜牧《張保皋傳》，貞元元年引杜牧《竇烈女傳》，乾寧四年引薛廷珪《鳳閣書詞》之類是也。其他所引之書，今多未見者，如天寶十四載引宋巨[周]《玄宗幸蜀記》、平致美《薊門紀亂》、包諝《河洛春秋》，至德元載引《天寶亂離記》、陳翃《汾陽王家傳》，乾元二年引《邠志》，上元元年引沈既濟《劉展亂紀》，廣德元年引《建中實録》《段公家傳》，建中二年引《谷況燕南記》，三年引《幸奉天録》，四年引徐岱《奉天記》，興元元年引柳玭《敘訓》、袁皓《興元聖功録》，貞元八年引柳珵《上清傳》，元和元年引劉崇遠《金華子雜編》、林恩《補國史》，二年引蔣偕《李司空論事》，三年引趙鳳《後唐懿祖紀年録》，十年引《河南記》，十二年引鄭澥《平蔡録》，寶歷元年引皇甫松《牛羊日歷》，太和五年引李德裕《西南備邊録》，八年引《開成紀事》、《甘露記》、李德裕《獻替記》，九年引皮光業《見聞録》，開成四年引高彦休《唐闕史》，會昌元年引賈緯《唐年補録》、《伐叛記》，六年引韋昭度

《續皇王寶運録》、尉遲德《中朝故事》、令狐澄《貞陵遺事》,大中二年引裴延裕《東觀奏記》,咸通九年引《彭門紀亂》,十年引張雲《咸通解圍録》,十四年引《錦里耆舊傳》,乾符三年引王坤《驚聽録》,四年引徐雲虔《南詔録》,五年引《唐末三朝見聞録》(專記晉陽事),六年引郭延海《妖亂志》、《吳越備史》,中和二年引勾延慶《耆舊録》(以別於張彭),四年引《梁太祖編遺録》、《太祖紀年録》(此唐太祖也),光啓三年引《十國紀年》,大順二年引《唐補紀》、蔣文懌《閩中實録》,天復元年引《金鑾記》,三年引王禹偁《五代史闕文》,開平元年引王仁裕《玉堂閒話》、趙志忠《虜廷雜記》,四年引《湖湘故事》,乾化元年引《吳録》,三年引《九國志》,貞明二年引劉恕《廣本》,五年引王舉《天下大定録》,天成三年引鄭文寶《南唐近事》,天福四年引《江南録》,五年引《洛中紀異》,開運三年引《陷蕃記》(晉出帝事),廣順元年引王寶衡《晉陽見聞録》(原書稱《晉陽偽署見聞要録》,其舊臣入宋中書舍人、直翰林院王保衡所撰,見顯德元年)。此稿後段失去,已不全矣,可惜!

唐史論一則。

天祐二年,朱全忠用柳璨、李振之言,以衣冠浮薄之徒,聚徒橫議,怨望腹非。貶宰相獨孤損以下三十餘人於遠方,行至白馬驛,一夕盡殺之,投尸於河。李振曰:"此輩常自謂清流,宜投之黃河,使爲濁流。"此事乃近古風氣之一大變局,其原委因果,甚可論也。自唐太宗更定氏族以來,埽除六朝門閥之見,漸開科第取人之風。行之二百年,遂養成一種新興之士族,以科舉爲因緣,自成社會之一階級。凡座主、門生、同年、先後輩之論敍,婚姻之結合(唐士大夫之論婚,皆不出衣冠之家。故李晟求婚於張延賞,而延賞不許),薦辟之援引(選人注官出於吏部,吏部長官號爲清望,必以名流爲之。其五品以上授官,雖出特勑,亦皆宰相論薦。自楊國忠以後,勛戚不復秉鈞,眞當宰相之任者,亦皆士大夫也。若藩鎭,則更可自辟僚屬。中唐以後,文士由藩府、幕職洊登將相者,不可勝數),文詞之延譽(以名篇警句得名於時者,如錢起之"曲終人不見,江上數峯青",李程之"德動天鑒,祥開日華",而韓翃之"日暮漢宮傳蠟燭,輕煙散入五侯家",更徹於宮禁,以數語之工,得享盛名而取官職,乃古所希有),皆足以固結之。使之遞相祖効稱揚,而於政治上佔莫大勢力,雖武力莫能奪也。天寶以後,蕃將、武人割據自雄,漸至稱帝稱王。然不能不希冀藉名士以自重,如李希烈之於顏眞卿,朱泚之於源休、蔣鎭皆是也。元和以後,藩鎭之崛強雖未減,而自立之野心已稍斂戢,蓋知士流之不附故也。士流之勢雖盛,但其中得失升沈、冷熱顯晦,固不一於是,因而又生門戶愛憎之見,以成朋黨異同之習。始於王叔文、張又新之結黨,而極於李宗閔、李紳之交惡,以成李德裕、牛僧孺之互相排斥。自元和以至大中,蓋已非藩鎭之爲患,而朝端之水火,其害乃甚於藩鎭。所謂"除河北賊易,除朝中朋黨難"也(唐、宋、明之末造皆如此,此唐以前所絕無之事)。至是,而士流之團結變爲士流之分黨,而其黨又能變幻無端,忽彼忽此,使人不能辨理。雖君主挾刑賞之柄,亦無所施。誠以左右前後不出其範圍,奪甲則乙得之,奪乙則甲得之,得者旋爲人所奪,奪者亦必期於復得,如環而不可窮也。

及廣明以後,經黃巢之亂,局勢又爲一變,販夫走卒,乘時紛起而自立。由此以至宋興七十年中,諸雄虎視,皆不假文士爲緣。而士流之氣焰爲之黯然無色,白馬之禍,乃其見端也。朱全忠之殺白馬朝士,蓋不欲此輩之以地望自矜,足以沮其霸府從龍者進用之階也。當德宗初用盧杞時,楊炎輕其人,在中書,不欲與會食(唐制,宰相同食於中書省,謂之堂餐),以此啓嫌。張宏靖爲幽州節度使,以簡貴自矜,不禮於諸將,而激成兵變。衣冠之勢已淪,而猶不肯降,意正與南北朝之末相似。惟後唐仍沿唐舊習,故特拔豆盧革等,置之相位,蓋緣力矯朱梁之弊也。至宋太宗以後,復崇文治,深獎士類,科舉取人,悉去畛域。然後新士人階級以成,而舊氏族觀念全變,其中消息,不可不深察。俞理初云:"奪世家豪族之權,以啓選舉之途者,朱溫也。"信爲知言。

11 月 29 日(十月十四日)①

晨雪霏花。詣適廬,爲手談。得晤陽新石君,以所著見贈。見主人所收澂園主人四十七歲小像,庚午在浙學使任代巡撫監臨,自題《賀新郎》一闋。典試劉鑛山、李若農兩侍郎,提調方鼎銳子穎均有和作。是科即李蒓客丈得雋之年,一榜頗多名士,亦有關掌故之名跡也。

昨夜枕上得對雪,有贈三詩。

---

① 原稿記作"十五日"(舊曆),與接下一日所記時間重復,似有誤,今按時間次序協正。

松篁扶影上連筊,想見淩寒翠更滋。豪素深心無有託,園林晴雪可無詩。天機自足鷗鳬外,懸解能容象罔時。北面事君如見許,晚聞多妙豈嫌遲。右半丁

竹王鄉國近傳烽,屢決京華犯雪風。肩聳今年聞語鶴,眼昏窮日爲雕蟲。苟言安雅真名理,張賦思玄俟哲工。墨戲紛披成別趣,宗師延裔接芒翁。

城南掌故舊斜街,野意蒼茫散客懷。棐几餅花宜作供,綠陰幽草好名齋。雪蕉畫境思長迴,石鼎聯吟格未諧。此事寸心君自得,莫嫌時俗賞音乖。右寂園

11 月 30 日(十月十五日)

此夜風聲撼地不已。〇午後風起,頓增寒威。〇擬爲湖南會館徵集鄉邦文獻一啓,起草於左。

湖南人文,著於古昔,而郡縣之置,惟長沙、零、桂而已。北宋始開梅山,清初始收五溪,康熙建省,岳、澧來隸,規模漸備。在内地方州中較爲遲晚,是以文獻之徵,漠然響寂。曠代通儒船山先生,篤生晚明,守先待後之功,不在亭林、梨洲下。而空山抱璞,著述幾於泯滅。道光中,陶文毅、李文恭聯翩持節,建樹卓然,始開功名之會。新化鄧氏亦以是時輯《湖南文徵》,後來文武二途之盛,固有開必先也。咸同以後政事學術,乃至晚近革新之思想,無一不與湘人有關。而湘潭、長沙二王先生,巍然爲乾嘉舊學之殿,震爍今古,炳乎瑋矣。其間師法淵源,宗風世澤,未嘗有述談者。專執湘軍立功之迹以求之,抑其末也。湘人既不騖聲氣,而故家喬木,又多零替,徵考維

艱。方今烽火徹天,梓桑塗炭,遼鶴之還,未知何日。竊料將來陵谷變遷,屋壁之藏,恐餘無幾。而後生不聞故老惇誨,更欲掇拾散亡,其難收有什佰倍於今日者。同人羈泊,餘生尚存一息,既無補於斯世,或稍裨於方來。聊假簡策之功,差釋餅罍之恥,擬就南北通都,訪輯鄉邦文獻。以北京湖南會館爲徵存之總匯,試擬方法數條,諸惟公鑒。

一 湖南人著作,除已刊有通行本,各處皆可購得者外,如承捐送最妙。否則函知其內容概略,俾便酌購或借鈔,亦所感盼。

一 未刊遺稿,如願送交代爲保存者,當掣給收據暫存,另議保管辦法。否則請函知內容及收藏處所,遇必要時,再行商借。

一 鄉賢手迹,無論以原迹、照片、鈔本見寄均感。惟均請附以詳細說明。

一 鄉賢遺像,同上條。

一 家譜、年譜、日記、碑傳及其他史料,亦同上條。

一 關於鄉里史事之著作,無論作者爲本省或外省人,均盼捐送或函知其內容概略,以便酌購或借鈔。

一 關於鄉里史事,或鄉人事迹之不見於書冊者,如承撰錄見示,尤所切盼。

一 本館訪輯之書籍,擬各撰提要一篇。其零星史料,均分別部居,輯爲長編。

一 擬向各處留心文獻之時彥,分函徵求上列各種史料。

撰《尹和白老人事略》。

　　咸同以來，湖南人物蔚興，其以一藝自專，而不獲馳騖聲名者，尚不可勝道。余於己酉、庚戌間，從湘潭尹和白老人受畫法。老人少客曾文正幕中，惠敏嘗與之研求畫理。老而貧如故，居長沙，授曾氏諸戚家女婦以畫。故外舅聶中丞公言於先公，命余師事焉。時老人年七十餘，間日以籃輿迎至余家，爲具酒饌，每飲必汾酒，數杯酒次，喜談往事，然日久則所談周而復始，不自知其複沓也。其教人作畫，自擘箋以至調脂殺粉，纖悉必周必親。蓋兼旬方畢一花，踰月僅成一幅。吮豪染紙，必再三指點，不輕落筆，日力悉耗於言談。甫作一二筆，又起而徐步園亭，輒不復顧矣。其畫必自鈎摹入手，花卉如是，人物、山水，亦無不然。余時年少，竊有不足之色，老人曰：“子非不能自出心裁者，然行遠自邇，不可躐也。”久之，曰：“可矣，試作墨筆蘭竹。”然後余亦知先生非僅能描頭畫角者也。最後授以墨梅法，圈花點蕊，無一筆不細意熨貼。丁寧語余曰：“此楊補之法也，慎無學金冬心諸人之側媚也。”蓋老人心手獨高處，亦宜其不肯輕授人云。本欲更請山水法，而以事輟業。辛亥事起，余家東行，遂不相聞。余亦絕意豪素者殆二十年，師法廢忘，負期許多矣。老人年踰八十始卒，其捐賓客，與湘綺先生相後先。其子某，素不得膝下歡。晚年惟倚二女爲養，一適同邑楊鈞重子，所知大略止此。方其客江南督府時，得西人攝影術，湘人解此者，莫先於老人。而以攝影術傳古人金石書畫名迹者，國中亦莫先於老人。嘗見其手製何蝯叟所藏《黑女誌》印本，其時上海各書局之銅版册皆未行世也。其留心藝事，所詣精專若此，而寂寂無稱道者。若生於江海名都，詎不以此博盛名、弋厚利邪？既不輕徇人請，作畫下筆，又矜重遲緩,故流傳甚稀,惟同里尚有藏其一二紙者。尤長蟲鳥、花卉,鮮妍欲奪化工。洎衰耄,猶能以鼠鬚縷析毛羽。至若墨梅,則又繁花老幹,清影照几席。其論畫,以意態靜穆爲主,不喜疏放,則固一貫不踰。要之,老成榘矱,非鶩浮名者所及也。余意其論畫與湘綺論詩如出一轍,殆衡湘之風,獨有所受。余並游二先生之門,雖心知其故,而下筆輒與師承相值,此所以老而益自恨也。老人名金陽,自謂不工書,故在余家所畫,皆余代署,然其書亦深具古趣。歲在焉逢涒灘冬夜追記,以俟後之徵者獻者。

發仲琥函。寄羅及邢邱扇。○夢花室扇潤寄到。

12 月 1 日(十月十六日)

擬借閱之書:許宗衡《玉井山房筆記》、陸以湉《冷廬雜識》、淩廷堪《校禮堂集》、《留青日札》。○閱《越縵堂日記》,其乙亥七月初九日日記云:聞昔年安德海市寵時,曾文正入覲,一日,湖廣會館公宴,酒酣,文正慨然曰:"盛哉! 我兩湖之人物也。"因屈指曰湖北一人、湖南一人。蓋其時有兩侍郎,皆與安豎款密也。其一與予相識,爲諱其名,然中外無不知者。以兩人論,予相識者差賢,今已左官云云。湖北一人指單懋謙,湖南指徐樹銘邪? 俟詢之相甫。○又載光緒元年李鶴年奏,湖南長沙人,署福建漳州鎮總兵,閩浙督標中軍副將李東昇祖母龐氏,年八十四歲,一品封典,五世同堂,親見七代。此事可入湘史。又李氏自云款而次之,以備他日傳列女志、典禮者,然則李氏日記之用意可知。○《越縵日記》論蔣超伯《藐濩薈錄》云:"鉅細雜陳,頗資撦拾,其原始於高似孫之《緯略》,可與《玉芝堂談薈》《留青日札》《寄園寄所寄》《柳亭詩話》諸書,並佐談諧。"

余所撰筆記，與此頗近，而體例仍有別，姑録此段，俟詳論之。

續作《雪後懷人》詩一首。

　　　文獻新安代有人，京華一住十經春。畫禪即是安禪地，獨學還勤耄學身。器證犧尊攻後鄭，字從隗狀辨先秦。雪深門巷無車轍，竹色緣階凍雀馴。右予向老人。

訪半丁，取扇葉回。尖風割耳，今年第一隆寒也。

12 月 2 日(十月十七日)
交《中和》稿。書《忮求詩》一通。跋一小册。

12 月 3 日(十月十八日)
與同里諸君小集，博戲。聘君交來永綏會館所存木刻拓本一卷，皆張叔平郎中世準所刻，以鬻諸市者也。鄧石如書、鄭板橋畫。

録張郎中畫例之"雙魚罋畫山水價"。

　　　丈二大幅，十六兩　　八尺大幅，十二兩　　六尺中幅，八兩　　四尺小幅，六兩　　六尺屏四幅，二十兩　　四尺屏四幅，十二兩　　專畫綾絹

　　　摺團扇　　每柄一兩　　册頁同

　　　燕市論交二十年，不曾浪墨換腰纏。歸來奉母無甘旨，賣畫逢人笑拍肩。

　　　松梅、菊荷、芭蕉、雞冠　　每小幅一兩

12 月 4 日(十月十九日)
希伯送來龔孝拱致趙惠甫手札一册。是册余於己卯、庚辰間

一見之,曾假歸,令人録副,旋不知録本庋置何處,竟不及復閱。今年聞歸希伯,大爲快心,因再假手録一過。其書法語調,實近桀驁,雖深自負,竊疑其所蘊蓄亦平平也。近人有録惠甫日記行世者,此册與爲駿靳,亦一奇矣。○如平來,屬作一文字。

12月5日(十月二十日)

大風調刁,想見外間之寒,遂蟄居竟日。○寫屏二幅。○旂兒南行。

12月6日(十月二十一日)

西域葉君齋中小集。

《通鑑》於唐太宗事,多取劉餗《隋唐嘉話》,以是流傳播在人口。竊疑其多出溢美,温公徒取其宜爲人主之式而已。○夏曾佑氏序醒醉生《莊諧選録》曰:"所謂二十四史者,乃朝報之支流,無關大道。而生民之朔,人事之變,煩冤紆鬱不可説。不可説之故,皆備於小説。故小説者,我之民族史也。然專制之世,言語多故,書或不傳,傳或不信,數千年於此矣。近二百年,其體幾絶,直至近日,始又萌蘗。而隱喻託諷者爲多,隨事紀録者爲少。"此節甚合余意。

12月7日(十月二十二日)　大雪

閱木犀軒藏書,見傳鈔元本《龍虎山寺》中有一條,可入湘史。○皇帝聖旨:潭州路道録嶽麓萬壽宮住持提點章似志,可授明素沖虛通妙法師,龍虎山大上清正一宮提舉知宮,兼發本山諸宮觀事,宜令章似志准此。大德六年九月。○孫君遣人來,交去其稿一厚册及《中和》十期。

12月8日(十月二十三日)

昨夜撰一文字,未免損眠。今日至適廬,同里諸君小作談燕。

12月9日（十月二十四日）

寫屏二幅，竟無甚成就。○擬撰一書，爲導俗之用，試舉其目於此。

　　親屬　禮貌　文字　經子流別　鑒賞　歲時　醫藥　宗教　社會組織

12月10日（十月二十五日）

訪相甫，借得陸敬安以泜《冷廬雜識》。敬安桐鄉人，蓋甲科縣令改教者。書成於咸豐六年，凡八卷，頗多掌故議論，亦有可取者。余久聞是書而未得見，今日無意中遇之，一快也。歸途凍極，殆欲雪矣，遂酌酒圍爐閱之，而記其尤精采者。

宋人好詆人，閭閻又得一事。

　　陸子元《聲雋》載："宋鄞人王某，以販馬爲業，畜一獮猴。其妻夏日醉卧，獮猴與之合，醒後知之，大恚，殺獮猴。自是有娠，生二子應麟、應龍，厥狀肖焉。是殆謂伯厚昆季也。"按伯厚之父名撝，登進士，官至朝請大夫、吏部郎中。家世仕宦，安得有販馬之事？伯厚弟應鳳，非應龍，其生也，後伯厚八年，特與之同日耳。褚氏《堅瓠集》乃備采其說，不爲考正。

關於湘史者一段。

　　吾邑陸費春帆中丞瑔，由明經起家縣令，歷官至湖南巡撫。自幼即耽吟詠,在節署時,築校經堂課士,嘗以《湘江竹枝詞》命題,自賦十二絕。

12月11日(十月二十六日)
爲文奎堂書聯條。送來二五二元,餘記學及紀念册未清。
12月12日(十月二十七日)
王宅博局。
12月13日(十月二十八日)
偶繙舊本,見乙亥詩一首,不記已録藁否,姑再録於此。

定州行宮作

遼宋疆場分,兹州城隍壯。韓蘇理戎旅,文臣詭乘障。茂兹風沙區,仍繫儒雅望。桴鼓偶清暇,園林踵高唱。結構稱衆樂,位置宜雪浪。窈迤會勝景,磊落得殊狀。以兹作御宿,歷久幸無恙。平岡一徑闢,崇臺九成上。背郭雉堞連,入門花竹當。踐徑得深穩,臨軒縱清曠。寂歷凝鑪香,依稀閉繡帳。樹石環荒池,想見乘混瀁。苔磯倚釣輪,荻岸穿畫舫。放怫江南游,豈識塵土漲。自從失疏鑿,歲常苦暵亢。筐柳多萎枯,叢薉難滌蕩。貧檐衣食嗇,令節歡娛忘。滱水絶行舟,嘉山隱遥嶂。盛時吾不見,緬昔志猶抗。還過閲古堂,試覓魏公象。《石洲詩話》云:"王逢原《題定州閲古堂》詩序:'韓丞相作堂,而於堂之兩壁,畫歷任守相將帥。'又謂'請留中壁,搜國匠第一手,寫韓公象。'此乃懸計之詞,其後果有作韓公像者,乃在魏公去定州之後,觀宋子京詩可見。"

12 月 14 日(十月二十九日)

舊作《讀漢書》詩一首,録於此。

　　馮敬雖將家,柏直尚乳臭。不能當韓灌,魏亡終不救。
《高帝紀》

　　近者紙價騰貴,舊存此種稿紙已不多,檢出百番,交文奎堂軒得一本,可作明春之用。若三月一本,則僅足明歲之用矣。〇是月小盡,記此。

　　麟子鳳雛生長家國,鵲笑鳩舞先見善祥。
　　仁德大隆喜善長久,和氣所舍光輝盛昌。以上集《易林》
　　敷崇文籍敦厲風尚,校覈仁義源本山川。
　　頌聲既興盛業斯在,體道爲用蹈禮則和。
　　校覈忠賢榷揚文史,鞶繡成景粉續顥軒。
　　瑞木朋生祥禽輩作,天琴夜下紺馬朝翔。
　　幸富菊花偏饒竹實,並陳金璧旁連玉箱。
　　餠傾椒芳壺開玉液,山横鶴嶺水學龍津。
　　羽儀世冑徽猷冠冕,愛敬仁智恭讓廉修。
　　西河觀寶東江獨步,朱輪疊迹華冕重肩。

12 月 15 日(十一月一日)

　　晴日皎然,而爐火無温,今年寒威之甚如此。〇閲萬歷四十年耒陽曾鳳儀所修《衡嶽志》,無甚可取,惟圖頗佳,有衡岳總圖,包長、衡、寶、永四府而繪之,李氏藏書也。〇又閲《明順天府志》,寫本,存八卷,乃繆藝風鈔自《永樂大典》者,訛奪頗不一。本欲輯録其有關京師事,患其無條理,且無此日力,遂止。○又閲《唐兩京城坊考》稿,姚伯昂分書署耑,極精美,中有張石州手校之字,有殷齋藏印,湘潭袁氏故物也。

安仁里:元稹、杜佑宅。

光福坊:劉禹錫、權德輿宅。

長興坊:杜鴻漸宅。

永樂坊:裴度宅。

靖安坊:韓愈、張籍、元稹。

光宅坊:李揆賜第。

永興坊:魏徵宅。

崇仁坊:吐蕃論莽熱賜宅、韓滉宅、岐陽公主宅。

親仁坊:郭子儀宅、李勉宅、柳宗元宅。

昭國坊:鄭絪、鄭餘慶宅、《唐語林》:司徒鄭貞公與其宗叔太子太傅絪居昭國坊,太傅第在南,司徒第在北,謂之南鄭相、北鄭相。白居易宅。始居常樂,次居宣平,又次昭國,又次新昌。

安邑坊:李吉甫宅。

宣平坊:劉蛻、顧況宅。

光德坊:崔邠宅。宣宗謂崔氏一門孝友,題曰“德星里”,後京兆民即其里爲“德星社”。

12月16日(十一月二日)

借得木犀軒所藏《復社紀事》寫本,屬人鈔之。又得儀徵張廉訪集馨手訂《椒雲年譜》殘本五本,所述道咸間官場形態,淋漓盡致，誠奇書也。他人從未發見，余於無意中得之，知其可寶，因發願手鈔一部。日内無事，則日必萬餘言。

12 月 22 日（十一月八日） 冬至

集王宅。

民國三十四年（1945）乙酉

1月6日(舊曆甲申十一月二十三日)

自初三日以至今夕，專鈔《椒雲年譜》，近二十萬言，禿三管矣。〇前夜夢中見小冊，橫長若梵筴，一作紫色峯巒，界以銀泥；一作豆花，自上垂下，才一荑耳。欲題而未就。〇杭州小楷羊紫豪各五管寄到，均不佳。

1月7日(十一月二十四日)

集白石神君碑，爲人作壽頌。

氣秉北嶽，連山峻極。顯陟公秩，長民翊國。息解癉害，昭洽時雨。尉安元元，經圖舊宇。體兆珪璧，率由前哲。瑋質絜清，禮道脩設。匪奢匪儉，是度是量。祈望應驗，年穀番昌。歲終融和，奉公旨酒。輯祉孔盈，進無彊壽。子孫髦俊，華章嘉玉。登堂肅雍，永建嘉福。

1月8日(十一月二十五日)

取畫扇一，去誤至榮寶。

題朱筆松壽人

海日曈曨照赤城，庭前雙幹正崢嶸。何須更向丹沙訣，長葆朱顏不世情。

畫　蘭

湘煙深淺叢，散作琳腴碧。葉葉各有態，俯仰俱自適。靜涵水石氣，澹泊馨愈積。美人渺不見，所思在七澤。歲晏求同心，染翰虛堂夕。

1月9日(十一月二十六日)

畫扇二紙。拜客二家。○閱《碑傳續集》，諸家碑誌多無法，甚矣文章之難也。○含章來函，索郎世寧畫片，或《故宮週刊》弟十集。○函黃賓虹陳封事。附二扇，一補書，一補畫，一徐託，一岑託。○日色雖晴皎，而外間猶寒，今年冬至後已不若冬至前之凜冽矣。○痛滌所用之筆，積塵一灑。○文奎堂見湘西曾（友）[興]仁《縹緗新記》，雜錄宋以後筆記，不知其人。○昨日蠖叟來，以貴陽陳氏新刊楊龍友《洵美堂集》二冊見示，行款大小，全仿明刻。此書久不流傳，莫郘亭憾未之見，今新刊之板已燬，傳世亦復無多，亦書林一重要故實也。其詩不脫明人習氣，而差爲醇實。龍友尚有《山水移》一種，惜余未嘗寓目，彼爲少作也。

1月10日(十一月二十七日)

鈔薛叔耘《張枲使墓誌銘》，以附於年譜。○畫朱筆松扇，並細書《妙雲寺松》詩於其隙。○欲動手理舊藥，稍整比几案。○昨在隆福寺晉古齋見尺許舊朱絹，每幅索六十元。

1月11日(十一月二十八日)

王宅博戲竟日。○昭旂自南中歸來。○高伯足集中有《漢碑 扷》,宜覓之。

1月12日(十一月二十九日)

閱《金石萃編》,略記所見。○《書畫跋》謂《多寶塔》"點畫太圓 整,筆寫不應若此。米元章謂魯公每使家僮刻字,會主人意,修改 波撇,致大失真。觀此良非誣。又因此知顏書是腕着案,書案亦大 有力,倚此爲牆壁,則折旋皆如意,不致攲斜。但作字時少減趣,亦 便無魏晉天然態。"此論極契余心。○天寶中所立《勅還少林寺神 王師子記》,追述武后時事,猶稱大周天冊萬歲金輪皇帝,知唐人初 不以武氏爲僭閏而革除之也。○魯公撰《臨淮武穆王神道碑》,散 偶兼行,聲華抗茂,真傑作也。碑稱光弼能史漢之學,則其素養似 勝於汾陽,不得以其出胡姓而少之也。

得魏晉論一則。余論史之語,散見各處,以後當悉錄入此册, 未知何如。

《魏武紀》注引《魏書》曰:"於夫羅者,南單于子也。中平 中,發匈奴兵,於夫羅率以助漢。會本國反,殺南單于,於夫羅 遂將其衆留中國。因天下擾亂,與西河白波賊合,破太原、河 內,抄掠諸郡爲寇。"此胡族之爲中國群盜所勾結,略與齊、周、 隋、唐間情勢相類。而袁紹之言曰:"南據河,北阻燕、代,兼戎 狄之衆,南向以爭天下,庶可以濟?"故立三郡烏丸酋豪以爲單 于,以家人子爲己女,妻焉。及紹敗歿,尚、熙兄弟歸之,猶假 其力,數入塞爲害(均見《魏武紀》)。北胡之力,足以左右中國 也久矣。魏武柳城之捷,所以爲霸業之基。蓋本初之志,唐神堯之結突厥，以傾隋也；魏武之略，隋煬之征高麗，以鎮江外也。然其迹有若異而實同者。能繼本初心傳者，其惟明之太宗乎？

閱《越縵堂日記》。○古人若北齊盧懷仁著《中表實錄》二十卷，見《北齊書·盧潛傳》。南齊有《永元中表傳》六卷，梁有《大同四年中表簿》三卷，俱見《舊唐書·經籍志》。全謝山嘗輯《歷朝人物親表錄》。以上見越縵堂丁丑日記。余亦嘗蓄此志，而未思得其法。○東漢以來，舉士者大率孝廉、秀才兩途。孝廉猶唐之明經，秀才猶進士。故孝策經學，秀策文藝，世尚漸偏，以文爲重。至南北朝，遂積重秀才。《魏書·邢巒傳》：有司奏策秀、孝，詔曰：“秀、孝殊問，經權異策，邢巒才清，可令策秀。”《北齊書·李廣傳》：廣求舉秀才，州郡以廣經儒，慮其不嫻文辭，難之。《劉晝傳》：晝舉秀才，對策不中，自恨無文藻，乃專意爲文。《文選》所載南齊王融永明九年、十一年策秀才文，梁任昉天監三年策秀才文，皆務尚華藻。《北齊·文苑傳》所載樊遜秀才對策，文極贍麗。

1 月 13 日（十一月三十日）

攜初平至公園負暄。買小草一盆，六元。○閱《金石萃編》，得月日之誤一事：“《多寶塔》末云‘天寶十一載四月乙丑朔廿二日戊戌建’，據《通鑑目錄》，是年四月丁丑朔，非乙丑，且廿二日戊戌，則丁丑朔無疑。”

閱《越縵堂日記》，錄數則。

杭大宗《讀漢書高后紀後》一首云：“孝惠棄天位，呂氏恣僃擾。后宮美人子，一一痛孤藐。代王亦側室，非呂焉用剿。

乃知平勃謀,用意甚陰狡。專心媚長君,畏忌及黃小。濟北一何愚,清宮殊草草。異哉蘭臺史,此義未蒐討。眇眇四皇子,闌入恩澤表。"卓識雄論,獨出千古。蓋少帝及四王,實孝惠子,特非張后子耳。平、勃誅諸呂時,恐日後不利於己,而迎立代王,《史》《漢》"呂后本紀"中皆明言之。其後併加殺害,因名之非劉氏子,肺府如見。余向有此議,後讀《癸巳類稿》,言之甚詳,然此詩已先發之。

戴东原《與是仲明論學書》謂:誦《堯典》數行,不知恒星七政所以運行,則掩卷不能卒業。誦《周南》,自《關雎》而往,不知古音,則齟齬失讀。誦《禮經》先《士冠禮》,不知古者宮室衣服等制,則迷於其方,莫辨其用。不知古今地名沿革,則《禹貢》職方失其處所。不知少廣旁要,則《考工》之器,不能因文而推其制。學者所當人書一通,置坐右者。

論顏注《漢書》之誤者一則最妙,可證古人學識之疏淺處,雖唐賢亦不免也。

《韓安國傳》"自上古弗屬",《史記》作"自上古不屬爲人"。據《索隱》引晉灼云"不內屬於漢爲人",正本晉灼《漢書注》,則《漢書》本作"弗屬爲人"。弗屬爲人,猶弗屬爲民也,而師古本無"爲人"二字,則解曰"不內屬於中國"矣。又云"安國爲人多大略,知足以當世取舍",《史記》作"取合"。取合猶迎合,謂安國之智,足以取合於世也。而師古本誤作"舍",遂注曰:"舍,止也。可取則取,可止則止矣。"又云"於梁舉壺遂、臧固,至它,皆天下名士",《史記》作"郅它"。《索隱》以爲人名,是也。而師古讀至它爲虛字,遂注:"於梁羣二人,至於它餘所舉,亦皆名士矣。"此等皆望文爲説。

1 月 14 日(十二月一日) 大風復寒

昨日始撰《湖南人物志》,自《碑傳續集》鈔數首。

1 月 15 日(十二月二日)

校《椒雲年譜》。

1 月 16 日(十二月三日)

王公招飲,頗醺然。○爲人覓屋,極費周章。

1 月 17 日(十二月四日)

録《越縵日記》一則。

《宋史·劉沆傳》言:"沆既疾言事官,因言:'自慶曆後,臺諫官用事,朝廷命令之出,事無當否悉論之,必勝而後已,專務抉人陰私莫辨之事,以中傷士大夫。執政畏其言,進擢尤速。'沆遂舉行御史遷次之格,滿二歲者與知州。"《張洞傳》云:"洞謂諫官持諫以震人主,不數年至顯仕,此何爲者。當重其任而緩其遷,使端良之士不亟易,而浮躁者絶意。致書歐陽修極論之。"余嘗謂優容諫官,固朝廷之美事,而諫官之橫,必起於柔弱之世,因恃上之容我,遂漸相脅制,黨同媚異,力自要結,而朋黨之禍興,國家之亂成矣。唐之諫官,橫於穆宗時;宋之諫官,橫於仁宗時;南唐諫官,橫於元宗時;明之諫官,橫於神宗時。皆柔弱之主也。

又論章仔鈞一則云：

　　嘗怪唐初婺人汪華，史亦無傳。其始隋末竊據故郡，不過草澤之雄，而生以降唐保越國公之封，没至趙宋膺英顯王之號，今東南汪氏皆祖之。仔鈞霸國偏裨，終於戍將，而亦没享王封，今浙閩章氏皆祖。其人出於易姓之際，皆在若存若昧之間，而遺澤至此，不可解也。

《韓門綴學》云：

　　汪氏越國公，新、舊《唐書》俱附見於《王雄誕傳》。《舊書》曰：“歙州首領汪華，隋末據本郡稱王十餘年，雄誕迴軍擊之。華出新安洞口以拒雄誕，鉀兵甚銳。雄誕伏精兵於山谷間，率羸弱數千人當之，戰纔合，偽退歸本營。華攻之不能克，會日暮欲還，雄誕伏兵已據其洞口，華不得入，窘急面縛而降。”《新書》曰：“歙守汪華在郡稱王且十年，雄誕還師攻之，華以勁鉀出新安洞拒戰，雄誕伏兵山谷，以弱卒數千鬥，輒走壁，華來攻，壁中奮殊死，不可下。會暮還，雄誕已據洞口，不得歸，遂面縛降。”按此武德四年事也。《新書》別無考核，特據《舊書》小變其文，改“歙州守領”爲“守”字，而南板妄以“守”字易“賊”字，且訛“汪”爲“江”，謬甚矣。《羅鄂州小集》内《汪王廟考實》及程篁墩《烏龍(王)[山]忠烈廟記略》皆力表其人。

　　多日未能按時讀書，惟近覓得明萬曆間郭造卿著《盧龍塞略》二十卷，尚缺三卷，實係海内孤本，中多史料，方手自鈔錄。○《椒

雲年譜》已以萬元售出，兹又重寫一本，入春當以鈔書爲課，而讀書
恐益廢矣。此亦無可如何者也。○徐君自浙寄淨純紫豪，試之，可
書四萬字，堪稱上選。

《夢溪筆談》云："晉宋人墨迹，多是弔喪問疾書簡。唐貞觀
中，購求前世墨迹甚嚴，非弔喪問疾書迹，皆入内府。士大夫家
所存，皆當日朝廷所不取者，所以流傳至今。"又云："忠定張尚書
曾令鄂州崇陽縣，崇陽多曠土，民不務耕織，唯以植茶爲業。忠
定令民伐去茶園，誘之使種桑麻，自此茶園漸少，而桑麻特盛於
鄂、岳之間。至嘉祐中改茶法，湖、湘之民苦於茶租，獨崇陽茶租
最少。"

2月12日(十二月三十日)

今年生事甚艱，歲朝例供蓮實，不得不以棗栗代之，他可知矣。
家中猶儲酒一罌，自甲戌至今正十年，啓而嘗之，微醺，聊以餞歲。
明年須急謀衣食，恐不能更讀書耳。甲申除夕記。

2月13日(舊曆乙酉一月一日)

卯初先起，焚香默禱。家人陸續起，薦栗湯，叩新年，時已曙光
暉映矣。今早祀先稍遲，以家人多有事，遲眠之故。歲華點綴，亦
不能備，所謂從宜從俗。蓋余及身所見舊俗前規，今多不克行者，
此無可如何，然誠敬之心，終不可無，末節從權可也。

乙酉元日試筆

軟美屠蘇暖四支，起看晴旭上窗遲。歲華縱覺承平隔，生
事聊於澹泊宜。被甲頻年憐薄海，添丁雙樹佇連枝。讀書隨
分真吾事，補過深期炳燭時。

春草一首舊作録此

東風吹律入枯荄,稍喜蒿萊戰血埋。江上兵來袍映馬,雨
餘聲動鼓藏蛙。送人南浦情何已,得句西堂夢更佳。若問裙
腰舊游處,霏煙染露是天涯。

樸園圖記

於乎!江南舟楫之鄉,童時釣游之地。中懷容與,琴尊之
趣蕭然;萬頃蒼茫,煙月之姿依舊。人之至樂,焉得無情。樸
園圖者,吾友錫山朱君卜居偕隱之券也。方其戲鳳之齡,已最
騰駒之譽。門庭出入,無非詩禮之聞;朝夕詠陶,益見湖山之
秀。及乎蒼鵝突兀,稽天之讖竟符;赤豹消搖,去國之身安託。
匪我思存,趙臺卿之餅市;心乎愛矣,楊遵彦之竹林。海水群
飛,人間何世,撫銅駝而顏已老,窺星漢而路將窮。通天臺上,
徒懷拜表之詞;玉女窗邊,盡化倚弓之處。於是追尋夢境,放
怫臥游,治生下潠之田,託命長鑱之柄。他日移家,即是葛洪
之宅;此中避世,居然范蠡之湖。秀蕈初葭,俱全物色;潛魚飛
鳥,各有性天。桑者十畆之間,栗留三清之日。館名竹里,隱居
便託仙心;谷比麻源,超塵即成福地。方將葺數椽之屋,庋千卷
之書,飲山淥而吸湖光,披朝蕪而振夕秀。樵歌菱唱,常和答於
書聲;鶴柴魚闌,費平章於家食。況復室有鳴琴之侶,門無張蓋
之賓。賭茗聯吟,擊遠山而入饗;入林抱臂,指秋水以盟心。千
里蒪羹,三瓶檻酒。有花有月,追保社之近游;一詠一觴,送春
秋之勝日。伊可懷也,去此安歸。僕秦川流寓,空戀南枝,楚澤
言愁,長吟北渚。望亭皋而傷遠目,動徵軫而感同心。菊松之
徑全荒,枌榆之鄉何所。摩挲尺素,悽惻余懷。扁舟江上,或

爲他年乘興之游;細雨燈前,無忘此日論文之雅。

致太平書局。上海福州路三四二號。

《人物風俗制度叢談》甲集已收到,據書業中人云必可暢銷。前有文奎堂廠丞售百部,立時付款,惟要求六折。如尊處肯予五折,即可承售二百部。尊意云何,能即寄下爲盼。

再復。四月二十日。

三月十九日及四月十日兩函同到。六五折批發,請寄百部與文奎堂。

4月18日(三月七日)

復含章、宣閣函。○讀《柳集》。○岳州聖安寺,長沙安國寺、寶應寺、龍安寺,南嶽雲峯寺、般舟臺等,皆見《柳集》諸碑。唐時湖南寺院之盛,誠可紀也,不知《湖南省志》中曾徧搜唐宋人集否?《全唐詩》中季節、韋蟾兩家,亦有涉及道林寺故實者。

4月25日(三月十四日)

湘潭鬼哭事,見《堅瓠集》祕集引《客牕涉筆》。○又湘潭方廣寺事,見同上引《紫桃軒雜綴》。○真西山長沙生祠事,見同上引《鶴林玉露》。○長沙出酒器,見同上(不載引何書)。○晤潛安,出示湘綺和白合璧扇,均八十後所作。

4月29日(三月十八日)

今年苦旱,夜來始得快雨淅瀝,至午後漸止。出訪西城數客。

念希處交一方,存。

4月30日(三月十九日)

新霽宜人,欲紀以詩,而吟緒不屬。自去臘至今,疲於鈔書,案頭書籍從未整理,應讀之書、應作之文皆遲不及事,乃至染翰亦嬾爲之。近又閱《越縵日記》,羨其整暇。

5月3日(三月二十二日)

昨日假得李燾《長編》,欲繙紙一過,因札録如次。

五代以來,宰相多取給於方鎮,范質始絶。清之軍機受炭敬所由也。

太祖伐蜀時,蜀有知遂州、少府少監陳愈,則京官知州非必始於宋也。

乾德三年,詔諸州長吏或須代判,許任賓席公幹者,勿得使用元從人。是即後世幕友之所由也。

建隆三年,詔置縣尉及弓手。五代以來,節度使補署親隨爲鎮將,與縣令抗禮,凡公事專達於州,縣吏失職。自是還統於縣,鎮將所主,不及鄉村,但郭内而已。

太平興國中,梅山峒蠻左甲首領苞漢陽、右甲首領漢陵。其時土人猶無中國姓氏之制。

供奉官、差遣、承旨爲三班,隸宣徽院。

太平興國七年,詔西蜀、嶺表、荆湖、江、浙之人,不得爲本道知州、通判、轉運使及諸事任。

至道元年,宋琪等因王炳建言,上奏曰:"望委崇文院檢討六曹所掌圖籍,自何年不係都省。"

又詔重造州縣二税版籍,用大紙作長卷,排行寬寫,爲帳一本，送州覆校定，以州印印縫，於長吏廳側置庫，作版櫃藏貯封鎖。以此知北宋帳籍猶爲卷軸式。

淳化二年，知安州李範言："故殿中、通判州事金行成，本高麗人，賓貢舉進士中第。其國王請放還，不願行。行成死，其妻誓不嫁，養二子，織履以自給。"詔以其子宗敏爲齋郎，安州月(治)[給]錢三千、米五石。

咸平三年，相國寺僧法仙獻鐵輪撥渾，重三十三斤，首尾有刃，爲馬上格戰具。自言姓强，家洺州，親族百口爲戎人所掠，願隸軍伍以效死力。

鹽鐵使張雍置簿籍，有"案前急""馬前急""急中急"之目。

真宗始置軍中傳信牌。漆木爲之，長六寸，闊三寸，腹背刻字而中分之。置鑿枘令可合，又穿二竅容筆墨，其上施紙札，每臨陣則分而持之，或傳令，則(置)[署]其言而繫軍吏之頸，至彼合契，乃署而復命。

李沆云："不用浮薄新進喜事之人。"正爲他日北人排新法張本。

景德二年，賈邊試"當仁不讓於師"論，以師爲衆，與注疏異。王旦議謂捨注疏而立異論，輒不可許，遂黜邊。李氏繫以一語云：當時朝論，大率如此。故知北宋初年，猶遵舊矩，此乃南宋人所極不喜也。

何承矩嘗知潭州，李沆、王旦皆爲掾屬。而趙昌言爲轉運使，亦能識二人，誠一時盛事也。

5月6日(三月二十五日)

連日自撰聯語，書楹帖十餘，欲以易米，始悟作聯語與詩不同也。○始至社園，藤花尚可，牡丹已萎矣。○李叟響泉見過，須眉古朴，藹然可談，告以即日答訪。小石作六號。

5月7日（三月二十六日）

滿洲崇煥卿來談，自言孝全成皇后之從孫，以難蔭得侍衛，襲伯爵，後授委散秩大臣。問以宮廷制度，半可聽。

5月8日（三月二十七日）

閱《越縵日記》，得一則，極契余心。

《偽齊錄》所載羅誘上劉豫南征議，所駁不可擊之四，議所籌可擊之六便，其言亦甚可聽，南宋當日之不亡，僅哉！其所指當時宰執，謂呂頤浩橫議狂直，失大臣風；朱勝非雖老臣，然守法具位，怯於圖大；秦檜智小而謀大；翟汝文才有餘而量不足；趙鼎雖大器，然孤立在外，進不容於朝；范宗尹口尚乳臭，驟然登庸，言不顧行，驕貴自用，尤不足道。亦皆不謬是非。其謂秦檜智小謀大者，時檜姦凶未著，猶以存立趙氏之公議予之也。

又一則記京察故事。戊子日記正月二十七日。○又記揚州館二事。

看花館、小竹西、蒼屏樓，皆文達所題。又有楹聯云："甘棠勿翦，嘉樹長馨。"

揚州人程漱泉壽齡，爲儀徵程定甫按察贊清繪《秋夜讀書圖》，云嘉慶辛酉畫於菜市街之蒼屏樓。

又記朱達夫鑑章，無錫人，庚午、辛未連捷進士，官浙江蘭谿縣令。不知是杏莊抑樸之之族。

5月9日（三月二十八日）　是夜雨

借《七修類稿》閱之，急欲輯成《人物風俗制度叢談》乙集故也。

5月11日（三月三十日）　微陰

理宋論稿，才十餘條。

四月

録《宋史》識語。

　　符彥卿女，一爲周世宗后，一爲宋太宗后。宋偓爲後唐莊宗外孫，身爲漢高祖壻，女又（爲爲）[爲]宋太祖皇后。其時宮閨戚族相連，與北周、隋、唐間無異。

　　自章獻劉后、章惠楊后皆蜀人，而仁宗生母李宸妃又杭州人。乃真宗以後漸重南人之所由也。

　　慈聖曹后言，仁宗以制科得蘇軾兄弟，爲得兩宰相。宋之士大夫互相排詆，至不惜結納宮掖，熒惑太后，其情如見。西晉后家多士大夫，遂爲亂政之本，宋世亦然，不必武、韋，乃足禍國。

　　仁宗苗妃卒於哲宗時，周妃卒於徽宗時，得不見靖康之禍，爲幸矣。

　　光宗健仔符氏，後出嫁於民間。先朝嬪御，歸家改嫁，此宋制之寬也。

　　選尚公主者，降其父爲兄弟行。此宋制之詭也。

　　魏仁浦號爲長者，而其子咸信傳中言，仁浦所營邸舍，咸信悉擅有之。五代以來，以謹厚相尚，其實適足以文其貪詐耳。

仁浦起自微寒，而其子能尚主。蓋宋初不重門第，亦唐俗之物極必反也。

宋初諸舊將皆庸駑衰耄，雖位至將相，實不足道。讀侯益諸人傳，尤知其齷齪不足數。若石守信、王審琦、符彥卿輩，特不欲令其典禁兵耳，餘亦非所忌也。

府州折氏、狼山孫氏宜撰爲世家，通五代事紀之。

晉少帝時，將與契丹戰，面授藥元福鄭州刺史，爲權臣所沮，止刺原州。足見其時武將以典州爲榮，蓋利其貲財耳。

遙郡刺史之制，自劉知遠時有之。

《宋史》文字多庸泛，而《李繼和傳》録其論邊事疏，《曹瑋傳》敘事壯闊，差有班、范遺法。

王仁鎬，邢州龍岡人，性端謹儉約，晨誦佛經，方出視事。從事劉謙責之，無慍色，人稱長者。蓋五代之末及宋初有此庸謹之風，河朔尤甚，古所無也。

太宗時，宋琪上書論燕事，宜取西山路，甚可取。

錢若水在真宗時上書言：太祖朝止以郭進在邢州，李漢超在關南，何繼筠在鎮定，賀惟忠在易州，李謙溥在隰州，姚內斌在慶州，董遵誨在通遠軍，王彥昇在原州，但受緣邊巡檢之名，不加行營部署之號，率皆十餘年不易其任。立邊功者厚加賞賚，其位皆不至觀察使。宋人章奏中屢著此説。慶曆中，賈昌朝疏中復有馬仁瑀守瀛州，韓令坤鎮常山，何繼筠領棣州，武守琪戍晉陽，李繼筠鎮昭義，趙贊領延州，馮繼業鎮靈武云云。且云：筦榷之利，悉輸軍中,仍聽貿易,而免其徵稅。

太宗時,王化基陳時事,已有正官名、節冗員之議,後來范文正、王文公之先驅也。

王小波、李順之亂,太宗謂趙昌言曰:"西川本自一國,太祖平之,迄三十年。"其姑息厭兵如此。

太宗謂陳恕:"不能爲國家度長絜大,剖煩析滯。"宋初計政不舉甚矣,太宗知之,而不能得其人以理,此熙寧變法所以首立三司條例司也。

6月5日(四月二十五日)

日前同社招集餅花簃,賞餅中芍藥,强填《宴清都》一闋。

深色無雙譜。朱闌側,剪來猶帶晨露。井泉新汲,湘簾罪几,縹瓷花乳。愛他矮婿妝成,圍鳳髻、流蘇交舞。賴芳酎、邀勒殘春,蜨衣休損金縷。

端相香影分明,夢醒彈指,便無尋處。鑾華欲換,帶圍應減,猶誇眉嫵。豐臺那時歡賞,誰更憶、承平俊侶。倍殷勤、惜取連畦,宵來橫雨。

又恩詠村都護來訪,見示所著《烏梁海地圖》及《八旗藝文編目》,題贈二首。

丁零真爲案牛羊,乘橇陵寒驛路長。斗辟造陽先自棄,將兵離石孰周防。鄧林劫火堂樾盡,窮髮餘春欅柳荒。賸有圖經向裴矩,當年載筆是歸裝。

八柱國家承伐閱，大林牙帳領郎君。國書遺佚歸中祕，臣職論思次舊聞。右榜共開龍虎目，南曹獨冠鳳麟群。憑君更欲蒐難次，老學稽山待策勳。

又近日讀書札記數則。

鄭司農說五馭"鳴和鸞、逐水曲、過君表、舞交衢、逐禽左"，見《周禮‧保氏》注，或取其雍容，或取其險急。而"鳴和鸞""過君表"，必有其節度、容止，爲古來相傳之舊法。東漢人所聞古誼，而吾輩絕不知者多矣，以此知逞臆說經，及刺舉箋注之偶疏者以攻漢儒，皆大蔽也。

制舉文體，自朱子倡之。余曾舉紀文達以朱注爲破題一節，陳蘭甫亦舉。"志於道"一章注云："蓋學莫先於立志。志道，則心存於正而不他；據德，則道得於心而不失；依仁，則德性常用而物欲不行；游藝，則小物不遺而動息有養。學者於此，有以不失其先後之序、輕重之倫焉。則本末兼賅，內外交養，日用之間，無少間隙，而涵泳從容，忽不自知其入於聖賢之域矣。"注經如此，殊非古法。雖王輔嗣注《易》已開其先，然《語類》云"凡解釋文字，不可令注腳成文，成文則注與經各爲一事"云云，自知之而自蹈之，何也？

錢辛楣《何晏論》舉其在齊王芳時，請以大臣侍從，詢謀政事，講論經義，謂有大儒之風。陳蘭甫又舉《管輅傳》晏謝輅之語，及《世說》注引《名士傳》云"曹爽輔政，識者慮有危機。晏有重名，與魏姻戚，內雖懷憂，而無復退理”，謂其能受善言、悟危機。與余論晏與夏侯玄、李豐之受誣可作證。

詠村日前以蒙古榮相文恪日記中涉及先公者見示，茲更條錄其尤有關係者如左。

甲辰六月初二日，有飭各省實開徵收錢糧確數旨。出先公稿。

初八日，進士錄用旨下，用庶常六十一人，係由樞廷於副單分上中下三層，加簽謹擬請旨。此次多出鹿手，王亦持刻議，前十有未入選者。謹按辛丑後，凡遇試事，先公皆避不與聞，一以擬題多出先公手，一以門生故吏太多，恐招嫌怨也。得此益可證。

十月初八日，有停免瑣細私捐旨，飭鐵山查局款旨，商部請除丐民籍，飭照乾隆年成案辦理，旨均明降。先公稿。

乙巳六月初一日，先公擬考畢業生題。

八月二十七日，請旨撤周榮曜出使，以李盛鐸改充，月餘心病，今始去也。原文如是，可見公論不予，榮相亦在力爭之列。

丙午二月二十一日，有明降爲釋中外之疑。要旨在團體不可不結，而不可有仇視外洋之心；權利不可不爭，而不可有違背條約之舉。先公稿。

閏四月初二日，起，上婉轉敷陳，同伸下悃。傳陸潤庠、力鈞明日請脈，內府大臣帶。今日上體亦見安康。初五日，已見起，上大安，傳明日停帶外醫。原文如是，所謂“婉轉敷陳”者，頗可疑,不能明也。

6月7日(四月二十七日)

閱《遼史紀事本末》,鉤稽遼事,爲綱領如左。

　　太祖與朱梁同一年稱帝,至梁貞明元年,始建元神册,用兵自代。北至河曲,踰陰山,盡有其地。又屢略燕地,略其民而還。至天贊三年,忽下詔,以兩事自期,因舉兵攻準卜,阻卜、準卜,皆韃靼也。取西域。次年滅勃海,以爲東丹國,命長子貝爲人皇王鎮之。太祖殂,皇后蕭氏立次子垚骨,是爲太宗(初年仍用天顯紀元),后爲應天太后。長子貝自東丹降於唐。石敬瑭乞援,立爲晉帝,趙德鈞及子延壽,與敬瑭同求爲帝,而遼不許,及晉亡,延壽求爲皇太子,仍不許。因受晉上尊號,改元會同,改國號遼。受晉所上十六州地圖,升幽州爲南京,制度仿中國矣。晉既背盟,以兵自河北入汴,未幾北還,卒於道。軍中立人皇王之子兀欲爲帝,是爲世宗(天授)。而應天太后欲立其少子魯呼,遂幽太后。在位四年,北漢、南唐皆來乞援,因侵周,遇弑而殂。壽(寧)[安]王即位,太宗長子,漢名璟,蕃名舒魯,是爲穆宗,改元應曆。其時周取三關及瀛、莫諸州,以逞醉淫刑,爲左右所害。世宗弟二子賢入定亂代立,是爲景宗,改元保寧、乾亨。自穆宗應曆十年,宋太祖即位,兩國屢相持。景宗末年,猶自將伐宋,卒於雲州。子梁王隆緒立,是爲聖宗,母承天太后攝政,以休格鎮南京,委政事於韓德讓(耶律隆運)。漢人來佐命者,安次韓延徽、玉田韓(延)[知]古、滏陽張礪。澶淵之盟,太后與德讓之力也。聖宗三改元,統和、開泰、太平,凡四十八年。子興宗，嗣名宗真，紀元景福、重熙，在位二十四年，當宋仁宗之世也。興宗生母曰法天太后，嫡母曰齊天太后，齊天初誣殺法天，繼而欲立少子重元，遂與興宗失和。當重熙之十一年，詰宋以伐夏之故，且索關南十縣地，卒以增歲幣定議。興宗殂，子洪基嗣曰道宗，紀元清寧、咸雍、太康、大安、壽隆，各十年一易，凡在位四十六年。皇后以爲宮女所誣死，太子亦被害，主其謀者，權臣耶律伊遜也。道宗殂，皇孫延禧（天祚）嗣，亦以十年一紀元，曰乾統、天慶、保大。天慶中，女真始強，其五年稱帝，建國十年，交絕興兵。五年，遼地盡入於金，帝西遷，遁至天德見獲。先是秦晉王留南京自立，是爲宣宗（天錫），與宋兵相拒，猶能勝之，卒爲金所破滅，而天祚之被禽也。耶律達實西行，建牙於北庭都護府，撫有西域，稱天祐皇帝，紀元延慶。在位二十年，號德宗，凡三傳九十年，爲乃蠻所滅。通計前遼，凡三百又九年。

西夏自宋太平興國七年李繼捧獻土，後繼遷復立國，歷十二世，二百四十五年，爲元太祖所滅。

近日讀書，意緒不專，然舍此更無樂趣，又荒忽多忘，亦尤殊常。偶檢《十七史商榷》，以爲未嘗致力也，乃其上有題識語，即前數年所書，竟絕不記憶矣。○錄《越縵日記》一則。

昔人所載張平子後身爲蔡伯喈，諸葛武侯後身爲韋西平，鄒陽後身爲蘇子瞻，智永師後身爲房次律，李長者通玄後身爲張天覺，鄧仲華後身爲范淳夫，曾子後身爲王沂公，謝靈運後身爲邊鎬，李贊皇後身爲趙忠定。

余嘗欲求龔孝拱事跡,越縵辛酉日記有云:

> 龔孝拱者名橙,故大宗伯文恭公守正之從孫,禮部主事自
> 珍之子。自珍道光己丑進士,持行亦詭怪,而少學於外祖段懋
> 堂,得其師法。孝拱以諸生小有才,而狂譎百出,屢更其名。
> 近聞入夷酋幕,爲其謀主,梁舍人承光極力承事之故,政府倚
> 以求和云。

讀王船山《四書稗疏》,語多解頤。如以"血流漂杵"之"杵"爲
梮,不得爲"春杵"之"杵"。(以以)[以]"割不正不食"注云"切肉必
方正"之非,謂"割非切,方非正",不得以漢後切肉之法,爲三代割
骨之制。"濡肉齒決,乾肉不齒決",非若後世既割復切,令大小稱口所容。
此説最磚。以"魯人爲長府"爲改幣爲長形,"仍舊貫"爲仍舊錢繫。
貫即"貫朽而不可校"之"貫",然古幣用貫,亦疑。以"自經於溝瀆"之"溝
瀆"爲地名。以"褐寬博"之"褐"爲麤,非毛布。以"三里之城,七里
之郭"爲指爲方三里、七里,不得爲城郭之小者。皆有理致。昨晤
潛安,謂曾爲鄶亡國之後,故不仕魯,以此解"吾與點也",亦創見之
可取者。孰謂《論》《孟》易讀哉? ○又讀船山《愚鼓詞》,頗心意之,
而不得其解。

6月9日(四月二十九日)

淩次仲《校禮堂集》,思之已久,昨借得一閲。初但以爲經生而
擅詞藻,不知其史學眼光之卓絶,一洗宋元人之陋説,與余平昔所
見脗合,驚喜不已。已摘録別册,仍識其餘於此。

《詩集》中有《我愛》二首,一云:"我愛沈寓山,雙目如秉炬。流
俗所是非,何足爲勸沮。和仲及正叔,持論互鉏鋙。伸洛而黜蜀,

比黨共推許。君獨操至公,剛柔不吐茹。譏罵無假借,譬諸楊墨距。并於所著書,特紀元城語。始知折柳諫,温公亦不與。"一云:"我愛周蓍洲,一心如懸衡。金華唐與政,學海馳英聲。偶與晦翁忤,遂爲世所輕。可憐天台妓,何罪遭笞搒。此舉近傾險,無乃非人情。賴君齊東篇,時一鳴不平。宋史不立傳,幸有鄉後生。元注:宋景濂有《唐仲友補傳》一卷,見《明史·藝文志》。下士耳學多,公論何時明。"

其《復孫淵如書》有云:"竊謂主中黜西,前代如邢雲路、魏文魁諸君皆然。楊光先淺妄,不足道也。蓋西學淵微,不入其中則不知。故貴古賤今,不妨自成其學,然未有不信歲差者也。歲差自是古法,西法但以恒星東移推明其故耳,不可以漢儒所未言,遂并斥之也。再審來札,所云天文與算法截然兩塗,則似足下尚取西人之算法者。夫西人算法與天文相爲表裏,是則俱是,非則俱非,非若中學有占驗推步之殊也。苟不信其地圓之説,則八綫、弧三角亦無由施其用矣。西人言天皆得之實測,猶之漢儒注經必本諸目驗。若棄實測而舉陳言以駁之,則去鄉壁虛造者幾希。"又《與阮伯元書》云:"楊光先,歙之新安衛人,明末以劾陳啓新得名。於天學全無所解,康熙六年,上書力闢西法,逐欽天監監正湯若望而代之。又著《不得已》書,專攻西人之學,自命孟子。未幾,以閏月失推論死。此我朝中西爭競之大關鍵,聖祖閔中(西)[國]儒者皆不知算,至殫睿慮,親爲講求。於是設蒙養齋,有《歷象考成》《數理精蘊》之撰。梅文穆瑴成、何宗伯國宗,皆蒙養齋之選也。此事官私之書皆不詳,不及此時覓其《不得已》書,并訪諸耆舊,附見顛末,則愈久而愈湮没矣。"

《漢順帝論》一首,論順帝時之政治爲優,范史譏之非當。

《上覃谿書》云:"有儀徵阮君名元字梁伯者,年踰弱冠,尚未采芹,其學問識解,俱臻極詣。不獨廷堪瞠乎其後,即方之容甫、鄭堂,亦未易軒輊。"其知人於微可佩。又《與阮伯元論畫舫錄書》云:"僕與閣下自辛丑年識面,甲辰年定交,皆在揚州,事非偶然。彼時少年氣盛,自謂不啻大鵬之遇希有鳥也。嘗妄擬李太白之於司馬子微,爲《後大鵬遇希有鳥賦》一篇紀其事。今雖判若雲泥,而交誼自在。"

6月10日(五月一日)

是日夜雨,略潤地而已。○同邑諸君談次,欲余書湘賢祠額於郡邸,余請仿越縵《越中先賢祠目》之例,爲《湘中先哲祠目》,以起景行之思。

6月12日(五月三日)

草《祠目》,示潛安酌之。○傍晚雨旋霽。○偶閱宋人佚事,忽悟陳摶必盜魁,舉事不成而入道者。其事隱約見於《邵氏聞見錄》,此書雖多妄,然於陳氏之事,聞見必較確。種放蓋傳其志業,故爲王嗣宗所徙,种氏西土豪家,放其首領,非北面事人者。

6月15日(五月六日)

閱《續通鑑長編》,因思英宗、光獻之事,史文多隱晦,蓋英宗之立,非光獻意也。○再編西夏事。

初唐党項爲吐蕃所逼,內徙,拓跋思恭以討黃巢有功,賜姓,統銀、夏、綏、宥、靜五州,號定難軍,自是歷五代。至宋太宗時,李繼捧納土,弟繼遷奔地斥澤,是爲夏太祖,與宋絕,而請婚請臣於遼。卒,子德昭立,是爲太宗。卒,子元昊立,是年遼興宗重熙元年,宋仁宗明道元年也。越三年,稱制改元,自號嵬名氏。吾祖與宋交兵有年,遼宋既和,元昊亦罷兵,受宋册爲夏國主,歲幣十萬匹、茶三萬斤。然遼夏復有違言,欲止中國勿和,而宋不敢,遼夏兵大戰於賀蘭山,互有勝負,而卒不能敗夏,自是遼始稍衰,三國皆僅能自守而已。元昊年四十六卒,廟號景宗,遺孤諒祚立,遼復伐夏,亦未能重創之。諒祚年二十卒,廟號毅宗,子秉常立,即宋神宗即位之歲也。年甫七歲,母梁太后秉政,中國聞其衰亂,大出兵伐之,失利而歸。秉常在位十八年卒,號惠宗,子乾順立,在位五十二年,當徽宗之世。遼亡,復臣於金,此後不與聞中國事。至末帝時,當宋理宗寶慶三年,金哀宗正大四年,而滅於元,凡歷十二世二百四十二年。

6月17日(五月八日)

閱《長編》,綴録於左。

　　皇祐五年,新作晉鼓、三牲鼎、鸞刀,以補禮器之闕。元注:"史臣蒲宗孟、李清臣曰:昔李照、胡瑗、阮逸改鑄鐘磬,處士徐復笑之曰:'聖人寓器以聲,不先求其聲而更其器,其可用乎?'蜀人房庶亦深訂其非是,因著書論古樂與今樂,本末不遠,其大略以謂:上古世質,器與聲樸,後世稍變焉。金石,鐘磬也,後世易之爲方響。絲竹,簫琴也,後世變之爲箏笛。……此八音者,於世甚便,而不達者指廟樂鑄鍾、鎛磬爲正聲,而概謂胡部、虜部爲淫聲。殊不知大輅始於椎輪,龍艘生於落葉,其變則然也。古者以俎豆食,後世易之以杯盂。古者簟席以爲安,後世更之以榻桉。雖使聖人復生,不能舍杯盂、榻桉,而復俎豆、簟席也。"

嘉祐二年,韓琦言:"我宋受命幾百年矣,機密圖書盡在樞府,而散逸蠹朽,多所不完。臣比到院,因北界爭寧化軍土田,令檢北界朔州移寧化軍天池廟係屬南朝牒,累月檢之不獲。及因西人理會麟州界至,又尋慶曆中臣在院日與西人商議納款始末文案,亦已不全,以此知機要文字從來散失甚矣。"……慶曆誓書三本,樞密院既不復存,大理寺丞周革但於廢書中求得杜衍手録草本。元注:"據司馬光《記聞》。"

宋庠在揚州使工甃堂塗,取厄酒與之,後知誤取公使,立償之,而取予者皆被罰。

熙寧三年,詔諸路州軍遇節序,無得以酒相饋。初,知渭州蔡挺言陝西有公使錢許造酒處,每五節以酒交遺,道路煩苦,請禁止。許之。

熙寧三年,增置司農丞,詔月添支錢十五千,無廨舍者月支宅錢五千。以此知宋時京官亦寓家,官舍猶古制也。

6 月 23 日(五月十四日)

午夢中作一詞,押去聲,韻不知何調,但記有"黯黯郵程紅紫澹"一語。○兩日來手鈔零稿不少,凡關燕都故實者,謂之"夢餘拾補",或亦可存。

6 月 24 日(五月十五日)

訪徐君。借書,因留子剛家作劇竟日。

6 月 25 日(五月十六日)

嘗欲輯古今僭僞事,以明舉事一方雖不成,猶繫人思。茲得《老學庵》一則云:"成都江瀆廟北壁外,畫美髯一丈夫據銀胡牀坐,從者甚衆。邦人云:'蜀賊李順也。'"○記古人身長於今人者。《老

305

學庵筆記》云:"利州武后畫像,其長七尺。成都有孟蜀時后妃祠堂,亦極修偉,絶與今人不類。福州大支提山有吴越王紫袍,寺僧升椅子,舉其領猶拂地。"

6 月 27 日(五月十八日)

寄乙編稿:一——九十一。○又九二——一五四。次日寄。

6 月 30 日(五月二十一日)

家庭及親族　社交　信仰　藝術　治學方法　治事方法　治生方法　服食起居習慣

7 月 3 日(五月二十四日)

閲《長編》,得一事,昔作定州詩乃遺之,宜補。

沈括初至定州,日與其帥薛向畋獵,略西山、唐城之間二十餘日,盡得山川險易之詳,膠木屑鎔蠟,寫其山川以爲圖,歸則以木刻而上之,自此邊州始爲木圖。定州城北園有大池,謂之海子。括與向議展海子,直抵西城中山王冢,悉爲稻田,引新河注之,彌漫凡數里,使定之城北不復受敵。

又火器之最先見於史文者。

熙寧九年,河東路經略司言:"北界人稱,燕京日閲火礮,令人於南界榷場私買硫黄燄硝,慮緣邊禁不密,乞重立告賞格。"

補作詩二首。

璃島永安寺禊集分韻得好字

　　無知樂萇楚,適性羨鯈鳥。冬冱春始蘇,清霽蕩林表。幽悰惬檜石,步入忘窅窱。雖無水曲觴,且復藉芳草。六種发震動,嶪然猶壺嶠。刹竿植其顛,法相更精好。八難倘被除,垂閔在三寶。無謂游衍懷,高吟託禪藻。

題張敬園駰驪圖

　　昔者保氏導五馭,舞衢逐水各有宜。武靈教戰始單騎,武冠縛袴誇雄姿。後來首酋偏中土,雙瞳懸鏡多權奇。牛車塵柄俗漸變,薦紳亦復嫻驅馳。本來調御丈夫事,齊足齊力隨所施。呼風籲雲意態迴,神駿尤貴心相知。杜老預騎沙苑馬,荆公曾判群牧司。天閑剪拂辨六物,想見雲錦當盛時。張侯孝友世所敬,雅步濟美追天遂。中年案事使鹿部,馻征靡及懷周咨。舊恩帷敝有不棄,氣類尤重駒與驪。良工拂素寫神似,神留迹往猶心儀。世間真好何必聚,我知公意張以詩。車轔馻鐵風肆好,驥首稱德良可思。

7月5日(五月二十六日)

　　熙寧十年。徐伯祥初以布衣募衆擊交賊,授右侍禁,爲沿海巡檢。王師抵富良江,乾德遣人以伯祥熙寧六年書至,其書稱"巨宋游士臣伯祥",教以擾邊。且以朝廷爲負其功,故積怨,欲捨墳墓、棄親戚而歸彼。於是詔捕伯祥,伯祥自縊死。

7月6日(五月二十七日)

　　元豐二年。内出教閱格行之,步射執弓、發矢、運手、舉足、移步,及馬射,馬上使蕃槍,馬上野戰格門,步用標排,皆有法,凡千餘言，使人人誦之。

讀《荆公年譜考略》，記其師友言論如左。

二十二，登楊寘榜進士，其前二名則王珪、韓絳也。○曾鞏之父與荆公父益損之爲友，鞏薦於歐陽修，修慕之甚而未相見。○歐贈公"翰林風月三千首，吏部文章二百年"，公答歐"（當）[他]日儻能窺孟子，終身何敢望韓公"。○韓琦知揚州，公爲判官。○公有《祭范潁州文》，有"矧鄙不肖，辱公知（友）[尤]"語。○公知常州時，司馬旦知宜興。○《上富相公書》云："不肖常得出入門下，蒙眷遇爲不淺。"○梅聖俞常有贈答。○爲三司度支判官時嘗薦薛向。○周敦頤生於天禧元年，長公五歲，曾任分寧主簿。或云曾與公相識，《考略》辨其不然。○劉敞有賀公就職祕閣詩。○歐陽修有舉劉攽、呂惠卿充館職劄子。

濂溪之於荆公。《穆堂初稿·跋朱子再定太極通書後序》云："朱子再定《太極通書》稱，其所爲濂溪事狀注云：'《蒲左丞墓碣》載先生稱頌新政，反復數十言，恐非其實，類皆削去。'予讀之而不勝三歎也！……南渡以後，元祐黨禁既開，其門人故吏不勝憤怒，以攻章、蔡爲未快，乃目荆公爲始禍。其實蔡京之用，由於溫公，章惇之師，實爲康節，伊川之謫，成於邢恕，於荆公何關耶？百年之中，議論偏頗，多失情實。如《邵氏聞見錄》所記公居鍾山，恍惚見秀枊杻云云，至妄極陋，而《名臣言行錄》必備載之。稱頌荆公之語，則删汰惟恐不盡，雖名德如濂溪，其稱頌新政之言見於墓碣者，亦不使復存。則豈非好惡之偏，異同之見，天下之勢既成，雖朱子亦轉移於其間乎？"○《黃氏日鈔》云："《蒲碣》載稱美新政，本之家書，當是先生望治之實意，非蒲敢誣也。"○蔡氏云：周茂叔與曾子固、王介甫年相若，而程伯淳、正叔兄弟又後曾、王十餘歲，自二程師事茂

叔,而道學興焉。○楊用修極論《名臣言行録》以荆、溫並列爲名臣
之非。又云:"秦檜之奸,人欲食其肉者也,文公稱其有骨力。岳飛
之死,天下垂涕者也,文公譏其樸,又譏其直向前廝殺。"蓋朱子之
右元祐而左荆公,明人猶恨其不足如是。○朱子《與張元德書》云:
"今人只見介甫所言便以爲非,排介甫者便以爲是。"

歐陽修《濮議》云:"范純仁新除御史,初上殿,中外竦聽所言何
事。而第一劄子催修營房,中書何不速了,因請每營差監官一員。
中書勘會在京倒塌軍營五百二十坐。……其狂率疎謬如此。……
臺臣不自知其言不可施行,但怨朝廷沮而不行。故吕大防又言,今
後臺官言事不行者,乞令中書具因何不行報臺,其忿戾如此。"

《實録》異同。《神宗實録》,初修於元祐者曰"墨本",紹聖重修
者曰"朱墨本",渡江後至紹興四年再修於范冲。以爲宣和間得之
梁師成者,即以"朱墨本"也。……元祐初修《實録》時,吕大防、劉
安世諸人,定介甫親黨吕吉甫、章子厚而下三十人,蔡持正親黨安
厚卿、曾子宣而下十人,牓之朝堂,是以安石無黨者而皆名之以爲
黨。及紹聖改元,章、蔡用事,即首舉所修《實録》非是,而以爲報復
之端。是朱墨史一書,元祐諸人實有以啓之。范祖禹、吕大防初修
《實録》,既盡書安石之過,而紹聖反之。自紹聖至於紹興,三十年
間,流離竄逐,痛深骨髓。范冲爲祖禹之子,相爲報復,則凡向時元
祐采於《涑水記聞》諸書,增添不知凡幾,刬削朱墨新書所書安石之
喜者,又不知其幾。且是時章、蔡徒黨既盡,更無有起而與之爭者。
而道學門户日熾,於是楊中立《日録辨》出矣。李仁甫之《長編》又
出,又無非取之渡江後所修者,至其甚則有《讀二陳遺墨》,尚以攻
詰安石爲未盡,而搜羅雜説尤夥。自是元人遂纂入《宋史》,而此書
更無平反之日矣。

《神宗實録》《熙寧日録》與後來朱墨史，後之人不獲見全書久矣。然即當時諸儒所紀載，亦嘗參差而不合也。故有謂《日録》安石自作，及將終，乃自悔而欲毀之者。有謂《日録》爲蔡卞改作，而非盡爲安石原本者。有謂朱墨本爲蔡卞不欲使人見，其後梁師成得之禁中，而元祐諸家子弟獨得見之，後遂有攜之渡江者。又有謂渡江後，朱墨本多爲范冲所改竄，而並非紹興重修原本者。

李氏《通鑑長編紀事本末》云：建中靖國元年八月，曾布言："臣紹聖初在史院，不及兩月，以元祐所修《實録》，凡司馬光《日記》《雜録》，或得之傳聞，或得之賓客所記之事，鮮不徧載。而王安石有《日録》，皆當日君臣對面反復之語，乞取付史院，照對編修，此乃至公之論。其後紹聖重修《實録》，數年乃成書，臣蓋未嘗見。當日修書乃章惇、蔡京，今日提舉史院乃韓忠彦，而瓛以爲臣尊私史，壓宗廟，不審何謂也。神宗理財，雖累歲用兵，而所至府庫充積。元祐非理耗散，又有出無入，故倉庫爲之一空。乃以爲臣壞三十年之計，恐未公也。"

7月7日（五月二十八日）

閲《四庫總目·雜家類》，有明高安陳汝錡《甘露園長書》《短書》一種云："持論多紕繆，如論宋和議，謂李通歸附，韓常、王鎮、崔慶輩乞降，皆烏珠陰指使之，而岳飛不悟，偶以班師，故不輿尸返耳。又斥胡銓封事爲欲使其君爲無父無母之人。又論張巡遮蔽江淮，食人以守，死不爲功。至力爲王安石辨冤，作《史謗》十九條，其中如辨安石排滕甫、貶吕公著，皆引《東軒筆録》以證之。"按此書惜不得見，十九條中必有可取者，論岳飛、張巡事與趙甌北、王船山暗合。

《長編紀事本末》卷六十九引吕本中《雜記》："正叔嘗謂新法之

行,正緣吾黨攻之太力,遂至各成黨與,牢不可破。且如青苗一事,放過何害?伯淳作諫官,論新法,上令至中書議。伯淳見介甫,與之剖析道理,氣色甚和,且曰:'天下自有順人心底道理,參政何必須如此做?'介甫連聲謝伯淳曰:'此則極感賢誠意。'此時介甫亦無固執之意矣。卻緣次日張天祺至中書力爭之,介甫不堪,自此彼此遂分。"爭新法者之平心語。

自撰聯語。

疏簾清簟夔州句,秋榭層嵐華嶽圖。

澹泊瓜蔬諳至味,輪囷枏桂發奇香。

芭蕉十本梅花百,蛺蝶一叢燕子雙。

玉壺朱絲清以直,金鐘大鏞和且平。

茶煙靜出箕箸谷,薇露清涵菡萏陂。

香清露瀁含雞舌,翠湧風篁埽鳳仙。

斂時錫福衍《洪範》,屬辭比事本《春秋》。

汀蘭思遠秋先覺,巖桂香清雨更聞。

曉樹嗁鶯春婉約,圓荷宿鷺月清微。

畫笈煙雲該衆妙,墨床龍麝發奇芬。

嫩蘂濃花春半景,游絲落絮靜中天。

入林鹿跡尋黃葉,映壁龍髯寫紫藤。

葉落亭皋驚送雁,煙深平楚聚歸雅。

雨送荷香縈水步,晴梳松翠照山楹。

呼蝯收果蜂課蜜,喜雨栽花霽暴書。

柏子香清浮瑞景,鞠花釀熟頌長齡。

書囊潤浥薇壺露,禪榻香浮茗鼎煙。

曉禽嘹露花含潤，春麝眠晴藥散香。

甘瓜朱李思高宴，白鳳蒼龍逞妙詞。

南金東箭無遺寶，紫電青霜逞異材。

7月9日(六月一日)

余嘗論《營造法式》，亦熙寧變法之一節，今讀陸農師《陶山集·神宗實錄敘論》，有云："至於舟車、宮室、器械之制，亦極其妙。"信然。○早起，將曙未曙，聞風動葉聲，暗覺秋至矣。是日雨淅瀝不已，而更蒸溽。○寫聯幅甚多。

7月16日(六月八日)

連日頗熱，讀書殊尠。○《驂鸞錄》云：湘江岸小山坡陀，其來無窮，又皆土山，略無峯巒秀麗之意，但荒涼相屬耳。及過衡山後，又云：帶江別有小山一重，山民幽居點綴，上桃李花方發，望之如臨皋道中。盧仝詩"湘江兩岸花木深"，至此方有句中意云云。與《廣陽雜記》盛稱長沙風景之美者不合。予亦宿不喜長沙近郭之無好山佳景，疑劉繼莊之記未碻。○張集馨以癸亥八月署陝撫，劾鳳邠道劉鴻恩詭譎庸劣，罷之。

越縵癸亥日記論焦里堂《左傳補疏》自序云："杜預為司馬懿之壻，其初以父幽州刺史恕與懿不相能，遂以幽死，故預久不得調。及昭嗣立，預尚昭妹，起家拜尚書郎，轉參相府軍事。蓋昭有篡弒之心，收羅才士，遂以妹妻預而使參府事。預出意外，於是忘父怨而竭忠於司馬氏。既目見成濟之事，將有以為昭飾，且有以為懿、師飾，即用以為己飾，此《左氏集解》所由作也。"其言絕辯。越縵遂推論左氏"取義未純，蓋七十子之言，已皆不能無疵，又經戰國、秦漢，至東京始列學官，尤不免後人羼入"。然宋以後之議論，本自與魏晉以前不同，非杜氏之不純，更非左氏之不純，乃後人所標榜之君臣大義非古人所斷斷耳。焦氏正杜氏助逆之旨，凡十三條，皆以魏晉間事證之。

《北湖小志》云：裔之爲氏，惟北湖有之，傳是明功臣徐馬兒之後。馬兒坐藍黨，其子孫改易姓名，逃匿湖中，今五百年，族姓繁衍，有裔家莊。其先世神主内，仍書徐某。○孔藎軒《禮學巵言》論《儒行》云：三代兩漢賢者，多失之過，鮮失之不及；宋以後所稱賢者，多失之不及，鮮失之過。《儒行》一篇，皆賢者過之之事，宋儒謂非夫子語，豈其然哉！此論極精。

越縵乙丑日記云：六朝重北人而輕南士，故丘靈鞠欲掘顧榮冢，謂其引諸傖渡江，妨塗轍也。王、謝、袁、褚、江、何諸族，子弟出身，便官祕著，王謝尤甚。即人才極凡劣者，亦必至大中大夫。而南土高門，如吳郡之陸、之顧、之張，吳興之沈，會稽之孔，舉解得官，不過軍府州郡行佐書記，及王國侍郎常侍之屬，他或釋褐奉朝請，或召爲國子生，惟張稷起家著作佐郎。中原高胄，至不屑爲臺郎。王氏過江以來，未有居郎署者。王弘、王曇首一門，至不屑爲御史中丞。出身之美，祕著以外，推揚、徐二州迎主簿。然甲族已多不肯就，南士則以此爲首選。其官至僕射者，沈文季、沈約、張稷等不過數人。《張率傳》梁武帝謂率曰："祕書丞天下清官，東南望胄，未有爲之者，今以相處。"則南人之難得清職可知。

乙丑正月，先是陝甘督熙麟劾張集馨奸邪險詐，諂媚卑汙，詔劉蓉查奏。至是，疏言集馨結納多隆阿左右，託以取寵，多隆阿至西安，集馨遠赴十里鋪，跽迎道左云云。遂革職，永不敍用。蓋翻前案也。

7月17日（六月九日）

得雨，稍解煩悒。○清理舊扇，分別去留，有友人投贈者，欲別請人書畫其一面，竟不得適宜之人也。○嘗以《說文》"艸"云"象旌旗"，斷古之旗若今之蓋，而今之旗繫帛於杆，使之翩翻舒卷，非古制。不然，則八不得象旗之形也。《呂覽》："蚩尤之旗，狀若衆植華以長。"《史記·天官書》："蚩尤之旗，類彗而後曲，象旗。"亦此義也。

越縵堂己巳日記記局刻廿四史一事，甚有關係，錄之。

浙、寧、蘇、鄂四局議合刻二十四史，以舊、新兩《唐書》及《宋史》屬之浙，而主者擬仿汲古閣板樣，少荃協揆業已入奏。然汲本止十七史，其謬錯實較南北監本尤甚，又不知刻書體例。如《漢書》則去其卷首之小顏《敍例》及宋慶元間所列校采諸本，《後漢書》則沒司馬彪《續志》之名，概題范蔚宗撰，《三國志》則以裴注雙行細書等之它注，《晉書》則不坿刻何超《音義》。至於《隋書》，則不分別其志爲《五代史志》，《新五代史》則不知其本名《五代史記》，而但題"五代史"。此雖監本已誤，亦足見毛氏父子絶不加考覈，於目錄之學尚屬茫然。就中惟兩《漢》之注較監本爲完，世人以其行密字精，故愛重之，其實非也。《舊唐》及《宋》既非汲本所有，《舊唐》聞人本已不可得，今殿本、楊本、吳本及沈東甫合訂本亦互有出入，《宋史》則殿本出於監本，監本出於粵本，其誤尤甚云云。

又近世釋勝於儒者三：古人讀書，有諷誦，有詠歌，有琴瑟管籥以爲之音節。今士不知樂弦誦之事，廢讀書之法，已而釋氏則贊龢諷唄,鈴鐲之音,悠然以長,一也。古人讀書,必正席危坐,尊尊甚至,故以晉人之放誕,尚有庚子日陳五經以拜者,至趙宋時,猶有束帶迎經之事。今士不知惜書,方尺之案,縱橫堆積,折角捲腦,任意塗點,而釋氏則崇奉梵笑,檀熏錦裹,頂禮跪誦,不敢稍褻,二也。古人事先聖先師之禮甚嚴,釋菜奠爵,如臨師保,漢重家法,經師授受,遠而彌尊,六朝唐初,此事猶重,故陸氏於《經典釋文》之首,臚列各家姓氏官位,源流秩然。今士之隸學官者,入學舍菜,視爲兒戲,春秋二丁,祭多不與,有司奉行故事,漫不加意,至七十二賢之名,十九不知。釋氏則於誦經之次,必列舉古佛之名,膜拜讚禮,三也。

7月23日(六月十五日)

昨以張年譜五册交一士。○昨日酷暑,今年弟一日。今日竟日雨,頓解矣。家祭草草。

《呂氏春秋》佚聞。○辛餘靡爲周昭王右。○古之聖王有義兵而無偃兵。○察兵之微,在心而未發。○凡君子之說也,非苟辨也,士之議也,非苟語也,必中理然後說,當義然後議。○王子慶忌、陳年猶欲劍之利也。○陽城胥渠取趙簡子之白嬴肝而已病。○筦蘇依《新序》,《漢州輔碑》作"尹蘇"。數犯我以義,申侯伯善持養吾意。荊文王語。○周公、太公相謂曰:"何以治國?"太公曰:"尊賢上功。"周公曰:"親親上恩。"太公曰:"魯自此削矣。"周公曰:"魯雖削,有齊者亦必非呂氏也。"此真秦人之語也。○東方有士曰爰旌目,不食盜食。○公息忌說邾君爲甲以組,人傷之曰:"其家多爲組也。"邾君不說。○和之美者:陽樸之薑,招搖之桂,越駱之菌,鱣鮪之醢,大夏之鹽,宰揭之露,長澤之卵。○陳有惡人曰敦洽雠糜。

315

7 月 28 日(六月二十日)

早詣徐君。午後驟雨生涼。○久未動新筆,今日始試蘇州陸益元堂,剛柔得中,一種羊穎也,似尚豐潤,然亦無法再得矣。○又擬"叢談"一種。

    天啓中北京之地震   崇禎中北京之大疫   滿洲祀神儀   會館 北京錢市 清宮廷用項 福壽字

8 月 1 日(六月二十四日)

復得好雨。○幼權執摯拜門。○借來《國聞》全卷閱之,如溫夢也。

8 月 12 日(七月五日)

始聞受降之訊,從此國運中興,昇平永慶,憂患餘生,於願足矣。

8 月 13 日(七月六日)

午時,孫女生,命名澤萱,字彥樹,與其曾祖母同日生也。○入秋連日必雨,蒸溽異常。中元祀事草草,每日四簋而已。

8 月 24 日(七月十七日)

今日始稍有爽意。嘗記外國與中國來書,頃又得《韓門綴學》一條。

    《宋史·外國傳》:元豐四年,于闐國遣蕃部阿辛上表,稱"于闐國僂羅有福力量知文法黑汗王,上書與東方日出處大世界田地主漢家阿舅大官家"。

8月26日(七月十九日)　又雨

録《題張敬園駎驪在坰圖》詩於卷，其紙久失去，甫覓得也。○録《野獲編》。

　　本朝無國史，以實録爲史，已屬紕漏。乃《太祖録》凡經三修，當時開國功臣，壯猷偉略，稍不爲靖難歸伏諸公所喜者，俱被刬削。

9月3日(七月二十七日)

偶閲胡應麟《甲乙剩言》，有一則云李惟寅不良於行。此事昔編《岐陽世家》時惜不知也。

9月8日(八月三日)

始閲《朝野雜記》，此書從未寓目，其誤字觸目皆是，乃與《長編》相同。孝宗論清議之不可有。論士夫有西晉風，不言財利。論宰相不能擇人，每差一官，則曰此人中高第，真好士人。論以佛修心，以道養身，以儒治世。皆卓然有所見。而近臣皆不能將順，蓋皆臣下所不樂聞也。兩宋之君，神宗、孝宗而已。

10月6日(九月一日)

人事不測，茲將所欲言者略舉如下。

　　負疚之身，百端悔咎，實無可言者。世界虛空，亦不必留戀人生，總有此一日，爾輩亦不必悲傷。

　　余本無意於名利二字，畢生一事無成，亦不足追咎。死後一切付之冥漠而已，不必舉喪，愈簡率愈妙。

　　生平文字儘可拉雜摧燒，不必留存，自問亦實無可存者。

惟先世手澤，終望爾等能分藏慎守而已。乙酉十一、二月，手編《補書堂詩錄》，略存平生身世，擬寫數本，寄存圖書館。

爾等終必各尋生路，將來歸宿不可知，惟望精神上仍團結，補余缺陷。

薄棺一具，無論埋之何處均可。惟靈隱先塋，選擇不慎，人言不能無動，吾家家運如斯，恒覺耿耿。倘能覓一平安之地，終望爾等勉爲之。

未來之事，不可預測，爾等體察行之，勿重吾不安而已。

孫輩及外孫輩，千萬及早令學足以自活之技藝，切勿蹉跎致蹈覆轍，至屬至屬！此事係汝等將來幸福所關，非輕也。

10 月 23 日（九月十八日）

菊老左右：

前歲一奉書札，遂爾闊疏，良以略無好懷，握筆輒止。比者天日重光，群倫共慶，惟是河山破碎之餘，南北阻絶，不獨戰前景象已如隔世，即目前民生疾苦，尚未能即解除。此則欣幸之中，兼懷憂切者也。頃接杭州先公隴墓守冢舊僕張玉斌來函，謂日軍降後，有本地人朱子培前往，聲稱抄家，掘地搜檢，攜去衣物，並將張僕捆綁交警云云。據張僕之意，緣近來本地人屢欲斫伐樹木及拆毀玻璃，渠守護甚嚴，致遭含恨。伏念先塋遠隔，拜埽維艱，八九年來，久切懸系。近年交通阻絶，物價高騰，守者益難支持。塋地竹樹，墓廬衣物、書籍，殆已摧殘狼藉，鞭長莫及。既無接濟之方，亦乏可託之人代爲照料，每一念及，憂心如焚。該僕一旦拘囚，則典守無人，松楸何賴。不

肖不能奮飛，無所控訴，椎心泣血，誠有不忍言者。竊以仁公
竺尚風義，夙切關懷，欲仗鄉社耆英之望，爲省市當道一言。
無論直接或間接，但求推保祠墓、禁樵采之仁心，持平處理，依
法保護。先靈有知，定銜感於九京之下。不肖草間偷活，内疚
外慙，一念硜硜，只爲苟全性命，徐俟澄清。害義之事，自信絶
無；内向之忱，未嘗暫釋。務觀《南園》之記，縱見諒於後人；鄭
虔台州之譴，恐難逃於新國。望天何訴，伏地增羞，瞻對仁公，
真有"長松百尺下，自媿蓬與蒿"之慨矣。倘蒙哀其過而許其
心，所謂生死而肉骨，翹首南望，曷極屏營。九月十八日，陽十
月廿三日。

録遺山詩句可爲楹聯者。

> 金芝三秀詩壇瑞，寶樹千花佛界春。
> 清風明月懷元度，綠水紅蓮見杲之。
> 滄海驪珠能幾見，豐城龍劍不終藏。
> 青雲有路人看老，秋水無言物自齊。

12 月 2 日(十月二十八日)

簡疑始用其灰字韻

修門重對此深杯，留眼桑田待幾回。一自蜀�頭漸雪，更
堪秦獄骨成灰。策功誰念薪先徒，養拙寧容櫟不材。倘許輕
刑存直道，杜陵休爲鄭虔哀。

乙酉秋感四首又續成四首，廿九日

回首盧溝百感增，五雲終是戀鯢陵。遺民襁負貧銷骨，烈士刀環淚滿膺。八月有凶占律轉，萬方送喜及秋澄。浯溪自有吾家事，未死猶能頌中興。一

左股蓬萊割未酬，生存華屋頓山邱。競看冶父囚群帥，始悔共工觸不周。屬地長星驕猰貐，漫天怪雨響鵂鶹。客謀何苦哭松柏，一去軘車大漠秋。二

六雙鷙雁下聯翩，敕勒歌長野颯然。處處催驅舂磨寨，聲聲苦索拔釘錢。龍蓼此日行流地，鶉首何因仰問天。道盡江陵哀未已，尚聞貂錦醉繁絃。五

幾處流槎犯斗歸，當年玉貌困重圍。未能絕食爰旌目，且復藏身杜德機。不早渡江交口讁，猶思報漢此心違。誰憐直道台州鄭，秋色天長木葉飛。七

朱鷺初傳日月光，紛馳漢使盡梯航。亡人衛滿重開國，校尉陳稜舊拓疆。北戶久虛王貢雉，西鄰猶責士刲羊。蜃樓鯢壑風波惡，秋水來時一望洋。三

變徵風高殺伐聲，蕭然閫左盡征行。褱蹄麟趾江河注，鶴膝犀渠日夜成。側目愁胡方俊鶻，揚鬐駭浪又長鯨。況聞直北關山道，遠帶崤頭石鼓鳴。四

鷹隼高秋敞碧穹，赤簫吹罷蕚乘空。念奴歌管催然燭，玉女窗扉盡倚弓。道士種桃元不識，郎官采稏合終窮。鹿臺未散鵝鋌賤，耆舊虛教望朔風。六

骨肉田園處處心，三州五郡信沈沈。鶴歸城在人民異，鳳去臺空草木深。勞者自歌誰和答，悲哉爲氣怯登臨。延秋門畔存詩史，極望寒林繞暮禽。八

余一生無德,死後無面目見祖宗,未死亦無面目以告家人。但人之將死,其言也善,既已爲人一世,不能不於鐘鳴漏盡之際一發天良。所欲首先表示者,對於叔瑜夫人,負無窮之內疚,萬非言語所能解免。余實一不能自了之人,自十七歲至今,一切皆受叔瑜輔翼,居然年及下壽,成家立業,未嘗身當人世上一切苦痛之事。凡有爲難之事,皆叔瑜代我任之,而我之行爲,竟不知恩,不以爲德,真不足齒於人類。縱使我死後,叔瑜猶有不念舊惡之意,亦望將我此語儘量公開,魂而有靈,庶幾爲之少安,否則更增加我魂靈上之苦痛而已。尤其先岳母視余爲可造就之人,若知余之行爲,余將何地自容!此實從良心上不能不自責者。我之爲此言,不獨爲自責,亦望兒女等以余爲戒,知恩德之不可負,千萬勿作負心之事。假如有此,務須趕緊回頭補救,勿待臨了自受其報也。叔瑜已爲我犧牲一世,其存心爲人,必有厚報,無論如何,亦不致如我之末路悲哀,受良心上之苦痛。

余之不德多端。對人負疚,總由自私心太重,而不能多多助人。此乃叔瑜常規勸余之言,爾等亦須從根本上自省有無此病。如能常記此語,無論何時何地,無行不通者。縱有千言萬語,立身行己之道,無如此之扼要。

兒女等各已長成,將來歸宿各有命焉。惟念汝等之間,總宜於小處稍忍,切勿忿不思難,他事不能一一偏屬,惟此點幸記余一言。忿怒之來,不易遏抑,但稍一忍耐,自然過去。此事在家庭間最易犯,其害最大。

他事吾亦不及見矣,見亦非我所能管。以後孫男女,汝等必能照顧妥善,余深爲放心。惟千萬須令學科學,如實在性不相近者,亦須學一種實在技藝,不可不早爲指導。

　　健民天性、學識、經驗、能力，無一不可愛，雖時機未至，將來必有一番成就。吾家事尚望其多多幫助，汝弟兄姊妹等宜親之敬之，以此爲託。惟外孫輩求學，不可貽誤，更須相其天性所近，早爲安頓。

　　女子學問技能，與男子同一要緊，將來得力時一樣，切勿抱從前見解，以女子學得高等學術爲無用。

　　世界趨勢，我在二十餘年前早已看出，只以習性已成，苟安畏難，不思奮鬥，以致一事無成。汝等亦未能於未來世界中出人頭地，再下一輩務必迎頭趕上，不可再誤矣。

附　近日補作各詩及文

　　正則揆初度，黃門觀我生。生當春二月，遙在錦官城。柱欲神鼇動，波潛海若驚。百罹逢此始，今日老蘭成。一

　　王程罷蜀輤，歸棹指潭州。嚴嫗多憐愛，青禽任塞脩。漸看馴海鳥，復得傍春鷗。再整還朝轡，粗營故國樓。二

　　宣武坊南路，潘園尙歸然。班聯曹署裏，棟宇道咸前。湖石堆牆角，藤蘿接屋檐。甫能離保抱，竹馬戲三年。三

　　斾尾雙歧展，車檐四望齊。官程常早宿，稚齒賴親攜。夜火床窺鼠，晨風牖聽雞。蘭陵南去路，他日到應迷。四

　　西園香雪海，樹老定無香。斜抱墨華榭，深依嘉蔭堂。鴉催官鼓動，蚓出砌苔長。亦解吟唐句，親歡劍呴旁。五

　　棠棣舒雙秀，梧桐蔭一庭。不知春豔落，猶藉暮苔青。揖拜逢三郎，咿唔受一經。每隨兄放學，喜迓姊歸寧。六

　　湖頭冷日微，繫纜傍漁磯。蟄犬衝人立，神鴉逐肉飛。夕

陰沈鼓砲,水色凍旌旗。亂甫長江定,風波估客稀。七

遲迴寓武昌,歲晏解征裝。詔已回鑾定,程猶赴闕長。姊
喪殊突兀,母哭最悽惶。風雪凌兢甚,油燈一穗黃。八

浩蕩隨春泛,侏僂問俗殊。禽言調吉了,海繡坼天吳。照
夜荷燈轉,窺星檻柳扶。塵裝憑暫卸,已解試奇觚。九

初踏天街道,方知尺五鄰。更無旋馬地,猶有聽鸝人。天
祐鑾輿返,元豐象魏新。街彈明漢法,雨灑屬車塵。十

趨朝宵甫半,退直日將中。鐙火催人吏,冠裳犯雪風。問
安惟子職,深念切臣衷。書塾兼賓館,人來說孔融。十一

清漪園近處,人指六郎莊。麀眼巧編格,虎皮粗疊牆。埤
塘荷點小,官道柳絲長。寓直因隨讀,相攜步晚涼。十二

雨絲吹客鬢,暮色下湘川。人語悲笳裏,魚塭短艇前。家
園輕一別,村舍已三遷。兵起殊倉卒,流離益惘然。十三

稍有樓居興,因成吟望佳。壁燈明四照,窗鏡拓新揩。試
馬纖纖草,藏烏鬱鬱槐。亦知風景異,強欲慰親懷。十四

海角頻年住,三遷復向西。檻楊青更展,庭草碧初齊。樓
店親蠻楛,郊原試馬蹄。年光難盡好,桑下影淒迷。十五

磴道鋪平石,逶迤指墓門。泉分新竹筧,綠滿舊苔盆。瀹
茗添寒色,烹蔬帶露痕。歲時來下拜,咫尺二親魂。十七

郭西湖畔路,旅舍闢巖扉。松吹涼依枕,波光曉浸幃。茗
香龍井賤,饌美醋魚肥。傭保頻相訊,安輿客當歸。十八

森森年易長,遠迤柳杉栽。樹樹花爭豔,臨窗綠萼開。不
知春已老,安得母重來。手自經營地,扶筇日幾回。

山深塵不到,每到輒依然。几杖猶常御,琴書總未遷。自
憐同雁泊,那得傍牛眠。今日橫流極,何因庇一椽。

寢廟詧初畢,居廬雁序從。海棠花對發,湘上閣三重。魚
筍親嘗膳,書鐙伴過冬。青廬憶庚歲,雙勝映春濃。

長沙事起轉徙至上海追述聞見

洞庭波始寒,武昌鼓旋震。聲疑楚歌合,氣應洛鐘迅。腰
刀絳袘首,鵑突何輕俊。遝犯又一村,臺使棄金印。邑令雖卑
秩,志矢懷沙薑。善化令沈瀛。總戎當官行,儒將亦遽殉。統領
黃忠浩。琅邪起樊崇,汴州脫董晉。顆頤非始願,曹偶自生釁。
謼呼座上客,顛仆道旁殣。狰獰首注竿,倉卒腹推刃。急從匶
礱竄,水宿兼星飯。短篷塞衣衪,長亭隔遞頓。老人擁巾褐,
婦女毀容鬢。荒村雞失鳴,涸轍魚更困。南枝棲未穩,東走帆
仍健。遂辭湘春柳,飄瞥千萬恨。遙望漢陽樹,樴火桃花噴。
驚魂其少蘇,海曲終行遯。

入揚州作三十四韻①

晨辭丹徒郭,鼓枻陵漕渠。和風扇平疇,細浪翼安艫。高
旻榜金碧,禪智田豐腴。琳宮鬱相望,南巡駐金輿。伊古土宜
揚,煙雨勝畫圖。因之構臺榭,水石供清娛。新城征西宅,瞽
社甘棠湖。官河塞游艇,旗亭冠交衢。雲鬟擷蘭澤,紫桃颱釵
符。巧妝注丹輔,宜笑轉清矑。芳釀牙盤食,鮭鮓會五都。重
羅蒸細麪,膏環糝淳母。中泠泉第一,女貞酒如酥。碧蘿洞庭
茗,蔓生陽羨壺。光明鐙勝月,流連朝及哺。時節好風物,神
仙盛起居。多寶紫檀閣,湘竹碧紗幮。金薤名書畫,雷文古尊

---

① 此詩現爲三十五韻,"酒削长安質,游俠陽陵朱"一句爲後補。

觚。西洋販鐘表,東貨貴葰珠。徽班妙㸌演,四部合笙竽。銅爲蘭陵面,虬作張飛須。洒削長安質,游俠陽陵朱。安坐繡隱囊,對舞花甋甗。念昔唐宋時,巡院職委輸。操奇伺其間,梯航來賈胡。前朝鹽漕藪,利盡東南隅。乾嘉盛文物,煌煌四庫書。遠映曹憲樓,藝苑兼經郛。別館珠履客,織翠交華裾。沾溉及窮檐,噓吸生榮枯。王劉焦阮輩,特達古之徒。著書該衆善,不媿大雅儒。信茲土風淑,足以誇寰區。嘗喜廣陵對,慷慨意有餘。山川能説者,可以爲大夫。

祭吳翁玉林文

烏乎! 無往不復,久困終亨。邦家不造,郊壘縱橫。晉浮五馬,齊餘二城。元功李晟,盟主荀罃。盡收星宇,再見河清。枌榆牛酒,桑麻棘荆。朝宗不政,泰階始平。云胡一叟,國之黄耇。早覯休明,晚遭陽九。羅宅栽蘭,陶門種柳。洛英望重,商皓年久。鄭里無驚,伏經猶守。關河迢遞,老幼羈孤。天長斷雁,夜永啼烏。書開隔歲,波渺重湖。倚閭鶴望,銜索魚枯。長號閔子,永慕皋吾。運有中興,時猶多難。周南留馬,秦川寓粲。虛謝隙遷,星移物換。返魂千秋,愫幽一旦。恭惟明德,雅重潭州。覃研名理,炳蔚儒修。仙禽逸響,玉水方流。蔭承喬木,耕傍先疇。左圖右史,後樂先憂。壽過榮期,敬同衛武。里聚荀陳,門成鄒魯。楚畹蘭孫,渭川竹祖。並衍宗風,俱融茂矩。履迹空循,檻塵坐撫。函丈遷琴,靈床薦脯。松風原隰,蕉陰庭宇。旐結寒雲,留吟暮雨。相依子舍,共碎鄉心。楓林日晚,橘柚煙深。魚憐涸轍,雁有遺音。臨風莫醊,寫恨披襟。此係初稿,用時增數韻。

賃居碧雲寺前村舍作四首

平生志獨往,而憚四體勤。所慕村社間,一塵對榆枌。痁寐忘俗累,耳目離垢氛。人間諸物役,於我如浮雲。不敢木石伍,不敢猨鶴群。但期樂我性,曠覽朝及曛。農圃亦可師,不必尋典墳。卜居暫得此,寄意良欣欣。

主人西齋屋,潔除甚閒雅。不勞徙家具,餅瓮亦可假。擷芹蒸胡盧,芳鮮謀諸野。兒童飽啖後,四走脫鞿馬。月出始歸卧,枕藉戶牖下。

意行入谷口,撲面山翠釀。谷深蓄風濤,策策林樹颭。層空蕩冷旭,明鏡寫秋豔。或時乘疲驢,來往憩村店。村童諧語笑,真率無雜念。田居樂莫此,南面吾敢僭。

磴道凌青蒼,曲折達寺東。門闌隱奇礓,亭檻俯深叢。楮櫨閱歲久,亭亭招烈風。流泉齧石腹,琴筑鳴琤瑽。幽禽亦時來,欲破苔蘚封。選勝尤愛此,空聽日暮鐘。

壬戌初春奉太夫人游八達嶺

空谷春聲歡,獨奉安輿出。城堙昔險艱,今走奇肱疾。自入南口來,金垿更盤屈。逆行上青天,俯視蕩太一。偉哉揮斤手,地平真有術。起伏鼇背掀,滅沒隼飛趫。登城憑睥睨,殘甓動踐踤。野人獻遺鏃,苔繡蝕勁質。古人已冥莫,不見九邊謐。馬足誰能限,弓刀盡可紲。下尋彈箏峽,冰解流洄汩。石谷漱靈泉,雲木轉明瑟。草心澹幽姿,已回黍谷律。

讀歐洲和戰消息有作庚申

卷襏齊城勢不支,鼓音俄至再衰時。縱饒夏育中黄騎,已薄虫尤太白旗。大臨登陴同敵愾,右轅追蕣已熠師。當時失計收劉裕,今日臨江走佛貍。

網羅天地遍飛沈,强賦無衣壯士心。南使書來雙翠鳥,東征費重萬黃金。馬留故國歸何日,蠶妾鄰疆怨總深。六百商於多祕計,連環不解到如今。

海水飛時柱作雷,接天皋壤漬茅蕙。埋憂何處殽尸露,弔古他年晉庫灰。仙去白猨猶有劍,魂歸彩蜨已無臺。輕車送上祁連冢,淚抵滄波總不迴。

冠裳九譯待行成,館穀居然踐土盟。田返龜陰須辯古,甲齊熊耳盡悲聲。周班鄭後饒相假,隴結秦冤恐未平。聞道顧榮搖扇去,使星西上燭長庚。

中山先生輓詩

大聖應迷復,三科有變通。象超皇古外,世入大同中。醫國無奇術,憂時賴至忠。惟新先起廢,光遍大蒙東。

將相河汾啓,功勤禹稷存。春寒凋卉木,雨泣失乾坤。歸馬知何日,登龍憶舊門。馳驅曾未效,顧遇總殊恩。

上冢詩

湘州三月籠春煙,杜鵑未放柳未縣。擔簦絡繹石坊下,錫香酒冷飄紙錢。城中上冢人何限,有淚難寫心常痟。始出南門甫數里,醴陵直下官道邊。亂中渴葬曾大母,不封不樹短碣鐫。孤魂月黑風影動,巢禽悲叫枯樹顚。已安體魄難改卜,畚鍤雖具猶重遷。母嘗手課大父輩,果以文采三鳳騫。相我曾祖肅家政,佑啓保世澤永延。光緒初元逮我父,恩榮內直分金蓮。大母大父繼下世，連岡親築觀流泉。南行未至洞井鋪，安嘉壠畔青青田。右旋神叢號少廟，稍上瓦屋庇數椽。屋周鳳竹萃森爽，門前魚濼吹淪漣。坡陀數武矗華表，佳城吾祖茲安眠。後來仲父厝其側，平生足慰孝思虔。出瀏陽門東復南，官道之左趨蜿蜒。距吾祖墓可八里，圭塘水色澄且妍。鳥啼花落氣靜淑，稚松彌望樹影圓。大母殷輿前母吳，婦從姑葬相後先。憶從吾父親祭埽，深山爆竹聲喧闐。老農拄鉏話場圃，衣冠醇古心勤拳。一戒草土慎培護，再說竹樹須保全。秋冬輸租向城宅，盈筐筍橘呈芳鮮。勞以酒食弛筋力，常令感激顏酡然。烏乎年徂不可回，子孫幾輩守井廛。我身已判老羈泊，側身南望空悲纏。彼何人斯六一叟，至文天壤垂瀧阡。何當息烽返隴畝，墓前伏哭陳吾悆。

上海雜憶詩

　　數載辛勤畫革書，講堂長日樹扶疎。翦淞一曲萬航渡，過盡樓臺畫不如。

　　豫園木石已無奇，爭倚危闌九曲池。誰信賣簫聲斷處，有人半晌捫書帷。

　　天際雲陰間隔雨，水邊桃蕚婉含情。一春花事悲笳裏，不是蓉塘鈿轂聲。

續食性詩五首

　　舊典恩榮出上闌，於今鈞盾盡荒殘。唯應杏酪琉璃盞，法酒香和冰齒寒。櫻桃

　　房陵朱仲絕甘芳，肉厚尤宜寵御黃。河朔初炎憐此味，縹瓷長映井泉涼。李

仙實真看大似瓜，御園難怪魏文誇。來來筐篋經年貯，猶得煎成玉盌霞。安邑棗

紫色深叢乍摘時，江南五月雨如絲。金罌隖裹游人歇，誰漬燒春寄一甂。楊梅

金虀玉膾滿堆盤，籬菊香時蟹正團。既濟和羹知正味，一庭風色醉新寒。菊花魚羹鍋，上有"和羹既濟"四字。

金母哀詞十(四)[五]首

　　母夏氏歸江浦金君國俊，字克銘，金君中歲客游不返，母撫二子一女，以至成立，以乙酉八月十五日卒於鎮江寓舍。溯其幼年孤露，育於戚家。金本舊姻，姑能憐愛。相依為命，孝養無違。秉是懿德，慈厚肫然。畢生勤劬，老而不怠。女有士行，闇合於道者也。次子健民，為余女夫，備述哀苦，感歎為詩，以彰潛曜。

　　每於女婦窺庸行，始識人間有至難。荼蘗生來元自苦，到頭含淚那能乾。

　　父母音容小未知，更無同氣與扶持。伶俜七歲單衣女，啜泣中庭曬被時。

　　相依幸得阿婆憐，裹足梳頭歲復年。事事耐心親指點，耐心牢記到華顛。

　　事姑事母一生同，乞得姑年孝養終。誰識慈姑心事苦，一生姑婦淚痕中。

　　相夫何意竟參商，遠客中年雁渺茫。來使嶺南傳噩耗，重兜影事攪剛腸。

　　剛腸終不負心期，風疾方應勁草知。盡遣一家遷避去，歸

人獨對院塵緇。

一手撐持薄祜身，米鹽粒粒忍艱辛。恩周三黨猶無倦，釜粥常推與衆人。

承歡最惜掌中珠，明智何慚女丈夫。送母西歸無一憾，暗傷寡鵠撫孤雛。

明明秋月月中天，此夕天涯冷不圓。隔斷孤兒難一面，萬千言語未親傳。

八年四海遍蒿萊，骨肉流離各未回。待得休兵身已去，外孫今夜寄書來。

外孫已逐凱歌回，曾執干戈衛國來。隨母靈前同一拜，外婆含笑母心摧。

一生孤苦少歡娛，玉樹親培秀兩株。內外諸孫今鼎盛，母兮何不待須臾。

弟兄姊妹篤天倫，真性俱能謹事親。孝友家風承善慶，前身福德豈無因。

艱虞猶自作長行，暫賞風光入舊京。親戚天涯情話永，誰知永訣望歸程。

絮語常忘到夜分，回頭事事雜悲欣。堉如李漢吾知媿，他日瀧阡對暮雲。

代蠡公贈邵伯絅重游泮水詩四絕句

人文在昔重膠庠，世運匡扶要棟梁。接迹群英多後起，留君玉尺更裁量。

玉鳩扶老地行仙，記得簪花最少年。叔寶車前應看殺，科名嘉話此初禪。

淵源各接湘鄉脈，顧遇同深善化思。我更劉盧叨戚誼，人天多感被恩私。

當君釋奠黌門日，我正游蹤在聖湖。同老京華看世變，東西城隔兩潛夫。

石筍墓廬詩

先公窀穸事畢，先母手營墓廬於側，瓦屋三楹，中為享堂，兩側前後各一室，可以休止。軒楹窗檻、竹樹雞蔬，一一皆出手授，令舊傭守焉。墓地本宋度宗母隆國夫人園域，其香火院永福寺，今猶襲其名。超然臺無可指實，然碙道柱礎，約略具存，巖阪修邃，允為勝境。軍興以來，迭經鈔暴，羈阻不克省治，張菊老暨諸世好毅然出為護持，謹為詩以志感謝。

靈隱復向西，石橋折而上。逶迤趨斜徑，草氣蒸晴浪。資嚴之南麓，石筍擢十丈。超然臺似掌，得地迥清曠。普圓改永福，曾陪隆國葬。其前白衲庵，海日樓名攬殊狀。慈雲垂佛護，金支想仙仗。初地結勝因，歸心繹三藏。敬承先公志，菱舍此卜壙。豁眸渺重湖，負辰盤疊嶂。鐘魚警深隩，飛翼青天蕩。雲物抱林表，灝靈積滉瀁。慈意頗怡懌，墓舍謂宜創。斷鉏石骨平，抉削叢薄妨。前軒稍夷庫，門隙列屏幛。後戶抵巖腹，金沙泉蕩漾。齊肅妥先靈，歲時奉芳邑。生平所常御，書策及帷帳。一一輦致之，位置見精當。距墓才數武，穹碑鬱相向。幾年吾母居，纖悉盡意匠。雲液澗底來，綠蘚滿骿盎。嘉蔬鮮可芼，旨蓄裕豉醬。檻梅近可摘，窗岫遠入望。春濃庭卉競，緋白藥盡放。林煙擁清晝，山鳥弄嬌吭。園茶試碧纖，竹爐篆煙颺。塵勞容一息，身世可兩忘。十年江路永，戰伐苦涸喪。頗聞薪木毀，霜露增悽愴。群公與護持，始得免鈔掠。自非篤風義，孤子安所仰。歸首知何年，茲邱矢永傍。

懷故里祠墓二詩

影珠山近處，聚族念吾先。老屋石樞拱，叔祖彤雲公謂：故老相傳吾家老屋百餘間，以鐵為戶限，以石為樞。芳塘碧鑑漣。近地名林家塘。麒麟空臨蘚，雞鴨已無田。舊傳吾家有田，專以飼雞鴨，言其盛也。極盛雍乾際，蕭條二百年。右西衝老屋

卜地崇祠建，安沙在郭東。流徽承祖德，報本篤先公。笙醴諧嘉會，衣冠致潔衷。喬松鱗更老，遙憶響長風。右安沙祠堂

邵伯褧太史重游泮水詩

天柱有時傾，人紀無終絕。巋然忠孝門，耿茲歲寒節。江山傳藻詠，門閥承芬烈。身健感徂年，運移懷曩哲。緬惟道光世，衰微肇刁訛。鄉曹守文法，廟堂侈虞歌。民仇赤白吏，士媚青紫科。國貧私門富，祿蠧鹽與河。獨醒召嗤毀，時尚工媕阿。暨豔世網蹈，崔亮年資磨。威弧池不張，海若怒揚波。一朝下白雁，千里飛蒼鵝。徒令亮節士，感激傷蹉跎。樞部古儒風，蘊奇曹司右。經師富根柢，玄文壯藻繡。華省銜天憲，望郎應列宿。宣命赤管勤，悚切青蒲奏。近臣矢忠直，媢嫉來勳舊。丹心空自罄，多口尚交構。終稽齊斧誅，不懲師徒覆。犯難誰當官，開關遂延寇。至今海水飛，星孛蒙清宙。倏然五湖楫，長辭神武門。半巖尋舊隱，石室探奇文。遠紹鄭孔授，破扶漢宋藩。未定禮堂業，已見戎車屯。潮填龕赭岸，烽落苕霅源。圖讖應翟讓，別部走龐勛。董家羅平鳥，錢王衣錦軍。長

驅卷秋蕐,竄伏空榆枌。芳潔指井水,貞厲淩層雲。金門萬里道,杜宇千秋魂。是時元戎曾,總帥同安郡。如毛苦不勝,執金遲未進。篤念斷金交,遠聞懷沙藎。誓收尚書履,還視從事殯。別舍處藐孤,脫驂邺凶賡。死節陳郡袁,坐嘯南陽瑨。世知恩紀隆,益見風規峻。死忠復死孝,知微復知彰。臣妻道一揆,墓闕鬱相望。繼茲益恩迤,徒懷通德鄉。文孫承遠蔭,粹質毓圭璋。根器見盤鬱,蘊蓄自芬芳。幼揚駒騄氣,文成鸑鷟章。使者收金箭,群公貢玉堂。駃盪開紫極,輝光近文昌。擁傳采謠俗,削簡持臺綱。從容振鸑羽,藉甚冠鴛行。當君始釋奠,吾父方越軺。五十韻。青雲兆一映,紫電驚雙眸。義烈卜昌後,遠大期懋修。九方知無□,片玉光甚道。及乎當樞直,果見登瀛洲。通家期永好,奕世恩揚休。世變日以多,科名久陳迹。當時帽簪花,過市人如璧。蕃騰六十年,窹寐承平隔。蓬蒿掩饔宮,滅裂到縫掖。原魯皆自是,籍淡那足責。況當天地閉,累歲苦兵革。何論尊經閣,君詩中語。膽對銅駝陌。虎林山自深,聖湖水終碧。堂蕪過領軍,寺古弔光宅。講帳如重尋,惟應倚弓載。羨君神猶三,揮翰能自娛。米家虹月舫,右軍筆陣圖。銀鉤鵠頭妙,溪藤雪練鋪。千緡酬價值,四裔爭走趨。金爵漱玉液,朱顏映霜須。興酣落筆際,冬蟄迴敷腴。昨者小除夕,見示感懷詩。采芹譜舊樂,扶杖佇昌期。尤深師門義,觸我宰木悲。朝市騰騰過,歲序冉冉移。春秋晚時物,弦望徒盈虧。青箱訪舊罷,從君餐玉芝。

三續食性詩

波稜酢菜渾提蔥,《唐書·西域傳》。貊炙端應徧域中。首

蓿蒲桃並嘉植，漢家尉候起胡風。菠菜、胡葱

　　北土霜辰絕此蔬，瑶青琳白最芳腴。實鹺卻恨妨真味，遙
羨秋來阮隱居。薤

　　蕪菁北種徧來南，手擷園畦風露酣。比似東坡羹更美，酥
塗一味我能諳。菜酥塗

　　嫩時無葉紫芽圓，鈎弋生來便作拳。記得春山新雨後，燒
痕初滿一畦煙。蕨

　　鹽豉端宜著此羹，綠英肥滑送香粃。南朝惟有周居士，鄉
味園葵飽一生。葵，即吾鄉所謂冬莧菜。

　　低叢大葉紫彭亨，轟切腒臛品共精。長夏一餐宜淡泊，滿
庭風露晚來清。茄

　　檻泉微物特芬芳，難怪春來碧澗香。不用醋和防損齒，鄭
公諷諫意深長。芹

　　寒食清明挑菜時，芳郊采擷助春嬉。端應不識如荼苦，爇
裏膏煎味總宜。薺

　　芥薑清雋味無窮，無染還知耿介風。八節四時終不闕，擷
將寒脆滿甌中。鹽芥

　　玉白脂紅水樣清，六街唱賣雪中聲。嚼來不似人間味，姑
射應無疵屬生。水蘿菔

　　松根蒸出蕈花香，嶽麓秋陰一逕涼。和豉煎油羹作糝，每
偕霜橘憶瀟湘。蕈油

　　樹雞無用也堪珍，嚼蠟偏憐味更醇。上藥如今非貴種，采
芝無分作閒人。木耳

　　仙家寶餌號龍銜，雪擢春苗綠玉簪。記得嶽壇蒸曬罷，山
中雲霧助和甘。黃精

達變詩

棄灰固當刑,反唇上虞患。緹騎浩呼陶,排闥每宵半。細累色若土,書函秋葉散。衣袂不及整,桁楊驅以貫。覆盆復何望,長夜無由旦。測囚恣所欲,反覆更重按。驚心獄吏尊,低首那敢看。明知毒螫深,孰斷壯士腕。幸無陷羅𣄵,達變固非悛。

自從秦皇來,已無傳子法。寄命在閫外,建威恃兵甲。委裘握金鏡,實被卒伍愒。匪惟兵不戢,徒覺勢相劫。雖云帝王尊,難保父祖業。恃力終不悟,厥禍近在睫。

戚施與籧篨,面目豈不姣。唯阿伺喜怒,進退逞捷巧。讒人亂四國,苦為近習繞。小人負且乘,安危憂心悄。所以宓子賤,行行遠陽鱎。

避險登陽城,全生竄荒谷。軍興南北間,塗炭衣冠族。衰親或在堂,送子吞聲哭。新婚或強別,望夫空房宿。一身逃虎落,內徙屢寒燠。傳車不辟重,顛頓擲巖麓。木罌爭渡口,滅沒指可掬。不然飽鳶鈔,不然葬魚腹。忽遭鵬鵬襲,羽殘巢又覆。生死不相保,曠望極九牧。忍痛為敵愾,人誰無骨肉。

震霆及百里,終風暴且霾。橫空千百翼,壓城城欲摧。平昔齊雲樓,金銀十二街。死氣一朝至,化滅為黑灰。離離原上草,永不迴枯荄。生靈賤蟲豸,報復安有涯。欲上叩蒼宰,胡為蘊禍胎。

燕趙韓魏齊,名城若棋置。古昔人文藪,風土又醇懿。儉嗇欲易饜,居積恒累世。每見邨堡間,高門壯蔚跂。田宅傳子孫,鄰里聯娣姒。垂老古衣冠,不識時世制。白金貯滿籯,穴之以入地。謂無盜賊憂,諒可生理遂。一朝兵革起,掀簸星日

335

墜。洪流揚其波，彌漫莫可避。驅迫偏僻壤，不得安寢寐。累代所經營，拉雜盡摧棄。

輪囷舊殿梁，髹彩猶鮮泚。不知何堂殿，毀裂鬻諸市。載之過通衢，大車重接軌。念此參天材，生自空山裏。雨露嘗霑濡，棲息蟲與虺。何與人間事，斧斤絕其理。令此枯槁軀，牽曳千萬里。都門何煌煌，指揮勞匠氏。斲削與磨礱，輪奐人共指。滔滔閱世多，此仆還彼起。不知何因緣，又當遭斥鄙。一旦觸鬱攸，煙滅成漂柿。人於木何恨？必使屢轉徙。既不竟其用，快意在一毀。木於人何仇？報復亦頗詭。正有百千輩，顛倒爲之死。

天地所生材，在深山廣漠。或堪供衣食，或可備醫藥。或播而殖之，以時競所穫。斬刈與捆載，百工勤雜作。然後製爲器，刮磨而丹艧。載之舟與車，販鬻及遐邈。一朝興兵戎，苦戰轉溝壑。壯士腦塗地，所攜亦漂泊。南溟所生人，或死於幽朔。窮髮之所產，體或炎日暴。因之推物性，成毀孰龜灼。既成復促毀，何用苦椎鑿。

大女嫁從夫，隨軍向南州。外孫甫離抱，棄置不復收。大兒初授室，走爲稻粱謀。新婦歸母家，且減內顧憂。小兒志讀書，不向敵低頭。同學四五輩，結束願同游。斥簪作行資，密密縫衣褲。臨行語丁寧，愼無被敵搜。偵騎方眈眈，寧能自達不？少壯去已盡，翁媼雙淚流。苦心持門戶，早作夜即休。檢點囊中粟，劣免餅餌羞。旅人望平安，不敢通書郵。但聞戰愈急，徧地煙塵浮。惟對小外孫，學語差解愁。

群生恃爪牙，爪牙在其身。人復何所恃，所恃乃在人。物皆能自衛，人實鮮且惸。若求以力服，不行於天親。父有欲命子,子固可不遵。一旦遭離叛,頹然與死鄰。自古皆若此,成敗迭相因。今日勢熏天,明日化煙塵。强梁恣一時,蕭墻伏禍根。身且不自保,權力安足云。爲治不在威,法令亦具文。誰歟探其本,乃得定一尊。

唐季精百工,梓繡若甃漆。江南文物藪,美富動四邑。最上充貢御,瓌材萃京國。及乎喪亂乘,奸蠹漫侵蝕。宫邸走鼮鼬,爭向市廛斥。零落錦繡段,終作天吳坼。工師老將盡,絶藝不復習。自兹歎途窮,摩挲徒陳迹。

丹垣拱四門,殿閣屹相向。自從永樂來,始制皇基壯。踵事迭有成,規模固無恙。風霜六百載,人事幾悲愴。魁柄一以移,燕薊失保障。重器隨播遷,川路邈飄蕩。祕殿昔摩挲,市闌走流浪。龍衣委若塵,青瑣虛黼帳。周廬風雨蝕,無復儲鶴仗。叢楹猶赫昈,老死般爾匠。

荆湘暨揚越,地卑善蒸淫。蟲雷噬肌膚,疿痍常侵尋。大軍行所至,朝虩莫呻吟。食少瘦刻骨,膏血流涔涔。加之受鋒刃,慘毒安能禁。濡吻無饘漿,覆體無裯衾。軍前鬥方酣,孰聞哀痛音。國家爲備戰,固費萬黄金。

人智固萬殊,所操非一術。方其言是非,是非已不一。前人矜黠巧,後輒嗤其拙。今我又轟然,牙慧徒拾掇。陳義動俗聽,誠不厭詐譎。析理求其當,爽然應自失。大聲吼雷鳴,大字走鬱律。一唱和者億,是非何曾悉。

機巧可奪天,四體何所加。孳孳逐末利,爲己非爲他。貨盡還復來,貿遷及幽遐。顛倒反覆間,循環無際涯。斥其所居積,金帛必盈車。坐恣耳目娱,被服極鮮華。貧子竭銖寸,作苦恒咨嗟。楮鈔值益賤,所蓄成空花。

　　智者導先路,所憂在物先。奈何命不猶,動亦遭蹶顛。智少愚人多,衆翼翼以前。名爲智者導,愚實司其權。是以成與敗,若或存於天。

　　縱有藜藿腸,糠覈亦難飽。膏飴安敢望,相遇各驚槁。月賦才若干,爭取迹如埽。空勞延頸望,鶖立胡不早。幽燕裕薪炭,地固不愛寶。一暖亦兼金,瑟縮盡僵倒。天心本哀矜,人意乃偏拗。戕賊以爲快,有生真草草。

　　昔爲胡越仇,今如魯衛親。今日如膠漆,來日安可論。人事多苦艱,所貴求生存。本生必相附,相附即天倫。天倫殊利害,戈矛已紛陳。

　　戰國凡六七,強弱漸殊形。強者據天府,又復利甲兵。操柄制宇内,奔走莫遑寧。蠶食旁近邦,兩翼既已成。乃復召盟會,載書戒無爭。哀彼後起者,局促安能平。有生不自保,難爲弱國氓。

湘春雨歌

　　湘春門畔瀟瀟雨,散落垂楊千萬縷。此別年深不重尋,此愁天漏應難補。年深卻憶故園人,雨散花飛幾度春。香榭月樹思同發,燭對秋池未有因。園深不啓葳蕤鎖,客燕頻歸換槐火。金雀叢敧石磴滋,玉麟堂宵珠簾韠。褰簾含笑點妝來,乍濕燕支暈玉顋。微風猶護芙蓉杈,香泥最惜牡丹鞋。下踏閒階芳盡永,方塘水漲聞蛙黽。紅櫻桃熟閉紗窗,碧梧桐老窺金井。九十春光最易過,一年好景君須省。鵲鑪煙細剪刀閒,粉絮釵梁潤作斑。此際生衣涼乍滿,此時晶枕夢初還。聲聲打摺催繁鼓,依約汀洲聞雁語。一曲吳娘腸斷天,五更蜀道淋鈴譜。龍須簟薄展椒屏,鳳尾羅疏掩碧櫺。鸞釵冷處雲鬟滑,虯箭浮時玉漏醒。虯箭閒時凝玉漏,雲鬟滑處冷流螢。清閨對此真無奈,裙腰瘦損同心帶。甲煎燒沈寶炬邊,轆轤拋落銀牀外。從此珉階上緑錢,碧沙如水更如煙。海紅作色空臨鏡,蕉葉吹殘漫作箋。當時樓上憑闌語,今日鐙前枕手眠。天涯憔悴人非故,夢中猶覓湘春路。伴我春蠶未死心,此聲聽徹看看曙。

春日書懷奉寄南中諸親友

一百二十韻丙戌正月廿七日作,凡閱三日

春望登臨遠,年增氣力遒。梅花勞記憶,萱草慰離憂。兵罷桃林野,船乘竹箭流。存亡昭契闊,語默間綢繆。飄泊風塵際,艱難戰伐秋。文身親駱越,行脚遍羌髳。婦女憐拋髻,征行遞裹餱。平津空逐閔,陶牧漫依劉。草草誅茅宅,紛紛伐荻洲。長飢艱曉汲,多盜謹宵掫。同谷歌哀杜,夷陵讁傍歐。山河分兩戒,父子泣三州。鼎俎猶陳肉,隄防早穴螻。無人嗟廣武,不備襲厹繇。事豈蒸成菌,謀疏射以菆。悲深撞玉斗,義切捧金甌。國命雖懸髮,人心矢決瘤。運疑舟去壑,氣尚鼓援枹。保聚常棲楯,支吾仗缺銶。入秦如餧虎,謂魯敢無鳩。鄉士憂多壘,春秋大復仇。諸侯俱救趙,天下尚宗周。高闉車成楚,長纓服變鄒。敵營漂木柿,匠户繕金鏃。掠陣風迴鷁,衝鋒火用牛。高歡憑玉壁,鄧艾縋江油。箐密占城隘,藤深撣部陬。盡拋臨渭粟,任爇雍門萩。即墨齊增壘,餘皇楚獲舟。稷門投蓋綽,赭岸射潮鏐。磧上蘆吹管,沙中米唱籌。狼䀎聯鞣鞨,鯷壑據琉球。死鹿身餘幾,屠龍技不售。沸波興海若,洩怒駭陽侯。日馭頹濛汜,炎精逞鬱攸。穴熏人似腊,脈絕地成

龜。洲遠西牛貨，工專大馬鉤。祥金紛冶躍，勁羽竭冥搜。龍動騰雷斧，鳶飛下火毬。途窮禦魑魅，災已兆鳹鷗。勃海方渝恥，醫閭稍解羞。龜陰田併返，熊耳甲爭投。藥店紅妝婦，桃源白髮叟。遺民幽澗底，戍客大刀頭。六幕初澂壒，三靈篤降麻。再徵詻肅慎，重莫幘溝婁。振旅搰梱鼓，投醪命大酋。交衢迎彎弭，列校解鞮鍪。莫以諸于誚，全疑薏苡賕。君毋忘在莒，師請待於艽。反側猶多懼，疲癃尚未瘳。魄應秦獄慰，金豈阜鄉留。國論虞螳雀，戎機戒豫猶。戍兵猶柏谷，盟主待葵丘。儒者嫌齊詐，詩人刺許尤。庶幾蠲積痗，從此穩酣齁。野性逢辰舛，微生視息媮。黃雞日冉冉，皓鶴雪髟髟。冷落金門道，飄殘玉殿斿。鳳城緇踧踖，兔苑碧雕鏤。爭指孫資樹，俱誇裴楷輈。緩胡多宦達，縫掖笑溝瞀。生事將蘿補，形骸共梗浮。絕韋惟盍簡，賸鄴少貂裘。潘岳安於拙，崔駰賦善愁。渡江虛悵望，因樹等拘幽。帝子渝青雀，儀同齒赤彪。似人猶可喜，顧影遼無儔。白眼防緹騎，蒼頭炫綠褠。險同藏庾席，危甚浙殷矛。蘆菔形疑似，芎藭語祕廋。偃師多變幻，方相等俳優。（屑麵難成餅，蒸沙更不溲。腸空鳴似轂，骨出陷成甌。）嶧縣桐全析，淮南桂尚樛。漢庭將朔死，晉府即鍾囚。時序銷株兔，精神斂棘猴。春痟涓鬒髮，夏瘧薄衾裯。巧畏鶯偷舌，忠銜鯁在喉。南人輕祖斑，北府索裴諏。不獲身為厲，終緣面劇柔。容容惟處蝨，汎汎衹隨鷗。慶魄文言藉，書思太史紬。抱殘徒懇款，溷俗但呻嚘。揚越違棠樾，衡湘遠蕙綢。勸行嗟卻曲，想見訝臞脙。星定句陳次，陽回麗正樓。返魂蘇燕蟄，快意脫鷹韝。社樹環仙闕，宮莎被御溝。氣佳仍鬱鬱，春暖任悠悠。處處交懸斾，家家喜獻篘。珠簾金腰裊，銀珓鈿箜篌。

杜曲朝飛蓋,樊樓夜送圖。和歌先氣出,見《長笛賦》注。罷舞拜
黎收。盡解愁眉結,而無睊目諏。其如離㹫户,全與滌腥廎。
敢道身將隱,難爭命不猶。補愆須十駕,觀化豁雙眸。日月如
籠鳥,風雲送駒蚍。嚴遵甘寂莫,陸賈願優游。新國宜輕典,
勞民汔小休。商猶因閧伯,堯豈罪驩兜。仕官推張續,陽秋謝
褚裒。望天期覆蓋,搶地暫啁啾。下澤田空矣,東林客在不。
觀河感彼匜,閱世即蜉蝣。衛足葵知忝,躋疴艾可求。赦斤容
曲櫟,伏櫪夢長楸。邈爾傳書雁,跫然入谷駒。疏華誠足重,
雜佩未能酬。詞賦聲悽惻,波濤路阻修。還憐傾蓋侶,不忘角
弓觗。

民國三十五年（1946）丙戌

4月19日(舊曆丙戌三月十八日)

余四十生日,季武丈贈詩二首云:

功甫勳華世所看,侍談記接鯉庭歡。當年置膝王文度,今日彌天釋道安。往夢蘭臺同給札,清名蓮幕喜移官。生才不及承平日,猶有將軍禮數寬。

巢痕堁盡舊京塵,又見槐柯一局新。時事正資籌筆手,橫流未老著書身。眼中文物高三楚,夢裏興亡閱幾秦。瀕海攜家兼吏隱,花朝且放酒懷春。

季丈下世三年,余年五十有三矣,興緒淒然,不敢思及往事。偶閱《國聞周報》,得此作,知季丈亦無存稿,特假此册餘隙錄之。丙戌三月十八日記。

附録一

蘇常日記

瞿元霖　撰

蘇常日記序

　　先大父春陔公諱元霖,以咸豐元年辛亥舉於鄉,屢試春官不第。值江南喪亂,道塗梗阻,七年丁巳,就喬勤恪公松年之聘,入常鎮道署參幕職。以八月出京,抵常州,適鎮江克復,喬公入駐焉。自秋迄歲暮,爲日記一册,記時日陰晴、行止往還,兼及時事論議、地理考證,并客中詩草咸在焉。先大父懷用世之志,而不得志於有司,客游兵間,故多天寶離亂之感。於咸豐初年兵事得失、佚聞,尤三致意,是亦今兹求史蹟者之所珍視者矣。閱七十餘年而後,孤孫宣穎始克録副以行於世,題曰《蘇常日記》。原本細書密行,多疑不可辨識,稿亦不完,恐日久更零落,它日沈霾復出,得緝而完之,所夢寐以求者也。民國二十二年夏日,宣穎謹識。

咸豐七年丁巳(1857)

八月初六日(新曆九月二十三日)

　　曉出東便門,赴通州東關登舟。旋詣夏階平吏部坐糧使廨,先晤其猶子果泉暨曾漢庭，階平出見，殷殷止宿。薄暮柳雲臚、易少塢塢珊乃郎，長蘆大使。偕至，飯畢縱談，階平言其整頓積弊甚悉。聞雞聲，始就寢。

八月初七日（九月二十四日）

晨起，見廳事嵌石刻，記葺廨始末，爲吾鄉謝薌泉先生振定遺蹟，嘉慶間所稱燒車御史者也。午刻，漢庭、果泉偕至舟中少坐，去後以舟人責負，轇轕不能解維，悶甚。憶去年此時，從蔣霞舫少京兆郡試襄校，寓此彌月，曾借閱州志，今殊蒼然。惟水道經考證頗詳，因檢草稿，附錄於此。

按通州即漢潞縣，北齊爲潞郡，金始有今名，元明因之。洪武初建城，景泰間增築西新城，置倉爲受糧之所。潞水源出塞外丹花嶺，匯九泉水南流，至密雲縣石塘嶺，白河自西來源出宣化府滴水崖。合焉，故又稱白河。今舟人惟知此名。又歷懷柔東，紅螺山水入之，至順義，靈蹟山川河入之。一名九度河，源出昌平州黃花鎮。至牛欄山亦順義境赴熱河孔道也。東麓，潮河出密雲東南，此與寶坻潮河別。匯要水、出古北口外，自黃崖口入。武列水、出密雲山西北。三藏水、亦出密雲境，或曰即武列水也。道人溪水出龍門，流經密雲東北。入之。又南而東，鮑丘水源出塞外禦夷鎮。匯夏謙澤、在薊州北。陽河出薊州紙坊山，西流入此。合焉，故又稱鮑丘。又南榆河自居庸關南流至昌黎舊縣而潛伏，又南十餘里復出，其一由龍泉寺而西。分流，由四家莊。匯芹城水、出昌平，北至藺溝，入榆河。清河即官河，出一畝泉分流爲雙塔河，過順天府北，入榆河。榆河一名沙河，與盧龍之沙河別，《水經注》謂之濕餘河，《遼史》作溫榆，竹垞據《後漢書·王霸傳》章懷太子注引《水經》作溫餘，辨温字之譌,今土人稱餘河。入之。至通州北匯金盞淀,而大通河一名通惠河。自西來合焉。大通河者,元世祖時,都水監郭守敬言水利,導昌平白浮村神山泉,西折南轉,匯南沙河,即榆河之分流,由龍泉寺匯昌平州西之虎眼泉,一名馬眼,合西山諸泉。經甕山泊,又匯高梁河,《水經注》:幷州,黄河之別源也。自昌平沙澗,東南流經高梁店。幷七里泊,自昌平流至都城西北之碾莊,入高梁河,合而南流。至都城西水門内,匯於積水潭。在德勝門西。東連石察海、在宛平縣署後一帶。西河頭,在地安門外。南經大内,横過金鰲玉蝀之下。折而東出南水門。又匯城河水東至東麗莊自東便門外至通州西門,爲石橋二、壩閘九,今水不甚暢流,故閘不啓。分流,一貫城中,不通舟。一出城北,皆會於城東。又按《方輿紀要》載,龍門川在雲州堡東北。匯獨石、紅山二水從龍門峽南下。入白河,當在白河自西來下。澗河源出八達嶺,入居庸關,達昌平州。入榆河,當在芹城水上。濕水引《水經注》:高梁水首受濕水於戾陵。蓋在今都城西北,曹魏開(君)[車]箱渠,灌溉數百里,及薊潞間。入高梁河,當七里泊上。均應補入。又張兆元《白河源流考》有富河,源出甕山口,會霸河,至通州東北入白河。《紀要》並無此水,記以俟考。

八月初八日(九月二十五日)

大風,午後少定。掉舟即已淺澀,摩至對岸。日暮雇小船,分載書籠之半。此行因袁漱六太守,書船便鄭南喬,屬代爲監視。初更,行數里,泊小神廟,思吾鄉補行秋試,壬子、乙卯兩科。伯兄如入闈,在都得六月書,云目光漸復。親友慫恿就試,陳堯農師尤亟勸之,亦快事也。此時酣卧矮屋中,目眚竟無礙否? 念之悵然。

八月初九日（九月二十六日）

辰刻，過張家灣，距通州十五里。渾河分流，會白河在此。按，盧溝河即渾河。源出山西馬邑洪濤山，《漢志》謂之治水，《水經》謂之㶟水，又謂索湻水。東流經大同府南、渾源洲之北，又東經蔚州，明屬山西，今屬直隸。北至保安州西媯川，出安寧北之繚陽山，或曰即古阪泉。匯龍灣河、西流至延慶州，名東川。溪河、出永寧團山，至懷來縣入媯川。沽河出延慶之雙螢，入於溪河。入之。又至州東南，洋河、出宣化府。順聖川上接蔚州，下屬桑乾。入之。南出西山，至都城西南，閻溝河一作鹽溝，源出良鄉西北龍門關。匯廣陽水、源出房山北之公村，南流。石龍口泉出良鄉西十五里，東流。入之。過白狼窩口，至看丹口在大興縣南，或誤作燕丹口。分流，一南至固安，爲永定河，一東注於此。《燕錄》：白河自通州東折而迤，西曰張家灣，蓋盧溝河與白河會流處也。《紀要》載直隸大川及《吳文恪集》皆云合於通州高麗莊，悮也。是日舟行輒淺滯。長年云：洪徙無常，雖土人亦不甚辨識。因檢《行水金鑑》載《問水集》。不知何人撰。白河經密雲諸山，全受渾、榆諸河之水，夏秋暴漲，隄防不能禦，源遠流迅，水勢漫散，河皆溜沙，深淺通塞不常，運行甚艱，惟用兜杓數千具，治河官夫遇淺即濬，庶盤剝可省矣。今糧艘赴通局過，州縣派夫濬河，插竿引導。近有議於白河建閘者，河廣水盛，漲必他決，底皆淤沙，閘必易損。且河徙無定，閘難改移，蓋未達水土之宜也。以此觀之，固未可遽嗔操舵之拙耳。晚野泊。

八月初十日（九月二十七日）

晚過舊潞縣，今名馬頭，水程距通州六十里。潮河一名新河亦盧溝之支流，又分其三，其一注此。其一爲新莊河，南流入武清縣界。其一爲黃洳河，注馬家莊之飛放泊。午過三河縣境，七渡河源出順義黃頒峪，故又名黃頒水，經縣西北。注焉。晚泊香河縣上馬頭，距城六里。扳罾口河、源出通州之孤山，經縣西。駱駝港源出三河縣之兔兒灣，經縣北。皆注焉。

八月十一日（九月二十八日）

過寶坻境三叉口，潮河注焉，潮河一源梨河，出灤州界，入遵化州。匯湯河、出鮎魚口。清水河，出道溝谷。北匯龍池河，一名漁水，漁陽之名以此，源出薊州北盧兒口嶺，而沙河、窖河、五里河諸水皆注其中。經玉田縣匯庾水、出塞外，南至徐無山，有黑牛谷水、沙谷水，並西出注其中。灅水、亦自徐無山，東南流，合於庾水，或云即灤水支流。還鄉河、一名浭河，源出遷安縣歷崖兒口，西南流。沙流河源出玉田鸞峪山，西南流，入還鄉河。至寶坻，匯柳沽河、出玉田縣境。草頭湖遵化、豐潤之水，至此溢而爲湖。注于三叉口。一源泃水，一名廣漢川，泃或作渠，非。出薊州北，黄崖口。西南流，經盤山之陰，匯白龍江、出薊南，一曰白龍港。藍水出玉田北境，入白龍江。至平谷，匯逆流河一名小礦流，源出平谷南泉水山，西北流，凡九十九曲，而入于泃河。至三河縣，匯洳河、源出密雲石峩山，西經平谷以至三河。周村河，源出塞外，至平谷下，入于洳河。又南至寶坻，與梨河合於三叉口，入白河，即此。午過河西務，屬武清縣。東南水運諸貨在此起紅單，至通州一百六十里，陸行至京一百四十餘里，輕車一日可達，縣治在西南。泉州渠在河東北，《三國志》：建安十一年從泃口鑿入潞河，名泉州渠，以通海。《水經注》：泃水出無終西山，西北流至平谷，又南入於潞河，又東合泉州渠口，曹操所鑿也。《紀要》云：渠東至遼西郡海陽縣樂安亭，南與濡水一名肥如河，灤水支流，在永平府東北，入漆水。合而入海。又云渠在武清縣南，誤也。《魏志》：泉州故城在幽州雍奴城邑。考唐改雍奴爲武清。操又鑿平虜渠，《本紀》云：鑿渠自呼沱入泒爲平虜渠。泒音孤，與沽通。此當在武清南，即溥沱入直沽處，當時運道直從鄴下達盧龍耳。晡時石尤作惡。

347

野泊偶得句云：遙空孤鳥衝雲去，薄暝歸鴉貼水飛。

八月十二日(九月二十九日)

微逆風，舟人牽挽而行，爲泝流狀。晚過一處，舟人不知其名，在楊村上十里許。見減水壩，在河東岸，舟人但稱圩壩。石礎甚堅，分流東注。考天津衛東有新開沽水套沽，其長四十餘里，一名新河。即明天順初議開海濱二沽以通薊州計可達泉州渠。運道處也。壩水當由此以達天津，未知是否。是夜收回書籠，聞此下皆暢流矣。

八月十三日(九月三十日)

晨刻過楊村，距昨泊處八里。舟行仍遲滯，以櫓壞不堪用，乃舍中流而就岸畔，復事牽挽故也。晚泊北倉，明永樂初建百萬倉於尹兒灣，因築城置衛以貯海運，今當仍其舊制，但衛易爲府耳。此距直沽數里，因檢查畿南各水源流分合條列於此。

盧溝河，自大興之看丹口分流爲永定河，即古無定河。過固安受南里河，琉璃河支流也，自新城東流至此。過東安至霸州境，入拒馬河。

琉璃河，一名劉李。古聖水也，源出大同山中，東流遶大房嶺，匯龍泉河、出房山縣大安山，西南流。孔水，大房嶺下。至良涿之間，匯涿水、出保安州之涿鹿山，經山谷中，歷由房山，至涿州北境，合挾河。挾河、一名挾活河，出房山中浣谷，至涿州西北，合渾水入此。一杖泉、出房山西南，諸泉匯爲溪流，經涿州而入於胡良河。胡良河、良一作梁，出房山，至涿州東北境，合一杖泉入此。桃水、出涿州西南奇溝，北合洵水，流於城東。洵水、一名北涉溝，自淶水縣境流入涿州西北，合桃水，東注於此。南至霸州入拒馬河。

易水拒馬河爲源，其下流。有三，一出易州西北窮獨山。爲北易水，又名濡水，東流至容城縣北。一出易州紫荊關北金水口。爲中易水，受子莊溪水自紫荆關下流。至定興,匯淶水、出保安州之攀山,南流至淶水縣,縣以此得名,東南流至定興,合五里河入此。范水,出易州,流經淶水縣而至定興,古范陽之名以此。至河陽渡在定興城南,今爲北河站。以東始稱白溝河。又匯遒闌河,一名沙河,自淶水縣流入定興西北,下流,與易州之梁村、白楊嶺、馬跑泉諸水合而入此。南至安肅,有武遂津,即此水。又東至容城,合北易水,又東北匯督亢水,督亢陂跨涿縣、新城之間,遥五十里。至新城匯馬村河、自淶水縣東南流至此。稻子溝,即上源分流,經淶水縣至此。經雄縣北境,東至霸州,始稱拒馬河,而琉璃河、盧溝河注焉。一出易州西南石虎岡。爲南易水,一名鮑河,一作雹。經安肅、容城之南,至新安,爲長流河,匯溫義河,自安肅來,一出曹河,一出徐河,俱至縣南而合流焉。西接安州諸水,爲九河總會,統名易水。其八河則徐河、出廣昌縣大嶺,經易州五回嶺爲雷溪,至滿城有大冊河,至清苑北境,東入安州。曹河、出安肅縣西曹河澤,經清苑北界,東南至安州,入徐河。一畝泉、出清苑西三十里,合鷄距泉,稱清苑河,至府城分流,環遶城濠,城南有閘通舟,東至安州,爲劉家淀,又東入徐河。礌石河、即祁水,出完縣伊祁山,有五靈水:流九水、店頭水、五雲水、博水、曲逆水(一名濡水),皆入焉。至滿城爲方順河,東流過清苑南,出方順橋下,又東流合於一畝泉。唐河、古嘔夷水,自山西來,經倒馬關至唐縣境東南,過聖都,恒山之龍泉河入焉。至定縣界稱滱水,今謂之清水河,恒水自曲陽來入焉。過祁州博野境,博水自望都來入焉,而滋河、沙河、鴉兒河皆會於是,經蠡縣、高陽而至安州。滋河、出蔚州流山谷中,至真定府境,東過無極、深澤,東北至祁州,沙河合焉。又東至博野,會雅兒河注于唐河。沙河、出山西繁峙縣白岐頭,經曲陽,東南流。曲河並於賈莊河及告河,皆自行唐縣來入之,至新樂石臼河,即㴲河,自房山歷行唐來入之。又東至祁州,入滋河,其支流東經邊吳泊,亦匯安州諸水。鴉兒河。《晉州志》以爲滹沱支河,自晉州流入束鹿縣境,北達博野，入于滋河。安州、新安、高陽之交，聚爲邊吳泊，東流至雄縣南，名瓦濟河，又匯淘河、在安州東境，爲易水支流。《宋史》：知雄州何承矩上言曰："自淘河至泥姑海口，屈曲九百餘里，此天險也，設(戌)[戍]巡察，大爲要害。"㲹河、温義之支流，自新安至此。雄河、自安州邊吳泊分流，過縣南東流，仍合焉。高陽河、自高陽至此。清河出縣南五十里。泛濫於諸淀。《宋會要》：沿邊塘濼，東南起保定軍，即今保定縣，西北抵雄州，即今縣，合百水淀、黑羊淀、小蓮花淀，衡廣六十里，縱二十餘里。至保定縣稱磁河，而玉帶河即拒馬河分流，與肅寧玉帶河別。北來會焉。東南至文安，溢爲趙淀，縣志云：東北自路(五)[瞳]村起，直抵西營、唐頭等村，計長四十里，南爲文安，北即霸州。分流爲黄汊河。東北至武清而注於三角淀，而拒馬河自霸州東經古永濟渠，州東四十五里苑家口下達栲栳圈，又名通濟河，注於高橋淀，周迴數十里。過東安、永清至武清，亦注於三角淀，又受東沽港水，即渾河在涿縣分流之一。東達於小直沽。此畿輔西北諸水入海之大略也。

　　滹沱河，班固敘《禹貢》所謂徒駭者也。自山西盂縣發源於繁峙，經雁門。至真定，經平山匯治河，一名甘淘河，源出山西平定州綿山，過井陘而西，其支流爲綿蔓水，至平山後合蒲吾渠而入滹沱。○元至元末，分引治河，東出至寧晉，入大陸澤，以殺滹沱水勢。至大初，復決而合焉。至靈壽匯衛水、出縣西。温泉、一名泥河。松陽河，俱出縣境，又有雲水、大鳴川，各入于滹沱。過府城南，霜降設橋，名通濟，即今渡處。東經藁城，至晉州，匯礓石河，滋河支流，自祁州流入安平南至此，或曰"古薄洛津"。○明成化間於此決，而南至寧晉，入漳河，冀州以東，衆流潰亂，遂改故道矣。至束鹿光武渡冰由此。北流經安平。而東，過深州，嘉靖(問)[間]於此潰決，南合胡盧河。東北至饒陽，舊在縣南，魏武因饒河故瀆決令北注，所以今在縣北，宋白曰：決處即平虜渠。溢爲鐵鐙竿水。在河間府北，因饒陽舊河而名之。志云上流匯漳河、滹沱諸流，又北接博野、蠡縣沙、滱諸河，下流瀦爲陂池，紆（迴）〔迴〕散漫，經府境而北，地益平衍，幾數百里，通靜海、直沽以達海。自此導流而北，經蠡縣境，又東北至高陽匯楊村河、自蠡縣境至此。土尾河自蠡縣、清苑之交至此。爲馬家淀。一東北流，注邊吳淀，一東流，分爲高河、豬龍河。二河均又名滱水。豬龍經安州界，入白羊淀，在任邱西。達於瓦濟河，高河經河間縣，南接交河、獻縣，匯滹沱別流自鐵鐙竿渠東出至河間，又東南經獻縣、交河之間，房淵水入之，瀦爲大浦淀。此本滹沱正流，舊由青縣入衛河，今散漫，非復舊跡，《紀要》猶誤載焉。及漳河，自阜城至此會滹沱。又匯倒流河，在交河東北九十里，匯東境之水，西流，又爲三汊河，注滹沱。經長豐渠，在河間西北百里，《唐志》：開元二十五年，刺史盧暉引滹沱河，由束城以東，通漕溉田，一曰兩豐渠。匯中堡河，在肅寧縣東北，即長豐渠，故地志云：蠡縣以東，高陽以南，諸水溢入于縣境，播爲洋東五十二淀，俱注於中堡河，流經雄縣界，會於瓦濟，即唐河諸水散流所匯也。又流爲玉帶河，亦在肅寧東境，疑即子牙河。至任邱爲鏡河。東北匯諸淀，馬圈泊、五龍潭、斜溝、蓮花泊、齊家泊、趙家淀、掘鯉淀，均相連屬，西接瓦濟河。至於五官淀，志云：五官淀在河陵廢縣之東，上流諸水悉會於此，東北接武清縣，爲三角淀。又任邱東有東莊橋，志云：南境之水俱由此至五官淀。以達三角淀而入直沽。漳河有二源，獨漳即潞水，發源於長子縣發鳩山，清漳發源於樂平今平定州境。少山，一曰沾嶺，各歷數百里，至河南臨漳縣合而復分，一北至廣平府永年境，匯滏水，自磁州來。經成安、廣平縣肥鄉、曲周，東北至雞澤、平鄉、南和，合沙、洺諸水。沙河源出縣西北湯山，一名潤水，繞經縣東南流至雞澤、平鄉，入於洺水。○洺水出遼州界太行山中，經武安遠邯鄲至臨洺關，東北合沙河，至此入焉。至任縣匯灃河，上源即百泉水，由南和至此。入隆平之大陸澤，此爲漳水正流而反淺細。其支流由臨漳至大名府魏縣，今廢即元城縣東鄉地。經山東館陶西境而合於衛河，是爲運道，得漳流而始盛云。隆平之大陸澤分流至於寧晉，匯洨河、出井陘，經平山，治水支流入之，經欒城至趙州，清河水即槐水支流，自元氏縣來入之，宋耿望開鎮南河入洨河即此。又東至州城，西南有安濟橋跨其上，今名大石橋，又東南至縣入此。槐水，出贊皇縣西黃沙嶺，經元氏至高邑稱黑水。而沛水一名沙，自贊皇經臨城，經元氏之泒水共入之，東北至柏鄉稱野河。又東至隆平，匯臨城之午河，是爲槐武河，灃水支流，自任縣來入之，東北至縣合此。於是有胡蘆河之名。其泛溢時，丁度曰：胡盧河，橫漳之別名，故多溢。漳水、滹沱南北交注，深、冀、河間皆爲澤國矣。正流則入南宮，仍稱漳水。□爲堂陽渠，至冀州，匯清水河，胡盧支流，至此合焉。至衡水，稱長蘆河，至武邑，匯澤水，自廣宗來，經南宮、冀州至此。至武強，于家河、雁河、亭子河皆匯于此。至阜城，匯索盧水，又名潢盧，自故城流經棗強，至此匯劉麟河而並注焉。至交河縣東北或又稱澤河。入於滹沱。此派漳水往往淺涸，而滹沱經分流散漫，至瀛、莫以北會衆水而爲巨浸，於是趨直沽，會白、衛兩河以入海。此又畿輔西南諸水源流分合之大略也。

憶壬子秋，自保定赴清豐，在大名府南衛河經西界。於南關外登舟，至安州以東，波流汛濫，度趙堡今人譌爲北。□，行荷芰香中，粉紅帶露，掩映荻葦青葱，遊目騁懷，樂數晨夕。記曾經靜海西境以達天津，爾時欲考所歷水道，以無書可檢而止。荏苒六載，復有此遊，憾不重經雄、莫，容與乎冰華翠蓋間也。

八月十四日（十月一日）

過丁字沽入御河，泊府城東浮橋南。午刻，登岸剃頭，旋散步河干，歷覽闤（圓）[闠]，人烟叢雜，百貨蕃盛。詢肆中人云，癸歲粵匪肆擾，距西城十餘里，志云：信安灣在天津西北，即漕河曲折處也。明正德中，畿輔賊劉六等犯境，守將賀勇遇之於此，賊敗走。東北固無恙也。擬訪謝公祠不果，回船，申刻過關，泊於北岸。因憶壬歲過此，泊小直沽口，距城十數里，鄭晴川大令時委權清豐，邀主記室。往謁謝公，日暮來答拜，登鄭舟坐逾時。時謂其酬應周密，不過世俗所稱能員，堪勝繁劇者耳，豈知其誠謀忠勇震耀宇宙，一旅之衆奠宗社於磐石。設非某帥忌才，陷之死地，所招勇目于幡龍叔姪皆從死焉。于本爲無賴，與人搆難，坐繫獄，謝公出而用之，竟得其死力。又有海張者。則其勳績所至，豈復出名王下耶！久欲得謝公禦賊事狀入筆記中，因所聞異辭，不敢漫錄，知必有有心人能紀其實者。他日國史當爲之立傳，正不可失所採取也。

　　近歲長江道梗，吳越兩省糧由海運，京城僅恃此以供俸糈。去歲來者百六十萬有奇，今歲祇三十餘萬，官祿皆以菽粟配放，市糧騰踊，近日稍平。然以吾鄉銀價量器準之，斗米尚需千錢，計都下日食原不盡資稻米，惟南人羣萃，兩餐以稻米爲大宗，稻米價昂，則他糧亦因而翔貴，民不聊生，粥飯之賑無濟也。海運關係大局，但願南中歲收無歉，天津海口凝秋，則杞人之憂庶稍釋耳。查海運昉於元伯顏，先是平江南時，命張瑄、朱清等，以宋庫藏圖籍，自崇明州海道載入京師，而運糧則自浙西涉江入淮，由黃河逆水至中灤今封丘縣，在開封府北七十里，中灤鎮在縣南，大河北岸，蓋爲衛輝要津。旱站，陸運至淇門，入御河，以達於京。後又開濟州今濟寧州境，古州治在鉅野縣。泗河，即今運河道，舊名會通河，濟水接泗水，合諸陂澤之流，自州至于汶上，北出東平境合汶水，即大清河。自淮至新開河，由大清河至利津河自汶上縣經東平州及東阿、平陰、長清、齊河、歷城、臨邑、濟陽、齊東、惠民、青城、濱州、蒲臺、高苑諸境。入海。因海口沙壅，又從東阿旱站運至臨清，入御河，又開膠萊河道通海，勞費不貲，卒無成功。《膠州

志》云:州東南百里有馬家濠,長三里餘,夾兩山中,南北俱接海口。元至元十
九年,開膠萊新河阻馬家濠,不就。至元十九年,伯顔追憶海道載宋圖
籍之事,以爲海運可行,於是請於朝,命上海總管羅璧率朱清、張瑄
等,造平底海船六十艘,運糧四萬六千餘石,從海道至京師。然創
行海洋,沿山求嶼,風信失時,明年始至直沽。時朝廷未知其利,仍
事江淮漕運,後又用王積翁議,廣開新河。然沿海候潮以入,船多
損壞,民亦苦之,而忙兀[斛]海運之舟悉至焉。於是罷開河之役,而
海運河漕間歲迭舉。二十四年,始立泉府司,專長海運。既又設都
漕運萬户府,令清、瑄二人掌之,糧數遞增至二百萬石以上,海漕之
利,蓋至是博矣。歷年既久,弊日以生,水旱相仍,公私俱困,疲三
省之民力,以充歲運之恒數,而押運監臨之官,與其司出納之吏,恣
爲貪黷,脚價不以時給,收支不得其平,船户貧乏,耗損益甚。兼以
風濤不測,盜賊出没,剽劫覆亡之患,自仍改至元之後,有不可勝言
者。由是歲運之數,漸不如舊。及汝、潁倡亂,湖廣、江右相繼陷
没,而方國珍、張士誠竊據浙東、西之地,雖縻以好爵,資爲蕃屏,而
貢賦不供,(制)[剝]民以自奉。至十九年,朝廷遣兵部尚書伯顔帖
木兒等徵海運於江浙,由海道至慶元,抵杭州。時達識帖睦邇爲江
浙行中書省丞相,張士誠爲太尉,方國珍爲平章政事,詔士誠輸粟,
國珍具舟,達識帖睦邇總督之。朝命既達,而方、張互相猜疑,士誠
慮方氏載其粟而不以輸於京也,國珍恐張氏製其舟而因乘虛以襲
己也。伯顔帖木兒白於丞相,正辭以責之,巽言以諭之,乃釋二家
之疑,克濟其事。自是歲遣重臣往徵海運,猶常得十餘萬。至二十
三年,士誠託辭以拒命,而東南之粟,不復至京師,而元祚以移。此
皆詳具於《元史·食貨志》。而《武宗本紀》又載云:至大三年十月
壬申,浙江省臣言:"曩者朱清、張瑄海漕米歲四五十萬至百餘萬,

時船多糧少，顧值均平。比歲賦斂橫出，漕户困乏，逃亡者有之。今歲運三百萬，漕舟不足，遣人於浙東、福建等處和顧，百姓騷動。本省左丞沙不丁，其弟合八失及馬合謀但的、澉浦楊家等皆有舟，且深知漕事，乞以爲海道運糧都漕萬户府官，各以己力輸運官糧，萬户、千户並爲軍官例承襲，寬恤漕户，增給顧值，庶有成效。"尚書省以聞，請以馬合謀但的爲邊授右丞、海外諸蕃宣慰使、都元帥、領海道運糧都漕運萬户府事，設千户所十，每所設達魯花赤一、千户三、副千户二、百户四。制可。十一月戊子，以朱清子虎、張瑄子文龍往治海漕，以所籍宅一區、田百頃給之。

　　朱清、張瑄者，海上亡命也，久爲盜魁，出没險阻，若風與鬼，劫略商販，人甚苦之。至元二十一年，伯顔建議海運，乃招二人，授以金符千户，據《元史》，先已有海運圖籍之事矣。押運糧三萬五千石，仍立海道萬户府三，以清、瑄與羅璧爲萬户，轄千户、百户所，領虎符、金牌、素銀牌。船大者不過千石，小者三百石，自劉家港出揚子江，海道在三沙下。盤轉黄連沙觜，月餘始至淮口，過膠州牢山，一路至延真島，望北行，轉成山，西過九皋島、劉公島、沙門島，放萊州大洋，收界河（兩）[西]，月餘抵直沽，實爲繁重。至元二十六年，增糧八十萬石，二月開洋，四月直沽交卸，五月還復運夏糧，至八月回，一歲兩運。是時船小，人多恐惶。二十七年，朱清請以長興李福四押運，自揚子江開洋，落潮東北行，出長灘至白水、綠水，經黑水大洋，北望延真島，轉成山西行，入沙門，開萊州大洋，進界河，不過一月或半月至直沽。漕運便利，是歲加朱爲浙江省參政，張爲鹽運司都運，如是者二十餘年。大德七年，招兩浙上户自造船，與脚價十一兩五錢，分撥春夏二運。延祐以來，各造海船，大者八九千，小者二千餘石，歲運三百六十萬石，京師稱便，迤南番貢亦通。蓋自上海至直沽內楊村馬頭，凡一萬三千三百五十里，不出月餘可以達，省費不貲。若長樂港出福州，經崇明以北，又自古未有之利也。周密《浩然齋視聽抄》記云：朱、張海餉，自三山大洋徑至（燕）〔燕〕京，且言自古所未嘗行此道，昉自今始。然杜少陵《出塞》詩云："漁陽豪俠地，擊鼓吹笙竽。雲帆轉遼海，粳稻來東吳。越羅與楚練，照耀輿臺軀。"又《昔遊》詩云："幽燕夙用武，供給亦勞哉。吳門持粟帛，汎海淩蓬萊。"然則自昔燕地皆海運矣。我朝洪武十三年猶倣其制，歲運七十萬石以給遼東。至永樂間通會當作會通。河，始不復講。此見明胡松《廣輿圖記》。又《通漕類編》云：元之海漕，其利薄，其法亦甚備。船有仙鶴哨之名，每三十隻爲一綱，大都船九百餘隻，漕米三百餘萬石，船戶八千餘。又分其綱爲三十，每綱設押綱官一人，以常選正八品爲之。其行船者又顧募水手，移置揚州，先加教習，領其事者，則設專官，秩三品而任之。又專責清、瑄輩，但加秩耳，不易其人，此所以享其利者幾百年。當全盛之時，固無庸論。至正之末，天下分崩，猶藉張士誠給數年，豈非措置得宜，久而不變哉？按，此與《元史》之說小異，惟其專官習事，以爲切要，故並録之。本朝成廟時，吾鄉陶文毅公督兩江，奏行海運，自是與河漕迭舉。近歲專恃海糧，然押運官則由旱站至天津，俟船到交糧，盤費頗裕，而獎敘亦優，江南需次諸員，皆悅而願自效矣。每歲糧抵津次，由直隸藩司派州縣以下若干員，大京兆亦派若干員，共理其事，差竣各請獎勵，而通州、天津常駐官皆與焉。未知元時所辦視此何如也。

八月十五日（十月二日）

諸篙工以佳節不欲啓行，日暮移泊上游戌樓下，風利殊可惜，亦不能不順人情也。月下獨酌數卮，憶去年此時，偕蔣兄在潞河同室，有楊嵩樵及郭介臣鑑襄同年，天氣晴爽，試院整潔，襄校之暇，巡簷酹月，葡萄入酒，佐以霜螯，談讌極歡，夜分忘倦。今且彌歲，而萍踪飄泊，孑然南征，迴想舊遊，其閒逸亦不可得，得不喚奈何耶！夜深不寢，又念伯氏若果入闈，三場無恙，且竣事矣。沈錮之疾，忽刮金鎞，自是吉徵。初九日爲占牙牌，數云："大開圍場，射鹿得麞，顧盼自喜，中疊必雙。"四語詞意相稱，識之以俟符應，不知何時方得見試錄也。即枕得詩云：

　　繫纜連朝傍海城，又看澄景入宵清。風來砧杵聲聲徹，月湧波濤片片明。十日水程摧客興，通州至此三百餘里，舟行旬日，尚復淹住。一天秋色動鄉情。家庭矮屋同良夜，應念浮蹤嘆遠征。

八月十六日（十月三日）

過楊柳青，得風，張帆行四十餘里，日暮，泊新口。自晨起取《溫公家範》展讀一過，其言一家之人，無不備具。人之一身，自幼而壯而老，所歷皆可取法，真誥寶訓，斯爲切要。夜闌人靜，撫躬循省，痛二親之已往，念客遊之不休，兒女成行，以教督諉之弱婦，悠悠此身，伊於胡底。雖陽九百六，適當其阨，而舉動之誤，亦知命安貧之學有未至也。

八月十七日（十月四日）

過獨流，記曩歲過此，市蟹甚賤，又醋極佳，今見市肆荒涼，人民憔悴，不勝今昔之感。日晡，過靜海縣，亦覺滿目蕭條。晚泊雙堂，月上照澈篷牕，因啓户，覽眺獨立，移時得斷句云："碧天如水月如霜，獨倚篷牕耐薄涼。忽向長空更南望，長沙星下是吾鄉。"

八月十八日(十月五日)

微逆風,晚泊流河馹,青縣境。計天津至靜海一站百十餘里,靜海至此一站不及七十里。夜深獨坐,因昨感風露,體小不適,不敢開門玩月,惜哉!

八月十九日(十月六日)

逆風甚,行四十里,抵青縣泊。《方輿紀要》載滹沱河至此入衛河,有岔河口,水勢洶湧,闊數十丈,今無所見。詢舟子及土人,皆言無此河口,蓋沿舊說而誤引也。

八月二十日(十月七日)

過興濟廢縣,今屬青縣馹站。晚泊滄州,時曛黑無所見。據舟人云,亂後城壞,州官僦居民舍,距河干不遠,夜半雞犬聲亦寥寥,元次山營道諸詩境況可想。

元延祐三年七月,滄州言:"清池縣明初廢。民告,往年景州吳橋諸處御河水溢,衝決堤岸,萬戶千奴爲恐傷其屯田,差軍築塞舊洩水郎兒口,在南皮縣東北四十五里。水無所洩,浸民廬及已熟田數萬頃,乞遣官疏闢,引水入海。及七月四日,河決吳橋縣柳斜口東岸三十餘步,千戶移僧又遣軍閉塞郎兒口,水壅不得洩,必致漂蕩張管、許河、孟村三十餘村黍穀廬舍。故本州擇官相視,移文約會開闢,不從。"四年五月,都水監遣官與河間路官相視原塞郎兒口,東西長二十五步,南北闊二十尺,及隄南高一丈四尺,北高二丈餘,復按視郎兒口下流故河,至滄州約三十餘里上下,古跡寬闊,乃減水故道,名曰盤河。令爲開闢郎兒口,增濬決積水,由滄州城北達滹沱河,當是胡(蓚)〔蘇〕河之誤。胡(蓚)〔蘇〕故河由東光過此入海,隋時州境置胡(蓚)〔蘇〕縣,在青縣東,若滹沱,則在衛河以西也。以入于海。事見《元史》。

八月二十一日（十月八日）

大風，舟行灣曲，順逆不一。午刻修舵，延兩時許，仍挂帆行，日晡風微，泊馬家口。在磚河圳上。偶得句云："帆飛岸樹互前卻，日落雲山疑有無。"又五言一章。

津樹挂落日，流波激清風。田父驅犢還，稚子荷蕢從。年豐足粒食，村户炊煙濃。嗟予事遠征，踽身棲孤篷。日夕泊無所，牽挽煩篙工。仰視星兩三，茫茫煙水中。兹行亦何爲，生事慚村農。拊膺一太息，吾道寧終窮。

八月二十二日（十月九日）

行四十餘里，住泊頭鎮，即新橋馹屬。登岸剃頭，聞肆中人與鄉民議及歲入豐稔，富人賣故貴，窮民日食維艱，相與愁歎，未知地方官吏察此情否也。夜閲《直齋書録解題》，《東坡書傳》注云："其於《胤 廟諱征》，以爲羲和貳於羿而忠於夏。於《康王之誥》，以釋衰服冕爲非禮。曰'予於書見聖人之所不取而猶存者有二'，可謂卓然獨見於千載之後者。又言昭王南征不復，穆王初無憤恥之意，哀痛惻怛之語，平王當傾覆禍敗之極，其書與平康之世無異，有以知周德之衰，而東周之不復興也。嗚呼，其論偉矣！"直齋生南渡後，故有是記。其於陳少南名鵬飛，官博士。《書解》注云："秦檜子熺嘗從之遊，少南爲禮部郎中時，熺爲侍郎，文書不應令，輒批還之，熺寢不平。説書崇政殿，因論《春秋》'母以子貴'，言《公羊》説非是，檜怒，謫惠州以没。今觀其紹興十三年所序，於《文侯之命》，言驪山之禍，申侯啓之，平王感申侯之立己，而不知其德之不足償怨。鄭桓公父死於難，而武公復娶於申。君臣如此，而望其振國雪恥，

難矣。嗚呼，其得罪於檜者，豈一端而已矣。"二條合而觀之，知直
齋之痛心於江左者深矣。坡公之論衰周，偶然及之，豈知數傳而
後，禍更烈於犬戎。而建炎君臣二聖環掉在腦後，其蔑理蒙垢，更
甚於洛邑冠裳矣。降及有明，南畿一載，志愈荒而脈愈促，不又出
臨安下哉。

八月二十三日（十月十日）

黎明微雨。行過東光境西南，兩岸廬舍一空，平壞爲赭，舟人
云，連鎮上下數十里皆然。兵燹之害烈矣哉！成聚成都，猶可以人
力圖興復，至於林木，豈易培植？若彼濯濯，正不知何年得覯嘉蔭
也。晚泊大龍灣。

八月二十四日（十月十一日）

晨過連鎮，屬吳橋，即連窩馹。擬登岸尋引水困賊遺蹟，並詢訪
僧邸攻戰事狀，適小雨，不果。憶壬歲七月望，初更抵此泊舟，偕鄭
晴川登西岸步月，不覺里許，見廟中演劇，高樓燈火，鉦鼓喧豗，觀
者如堵牆，販豎喚賣食物，鯈游而雀噪，其時之富庶可知。今則斷
井頹垣，人烟寥落矣。午後（晴）［晴］，晚泊安陵。屬景州。偶聞舵
工言淮北鹽務，舵工劉姓，清江人，嚮備於鹽船，故知之。因喚而細詰之，
云淮北自道光十一年陶文毅公奏改票鹽，山左右及河南富商皆趨
焉。以先年冬赴揚州納課，淮北分司借寓鹽院公廨，驗貨入庫，累
年自三四百萬至千萬以上，溢於額課者十倍。乃即衆貨派數分收，
餘悉發還，必及千金，方得領票，故票販本少者，且假貸盈萬以爲退
貨地步。海地鹽池常以小滿，前後晒鹽最旺，淮南鹽出於煎煉，淮北則
專取日暴，故有池竈之別。票販至此領鹽，四月開運，抵西壩堆棧，其
自豫、皖詣西壩接運者，謂之湖販。由順清河下湖，度臨淮及正陽
關而西，雖展轉販鬻，而本輕利厚。二十二年，牛制軍奏准以淮南

懸課於淮北溢請之數抵解，固一時之盛也。至三十年，淮南亦改票引，而北局漸衰。近歲粵匪據金陵，皖、豫捻匪益肆，湖西船道不靖，鹽更滯銷。而揚州久被蹂躪，無敢以重貲至者，至是淮北之額課亦懸。咸豐六年，江督怡公將撥抵淮南懸課奏停，鹽政仍無起色，然課入資以佐餉，惟視西壩存鹽各販扣留勒辦，所得亦甚微矣。

八月二十五日(十月十二日)

陰，微順風，午後雨。抵老君堂泊，屬德州。入山東境矣。篷牕眺望，霡霂沾衣，得句云："雲際炊烟噓淡白，枝頭秋色帶餘青。"夜閱張來儀羽，明洪武徵爲太常丞。《金川門》詩，前八句云："兩山夾滄江，拍浮若無根。利石伴劍戟，風濤相吐吞。維天設巨險，爲國今東門。試將一卒守，堅若萬馬屯。"李辰山注云："詩作於洪武甲寅，未三十載，而燕師從此入矣。讀之可勝浩歎。"按，建文當日誤於"無使朕負殺叔父名"一語，致使忠勇掣肘，而姦回貳心，天險得度，非戰士之罪也。近日小醜跳梁，蔓延吳楚，自九江以下，望風而靡，神皋奧區，不爲一日之守。坐令中原震動，財賦彫敝，勞師數載，恢復綦難。彼貽誤事機者，其罪可勝言哉。或傳壹者城陷未死，覬受僞命，誣之太過，是以君子惡居下流也。

八月二十六日(十月十三日)

晴，微順風。日中抵德州小泊，舟人瑣事俄延，先過城北，見減水壩。按《明太宗實錄》，永樂十年四月，尚書宋禮字大本，永寧人。洪武中爲山西按察司僉事，永樂間進尚書。開會通，論治漕渠，功第一。奏："近因御史許堪言衛河水患，命臣相度措置，臣嘗因衛輝至直沽，視河岸低薄，非止一處。竊謂若不究其源，析其流，但務修築隄岸，恐水復衝坍，不免連年動勞民力。今欲除患，須定長久之計。臣先視會通河至魏家灣今清平縣境。與土河即漯河。相連，宜於彼處開二小河以泄于土河。復視德州城西北，亦可開泄水小河一道，自河岸至舊黃河開通泄水，由海豐今武定府屬縣。古沽河入海，雖遇水漲，衛河自無漫衍之患。"上諭令俟秋成後爲之，此其是矣。晡時行數里野泊，有小村落，距河干稍遠，地當直、東兩省，犬牙相錯，盜蹤出沒，行旅常有戒心。予以書篋滿船，幸無懷璧之懼，詩以自嘲，兼述舊感。

> 飛鴻焱南北，飲啄習殊方。羽毛匪珍貢，不慮虞機張。緊余廿載前，負米趨炎荒。漳江奮孤棹，聞見心旁皇。今日苦兵革，當時伏强梁。陸居患毀室，水行愁越疆。黯淡五嶺間，官吏如聾盲。偶逢使君賢，謂黃暢生丈。游徼嚴巡防。隸卒半兒黨，羽翼相扶將。有時務塞責，弋獲胥贏尪。大憝倘羅致，賞賚豐逾常。讞定且縱去，飛走無高牆。養癰非一朝，毒發多所傷。壹者台省臣，高居何堂堂。民脂足宴樂，諱疾成膏肓。我昔憚行役，念此增悽惶。揭來龍城西，灘水阻且長。若屬逢狹路，鬼蜮兼豺狼。顧見挾書册，棄去殊悵悵。文字豈禁虩，實亦無貲裝。兹行去京國，訪舊投淮揚。言登米家船，滿載羅縹緗。長物非不富，未堪齋盜糧。任爾話畏途，吾意終徜徉。人生貴自得，何用籯金黃。夷險惟所遇，操持慎中藏。但遭世俗棄，素業逾激昂。中宵發長嘯，磊落星斗光。

八月二十七日（十月十四日）

順風，行八十里，泊故城，屬河間府，與冀州棗强接壤。對岸仍德州所轄。連日見岸樹青葱，卓午日光激射，居然有春夏氣，因思漢儒易學以人事驗天道，歷歷不爽，《越絶書》：范蠡曰："秋暑而復榮者，百官刑不斷也。"感而有作,聊存此説,不敢妄有訾議也。

　　西風送秋至,萬彙向蕭瑟。閲候氣轉嚴,霜威懍寒節。我
來沂漳衛,行令屬九月。草木非松筠,不凋應改色。如何兩岸
間,青青茂枝格。豈緊地氣暖,此境在瀛德。宜慘乃復舒,將
毋道有闕。大造隱遞嬗,四時利用革。仁愛誠天心,殺當生者
苗。庶徵辨休咎,三省崇往哲。蒙也抑何知,人事安可測。去
去理征棹,流觀漫怡悦。

八月二十八日(十月十五日)

微順風,抵鄭家口,已初更矣。

八月二十九日(十月十六日)

南風,日午更甚,停舟斷岸間,薄暮風微。行至爛泥灘泊,離鄭
家口二十餘里。按《元史・河渠志》:至元三年七月,都水監言:運
河至汛漲時,全藉隄堰防護,其園圃之家掘隄作井,深至丈餘,或二
丈,引水以溉蔬花。復有瀕河人民就隄取土,漸至闕破,走洩水勢,
不惟澀行[舟],妨運糧,或致漂民居,没禾稼。應請巡禁,從之。今
見隄畔掘井,轆轤引水,沿河兩岸,在在有之。且或上爲井口,其下
穴隄容水,浸齧既久,遺害非細。愚民無知,苟利目前,即亦無所禁
制,良可慨也。

八月三十日(十月十七日)

風利,巳刻過甲馬營,相傳即宋藝祖誕生處,岸有巨碑,不獲登
覽,此已入武城縣境。晚抵縣治對岸泊,擬訪言夫子遺蹟,展謁祠
宇,會日暮,不果。此行重經衛河,本欲詢考所過道里及州縣沿革
名稱,乃舟人夢夢,百問不能一答。且器殘工拙,日行數十里,未嘗

不昧爽啓行，曛黑而息，即思登岸尋野老閒話，藉以聞知一二，亦不可得也。點鐙兀坐，思家中時當敬神，湘俗：奉先靈于中寢之正室，或兼神佛堂焉，立中霤，厨有竈神，此常祀也。凡有喜慶事與歲時朔望，及其前夕，燒燭爇香，拜跪如禮，統謂之敬神焉。祀先人，則曰敬祖宗，敬字不典而有禮。不覺百感交集。吾鄉諺云"年怕中秋月怕半"，即日中則昃，及上山遲下山疾之意。八月向盡，逼近歲闌，桃梗之憂，正不知漂流何所。《易》言"吉凶悔吝生乎動"，吉一而凶悔吝三，則困衡拂亂亦意中事也。惟立身必謹，發禁躁妄，反躬自問，誠以爲難，不能自克。而徒以人事乖忤爲鬱鬱，則拂逆安有已時耶？書此以自警，抑散慮之一法爾。

九月初一日（十月十八日）

行六十餘里，泊油坊，時已曛黑，適鄰舟自臨清來，亦甫抵岸。有鄭南喬、蔣珩卿兩君皆邑人，在都同寓宣南坊館中，約爲兄弟交。寓書，其篙工與舵樓人閒話及之，便得收覽。此雖細事，亦奇遇也。鄭、蔣自都門來，遲我十餘日，由旱站至臨清，相約舟到同行，而榜人俄延，致兩君先至，守候許日，未免疑慮。閱信後，專力致答，限星夜遄行，計陸路四十里，遲明得達。在附書之始，當不料洪喬不爽，復音如此之速也。

九月初二日（十月十九日）

南風，巳刻更甚，波濤洶湧，艤舟隄灣避之。因將入會通河，用記衛河上源及故事數條。

衛河源出河南輝縣西北七里之蘇門山，古百泉也。《詩》"毖彼泉水"注："泉水，即今衛州共城之百泉也。"共城，即今輝縣治。蘇門山，一名百門山。東流經新鄉縣北，曾詢之新鄉人云：衛水夏漲，大舟可至縣西。過衛輝府城南東北過濬縣境，淇水入焉。濬境稱白溝，稱宿胥瀆，皆衛河也。淇水曾入大河，與衛絶。後漢建安九年，曹操於淇水口下大枋木遏之，使東入白溝，始復故流焉。經內黃、縣東有楚旺鎮，爲河南兑漕處，商賈麇至。清豐、大名府南境。南樂至大名府城南。舊有魏縣，省入大名、元城兩縣，唐時爲魏州，有貴鄉縣。《唐書・地理志》：開元二十八年，刺史盧暉徙永濟渠，自石灰窠引流至城西，注魏橋，以通江淮之貨。謂之西渠是也。隋開永濟渠由此，故謂之御河。按，永濟渠在霸州雄縣一帶，《隋書・煬帝本紀》：大業四年正月，詔發河北諸郡男女百餘萬開永濟渠，引沁水南達于河，北通郡是也。今沁水不復入衛，而時代綿遠，千有餘里之間，沿流不無改易，惟御河之名反掩淇泉之舊，蓋當時役民衆口所哇耳。東北至館陶，山東東昌府屬縣。流于故屯氏河地，屯氏河爲漢武帝時，河決館陶，注此爲別流，自河徙而屯氏湮涸，迨後衛水遷流及之。合觀《方輿紀要》及《畿輔通志》，説皆歧説。經縣城西，漳水合焉。漳漢見前。又東北至臨清，接會通河。

宋熙寧二年九月，劉彝、程昉言請開烏欄隄，東北至大小流港，橫截黃河，入五股河，復故道，並疏導衛河。三年正月，韓衛公以河朔累經災傷，應停河役，又寒食後人役比滿一月，正妨農務等語入奏。神宗命調兵卒代民役，仍詔彝、昉促迫功限，六月河成。

熙寧八年，程昉等奏自王供掃開舊沙河，引大河水注之御河，以通江淮漕運，從之。九年秋畢工，中書欲論賞，帝命文潞公覆實。奏言：“開河放水後漲落不定，御河上源，止是百門泉水，其勢壯猛。至衛州以下，可勝三四百斛之舟，四時運行，未嘗阻滯。隄防不必高厚，亦無水患。今乃取黃河水以益之，大即不吞納，必致決溢；小則緩漫淺澀，必致淤澱。凡上下千餘里，必難歲歲開復。倘謂通江淮之貨，則又不然。自江、浙、淮、汴入黃河，溯流而上，又合於御河，大約歲不過一百萬斛。若自汴渠入河，達於北京，和雇車乘，北京今大名府,宋時河在府南。陸行入倉,約用錢五六千緡,卻於御河載赴邊城,所省工役、物料、衣糧之費,不可勝計。又去冬,外監丞欲於北京黃河新隄開置水口,以通御河,其策尤疎。此乃熙寧四年秋黃河下注御河之處,當時朝廷選差近臣,督役修塞,所費不貲。大名、恩、冀之人,至今瘡痍未平,奈河反欲開口導水耶?都水監雖令所屬相視,而官吏恐忤建謀之官,止作遷延,回報謂俟修固御河隄防,方議開置河口。況御河隄道,僅如蔡河之類,若欲吞納河水,須如汴岸增修,猶恐不能制蓄。乞別委清彊官相視利害,並議可否。"又言:"今之水官,尤為不職,容易建言,僥倖恩賞。朝廷便為主張,中外莫敢異議,事若不效,都無譴罰。臣謂更當選擇其人,不當令狂妄輩橫費人民膏血。"已而都水監所言,與潞公不同。十二月,命知制誥熊本與都水監、河北轉運司官相視。本奏:"河北州軍賞給茶貨,以至應接沿邊榷場要用之物,並自黃河運至黎陽今長垣縣西境。出卸,轉入御河,費用止於客軍數百人添支而已。向者朝廷曾賜米河北,亦於黎陽或馬陵道口下卸,倒裝轉致,費亦不多。昨程昉等於衛州西南,循沙河故迹決口置牐,鑿隄引河,以通江淮舟楫,而實邊郡倉廩。自興役至畢,凡用錢米、工料二百萬有奇。今後每歲用物料一百一十六萬,廂軍一千七百人,均費錢五萬七千餘緡。開河行水,纔百餘日,所過船栿六百二十五,而衛州界御河淤淺,已及三萬八千餘步。沙河左右民田,淹浸者幾千頃,所免租稅二千貫石有餘。有費無利,誠如議者所論。然尚有大者,衛州居御河上游,而西南當王供向著之會,所以捍黃河之患者,一隄而已。今穴隄引河,而置牐之地,纔及隄身之半。詢之土人云,自慶曆八年後,大水七至,方其盛時,游波有平隄者。今河流安順二年矣,設復瀿水暴漲,則河身乃在(堌)[牐]口之上。以湍悍之勢,而無隄防之阻，泛濫衝溢，下合御河。臣恐墊溺之禍，不特在乎衛州，而瀕御河郡縣，皆罹其患矣。夫此河之興，一歲所濟船栿，其數止此，而萌每歲不測之患，積無窮不貲之費，豈陛下所以垂世裕民之意哉！"未幾，河果決衛州。至元豐間，此議未定，而害終於北宋矣。此言引黃入御之害，兩疏剴切詳明，不解當時朝議何久而不決？大抵建謀者之競言其利，足以熒惑衆聽，而朝廷舉事，凡關設便利者，寧使弊端百出，終必持之益堅，逢君罔上，鮮不自欺其心者矣。近歲都城當十大錢，無裨國計，深病小民，至有挾錢不能得食，咸豐六年臘月事也。時方行當十鐵錢，市肆抑使輕於錢券，交易已形墢轕。而某大僚偶至藏庫，見積鐵錢滿屋，漫曰：可停鑄矣。傳者誤謂停止不用，至城中視爲廢物，弊一至此。相率以死者。然圜法卒不能改，畿輔、山左推而廣之，其間大吏有素稱賢者，益亦從風而靡也。按黃流入御，於今日河渠無涉，惟河自蘭儀決口後，或且北徙，見行東明、濮州一帶，泛溢爲患。其地距衛河僅百餘里，倘遷流愈近，異時慮有創合併之説者，不可不審其利害耳。

明景泰三年七月，河南按察司僉事劉清奏："沁河至武陟入黃河。正統四年，自馬曲灣決入衛河。因此沁、黃、衛三水相通，舟楫往來，將及半年。今決口已塞，沁水出山西沁源縣綿山，至河南原武縣與汴河合流，至徐州入運河，以濟徐、呂二洪。明正統間，橫決入河、入衛，衛口既塞，尚連河流。天順七年，河趨陳、穎入淮，而沁復故道。衛河膠淺，運船皆由黃河，常遭沈溺。請敕廷臣相沁河原決之處，潴其水以資衛河，爲轉輸長久之計。"事下巡撫，率三司官議其利否。四年八月，清復奏東南漕舟，水淺弗能進。可自淮入黃河，至滎澤轉入沁河，經武陟馬曲灣，裝載岡頭，潴一百十九里，以達衛河。詔令漕運總督王竑等覆奏以聞，事見《明史》，未詳其究竟。按，元至元十四年，漕司議通(水沁)[沁水],北東合御河以便漕。衛輝路總管董文用曰:"衛郡地最下,大雨時行,沁水輒溢出百十里間,雨更甚,即浸淫及衛,今又引之使來,豈唯無衛,將無大名、長蘆矣。"會朝廷遣使相地形,上言衛州城中浮屠高者纔與沁水平,勢不可開也,事遂寢。據此則沁、衛之不可開通審矣,劉僉事何不知此事,而屢以爲請耶?兹因引黄人御之議而並録之。

日晡風稍定,行數里,泊王家江。聞雁有作。

　　橫江暝色墮微茫,嘹唳雲中雁路長。遠向衡陽度湘水,不知何日過吾鄉。

九月初三日(十月二十日)

丑刻行,辰刻抵臨清,鄭、蔣三人登舟,午刻進閘,後同赴街市游覽,所見較壬歲過此光景大有滄桑之感。聞城内爲墟,官吏均近河干僦居民舍,一切草草,惟關之爲暴,更逾往昔。守土者不恤民瘼,無以撫養瘡痍,徒急私索,爲行旅患。漫叟所謂"使臣將王命,豈不如賊焉",一邱之貉,古今同慨。三人荒肆小酌,回舟移泊縱談,不覺夜半矣。

九月初四日(十月二十一日)

早行過魏家灣牐,即明永樂間開小河通漯處。會通河始於元之韓仲暉,而詳於明之平江伯。元自安山西開河,由壽張西北過東昌,至臨清達御河,長二百五十里,決汶流以趨之。建牐以爲之節,牐長一百尺,闊八十尺,兩直身各長四十尺,兩雁翅各斜長三十尺,高二尺,牐空闊二丈。又自濟寧州開河至安山一百五十里,因清濟故瀆以通汶泗也。明洪武初,河決原經曹、鄆趨安山湖,而會通漸淤。永樂九年，因海運艱阻，遂疏鑿焉。《河程記》曰："會通河之源以南爲逆，以北爲順，南接豐沛，北迄天津，凡一千五百餘里，而推輓之勞不事焉。然河之源最微，黄水衝之，則隨而他奔，而漕不行，故壩以障其入。源微而支分，則其流益少，而漕亦不行，故壩以障其出。流駛而不積則涸，故閉閘以須其盈，盈而啓之，以次而進，今俗名灌塘子。漕乃可通。潦溢而不洩必潰，於是有減水閘，溢而減河以入湖，涸而放湖以入河，於是有水櫃，櫃者蓄也，湖之別名也。而壅水爲埭謂之堰，沙澥之處謂之淺，淺有鋪，鋪有夫，以時挑濬焉。"此百餘言敍漕河狀最悉。元時於臨清口及沛縣東沽頭二處置隘船牐，空闊九尺，以禁大船，又於隘牐外立二石，相離六十五尺。爲式以禁長舡。凡漕遇地陡水急，則爲月河以殺其勢，水大則舟由月河，繞牐之旁不過數百步。以避衝激之險。其説俱詳於《行水金鑑》"運河"一門。晚泊清陽馹。

九月初五日（十月二十二日）

曉過清陽閘。午後過上橋閘。晚抵永通閘下泊。

九月初六日（十月二十三日）

晨抵東昌府，偕南喬登岸，訪永達鑢局。見山右孫某，託寄京信。旋歷街市待舟，過聊城閘，渡小艇而歸。催攢開行，而舟人俄延，行二十里。泊李海務閘下。

《元史·王結傳》：結改東昌路，境有黄河故道，而會通隄（過）[遏]其下流，結疏爲斗門以泄之。明徐武功建閘於東昌之龍灣者八，積水過丈，則開而洩之，皆道古河以入於海。蓋因結之舊蹟，今兩岸猶有存者。

九月初七日（十月二十四日）

過周家店，牐七級，上下二牐。晚泊阿城北牐下。

九月初八日（十月二十五日）

過阿城兩牐，陽穀縣西境。鎮市爲故東阿縣治，肆多售阿膠，價頗廉，然不能辨其良否。晡時過荆門南北二閘，晚至張秋，泊古城。偕珩卿登岸，見市肆蕃盛，由河干泊舟多故也。

九月初九日（十月二十六日）

侵曉北風大作，張帆度黃流橫決處，快意時不免戒心，蓋差之豪釐，失之千里。篙工、舵師舟主固拙劣，是日專任能者，不復似平時之自用矣。手眼明快，則危者獲安。天下事夷險倚伏，措置得當，在一二着而已，且有當軸幹運，使人蒙福而不覺者，操舟其細焉者也。決口自張秋城南至沙灣一帶，大溜三，小者四五，自西而東，奔騰激怒，望爲巨浸。牐基斷岸，錯列其間，下游舟至，皆須候風而行。是時千飄競發，大有岳陽南去景象，重陽風日，倍攬鄉心矣。

咸豐四年夏，河決蘭儀北岸，泛濫於直隸大名，山東曹、兗、東昌所屬，由曹濮趨張秋者爲最甚，即明正統十三年秋河決滎陽所經之道。是年沙灣隄潰，屢修屢壞。景泰四年十月，命都御史徐有貞治之，至六年五月，始奏疏濬功成。其治河三策，一置造水門。言水之性可使之通流，不可使之堙塞。昔禹鑿龍門、闢伊闕，無非爲疏導計，故漢武之堙瓠子，終弗成功；漢明之疏汴渠，逾年著績；此其明驗也。世之言治水者雖多，獨樂浪王景所述著水門之法可取。蓋沙灣地土皆沙，易致坍決，故作壩作閘，皆非善計。請依景法爲之，而加損益於其間，置門於水，而實其底，高長水五尺。水小則可拘之以濟河，水大則疏之使趨於海。如是，則有流通之利，無堙塞之患矣。一開分水河。凡水勢大者宜分，小者宜合，分以去其害，合以取其利。今黃流之勢大，故恒衝決；運河之勢小，故恒乾淺。必分黃河水合運河，則可去其害而取其利。請相黃河地形水勢，於

可分之處,開成廣濟河一道。下穿濮陽、博陵二泊,及舊沙河二十
餘里,上連東西影牆及小嶺等地又數十里。其内則有古大金隄,可
倚以爲固;其外則有八百里梁山泊,可恃以爲泄。至於新置二閘亦
堅牢,可以宣節之,使黄河水大不至泛溢爲害,小亦不致乾淺以阻
漕運。一挑濬運河。臣維水行地中,避高趨卑,勢莫能過,故河道
深則能蓄水,淺則弗能。今運河自永樂間尚書宋禮即會通河浚之,
其深三丈,其水丈餘,但以流沙,恒多淤塞。後平江伯陳瑄爲設淺
鋪,又督軍丁兼挑,故常疏通,久乃廢弛,而河沙益淤不已,漸至淺
狹。今之河底乃與昔之岸平,其視鹽河上下固懸絕,上比黄河來處
亦差丈餘,下比衛河接處亦差數尺,所以取水則難,阻水則易,誠宜
復之如舊章。人有撓其議者曰:“不能塞河,(今)[令]不爲患,而反
開之,(今)[令]爲患耶?”上遣中使問有貞,有貞出二壺,一竅、五竅
者各一,注水而並瀉之,五竅者先涸。於是使者曉然知疏策之爲良
也,歸報命而議決。乃先爲疏水渠,渠起張秋金隄,通壽張之沙河,
西南至於竹口,又西南至大渚潭,踰范暨濮而上,又西北接河沁之
水。命曰廣濟渠,渠口爲通源閘,有石隄二道,自大感應廟起至沙
灣,長一百六十丈。景泰七年秋,大雨,諸河水溢,感應廟隄決。有
貞率有司督工修理,置堰水埽,如水門埽壩之制,仍於濟寧抵臨清
增置減水牐,而沙灣之患以息。今按,蘭儀水勢所趨,即當日引渠
境地,緣黄河下流日淤,故旁注卑地,致三百餘年之利,一旦爲害,
亦前人所不能料也。又《北河續記》載,明天順八年,修創沙灣減水
石壩,長一千九百三丈,有五空橋,今猶見其一。廣袤各十五丈。又
於上甃石爲五寶,以漕渠餘水入之小鹽河,即武功所謂“水大則疏
之,使趨於海”也。今詢之天津巨舟云,自決口至鹽河,經濟南之羅
口鎮,及濟陽、齊河、蒲臺、齊東等縣,至利津之鐵門關,載運海物,

沂流而上，以達於東昌。道八百餘里，較直沽爲便捷，唯來日到決口，須順風乃得上耳。據此，則水之就下，非郭塞所能爲功。曏聞徐淮之區，河身淤墊，高於平地，固宜潰而他出。計今惟疏浚大河故道，務使深廣，然後自蘭陽引之而東，則水有所歸。自舍此而趨於彼，是治廣濟渠，使復其舊，再濬運河、修隄堰，則兩處皆安流矣。將至戴家廟，水色澄清，自通州以來所未見也。晚過安山馴，泊閘上。

九月初十日（十月二十七日）

過靳家口閘，水甚平。又十餘里，至袁家口閘下，水稍淺，遣人詣閘官，請啓版放水，乃得引上。衆舟喧競，似險實平，惟上牐後又須閉閘蓄水方能前行。自臨清至此，初見啓閘情狀，嚮聞艱險之說，今殊不然，殆水落故耳。然水滿又不應閉閘，其事尚須考證。

九月十一日（十月二十八日）

過開河牐，南旺上下二牐。初更抵分水口，水自東來，流甚紆緩。西岸龍王廟極壯麗，惜未登覽。泊柳林牐上，平江伯築南旺湖長隄，今兩岸特高，豈猶當時遺蹟耶？

李維明《東大牐記》：元順帝時事。泗別於滋陽、兗道之汶，支於奉符之（陰）[堽]城，洸引之西南，會於任城，會通河受之。昔汶不通洸，國初歲丁巳，濟倅奉符畢輔國請於嚴東平，始於汶水之陰，堽城之左，作一斗門，堨汶水入洸，益泗、漕，以餉（蘄）[宿]、（宿戌）[蘄戌]邊之衆，且以溉濟、兗間田。汶由是有南入淮、泗之派。至元二十年，朝議以轉漕弗便，乃自任城開河，分汶水西北流，至須城即須朐，今東平州。之安民山，即安山。以入清濟故瀆。通江淮漕，至東阿，由東阿陸轉二百里抵臨清，下[1]漳御，輸京師。二十六年，又自安民

---

① 排印本"下"在"臨清"之前，今據《行水金鑑》所引乙正。

山轉渠北至臨清，引汶絶濟，直屬漳御。於是汶之利被南北矣。

　　汶河一出新泰縣宮山，曰小汶河，一出泰安府仙臺嶺，一出萊蕪縣原山，一出縣塞子村，李維明《復洸河記》以出萊蕪者爲洸水。俱至府之靜封鎮合流。曰大汶河，出徂徠山之陽，而小汶來會，經寧陽縣北堽城，歷汶上、東平、東阿，又東北流入海。元於堽城之左築壩，過汶入洸，南流至濟寧，合沂、泗二水以達於淮。自永樂間築戴村壩，汶水盡出南旺，於是洸、沂、泗自會濟，而汶不復通洸。今沂州亦有汶河，一出蒙山東澗谷，一出沂水縣南山谷，俱入邳州淮河。洸河乃汶水之支流，出寧陽縣北三十里堽城，西南流，又循縣南流三十里，會諸泉，又六十里經濟寧城東與泗合，出天井閘。

　　泗河源出泗水縣陪尾山，四泉並發，西流至兗州府城東，又南流經橫河，與沂水合。元時於兗州東門外五里金口作壩建閘，遏其南趨，明因而修築。每夏秋水長則啓閘，放使南流，會沂水，由港里河出師家莊閘。冬春水微則閉閘，令由黑風口東經兗城入濟，又南流會洸水至濟寧，出天井閘。濟河即《禹貢》沇水會汶處，在今汶上縣北，一名大清河，元人作金口壩，旁有河即黑風口，西通濟流，並入會通河。明永樂九年十二月，宋禮言會通河以汶、泗爲源，夏秋霖潦泛溢，則馬常泊之流亦入焉。然夏秋有餘，冬春不足，非經理河源及引別水以益之，必有淺澀之患。今東平州之東境，有沙河一道，本汶河支流，至十路口通馬常泊，比年流沙淤塞河口，宜趁時開浚。況沙河至十路口故道具存，不必施工，河口當浚者僅三里，河中宜築堰，計百八十丈。從之。

　　元至元間，都水少監馬之貞於堽城西北絶汶作堰，歲役丁夫積沙爲之。或言作石堰可歲省勞民，之貞曰：“汶魯大川，底沙深闊，若修石堰，須高平水五尺，方可行水。沙漲淤平，與無堰同，河底填高,必溢爲害。況(石)[河]上廣,石材不勝用,縱竭力作成,漲濤懸注,傾敗可待。晉杜預作沙堰於宛陽,堨白水漑田,缺則補之,雖屬勞民,終無水害,固知川不可塞也。"且曰:"後人勿聽浮議,妄興石堰,重困民,壅遏漲水,大爲民害。"重修環城閘,因自作記,勒其言于石。至延祐五年改作石堰,甫一月而爲水所壞,果如其言。

九月十二日(十月二十九日)

過柳林順濟諸牐,晚抵濟寧州西關。按,元時於濟寧建會源閘,今諸閘無此名,《行水金鑑》載揭傒斯作記文甚有致,鐙下無事錄之。

皇帝元年夏六月,都水丞張侯改作濟州會源閘成。明年春二月,具功狀,遣其屬孟思敬至京師,請文勒石。惟我元受命,定鼎幽薊,經國體民,綏和四海。辨方物以定貢賦,穿河渠以逸漕度。乃改任城爲濟州,以臨齊魯之交,據燕吳之衝,導汶泗以會其源,置閘以分其流。西北至安民山,入於新河,逮於臨清,地降九十尺,爲閘十六,以達于漳。南至沽頭,地降百十有六尺,爲閘十,又南入于河。北至奉符,爲閘一,以節汶水。東北至兖州,爲閘一,以節泗水。而會源閘制於其中。歲久政弛,漕度用弗時,先皇帝以爲憂。延祐六年冬,詔以侯分治東阿,始復修舊政,南疏北導,靡所寧處。明年冬,以及期請代,弗許。行視濟閘,峻怒(很)[狠]悍,歲數壞舟楫,土崩石泐,岌不可恃。乃伐石區里之山,轉木淮海之濱,度工即功。明年,皇帝建元至治,三月甲戌朔,侯朝至于河上,率徒相宜,導水東行,堨其上下而竭其中,以儲衆材。撤故閘,夷坳泓,徙其南二十尺,降七尺以爲基,下錯植巨栞如列星,貫以長松,實以白灰,概視其地無有罅漏。衡五十尺,縱百六十尺。八分其縱,四爲門。縱遜其南之三,北之一,以敵水之奔突震蕩。五分其衡,二爲門容,折其三以爲兩墉。四分其容,去其一以爲門崇,廉其中而翼其外,以附于防。三分門,縱間于北之二,以爲門,中央樹尺,鑒以納懸板。五分門(縱)[崇],去其一以爲(鑒)[鑿]。崇翼之外,更爲石防,以禦水之洄洑衝薄,縱皆三百三十尺。爰琢爰甃,犬牙相入,苴以白麻,固以石膠,關以勁鐵,冠以飛梁。越六月十有三日乙卯訖功,大會羣屬,宴於河上以落之。工徒咸在,旄倪四集,酒舉樂作,揮插決堨,艤欚啓鑰,水平舟行,伐鼓懽呼,稱功頌德,雷動雲合。且拜曰:惟聖天子繼志述事,不易任以成厥功,惟億萬年享天之休。是役也,以工計,石工百六十人,木工千人,金工五人,土工五人,徒千四百二十人。以材計,木萬一千四十有一,石五千一百二十有八,其廣厚皆倍於舊,甓二億一千二百有五十。以斤計,鐵二萬五千五百,麻二千三百,石之灰三億二萬三百三十有四。以石計,粟千二百有五十。視他閘三之,視故閘倍之。其出於縣官者,鐵若麻十之七,石五之一,粟五之三。餘一以便宜調度,不以煩民。初侯至之明年,凡河之隘者開,壅者滌,決者塞。拔荇藻,禁芻牧,隆其防而廣其址,修其石之岩陁穿漏者,築其壤之疏惡者,延袤贏七百里。防之外增爲長隄,以閑暴漲,而河以安流。潛爲石竇以納積潦,而瀕河三郡之民田,皆得耕種。又募民采馬蘭之(種實)[實],種之新河兩涯,以錮潰沙。北自臨清,南至彭城,東至陪尾,絕者通之,鬱者渫之,爲杠九十有八,而挽舟之道無不夷矣。乃建分司及會源、石佛、師莊三閘之署,以嚴官守。樹河伯、龍君祠八,故都水少監馬之貞、兵部尚書李粵魯赤、中書斷事忙速禍三，以迎休報勞。
凡河之所經，命簣冰以待渴者，種樹以待休者。遇流殍，則男
女異瘞之，餓者爲粥以食之，死而藏、飢而活者，歲數千人。是
以上知其忠，下信其令，用克果於茲役。然古者三載考績，三
考黜陟幽明，故人才得以自見。向使侯竟代去，雖懷極忠（盡）
〔甚〕智，無能究於其職，是亦侯之過也。惟此閘地最要，役最
大，馬氏之後，侯之功爲最盛，故詳於是碑，以告後之人。侯名
仲仁，河南人。其辭曰：

　　昔在至元，惟忠武王，自南還歸。請開河渠，自魯涉齊，以
達京師。河渠既成，四海率從，萬世是資。朝帆夕檣，垂四十
年，孰慢而墮。翼翼張侯，受命仁宗，號令風馳。徵工發徒，既
滌既疏，濟閘攸基。先難而興，既星而休，觸冒炎曦。疾者藥
之，死者槥之，吳有渴飢。拊循勞倈，信賞必罰，勿亟勿遲。十
旬之間，通續於成，知罔或遺。洋洋河流，中有行舟，若遵大
逵。舳艫相銜，罔敢後先，亦罔敢稽。賢王才侯，自北自南，顧
盼嗟咨。曰惟京師，爲天下本，本隆則固。惟帝世祖，既有南
土，河渠是務。四方之共，於千萬里，如出跬步。聖繼明承，命
官選材，惟侯之遇。昔者舟行，日不數里，今以百數。昔者舟
行，歲不數萬，今以億慮。惟公乃明，惟勇乃成，惟廉則恕。汶
泗之會，有截其閘，有菀其樹。功在國家，名在天下，永世是度。

九月十三日（十月三十日）

過下新閘，在城閘、當月河口如橋三門。天井閘、相傳爲唐尉遲敬
德所建，殆甚言其古耳。分水閘、當東門月河口。中新閘小泊。偕南喬
登岸入城，見河督署基冷落，其先當不如是也。迴舟過上新閘，行

十數里,過石佛關,相傳建時掘得石佛像十二,故名。又數里,兩岸頹
壞。其外皆瀦水,而河身隘狹淺澀,幾不可行,適上游重舟至,互爲
抵牾。篙工相訴移時,皆剩載牽挽摩擊而過,自日暮至夜分,僅行
數百步也。

九月十四日(十月三十一日)

辰刻過新店閘,徑南出湖中,總名南陽湖,匯水數百里。張帆風
微,撐篙攢行,望新牐、仲家淺牐、師家莊牐、魯橋閘、棗林閘皆在東
岸。薄暮入口,泊南陽牐下,屬魚臺境。

九月十五日(十一月一日)

過南陽牐,利建牐稍壞,至邢家莊牐,則石基僅存矣。午後逆
風甚,稍歇。傍晚行十餘里,泊馬家口。自南陽牐下,兩岸多浸没,
蘆葦、荷芰乾枯,作蕭槭聲。遥望水天相接,徒有澤國之嘆。入夜
皓月流輝,澄波四映,一往清氣,滄入秋空,與日間所見,別是一番
景象。船頭小立,得七律一章。

霞綺西飛晻夕陽,月輪東上展湖光。冰壺映澈天寥闊,玉
鏡高臨水混茫。雲傍山低微有影,霜和露落不知涼。洞庭夜
泛同佳境,苦憶江湘道路長。

九月十六日(十一月二日)

侵曉北風,揚帆出湖中,行十餘里,風犟而東,頃之則石尤作惡
矣。移舟淺處下錨,簸盪不安。近晡時張帆回至河中,牽挽而行。
初更野泊。

九月十七日(十一月三日)

過宋家閘、楊庄閘,晚抵夏鎮,屬沛縣東境。糧艘橫塞,河道隘

377

處，舟不易過。俄延至二更，剝載牽拽半里許，始就平流下閘泊。自宋牐以南，兩岸漸高，詢之夏鎮人云：元年河決豐北，沛縣城沒水中，今猶泥沙堙塞，邑令僦居鎮市，當黃流橫溢時，湖水壅而泛漲。故魚臺一帶，隄岸俱壞，漂沒民田廬舍不可勝計，所在瘡痍，尚未復也。

昭陽大湖長十八里，小湖長十三里，二湖相連。北屬滕，南屬沛，周圍八十餘里，納諸縣之水。湖口置石閘，放水入薛河，由金溝口以達舊運河。後以河決棄湖頭，於湖東開新河，則南陽在東，昭陽在西，去黃水益遠，運河乃安。

九月十八日（十一月四日）

出湖中，張帆行三十里，至赤山進牐，風利，晌抵韓莊。過牐後，西牐湖水注河中，奔流如箭，順風不敢揚帆，泊船且難於勒馬，亦舟人之拙也。

赤山湖、微山湖、呂孟湖、張莊湖四水相連，縱橫八十里，在徐州引薛河出地濱溝入新河，即此處。

九月十九日（十一月五日）

順風，仍不敢行，日晡風微，篙工以巨纜自岸上勒船，徐徐放下。據云此下八閘，河底多石，水勢迅激，向爲畏途。其實無觸可搖，故爾惴惴。是夕距新閘數里泊。

九月二十日（十一月六日）

倒挽行過新閘、琉璃閘、居梁橋閘、萬年閘、丁家廟閘、頓莊閘、侯仙閘，皆有月河，多淺澀。而舟敝工劣，漫無把握，蓋亦危矣。明平江伯陳瑄以呂梁洪險，於西別鑿一渠，蓄水通漕，又鑿徐州洪傍亂石，當即此地。今東岸山溝水注河中者甚多，姑誌之以俟考証。晚泊距臺莊數里。

九月二十一日(十一月七日)

過臺莊閘、梁王城閘、新河頭閘，一路河面漸寬。約行八十里，泊貓兒窩。

九月二十二日(十一月八日)

過莊集閘，以下九十餘里無閘。晚抵宿遷縣泊。日暮得斷句云："落日汎清溪，霞明水天碧。極目鴻雁群，南飛去不息。"

九月二十三日(十一月九日)

晚抵仲興集，屬桃源縣。初更泊舟，聞荒鷄聲，時事艱虞，地當要害，有觸於耳，輒爲心動。或嘐嘐者偶然失時，徒使杞人過慮也。將近夜分，促舟人起行三十餘里小泊，天欲曙矣。

九月二十四日(十一月十日)

巳刻抵楊家莊，距此二十里，內河復狹，再下則所謂"三閘五壩，水急難行"者也。偕鄭、蔣各坐平舟，既定，遂居焉。珩卿別買小艇同泊。向夜共登岸訪某不值，街頭散行，回船已逾二更，兩岸燈火熒煌，人聲喧沸。南北舟車之會，是爲通津，固宜蕃盛。珩卿云：自赤巾據金陵，長江爲梗，鹽、河、漕三者俱廢，此間氣局，蓋已甚衰颯云。

　　淮安運道。自漢以來，即有高家堰在淮安之東南。永樂間，通淮河爲運道，築堤堰上，以防淮水東侵。又自府北鑿河，蓄西湖水，南接清口，凡六十里，曰清江浦。乃運船由江入淮之道，建清江等閘，遞互啓閉。又築土壩以遏水勢，後閘壩禁弛，河渠淤塞。嘉靖八年，疏治復舊。隆慶中，高家堰廢，水由黃浦口決入，漫衍民田。萬曆四年，開草灣河渠，長六十二里，分殺黃河以緩清口之衝。七年，復築高堰，起新莊至越城，長一萬八百七十餘丈,堰成,淮水復由清口會黃河入海,而黃浦不復衝決。又以通濟閘逼近淮河,舊址塌損,建於甘羅城北,仍改濬河口斜向西南,使黃水不得直射。因廢圮新莊閘,又改福興閘於壽州廠適中處所,其清江板閘照舊增修。又議修復五壩,惟信字壩今廢不用,禮、智二壩加築,仍舊車盤船隻,仁、義二壩與清江閘相鄰,恐有衝漫,移築天妃閘內。八年,用石包砌高堰。九年,又於府城南運河之旁,自窯灣楊家澗歷武家墩開新河一道,長四十五里,曰永濟河,因置三閘,以備清(淮)[浦]之險。十一年,建清江浦外河石堤,長二里,磯觜七座,又建西橋石隄,長九十八丈,以禦淮河之衝。《明會典》

陳瑄,字(産)[彥]純,合肥人。成祖即位,封平江伯。先是漕舟道海,海島之人恐多閉匿,瑄招令互市,平其直,人交便之。海溢隄(圮)[圯],自海門至鹽城凡百三十里,瑄言:"嘉定瀕海地,江流衝會,海舟停泊,無高山大陵可依。請於青浦築土山,方百丈,高三十餘丈,立埭表識。"既成,賜名寶山,帝親爲文記之。宋禮既治會通河成,朝廷議罷海運,仍以瑄董漕運。議造淺船二千餘艘,初運百二十萬石,寖至五百萬石,國用以饒。時江南漕舟抵淮安,率陸運過堰,踰淮達清河,勞費甚鉅。瑄用故老言,自淮安城西管家湖,鑿渠二十里,爲清江浦,導湖水入淮,築四閘以洩宣之。又緣湖十里築隄引舟,由是漕舟直達於河,省費不訾。其後復濬徐州至濟寧河,又以呂梁洪險惡,於西別鑿一渠,置二閘,蓄水通漕,漕舟便之。又築沛縣刁陽湖、濟寧南旺湖長隄,開泰州白塔河通大江。又築高郵湖隄,於隄內鑿渠四十,避風濤之險。又自淮至臨清,相水

勢置閘四十有七,作常盈倉四十區於淮上,及徐州、臨清、通州
皆置倉,便轉輸。慮漕舟膠淺,自淮至通置舍五百六十八,舍
置卒,導舟避淺。復緣河鑿井樹木,以便行人。凡所規畫,精
密宏遠,自理漕河者三十年,舉無遺策,終明之世,漕運賴之。
卒封平江侯,謚恭襄。《明史稿》

永樂十四年,瑄疏濬沙河,置閘通舟。先是漕至淮安,悉
從府東北車壩入淮,逆水行六十里。至是瑄因宋喬維岳所開
沙河舊渠,益加疏治,置閘通舟,踰年而功成。漕人德之,爲立
祠焉。

永樂十年,建淮安五壩,仁字壩、義字壩在新城東門外東
北,自南引湖水抵壩口,外即淮水,遇清江口淤塞,運船經此入
淮。禮字壩、智字壩、信字壩在新城西門外西北,引湖水抵壩
口,外即淮河,遇清江口淤塞,則官民商船經此達於淮。二條皆
《南河全考》。

瑄築淮安隄成,會淮安、滿浦、南鎖三壩夫巡視之,又令漕
卒載小木暨土積之隄上,遇隄壞即修。正統五年,御史李彬等
奏,宜令淮安府邳州等州縣,發丁夫於旁近地採雜木運之河
壩,候漕舟及商舟皆以載輸。蓋遵瑄故事也。見《英宗實錄》。

以上各條,誠爲經理漕運之良法。至今舟行其間,慨然想念百
世之利,其不朽蓋兼德功而有之矣。往歲某觀察開七浦,取快一
時,貽害非細,足見創制之難。嗚呼!如陳公者,非獨其智量過人,
抑其仁民之心,有以體察於至當耶?

九月二十五日（十一月十一日）

登岸剃頭，以百錢得范史殘本。回船遇雨，聞舊黃河一帶沾濕，則泥淖難行，書籠不能車運，雖風利不獲解維。

九月二十六日（十一月十二日）

雨。珩卿舟早發，南喬相與兀坐。

九月二十七日（十一月十三日）

晴。輦夫仍苦泥滑。書籠由騾車搬取，又以載重遲滯，夜深未到。就寢約將曙矣。

九月二十八日（十一月十四日）

辰刻，書籠齊到，驗收訖。午刻開行，過板閘關口，泊淮安府南。

《左傳·哀公九年》"秋，吳城邗，溝通江淮"，杜注："於邗江築城穿溝，東北通射陽湖，西北至末口入淮，通糧道也。"今廣陵縣江是。《吳越春秋》："吳將伐齊，自廣陵闕江通淮，曰渠水。"《漢志》"江都縣有渠水，首受江，北至射陽入湖"是也。又名中瀆水，《水經注》："中瀆水首受江於江都縣，縣城臨江。昔吳將伐齊，北霸中國，自廣陵城東南築邗城，城下掘深溝，謂之韓江，亦曰邗溟溝。自廣陵出山陽白馬湖，逕山陽城西，又東謂之山陽浦，又東入淮，謂之山陽口是也。"山陽本漢射陽縣，屬臨淮郡，晉義熙中，改曰山陽。今淮安府首縣。

《隋書·高祖本紀》：開皇七年夏四月庚戌，於揚州開山陽瀆，以通運漕，因吳故迹而疏濬之也。○《大業雜記》：元年，發河南道諸州郡兵夫五十餘萬，開通濟渠，自河起滎陽澤入淮千餘里，又發淮南諸州郡丁夫十餘萬開邗溝，自山陽、淮至于揚子江，三百餘里。水面闊四十步，造龍舟。兩岸爲大道，種榆柳，自東都至江都二千餘里，樹蔭相交。每兩驛置一宮，爲停頓之所。自京師至江都，離宮四十餘所。〇《宋史・河渠志》：初，楚州北山陽灣尤迅急，多有沈溺之患。雍熙中，轉運使劉蟠議開沙河，以避淮水之險，未完而受代。喬維岳繼之，開河自楚州至淮陰，凡六十里，舟行便之。又徽宗崇寧二年十二月詔淮南開修遇明河，自眞州宣化鎮江口至泗州淮河口，五年畢工。

九月二十九日（十一月十五日）

是月小盡。晡時過寶應縣，在東岸堤內，計廬舍之卑狹者與河水平，遇潦漲時，差亦危矣。晚泊劉家口。

宋光宗紹熙五年，淮東提舉陳損之以高郵、楚州之間，陂湖渺漫，菱葑彌滿，宜創立隄堰，以爲瀦泄，庶幾水不至泛溢，旱不至於乾涸。乞興築自揚州江都縣至楚州淮陰縣三百六十里，又自高郵、興化至鹽城縣二百四十里，其隄岸傍開一新河，以通舟船。仍存舊隄，以捍風浪，栽柳十餘萬株，數年後，隄岸亦牢，其木亦可備修補之用。兼揚州[柴]墟鎮舊有隄牐，乃泰州泄水之處，其牐壞久，亦於此創立斗門。西引盱眙、天長以來衆湖之水，起自揚州江都，經由高郵及楚州寶應、山陽，北至淮陰，西達於淮。又自高郵入興化，東至鹽城而極於海。又泰州海陵南[至]揚州泰興而徹於江，共爲石磯十三，斗門七。乞以紹熙堰爲名，鑱諸堅石。淮田多沮洳，因損之築隄捍之，得良田數百萬頃。奏聞，除直秘閣、淮東轉運判官。
《宋史・河渠志》

揚州高、寶運道，自清口引淮爲清江浦，至烏沙河，匯管家、白馬二湖，隄黃浦八淺及寶應縣槐角樓南諸湖相接，西抵泗州盱眙縣界，皆運道所經。湖東有隄，長三十餘里。洪武九年，用甎修高郵、邵伯等湖，皆有石隄，運船觸隄，往往敗溺。弘治三年，命官於高郵河迤東開新河,以避其險。曰康濟河,中爲圈田,南北置閘,以時啓閉,兩岸俱甃以石。嘉靖五年,題準於(氾)[汜]光湖在寶應。東傍舊隄開新河,長三十里,遂棄康濟河。又自寶應至界首,凡有溝可通注於海者,造平水閘十座。十年,又自寶底湖東築月堤,長二十一里。萬曆五年,淮水由黃浦口決入,石隄多壞。七年,命官修築,改建減水閘四座,加高石閘九座,自是寶應諸湖堤岸相接。十二年,題準於石隄之東,傍隄開新河三十餘里,以避槐角樓一帶之大險,曰弘濟河。《明會典》

十月朔(十一月十六日)

行百里,至高郵州泊。是日所見西北堤岸頹壞,湖水浩淼,蓋自邵伯湖始下接新開湖,即高郵湖。寶應之津雲、即界首湖。(氾)[汜]光湖、白馬湖皆相連屬。西通洪澤,至泗州盱眙、天長一帶,路達臨淮,其源甚長,故運河資焉。又云通正陽關則接汝水也。東岸石壩放水。遠望河道縈洄,詢之舟人云,通州如皋、泰興諸處由此下達,名爲下河,宋陳損之所興水利、開源洩流漳潦濟涸遺跡俱在也。李溥任江淮發運使,高郵軍新開湖水散漫多風濤,溥令漕舟東下者還過泗州,因載石輸湖中,積爲長堤,自是舟行無患。見《宋史》本傳。

十月初二日(十一月十七日)

逆風甚,行六十六里,至邵伯鎮泊。

宋王臻言,揚州召伯堰,實謝安爲之,人思其功,以比召伯。見本傳。○《夢溪筆談》:"淮南漕渠築埭以蓄水,不知始自何時,舊傳召伯埭謝公所爲,按李翔《來南錄》,唐時猶是流水,不應謝公時已作此埭。天聖中,監真州排岸司右侍禁陶鑑始議爲復閘節水,以省舟船過埭之勞。是時工部郡中方仲荀、文思使張綸爲發運副使,表行之,始爲真州閘,歲省冗卒五百人,雜費百二十五萬。運舟舊法,

舟載米不過三百石，閘成，始爲四百石船。其後所載浸多，官船至
七百石，私船受米八百餘囊，囊一石。自後北神、召伯、龍舟、茱萸
諸埭相次廢革，至今爲利。予元豐中過真州，江亭後糞壤中見一臥
石，乃胡武平爲《水閘記》，略敘其事而不甚詳具。"據此則臻言誤
也。今東岸磚石甃爲堤，間有缺者，西接湖水，壖皆漂没，河流迅
急，無復遏抑者矣。鎮南東去小河即往通海正道，土人稱爲裏
下河。

十月初三日(十一月十八日)

辰刻過二道橋，河面更闊，長虹臥波，叢木揩柱，揚州關移置其
下。又二十里至花家橋，西有小河，舟人稱沙河，云達揚州。又十
餘里，至八江口，瓜關移置於此。又六十餘里至中閘口泊，小河内
河即泰州海陵諸水入江處，河口即三江營。不數里，薄暮潮至，水
逆行漲尺許，群舟移泊喧競，初更始定。《唐書·王播傳》:播領鹽鐵轉
運使，奏:自揚州城南七里港開河，向東屈曲注官河，長十九里。宋雍熙中，劉
蟠爲轉運使，以山陽迅急，開沙河以避險阻。合之《唐書》，則花家橋一帶，非
此沙河明矣。

隋煬帝開通濟渠，自東都西苑引榖、洛之水達於河。又自板渚
引河水達於汴。又自大梁東引汴水入泗，達於淮。又自山陽至揚
子達於江。於是江、淮、河、汴之水，相屬而爲一矣。煬帝又開永濟
渠，因沁水南連於河，北通涿郡，又穿江南河，自京國至杭州八百
里。蓋今所用者，皆其舊迹也。夫會通河自濟、汶以下，江、河、淮、
泗通流爲一，則通濟之遺也。滹沱、豫章，則永濟之遺也。煬帝此
舉，爲其國促數年之祚，而爲後世開萬世之利，可謂不仁而有功者
矣。秦王亦然，今東起遼陽，北至上郡，延袤萬里，有邊城之利，皆
非長城之墟耶？夫此未易與一二淺見者道也。《筆(塵)[麈]》

十月初四日（十一月十九日）

北風張帆，出江泝流而上，六十里至鎮江所屬之諫壁鎮。入口，江中西望，京峴山頭營壘瞭然。口內西南一山，相去二十里所，舟人云過山則戰場也。行六七里過牐，牐外別有小河，自西來，云達鎮江城，二水相屬，如丁字形，皆名月河。又行十餘里，西岸有廢閘及巖口數處，練湖水由此下注，時值冬涸，但有涓流而已。又十餘里，抵丹陽縣，泊東門。自諫壁至此四十里。

練湖在鎮江。元有江南之後，豪勢之家於湖中築隄圍田耕種，侵占既廣，不足受水，遂致泛溢。世祖末年，參政暗都剌奏請依宋例，委人提(治)[調]疏治，其侵占者，驗畝加賦。至治三年十二月，省臣奏："江浙行省言，鎮江運河全藉練湖之水爲上源，官司漕運，供億京師，及商賈販載，農民來往，其舟楫莫不由此。宋時專設人夫，以時修濬。練湖瀦蓄潦水，若運河淺阻，開放湖水一寸，則可添河水一尺。近年淤淺，舟楫不通，凡有官物，差民運遞，甚爲不便。委官相視，疏治運河，自鎮江路至呂城壩，長百三十一里，計役夫萬五百十三人，六十日可畢。又用三(十)[千]餘人浚滌練湖，九十日可完。人日支糧三升、中統錢一兩，行省、行臺分官監督。所用船物，今歲預備，來春興工。合行事宜，依江浙行省。"委參政董中奉率合屬正官，親臨督役。於是董中奉言："所委前都水少監崇明州知州任奉政、鎮江路總管毛中議等議，練湖、運河，此非一事，宜依假山諸湖農民取泥之法，用船千艘，船三人，用竹簞撈取淤泥。日可三載，月計九萬載，三月之間，通取二十(一)[七]萬載，就用所取泥增築湖岸。自鎮江在城程公壩，至常州武進縣呂城壩，河長百三十一里一百四十六步，擬開河面闊五丈，底闊三丈，深四尺，與見有水二尺，可積深六尺。宜趁農隙，先開運河，工畢就濬練湖。"省埠茭根叢雜，泥亦堅硬，不可薅取。又議兩役並興，相離二百餘里，往來監督，供給可完，遂於是月十七日入役。分運河作三壩，依元料深闊丈尺開（復）〔浚〕，至三月四日工畢，已於三月七日積水行舟。又監修練湖官言："任奉議指劃元料，增築隄堰及舊有土基，共增闊一丈二尺，遇有崩缺，修築合完。其堤底間有遺漏者，窒塞之。三月六日破土，九日入役，至十一日工畢。濬練湖（支）〔夫〕三千人，九十日畢。"《元史·河渠志》

《宋史·蔡洸傳》：洸知鎮江府時久旱，郡民築陂潴水灌溉，漕司檄郡決之，父老泣訴。洸曰："吾不忍護罪百姓也。"卻之。已而大雨，漕運通，歲亦大熟。民歌之曰："我潴我水，以灌以溉。俾我不奪，蔡公是賴。"

劉辰，金華人，建文中，知鎮江府。瀕江田八十餘頃，久淪於水，賦如故，請除之。京口閘廢，轉漕者道新河出江，舟數敗，辰修故閘，自京口至呂城百二十里，去淤塞，甃石作壩，修閘門，順水勢之出入。公私便之。漕河易涸，仰練河益水，三斗門久廢，辰修築之。運舟既通，河下河，應作湖。之田益稔。《明史稿》

丹陽城北橋上爲磚門，西門橋上爲木柵二，密布鐵蒺藜，其東雁翅兩沿作牛馬牆，有垜口，各水門皆窒焉。鄭南喬云：六年四月，賊圍總兵虎嵩林於丹徒之高滋，江寧府知府劉存厚赴援，亦陷圍中，撫軍吉爾杭阿親往救之，遇伏被害。賊遂撲九華山大營，勢如潮湧，守者不支，所失軍械輜重數百萬。時劉虎乘間潰圍出，存厚死於道，嵩林赴丹陽。九華山既陷，賊將規句容、溧水，聲勢聯絡，則金陵大營危矣。大帥提督向榮聞報，恐賊斷其後，又慮寧國賊來合圍，星夜退師丹陽。城守甚嚴，賊至不得逞，遂趨常州。向帥命總兵張國樑克復句容、溧水，進軍高（滋）〔資〕、鎮江，軍聲復振。向帥蜀人,少從楊忠武,拔自卒伍,故習戎略,選士勵兵,能得人死力。
粵賊初起,公爲湖南提督,正克寶慶賊李元發有功,朝廷命與林文
忠暨雲南提督張得祿同往剿辦。林屬海內人望,張亦宿將,皆適以
疾殂,未至嶺表。而公自楚赴粵,扼賊於桂平。迨李文恭起爲統
帥,駐節柳州,以攻戰事任公,而兵力未集。又邕管暨鬱林一帶,諸
賊蠭起,驟難奏捷,李既星隕,而專閫疊易,十羊九牧,各不相能。
賊自永安州竄出,公一晝夜馳抵桂林,守備甫完,賊大至,公駐師城
上,號令嚴肅。有孝廉某,方領土兵登城誼譁,立命斬之,經邑紳環
踞乞貸,幸免於戮。城既得全,而賊北擾楚境,督師乃以是歸獄於
公,奏覈且密構焉,必欲置之死地。杜文正用灌陽蔣太史達言,力
白其枉,猶議褫職遠戍。公追賊至長沙,指畫戰守,城中稍有主張。
未幾,譴責命下,公志氣頹喪,當事者勸以立功回天怒,極意寬譬,
任事如故。營城西河干,時分兵巡東北境,賊踞南城妙高峯下,地
道之計既窮,東窺西度,屢被擊卻。糧且盡,我兵謀四面蹙之,檻獸
釜魚,立見其斃。會粵督徐廣縉至湘潭,省城待命而行,群情觀望,
而公之被覈,則大學士賽尚阿主之,而徐發之者也。至是尤不敢以
謀略自見。徐督擁兵不前,坐使諸軍怠緩,賊乃潛出河西折而北,
岳州不守,遂陷漢陽。攻武昌,公追至,與賊戰於洪山,連勝之。城
中方且恃以無恐,不意隧火驟發,城轟裂數丈,賊他隊探入,洪山賊
繼至。公且薄城爲攻具,不踰旬而克復。是時長沙解圍,奏上,上
知公可任,復其官,專以討賊諉焉。其馳赴武昌也,自陸路兼程進,
而賊以嚴冬乘舟得南風,揚帆順流,陸行反不能及。及至武漢,江
中商民船無慮數萬,盡爲賊有。我兵克武昌,自南門入,賊出北門,
登舟東下。公緣江馳逐,又成尾追。兩江總督陸建瀛駐師九江,一
戰而潰。馳還金陵,所過如安慶、孤山、東西梁山諸險要,皆不設

守，而遺患遂至今日矣。四載以來，皖、楚、章江惡氛日熾，而金陵
爲賊老巢，出入自恣。公頓兵堅城之下，迄無成效，得不以老師糜
餉爲咎耶？然燎原之火，非可撲滅；懷襄之水，未易平成。惟公百
戰之餘，未嘗挫衄，孫子所謂"先爲不可勝，以待敵之可勝"，其庶幾
焉。惜乎齒暮云殂，徒賚遺恨。"出師未捷身先死，長使英雄淚滿
襟"，不知易簀時若何痛切也！南喬言退軍事，爲公太息，因並其辦
賊始末書之於此。

十月初五日（十一月二十日）

未刻過犇牛，孟瀆至此合流。詢之舟人，云至無錫之高橋東
下，出江陰口入海。當月河、孟河道梗時，北來舟航，皆沿江達江
陰，泝流度高橋而東，頗爲險遠。今日之就便利，亦殊不覺，悟此以
處境，則罔不泰然矣。向晚抵常州城，盪小舟入西水門，泊青果巷
下。詣喬師寓，適逢勾當公事，未得謁見，投張王廟寄止。時晤劉
次樓同年暨幕中莊一亭、馬廉卿諸君，縱談至二更歸。補録向帥事
蹟綴末百餘言並此段，就寢已夜分矣。

宋孝宗淳熙十一年冬，臣僚言："無錫五瀉澖損壞累年，常是開
堰，徹底放舟。更江陰軍河港勢低，水易走泄。若從舊修築，不獨
瀉水可以通舟，而無錫、晉陵間所有楊湖，亦當積水，而四傍田畝，
皆無旱暵之患。獨自常州至丹陽縣，地勢高仰，雖有奔牛、呂城二
澖，別無湖港瀉水。自丹陽至鎮江，地形尤高，雖有練湖，緣湖水日
淺，不能濟遠，雨晴未幾，便覺乾涸。運河淺狹，莫此爲甚，所當先
瀹。"上以爲然。《宋史·河渠志》○按志又載淳熙五年，以漕臣陳峴
言，於十月募工開瀹無錫縣以西橫林、小井及犇牛、呂城一帶地高
水淺之處，以通漕舟。則十一年瀹河之請，蓋兼言之。次樓言，去歲
來此，於今年正月二日至犇牛，車抵郡城。是淺涸之患，至今猶然，抑漕舟不

行,久闕疏濬也。○明太祖洪武二十九年二月丙午,常州府武進縣言,本縣犇牛、呂城二壩呂城在奔牛西。河道淺澀,請浚深以便漕運。從之。《明太祖實錄》

　　孟簡,字幾道,平昌人,爲常州刺史。元和八年,就加金紫,到郡,開古孟瀆,長四十一里,灌溉沃壤四千餘頃,爲廉使舉其課績。《舊唐書》本傳○常州武進縣有孟瀆,引江水南注通漕溉田,孟簡因故渠開,無錫縣有泰伯瀆,東連蠡湖,亦元和八年孟簡所開。《唐書·地理志》

宿張王廟有作

　　投至荒祠夕照中,時危割據想英風。歸朝縱使同錢傲,保世應難擬寶融。明初功臣皆不能保全,其他可知矣。雁户自遺征賦累,鳩工猶見祀儀隆。時方重葺殿宇。飢驅寄跡愁無限,慚愧歈謡説米蟲。

十月初六日(十一月二十一日)

　　晨起,補録常州水利各條,並前詩訖。往謁鶴儕師,侍坐片刻,趨出至廉卿、次樓齋中。早飯後,同出周覽闤闠,過城隍廟,負販叢集,百貨皆具,彷彿都中隆福等寺廟會。西北隅有園亭,地甚狹隘,而布置紆曲,小池乏水源,是一缺陷。壁間列嵌石刻數十種,明萬曆間物也,流觀幾徧,殊少佳者。歸途憩景春樓茶話,仍過廉、次兩君處。夜漏初下回寓,讀范史《竇融傳》,又深爲張吳王惜也。

十月初七日(十一月二十二日)

　　因昨夜不寐,頻起感寒氣,體中不適。午間往次樓處少坐,旋歸倚枕昏睡,覺來日暮。飯畢,燈前兀坐,甚無聊奈。讀《馬援傳》,

觀其遨遊隴蜀，翩然東歸，經歷征討，幾遍天下，卒以奮庸衰暮，致命南荒。而橫被厚誣，蒙讟身後，固由鑠金可畏，亦漢庭之寡恩也。公終於壺頭水次，而今自武陵以上直接黔中，緣溪作廟既多，靈應甚著。沅陵之清浪灘最爲險惡，廟極壯麗，祈報尤盛，豈賚恨以没者，其神務捍此患耶？抑精誠所注，遂能康濟後人耶？公没後，耿舒無所表見，平蠻之功未知誰屬。而公且廟食千秋，沅、潕、敘、酉之間，有血氣者莫不尊親矣。嗚呼！讒慝之害正，卒亦何損哉？

十月初八日（十一月二十三日）

寒疾愈，日中過次樓處，廉卿他出，即其案頭翻閱《梅伯言文集》。本朝古文近推伯言爲作者，其論文根乎經史，期乎有用，以秦漢之古茂，行宋人之流暢，可謂不爲大言以欺世者矣。日昳次樓偕謁于忠肅祠，有儀門張告示，署都城隍及公官銜，儼如公衙。而羽士數輩於公神座前誦佛經，雜亂無理，一何可笑。殿隅爲祈夢所，余謂次樓曰：此行直兼遠離恐怖顛倒夢想，即欲邀公指示，正恐難爲憑耳。到寓則斜陽在窻，次樓旋去。入夜懷廉卿，仍往晤談。人定始歸，覆觀《馬援傳》一過。

十月初九日（十一月二十四日）

蚤起，憶録所聞數事，條具於左。

癸丑秋，粵寇自江皖西犯，由汜水渡河入武關，所至莫有當之者。其薄懷慶也，城中兵先經調楚、調皖、調汴，悉索而出，無可言守。河南令裴詔甫急召紳耆，諭之曰："賊已大至，爾曹倉卒出避，是送死也。爲今之計，宜閉門登陴，旦夕自固，以待外援，可乎？"衆曰："諾。"即檢武庫僅存抬鎗數十座，即過山鳥。非遠征者所利，故棄于此。視其腹光瑩如新，三老曰："異哉！鎗製自嘉慶間，備滑縣賊而未用也。十年前，陳太守諱彥詠者，忽取而（煅）[煆]淬礱治之,當時咸詫爲不祥,今享其利矣。"於是衆志益奮。裘又教民決沁水繞城,賊遂不能環攻。及地雷轟發,城傾丈餘,適裘巡行至,顚越陷土中,健兒力救得上,猶能督率堵禦,城賴以完。然賊爲隧道愈多,城中憂之。有獄囚謂守者曰:"我素業挖煤,能辨地氣,足以禦此。盍鳴諸官速釋我,城將無恙,我亦以有功脫罪,不亦善乎?"凌晨試之,果識掘者屈曲所至。遂命城内掘而出,依方鍼對,仍以健者負鎗燃繩隨而伺之。穴穿火發,地中賊無得脫者。會援兵至,賊引去,西竄山谷中。由濟源北擾(絳)〔經〕平陽,折而東疾行過潞安所屬,稍南出涉武安,遂達邢、洺。賊自懷慶歷山徑,多險隘,向若以卒伍守之,萬不能過也。臨洺關有直隸總督訥爾經額駐守,初邯鄲以南無警報,師徒晏然。及聞賊自武安至,倉卒不知所爲,主帥引避,其餘鳥獸散矣。所棄軍資,以數十萬計,而河朔之患,越累年窮兵力而始息。訥公曾撫吾湘,總制畿輔者將十稔,皆有廉惠稱,而一旦貽誤,幾危朝廷,至獲嚴譴,幸免於大辟。嗚呼!軍旅之寄,誠難矣哉!

　　咸豐四年十月,江忠烈公忠源以安徽巡撫蒞廬州。甫二日,賊大至合圍,城守倉猝,公部署精密,人心以安。初地雷轟城十餘丈,力堵修完。後賊爲地道十有七,公探明其十有六,皆備之矣,惟水西門一段火發。公方督兵捍禦,而太守胡元偉先與賊通,其所募卒縱火開東門,賊隊盡入。公見事不可爲,謂左右曰:"吾未至廬,廬人皆避居鄉僻,聞吾至而相率以入,謂吾必能守城也。今一旦失陷,悞此數十萬生靈,我死不足塞責矣。爾等如能脫身出險,當詣他帥請命,力圖收復此城,吾必以陰靈相助。"言已咽所佩金玦,氣未絶,遂赴水死,左右皆自刎。五年十月,和提軍以復廬自任,兩分其軍,迭息進攻。賊出戰屢敗,渠魁戒其徒曰:"我軍憊矣,勍敵在外，須防城中爲變，盡聚居民屠之。"先是賊脅民男女別居，忽盡驅至一長街，兩頭圈禁，民有揣知其意者，潛謀先發。會日暮，升屋瞭望，見賊皆困臥，遂糾壯者數十人，攜布登東城，引官兵魚貫而上。計已盈千，則擇趫捷者赴鼓樓擲火彈，蓋賊所屯火藥、輜重處也。又分隊啓門，全軍以入，鼓樓火起，耀如白晝。而賊不少動，衆且駭愕，莫測所以。既而奮勇擊勦，皆靡首就戮，莫有鬥者。天曙搜捕餘匪，溝渠暗伏，又得數十百人。乃查得賊目，責問："若屬逃去幾何？"曰："我等昨夜昏昏就睡，及火發，始知大兵入城，急欲逃竄，見軍士排立女牆，四周皆滿，遂不敢走。"衆皆額手稱江公神兵焉。方賊踞城時，西偏陷處旋築旋圮，竟不獲修復，迨官兵攻圍日急，賊悉衆於此爲備，而東城守者漸寡，卒因以克復奏功。廬人尤感其靈異，詳書以告其鄉之宦遊京師者，萬子和曾爲予述此云。

廬州破，吾鄉弁兵募士死事者甚衆，文官則戊戌翰林、池州守茶陵陳岱雲源兗及余同年新化鄒叔績漢勛兩人。叔績博通經籍，熟精史法，爲諸生時，黔中郡邑修志乘者，爭迎致之。而天性篤摯，赴義如歸。咸豐三年，賊圍南昌，楚兵赴援，因其弟叔明先在江營，慷慨請行，遂領是軍。解圍後，奏敘知縣，既至田家鎮，又以功擢同知。時叔明請與俱歸，叔績愀然曰："子曷歸？凡（胃）〔冒〕險從軍，徼倖於一時；或規利避害，遂所求而颺去者，皆鄙夫也。余以鄰警偶事戎行，不歸於章門藏事之時，而歸於恩命再頒之日，人其謂我何？此身已屬國家，死生命也。子行矣，予從岷樵以往。得行己志，非他從事比，即有不諱，子持馬革來耳，安得效兒女子爲姑息哉？"比入廬州，分守南門，城陷，同時殉難。當辛亥秋，叔績至省，擇地習靜，僦居城南蔡公祠，即閩晉江江門先生諱道憲，謚忠烈，明末以長沙推官死張獻忠之難，祔葬於是者也。試畢，仍寓此。一夕夢蔡公投刺相見,謂曰:"子卷經我薦售,頗費心力,子自此勉諸。"寤而異之。揭曉後,謁座師吳蘭池、喬鶴儕兩夫子,始知定此卷時,幾爲某房官所奪,故名次最後。乃不及五年,周旋兄弟朋友間,懍然樹大節,榮於一第矣。蔡公字江門,諡忠烈,叔績一夢,尤有關會。余誌盧州事,因懷癸丑夏,叔績將之江西,即其寓中話別,語及此,慨然以節義自負,豈知是日便成永訣。感念疇曩,自愧碌碌,曷勝歔欷耶!

錄各條甫畢,次樓、廉卿先後至,邀同出街,旋到其齋中。日暮歸,燈下仍讀范史。

十月初十日(十一月二十五日)

陰。午過次樓處,見壽陽相公詩集,題縵龕亭,地名也。壽陽任吾湘督學甚有名,乙酉拔萃科所得士多致通顯。今以予告寓都門,猶逐日溫經作字,吟詠有得。輒從人索和,每韻數疊不已,文采風流,怡然自得。想當時降麻,固非其所樂耳。待廉卿不至。歸後微雨,上燈閱明人詩。

十月十一日(十一月二十六日)

作楷字數百,久荒指澀,拙不可狀。因憶里巷瑣言"懶婦梳頭苦糾結",常疑日一理妝者,何等煩難。此自幼聞之以爲笑,乃習業不恒,輒蹈此病而不覺,亦闇於責己之一端與。午刻,次樓來,稍談。去後爲啓呈鶴師,旋見優答。晚訪廉卿,人定回寓。

十月十二日(十一月二十七日)

侵曉,枕上偶成云:

> 鴉羣噪將曙,喧雜以驚龍。鄉夢回孤枕,霜威入破牕。晨光窺漸朗,寒氣逼猶降。忽憶經旬事,朝曦逗客艭。

飯後剃頭,去盯聹,快甚。次樓、廉卿來,同出街市雜物。歸少睡,
燈下閱明人詩。沈歸愚選別裁集,於勝國遺老保節以終者,雖所作
在甲申以後,亦以明詩登之。論世知人,風雅斯重名教矣。

十月十三日(十一月二十八日)

陰。飯後至廉次齋中,值有餔餟之約。出後獨坐無聊,信步至
街頭,疑天將雨,回寓偃息。傍晚鶴師召飲,次樓、廉卿同坐,談及
高資之戰。師以吉撫軍殉難,深可慟憾,言其立心忠誠,任事果毅,
實爲百爾中所不易得。且述其居常語云:"人壽不能百年,而作事
當存百年及見之想。人死未必有知,而不可使有知抱難彌之恨。"
此皦然不欺之心,豈復有一事出於浮薄哉? 師有《五忠詠》誌高資
死事諸臣。於吉公云:

　　　　獨抱匡時略,餘才在典兵。應機能立斷,一意自孤行。察
　　衆咸心服,東南賴手撐。如公何可死,慟哭失長城。

其四人則副都統綳闔、副將周兆熊、鹽知事張翊國及江寧太守劉存
厚也。予矗所記,遺綳、周、張三君。師爲言:周營於鎮江西門外被
圍,三日食盡,度援兵不至,自燔其營,端坐烈火中,從死者甚衆。
張在軍中最爲虓闞,人號爲"小虎"者也,臨陳屢瀕於危,氣不少餒,
卒以力戰死。綳當吉撫之往援高資,已病請假,且強起偕行,吉止
之不可。兵敗,縱馬得脫,就水師。既至舟中,聞吉公戰歿,嘆曰:
"予力疾出戰,爲吉公耳,公死,予奚以生爲。"遂投江。蓋其死爲尤
烈云。師又云:"人世之禍福倚伏,常不可測。自我軍之力扼高資
也,其地南連鎮江,北渡江爲瓜洲,西向金陵,中經句容、溧水諸縣。
賊從金陵至鎮江,江路爲紅單船截住,必陸行到此登舟,沿新開河

而下。賊以金陵、瓜洲、鎮江爲犄角之勢，我軍營高資，則鎮江之接濟不通，援應亦阻。故我欲據之，賊復出死力以爭之，至屢經敗亡而不已。五年冬，廬州餘匪投金陵，金陵復分股并抵高資，我軍連戰不利。六年二月，固原提督鄧紹良等兵再敗，大帥奏劾，責以立功自贖。既大戰勝之，斬馘逾萬，賊膽落。於是周兆熊、劉存厚等築壘駐師，吉中丞屯九華山，軍資從焉。及四月之難，借盜兵而齎寇糧，其先固不料一敗至此也。向帥既退丹陽，旋病歿。賊薄城下，諸軍氣盡靡，勢將不支。常、蘇商民徙鄉僻，城市爲之一空，恟懼之情，朝不及夕。而賊方志得意滿，遂肇爭端，自韋政殺楊秀清而外，其他互相屠戮者，皆向來強將悍卒。各路與官兵相持諸賊，僅有鬥志，或且引去，丹陽以東，危而復安。我軍能復進於高資，而都會之盛，復見於今日矣。苟由後而遡前，能不謂禍福之相爲倚伏耶？"予聞師言，歸而記之。因思昔人有言："車不摧於太行，而摧於康莊；舟不覆於龍門，而覆於夷壑。"何則？全於其所備而僨於其所忽也。憶甲寅冬，曾滌生少司馬督師東下，連奏岳州、高橋、武昌、田家鎮、半壁山之捷，軍聲大振。其幕下客遺書長沙親故者，率以威壯自豪。予時佐方伯徐青君有壬記室，湘潭羅研生汝槐居西席，與滌翁雅故，其子從在軍中，予囑其致滌翁書，當規其狃於屢勝，防卒驕而士自用也。師愈進，而愈以不測之患爲慮，日召將吏而申儆之，至楚、皖、吳、西接壤之區，則不妨少駐旌麾。務使各路奸宄出沒之區搜除盡淨，守備完固，然後以次進勦，誠萬全之計也。羅亦深以予言爲然。乃未幾，潯陽之敗，幾至全軍覆沒。徒以九江堅城尚未克復，忽舍而攻湖口，水師精銳，萃於前茅。賊佯敗，我舟競進，則回擊而橫截之。湖口浮橋復合，銳師不得出，外江失所恃。江北武穴陸軍適調羅澤南往，未及濟。賊乘夜自城上縋出，并异小

舟入江,徑撲滌翁巨艦縱火。各船倉卒不知所措,皆絕纜赴北岸,
挽而西上。滌翁已投水,巡捕某掖之出,乘小舟趨南岸羅營得脫。
皖賊出武穴,緣江而上,泝流諸舟多爲所獲。次日幸得北風,其獲
免者揚帆直過沔口矣。先是滌翁復田家鎮,付湖督楊霈守之。及
變出意外,皖中、宿松各路賊分道並至,楊不戰而潰,馳還武昌,又
知城守不易,遂出西路,以保德安爲名。於是漢口、漢陽、武昌皆復
陷,而通城、蒲圻等處遺孽蠭起響應,湖以南亦且戒嚴。滌翁攻九
江卒不下,稽時長患,更蹙而入南昌。宿將相繼戰没,餽餉無所出,
事益不可爲矣。嗚呼!自喜之心中於一時,至盡棄其已成之功,而
禍流於不可止。此爲見讐者所快而親愛者所痛,雖欲掩其過而不
能也。其間禍福倚伏之機,豈非當時忽而不察哉?

十月十四日(十一月二十九日)

五鼓微雨,曙後天霽。昨夕鶴師言郡城遊覽之地,命偕馬、劉
二子同訪耕園,即明唐荆川先生讀書處,後爲陶園,今復葺於陶之
族子易是名者也。已刻登舟,出西水門十里許至園,地狹而布置紆
曲,屧可步,亭閣可息,水石可玩,卉木以時可賞。牆隅有石刻,李
申耆兆洛爲之記。三人少坐而出,飯於舟中。歸小眠,起而夕食,
已初更矣。旋挑燈爲詩呈鶴師誌謝,脫稿便睡。

十月十五日(十一月三十日)

雨。覆審詩稿,並爲小序繕進,復録於此。

昨蒙慈惠,叨飫欣芬。提耳尊前,言有味而彌永;軒眉席
次,禮少簡而益和。款盧、李之周親,馬君於師爲外弟。列游、楊
於左右。論時事,則艱難宏濟;話遊讌,則天理流行。於是命
訪耕園,載之畫舫,遂煩傔從。王子猷須問主人,園有史觀察僦

397

寓,師遣紀綱投刺通知。更絜壺觴；李供奉早倡佳作,馬君在舟中口占五律。五言學步。四詠勉成,爰歷紀夫勝遊,亦緬懷於芳躅。胸無好句,難副成連海上之情；手肅燕箋,敢塵正叔春風之座。伏祈訓誨,不盡慚惶。

一棹鼓遊興,尼山與點心。人家緣岸過,野徑入溪深。當户開平壤,微烟帶遠林。經旬託塵市,到此滌煩襟。

綠曲迴廊路,亭臺四面通。池流是濠上,林壑具胸中。晚節疏籬菊,春花一樹楓。何須盛絃管,彭澤自清風。

觀碑拂苑牆,舊蹟攬餘芳。應德不可作,遺編何處藏。寂寥楊子宅,恍怫管寧牀。性凤耽魚鳥,荆川句"魚鳥由來惟所耽"。棲神合瓣香。

小憩成茶話,餘情付落暉。迴舟輕浪簇,把酒左螯肥。雋語珠能記,楹聯頗有佳者,廉卿、次樓爭背誦之。新詩筆欲揮。吟箋期報謝,叉手思依依。

録竟,雨淒風冷,閉窗兀坐。入夜閲《饅飣亭詩》。

十月十六日（十二月一日）

仍雨。移入鶴師公寓,樓居較張王廟整潔多矣。師過齋中,親諭紀綱給几杌、庋閣甚悉,感而有作。

風塵落拓負栽培,樓屑燕吴鼓棹來。梅嶺春先官閣暖,蘭陵烽遠大旗開。書紳疊喜承閎議,跋履何堪説雋才。慚愧原貧邀孔粟,微吟未敢質鴻裁。

點檢書册、衣紹未竟。湯小穆使至,招赴舟中,晤談半晌。蓋

別方一載,竟張空弮,博取宰官,且赫然冰銜矣。縱橫馳逐,的未易
才,如我迂拘,未免望而卻步。抑窮達有命,其經營而得之者,當亦
運數之適相值也。是日與廉卿、次樓閒談,忽忽至夜分。

十月十七日(十二月二日)

雨。午刻,偕次樓乘肩輿訪龍磻溪,晤時始知曾過張王廟,廟
祝頑不以聞,因喜漫然往拜,亦幸而不失禮於人也。歸,晚飯後作
書,寄徐石泉湘潭、鄭南喬松江。爲石泉緘阿膠,自操鍼線,旅況可
憐,往往如此。

十月十八日(十二月三日)

蚤起,詣湯小穆處面交信物,少坐出。聞同邑黃菊溪丈曉台同
年從父。泊舟門前,偕往晤其喬梓,亦一面之緣也。歸,飯畢,廉卿、
次樓同出街,於分途偕次樓過市肆,偶以賤值得《蘭亭》,雖非善本,
而尚有意致,閒中展玩,亦足爲臨池之助。晚與廉卿話及進取之
志,因其於帖括頗存厭薄,遂進直言,極承聽納。

十月十九日(十二月四日)

左青士太守來,詢以我省鄉試信息,亦無所聞。午刻,偕廉卿、
次樓出過萬春樓茶話。與次樓先歸,廉卿旋同宜興周小堂至,留共
晚飯,敍爲同年,名家楣,是科直省中最少年者也。飯畢,鶴師到廉
卿齋中,次樓同侍坐,因論時事艱虞,人才難得。師言人能讀書考
古,留心經濟,其議論必有可觀。而期諸實用,必從閱歷中來,所謂
"熟讀王叔和,不如臨證多"也。今時僧邸極稱賢能,始以族子入繼
大宗,向經艱苦,故習知人情,又能自下。其所成就,固由天資邁
種,然閱歷之功多矣。又言吾鄉劉雲房先生一事。當嘉慶時,福建
行省以清查案劾州縣數十員,奏請揀發。睿廟欲盡取諸六部筆帖
式中,廷臣莫敢他議。劉從容言曰:"州縣治百姓者,必當居百姓之

中,始能悉其情狀。如筆帖式,生而世業,恐臨民或非所宜。"上意悟,乃止。此即閱歷之說也。此事向有誤稱劉文清者,其實長沙奏論,當時二劉同在相位耳。

十月二十日(十二月五日)

往左處答拜,得見,並晤小穆出。次樓邀同訪龍磻溪,迷於歧路而返。鶴師發出顧氏《方輿紀要》,因昨談及,特假之他處者。閱序數篇,忽已三鼓矣。

十月二十一日(十二月六日)

小穆來,門者誤云外出,未得延晤。廉卿邀出街,未行。閱《方輿紀要》,於古來都會郡縣形勢,如身游其間,亦快事也。

十月二十二日(十二月七日)

幕中毛、侯兩君邀往一清齋食湯餅,旋偕次樓過龍泉居茶話。晚左青翁召飲,座間晤吳劍瑩,鏡瑩同年從弟。主人有迎候之役,未同座也。歸仍閱《紀要》一書。

十月二十三日(十二月八日)

陰。閱顧氏書至唐安史之亂,竊怪其未登張、許守睢陽一事。當日肅宗即位靈武,□令□克扶風而守之,東南貢賦,由荊襄以達扶風。艱難立國,其賴有此。而睢陽力遏賊鋒,意在保全吳會,厥功甚偉。其於形勢亦有關繫,作者偶遺之耶?

十月二十四日(十二月九日)

雨。仍閱顧氏書,特檢鎮江府一卷,適少一葉,殊爲恨事。所載京口爲建業門戶,吳會襟要,惜往歲不能守此,致逆氛久難掃蕩。近時專力高資一帶,或得收復鎮城,庶江左可望肅清也。因鎮江有克復之機,思及善後事宜,燈下開出條目甫竟,毛君及次樓來閒話,旋已夜分。

十月二十五日(十二月十日)

雨。晨起,當窗頗寒。爰依所開條目,爲善後各説,夜三鼓,脱稿。

十月二十六日(十二月十一日)

將善後事宜録呈鶴師。午後偕次樓過龍寓,兼晤湯小穆、吳劍瑩兩君。歸後録前稿,存此。

　　夫戰勝攻取,責之師武臣,而撫綏保障,視乎賢使君。二者事有所專,而時有所重也。寇賊盤踞,人民傷夷,一旦擊而走之,如距斯脱,此非可以奏捷爲喜,而當以補救爲亟。至於厚集兵力,扼險出奇,制彼跳踉,覘其窮蹙,則收復有日,而綢繆尤尚先事矣。側聞鎮江攻勦得手,城池即可克復,謹依往事,增以管見,擬爲善後事宜二十條,各詳其説,不憚繁重。凡以還定安集之謀,懲毖後患之道,貴周且密耳。誠知冠蓋之場,群才濟濟,規畫詳審,自能福四民而制九醜。草野固陋,何足以參末議,惟憁几清暇,自抒胸臆,輒以録呈鈞誨。如蒙俯賜批抹,俾得識其是非得失,則幸如閱歷事中矣。

　　一、約束兵勇,以撫難民也。城復之日,以撫卹難民爲第一要務,然撫卹之道,非能家廩給而衣被之也。在民之幸脱於難,亦祇求休息將養,以漸復瘡痏耳。而兵勇之足以擾民,於此時爲最烈。何則?兵勇利城中之所有,各欲據之,於是在城之孑遺,則指爲賊黨,或竟劉之鋒刃矣。外歸之流民,則禁其入室,或又誣爲姦細矣。甚且負販甫集則豪奪之,婦女煢弱則衆嬲之,紳耆董事則盛氣以陵辱之。嗟彼小民,其危苦有甚於陷身賊中者。故愚以爲撫難民,先在約束兵勇也。然兵勇亦非易就約束也，奏捷之際，雖怯懦者亦自以爲功，驕悍橫行，地方官有莫敢誰何之勢。此在大府親臨彈壓，選僚屬之素有德望者，巡察其間。而約束之責，一惟帶兵將弁是問，明定條律，申畫駐所，使衢巷之中，各安其居。而委員紳士，亦得盡力稽查，則難民不待噢咻而自撫矣。

一、慎選委員，以免貽誤也。大難之後，守令必用才德廉優之人。丞尉等職，亦須老成練達，以資佐理。至於承辦局務及奔走給事，需員較多，又不可不詳爲審擇也。軍興以來，干進者麕至，貪冒者鶩競，得所援引，則規利避害，恣肆於其中，巧構以售其欺罔，侵漁以縱其淫佚。迨至一二實心任事之人，爲所格而不得遂，而禍患乃隱伏而不覺矣。善後之局，關繫更重，此不可不察也。稽戶口，則既恐其疏而縱奸，又慮其苛而滋擾。遇兵勇，則既恐其輕而召侮，又慮其激而生變。其他理財不以其實，處事不得其平，或讕語以惑聽聞，或狎邪而啓釁隙，是叢怨府，實爲厲階。惟謹之於始，不輕委任，則庶乎其無貽誤矣。

一、確查保甲，以殲遺孽也。保甲之法尚已，然非編查確實，則徒爲具文，而藏奸罔覺，是糜費之中，又有隱患也。惟慎委官紳，分段挨查，填注牌册，逐戶諭以互相糾察，申明利害。仍立甲總，以士紳任之，責以隨時稽查。凡新來及遷徙之家，皆須詣甲總告知，以便改注牌册。其紙筆等費，先由官局酌給，俟復業人衆，再定量捐章程。又大吏不時抽查，以覈疏密而記功過。至近城三四十里內，一體照行。每村訪派紳耆，無須官吏。如有執送奸細，審明屬實者，量地遠近，給予盤費，以示體恤。則遺孽自無所容矣。此條原可兼團練而言，然民困方深，團練之能辦與否,可勸而不可迫。茲擬各事,皆官之所得爲者,故團練不與。

一、多設偵探,以定驚擾也。賊經攻勦,或有逃竄,甚至驟難知其踪跡。而他處股匪,又或聲言報復,勢若相向。當此人民甫集,未免風聲鶴唳之警,其間調度防禦,自不待言。而欲定洶懼之情,莫如使之實知賊踪,不致動以浮言,則偵探不可少也。偵探有據,則妄言必誅,自無驚擾之患矣。

一、清還產業,以集戶口也。當遇難之初,或倉卒逃避,或被害零丁,所有產業,難期契據完全。然其中爲鄰右所習知,賃户所能辨者,十不下七八也。於此遴委賢明之員,周諮詳查,務使各還其主,則來歸者得遂生計,可免轉徙之患,户口自見其日增矣。

一、暫免釐稅,以招商賈也。近日軍餉所需,半資釐金抽稅以爲接濟,何可漫言停免。然是城乍經收復,閭閻困苦不堪。市易之中,價減一錢,則百姓受一錢之惠;貨贏一分,則百姓得一分之用。況商賈本爲嗜利而來,當此及時競進,大有取盈之意。而釐稅適爲故貴者所藉口,若强爲勒抑,又恐其裹足不前,則新集之衆,重受其困。惟沿途稅卡,於專赴此處貨物,除綢緞華靡之件,及軍營售買各項照常抽稅外,其小民日用所需,暫免查抽,給牌懸示,仍移會前途,一律驗放。倘有載貨他往假託免稅者,一經查出,籍没充公。則釐稅之所免無幾,而商賈源源而來矣。

一、審度要害,以固封守也。是城甫經克復,而密邇大敵,備非一途,則欲保是城,不能僅守是城也。離城數里、或十數里、或數十里,四面則各有隘口,有專至一處之隘口,有總管

403

數處之隘口，於此分別最要、次要及兼設巡緝之地，以爲屯駐重兵、分列防兵并游徼所至之次第。務使營壘堅定，聲勢聯絡，瞭望洞達，援應便捷，則地利之不可不講也。夫賊之所得據，僅瓜洲、金陵及鎮江三處，其間縱橫數百里，非盡撫而有之也。而其所據城鎮，我兵不能環攻；其出没之途，我兵不能截斷。是所謂要害者，賊規之而必得，縱不即得，或非全得，而必撓我困我，使我不克制其要以爲之害，賊之善守如此。今我幸復是城，勢亦岌岌，則即以前日力戰情形揆之，其所以固封守者，益不可忽矣。

一、簡派勁旅，以重防衛也。杜佑曰："京口因山爲壘，緣江爲境，建業之有京口，猶洛陽之有孟津。"自孫吳以來，東南有事，必以京口爲襟要，京口之防或疎，建業之危立至。六朝時，以京口爲臺城門户鎖鑰，不可不重也。自逆匪據此有年，幸而克之，重鎮復爲我有，其勢可以制金陵之命。然未言戰，先言守，譬如匹夫格鬥，腳不立定，而求搏人，未有不先踣者也。孫子曰："我不欲戰，雖畫地而守之，敵不能與我戰。"求之於今，殆無此將略矣。若依山阻水，倚城郭以爲固，其爲守較易，而又非怯士惰卒之所能任。今之治軍者，每重言戰，而輕言守。當與敵相持之日，或悉簡精銳以出，即幸而勝，猶恐敵之乘虛而襲覆我根本也。敗而不得驟返，則守者自潰，其禍不可勝言。近日高資之變，是其明鑒。要知守者可以爲戰之地，則非勁旅不可，且守又非坐食而遂已也。定期而操練，逐日而申儆，裝束常如臨敵，分班迭爲巡邏。如此則血氣可以調御，平居不至玩怠，而防衛可恃矣。

一、稽查出入，以防姦細也。城距賊壘未遠，其窺伺未有已也。姦細之來，必詭而難辨，惟量事勢之緩急，酌城門之啓閉。門啓處，宜派正、雜委員各一，或弁一、紳士一，均擇其才識明練、性情和平者，給役六名、兵四名，以備指使。每日於辰刻齊集，發鑰闢門坐守，至申刻闔門下鍵而退。城外設棚列坐，傳送飲食，各領薪水。凡出城者，不甚詰問，入城之人，即有腰牌、護照、公文等件，亦須細驗真偽。其投某營署、公館及局中者，派人押送；平民投親知、覓活計或遠歸者，亦查問明晰，押取保狀。無人具保，即不准入城。形跡可疑者，送地方官審問，若顯係姦細，則捆送大府轅門，訊明正法。如此則奸細不至混入矣。

一、嚴禁娼賭，以杜事端也。近聞大府左近，亦有流娼，此輩不良，難保其不潛通逆黨。賭場爲藏奸之所，理亦均宜禁絕。尤可慮者，冶容方煽，則游俠紛來，而妒忌實釁害之漸；博塞大開，則勝負交關，而貧窘又竊盜之萌。當此大創未復，戒備綦嚴，何堪更滋内患。此事端在所必杜矣。

一、駐兵城堞，以壯聲勢也。每垛製攛子牌一，牌作人字式，内有兩橫木，其一貫，兩直木如柄，外密釘竹片，加油令極光滑，以直木置垛口。滾木擂石俱備，豎旗一、燈杆一、燈籠一，有蓋，編篾爲之糊紙加油，以禦風雨。派定一兵掌之，日給油燭、口糧之數，臨時酌定。五垛口一礮臺、有木架席，蓋礮宜常演，不入子。一篾帳房，另給旗燈。五兵共掌之。五帳房一篾蓬，隊長居之，子藥火繩之屬皆貯焉。其城垣單薄者增築之，或架木排如棧，帳房之前，輿馬可便往來。文武大員，輪日巡城，夜往一次，不定時刻，以防掩飾。城樓駐帶兵官及查城委員，嚴立禁約，垛口不得縱人出入，城上不得喧譁，是其最要。其兵則略選老於營伍者,而多取之餘丁,兼募民間壯健。其隊長必須嫻習營陣、心地明白之人,責以訓練之任。每日在城上教練技勇,旬月之內,擇近城寬敞地面,演隊伍分合、步武進退之法,賊以抄尾困我兵,屢被其害,近日我兵亦用以制勝,非古陣圖所有。則他日之動兵,皆出於其中,所得不亦多乎?曩歲賊首林鳳翔由壺關出臨洺,長驅北向,將之順德,郡人逃亡略盡。太守趙公急命隸卒斫松節無數,索民間鐵鐙槊不足,繼之以鉊。比夜燃火雉堞,賊遙望驚爲有備,遂折而東,城賴以全。此可見爲守備者,不可無以壯聲勢矣。

一、修葺官署,以定規模也。官吏入城,原可僦居民舍,惟倥傯之際,人心狐疑,官屬僑居,似非鎮靜之道。各署稍加修葺,體制由舊,工作從簡,取足治事而已。民間見之,必以城守爲可恃。且相率立市廛,營廬舍,將生業日就蕃盛,氣勢益壯,此規模之宜定,固非迂談矣。

一、寢息告訐,以免株連也。唐室安史之亂,民陷於賊者,爲之供億,事平,議者將盡誅之。楊綰言曰:"承平日久,驟當鋒鏑,小民但求睽死,豈真從逆哉?"由是得免。今賊據城久矣,脅民進獻,勢所必至。是芒芒者情實可矜,復業之餘,或有告訐,若官吏受詞究詰,則擾害滋多。又時當喪亂,乘機攘竊者,固所不免。抑或掇拾遺棄,復爲物主所認,以此爭競,亦將坐之劫掠。此中理有難辨,情均可原,計惟勸諭息事,固亦休養之道。不然,民氣鬱拂,更多牽繫,當官忽而不覺,則株連之爲害大矣。

一、延接紳耆,以通情隱也。漢之循吏,無不與民相親,凡其疾苦,如視諸房闥之內。故地無險易,而化必行。今民之疾苦孰甚乎？凡撫綏之政，守備之方，巡緝之事，興復之役，或有章程所未備，抑當從而變通之；又或奉行之未善，皆宜周諮博訪，以期歸於至當。如醫者，方藥既悉，乃用其望聞問切之術，則治療益神。兹以欺罔可慮，則兼聽而徐察之，不偏信，不暴發，而斷不肯隔閡而不通，庶情隱其悉見矣。

一、收瘞遺骸，以除穢惡也。古云："大兵之後，必有大疫。"由屍骸枕藉，臭腐之氣，觸於呼吸，厥爲病源。而飢寒勞苦、驚惶愁怨交集而乘之，雖有壯者，不能堪也。鬱而必發，感而遂動，大疫於是乎作。收瘞遺骸，因而掃除糞壤，蕩滌河流，則穢惡不中於人身矣。

一、稍興工作，以寓賑濟也。民經離亂，生業蕩然，困苦之情，莫可告愬。而公府迫於饋饟，難爲振卹之謀，惟就修復之當先者，設法籌款，或他處挪墊，以資工作。此時百度草創，不假巧匠，居民老弱，皆得量能而使之。少給傭值，俾得糊口，則垣墉暨茨之役畢舉，而賑濟寓乎其中矣。

一、訪查節義，以速舉報也。死節之狀，實可憫惻。城池克復，存者既使復其業，亡者必當慰其魂。國家卹典具在，則舉報不可不速矣。

一、亟復學校，以敦教化也。學校之設，似爲文治之迹，非所急於軍務倥傯之時，然教化繫焉。教化不可一日而弛，則學校不可一日而廢。周宣王六月出車，而引重於張仲孝友；衛文公艱難立國，而皇皇於敬教勸學，良以爲本務也。況自逆燄披猖，隳突南北，而朝廷聲靈震疊，所在士民，多以殺賊自效。而賊踪所不及之地，雖逼近烽燧，而民懷吏畏，綱紀秩然，此中非獨以其法制也。深思所以相維之故，則復學校以敦教化，不得視爲緩圖矣。

一、稽覈出入，以裕實用也。自各省相繼軍興，餽饟不給，支左屈右，張皇補苴，而其間猶不免漏巵焉。出則有月餉薪水、工食盤費、犒賞買辦製造之項，而買辦製造爲利藪。入則有請領移借、截留撥解、捐輸釐金之數，而捐輸釐金爲利藪。浮冒欺隱，巧弊叢生，求其具有天良，急國難而不營私計者，幾於百無一二焉。善後諸務，需用孔殷，當別開捐輸一局，經理最難其人。而一切雜費，支發紛紜，又復難爲限制，惟稽覈周密，務令隨時繕呈款册，如州縣衙門徵收日報之例。市價日一結帳，則徒侶無所售其欺，亦使之驟不得作僞也。再得一心細才敏之人爲之驗核，庶侵漁少息，而實用可裕矣。

一、分立局所，以專責成也。候補人衆營求差委者，展轉請託，乃或一人而兼數事，或數人而共一事。關節所到，設法安置，不顧糜費，不求實效，亦當時之弊也。善後總局之外，捐輸其特重矣。而如礮械爲一事，子藥火繩各爲一事，帳房雜物爲一事，油燭爲一事，偵探爲一事，保甲爲一事，工作爲一事，查報節義爲一事，收瘞亦應暫設爲一事。分別各所，量事任人，職無兼攝，業有專司。功易就而稽覈亦便，庶務於是乎有責成矣。

十月二十七日（十二月十二日）

接録前稿。晡時礄溪招遊天寧寺，小穆、劍瑩同行。出東關數十步，巍然一梵王宮殿也，壁間石刻頗多，坡公書《金剛經》在焉。兩廊塑五百羅漢，金身莊嚴，狀貌如人面之不同，亦甚可觀。適僧衆於佛座下宣梵唄，氣象殊肅穆。至方丈，一僧接待甚殷，西堂茶

話,具道戒律。共住三百餘衆,無敢犯者。主僧不獨逸,不私食,故
人無不服,蓋猶大將之與士卒同甘苦耳。嘻!彼氏浮游聚食,率仰
檀越供養,無尊卑相臨、財力相挾之勢,而所推爲主者,一能均勞共
哺,遂使人無歧念。彼操虎符、制生殺而輒謂士不用命者,抑獨何
哉?歸待廉卿、次樓不至,欹枕成寐,覺來共飯,已初更矣。鐙下補
記一詩。

　　清境間遊何處尋,苕苕蘭若倚城陰。諸天梵唄通三界,高
閣斜陽漏半林。無語禪和應了了,觀坐禪室僧皆模拙。大雄法
象自森森。客愁正是憐兒女,太息難爲出世心。

十月二十八日(十二月十三日)
早過小穆處,歸飯畢,偕次樓出街市雜物。將出,(大)[小]穆
遣人送左孟辛文稿來。晚閱一過,議論馳騁,筆力矯健,甚可愛玩。

十月二十九日(十二月十四日)
爲詩投左公,先將此本由小穆持以就正,故有是作。然交疎徒
取贊譽,非我志也。小穆來,同次樓遊城隍廟小園,歸獨酌村酒。
閱李茶陵暨崆峒詩,朗誦數十章,頗暢鬱氣。晚與毛君閒話,兼覽
《翼駰稗編》。

十月三十日(十二月十五日)
微雨。剃頭。市沽小飲。晚飯後翻閱顧氏書,重考直隷水道,
辨誤析疑,尋源竟委,頗殫心力。此本前十數葉複書一過,亦一時
興之所至也。

十一月初一日(十二月十六日)
雨。仍理重書日記。

十一月初二日(十二月十七日)

晴。偕侯、毛兩君東門肆中食湯餅,由河南散步歸。晡時復同次樓過河,循崖遶西瀛橋回,都無所詣,頻煩渡子,亦無聊之極矣。是日爲桐雲弟生辰,晨間餔啜,根觸遠懷,晚足成一詩。

　　飛鳥方乳㲉,依依聚成行。未幾各長大,振羽紛翱翔。睠言鶺鴒原,天倫樂最長。卻因逐生計,不得共一堂。飄風至吳會,日夕思故鄉。我弟今誕辰,遠在衡之陽。時新赴衡山學博任。想復設湯餅,苜蓿聊舉觴。良會動遙念,應亦歌陟岡。伯氏棲里閈,端宜撥秋香。試録尚未得見。雁翼判南北,相思無定方。我懷昆季間,三處同(迴)[迴]腸。安得耕薄田,百畝供衣糧。杜門理學業,連枝有餘芳。數窮重太息,此願何時償。

十一月初三日(十二月十八日)

承鶴師命趙園宴集,地去寓館數十武,池水清漣,亭臺雅潔,樹石亦停頓有致,詩以紀之。

　　丹青愛説趙王孫,圖畫天然亦水邨。趙千里有《水村圖》。小榭浮波拓風景,池亭心足攬一園之勝。奇峯當路數雲根。堂題十二峯,園中石頗多,有極佳者。寒香綻蠟羣芳占,古墨鐫華道氣存。堂懸木幢四,刻鐵公鉉、唐公順之、楊公繼盛、盧公象昇各書。珍重(絳)[絳]帷優厚意,客懷消得幾清樽。

十一月初四日(十二月十九日)

晨過龍蟠谿寓,聞左孟辛至常,欲訪之,未果。歸閲顧氏書,見其論廣西形勢，引黃巢事，謂雖僻在一隅，而有變則足以傾中原。且言始安今興安縣。嶠實爲要害，自粵入楚，此多逕途，最難防制。誠哉周知天下阨塞者矣！往歲賊自永安暴出，既圍桂林，而湖兵但守境内，不知越疆扼險，致貽今日大患，可爲痛惜。

十一月初五日（十二月二十日）

偕次樓訪周小塘同年館武進縣記室。不值，見案頭置留茆莽尺牘刻本，閱其運筆鬆秀，使事活脱，於應用之文，可謂能手。如此才華，殆終於傭書，亦可歎矣。出過市，買得六德齋縮本輿地圖，歸小飲。

十一月初六日（十二月二十一日）

晨雨。晚鶴師宴幕客，陪集。

十一月初七日（十二月二十二日）

微雨。汪輔周大令自蘇來，過齋中，蔣珩卿囑攜函面交也。去後隨幕中諸君見鶴師，賀至節，又交相稱賀畢，獨坐尋思。自前歲長至三日離家，至此三過合享之期，不克共家人拜跪。流轉異地，百事無成，肝腸暗摧，無可告語，愴然欲涕，強自抑止。往從次樓、廉卿閒話。

十一月初八日（十二月二十三日）

巳刻，廉卿邀共次樓東肆食湯餅，隨過龍蟠谿寓，同獨先歸。晚鶴師召飲，因前賜和遊趙園詩中有“重向西牎把酒樽”之句，故復有此舉。廉卿、次樓同坐筵中，悉屏常饌，並命連齏大觥，初度之辰，無意得此。感而有作，卻以疊韻自縛，詩遂不録。

十一月初九日（十二月二十四日）

次樓邀共廉卿肆中小酌，餟蒸鴨。晚餐又飲數巵。

十一月初十日（十二月二十五日）

剃頭後，偕次樓過龍泉啜茗。晚閱龍城書院課卷，此時山長已將解館,初九日,鶴師特增一課,以寓勸學之意。生題"仁之實,事親是也",詩題"綵服日向庭圍趨"。時師方迎養本生太夫子,是以有取於此。

十一月十一日(十二月二十六日)

閱卷訖,龍蟠溪來,次樓留共飲。

十一月十二日(十二月二十七日)

偶憶月前鶴師談鎮江善後,尚須薄有賑濟,因作《賑說》。

　　古來言賑者多矣,以工代賑,其最善者也。而或衰老、殘廢、疾病、婦孺之屬較衆,則必放賑以濟之。故有粥賑、飯賑、米賑、錢賑,其事不一,皆可以周窮乏、撫創夷也。粥賑、飯賑,有積弊而無良法。道光二十九年夏五月,兩湖因先歲秋雨害稼,至是青黃不接,牙糵麇朽,價且頓翔。時予館麻陽記室,地近苗疆,民俗素悍,相率詢縣請開倉救飢,而積穀舊經挪用,無以塞望。居停陳公赴郡乞糴,經旬不歸,民心皇皇,啓弁又甚其詞,謂將爲變。幕友陸雲林欲取署中食米數十石,煮粥濟急,而慮其不繼,莫敢發端。予策以借書院膏火穀百八十餘石,屯弁掌之。再屬縣尉召江西客總,諭令向諸商借貲買米,以圖接濟,遂開粥廠。除選派邑人經理外,予與陸君自往查看,固籌之至熟,而防之甚周矣。然見來者蟻屬,其餓甚者,且不能至而踣于道。及至廠中,競前乞領,疲弱者不堪擁擠,亦且垂斃。目擊心傷而無可如何,所謂無良法者此也。今歲京師米價騰貴,民不聊生,皇上如天之仁,屢諭加賑,五城添設粥飯廠,日費米數十石。而街市窮民貿貿,詰以領賑狀,輒云飯頭侵尅,所發無幾,竭力挨進,得食僅以匙計,宜其不能療飢。予時客大興幕中，聞其承辦三廠，每一鍋臺，至費五十餘金，其他可知。常詢及飯頭，則言散賑時以有限之粥飯，佈難定之人數，惟若輩酌量均平，今且重貲致之矣。當事之所見如此，無可言者。凡設粥飯廠，必有委員，則需薪水；必有夫役，則需工食；必有器具，則須置造；必有水火，則需日給。統計所費，有浮於及民之用者，而浮冒不與焉，所謂有積弊而無良法者此也。至於米錢之賑，亦必設廠，而擁擠之患，當有法以弭之。竊意編查保甲之時，便可將難民分別等差，於應賑者預立號記，即無屋可居者，亦必籌其棲止之處，列入某甲，俾有定所，以便查籍。賑議既定，然後按戶給予執照。或有一戶不必概賑，只擇其老疾殘廢而施之者，亦給執照，填注明晰，酌定每名日給米若干角，或錢若干枚。每次給領十日之數，聽其隨時持照赴廠，核發鈐識，並許倩人代領。如此則廠中不須多人，可以辦理裕如，而窮民得沾實惠，有樂無苦。此亦己酉歲湖南省城捐辦減糶之法，民間稱便，已著成效者。然當時尚由各街紳士舉報貧戶，似不免徇私之處。若委員查門牌時必無慮此，是則更爲周密耳。鎮江收復之後，所有賬濟，計亦無多，且均係難民，不必過於區別。惟思招徠之際，戶口日增，既畀資糧，來者必眾。與其後日不給而裁汰之，曷若先事預防而節制之乎？又思執照早有定數，則賑項毫無蒙混，不勞勾稽，而冊籍朗然，似更於公事稍有裨益。此局外之見，不識有當萬一否也。

在都時，與蔣霞兄談及粥飯廠之弊，曾以此法質之，渠亦深以爲然。且言往歲曾與彭子嘉太史奉派查齊化門一帶門牌，躬親按問，籍記明確。若據以發賑其貧戶，甚易辦也。時欲持此以建言，予亟止之，以方與某相處不合，當避嫌耳。晡時偕次樓過河南散步。

十一月十三日（十二月二十八日）

巳刻，聞鎮江收復，爲鶴師道賀。旋偕次樓出街，歸奉師命偕往京口。晚理裝後，作家書，並致南喬，託爲轉寄。人定後，共次樓話別。比就寢，已近五更矣。

十一月十四日（十二月二十九日）

辰刻登舟，廉卿、次樓偕至河干，遇湯樂民揖別。鼓棹出西水門，會諸舟。午刻啓行，晚泊呂城。師過舟中，見燈下作字，諭以目力宜少存息，因言：“學者用功，不能不到極苦境地。”對曰：“用功到極苦時，往往有極樂之處。”師又言稽考水道之難，對曰：“水道不獨稽考爲難，即觀水道書，非將此心攝爲一線，盤於其間，不能明晰也。”師深許爲甘苦有得之言。

十一月十五日（十二月三十日）

寅刻行，日晡抵丹徒鎮，北去數里，便是大江，估舟所謂丹徒口也。西爲運河，可達潤城，當轉漕時每年疏濬，今淤淺不可行，故舟停於此。

十一月十六日（十二月三十一日）

錢慎莽司馬過訪，言潤城殘毀荒涼之狀，深爲怒然。鶴師自城中回舟，言及官署無存，民舍亦無完好者，然必須設法移住，方能招集流民也。初更，詣左青翁舟中，兼晤吳劍瑩、龍蟠溪，留飲至夜分歸。

十一月十七日（新曆戊午年一月一日）

丹徒縣尹陳蘭谷士棻聘閱試卷，是日已在大港就寺院扃試。此間東去十數里，一大市集也。是日爲先嚴忌辰，無可展拜，默自感慟而已。

十一月十八日（一月二日）

陳大令之太翁淵如觀察過舟中。晚仍在青翁處小飲。

十一月十九日（一月三日）

午刻，散步至磯頭，望江中行舟甚駛，獨立移時，風寒襲人，回船幾噤斷矣。錢慎莽來閒話，述其任金匱時，剔徵漕諸弊，裁損陋規，云受知於鶴師者以此。又任青浦時，值□□□作亂，後逆黨逃匿，其家屬與居民相猜疑，人人自危，勢將復聚爲變。乃亟張示諭，許以自新，旋巡四境，委曲開導，令招在外諸犯，一律寬免責辦，團練皆樂效命。及滬上兵潰，其出青浦者不敢肆掠，練丁之力也。安撫之計，所全甚大，正如良醫用藥，有毒者亦能取效，視其方劑何如耳。當官誠能如是，庶足當廉能之稱矣。

十一月二十日（一月四日）

鶴師移駐城內，晚過左舟共話，晤劉松崖大令郇膏，慎莽亦在坐，旋命榜人艤棹相傍，居然比舍矣。

十一月二十一日（一月五日）

移入縣寓，晤賈靜安世珍、約之檀昆仲及孫穀堂式榮三茂才，敘談片時，受卷校閱。午刻，周廉泉大令紹濂偕劉松崖、錢慎莽過訪。

十一月二十二日（一月六日）

閱卷。晚接家書，（石）[伯]兄見寄闈文首藝底稿，時尚未揭曉，九月望由黃曉台得見試錄。並此函寄展轉經松江、常州兩處，始達於此，然爲時雖久，而幸聞（石）[伯]兄捷音。又得桐弟暨內子書，兼誦徐芝泉、吳麟周、馮虎臣、鄭南喬、劉次樓各書，喜不自勝。因鶴師垂念至殷，當即稟知，併呈文稿及曉台來信，亦借以報慰也。

十一月二十三日(一月七日)

閲卷。

十一月二十四日(一月八日)

閲卷訖。晚索酒與約之縱飲,傾談甚歡。約之甫逾弱冠,端粹明敏,可愛可敬,其氣局與吾彤弟相似,故尤不覺其投分也。

十一月二十五日(一月九日)

晨起,束裝入城,過京峴山,余鎭軍萬清移營山南,其舊壘西面臨壕嶄絶,僅通一騎,則度嶺而下之徑也。形勢如此,殆可守而不可戰。然言守,則南徐以東,非必由此山而始達雲陽,其未足以竟限戎馬者,又奚爲圈我虓闞耶?軍旅未學,固多難曉,行當質之明者。抵城中,頹垣斷壁,觸目傷心。憶癸丑夏,自都還里,征帆甫落,見城外西南一帶盡爲邱墟,中心悽惻,幾于墮淚。乃以此較之,覺闤闠蕩爲荒原,猶不過追思盛時而悼之耳。今且萬間壁立,遍地劫灰,即向未經歷其間者,無不知殘毀之可哀也。嗚呼!阿房一炬,或出於漢兵入關之後,不更爲古今之所痛恨者哉?

十一月二十六日(一月十日)

過縣寓,晤陳蘭士貳尹,蘭谷之從弟也。

十一月二十七日(一月十一日)

作家書,專寄浙江諸暨縣,託許雪門同年彙遞。先慈忌日,秉筆黯然。

十一月二十八日(一月十二日)

蔣一翁、莊子封到館。入夜仍獨坐,風鳴槭槭,虛室生寒,忽聞梟音,心神震駭。轉念此間廬舍蕩然,闃爲山谷,怪禽棲託,不足爲異。因記麻陽署齋率常聞之,亦未見爲衰徵,覺《周禮》庭氏、硩族氏甚無謂也。

十一月二十九日(一月十三日)

閲覆試卷。

十一月三十日(一月十四日)

閲卷。

十二月一日(一月十五日)

諸卷閲定付去,旋過縣寓。偕靜安、約之、穀堂出西門眺望,所在無非瓦礫,金蒜諸山、江邊一帶赭圻矣。歸始知馬廉卿過此,匆匆北去,(來)[未]得一晤,悵然移時。

十二月二日(一月十六日)

過錢慎荈、周廉泉公寓,未晤。

十二月三日(一月十七日)

赴丹徒鎮左青翁寓中,值其遊焦山,未晤,吳劍瑩代留一飯。歸途風勁,酒力未能敵也。

十二月四日(一月十八日)

於蔣一翁處見管敬伯晏,宗滌樓侍御疏薦爲奇才者也,平易近人,無名士氣,共談至夜分。

十二月五日(一月十九日)

偕敬伯登北固山,由北城出十三門,明萬曆十二年,知府吳攝謙於府治後附城築垣。二十一年,增建虛臺,上下共爲門十三,今室其十二,而關其一。賊爲閘板尚存。蓋即其南峯也。向東循級而下,折而西上爲中峯,有北固山房,橫嶺直接北峯,是名龍埂。又北而西上,達石壁之巔,長廊覆焉。其右隙地李贄皇鐵墖,斜出如笋。右壁石刻數方,朗然可見者,惟宋吳琚書"天下第一江山"六大字、《太平寰(字)[宇]記》:山有梁武帝書六字,後佚,吳雲槼重書者也。明米萬鍾"宏開鷲

417

嶺"四大字。廊盡爲北峯頂，疊石作亭，江濤奔赴其下。覽金、焦兩山，如出肘腋，飄飄然，有袖挹浮丘、肩拍洪崖之概。柱鏝一聯云"客心洗流水，盪胸生層雲"，集句恰合。峯勢旋折，別出於西南，曰石帆。登樓瞰江，則黃天蕩一帶，遠勢雄闊，真、揚、瓜步皆在几席間，視亭中所見，又不同矣。樓爲甘露寺之一隅，其他悉毀於火，三賢祠僅存門額。乾隆中，即李衛公祠堂舊址，增祀蘇東坡、米元章爲三賢。寺舊有狠石，蘇公詩自注云："諸葛孔明坐其上，與孫仲謀論曹公也。"放翁《入蜀記》已云"石亡已久"。晉之北顧樓、宋之多景樓，皆當在此山，今不可考耳。南麓寶晉書院舊爲海嶽菴，米公以研山翁覃溪《寶晉齋研山考》略云：朱竹垞集中之米家研山，前後僅六峯，中間無鑿爲研處。米老易甘露寺基之研山，徑長尺許，前三十六峯合後共五十五峯，有飛磴橫出，方平可二寸許，鑿以爲研。是李後主買得，後流轉江南數士人家，米得之，刻其下，述所由來甚詳。與蘇仲恭家易園地營之，自題曰"天開海嶽"。見陸放翁《避暑漫鈔》、蔡絛《鐵圍山叢談》諸書。後燬，岳珂建爲研山園。明宣德間，重構爲海嶽菴。本朝仁廟時，賜額"寶晉遺蹤"。乾隆中，改爲寶晉書院，今亦瓦礫僅存矣。賊自十三門之東築城，屬之龍埂，圍鐵塔院及北峯之巔，繞至嶄絶處而止。又即峯下起築，緣江西上，將近蒜山，轉而南，抵西城闉，小門通焉。皆建雉堞，啓礮門，規制甚備，實爲我江防之利。時循牆周覽，比入西郭，已日晡矣。晚得一詩。

    埤堄當山別徑開，三峯雄踞大江隈。盤旋磴道長虹偃，俯聽濤聲萬馬來。斷嶺迴風寒壁壘，破窗斜日澹蒿萊。古今名蹟俱銷歇，步下西巖首重回。

十二月六日(一月二十日)

偕蔣一翁、管敬伯、陳守之、莊子封遊焦山,渡江已日昃矣。登
東岸,所過僧寮,不暇歷覽。至山前三詔坊下,爲定慧寺,純廟臨幸
之所,殿宇壯麗。瘞鶴銘之出於江中者,疊置殿前之右,覆以亭,惟
一角數字,元神具足,其經鑱鎪者,已不逮也。碑陰有陳恪勤記,四
壁有文與可書及魯公東方像贊諸刻,殿右僧院壁間,有重摩瘞鶴
銘,則優孟衣冠耳。方丈小憩,略步北趾,至瓜牛廬而止。旋到石
肯山房小坐,觀木刻陳恪勤楹帖,頭陁出伊蒲饌。適主僧月輝了禪
自城中歸,述往歲身入賊營,侃侃辯論,保金山寺諸狀。言有《閒雲
護鼎圖》及《守山詩》,不及索觀,但展玩楊忠愍兩手蹟而已。歸途
得五言六章,以當遊記。

匿跡亦千古,茲山尚姓焦。中流看拔起,巨浪不能驕。佛
力超塵劫,仙靈未寂寥。可憐瓜潤地,極目盡蕭條。

寶地何雄傑,先皇昔護持。穹碑鎮巍煥,樓閣見參差。
瘞鶴探名蹟,藏經話盛時。舊有藏經樓,庋宋頒内典暨本朝阮文
達貽粵槧諸書,五年前爲崩崖所毀,未修。拂雲多古柏,爲憶杜
陵詩。

一徑轉修蟒,江聲澈耳根。禪房巖際(圮)[圮],危石浪邊
蹲。卻訝蝸廬隘,翻輸鷲嶺尊。摩崖多姓字,顯晦不須論。

嚴冬縱登覽,林岫澹清華。樵徑露千丈,僧寮環幾家。如
餘幽塈樹,紅綻古梅花。仰止饒佳興,涵江日已斜。

鑱華兼妙墨,流覽此心親。落落鄉先哲,謂恪勤公及陶文
毅。巍巍明直臣。鼎彝稱重器,玉帶亦傳人。真氣相迴薄,千
秋孰比倫。楊文裏一清玉帶留寺中,尚存。

開士辨才雄,探身虎穴中。開山如寶誌,悟石亦生公。更使珍藏壽,仍聞韵語工。閒雲圖畫出,方外勒奇功。

十二月七日(一月二十一日)

閱終覆卷。

十二月八日(一月二十二日)

閱卷訖。午刻過縣齋,靜安留食湯餅。念伯兄今日初度,諸戚好必索飲啖,想極歡讌,惜未與其盛也。

十二月九日(一月二十三日)

蔣玗卿至,留宿,談至夜分,稍寐旋寤,對牀共話,如汶、泗同舟時也。

十二月十日(一月二十四日)

玗卿早飯後去,雨未止。錢慎莽、周廉泉送聯句詩稿索和,至夜構思未就,頹然便息。

十二月十一日(一月二十五日)

和錢、周七律四首。

軍旅曾聞克在和,況當羣帥共揮戈。師乘月色陵高壘,氣挾江聲湧大波。一炬摶巢炎不滅,四民歸舍泣仍歌。就中功罪何須說,虓闞將毋戰績多。

蕭森白日郭門開,振救多需濟世才。豈任甀瓴迷巷陌,爲尋骼骴到山隈。層城且喜金同固,遺舍翻疑木不灰。惟有窮黎真可憫,錐刀競逐勝招徠。

竊據金陵勢已孤,桑麻我里憶萊鋪。南徐阨塞傷今昔,瓜步垣墉認有無。差喜江山仍入畫,欲尋城市待披圖。衛文狄難憂危日,左氏遺經握要樞。

　　偶隨(絳)[絳]帳到荒城,落拓儒冠嘆此生。喜向錢江談惠政,慎莽爲吳越王裔孫。更聞周處擅威名。廉泉曾參滬上軍事。欣然過從如同里,恨不移居共數楹。讀罷聯吟諸好句,頭衡字字敵冰清。錢以司馬刺史隨補,周以司馬衡待除縣尹,故云。

十二月十二日(一月二十六日)

過靜安齋中,適約之往江北送別而歸,晚與蔣一翁共談。自言其脩脯所入,本屬逾分,遺之子孫,必難久享,或遭悖出,禍且不可勝言。故生平慕輕俠之風,以儻來者當與人共之也。其說甚有理致,非他操申韓術者所能道。抑思筆耕食力,猶恐以濫得生孽,況當官衣租食稅,鰓鰓取盈,其遺患又將何如耶? 他日倘得備位,識此足以爲戒。

十二月十三日(一月二十七日)

月輝過齋,投守山詩稿。

十二月十四日(一月二十八日)

過錢、周寓,偕出散步街市。至縣,晤陳蘭士,聞言開河之役,工費甚鉅,將爲重累。愚意謂當估定河身應挑尺寸,籤明地段,召工取土,擇地置衡,計算而權之,畫籌而畀之,日夕按數給錢,即時籍記,庶浮冒息而事功速矣。

十二月十五日(一月二十九日)

偕子封、守之由府署故址繞月華山北麓,見十三門,一路行者蟻屬,竊謂山僻之徑,譏察亦不可已矣。

十二月十六日(一月三十日)

晚過縣飲。

十二月十七日（一月三十一日）

陰雲一色，風威逼人，疑可得雪，而瞑後微雨，夜分見月色矣。作《望雪》詩以寄懷。

> 同雲莽莽動風鳴，寒意端疑釀雪成。忽聽瓦楞微有雨，更覘窗隙卻爲晴。花飛絮起三更夢，冬盡春來百感生。默自禱祈還自歎，天高安得察私情。

十二月十八日（二月一日）

馬順卿來，飯後同出，過錢、周寓，晤平穎之別駕、張祝三貳尹。

十二月十九日（二月二日）

賀封篆後，偕順卿登北固，又循江至金山，所過石磧如屏，輿夫指爲蒜山，其嶐然者，指爲雲臺山，此實蒜山也。沈歸愚有記，辨之甚詳，云土人稱此爲銀山。山巔有銀山寺、雲臺院，皆殘燬矣。其旁有玉山、正平山，均未登覽。金山嚮在江中，今可舁而至也。環山築壘，戍卒錯居其中，數僧結茅而棲。山半純廟御碑露立，西麓斷垣間，尚存王覺斯“飛巖”二字，善才石、郭公墓，皆挺出水次中。灩泉不可汲取，固亦無烹茶處耳，歸就一亭齋中集飲。晚成詩，用坡公《留別金山寶覺圓通二長老》韵。

> 枕戈人欲唱伊涼，無復珠林鬱衆香。壁壘瞰江三路遠，團焦留客一僧忙。飛巖遺字當殘照，斷碣宸題峙上方。立馬吳山成浩劫，祇今謠讖説微茫。童謠云：“打馬上金山，丹陽作戰場。”近歲山南河漲可步，其言驗矣。

十二月二十日(二月三日)

順卿折回邵伯。已刻渡江去。午刻,過靜安齋中,約之自江北旋,同出登南城譙樓。見諸山如列几榻,層疊環繞,(迴)[迥]望北固,連城頭三峯,雄踞一方。右襟大江,左控京峴,形勢之勝,此郡殆甲天下。然往往傾覆,即逆黨爲死守計,亦終必亡。地利不如人和,子輿氏之言當矣。抑據險者,必其中可以耕屯,不因外糧方足自固。若孤守一城,仰人芻粟,則一旅之衆,扼要以斷饟道,鮮不內潰者矣。言阨塞於東南,務舉京口,殆猶知其一而不知二歟?

十二月二十一日(二月四日)

賀新春畢,率成一詩,寫示錢、周兩君。

南徐莽莽曙烟開,一笑春從大地回。此日農桑初井里,當年歌管幾樓臺。祥雲已報升霄慶,時雨端推濟世才。風景浹旬舒隔歲,椒馨便欲酌金罍。

十二月二十二日(二月五日)

遍過平引之、張祝三、錢慎荺、周廉泉暨賈靜安、約之各處,均得晤談。日暮歸,補和鶴師《入潤城作》。

振衣度京峴,山隙見孤城。行行入東閣,寂寞溪橋橫。盧舍峙餘燼,猶聞壞牆聲。轉蓬逐瓦礫,巷陌陰風生。枯樹鳴鵂鶹,石砌藏狌鼪。顧見黧面人,血手方拔荆。纖幟表坊里,導引無迷行。乃知官吏來,指畫釐章程。觥觥我夫子,吳會久有名。治兵與治民,累歲憂勞并。此邦更蹂躪,慘淡煩經營。百計關豫慮,惟恐孤輿情。丞謀莫江左,羽檄揮無停。逆氛昔東

下，巨浪驕鯤鯨。據險阻江塹，築壘刜山形。名郡屢摧陷，中
原皆震驚。重臣苦巽懦，魯衛有弟兄。坐令雄勝區，蕩毀陵不
平。方今多節駐，撫馭一以誠。吟懷見仁愛，盼茲百室盈。游
夏未敢贊，展也歌大成。

原作附錄：

　　賊破人未歸，蕩蕩開荒城。瓦礫千萬堆，枯骨正縱橫。登
高一遠眺，寂無雞犬聲。俯視蔓草深，仰視愁雲生。下馬循路
隅，但見竄鼫鼪。忽逢班白叟，揮涕灑榛荊。自言賊來時，倉
猝為遠行。喜聞復故土，裹糧促還程。入城迷東西，莫辨衢巷
名。舊居在何所，比屋煨燼并。性命雖苟全，家室安可營。聞
之仰天歎，慘然傷我情。寇氛起七載，所過無留停。哀我黎與
元，吞嚼付長鯨。人殘居亦燬，千里同一形。豈惟此一方，目
擊心乃驚。將帥如天人，督府如父兄。殺賊而撫民，將以致升
平。大願竭微才，拊循矢肫誠。長養與生聚，百寶豐且盈。此
志終可償，努力觀其成。

十二月二十三日（二月六日）

束裝回常，午後行過京峴，遇雨。至丹徒鎮，乘小舟抵越河閘。
易舟後，飲百花酒數卮，是為潤州名釀，味甘，殊不佳，或沽之非其
真也。

十二月二十四日（二月七日）

巳刻，鶴師登舟。飯後行不數里，遇左青翁，往晤，留飲。得觀
其途中補作《登焦山》詩，並和月輝諸章，又為月輝改定《守山詩》

稿。停舟移時,長年催行,始別,孤棹在後。抵丹陽已近初更。

十二月二十五日(二月八日)

四鼓行,陰雨路滑,縴夫良苦。薄暮達青果巷,晤次樓及毛君,得接家書,仍由都中遞松江轉寄,兼有南喬、簹仙各書。簹仙見懷詩云:

> 迢迢桑乾水,秋風送君去。冰雪屬嚴寒,望極江南路。載棲扶風帳,裘薄非所慮。諒君有心人,不免傷流寓。借問蘇臺柳,何如薊門樹。

其發書蓋十一月十四日。因成截句云:

> 記唱河梁潞水秋,江南薊北思悠悠。那知雁信初傳日,又挂征帆向潤州。

十二月二十六日(二月九日)

莊子封來。雨中微雪。晚酌市酤,後爲書致左青翁、蔣一翁。初更得諸暨復書,適雪門專足回里,十五日行,計人日後可到,甚爲忻慰。

十二月二十七日(二月十日)

晴。晤倪履之。旋爲詩酬簹仙,先録於此,未答書也。

> 長途多逆風,畏路多愁雲。天道豈有異,觸慮生憂懂。別子物候移,數字不相聞。境夷心自痗,未知安可云。珍重陳思篇,問訊何慇懃。元瑜尚書記,仲宣漫從軍。燕吳等牢落,徒

自傷離羣。報書睠遥矚,朔雪方雰雰。

十二月二十八日(二月十一日)

雨。空齋獨座,憶周廉泉題《曾經滄海圖》小照,率成一篇。

　　赤燄騰空海雲紫,艨艟駕浪雙輪駛。萬里驚濤盡坦夷,東西南北途如咫。昔言浮海良咨嗟,近歲遊人競泛槎。怪哉島夷作奇伎,水火既濟兼舟車。鏡湖一水錢江注,潮汐(迴)〔迴〕環海門度。每從番舶越重洋,南達硇厓北榆潞。周侯局量肆且宏,傾蓋相逢鐵甕城。自言羈役衆一旅,相將滬上屠長鯨。論功不數班定遠,虛領侯封戈戟傍。數年空笑錐處囊,五夜仍思墨磨盾。回易猶堪話涮東,金支翠蕤光熊熊。排空峨舳艫來往,海若擁護洪濤風。又經轉餉從羅礐,遥指燕雲挂帆席。丹墀晨趨識聖顏,青簾秋返誇遊跡。點染滄溟作畫圖,妙手貌得昂藏軀。褰衣露頂出篷背,笑倚桂檝凌蓬壺。展君此圖重太息,人生每苦方隅惑。遥聞渤澥接濛洪,安得飛帆張八翼。直沽我昔掉扁舟,兩度空登望海樓。三山怳惚開青靄,萬派爭看會碧流。縱觀亦已稱奇勝,況復頻遊放高興。欲訪星河犯斗牛,江湖小視同涓瀅。人云宦海多風波,此境君已如經過。飽使順風穩操舵,中流自在發嘯歌。

十二月二十九日(二月十二日)

晴。偕次樓出街,泥濘難行。獨歸兀坐,再玩篁仙詩,感而有作。

京華別知交,共道謀生事。睠言此良友,相賞有真意。朔
風飛雁到,附書慰顒頜。哦詩寄遠懷,情詞一何摯。子才優文
學,乃爲簿書累。予慕兩魏儔,奔走復顛躓。茫茫造物心,寸
長豈必棄。幽抱何由攄,中宵垂淚泗。

十二月三十日(二月十三日)

偕次樓至城隍廟市雜物,歸將抵寓,遇雨。晚同人共飲,二更
後復獨酌。得七律二章。

　　風鳴窗紙雨微侵,兀坐思家感不禁。流轉燕吳爲客久,遥
憐兒女坐宵深。燭宜獻歲虚雙照,酒爲澆愁强自斟。一樣春
聲喧爆竹,異鄉何事獨驚心。

　　新舊乘除一夕留,浮生歲月總悠悠。跡如飛絮飄難住,身
類懸匏賤莫售。守道自知關分定,陟岡無計解離愁。時艱未
定需才略,空歎迂儒橐筆遊。

夜分次樓自外歸,言江南新歲風俗,略如吾湘云。

咸豐八年戊午(1858)

正月初一日(二月十四日)

陰雨。晨起遥拜家神,同人稱賀畢,偕次樓詣城隍廟拈香。歸
小飲至晚,頻酌且醉矣。

正月初二日(二月十五日)

午刻,偕次樓出詣各處答拜。過余某家,聞言江寧人因道光間

海氛逃匿鄉僻,不堪其苦。粵寇之來,相率拚一死,不復行遁。及城破,遭虐役,求死不得,於是有闔門自燔者。數年內,逃出亦復不少。丙辰夏,向營退丹陽,附近居民被禍尤酷,高資之敗,貽患不小。可知督師者畏葸,固足長寇,若不揆機宜,輕於一擲,則雖出於忠烈,亦未免負僨事之疚也。至攖城守者,徒誓一死,漫無布置,迨其身既殞,名亦從而裂矣。天下後世,又孰能爲之原諒哉?

正月初三日(二月十六日)

作家書,專力送蘇城,交珩卿付便足帶去,又託交南喬銀項。封發訖,束裝赴鎮,申刻登舟,旋有啓事。比晚出西水門,附各舟泊。

正月初四日(二月十七日)

晨起已行十數里,船窗晴爽可愛。飯後小立船頭,即目有作。

> 清溪泛客船,晴日下關

南歸家鄉遠,因爲短吟數絶,泣書壁間,倘得仁慈德士傳其言於姜家,亦足以達孤親云爾。

> 夢裏還家拜阿娘,相逢泣訴淚千行。窗前綠樹依然在,那得看來不斷腸。衣片鞋幫半委泥,千辛萬苦有誰知。幾回僻處低頭看,獨自傷心獨自啼。目斷天台旅雁長,青山綠水杳茫茫。不知憔悴中途死,魂夢何時返故鄉。

原注:"順治三年,死甘露寺楊公祠內,見邑志。"玩其詞,蓋浙之天台人也,鼎革之際入關。兵士橫掠子女,如驅犬羊,見於稗官及志

乘者甚夥。才如琴嬢，亦罹斯阨，乃既已得脱，間關渡江，竟復中道
以殂。其言淒苦，不可卒讀，特爲録出，俟屬之著作家闡其幽芳也。

正月初七日（二月二十日）

青翁奉檄赴錢江，送行舟中，邀同過焦山。見金山遺鼎無款
識，緣邊作雲靁紋，餘與世惠鼎形製略同。月輝爲言，曾賓谷都轉
昔於人日遊焦山，倡和甚盛，導觀壁間所刻原作五律六章，和者有
四人，吾鄉謝薌泉先生詩最佳，句曲女史駱佩香與焉。蓋江淮繁富
之時，適文人薈萃於此，傳言都轉倩王夢樓太守手書各詩，以二百
金爲壽，亦韻事也。巡簷遍誦各詩，旋登西樓眺望，日昃別青翁歸。
夜展所鈔曾作，依韻成詩。

掉舟離北固，遥望寺門煙。雜樹籠蒼翠，中流障海天。巖
高帆影失，石暗水紋圓。登岸祛塵累，當風便欲仙。

何須陵太華，絶頂摘星辰。此地蓬壺境，大觀天地春。靈
蹤一鶴遠，冠首六鼇馴。開闢成孤隱，遐思漢代人。

梵殿亘靈光，僧寮一壑藏。簷低新樹綠，石上舊苔蒼。詩
許宣城謝，書評內史王。詠歌懷點也，鈔稿讀能詳。

太守盧陵侶，月輝呈青翁詩有"風流笑太守"之句。茲辰招我
來。十千尊有酒，幾兩屐黏苔。渤澥東流近，烽煙西望哀。風
光正如此，何日淨氛埃。

清談未寂寥，澎湃聽江潮。風過鐘還答，波撞石欲跳。偈
應參了澈，心自息浮囂。何事煩膜拜，金爐尚炳蕭。

獨歸仍小別，風景頓淒清。對岸諸峯靜，橫江一棹輕。晚
潮侵廢壘，殘照澹荒城。惘悵詩思澀，遥知幾韻成。

正月初八日（二月二十一日）

過縣寓，晤賈靜安、孫穀堂。

正月初九日（二月二十二日）

靜安、穀堂同來。

正月初十日（二月二十三日）

於蔣一翁齋中見張新伯，驫聞其家金陵，癸歲城陷被拘，旋併其父驅至鎮江，迫以繕寫之役，忍死五載。去冬賊竄去，得脫。其聘室邵氏，先亦陷賊中，既而逃出，父兄以張恐無生理，逼令改適，女矢志不貳，今且于歸有日矣。此女志操可嘉，張氏其將興乎！新伯之曾祖操刑名家言，佐治節署甚久，後數十年，江南治申韓有名者，大半出其門下，今督幕陳君若木及一亭，皆私淑者也。新伯甫免於難，幾不能自存，陳君解囊助之，義形於色，聞者率致餽遺。又以五十金畀邵爲嫁資，屬張祝三貳尹經理其事。此種風誼，誠不可及，亦賢女之聲，有足以令人起敬而樂爲投贈者與！

正月十一日（二月二十四日）

致毛桐翁一書。

正月十二日（二月二十五日）

歐陽信甫過此。鶴師留宿。

正月十三日（二月二十六日）

一翁邀同信甫登焦山，至半嶺，藉草少憩。旋循原徑而下，訪音石志云：在焦公洞下，風濤激盪，有聲。所在。月煇云："已没江中矣。"海西庵僧性寬工欐榻，與約春暖後當小住禪房，遍觀碑碣，擇其尤而拓之，彙成一帙，亦快事也。

正月十四日（二月二十七日）

訪平穎之，兼晤廉泉。

正月十五日(二月二十八日)

南橋自松江專差來,當作書並問某索前函彙寄。晚宴集。城中蕭索,不知爲買燈節也,亦不見月,令人鬱悶。

正月十六日(三月一日)

過縣寓,偕穀堂出西門閑眺,熱甚,歸已汗透褚衣。解裘濯足,稍覺快意,旋鳴雷大風,微雨數點而已。

正月十七日(三月二日)

莊子封到館,相見劇談,別來眴已兩旬,殊不覺也。

正月十八日(三月三日)

過廉泉寓,晤龍蟠溪。

正月十九日(三月四日)

偶閱《金山志》,明楊文驄以兵部郎中監軍京口,以金山距大江中,控制南北,請築城以資守禦,遂去四圍臨江迴廊爲城,旋毀。康熙初,劉之源復城。二十三年,去城爲廊,周以欄楯,始還舊觀。乃閱今百數十年,又復雉堞環周矣。寇蹤尚據建業,正須爲江防,而徵發兩有不給,難爲勇夫重閉之計,似又不如墮其壘培之爲愈也。

正月二十日(三月五日)

詣穎之寓,同出街。

正月二十一日(三月六日)

過縣寓賀開篆。晚宴集。鶴師言及往官水部,部堂奉令,上諭所有營繕處,一切金器悉改銅質鎏黃,此踵成廟行之而更加儉節也。惟内有金鞍,係髹漆鑲嵌,費金不過數兩,向爲四裔來朝賜賚之物,因爲請於某大司空,云當仍舊。某曰:"進御尚從省約,其他何有。"久之,又經他員申論,乃得如議。蓋崇儉黜華,式彰主德,又當存國體耳。

正月二十二日（三月七日）

偕子封至西門，歸小飲。

正月二十三日（三月八日）

恭詣聖廟，見堂廡規模尚存，宮牆缺壞，亦不甚多，均易修（茸）〔葺〕。旋過錢、周諸君公寓，慫恿興工，蓋向擬善後事，宜早及此矣。

正月二十四日（三月九日）

湯玉秋丈來，海秋先生季弟也，言其初遊吳中，陶文毅開府時，楚客風流，此為極盛，自後每況愈下，以迄於今。老邁頹唐，至欲辦歸裝而不可得，亦可哀矣。

正月二十五日（三月十日）

過錢、周公寓。歸偶閱《熙朝新語》，道光初歙人余德水所輯。載洪昉思昇為王貞女作《金環曲》云：

> 王家有女字秀文，少小綽約蘭蕙芬。項郎名族學詩禮，金環為聘結婚姻。十餘年來人事變，富兒那必歸貧賤。一朝別字豪貴家，三日悲啼淚如霰。手摘金環自吞食，將死未死救不得。柔腸九曲斷還續，臥地只存微氣息。詎料國工賜靈藥，吐出金環定魂魄。至性由來動彼蒼，一夜銀河駕烏鵲。嗟哉此女貞且賢，項郎對之悲復憐。朝來笑倚鏡台立，代繫金環雲鬢邊。

此詩序事如話，一結以旖旎出之，委曲盡致，有關風化之作，可謂溫柔敦厚者矣。

正月二十六日（三月十一日）

張祝三來，談及監挑運河，淤泥甚深，極難施工。因憶《行水金鑑》引《元史·河渠志》載，至治三年，請濬練湖，參政董中奉等議，宜依假山諸湖農民取泥之法，用船千艘，船三人，用竹篰撈取淤泥，日可三載，月計九萬載，三月之間，通取二十七萬載，就用所取淤泥增築湖岸。此可見取淤泥之法，雖水底尚可撈出，何至戽水已涸，猶以陷淖爲患耶？今人之不及古人，大率類此。按"篰"字，《廣韻》"奴感切"，《集韻》"乃感切"，並釋爲弱竹，無取土之義，亦不作竹器解。考"籄"字，註作瓠、壞二音，《説文》"漉米竹器"，蓋即俗所謂撈箕，或當是此，存以俟考。

正月二十七日（三月十二日）

閲《焦山志》引《宋史·張世傑傳》，世傑與劉師勇出師焦山，令以十舟爲方，碇江中，非有號令毋發碇。又《元史·世祖紀》，宋沿江制置使趙溍、樞密都承旨張世傑、知泰州孫虎臣等陳舟師於焦山南北。阿尤登石公山望之，舳艫連接，旌旗蔽江，曰："可燒而走也。"又至元十二年七月辛未，阿尤、阿塔海指授諸軍，水軍萬户劉琛循江南岸，東趨夾灘，繞出敵後，董文炳直抵焦山南麓，以掎其右，招討使劉國傑趣其左，萬户忽刺出其中，張宏範趣焦山之北。大戰，宋師大敗。此蓋踵曹瞞赤壁之覆轍，而所謂"十舟爲方，碇江中"者，與《三國演義》中連環之法無異，其迂拙如此，安得不敗？晚微雨。

正月二十八日（三月十三日）

微雨。移居樓上，布席既定，獨酌數卮。

正月二十九日（三月十四日），

過穎之寓。歸重閲《焦山志》，所載金陵程南耕謂《瘞鶴銘》爲皮襲美所作，辨證甚詳。陳勤恪公出斷石於江中，時尚無此説也。汪士鋐爲作歌，有云："此碑書家最珍惜，欲榻恐犯蛟龍腥。致令贋

433

本遍天下,刻畫嫫母誇娉婷。或傳此是右軍跡,逸少二字疑足徵。程説據《北夢瑣言》:皮日休先字逸少。或云弘景或顧況,未覩真迹憑圖經。"滄洲先生《重立瘞鶴銘碑記》:"瘞鶴銘在焦山西麓,不知何人書,書中但載甲子,不列朝代。其後崩(墊)[墮]江中,遂名雷轟石,亦不記何歲月。宋元以降,傳録傅會,舛譌相仍,莫能考正。蓋歷世既遠,文字殘缺,江濤險阻,摹拓爲難,固其所也。余自庚寅十月,再罷郡,羇繫京江,足不逾户庭且三歲。越壬辰冬,蒙天語昭雪,禁網始疏,乃間以扁舟一至山下,尋探崖壁。適雨雪稀少,水落石露,異乎常時,乃命工人,是相是伐,巉巖尋丈,力難全昇,是割是剔,不遺餘力,以求遺文。出之重淵,躋之重岡,乃得七十餘字。質體完固,精采飛奕,巋然焕然,如還舊觀。自冬徂春,凡三閲月,厥工乃成,是爲癸巳二月既望。兹銘在焦山著稱,殆千有餘年,没於江者又七百年。據此,則非唐末物矣,然不知何所考證。蛟鼉之所盤踞,波浪之所剥蝕,沙泥之所沈埋。此七十餘字,自歐陽文忠公以至今日,宛然猶存,非山川鬼神護之惜之,曷至此?乃遵原刻行次,存者表之,亡者闕之,甃以山石,儼若磨崖,略循故蹟,覆以層軒,環以周垣。不事雕鏤,不施丹黄,以速厥成,無俾散佚。至是書撰造確係何人,傳(寄)[寫]荒唐,與補刻之謬妄,古今人論辨頗詳,余不具論。"此志所載,與刻碑陰者小異。

二月初一日(三月十五日)

蔣一亭乃兄來,皤然一老明經也。言往歲金陵赴試,必駐舟於此,富庶之狀,山水爲之生色,今聞殘破,特一臨視。此其悲時感舊,具有一段真誠,推之接物,有不以盛衰異致者矣。

二月初二日(三月十六日)

陪蔣五丈至焦山,老人步蹇,惟山門眺望而已。歸,湯玉翁自揚州回,趨過旅舍,詢其歸裝尚不易辦,殆亦未能浩然也。

二月初三日(三月十七日)

沈介卿、毛桐溪、劉次樓自常至潤,共居一樓,次樓且同室也。別才一月,離羣瑣事,互相質問,更闌刺刺不休,亦客中無聊之狀耳。

二月初四日(三月十八日)

過縣寓,偕靜安至西門,市一硯材而歸。

二月初五日(三月十九日)

邀同次樓出街,擬登壽邱山訪丹陽宮宋武帝舊居也。故墓不果。過縣學宮,蕩然無存,其南爲刁學士藏春塢地,今亦不可考矣。晚黃恕皆來,詢諸鄉人官山左者,皆得其大概。某方伯新政,於令長之曾處脂膏者,星移瘠壤,以均苦樂,斯亦澄敘官方之別調矣。

二月初六日(三月二十日)

作書致梁崑甫平陰,過恕皆舟中,付囑轉寄。歸途訪周海門,談及放粥之難,皆予《賑説》中所及者,然不敢置喙也。倪履之赴金襄校,過此小住。

二月初七日(三月二十一日)

師命陪幕中諸友遊焦山,方丈小坐,旋左出至山之東北。望夷山鷹隼,萃集峯頭,著糞盡白,松寥古木盤鬱,疊石嶔寄,兩山峙怒流中,樵逕俱絶,其一奇矣。李白《焦山望松寥山》詩:"石壁望松寥,宛然立碧霄。安得五綵虹,駕天作長橋。仙人如愛我,舉手來相招。"觀此,則豪宕如太白,亦阻登陟,乃至引爲仙境,安知蓬壺之説,不亦類是耶?

二月初八日(三月二十二日)

徐韻生維城來,韻生於鶴師爲甲午同譜,順天通州人,著有《韻松堂詩集》,久遊吳越間,蓋亦不羈才也。

二月初九日(三月二十三日)

韻生、履之、介卿、桐溪、次樓同出。

二月初十日(三月二十四日)

晨送倪、徐兩君行。日昃靜安來,同訪郎園,方池不及半畝,兩面亭閣甚麤,而疊石玲瓏,極峯巒洞壑之致。牆隅一石,高五尺許,端如頹雲,足如枯樹,中段如細腰女,峙立作磬折狀,窾竅周環,殆將八十有一,未暇悉數也。峯頭老松,謖謖有聲,亦助幽興。地無大小,亦視其境界何如耳。

二月十一日(三月二十五日)

閱韻生詩,古風縱橫跌宕,極奇變之致。近體清粹,如《湖樓望月》云:

> 遠笛倚天清,長空月乍生。人隨秋氣迥,山帶晚煙明。顧影動離緒,憑高多古情。美人愁不見,風露下無聲。

七言《維揚阻風》云:

> 無端獨返江南棹,憶得童時北上時。沙鳥風帆都似昔,西山落日不勝悲。空餘寸草同飄泊,痛絕靈旛尚寄枝。魂魄定先歸故里,萱堂夢裏慰心期。

二月十二日(三月二十六日)

沈敷山丈來,敘爲心梅從父行,名光曾,官山西定襄令。引疾出游,過江先至焦山,共僧話半日,可以想見其胸次矣。

二月十三日(三月二十七日)

蔣一亭茸東徧小齋,倩同相視。有池方丈,拳石倚焉,杏花正開,落英浮水,在官閣中,亦足得少佳趣也。

二月十四日(三月二十八日)

龍磐溪來。

二月十五日(三月二十九日)

清晨周廉泉邀過賑局少談。午後微雨。

二月十六日(三月三十日)

偕沈敷翁、毛桐翁出十三門,登北固山。雲陰欲雨,風勢大作,北亭幾不能立足,上石颿樓少坐。下訪研山園故蹟,僅見頹垣而已,循教場而西。入城憩,肆中茶話。

二月十七日(三月三十一日)

過廉泉寓,見所得硯頗佳,遂以相遺。此固次樓曾購之,議值未諧,乃忽爲我所有,攜歸且誇示之矣。夜雨,聽之頗快。

二月十八日(四月一日)

晴。

二月十九日(四月二日)

同次樓出,遇馬廉卿甫渡江來,偕歸。晚共話,漏四下始息。

二月二十日(四月三日)

廉卿晨赴舟中,往蘭陵。

二月二十一日(四月四日)

偕敷翁登金山,遇安都闍,共躋妙高峯頂。俯見雲根島,即俗所稱郭璞墓,在西南數十步外,其下皆平壤,始知去臘北麓所窺之誤。裴公洞無恙,然巖際瓦礫所積,殊防顚踣,未至也。升高望遠,一空塵累，超然有翔雲霄淩蓬壺之意。日晡言歸，輿子請循江而行，可縱眺覽，亦解事者矣。

二月二十二日（四月五日）

敷翁、桐翁此次同往郎園，次樓偶入石洞，曲折四通，不覺爲培塿也。其下不見樹根，尤見結構之妙。叩之主人，曰：“此爲倪雲林舊製，固非俗手所及。”敷翁云：“蘇門獅子林正與同一規制，其出於倪迂無疑。”園壁除蘇、米、董諸刻外，有索幼安書一方，亦可玩。既出過西城，訪得一宅，五色碧桃正開，爛縵如錦，乞得一枝作瓶供，亦荒城之景物也。

二月二十三日（四月六日）

雨。敷翁共話，偶及北伶小香一事，云其族所自出。徐某爲小梅太守外孫，本吳人，初以家落，爲奸人誘至京師，至某家，因不工學藝，朝夕撻楚垂斃。小香聞而憐之，出纏頭資售焉。初意衹供服役，詢其家世，稔知小梅時在鳳閣，因介其曹請曰：“此子不幸飄泊，願垂救拔。小人雖汙賤，要不敢以阿堵物爲亟亟，謹歸其人，他日榮任，償其身價未晚也。”小梅改膺外官，洊歷西安大郡，而此願未畢，至今尚耿耿云。

二月二十四日（四月七日）

於南街肆中得仇實父《漢武帝見西王母圖》，人物各有態度，衣冠侍從皆雅稱，攜歸以上鶴師，亦許其鑒識不謬也。

二月二十五日（四月八日）

陰。句曲貢姓工修表，啓視其中，牙錯柅牽，其轉運在乎髮條，而其度數全繫游絲，滯則膏之，塵則滌之，固亦無他謬巧也。

二月二十六日（四月九日）

敷翁、次樓同出，繞西門歸，廉卿至齋相待已久。

438

二月二十七日(四月十日)

敷翁、廉卿、桐溪、次樓同出，次樓獨他往，相待遷延，怅怅而歸。

二月二十八日(四月十一日)

師命陪敷翁、廉卿諸君至焦山，初詣石肖山房，展翫楊忠愍兩卷及諸藏庋。盤桓移晷，旋登山頂，所見東度圖狼，南逾汝峴，西極江浦，北盡淮漬。風日清曠，恣肆遐矚，覺向來憚於登陟，良孤盛游。亭中四面佛像，虛坐有截，揆之碧殿森嚴，不宜有是。彼教中不免機鋒，亦付之不議不論可耳。山後至別峯菴，僧衆樸拙，殆有養素之意。楊忠愍截句刻置牆隅懸嚴，小室顔"天開圖畫"四字，熊環溪書也。循徑而下，仍至三詔洞前，遂詣松寥閣小飲。堂東嵌吳雲壑《心經》十餘字，楹間懸木刻陳恪勤書"月明如畫，江流有聲"八字，旁列款識，向擬將山月一聯勒石，當併此刻之。飯畢至山東觀鼉，憶幼時見術人以檀飼之，與此無異，但差小耳。洿池不盈尺，而其窟深不可測，或加玩弄，則回首向穴，若將潛匿者然，究閉目不復加矚，其意頗傲。敷翁曰："壯哉！是視人羣若無睹也。"余曰："若恃所憑依，而睥睨一切，是危身也。設由其無睹之狀，而氣矜者且剚刃於其腹，或殊其項，斷其尾焉，若奚能爲。"寺僧亦不能悟此，且誇鼉之能噴沫以自衞也。烏乎！天下之不知善全其身者，豈僅一鼉也哉？既歷海雲庵、文殊閣、自然庵，悉縱游覽，到處流連，而斜陽已促歸舟矣。

二月二十九日(四月十二日)

倦劇一無所事。

二月三十日(四月十三日)

廉卿晨去，次樓同過湧翠園，旋訪磐溪。復偕穎之至西門，又抵閘市,過次樓,同歸。

三月初一日(四月十四日)

聞鶴師臨驗河工,舟行通暢,論者以爲春水泛漲,適當其時,秋高淺涸,必再疏濬。因及竹籫取泥之法,次樓云:蘇常一帶在在有之,其制如甃,編竹皮,完密無罅。一面貫長竹竿,大徑寸;一面貫小竹,微曲,以便開闔。其取泥時,兩人分立船舷,各持一具,撈泥帶水,傾之艙中。甚便利也。

三月初二日(四月十五日)

過縣齋至西城,會敷翁、桐溪、介卿、次樓同行,再訪郎園。又獨往善後局,晤左青翁,留飲。

三月初三日(四月十六日)

周海門來,言煮賑改於初一日放米,五日一赴局佈散,節糜省力,民以爲便。

三月初四日(四月十七日)

晨起登舟,與勇翁同赴蘇門。過丹徒鎮,登岸,覽骨董肆,購得舊玉一枚。又行至辛豐泊,舟子聞兵差擾攘,不欲遽抵丹陽,亦聽之也。

三月初五日(四月十八日)

抵常州西門外,已二更矣。

三月初六日(四月十九日)

舟入常城,晤侯秋谷。飯後同過趙園,綠樹葱蘢,清波泮渙,較去臘所見,別是一番境界。勇翁尤賞其左隅山石,有幽邃之致。堂室中圖書羅列,皆不惡,有王元照山水一幅尤佳。

三月初七日(四月二十日)

午後過皋橋,水忽澄清。向晚望(錫)[錫]、惠兩山,峯隨帆轉,浮屠時復隱見其下。碧溪遼闊,直接城陰,盪槳徐行,冷然稱善。
既泊西城,新月微白,登岸覘覽,自適其適,若不知市人之擾擾也。

三月初八日(四月二十一日)

過滸墅,近楓橋一帶,亦多清趣,夜行更覺幽窅。入閶闉後,溝
瀆氣苦薰蒸,殊不可耐。初更抵太子馬頭泊。

三月初九日(四月二十二日)

棹舟至胥門,徑詣珩卿寓中,值其赴太倉未歸,亦遂留止,晤諸
昆季及記室歐陽君。飯後街頭隨步,略市雜物而歸。

三月初十日(四月二十三日)

訪陳淵如太翁、賈約之。至司理署,晤勇翁,得識其戚李啓臣、
山右王君,同往觀劇。晚飯肆中。

三月十一日(四月二十四日)

晨出至勇翁處,仍昨四人往山堂,又有杭州周君同行。出胥門
登舟,過山景園,早飯。樓前沈二如一聯云:"塔影倚東南,看楊柳
依依,正詩境滿懷,酒杯在手;燈光自明滅,聽笙歌裊裊,恰風來水
面,月到天心。"勝地擅名,不過爾耳。而肴饌之惡劣,當使遊人敗
興,是又一魔障也。既至虎阜,了無可觀,過白公祠,差強人意。旋
掉舟入齊門,訪吳園,爲故相國□公遺構。亭閣臨流,通以石磴,樹
石點綴,亦有小阜。當時極力布置,佳處自不可没,惜遊人太多,販
鬻食物者,錯雜其間,致使綠陰溪色,爲之塵浣。輒思清曉月夜,此
境當復佳,恨不能頻來,且恐主人轉不納耳。夜仍自胥門歸,聞鄒
子香至,旋往晤談。始知其南北奔馳,今且納貲投釐務中,又當赴
都謁選矣。

三月十二日(四月二十五日)

同勇翁、啓臣、王君肆中早飯,後過陳氏小園。又訪獅子林,疊

石爲山，高者不過二丈許，廣約畝餘，峯巒層出。其下皆空，蜂房蟻穴，曲折洞達，水阻梁通，幽明陟降，構此者心境之靈，真無微不入也。小坐，啜茗。仍徒步歸，憊甚。

三月十三日（四月二十六日）

雨。鄒子香來共飯。

三月十四日（四月二十七日）

登舟赴淞，大風，過泖湖。得句云："山光墻影隨帆轉，風力濤聲作雨鳴。"晚野泊。

三月十五日（四月二十八日）

仍順風。午後抵松江城，見袁漱翁，兼晤柳子垣、趙薈泉、陳蔚山。客坐外廊，壁門嵌置趙文敏書《赤壁賦》，用筆是遒勁一路，署年至正，蓋晚年作也。

三月十六日（四月二十九日）

漱翁招飲，談及駢體文，云："當以初唐爲正格。本朝陳檢討，卓然大宗，若近人選定八家，則皆可以僞爲。此亦猶學者推尊漢儒，貴其徵實，蓋顛撲不破之説也。"愚意漢魏之氣格，六朝之丰韻，於排比中血脈流通，究不可以貌似。若專取堆垛，以奇字僻語爲工，則不如鋪張揚厲之爲正耳。竊擬漢魏之文，如長松古柏，自然蒼秀；六朝之文，如花放水流，生氣宣暢；初唐之文，如殊玉錦繡，燦然滿目。夫珠玉錦繡，非厚貲積蓄不可，人能肆力於古，以致取不盡而用不竭，固亦一時之傑。雖論文，未可一概。而如袁公之言，良足以勵實學矣。時在廣坐，未肯饒舌，歸而私記於此。

三月十七日（四月三十日）

過子垣齋中，又共薈泉劇談。

三月十(七)[八]日(五月一日)

將往滬上,風甚未行。

三月十九日(五月二日)

發舟由德勝口過黃浦,入奉賢小河。晚泊南橋,微雨。

三月二十日(五月三日)

午刻,抵奉賢城,值陳文泉公出,折回南橋舟中,相見殷勤道故。詢知昨夕自上海回住此,乃覿面失之,致多一番奔馳。且連宵於此泊舟,或亦關數定也。夜雨稍大,根觸客懷,頗增漂泊之感。

三月二十一日(五月四日)

又至奉賢城,襫被署齋,晤鄭□□、陳松岩、程思齋。晚飯有楊敏齋刺史在坐,吳興人,蕉雨觀察之姪,曾隨任長沙。庚戌入都,與許荔裳、雪門同行,以癸卯孝廉納貲官比部,復改斯秩者也。

三月二十二日(五月五日)

偕思齋、松岩出街,至南城外故海塘地,見熬鹽場。鐵鍋大徑三尺,一竈貫四鍋,其一頭直突置火,一頭爲煙墩,乃弟三鍋沸稍緩而出煙處,轉得火力,殆以氣至此而上昇故也。場爲浙都轉所轄,竈丁皆浙人,未審當時定地何以相錯如此。此地晴日南望寧波城,了然可新。西接乍浦、平湖縣地。澉浦,海鹽縣地。即錢塘江口矣。土名鼈子門。

三月二十三日(五月六日)

立夏。文泉於昨夕談及乃弟季棠己歲下世,配羅氏投繯以殉。爾時周朗垣、童圭農在都,聞之爲啓徵詩,集成一册,屬爲續題。此自應以七言長古寫其情事,以盡咏歎之致。而枕上構思未就,晨起忽得七律一章,姑以塞責云。

空侯腸斷不堪彈，壯烈從教誦季蘭。風雨忽驚龍劍合，屋梁定怨燕巢寒。忍拋兒女憐黃口，痛絕兄公染素翰。官閣宵來屬題句，送春詩意頓闌珊。

三月二十四日（五月七日）

雨。登舟後漸霽，行小溪中，得斷句云：

菜子青青麥漸黃，豆花沿路撲新香。江南春晚多風景，盡日溪行不覺長。

此路由小閘過周浦，出黃家濱，抵上海，可避黃浦之險，且較近。惟須土著舟人，方不迷於港汊耳。夜行，達曉至周浦。

三月二十五日（五月八日）

日晡渡黃浦，抵上海城，移寓旅舍。入署晤雲田宗叔，吾山先生家鼇之子，自庚子秋里門別後，匆匆將二十年。吾山公早歸道山，而予小子，亦已抱風木之痛，叩其春秋，亦近七十矣。遭時多故，同此萍飄，感舊傷今，相對烏邑。旋晤鄒雲台、黃子□，探知荷汀司馬方有燕集，未通謁也。

三月二十六日（五月九日）

晤荷汀司馬，爲言入仕後所遇光景甚詳，云以立定腳跟爲要著，似爲說法，亦切論也。晚招飲，座客頗多，不暇緒論。

三月二十七日（五月十日）

偕雲林出街，稍市雜物。初擬往觀洋涇幫，既而詢知其人物、廬舍與肆中所圖無異，因亦索然。

三月二十八日(五月十一日)

雨。已具舟矣，聞黄浦風浪，不可行。考黄浦爲沈龍、俗稱陳湖。薛澱、土人稱練湖，蓋即"澱"音之譌。三泖諸湖之委，而秀州、杉青之支流會焉，秀即秀水，杉青在嘉興府北門外，有閘。至西麗婁縣地。而始大。東北流至上海城東，會吳淞江，又東北入海。《松江府志》：黄浦即古之東江，按唐仲初《吳都賦注》：松江下七十里分流，東北入海者爲婁江，東南流者爲東江，與此不合。戰國時，黄歇鑿其旁支流。其首曰横潦涇，有大横潦、小横潦，正當西泖之上。受黄橋斜(橋)[塘]、張衍《水利綱領》云："黄橋斜(橋)[塘]自三泖來，其上爲澱湖，爲急水港，爲白蜆江。"按，東江一名白蜆，張説溯源引此，又在澱湖之上，相去數百里，則黄浦不得即指爲東江。惟曰其旁支流，斯爲近耳。秀州塘水，東北流入海。黄浦至上海會吳淞入海處。今自吳王橋合流，但謂之吳淞口。其實吳淞水小，不及黄浦之半，蓋其名稱自古也。初更登舟。

三月二十九日(五月十二日)

棹舟過黄、淞合流處，浪極顛播，折而西，入老江口。本泝吳淞以行，而乘潮反爲沿流。其北岸即洋涇地，夷人建木橋，長數十丈，云其費不貲，而今過者，人責一錢，計歲入亦無幾也。午後雨，過黄渡，一名赤雁浦。又十餘里，東南迤逦開河。西連薛澱湖，至三分蕩，南至對奥，又南至古浦塘，皆匯湖水。傍晚得截句云："水天漠漠雨霏霏，烟樹蒼茫草色微。遥識民勞偏自樂，一行簑笠荷鋤歸。"夜入青浦城泊。

四月初一日(五月十三日)

雨。迎風東行，兩岸多山，秀潤可愛。得句云："雨中山色米家畫，江上田家摩詰詩。"午刻，至松江城，晤紫垣、蔚山、薈泉。晚漱翁召飲，席次及江南軍務之難，於廬江有微詞焉。然向在奉賢，聞楊敏齋論浙東之忽遭蹂躪，盛稱往歲撫軍之賢，任用得人，故於章、皖糜爛之間，獨能完善。且謂凡事有一二人制置得當，斯全局皆振，即江、浙兩省今昔情形可見。其言並歸美於琅玡，若於此座發之，必與主人相訾謷矣。

四月初二日（五月十四日）

午刻行，所見諸山，雨過雲收，更覺嫵媚。其得而指名者，惟鍾賈山有墖可辨。志曰：干山一名天馬，在郡城西北二十九里。鍾賈在干山之東。盧山在鍾賈之間。橫雲山在城北二十三里，小橫山在其東。細林山在城西北二十五里。佘山、薛山對峙，在城北二十五里。鳳凰山在城北二十三里，庫公山在其南。機山在城西北三十里。澱山在城西北六十里。凡此皆有方若程可測，惜不獲停舟一一諦視也。晚抵青浦，又泊城中。

四月初三日（五月十五日）

曙。天欲霽，張帆北行。舟人云，若西出湖中，至蘇僅半日程，乍晴，恐復致北風，故寧舍近就遠。巳刻至大龍浦，又入吳淞江矣。考《水經》，岸嶺去太湖三十餘里，東則松江出焉，上承太湖，逕笠澤。虞氏曰：松江北去吳國南五十里，自湖東北流逕七十里，江水奇分，謂之三江口。一江名松江，古笠澤也。一江曰上江，亦曰東江，又名白蜆江。一江曰下江，亦曰婁江。志云：今松江自吳江逕甫里，過華亭，入青龍，自湖至海，凡二百六十里。去郡城七十四里，名吳淞江，亦曰松陵江。自吳江長橋東流至尹山，北至甫里，東北至澱山。北合趙屯浦，又東合大盈浦，又東合顧會浦，又東合崧子浦、盤龍浦，盤龍江，一作蟠，通龍華港、蒲匯塘，此路通小河，自上海西門至松江府城，只七十里。凡五大浦。至宋家橋轉東南流，與黃浦會而入海。其將入海處，別名滬瀆，其別派曰薛澱。今婁江塞，而東江

亦合松江出海,則所存惟一江耳。《明史稿·崔恭傳》:天順二年,
巡撫蘇、松諸府,與都督徐公浚儀真漕河,又浚常、鎮河,避江險。
已,大治吳松江。起崑山夏界口,至上海白鶴江,《府志》曰:鶴江在
嘉、崑交界,北流入吳淞江。又自白鶴江至嘉定卞家渡,迄莊家涇,凡
浚萬四千二百餘丈。又浚曹家港、上海城北有汛。蒲匯塘、新涇諸
水。民賴其利。據此,則吳淞且有淤塞之時,三江斷非舊蹟,姑識
以俟攷。晡時過崑山,二更許行抵蘇城,泊婁門外。補記早間
一詩。

　　一雨洗蒼翠,吳江曉放船。前灣帆度樹,別浦草黏天。雲
氣陰晴變,潮痕上下旋。不嫌風襲袂,貪看水淪漣。

書畢即枕,聽竟夜雨聲,至不成寐。又記青浦西北,遙望小山有塔,
初幾即是泖湖,既而詢知爲錢墩也。

四月初四日(五月十六日)

移舟胥門,至珩卿寓中相見,兼晤玉承、藝卿、縵卿、歐陽、蓮
士。飯畢,有陳潤如丈、賈靜安昆季未遇。過李啟臣署,知其方感
寒疾,且探得沈冔翁回潤,尚未北行。仍至蔣寓,晚飯留宿,談至
夜分。

四月初五日(五月十七日)

遣人市雜物。待至日暮,飯畢登舟,行近來鳳橋湖南會館在
此。泊。

四月初六日(五月十八日)

曉過滸墅關,逆風挽行。抵無錫尚早,舟子須回家,故遂停泊。
偶檢出片紙,載沈冔翁所言蜀中二事。其一,劍州役某沈,已遺其姓

名。以捕盜殭死，死時囑其曹，入夜當恒呼其名，使魂魄有所依，至數十年猶然。號曰"某某頭兒"，頭兒，隸輩之美稱也。聞曾偶有輟者，適出鉅案，既而試，再輟之，果有異，故到今不衰，且私祀之矣。其一，成都周秋槎茂才，中年乏嗣。一日，其家人聞蘂室有聲，窺之，見箸自笥中出，如有持之者。擊案上盌，旋出戶升屋，騰擲而去。時甥翁甫十餘歲，方從受業，亦聚觀焉。初甚駭懼，既而占者曰："無他，主得子。"未幾周，忽見月華，因求子，次年妻妾各誕一兒。此亦理之不可曉者也。

四月初七日（五月十九日）

寅刻行，得風，不甚大，省牽挽之勞耳。偶思蘇城所傳浙江探報，寇日張而兵不可恃，徒滋擾累，杭人紛紛遷徙。因憶吳梅村《避亂》詩有曰："老艄爭渡頭，篙師露兩肘。屬喚不肯開，得錢且沽酒。"此奸民乘人於危，倉皇中始有之情事也。曰："此方容跡便，只爲過來稀。一自人爭避，溪山容易知。有心高酒價，無計掩漁扉。已見東郭叟，全家又別移。總無高枕地，祇道故園非。爲客貪蝦米，逢人厭鼓鼙。兵戈千里近，隱遯十年遲。惟羨無家雁，滄江他自飛。"此處處不安，無可奈何之情景也。曰："曉起譁兵至，戈船泊市橋。草草十數人，登岸沽村醪。結束雖非常，零落無弓刀。使氣摑市翁，怒色殊無聊。不知何將軍，到此貪逍遙。官軍昔催租，下令嚴秋毫。盡道征夫苦，不惜畊人勞。江東今喪敗，千里空蕭條。此地村人居，不足容旌旄。君見大敵勇，莫但驚吾曹。"此又一邱之貉，無不吻合，良古今所同慨者也。吾鄉昔經戎馬，鄰警頻聞，危苦之情，熟於耳目。近雖稍就安妥，然時難未已，仍不勝其惴惴耳。午刻，抵常州城，晤侯秋谷。旋出水西門，見徐君青方伯於舟中，命嗣君幼青出見，已將成人矣。劇談半晌而別，仍張帆行，初更至奔牛泊。

四月初八日(五月二十日)

五鼓行,晨過吕城,得風,至丹陽河道曲折,仍挽行。越河閘以西,風稍利。薄暮抵潤城,居舍先經徐韻生寄止,遂與聯榻。

四月初九日(五月二十一日)

見鶴師後,旋晤專山暨諸同人。

四月初十日(五月二十二日)

過趙芝縣、龍磐溪、周廉泉、陳蘭谷諸公寓。

四月十一日(五月二十三日)

過蔣一亭齋中(間)[閒]話,齋在行館之東,有小池,疊石其上,新竹數竿,橫斜有致。小亭高數仞,可眺西南諸峯,專山爲題"一亭"二字。

謹案:先祖手稿止此,中有缺損處,謹一仍之。宣穎謹識。

附録二

使豫使閩日記

瞿鴻禨　撰

使豫使閩日記序

先文慎公於光緒元年乙亥，以大考一等由編修升侍講學士，旋典河南試。自奉使至還朝，逐日記程，爲一卷。次年督學河南，再由京入豫，所記坿焉，今謹合題爲《使豫日記》。至光緒十七年辛卯，典福建試，試事未竣，復奉督學四川之命。是年五月，由京循驛道入閩，過揚州，與先伯父相見。九月，自閩浮海至滬，乘兵輪泝江至武昌。先是先母於八月中旬，由京回湘，省視外祖母，後至鄂相會，買舟入峽，抵成都，已將歲莫矣。起自奉命使閩，訖於入蜀，日記較前加詳，謹題爲《使閩日記》。兹合使豫、使閩兩記爲一册，校録付印。今年癸酉，距使豫時將六十年矣。民國二十二年夏日，孤子宣穎謹識。

使豫日記

光緒元年乙亥（1875）

七月十六日啓輴，自京至河南省一千四百三十里。

七十里良鄉縣宿　七十里涿州宿　六十里定興縣宿　七十里安肅縣尖　五十里保定府宿　六十里滿城縣尖　廿二里望都縣宿　六十里定州尖　四十五里新樂縣宿　四十五里伏城驛尖　四十五里真定府宿　六十里欒城縣尖　四十里趙州宿　六十里柏鄉縣尖　六十里内邱縣宿　六十里順德府尖　七十里永年縣(臨洺關)宿　四十五里邯鄲縣宿　七十里磁州宿　七十里彰德府宿　四十五里湯陰縣尖　二十里宜溝驛宿　五十里淇縣尖　五十里汲縣宿　七十里延津縣宿　九十里開封府

七月十六日(新曆八月十六日)

已刻啓程,新雨涼風,頓添秋意。未正,次長新店尖,馬牌路食,在家給過京錢三十千,包埽一切,到此幸無喧嚷。飯後即行,加裌衣,頗適。酉初,抵良鄉縣,縣令王君爾琨,號松堂,山東人。丙午、壬戌鄉、會。偶閱《浪迹叢談》,有所驚喜,亦或以爲不然者,輒隨筆録存之。

七月十七日(八月十七日)

已正行,大雨已歇。未初竇店尖,比昨日加涼。酉正,抵涿州,與芭庭前輩同驛館,良鄉店太窄,故分宿也。涿州知州吳履福,號祖山,安徽人,丙午舉人。

七月十八日(八月十八日)

卯初行,新晴漸暖,爲減薄綿。擬宿安肅,適邑令已於白河預備,未正,次白河,遂住此。距定興十里,定興令朱乃恭,號允卿,奉天錦縣人,己未、戊辰鄉、會。

七月十九日(八月十九日)

寅正行,晴,道中泥淖就乾。已正,次安肅縣尖,縣令葉祖荓,號介之,四川人。換夫馬行,酉初,抵保定府。合肥相國適駐天津,方伯孫省齋前輩觀,廉訪范眉蓀梁,庚子進士,觀察葉冠卿伯英,總戎冷景雲慶,同鄉太守李靜山前輩培祜,縣令鄒岱東前輩振岳,各持柬迎,尋遣人答拜。

七月二十日(八月二十日)

卯初行,陰。巳正,次滿城屬之方順橋,縣令胡壽嵩,號仁山,江西人。尖後行,申正,抵望都縣,縣令趙允祜,號子受,江蘇人。滿城換馬不換夫,可無尥閣。

七月二十一日(八月二十一日)

卯初行,晴,一路甚乾,似久不雨者。巳正,次定州,古中山國也,州牧李璋,號莪亭,辛亥年丈,丙辰進士,河南人。尖後換夫馬行,申正,抵新樂縣,傳舍狹陋,與艻庭前輩分宿,縣令劉亨霖,號潤之,江西金谿人。

七月二十二日(八月二十二日)

卯初行,早晚尚涼,日中甚熱。巳刻,次正定屬之伏城驛。尖後行,申正,抵正定府,縣令賈孝新,號叔孚,筠堂相國之孫也。

七月二十三日(八月二十三日)

卯初行,出縣城過滹沱河,河水甚寬,亦多淺涸處,舟渡者兩次,爲時良久。未正,始次欒城,縣令張華亭,號春舫,山東登州人。尖後行,益炎熱,酉正,甫抵趙州,過州城七里許,宿大石橋,已入夕矣,蚤行而晏息,惟今日爲然。知州存禄,號誠齋,滿洲人。

七月二十四日(八月二十四日)

卯正行,天氣極熱。午正,次柏鄉縣,縣令吳光鼎,號熙之,江蘇人,壬辰鄉舉。尖後行三十里許,因熱稍憩,戌初,抵內邱縣,縣令王福謙,湖北人,號綸皆。

七月二十五日(八月二十五日)

卯正行,晴熱。午正,次順德府,邢臺縣令彭美,號筱渠,己未、乙丑鄉、會,江西安福人。尖後行三十五里,過沙河縣,再三十五里,始抵永年縣屬之臨洺關,縣令書端,滿洲人,號元甫。

七月二十六日(八月二十六日)

辰初行二十五里,過盧生祠小憩。午正,抵邯鄲縣,縣令周錫璋,號子元,浙江人。因昨日倦乏,故早宿。

七月二十七日(八月二十七日)

寅初行,熱未退。午正,抵磁州,距城二十里,皆以水爲田,種荷芰菰蒲之屬,清氣環繞,大有南中風趣。州牧程光瀅,號小韓,丁酉拔萃,丙午鄉舉,四川瀘州人。驛館以此爲閎敞。

七月二十八日(八月二十八日)

卯初行,巳初,渡漳河,水涸不過數武。尋次豐樂鎮,巡捕及送封條官來迎。尖後行抵彰德府,安陽縣令趙集成,號鶴舟,安徽人,通判錢思濟,均道旁迎。至驛館,接見巡捕。

七月二十九日(八月二十九日)

卯正行,縣令、通判出送。次湯陰,駐岳忠武廟行香,縣令鄒鉞,號少儀,江蘇人,出迎。尖後行二十五里,抵宜溝驛,風日燥烈,塵埃蔽人,幸得早息。

七月三十日(八月三十日)

卯正行,午初,次淇縣,縣令陳士杰,號子俊,江蘇人,出迎送。尖後因酷熱,少憩,申正始行。戌初,抵衛輝府,太守李德鈞,號平甫,順天人,汲縣令崇緒,號雲卿,滿州人,率典史傅燮延、守備連旺、千總田桂林均出迎,已入夕矣,頗勞久候。駐宿考棚,甚閎整。是夜有大風,或可作涼。

八月初一日（八月三十一日）

卯正行，大風捲地，筍輿欲飛。三十五里次龍王廟，尖後再行三十五里，抵延津縣，縣令蔣起榮，□□□□人。是日聞河甚難渡，須一日之久，因與芑庭前輩商定，夜間趲程到河岸，以明日渡河，遂不復安寢，假寐數刻，便即命輿，時天陰，風已息，復甚，至滅燭光。強行三十五里，卯初，次東底，未尖即行。二十里許抵柳堰口河岸，設香案，叩祀河神。登舟後，東北風甚利，挂帆安穩，不越時已到，非神力呵護，無以致此。

八月初二日（九月一日）

晴，有風。巳刻渡河，午正，已行抵省會。入北門，至行館，時中丞劉冰如齊銜、河帥曾沅丈、署方伯傅青儒前輩壽彤、署廉訪任筱元道鎔、觀察段雁洲、前輩廣瀛、署河道劉子恕成忠、太守馬伯岸先登、祥符令鞠子聯捷昌、內監試陳翊圖贅、外監試卓友蓮景濂、正供給金□□崇幹，俱持束道迎，尋遣人答拜。學使費芸舫前輩鼇并送席。

八月初三日（九月二日）

晴，少涼。時與芑庭前輩絮談，別無所事。

八月初四日（九月三日）

晴。酌定《鄉試錄》前序，翻閱《科場條例》。藩司送。

八月初五日（九月四日）

晴。藩署遣官送入闈儀注單，國制遵例停宴，常服挂珠。僕人檢點行李聯紙，交辦差家人裝飾。

八月初六日（九月五日）

午前陰，復晴，傍晚小雨，不涼。巳正，赴監臨署謝恩，初至，賓主相揖敘坐，禮官稟謝恩，望闕行禮。監臨偕學使引入內廳少坐，執事官稟請入闈,換亮轎進貢院,司、道、提調、監試等官仍迎候。即入文衡門,提調、監試趨送,相顧周旋。乘亮轎到內簾,有間,監試收掌十四房以次來見,俱答拜,事畢。

八月初七日(九月六日)

晴。擬題定,早寢。

八月初八日(九月七日)

晴。卯初起,過芑庭前輩,隨邀房考孫積甫、高雲帆、段筱連來,寫題付刊,兩板同刷,亥正竣事。子初衣冠親送題紙,與監臨、提調坐談片刻。

八月初九日(九月八日)

小雨,稍退暑氣。

八月初十日(九月九日)

晴。擬定經題。監臨送水禮八色,收,不給賞。

八月十一日(九月十日)

晴。卯初起,邀房考李子錚、趙聚齋、王子林來,寫題付刊刷,俱較前場迅速,戌正已竣事。因監試稱外間號門尚未封畢,仍至子初送出,儀同。

八月十二日(九月十一日)

晴。無事,略了筆墨應酬。

八月十三日(九月十二日)

陰,午後疾雨,大風振屋,天氣驟涼。昨稍感冒,頗不適。外簾提調、監試送水禮八色,收,不給賞。

八月十四日(九月十三日)

陰雨甚涼,可衣薄棉。感冒未愈,悶坐不出。改撰《鄉試錄》前序,策題由芑庭前輩付刊。

九月初八日(十月六日)

辰刻,邀監試房官來看中卷,去後將卷歸齊,檢入箱内。酉初升堂,與監臨以下相見,敘坐。坐定,發硃卷兩本,書吏清查墨卷,收掌官當堂磨勘畢,再行填寫名次,丑正事竣散。

九月二十五日(十月二十三日)

早起,檢點一切,巳初啓行,河帥以下出城揖送,惟任筱元丈交卸,段雁洲前輩接署篆,未到。渡河風平浪靜,均荷神庥。再行約三十里許,次董家地,今日只得一餐,遂宿。

九月二十六日(十月二十四日)

早行,午刻,次延津,因換車發價轇轕,竟不能再行。

九月二十七日(十月二十五日)

子初行,到龍王廟茶尖,猶未曙。復行次衛輝府,李太守崇大令出迎,旋來謁晤,新貴府學訓導李國麐投贄未見,亦詣城外送,換車亦稍久。日晡抵淇縣宿,陳大令來謁晤。是日行百四十里,甚暢速。

九月二十八日(十月二十六日)

寅初行,宜溝驛尖,換車馬,行次湯陰,未憩。日晡抵彰德府署,太守楊宗頤來見。

九月二十九日(十月二十七日)

丑初行,次豐樂鎮,尖後甫曙,旋渡漳河,水已就涸。午初,次磁州,換車不肯給長車價,延閣不齊。定更後,始抵邯鄲宿,遇雨。

九月三十日(十月二十八日)

寅初行,次永年屬之臨洺關,尖後行,傍夕抵順德府宿,邢臺令彭筱渠來謁晤。

十月初一日（十月二十九日）

寅正行，次內邱縣尖，小雨趁行，抵柏鄉縣宿，雨未歇。

十月初二日（十月三十日）

卯初行，次趙州尖，抵欒城宿。

十月初三日（十月三十一日）

寅初行，次正定府尖，正定令賈復來謁晤，再行至伏城驛，時已近暮，因此處不換車馬，立意趲程，以燭夜行。抵新樂縣宿，已二鼓矣，行李到更晚，計是日共行百有七十里。

十月初四日（十一月一日）

侵曉行，次定州尖，再行至望都縣宿。

十月初五日（十一月二日）

侵曉行，次滿城之方順橋尖，午後抵保定府，清苑令鄒振岳來謁晤。託縣飭雇長車到京，每轎車一輛實錢三千五百文，共七輛，合京錢四十二千。

十月初六日（十一月三日）

曉行次安肅縣尖，再行抵北河店宿，距定興城十里，時尚未夕。

謹案：以上爲先文愼公乙亥典試河南時日記。

光緒二年丙子（1876）

九月二十二日（新曆十一月七日）

午初刻啓行，風甚，未正，次長新店尖，風息，天氣晴和。酉初，抵宿良鄉縣，縣令王松潭爾琨，廣西人，去年錯記爲安徽。途中夫馬尚安靜，朱肯夫前輩同行，亦不甚擠，惟大車到店頗遲遲耳。看《閱微草堂筆記》一卷至二卷。

九月二十三日（十一月八日）

巳初始行，午正，次竇店尖，風亦勁。申正，抵宿涿州，州牧吳祉山履福，去年經過時亦此君。看《消夏錄》第三卷至五卷。

九月二十四日（十一月九日）

巳初行，午正，次高碑店。申正，渡白河，抵宿白河驛，距涿州約十里。有張桓侯古井，老媼涿人，言井中有鐵索，長不計丈尺，挽之不能盡，他人亦多如此云。又數十武有桓侯廟，定興縣南有燕太子丹送荊卿處碑。幽燕古蹟甚多，惜驛傳忽忽，未能徧識，又無書可考證，尤媿荒陋云。看《如是我聞》三卷。定興令仍朱允卿乃恭。

九月二十五日（十一月十日）

五鼓月明，以爲天曙，即起促行，次固城店尖，時日甫高數丈，朱肯夫前輩尤早行，將宿保定。纔午初，抵安蕭，渠已安排前發矣，過店門下輿談少頃，自此先後參差，或難再晤也。連日稍形倦乏，轎中時時假寐，看《如是我聞》一卷未竟。縣令仍葉介之祖茀。在驛館作寄三兄書。

九月二十六日（十一月十一日）

辰初行，午初，抵宿保定，看《槐西雜誌》一卷。此地新葺皇華館，規模甚整飭，去歲經過尚未落成，今始得句留一夕，旁連于公祠，未及展拜。清苑令鄒岱東振岳來相見，入城拜方伯孫省齋前輩、廉訪范眉生梁，均晤談。清河觀察葉冠卿、參戎冷景雲未值，其來過，亦相左，太守李靜山前輩適入場童試。答鄒岱東歸，發家書附郵遞。日暮張蔭廬自欒城來，與叔卿三人共話半晌。

九月二十七日（十一月十二日）

卯正行，午正，次方順橋尖。申正，抵宿望都縣，縣令張鶴亭彭齡,奉天錦州人,辛酉拔貢,出迎,旋又來晤,遣人答之。看《槐西雜志》一卷。薄暮陰,疑有雨。

九月二十八日(十一月十三日)

卯正行,清風店小憩。午正,次定州尖,州牧仍李莪亭璋,河南西華人。申正,抵宿新樂縣,縣令張迪齋恒吉,山東濟寧人。看《姑妄聽之》二卷。是日晴,寒亦稍減。

九月二十九日(十一月十四日)

辰初行,次新城橋即伏城驛。尖。未正,抵宿正定府,有新建古常山郡南越王趙佗故里二碑,太守恭甄甫鈞、縣令賈叔言孝彰來相見,旋往答之。汪柳門、楊子和兩前輩自豫州典試歸,亦適過此,未晤。遣人索觀闈墨并題名録,知去歲所取副車唐生驊獲雋,爲之忻然。是日霜頗重,日出丈餘,地猶盡白。看《灤陽續録》四卷。叔言大令以團扇乞書,爲剪燭勉揮以應。

九月三十日(十一月十五日)

卯初行,侵曉渡滹沱河,輿梁已成,尚不病涉。午正,次欒城,爲欒武子舊邑,縣令陳序東以培,安徽合肥人。酉初,抵宿趙州之大石橋,今日驛程爲最大,稱百五里,殆不啻多二十餘里云。州牧仍存誠齋禄,己亥繙譯舉人,庚子進士。

十月初一日(十一月十六日)

卯初行,巳正,次柏鄉縣,縣令仍吳熙之光鼎。酉初,抵宿內邱縣,即中邱,縣令仍王綸皆福謙,雲夢人。柏鄉北十里許有漢光武千秋亭遺址碑,又有漢車騎將軍馮公一碑。閱杜詩二卷。

十月初二日(十一月十七日)

辰初行,午正,抵宿順德府,邢臺令仍彭筱渠美。閱杜詩數首,因暇作家書,交縣附郵遞。

十月初三日（十一月十八日）

寅正即行，過沙河城，天甫曙，居民未起。已正，次臨洺關尖。未初，抵宿邯鄲，縣令仍周子元錫璋。永年縣令夏範卿詒鈺，江蘇江陰人，爲臨洺關地主者。閱杜詩一卷。

十月初四日（十一月十九日）

辰初行，已正，次杜村鋪尖。午正，抵宿磁州，州牧仍程小韓光澄。午後稍熱。閱杜詩兩卷。

前誤記九月小建，今日始爲更正。昔人詩云："山中無曆日，春盡不知年。"真有此景，亦可一笑。

十月初五日（十一月二十日）

辰初行，已初，渡漳河，水較闊，不似去年一葦可杭也。次豐樂鎮尖，未正，抵宿彰德府，太守清輯庭瑞、安陽令趙鶴舟集成、通判錢步川思濟、府教授張時中、教諭李換凡、訓導石道生俱來相見，參將經杏壇文布、守備花榮桂、經制董桐琳、管帶練軍龔從岱、府經劉洽、典史李元愷均出迎。答拜府縣及參戎、通判四處。是日頗燥。閱杜詩一卷。

十月初六日（十一月二十一日）

辰初行，已正，次湯陰尖，縣令鄒少儀鉞、教諭于榮璧、通家楊大經俱來相見，典史朱兆蓉、把總張大典均隨迎送。未初，抵宿宜溝驛，自彰郡起行，惟教授張時中親送，餘皆差人持版。湯陰南十里許有晉侍中稽紹墓碑，城北十里有羑里碑、文王演易坊。午間仍熱，早晚涼。閱杜詩一卷。

所記古蹟、碑題，皆以目所得覩者隨筆錄識，遺略殆十之八九，亦心疚也。

十月初七日（十一月二十二日）

寅正行，至淇水，天甫曙。辰正，次淇縣尖，縣令陳子俊士杰、教諭侯伯良來相見，典史車坦亦隨出迎送。未正，抵宿衛輝府，汲縣令蕭子堅晉榮遠迎，與太守馬慎齋永修、教授梁桐、教諭蔣生芸俱來相見，參戎胡鼎臣思忠、守戎連旺、府經章樹楨、典史高永繼亦隨出迎，卸新安事杜近堂信義來晤。答拜府縣及杜近堂。是日午間亦熱。

十月初八日（十一月二十三日）

辰初行，巳正，次龍王廟尖。未正，抵宿延津縣，縣令盧又山佑珊、教諭薛淩雲、訓導牛義出迎，俱來相見，通家申望宣來謁。午間仍熱，早晚較寒。衛輝行時，太守以下均送。

十月初九日（十一月二十四日）

辰初行，縣令、學官出送。巳正，次董家堤尖，未正，抵宿新店。閱唐宋詩四卷。

十月初十日（十一月二十五日）

辰初行，不數里過柳園口黃河，恭祀河伯，風定波平，巳正抵岸。旋次大新莊官店尖，未正，到城下，通家顧璜等九人路迎，同鄉州縣劉崑墀諸君及府縣學官俱出接，中丞李小湘前輩、方伯劉冰翁、廉訪傅青餘前輩、舊任費芸舫前輩、糧道陳墨樵世勳、河道德明齋馨兩觀察及候補道諸君皆在官廳相候，坐談片刻，河帥曾沅甫年丈因假未出。暫住考棚，未更行衣，往拜中丞，未晤，沅丈、冰翁、傅、費兩前輩均得晤。

謹案：以上爲先文慎公丙子督學河南自京至豫日記。

使閩日記

光緒十七年辛卯（1891）

五月十二日（新曆六月十八日）

奉硃筆：福建正考官著瞿鴻禨去，副考官著段友蘭去。欽此。

五月十三日（六月十九日）

丑刻，具摺謝恩。恭值方澤大祀，前期上自西苑回宮入齋宮，臣某與廣東正考官徐致祥、升任內閣侍讀學士顧璜同在西苑門外道旁泥首。

六月初三日（七月八日）

卯正起程，巳正二刻，到長新店尖。未正一刻，到良鄉，宿關外，店甚隘。陰雨竟日，夾衣尚涼，略無暑意，柳葉偶有黃者，髣髴已秋，道中泥淖難行，幸雨尚不甚。良鄉令范履福，江西德化人，未出，詢其家丁，云：前月廿九日雨雹之異，良鄉無之，獨安肅一帶為重，禾稼盡傷。段春巖編脩出城較遲，到站稍晚。

彰儀門出城至良鄉固節驛六十里。三十里蘆溝橋。

六月初四日（七月九日）

寅正起程，辰初，到竇店尖，因驛夫刁難，巳初二刻始行。未初二刻，到涿州宿，行館未修，住店中。天陰無雨，午略熱。涿州牧孫壽臣，山東歷城人，庚午孝廉，未出。

良鄉至涿州驛七十里。竇店十五里琉璃河。

六月初五日（七月十日）

丑初二刻起程，辰初，到新城縣尖，候春巖到後。巳初二刻行，申正，到雄縣宿。早行雲陰甚重，電光閃閃，曙後風起雨散，塗中暢行,酉正雷雨旋止。新城令張良遄,號晉芝,乙酉舉人,丙戌即用,河南商城人,爲予所取一等首選補廩餼,手版執弟子禮來見。雄縣令王開運,號卿雲,江西安福人,來晤談甚久,頗通達,亦本色。雄縣城垣失修,土地亦薄,城外通大清河。

涿州至城分水驛六十里,至雄縣歸義驛七十里。

六月初六日(七月十一日)

丑初即起,時雨甚,寅初一刻稍止,起程,復雨,辰刻遂止。午正,始到任邱縣,水深泥滑,輿馬甚苦,因不復行,午後放晴。任邱令王蕙蘭,號仲芳,來晤,山東長清人,丙子舉人,癸未即用,人甚長厚,爲其兄索書扇,應之。驛店甚小。

雄縣至任邱鄚城驛七十里。十三里過十二連橋,有燕南趙北坊。

六月初七日(七月十二日)

丑初二刻起程,(以)[寅]初,到河間,二十里尖。辰正行,未初,過商家林茶尖,趁虛人甚衆。十八里過臧家橋,橋跨滹沱河,泊舢板礮船一隻,舊河身尚在北,此係新開,大汛時河溜更猛於前。酉初,到獻縣,縣令陳復恩,號棣薌,浙江嘉善人,來晤談,地方事頗能了然。獻縣亦土城,武職有汛官一員,營兵極少,亦羸苦不堪。今日晴,塗中漸炎熱,輿夫後半日行緩多歇,故時較多。

任邱至河間瀛海驛六十里,至獻縣樂城驛六十里。

六月初八日(七月十三日)

寅初起程,卯正,到交河縣屬之富莊驛尖,交河令原恩瀛,河南溫縣人,未出。辰初行,午初三刻,到阜城宿,阜城令宋鴻鈞,號恩甫,江蘇溧陽人,由佐雜過班署任,極言地方瘠苦。所轄不及百里,城中更見凋殘,遙望縣城,完整似勝雄、獻,殆精華遠不如也。早間風頗涼,午漸熱。

獻縣至阜城驛九十里。不過八十里。

六月初九日(七月十四日)

子正二刻起程,卯正,到景州尖。辰初行,巳正,過南劉智廟茶尖,午正二刻,到德州宿。景州有塔高十一級,城外水周環,有漁舟垂罾,詢之土人,言是去年大水所積,並非河港,德州濱運河,渡河甚近,伏汛尚未至。本任恩縣州牧何式珍,號秀臣,福建侯官人,壬戌舉人,辛未同年,與州吏目劉鍾杰同迎。旋來晤,何同年器宇頗俊爽。參將趙開華,號紫卿,同邑人,亦來晤,人甚精悍,送土物數色,收茗筍,餘璧還。城守尉樂福、糧道善聯均遣人持柬至,景州賈孝彰未出。熱如昨日,幸到站尚早。聞廣東使者前日方宿此,殆途中水潦難行,渠廿八日出京,相去乃止一日程。

阜城至景州東光驛六十里,至德州安德驛六十里。

六月初十日(七月十五日)

丑初二刻起,卯正,到曲路店尖。平原屬。巳初,過平原縣茶尖,縣令程北祥,號□□,保定人,出城,因雨未相見。巳正行,雨中泥滑,未初,到二十里鋪宿。晴則炎威逼人,雨則拖泥帶水,僕痡馬瘏,天下事不能兩全,往往如是。自景州以南,雨澤較多,土地肥美,禾麻葱鬱,燕齊之交,迥分瘠沃。早行時,參將、吏目、縣令皆出送。

德州至曲路五十里,又三十里至平原桃園驛,又二十里至宿站。

六月十一日(七月十六日)

寅正起程,昨夜大雨,行時雨止,途中多積水,泥淖難行。午正,始到禹城橋尖,五十里程行四時之久。縣令劉家善,號謂元,江寧六合人,甲子孝廉,迎晤,未得接談,人似謹愿。午後暢晴,未初行,酉正,到晏城宿。齊河縣令何粹然,號月樵,辛未同年,正定人。

平原二十里鋪至禹城之劉普驛五十里,至晏城四十五里。

六月十二日(七月十七日)

寅正起程,卯正,到齊河縣祝阿書院茶尖,縣令何同年來晤,旋渡齊河,伏汛甚微。已正,到杜家廟尖,屬長清,縣令蘇杰,安徽太平人,未出,距縣城亦遠。午初行,申正,到張夏宿,仍長清屬。自杜家廟以後已入山,山頂雲氣瀁然,時作微雨,已而復晴,山色青蒼,亦露石骨,與冬日經行意態(迴)[迥]殊。山中田土沃饒,禾麻之屬分外肥茂,出京以來未有能及,令人有山居之思。

晏城至齊河晏城驛二十五里,又二十五里杜家廟,又四十里張夏。

六月十三日(七月十八日)

丑正二刻起程,辰正,到墊台尖,仍長清屬。已初行,未正,到泰安府宿,登嶽之願,徒寄遐想。輿中今日最爲炎熱,府縣康敉、楊綽雲均未出,帶馬隊都司馬駿嶺、守備于鶴清,均山東人,典史車鴻勳,會稽人,同迎來晤。

張夏至泰安驛一百里。

六月十四日(七月十九日)

寅初三刻起程,甫出店門,車夫訴稱車爲縣差扣留,旋傳辦差家人諭令放車行,雖見車出店,未知能免若輩魚肉否也。辰初,到崔家莊尖,泰安屬。辰正行,未初三刻,到羊流店宿,新泰縣屬。一路羣山環繞,如至故鄉,但無水田耳,今日聞鳩聲,亦北地所無,風景漸異。距崔家莊數里渡汶水,清淺而闊,有舟。

泰安至新泰之羊流驛九十五里。羊流,羊太傅故里也。

六月十五日(七月二十日)

丑初起程,圓月當空,涼風習習,別有一種清趣。忽念此時爲小子誕生之際，正吾親劬瘁之時，今爲鮮民，不覺淚下如雨。昨在輿中，誦洪稚存所作姊氏誄辭，亦不自知涕之何從也。寅正二刻，已到瞿家莊，辰正，到新泰縣，初擬住此，既因甚早，天又微陰，遂行。縣令徐致愉，號子怡，江蘇人，庚午同年，大挑來東，晤談後即行。未正，到蒙陰縣宿，縣令宋森蔭未出，駐城內鹽店，較勝沿途旅館。巳刻風雨驟至，少頃即止，蓋他處得雨矣。

羊流店至新泰縣六十里，又二十里至鰲陽，又四十里至蒙陰縣驛。

六月十六日（七月二十一日）

丑初起程，天微陰，辰初，到沂水縣屬之垛莊尖，縣城相距六十里，縣令均未出。巳初行，未初三刻，到青駝寺，屬蘭山縣，宿店中，縣役無一人，略無供張，幸夫馬均不換，無礙於行。青駝寺之北屬費縣，里不甚長，與沂水、蘭山相錯。早行時蒙陰令宋玉堂來晤，人甚明幹，昨夜亦來，因已寢，未納，殆甫從鄉間回也。張朗帥遣戈什王弁護送，道中備茶，從泰安已隨行，今始接見。

春巖今日生辰，適後予一日，亦奇緣也，其生年丙午。

蒙陰至龔家城八里，至垛莊五十二里，至青駝寺四十里。

六月十七日（七月二十二日）

丑初起，因雨，寅正始行。辰正，到伴城尖，蘭山縣屬，初擬住此，以與春巖分店，又甚狹隘不堪，巳正復行。申初二刻，到沂州府南關宿，過沂河，大風雨，幸河水極淺，以夫推船行，尚不覺險。入沂州城，又大雨，沂州守錫恩，號蘭泉，與典史、千總迎見，縣令宮本昂，（楊）[揚]州人，託故未出。

青駝寺至伴城五十里，至沂州府五十里。沂河距城北五里。

六月十八日（七月二十三日）

丑正起程，辰正，到李家莊尖，仍蘭山屬。莊北渡兩次，一徒

涉,淤泥深尺許,蓋水退未久;一用船,水力亦大,若如昨日渡沂時
大風雨,則有戒心矣,此河仍沂水匯入運河。已初行,申初二刻,到
郯城十里鋪宿,郯城令汪味雲來此晤談,與予同歲生,情甚摯。雨
後途中偶有積水,南風尚不熱。

沂州府至李家莊五十里,至郯城十里鋪六十里。

蘭山、郯城之交,偶見蝻子戢戢,無慮萬數,更數日未有不傷禾
稼者。聞味雲言江南安徽境内幾於赤地千里,殊可憫,亦可慮也。

六月十九日(七月二十四日)

丑正起行,卯正,到紅花埠尖,郯城屬,出埠即江南界。辰正
行,未正,到峒峿宿,屬宿遷,縣令蕭仁暉,號爵寅,湘鄉人,未出。
距縣城隔運河,境内亦有蝻災,鄉人方相率捕滅。今日炎威甚熾。

郯城十里鋪至縣城十里,至紅花埠五十里,至峒峿六十里。

六月二十日(七月二十五日)

子初起程,半夜略無涼意,幸早行。卯初,到順河集,集北渡
河,宿遷令蕭爵寅來晤,居湘鄉、湘潭之交,汪味雲言其勤能。卯
正行,巳正,到仰化集宿,連日尖宿處皆有防營分起接送。境内亦有
蝻災,方鳴鑼傳鄉人集捕。今日更熱,未申間雷,大風而雨甚微,酉
刻復雨。

峒峿至順河集六十里,至仰化集五十里。

六月二十一日(七月二十六日)

子初行,寅初三刻,衆興集尖,屬桃源。縣令汪懋琨,號瑤亭,
山東歷城人,丙戌即用,來晤談,甚軒昂,略似陳仲英。巳正,到漁
溝,店中破屋數間,湫隘不堪,欲前進則炎威正烈,僕馬不耐,連日
疲乏,佗子亦不能到,勉強宿此,大難大難。地屬清河縣,迴憶甲申
冬初北上,甫自王家營開車十里許,桂朔寒厥,婉漪以兩車相向扶

持救治，得以無恙，心中惶急萬分，竟欲迴車，而車夫謂前途可住，相距不遠，意以爲漁溝，乃到衆興始駐，此時情況，不堪迴首。桂兒途中二十日，不過食藥糕少許，終日啼號，聞上車則喜笑。到京後大病十日，醫者束手，服李公廣濟真人神方，一服而起，得慶更生。自此以後，生機日暢，今年十歲矣，終身不敢忘神力。炎天茅舍中，汗流如雨，書此一段，令人心境自平，亦安不忘危之道，且使桂兒他日知之也。申初刻，覓得街外吳氏家祠借住，祠爲嘉慶間吳殿升翁建，有山陽李先生宗昉記。翁年八十餘，富而好施與，其孫大田中甲午鄉舉。祠堂三楹，院中有銀杏、海棠、紫薇方盛開，風來甚涼，入人襟袂，即不由破屋中來，亦致足適，況出幽谷而遷喬木哉！夜雨大涼。

仰化集至衆興集六十里，至漁溝四十里。

六月二十二日（七月二十七日）

寅正始行，雨後道尚不滑。卯正，到清河馬大有店中，略無預備，旋上船。電京寓，發揚州信，漕督松峻峯、淮關督世振三綱、淮陽鎮章作堂令才、淮揚道謝子受元福均差一柬，清河令崇樸一過未見。峴帥所借輪船云送他差去，函問謝子受，云已電催趕回，未知其實如何也。未刻大雨，申正開船，魚雷拖帶。酉正，泊淮安府，山陽令特秀，號子良，來晤，府守未出。

漁溝至清江三十六里，渡河至河岸店中，聞王家營店均已閉歇。

六月二十三日（七月二十八日）

晴。寅初行，辰正，到寶應。縣令杜法孟，號漱秋，直隸武強人，己未副榜，來晤，人甚樸誠，自言在家習耕，知農事，時時與民言此。周春浦辦釐捐局亦來談，云杜令甚勤。大概以此取人，雖不中,不遠矣,其言夸者,能而必刻,浮而鮮實,必不如也。申酉間大風雨雷電,停船少頃,酉正刻,泊六安閘。計行百一十里。

清江至淮安府山陽淮陰驛。五十里,至寶應安平驛。七十五里,至六安閘。

六月二十四日(七月二十九日)

晴。寅正行,高郵牧錢錫寶,號鴻士,仁和人,乙亥舉人,來談,甚明幹,與伯皋八兄曾同辦積穀。巳初,到高郵州,午初三刻行,酉正,泊邵伯驛。計行百一十里。

六安至高郵州四十里,孟城驛。至露筋祠三十里,至邵伯驛四十里。

六月二十五日(七月三十日)

寅正行,巳正,到揚州,江都令林之蘅,號小溪,安徽懷遠人,甘泉令劉沛霖,號雲仙,安徽□□人,迎唔。太守陳仙樓卿雲同年亦來談。大兄旋到船相見,四姪亦來,聚話終日,大兄夜分始別。揚州中軍守備徐殿魁,號□□,四川進士,來見,同鄉毛松雲昌駿亦來,徐贈西瓜,毛贈路菜。是日接京宅信并竹湘書,知外姑五月初大病,夏至後已復元,京信述(容)[榮]妹病日增,均切繫念。復得京電,鄧宅已允初二日婚期,望能成禮,了一心願。發京信,并發電,貴州、湖南信同發。

邵伯至揚州廣陵驛五十七里。

六月二十六日(七月三十一日)

寅正行,巳正,到瓜州口渡江,金、焦二山迎面而出,波平風軟,蒼翠在空,氣象軒昂,襟抱爲之一豁。午刻,到鎮江,丹徒令徐錦華,號秋宇,浙江平湖人,辛亥年丈,常鎮道黃幼農祖絡並來談。都統積藎臣忠、參將焦安邦遣人來,山東臬司松晴濤廉訪林自滇北上,舟適泊此，亦遣人來。武弁周德明前帶飛鳧小輪船，甲申冬初送予清江，亦來見，今管駕挖河機器船。酉刻，泊大新豐。復發京信，是日即進鎮江小河，平時水小入丹徒口，在下或入江陰口。

揚州至瓜州三十里，渡江十里至鎮江府，又五十里至新豐。

六月二十七日（八月一日）

寅正行，辰正，到丹陽，縣令查文清，號滄珊，浙江海寧州人，丙戌即用，來晤，因教堂案摘頂，據云議賠一萬餘元，尚未定妥，所勘尸棺七十餘具，業經即時掩埋，主者不欲深究。一路飛蝗漸多，昨今兩日所見常州境較少，未見羣飛者。戌初刻，到常州宿，東坡有除夕常州城外野宿詩，令人睪然遠想。常州守桐澤，號子霈，由戶部放，武進令吳炳，號曜堂，丁丑即用，江西安仁人，同來晤。吳君曾以告近改擘湖南，略記其姓名，問之果然。陽湖令葉懷善公出未來。

新豐至丹陽雲陽驛。四十里，至常州府毗陵驛。九十里。

六月二十八日（八月二日）

泊船多難出，行時將卯初。申正，到無錫，縣令劉樹仁、同城金匱令湯曜均未出。入無錫後，水色微碧，澄波不滓，舟中望見惠山，白雲在巔，秀色如沐。遣人蕩小舟取弟二泉，城北有亭，屹立中流，顏曰“小金山”，又題“水月”，想見清宵月上，景物尤佳也。兩日陰晴無定，時或細雨，風甚涼，頓收暑氣，必他處滂沱矣。

常州至無錫錫山驛。一百里。縣北十五里高橋，若取道江陰口，則由此橋出。

六月二十九日（八月三日）

卯初行，昨夜將半，長風怒號，虫聲唧唧，擁衾而臥，凄清似秋，不知其爲六月也。過午望見姑蘇諸山，虎丘但見一塔矗立。申初，過閶門,泊胥門,蘇州守魁元、長洲令王芝蘭、元和令李超瓊、吳縣令凌焯均一過,未見。巡撫剛子良毅、臬司陳舫仙、織造毓清嚴秀遣人來,獨藩司不與。蘇州山水清嘉,秀氣撲人眉宇,較杭州似尤過之,城郭迤邐,而長河流如帶,風清月朗,時遊舫往來,逸趣當何如也。

無錫至蘇州省姑蘇驛。八十五里。楓橋在省北十里。

六月三十日(八月四日)

寅正三刻行,午初,到吳江,縣令張嘉言,號相廷,浙江山陰人,與同城震澤令沈熙廷,號九箭,浙江定海人,癸未即用,均署任,來晤。酉正三刻,泊平望。天氣與昨兩日同,不知何處得透雨也。

蘇州府至吳江四十里,至平望四十里。

吳江水淺多草,輪船行不能暢,時或滯礙,挽縴行十餘里。

七月初一日(八月五日)

寅初行,巳正,到嘉興府,嘉興令趙漁衫惟嶠、秀水令劉鶴笙頌年、嘉興守宗子材培來晤,副將張金榜一過,未見。亥正,始到石門,縣令劉少英毓蘭來晤。兩處所接皆舊相識,而少英獨款洽有情,談及定香亭石刻,毀已久矣。訓導邱鎮遣人來。今日熱較甚,夜仍涼。嘉興帶水師蔣益賢來晤。

平望至嘉興西水驛六十里,又至石門皂林驛八十里。石門鎮在縣北二十里。

七月初二日(八月六日)

卯初行,戌正,到杭州武林門馬頭。日中熱,夜亦無風。到後遣魚雷輪船回。石門至杭州一百里。

七月初三日(八月七日)

卯正上岸,至武林門月城,將軍吉仲謙和、巡撫崧鎮青駿、學政潘嶧琴衍桐、織造明子忠勳、杭都統常鶴卿恩、乍浦都統忠靄山瑞率

471

藩司龔仰蘧照瑗、署臬司唐藝丈、杭嘉湖道王心齋同年出請聖安，
對如儀。少坐別，至錢塘江上船，運司惠菱舫年病未出，糧道世敬
生春出運，杭州守李伯賢士彬、仁和令高卓如積勳、錢塘令伍芝孫桂
生先來見，東防同知高與卿英、候補同知何□□、恩烡，江蘇人。船局
委員桂□□、冬榮，貴州人。釐局提調郭穀齋式昌、即用令朱文浣德澤
先後來見。唐藝丈旋到船談良久，知韓之已交卸延平，委當內監試
差。發電到京，候回電未至，開船至六和塔泊，稍候消息，由信局發
京信一件。自武林門入城，闤闠間無老稚，皆曰：前年學台來矣，養
胡鬚矣。杭人謂留鬚爲養，故云。日晡約春巖各乘舢板登岸散步，
至六和塔下，塔門封閉，亦以薄暮未敢入。出京帀月，始得此信步
遊行之一快。夜極熱。

七月初四日（八月八日）

卯刻立秋，過聞家堰。釐卡委員劉良臣錫馥來晤，吉圃之子
也。申刻，過富陽，縣令周篤生學基來晤談，悉己丑分房汪生康年、
姚生文倬皆出其門。戌正，泊湯家埠。

杭州至富陽縣會江驛。九十里，又二十里湯家埠。

七月初五日（八月九日）

寅初行，申初，過桐廬，縣令王子劬纘勳，江蘇太倉人，來晤。
戌初，泊青紫港。今日巳午間，兩岸濃雲堆山潏然，日光乍隱乍見，
作彩翠狀，或如潑墨，必他處得雨也。午後仍晴，夜月照江，微有
秋色。

湯家埠至桐廬縣桐江驛。七十里，又二十里青紫港。過此入瀧。

七月初六日（八月十日）

寅正行，申正，過建德縣東關，縣令張焰，號初白，山西榆次人，
生長蘇州，幼梅曾稱其有藝能，來晤。嚴州守鶴雲皋山、副將曾禮

門清選、釐局委員向冕卿人冠、府教授鄒柏森先後來談。戌初泊,過東關二里許。連日於更定後露坐船頭,新月初升,衆星在水,覺涼風颯然,城市中斷無此狀,味放翁"風生細葛無(二)〔三〕伏"之句,信然。今日婉漪三十生辰,誦工部鄜州詩有感。

青紫港至嚴州府富春驛。七十里。青紫港至釣臺二十里。

七月初七日(八月十一日)

寅正行,酉正三刻,泊許埠,距蘭谿十餘里,灘多風,逆不能上。蘭谿令恩綽亭裕來晤。仍在船頭小坐即睡,甚熱。黃姑織女,天上佳期,銀漢微茫,無從髣髴矣。

嚴州至許埠六十里。

七月初八日(八月十二日)

寅正行,辰正過蘭谿。杭州轉電知榮妹病日加,電云勉廿日成婚,鄧郎頗解事,是初二期未用,不審能支持成禮否也。釐局委員鄧笏臣太守嘉純來談即行。灘多無風,酉正泊,距蘭谿四十五里,地名鵝灘頭,舟人又稱生薑灘,大略即裘家堰一帶,有村甚大,綠樹迴環,洲上白沙細石,就洲露坐。春巖船至,約與偕飲,對月舉杯,鐙燭盡滅,清風徐來,致有涼意。俄而密雲西上,月光微掩,半天星河,熒熒如故,雨勢不成,月亦還來。二更許回船便睡,微聞風聲,他日追思此樂,不可得也。

許埠至蘭谿縣十里,至裘家堰四十五里。

七月初九日(八月十三日)

寅正行,午正,過龍游縣,縣令馬東林芳田,丙戌庶常改授,奉天義州人,來晤。酉正三刻,泊迎春埠,仍與春巖就洲上坐,二更後回船,較昨夕稍涼,風動篷索有聲。

裘家堰至龍游縣停步驛。四十五里,又三十里迎春埠,大略即

473

塘石溪。

七月初十日（八月十四日）

寅正行，連日皆順風，上灘則仍用挽。申正大雨，適抵衢州，滿江跳珠，白氣迷漫無際，十餘日來，此爲快雨，惜不久耳。登岸至官廳，衢州鎮喻采亭俊明跪聖安，小坐回船。采亭與署道鄒渭青仁溥來談，署西安令徐小竹戀簡，安徽人，衢州守保雨亭順，内務府旗人，釐局委員李穀宜寶章均先迎晤，江山令金耀亭奎亦來。夜接唐藝丈電，知韡之護台灣道，不復當内監試差矣。

迎春埠至衢州府五十四里。

七月十一日（八月十五日）

寅正行，改陸，出衢州之南門，鎮道府諸君在官廳晤送。巳初，到後溪街，本尖站，因到清湖鎮太長，恐日中酷熱難當，遂宿，西安令徐君同來此。申間大風雨，幸未在塗。

衢州府至後溪街四十里。

七月十二日（八月十六日）

寅正行，西安令來送。辰初，過江山縣，縣令金耀庭來晤，旋偕行。巳初，到青湖鎮宿，鎮臨水，渡浮橋，想見水盛時檣帆往來，商旅輻輳，此時水落，惟餘小舟。人煙稠密，倍於縣城。江山教官俞鳳翔自縣來晤，釐局委員徐慧生寶晉，教習知縣，吳縣人，亦來晤。自西安來，黃雲徧野，有方穫者，枷板之聲相聞，再種之禾，亦已青青垂矮矣。鄉間稻塍蔬圃，風味宛似家山。今日祀先，不得與祭，闋然。夜大雨。

後溪街至江山縣四十五里，又十五里至清湖鎮。

七月十三日（八月十七日）

寅初行，曉望見江郎山，奲然中開，兩石屹立，雲氣溶溶，忽隱忽出。巳初,過峽口尖,衢州同知玉子衡權來晤。午正,到保安宿,將到驟雨,竟日陰,山頂雲生,時作小雨,甚涼。

清湖鎮至峽口五十里,又二十五里至保安。江郎街在陝口北十五里。

保安店極低小,如天氣炎熱不堪住,伍芝生大令言黃漱丈、呂曉蘇前次到此即行,有以也。

七月十四日(八月十八日)

寅正行,辰初,過仙霞嶺,高峯入雲,盤旋而上,嶺頭有關帝祠,使者例拈香。巳初,至廿八都,仍江山屬,過此十餘里入閩界,金大令來晤別,殊太周到。楓嶺營游擊古興臣春榮,廣東嘉應州人,來晤。閩省巡捕來接見,照料沿途。未初,至九牧宿,浦城令陳麗生銑,浙江平湖人,與縣丞金延瀾同來迎晤。午正,至五顯嶺,雷雨,山亦極高,視仙霞則小矣。每日午後必雨,午前陰晴不定,早行甚涼,今日午較熱,還當作雨。巡捕官一徐巡檢恩華,一官從九,德馨。

保安至二十八都三十五里,又四十里至九牧,五顯嶺在九牧北五里。九牧店亦狹隘。

七月十五日(八月十九日)

寅初二刻行,卯正,到魚梁尖,浦城屬,漁梁亦名山,尚未能領其佳勝。午正,到浦城縣,宿縣署內。過漁梁十餘里爲仙陽,真西山先生故里,市鎮甚繁。午後殷殷有雷聲,雲陰不甚密,雨未成。浦城陳大令來談。

九牧至漁梁三十五里,至浦城五十里,一單開共七十里,蓋路長浮開。

所過村市皆以中元,家家設雞魚之祭,香燭之製,宛如吾鄉,令人增哀慕之感。

七月十六日(八月二十日)

丑正三刻行，卯初，到西陽寺少憩，在西陽嶺上，當爲西陽，祁文端公書額作"夕陽"，蓋求者語未明晰。嶺甚高，與仙霞相頡頏，爲閩浙鎖鑰。卯正，到臨江尖，午初，到石陂街宿，均浦城屬，浦城令陳君偕來晤談。今日略熱，有欲雨意。昨夜行月明之中，山嵐騰起，月爲之暈，雲開月朗，山泉淙淙，又一佳境也。

浦城縣至臨江三十七里，又四十餘里至石陂。

七月十七日(八月二十一日)

寅正行，辰正，到馬嵐宿，屬甌寧縣。一路山徑甚狹，草木礙人，時或臨溪，無復平曠之區矣。馬嵐行館架屋溪岸，開窗見山，翠映几榻，雜樹森立，落葉入窗，客中覺有秋思。夕陰忽起，已而細雨。

石陂至馬嵐四十五里。

七月十八日(八月二十二日)

寅初三刻行，辰正，到營頭宿。山行無暑氣，日午頗熱，馬嵐以後山路漸寬，此處亦有行館，但乏野趣耳。視奔馳十八站時，舒迫勞逸判然矣。

馬嵐至營頭四十里。

七月十九日(八月二十三日)

丑正初刻行，辰初，到油源尖，油溪之源也。一路山徑尤窄，久經山水衝洗，故多坡坨，或樹根透露，行者過其上，至不容足。修治甚易，不知何以不爲，閱隬樵同年日記，去歲奉使來時已如此矣。油源屬建陽，縣令陳克亭慶家，江蘇嘉定人，來晤。巳正二刻，到建陽南關外行館宿。早行陰，交巳雨，未申間晴又雨，涼燠不定。建陽城外有橋一道甚長，跨水高幾丈餘，窄而不固，履之危若巖牆也。

營頭至油源即七姑店。四十里，又三十里至建陽縣。

借閲《建陽縣志》。

朱子母粵國夫人祝夫人墓在天湖之陽，朱子築室於此，曰寒泉精舍，又名寒泉林，蓋取《凱風》詩語。朱子墓在后塘九峯山下大林谷，與劉夫人合葬。陳令言地近邵武，距建陽城百餘里。晦庵在雲谷山，真西山之西山精舍在渾頭林。

七月二十日(八月二十四日)

寅初行，辰初，至宸前尖，建陽屬，縣令陳君來別。巳正一刻，到葉坊宿，甌寧屬，縣令蔡伯昂軒，順天通州人，癸酉孝廉，來晤，言曾在常潤伯師處見過。所過山路亦有仄處，但不多耳。前接京電，榮妹今日成婚，不知病體果能舉行否？

建陽至宸前三十五里，至葉坊四十五里。過南嶺。

徐巡捕病不能行，留在建陽，據陳大令言其若有所見，語多不祥，大略如胡麓樵病狀。陳令知其老翁曾辦浦城鹽務，因緝私案，陷人於死，恐不免有過。當徐病中亦自言此事非我一人所爲，尚有七叔，七叔者徐翁之弟，當時亦在局，今卒矣。與麓樵事類觀，可不懼哉！可不慎哉！

七月二十一日(八月二十五日)

寅正二刻行，辰正二刻，到建寧府，宿考棚。總鎮羅景山大春、太守景麗軒春，建安令章茂生德華，浙江金華人，釐局委員楊蔭鑾韻坡，江西新建人，與甌寧蔡令出城接晤，旋來談。天時陰有雨意，早行甚涼。

借閲《建安志》，甚簡略，無體裁。又借閲《甌寧志》，康熙間知縣寶水鄧其文修，較雅。

　　宋英宗治平三年，分建安九里三岐併浦城、建陽二縣地置甌寧縣。

　　葉坊至建寧府治四十里。甌寧之城西驛。

七月二十二日（八月二十六日）

　　卯初行，渡溪而南，鎮府諸君出送。巳初二刻，到太平驛，山徑有危險處，申刻大雨，若在山間遇此，可畏也。建安令章君送至此來談。雨竟夜。

　　建寧府至太平驛四十里。

　　一路驛程每站不過四五十里，往往必分兩日行，不能併站者，有故。一由輿夫、扛夫自浦城至水口並不更換，沿途發價而已，夫力既疲，不能多行。一則午後多雨，山路崎嶇，尤不易行也。每日旅館中得半日之（間）[閒]，去時暇豫猶可，若歸途則轉嫌難耐矣。本日過一小村，名白水源，村北人家園口有一舊碑，至順庚午某月某日，記憶不清，上四字似未誤仞，大略如今鄉間墓碑，不知是何碑，有無文字也，與章大令談如之，託其一訪。

七月二十三日（八月二十七日）

　　卯初行，巳正，始到大橫驛宿，南平屬，縣令袁子明學顯來迎晤。將到時微雨，旋晴，（旱）[早]涼，午甚熱。一路山徑，窄處僅容一人，草深數尺，與人爭路。有一處俯臨深溪，山崖壁立，電線桿占其半，肩輿傍桿過作欹側勢，尤駭人心目矣，行路之難，恐蜀道亦不是過。夜雨。

　　太平至太橫四十里。實不止此，殆五十里。

　　昨夕夢見慈親，悽然飲泣。

七月二十四日（八月二十八日）

　　（初）[□]初二刻行，巳初二刻，到延平府過渡溪，新漲流急，延建邵道司徒伯前緒，廣東蔭生，副將賴安邦，在城外初見，略談。已正，到考棚宿，延平府唐蓉石寶鑑，辛亥年丈，直隷靜海人，由中書選福防同知，新補是缺，與袁大令同迎來晤。距府十里，過莪登渡，一名邱墩，山岸陡絕，康熙間巡撫某公開山爲石磴下渡，民刻石紀其惠，書巡撫都察院某似是黃。大老爺捐廉修，旁書商民受恩刻，康熙十五年。即此可見當時民情之渾厚，以巡撫統帥百僚，民間不過稱大老爺而已，今一知府必爭大人之稱。且今之爲善舉者，自表著其功，或且名浮於事，兹則出自百姓之謳思，故其詞朴而不文，可貴也。世運之升降，非偶然哉！今日所經亦有危徑，此道萬難夜行，尤虞遇雨。

太橫至延平劍浦驛四十里。有十里名高桐，極長，餘如常。

借唐年丈《辛亥直省同年全錄》一觀，係丁卯年輯，板存楊梅竹斜街元會齋刻店，到京當購一册。今日始知七月初八差信。申刻雨，雲陰甚重。

七月二十五日（八月二十九日）

卯初三刻行，出城，渡溪而東，道府諸君出送，縣令袁君至中途別。過吉溪復渡，午初，到金沙驛行館，分行李大半由舟行，僕從仍陸行。午熱。

延平府至金沙驛四十里。路長不止四十。

七月二十六日（八月三十日）

寅正三刻行，巳初，到清風驛館宿，水口縣丞謝啓初由鹽道提調委接來此晤談。清風嶺長數里而高，行館尚在山上，嶺多老松，森挺蟠屈，各有奇態，楓亦多合抱，視他山氣象殊矣，幾欲與仙霞、西陽鼎足而立。夜半暢雨。

金沙至清風五十里。路不甚大。

七月二十七日(八月三十一日)

寅正二刻行,三路皆山,險隘較少,巳初二刻,到黃田驛館。(旱)[早]行仍涼,亭午甚熱,酉刻風雷,微雨。

清風至黃田五十里。

七月二十八日(九月一日)

寅初二刻行,辰正三刻,到水口,即上船,省城遣洋舶來迎,並輪船二隻拖帶。古田令林作丹大受,廣東東莞人,來晤。省中遣委員知縣張賡年,原籍巴陵,江西人,章韻臣光國同鄉,武巡黃把總世忠均來晤。水口稅釐委員余眉生兆奎同鄉,鹽卡掣驗委員陳鴻亮,浙江人,亦晤。午刻,開輪泊小崎,以日期寬舒,故分程行。旱行山路多峻,過朝天橋,碑刊拱翠橋,向有輿梁,今斷。以舟渡,激湍洶湧,而艇子小甚,一葉飄蕩,險不可言。計陸路僅千二百里,而所歷多艱。又輿夫給價不更換,與州縣把持,四五十里一程,行至十七八日,甚矣其難也。舍陸而舟,窗明几淨,水軟波平,勞逸既殊,心神一快,覺危崖峭石,蒼翠迎人,忘其為所來之徑。天下事大抵習見則不鮮,創獲則可喜,人情往往然歟。未刻驟雨,過即晴,萬片白雲,蔚藍相(問)[間]。

水口至小崎一百里。過小箬五十里,輪舟止,行兩時許。

七月二十九日(九月二日)

辰正開輪,未初,泊觀音亭。福州守傅節之以禮,浙江嘉興人,閩縣令王吉人士駿,浙江黃巖人,侯官令丁堯卿振德,河南羅山人,福防同知李石梧鍾鯉,順天大興人,皆署任。理事同知□樸齋、□□先後來晤,茶稅委員柯伯鄉亦來談。酉初刻大雨,一解炎熱,雨聲竟夜。

小琦至觀音亭一百里。距洪山橋五里,距省城十里。

八月初一日（九月三日）

辰初，到洪山橋上岸，至五里亭，將軍希贊臣元、制軍卞頌臣寶第、學政沈叔眉源深、都統富嘏齋森布、藩司劉景韓樹堂、臬司張笏臣國正、糧道陳展堂鳴志、鹽道龍芸垓錫慶暨候補道同在官廳跪請聖安，敬對如儀。相見後，少坐即行。巳初，到行館，候行李齊封門，無一人擅出入者，似有條理，從此得少安息矣。桂兒今日十歲，不知其氣運何如。夜雨。

八月初二日（九月四日）

早陰，午晴。巳刻，開門進水菜，旋封閉。窗外芭蕉，風過如雨，落葉時下，不少秋聲，不覺客思之橫生也。徐巡捕病，改派巡捕梅鼎勳，河南商城人。

八月初三日（九月五日）

巳刻開門，外間送進電抄，知蒙恩命簡放四川學政，感悚交深，君父生成，至優極渥，不知何以克承，惟當隨時惕厲，期無隕越耳。發電至京，商定眷屬行期，併問榮妹病狀，送制軍卞頌丈閱後方發。夜雨。據巡捕自電報局回稱，北綫損斷，約在蘭谿地方，暫不能發電，取有電報局條，足見事之遲速，皆有一定。

八月初四日（九月六日）

晴，午稍熱。連日繙閱書籍。薄暮驟雨，夜晴。

八月初五日（九月七日）

申刻，接譚文丈致龍仁垓電信，云眷屬八月十九出京，陸行上鄂回湘，飭劉升即回京，旋知照卞頌丈，並託龍仁垓照料，作家書付劉升即行。戌初刻出城，赴馬尾，搭輪船，卞帥告知明晨恰有船開，須趕行也。明日入閩，心亦得專。看電音，榮妹恐有變故，無從得信。

八月初六日(九月八日)

巳正初,赴督署會齊,行謝恩禮,以丁祭日例止筵晏,旋至貢院入闈。龍觀察告知劉升於昨夕丑初到馬尾上船。辰初開輪,節前或可到京。申刻大雨,至酉即晴,午熱甚。

八月初七日(九月九日)

上堂掣房官籤,熱極,非雨不解。各房官來晤,內收掌亦來,內監試侯仙舫昨來晤。

一房張韻梅景祁　二房孔靜階　三房蘇次杉元樫　四房何雨亭文澍　五房俞其章佳鍾　六房丁蘭村芳　七房陳尺珊受　八房陶筱琴濟福　九房厲石蓀嘉修　十(才)[房]賀芷村沅　十一房翁□□天祐　十二房彭少階光湛

八月初八日(九月十日)

巳初刻,內監試請刻題,約孔靜翁、賀芷村兩君在內各書兩分,旋同侯仙舫上堂,與春巖同照應付刻。寫刻均遲,至未刻尚止排出兩板,先刷其兩版,直至酉戌間方完,甚為縣慮。幸刷印得手,丑初二刻已全竣,共九千張,即傳外簾開門會送監臨。沈叔眉到頗遲,逾丑正矣,散出亦不至晏。夜甚涼,加衣,服淡薑湯就睡。

八月初九日(九月十一日)

起遲,將巳正矣,飯後在衡鑑堂與仙舫(間)[閒]談,靜皆亦至。午後熱,然炎威已去。

八月初十日(九月十二日)

寫策題底稿,繙閱書籍。未初一刻,聞放頭牌,申初二刻,三牌畢。

八月十一日(九月十三日)

約房官陶筱琴、厲石孫兩君寫二場題,與仙舫、張翼臣同在衡鑑堂監視刻刷。已初至亥初畢，候交子正送出，并約孔、賀兩君預寫策題。

八月十二日（九月十四日）

與仙舫在衡鑑堂商定三場刻題，託伊照辦。午稍熱，早晚仍涼，窗外月色明淨，纖雲四卷，清風吹空，有此意境。

八月十三日（九月十五日）

早涼。已正初刻，聞放頭牌畢，未初三刻閱卷，申初二刻退，無荐卷。入夜，荐卷六本，即閱。

八月十四日（九月十六日）

在衡鑒堂刷三場題，板只二分，昨夕刷二千。今日卯正刷起，至亥初畢，共九千餘紙，策題字小而多，刻印均稍費日也。荐卷卅餘本，閱竟。發電到京，約行李航海。

八月十五日（九月十七日）

未正已放牌，此等卷潦草可想。兩日又熱，今微陰，閱卷小憩，至中庭望月。

八月十六日（九月十八日）

外間恐早淨場矣，如有肯遲出者，當是佳卷。早間微雨兩次，旋晴，仍熱。

八月十七日（九月十九日）

辰初，恭送欽命繙譯題，叔眉侍郎跪接出，即退，花衣補服。今日仍熱，鐙下閱卷，蚊更多。

八月十八日（九月二十日）

晴，仍熱。已荐之卷閱畢待卷，撤已中雷同一卷。

八月十九日（九月二十一日）

辰刻，龍仁垓送到京電，云劉升十五到，眷口都好，準廿二日陸行,甚慰。今日熱氣較退。撤雷同又一卷。

八月二十日(九月二十二日)

陰,天涼可著袷,卻無雨。

八月二十一日(九月二十三日)

雨,秋意甚深。兩日荐卷佳構寥寥,不及前日愉快。夜大雨達旦。

八月二十二日(九月二十四日)

晨起雨止,昨夕夢庭中盆桂盛開,地上生小桂樹,前庭屋角玉蘭盛開,後簷牆外梅花盛開,一枝作淺紅色,意者榜中人才其極盛乎?

八月二十三日(九月二十五日)

晴。荐卷漸少,頭場多已畢者。晚聞雷聲。

八月二十四日(九月二十六日)

晴,午前殷殷有雷聲,未雨。申刻,沈叔眉侍郎在內簾門一談,明日將出闈也。頭場卷已看畢,續荐者恐不多矣。

八月二十五日(九月二十七日)

忘寫,遂不甚記憶矣。

八月二十六日(九月二十八日)

因看補荐二場卷,又欲改定元卷。睡時已過子正,久不成寐。

八月二十七日(九月二十九日)

至夜元卷始定,仍在四房,亦奇。

八月二十八日(九月三十日)

發刻元作首篇,尚有補荐頭二場卷。

八月二十九日(十月一日)

尚有補荐卷,凡補荐二場多佳,可喜也。天晴亦涼,秋漸深矣。

八月三十日（十月二日）

無補荐卷，仍看備卷，二場發刻頭二場文已二十篇有奇，春巖處不知多少。夜間又來補荐三卷。

九月初一日（十月三日）

尚有補荐二卷。放榜定期十五。

九月初二日（十月四日）

無補荐卷。昨夕試擬文一首，稍補諸卷漏義。今日稍熱。

九月初三日（十月五日）

更熱，衣褌。無補荐卷。

九月初四日（十月六日）

熱漸如從前，並無雨意。

九月初五日（十月七日）

熱，夜有雷聲而未得雨，睡時小雨。

九月初六日（十月八日）

晴，熱氣稍退，卻不涼。發闈墨文均畢。

九月初七日（十月九日）

晴，稍涼。二房補荐一卷，未能入選。

九月初八日（十月十日）

晴涼，與昨日同。閱中卷三場，尚餘廿餘本。

九月初九日（十月十一日）

陰，午微雨。三場中卷閱畢。重陽佳節，了無清興，徒想把酒登高之樂也。

九月初十日（十月十二日）

晴。晚飯後散步中庭，始覺月色更好，殆日在忙中，今較（間）〔閒〕也。落卷中二三場荐批佳者均取閱，今日全畢，理中卷另謄一册,並存批語。計眷屬日內抵清江浦登舟矣。

九月十一日(十月十三日)

熱,戌刻雷電,微雨。今日定中卷就緒,反覆數四,不再動矣。自問盡心,若云無遺珠則未敢,庶幾去取均從慎焉耳。

九月十二日(十月十四日)

晴。發中卷交各房磨勘,封卷時有鵲聲送喜。閱電抄,知陸伯葵、張埜秋兩君入直南齋,甚好。

九月十三日(十月十五日)

晴。各房磨勘圈點,子初尚未交齊,不能彙填名次,已列清册矣。

九月十四日(十月十六日)

稍涼。午正刻,監臨卞頌帥到,即出堂寫榜,對卷填榜均極快,至酉正後,已將散榜填畢。退用晚飯,遲至交亥初,始出寫五魁,全榜畢不過甫交子初,人甚舒展。所中尚多知名之士,爲之一喜。今日發揚州電。

九月十五日(十月十七日)

仍早起,接揚州電,知眷屬已到揚,均平安,甚慰。此電十二已到,計到揚不過初十,不知何以迅速如此,恐仍係十九出京也,日內想已上輪船矣。馮福初四來稟,行李未到上海,又不知何以如此之遲,或未交轟署耶?抑俱由陸行耶?李藝淵兄自九江來電,亦十一到此,外間以未撤關防不送,恐揚州疑何以未接到,又發電去。

九月十六日(十月十八日)

晴熱。發中卷後即出闈,拜客後回皇華館,見客一起,日已夕矣。

九月十七日(十月十九日)

晴,仍熱。拜客,歸見客,無稍歇,至夜稍閒。接漢口來電,十七抵漢,十六輪拖歸湘,七六兩字顚倒,今日已開行矣。

九月十八日(十月二十日)

陰,微雨,稍涼。午後拜客,薄暮方歸,見客至夜。

九月十九日(十月二十一日)

晴,稍涼。仍會客、拜客而已。晤陳伯潛閣學,仍如曩時狀,尚未留鬚也。

九月二十日(十月二十二日)

午初刻,赴督署會齊謝恩,與鹿鳴宴。劉樸堂託龍仁垓爲桂兒作伐,擇吉日發男庚,但書壬午八月初一日丑時,不知四柱。歸來又會客至夜。

九月二十一日(十月二十三日)

拜發謝恩摺,望闕叩頭。午後赴公局招飲,夜分始散。

九月二十二日(十月二十四日)

得劉仲丈回電云,冬季水涸,是可以上峽之時,可至江口登陸,止兩日程,若由萬縣登陸,則十四站,自以舟至江口爲便。雲秋適駐此,可晤談也。午後赴會館招飲,戌正散歸,尚會客。

九月二十三日(十月二十五日)

會客,了扇聯酬贈。天氣頗涼。

九月二十四日(十月二十六日)

會客,了筆墨酬應未畢,不能出門,夜深尚校進呈五策。

九月二十五日(十月二十七日)

至各處辭行,薄暮歸,見客,了筆墨酬應,至夜分未已。

九月二十六日（十月二十八日）

巳刻，由皇華館起程，將軍希贊臣、制軍卞頌臣丈以次均在五里亭送別，府縣以下送至南臺登舟，閩縣王吉人大令獨送至馬尾。舟抵馬江，乘輿至船敞徧觀，並閱新買之廣乙、廣丙船。頌丈派庖人在敞午飯，初本約偕來，後因德化兵事，不果。因邀伯潛閣學作陪，以提調楊心曠、廷傳，福建人，戶部司員放甘州府。委員張文川兆奎，直隸人，中書補廈門同知。皆辛亥世兄弟，又新中在敞之二生一梁孝恪、一林鑒波同坐。薄暮上斯美輪船，未開。

九月二十七日（十月二十九日）

辰初，乘潮出口，至長門泛洋，漸覺搖動。午後風較長，遂不能起，猶可臥看《申報》。

九月二十八日（十月三十日）

風浪仍作，船輕載少，更覺簸盪，竟至嘔吐，從前尚不至此。子刻停輪，食水一甌，飯少許。

九月二十九日（十月三十一日）

風平，午刻，入吳淞口，申刻，抵招商局馬頭。薄暮到天后宮行臺，上海縣備仲芳及袁海觀大令來晤。

九月三十日（十一月一日）

晴，天氣頗涼，大殊閩地。出拜客，晤仲芳一人，夜鄭翔甫世兄來談。

十月初一日（十一月二日）

拜客，晤劉康侯、張元暢兩君，夜與翔甫、玫伯觀劇。

十月初二日（十一月三日）

申刻，與翔甫、玫伯至大花園觀虎、豹、獅、象、熊、豺、猿、鶴等物，惟象、虎瞻視不凡，別有氣概，餘無甚雄奇。園亭尚有野趣，秋色甚深。

十月初三日(十一月四日)

邵筱村中丞來晤,錢君硯觀察寶傳及劉康侯來談,海防廳劉君之子蘇翼,仁和新科舉人,爲予所取進,就謁。沈子眉觀察能虎之子傳牲,海寧諸生,新中副榜,亦予所取進,故子眉頗殷勤。夜在仲芳署飲。登威靖兵船。

十月初四日(十一月五日)

未刻開輪,出吳淞口泊,與重伯同舟。

十月初五日(十一月六日)

寅正開輪,丑初,抵瓜州泊。

十月初六日(十一月七日)

早移泊七濠口,大兄旋來,午正,同遊金山。與重伯、翔甫偕觀蘇文忠所留玉帶,天題輝煥,寶光燭霄漢間,至法海洞,闔不得入。重伯、翔甫回舟,予與大兄到揚州見嫂氏,以夏間過揚未能登岸也。戌正回舟,大兄同來,與重伯、翔甫共談,至夜分始寢,非小火輪不能如是之便。

十月初七日(十一月八日)

辰正,大兄乘問樵小火輪回揚,旋開輪行,申初,抵金陵。致書謝劉峴帥,告以不登岸免酬應羈留。重伯到下關一行,旋即回船。是夜風浪甚大。

十月初八日(十一月九日)

陰,微雨,頗寒。輪船帶金陵餉,起運遲遲,爲借舢板船撥去。未正,始得開行,亥初,抵蕪湖泊。

十月初九日(十一月十日)

晴。卯初開輪,夜抵安慶泊。

十月初十日（十一月十一日）

晴。卯正開輪，亥初，抵九江泊，始知藝淵在南康，相距九十里。前電係專人到潯所發，不及預約，把晤之緣，失之意中，亦見凡事莫非前定也。德化令羅少源廣煦來晤，長沙人，鄭恪慎公之甥，於七兄壻硯雲爲葭莩親。夜與重伯、翔甫談，至丑初始散。

十月十一日（十一月十二日）

晴。卯初開輪，亥正泊，距武昌八十里。

十月十二日（十一月十三日）

辰正開輪，午正，抵鮎魚套口。伯嚴來船，邀予與重伯同住藩署，時右丈已卸藩篆回臬任，尚未移署也。江夏令諸肖菊可權來晤，即登岸，至藩署。楚寶輪船赴湘接眷，是夜開行。

十月十三日（十一月十四日）

拜客。

十月十四日（十一月十五日）

赴張鄉帥飲。

十月十五日（十一月十六日）

伯嚴招飲兩湖書院樓上，同席鄧保之丈、楊叔喬銳、屠靜珊寄、汪穰卿康年、歐陽節吾與重伯，爲詩鐘會。

十月十六日（十一月十七日）

王吉來，與七兄自長沙來，吉來亦寓伯嚴處，七兄與二十弟寓三合棧。

十月十八日（十一月十九日）

與伯嚴、吉來、重伯過江看鐵政局，徧觀機器工敞，乘坐火輪車約一里許地，車行疾而穩，然以致遠，究屬費大而利未必宏。

十月十九日(十一月二十日)

與吉來、節吾同在七兄處飯。

十月二十日(十一月二十一日)

申刻眷到,即出城,住楚寶船上。

十月二十一日(十一月二十二日)

拜客,赴譚敬丈飲,敬丈方病,福生世兄作主人。是夜仍住藩署。

十月二十二日(十一月二十三日)

拜客,赴賡甫飲,在鹽道署樓上,樓依燕支山,結構甚佳,賡甫所築。散後到藩署,與右丈、伯嚴別,回楚寶船。

十月二十三日(十一月二十四日)

住輪船,料理一切。

十月二十四日(十一月二十五日)

寫各處信。江通輪船到。

十月二十五日(十一月二十六日)

巳刻過江,上江通輪船,酉初開行。竹湘送至宜昌,得快談。

十月二十六日(十一月二十七日)

晴。夜泊條關,地在西湖口。雨霰交作。

十月二十七日(十一月二十八日)

晨雨,午晴。船行間有淺處,停輪測水。戌刻,泊沙市。

十月二十八日(十一月二十九日)

晨霧,巳正晴明,始開輪。亥正,已抵宜昌,睡甚晚。

十月二十九日(十一月三十日)

過船,行李上畢,移泊府城馬頭,東湖縣代雇川河船三隻,東湖、歸州、巴東六站,共價銀二百九十餘兩,均自行發給。鎮軍羅笏臣縉紳,平江人,洋務委員裕朗西太守庚,漢軍旗人,東湖令許晴照之璀,仁和人,宜昌守逢子振前輩潤古來船晤談。旋登岸拜客,飲羅筍臣署,同席裕朗西,住伊署中,回船甫暮。

十一月初一日(十二月一日)

晴。筍臣來談,旋開舟,纔一二里,船上雇夫備物未齊。

十一月初二日(十二月二日)

陰,微雨。裕太守、許大令來,筍臣復來談,甚暢,留小飲。去後,申初開行,泊李家河,在府城對岸八里。夜雨。

十一月初三日(十二月三日)

早陰,晚晴。午後過平善壩,薄暮泊南沱,共行六十里,竹湘送至平善壩而別。

十一月初四日(十二月四日)

晴,風順。早行,巳正,過老黃陵廟,行三十里,又三十里至毛坪,東湖歸州交界,薄暮泊獺洞。

十一月初五日(十二月五日)

陰,風順。至曲溪約廿里,毛坪至此三十里。又三十里至老關廟,過牛肝馬肺峽,兩岸壁有石下垂各一,形似靈芝,而以肝肺名,殆土人相沿之稱。又三十里至新灘,共三泊,弟三灘之上,二灘之下,有同知駐此,未通問。歸州遣人來照料過灘,夜灘聲湍急。

十一月初六日(十二月六日)

陰,北風甚勁。乘輿由陸過灘,回船經兵書寶劍峽,山半微凹,有石約略似一卷書,故云。至香溪風尤甚,揚沙蔽江,因小泊,水師老兵云,此處峽風相傳最猛,香溪爲昭君故里。旋開行,過老歸州小泊,復行,泊新歸州南岸,去舊治約十里,宋玉宅在其東,屈原祠又在其東。歸州牧丁幹臣國槇來晤,曾在京通拜,固始人。

十一月初七日（十二月七日）

（晤）［晴］。辰刻開行，午後過洩灘，仍乘輿登岸，亦歸州屬，灘
湍急難上，甚於新灘。候船良久，回船行十里，泊蟒蚍砦，共行四
十里。

十一月初八日（十二月八日）

晴。過大八斗，洩灘至此三十里。至牛口灘，爲歸、巴交界，過巴
東縣，泊曾瀼口，去縣約十里。縣令宗恒齊繼曾，魯山人，來談，人
尚樸，言新、洩兩灘可用火攻開平，以形揣之，似甚可行。巴東縣有
信陵書院、秋風亭。

十一月初九日（十二月九日）

早晴，午陰。過官渡口，巴東至此三十里。又三十里至楠木園，
又三十里至萬流。薄暮泊金扁擔，在鐵棺峽口。

十一月初十日（十二月十日）

晴。過鯿魚溪，一名布袋口，爲楚、蜀交界處，萬流至此十五里。
經培石入巫峽，過小磨、大磨灘。巫山十二峯當其北，重巖疊嶂，萬
狀千態，隨意定名，神奧無盡。十五里至青石洞，又數里泊霸王鋤。
巫山令劉孝甫毓德來，雲南人。

十一月十一日（十二月十一日）

晴，無風。挽牽行甚遲緩，薄暮始到巫山縣，青石洞至此六十
里，都司、教官、典史來見。

十一月十二日（十二月十二日）

晴。因坐船笨重，改換二號船，並分行李由小船前進。部署
畢，未正行，薄暮至下馬灘泊，計三十里，巫山令送至此。

十一月十三日（十二月十三日）

晴。過灘至龍包子三十里，過升子岩後上灘，俗名鯉拐子，時

已向夕,月色滿江。二號船牽到,將戌正矣。

十一月十四日(十二月十四日)

晴。入夔峽,過虎鬚、黑石諸灘,經赤甲、白鹽、瞿塘、灩澦、白帝城,八陣圖古蹟在焉。戌初,至夔州府泊,行不及四十里,奉節令吳子蘭延海、夔州守誠芝圃瑞、紅船委員侯□□、派船護行。府經歷□□□先後來晤,兩校官不至。

十一月十五日(十二月十五日)

陰。署通判□□□,辛亥年丈,奉天教官,推升京秩改外,副將志□、遊擊□□□、都司□□□、教授□□□、縣學□□□來晤。添雇水手、長夫料理畢,午正開行,至私鹽沱泊,在頭塘之上,計二十五六里。

十一月十六日(十二月十六日)

陰,午前微雨。行約八十餘里,泊廟磯灘上,雲陽令倪□□錫庚,蕭山拔貢,來見,執弟子禮。

十一月十七日(十二月十七日)

晴,午前風順。過廟磯、東洋二大灘,未初,至雲陽縣,隔江有張桓侯祠墓。舟小停即開,泊下巖寺,在盤沱下數里,今日共行百廿餘里。

十一月十八日(十二月十八日)

陰。泊鴨蛋石,自盤沱至此約行五十餘里。

十一月十九日(十二月十九日)

陰。萬縣令蔣石生履泰來晤。申正,到萬縣,寓公館,唐次雲、劉仁齋諸君,各局委員、教官、典史、汛官均晤。

十一月二十日(十二月二十日)

陰,微雨。拜客,檢點行李。

十一月二十一日(十二月二十一日)

晨雨,晝陰。辰初行,四十里至佛寺鋪尖,五十里至分水場宿,均萬縣屬,蔣大令送至尖站。

十一月二十二日(十二月二十二日)

冬至節,早霧,晚晴。卯正,行三十七里亭子丫尖,梁山屬。六十里至梁山縣,縣令李笙庵言詩,東湖拔貢,來迎晤。宿考棚,各官均來。

十一月二十三日(十二月二十三日)

陰。卯正行,四十五里至老營場尖,過佛耳巖,高峻異常,直上三四里,不能停步,石磴共千餘級。宿袁壩驛,亦四十五里,均梁山屬。

十一月二十四日(十二月二十四日)

早霧,午晴,晚陰。行二十七里黃泥沇尖,大竹備,六十八里至大竹縣城宿,縣令王潤田啓迎晤,各官均來,此縣係兩學官。

十一月二十五日(十二月二十五日)

早晴,晚陰。行五十里捲洞門尖,三十里宿李渡河,均渠縣屬。縣令季蘭畹學英,浦江人,來晤,訓導戴孟恂曾肄業尊經,譚叔裕所取優貢。

十一月二十六日(十二月二十六日)

陰。渡渠河,四十五里至吳家場尖,四十里新市鎮宿,均渠縣備,縣令、學官送至尖站。

十一月二十七日(十二月二十七日)

陰。四十五里羅家場尖,蓬州備,州牧楊昶,同鄉人,以試武未至。六十五里至跳登壩宿,屬南充,縣令高樸臣維寅,同邑人,來迎晤。

十一月二十八日(十二月二十八日)

早陰,晚晴。三十里東觀場尖,六十里過嘉陵江,行浮橋上,他轎有由船渡者。至順慶府考棚宿,順慶守楊筱亭福萃、三學教官、經歷、典史均來晤。嘉陵水色淨綠,誦放翁詩,風景肖絕,山亦平遠有致。

十一月二十九日(十二月二十九日)

(晤)[晴],午後甚暖。行三十餘里,天方曙,五龍場尖,南充屬,七十里宿蓬溪縣,共行百二十里。到時申初,縣令羅雲碧,同鄉人,患心病未出,校官赴京,來者前縣令姚佑民汝翼、釐局委員曹湘紀綱、帶防營副將孫炳榮紹發及汎官。

十一月三十日(十二月三十日)

早大風,午後(晤)[晴]。三十里槐花鋪尖,蓬溪備,七十里再渡嘉陵江,宿太和鎮,射洪屬。

十二月初一日(十二月三十一日)

陰,夜細雨。行三十里高蓬觜尖,射洪備,六十三里觀音橋宿,三臺潼川府首邑也,縣令楊明軒子文,三原人,來晤。

十二月初二日(新曆壬辰年一月一日)

雨止後行,時卯初,三十里魯班場尖,單開落板橋,見道上碑作“魯班場”。七十里至大礦一宿,屬中江縣,縣令沈子克周,安徽人,來迎晤,距縣五十里。午晴,半晌仍陰,天較寒。

十二月初三日(一月二日)

陰。寅初行,五十里興隆場尖,中江屬,沈令送至此。四十里至趙家渡,金臺屬,縣令王墨卿用緩來晤,又見客一班。復渡河行五十里,至新店,時甫薄暮,新都屬,縣令未至,兩學來晤,又見客三班,始晚飯。

十二月初四日（一月三日）

微雪，遠山已白。寅初行，五十里到省，至官廳，德靜山與署成綿道王君先到，成都令甫出城，去官廳稍遠，提軍錢榮山與署臬、署鹽道俱至。因起入城，與制軍劉丈、都統雅爾聖遇諸塗。至皇華館後，制軍、都統、提軍、前任朱咏裳編修旋見過，司道四君亦至，兩首縣若不知今日即到者，以探差人孄也。飯後，即出拜制軍、都統諸公。

附録三

傅幼瓊編年事略

瞿兌之　撰

同治元年壬戌　年一歲

秋七月初六日未時,生於河南南陽府署。

同治二年癸亥　年二歲

是年因捻匪作亂,隨侍傅外祖在南陽危城中。

同治三年甲子　年三歲

是年傅外祖調開封府任,旋膺外曾祖母郝太夫人喪。

同治四年乙丑　年四歲

是年隨侍居汴梁。

同治五年丙寅　年五歲

是年隨侍居汴梁。

同治六年丁卯　年六歲

同治七年戊辰　年七歲

是年隨侍傅外祖母赴長沙營郝太夫人葬。○傅外祖署南汝光道。

同治八年己巳　年八歲

是年隨侍傅外祖母自長沙回豫。○四舅父殤,外祖父有慟哭幾至失明之事。○黃子壽太姻丈送至信陽道署入贅，二姨母出閣。
○始在葵陰學舍讀書。

同治九年庚午　年九歲

是年文慎公膺鄉舉。○二舅、大姨丈隨黃子壽太姻丈就應順
天鄉試。

同治十年辛未　年十歲

是年隨侍傅外祖於南汝光道任署。○文慎公成進士，改翰林
院庶吉士。

同治十一年壬申　年十一歲

是年隨侍傅外祖在南汝光道任署。

同治十二年癸酉　年十二歲

是年隨侍傅外祖在南汝光道任署。○春正月，署中放燈，已有
昇平氣象。

同治十三年甲戌　年十三歲

是年從尹蘊章先生讀書，始習漢隸。○文慎公散館授編修，旋
大考列一等，由編修擢侍講學士。

光緒元年乙亥　年十四歲

是年傅外祖授河南按察使，隨侍移開封臬署。○登極恩科，文
慎公主試河南。

光緒二年丙子　年十五歲

是年文慎公授河南學政。○外祖父入京陛見。

光緒三年丁丑　年十六歲

光緒四年戊寅　年十七歲

是年八月來歸。○傅外祖署河南布政使，旋回按察使任，未
幾，罷官。冬十二月，先眷屬行，外祖母留寓汴梁。

光緒五年己卯　年十八歲

是年正月初十日,祖母殷太夫人在開封三聖廟門行館逝世,兩家同行,扶櫬回長沙。

光緒六年庚辰　十九歲

是年春正月初九日,祥姊生。

光緒七年辛巳　年二十歲

是年文慎公起復入京供職,住珠巢街。

光緒八年壬午　年二十一歲

是年三月二十六日,祖父春陔公在長沙逝世,文慎公聞訃,由京奔喪回籍。○八月初一日,大兄宣樸生,得驚風症。

光緒九年癸未　年二十二歲

光緒十年甲申　年二十三歲

是年十月,文慎公起復入京供職。甫自王家營開車十里許,大兄寒厥,以兩車相向扶持救治,得以無恙。途中二十日,不過食藥餱少許,終日啼號,聞上車則喜笑。到京後大病十日,醫者束手,服李公廣濟真人神方一服而起,得慶更生,然從此病根伏矣。

光緒十一年乙酉　年二十四歲

是年文慎公授浙江學政,夏間偕抵杭州。○冬十一月,迎侍外祖母遊浙江,次年始歸。

光緒十二年丙戌　年二十五歲

是年二月,二姊諼蔭生。

光緒十三年丁亥　年二十六歲

是年五月,傅外祖在長沙逝世。

光緒十四年戊子　年二十七歲

是年五月,以俞曲園先生所撰《文昌宮碑》分書立石學使署中。

○是年八月,三兄宣治生。○冬,文慎公由浙卸任,回湘掃墓,新建安沙祠廟落成致祭,遵《禮經》,以主婦治羹奉祀,備極虔誠。

光緒十五年己丑　年二十八歲

是年文慎公回京復命供職。

光緒十六年庚寅　年二十九歲

光緒十七年辛卯　年三十歲

是年文慎公主試福建,同年授四川學政。全家先回長沙,十一月,至漢口,一同入蜀,十二月,抵成都。

光緒十八年壬辰　年三十一歲

是年二姊譓蔭没,三姊錦生。○冬,外祖母在湘逝世,訃至成都。

光緒十九年癸巳　年三十二歲

是年以在杭州所書《孝經》勒石成都學使署。

光緒二十年甲午　年三十三歲

是年二月十二日,不孝宣穎生。○三姊錦殤於成都學使署。○冬任滿,卸篆請假回長沙掃墓。

光緒二十(四)[一]年乙未　年三十四歲

是年春,由長沙入京供職。

光緒二十二年丙申　年三十五歲

是年文慎公升授詹事府詹事,旋署刑部右侍郎。自乙亥至是二十年,始遷官。

光緒二十三年丁酉　年三十六歲

是年授江蘇學政,十月赴任。升内閣學士,在途次奉旨。

光緒二十四年戊戌　年三十七歲

是年四月,祥姊適同邑唐植運,以江陰使署爲甥館。

光緒二十五年己亥　年三十八歲

是年補書江蘇學政題名碑，勒石於使署西園之墨華榭。

光緒二十六年庚子　年三十九歲

是年拳匪亂起，聯軍陷京師。六月下旬，率兒輩由江陰回湘。七月初八日，抵長沙，旋聞鑾輿西狩，文慎公學政已將任滿，擬俟交替後再赴行在。九月，升左都御史，甫十日，又升工部尚書。十月，即馳赴行在。

是年春，在使署西園發土，得道光庚子祁文端公跋陳希曾寄園八詠殘石，前任王祭酒先謙葺墨華榭，僅得其一。今補次壁間，文慎公爲記，而太夫人書之。

光緒二十七年辛丑　年四十歲

是年文慎公正月抵西安行在，授軍機大臣。○二月在湘，爲大兄宣樸授室，娶嫂寧鄉劉氏。○冬，聞回鑾消息，先赴武昌候信，時長姊宣祥訃至武昌。

光緒二十八年壬寅　年四十一歲

春二月，自武昌啓程，由海道入都，暫寓北池子左文襄故邸。五月，移居黃米胡同。○十一月，三伯父以卓異俸滿，由黔入都引見，寓黃米胡同宅。

光緒二十九年癸卯　年四十二歲

春三月，三伯父出京，旋奉簡安順府知府。○是年營海淀六郎莊寓廬，以便園居趨直。○擬遣三兄宣治應順天鄉試，以借闈河南，不欲遽令遠離而止。

光緒三十年甲辰　年四十三歲

是年春夏之交，得風痹症，幾瀕於危，得泗州鄧稼生君醫治數月始愈。○冬間，大伯父在原籍逝世。

光緒三十一年乙巳　年四十四歲

是年三月，爲兄宣治娶余氏嫂。

光緒三十二年丙午　年四十五歲

是年文愼公拜協辦之命。

光緒三十三年丁未　年四十六[歲]

五月，文愼公奉朝旨，開缺回籍，十三日，歸抵長沙。○太夫人率兒輩相繼還家。○是年冬十一月，營家廟於朝宗街里第之東偏，以先世神主影像悉燬於從兄執夫之居也。

光緒三十四年戊申　年四十七歲

是年建超覽樓於里第後園，春秋佳日，常縱登眺。

宣統元年己酉　年四十八歲

文愼公六十生日，力卻稱觴。

宣統二年庚戌　年四十九歲

是年三月，長沙亂民圍攻撫署。○六月，長孫同祖生，三兄宣治出也。○十二月，爲不孝宣穎娶婦聶氏。

宣統三年辛亥　年五十歲

是年九月，長沙革命事起，避兵郊外，輾轉至寧鄉，暫寓劉氏。旋赴上海，過漢口，值南北軍交戰，砲火橫飛，僅而得免。湘中籌餉，勒索巨款，損失家貲幾盡。先是三兄於四月赴都，以員外郎供職內閣敘官局，兼學部編訂名詞館館員，聞長沙亂事，兼程循海道歸省，於途中相左，直至歲暮，始折回上海相聚。驚恐憂勞，此時爲最。

民國元年壬子　年五十一歲

是年在上海，由百老匯路移寓靜安寺路派克路口。○命三兄回湘清理家事。秋間，再命不孝宣穎回湘，即於長沙度歲。

民國二年癸丑　年五十二歲

三兄再回湘。不孝宣穎偕婦於三月回抵上海。○八月十四、十五兩日,長孫女超男、次孫女桂華相次生,桂華,三兄所出也。

民國三年甲寅　年五十三歲

桂辛表兄奉迎入都遊覽,不孝宣穎侍行。

民國四年乙卯　年五十四歲

二月,次孫强立生。

民國五年丙辰　年五十五歲

九月,三孫昭旂生。

民國六年丁巳　年五十六歲

六月,復辟事起,訛言繁興。

民國七年戊午　年五十七歲

三月初一日,三孫女恩寶生。十五日,文慎公棄養。

民國八年己未　年五十八歲

爲文慎公卜葬杭州,屢次親往相度。是年九月,奉安靈隱石筍峯之原。

民國九年庚申　年五十九歲

三兄入都,供職外交部,旋奉派充駐比利時國昂維斯城隨習領事,以五月出都回滬,六月放洋。○不孝宣穎兩次赴都,一次回湘。旋於十月偕眷入都,供養交通部。○是年五月,四孫午寶生。

民國十年辛酉　年六十歲

是年三月,就養入都。七月,以六十正慶稱觴,親朋畢至,差爲一慰。

民國十一年壬戌　年六十一歲

以同祖在滬就學,二月,復回滬寓,旋赴杭州補蒔墓廬花竹。

○是年三兄調充駐瑞士使館隨員。

民國十二年癸亥 年六十二歲

是年三兄因病請假回國,行至馬賽,遂不起,時八月二十七日也。不孝宣穎在都聞耗,不敢上聞。十月,忽得盲腸炎症,勢極危殆,不孝馳歸省視,仍服中藥,始有轉機。歲暮,仍入都。

民國十三年甲子 年六十三歲

二月初,不孝再回滬寓,始以三兄噩耗上聞,久病之餘,繼以悲痛,深恐觸目觸心。乃由桂辛表兄、徵蓮表姊電迎,扶病攜同祖入都,居織染局寓宅,不孝亦於三月遄歸侍奉。○是年七月,不孝權國務院秘書長。

民國十四年乙丑 年六十四歲

不孝宣穎奉命回湘清理家事,旋將文慎公所遺薄產立據分析。不孝以連年侍養有闕,觸目多感,乃傾囊購回文慎公舊邸,以奉晚景之娛。

民國十五年丙寅 年六十五歲

是年夏間,不孝被任國史編纂處處長,綰財政部總務廳事。冬間,權印鑄局局長。

民國十六年丁卯 年六十六歲

人名索引

A

［奥匈］奥皇儲　99

B

寶廷（偶齋）　183，187，189
貝松泉　190，203，204，242
［比］比王　103，104
卞少山　120
卞壽孫　133
卞喜孫（卞燕侯、燕侯、卞君）　109，
　111—113，121，131，132，135，
　140，145，146
濱厓夫人　92
伯英　143
伯屏　233
［美］卜舫濟（卜校長、校長、卜）
　115，133，136，137，138，142

C

蔡鍔（蔡將軍）　117，119，121
蔡尚華　122
蔡申之（申之、蔡君）　194，212
蔡振華（振華、蔡正華、正華）　120—
　123，125，129，132，137，141，
　175
蔡振雅（振雅）　123
曹廣權（曹東寅）　78
曹廣楨（曹梅訪）　79
曹蘭生（曹醫生）　80
岑德彰　146
茶庵　258
陳半丁（半丁）　270，274
陳寶琛（陳弢老）　150，152
陳寶琪　115
陳炳章　114
陳厂　265
陳暢清　248，251
陳道威　55
陳獨秀　148
陳厚生　147
陳三立（陳伯嚴）　80
陳慎言（慎言）　188，229
陳師曾　202
陳宜誠（陳宜翁、宜翁）　187，212，
　237
陳瀛生　152，153
陳仲篪（仲篪、仲琥）　188，189，
　273
陳宗蕃（蒓仲、蒓衷）　191，192

程頌萬(程子大) 10
程耀椿 114
澄峯 189
澄懷 256
崇焕卿 293
初平 250，255，284
蕁兄 232

D

D. F. Lee 115
Dr. Jaylor 91
[美]D. Robert(麥克勞) 115，118
戴朗軒 40
道南 233
[日]稻葉君山(稻葉、君山) 185，186
[德]德皇 102
鄧志谷 115
鄧子冰 145
丁福保(丁醫生、丁醫、丁梅仙) 73，80，81，100，109，110，112，122，125，138
丁牧師 164
杜紹蘅 121
杜雲帆 68，81，151
端方(陶齋) 58，185
段祺瑞 130

E

[俄]俄皇 101，103，126
恩華(詠村) 296，298

F

[美]Faxm 111

樊增祥(樊山、樊雲門) 65，113
范靜生 111
方頌堂(頌堂) 242，249，253，256
方孝嶽(方乘、孝嶽、方君) 128，131，132，134—137，140，155，158，165，166
泖公 250
費文堯 115
[美]費吴生 89
傅少石(少石) 92—94，118，120，154
傅五舅 36
傅五小姐 96
傅幼瓊(母親、母、太夫人) 5，20，34，75，79，80，82，84，86，88，90—92，94，95，97，98，104，106，107，110，128—131，135，139，147，150—152，154，155，158，160，163—165，176，178，184，214，220，243，326，331
傅增湘(沅翁、藏園) 169，211，213，229，257
傅竹湘(筑湘母舅、竹湘舅) 29，33

G

[英]Grey(格雷，英外相) 101，103
高長順(高醫) 119，123—125，135
高詠庵 164，165
貢姪 163
古文捷 146
[英]顧斐德 120
顧子剛(子剛) 305
貫華 233
郭泳生 165

郭則澐（蟄園、蟄雲） 168，170，
　173，176，178，183，192，193，
　196，207，210，236，242，248，
　251，253，256—258
郭宗熙（郭侗伯） 158

H

韓仲文（仲文） 169，189，191，194
紅姪 98
侯世兄 243
胡美 84，85
胡定臣 78
胡適（胡適之） 148
黄本甫 158
黄賓虹（賓老、予向） 168，185，
　188，208，274，282
黄福初 163
黄濟甫（濟甫） 2，33，34，55
黄懋謙（嘿園） 210，214
黄瑞麒（黄次如、笥腴） 88，180
黄首民 149
黄五姊 145
黄孝平（君坦） 170，189，253，
　255，258
黄孝紓（公渚、碧廬、霜腴） 170，
　173，178，188，191，237，251，
　252
黄炎培（黄任之） 119，120
黄豫森 157，163
黄鎮高 157

J

〔英〕John French（約翰·弗倫奇）
　102
寂園 270

劍翹 169
鑑澄 164
蔣夢麟 149
金國俊 329
金劍明（劍明、健民） 169，175，
　250，322，329
金聿修 115
景宋 152

K

康有爲（康南海） 147
柯昌泗（謐齋、燕令、燕舲、柯君、謐
　兄） 168，174，183，185，189，
　192，196，205，207，209，210—
　212，214，229，232，237，240，
　242，243，250，253—255
〔美〕柯利 86
〔英〕柯師（柯醫生） 80—82，87
〔德〕克利（克醫生、克禮） 80—82，
　87，112，124，125
蒯壽樞（蒯若木） 185

L

藍公亮 131—133，142
〔美〕雷麥 135
〔美〕雷森 119
李白貞 87
李達清 249
李迪雲 136
李景堃（李次公） 151
李濬之（響泉） 293
李立藩 118
李啓藩 145
李瑞清（李梅庵） 87
李盛鐸（木犀軒、德化李氏） 170，

275，279，298

李太夫人　101，107

李維翰（李藝淵）　82

李詳　48

李宣偶（十堪、太疏）　185，234

李亦萊　83，84

李岳生　250

梁令嫻　13

林葆恒（林子有）　151，153

林步基　137

林步隨（林季武、季武、林季丈、季丈、林姨丈、林丈）　92，96，149—151，158，161，249，342

林洞省（林醫）　125，138，141，144

林朗溪　153

林同甫　189

劉伯明（伯明）　253，254

劉鑒（曾林生之母、曾太夫人）　22，36

劉景喬　93

劉麟生（麟生、劉宣閣、宣閣）　120，121，123，131，146，175，244，265，290

劉懋修（鴻典、懋修）　176，188，192，207，208

劉盼遂　172

劉體乾（劉健之、劉健丈）　82，121，150，151

劉體仁（劉慰之、劉衛之）　110，119

劉孝慈　121，122

劉樾樓　170

劉雲舫　132，135

劉子誠　111，118

隆裕皇太后　66

盧信公　110

魯望（魯兄）　204，207，210，256—258

陸夢熊（渭漁）　193

陸澍咸　165

露嚴　249

吕苾籌（吕蓮孫、吕遽生、吕蘧生）　55，79，87

羅復堪（復堪、朅庵、羅敷龕、敷堪、復翁）　170，185，192，238，255，256，258

羅良鑑（羅穀子、佶子）　113

羅良鑄　138

M

［美］Macnair（宓亨利）　115

馬鳴鑾　114，140

滿姨　92，96

毛轂孫　159

梅光迪　145

［美］梅思安　87

孟重遠　95

彌富　82，83

敏修　193

繆荃孫（繆藝風）　48，279

默厂　234

N

［美］那敦　136

那桐（那相）　175

倪文蔚（倪豹岑）　188，206

聶光堅（光堅）　118

聶光堃（含章）　244，263，282，290

聶緝椝（外舅、先舅）　2，4，5，67，86，87，191，272

聶季護（聶季護、聶季丈、季丈）　4，

12，18

聶其昌（雋威、聶二、雋）　4，17，82，83，88，90，97，105，108，156

聶其純（八姊、君衛夫婦）　68，71，75，88，150，158

聶其德（五姊、子武夫人）　67—71，73，74，76，85，97，122

聶其傑（聶雲台、雲台、聶三、三哥、三兄、雲兄、托兄、托廬、托、雲）　13，19，26，34，67，68，70，73，75，79—83，87—89，91，98，100，105—107，109，112，120，121，123，130，137—140，145，146，149，160

聶其焜（聶潞生、潞生、潞、聶六）　28，50，59，83，98，105，114，116，117，121，131，132，140，145，146，160

聶其璞（叔瑜、瑜、河東君、婧君、婧、夫人、閨人）　1，2，4—8，10—14，16，17，20，21，24，26，28，30，34—36，38，39，41，43，46—49，51，53，54，61，71，72，77—79，81—100，102，103，105—107，109，110，114，116，125，128—133，135—137，139，141，143，145，147，149—153，158—161，163，164，176，177，212，252，253，255，256，258，321

聶其煒（聶管臣、管城、管臣、管）　46，82，84，88，105，110，114，123，140，149，151，157—159，161，162

聶其賢（聶七、七兄）　18，68，75

聶其煥（聶慎餘、慎餘、慎弟、聶十、十弟）　24，57，68，75，78，79，83，84，86，88，97—99，106，109—111，116，121，128，130—132，143—145，165

O

歐太夫人　94，107

P

龐樹柏（龐檗子）　115，136

辟兄　254

聘君　274

溥心畬（心畬）　193

Q

齊紀圖（鵬搏）　188，205

芑孫　29

錢表姊（錢夫人）　176，177，184，212，220，240，246，248，249

錢伯庸（伯庸）　95，151，153，158，160，162，164，186，191，204，243

喬松　88，98

秦褉卿　156

秋航　253

瞿超男（超男、阿超、超女）　69—74，85—88，90，91，94，97，100，103，105，106，129，132，135，160，169，174，249，253，258

瞿岱（魯青府君、魯青公）　95，190，258

瞿恩寶（恩寶、恩女）　248，250

瞿鴻機（父、父親、大人、阿翁、先公、
　文慎公）　4，5，18，36，58，70，
　79，80，84，86，91，93，94，100，
　103，106，107，109，110，116，
　128，130，132，134，138，140，
　142，178，179，185，191，205，
　214，229，243，244，248，252，
　272，298，318，331
瞿强立（强立、强兒）　110，112，
　128，255，258
瞿同祖（況侄、觊侄、觊姪）　16，17，
　129
瞿宣樸（長兄、大兄、伯兄）　37，68，
　134，196
瞿宣治（三兄、仲兄）　12，16，17，
　19，20，23，25—27，54，70，75，
　78，79，82—90，95，97，106—
　109，111，113，116，118，119，
　131，136—139，150，152，165，
　179，180
瞿應清（同晏府君）　93，108
瞿元燦（彤雲）　205，332
瞿元霖（春皆公、春陔府君）　108，
　185
瞿運隆（斯盛府君）　78，107
瞿澤萱（澤萱）　316
瞿昭旂（昭旂、三辰、阿辰、旂兒）
　116，136—138，247—250，252，
　258，259，275，283

R

任鳳苞（任振采、任）　151—153，
　160
任崧生　154
容庚（容熙伯、熙伯、希伯）　185，

　187，274，275
榮禄（文恪）　298
如平　275
瑞泉（瑞全）　249，253

S

薩美領事　131
邵力子（邵仲輝）　143
邵章（邵倬盦、邵伯絅、邵伯褧）
　178，192，242，330，332
沈秉堃　179
沈惟楚　135
沈治丞　153
施山（壽伯）　188
［美］史天遜　124
［美］史文　79
適廬　269，275
叔方　87
舒輝庭　116
舒鳴東　165
［德］碩治氏　85
［日］松崎鶴雄　44
松熊　83，98
松侄（松姪）　70，111
宋春舫　120，122
宋文魁　158，160，162
頌兒　231
孫寶琦（慕韓）　160
孫伯醇　164
孫海波（海伯、海兄）　188，256，
　257
孫松齡（念希）　189，193，291
孫中山　327

T

譚樸吾（樸吾）　53

譚延闓(譚三組安、譚組庵、譚組厂)
　　55，87
譚澤闓(譚大武、大武、譚武丈、譚五
　　觀瓶、譚瓶齋、譚瓶公、譚五)　52，
　　53，55，57，58，60，66，68，78，
　　82，84，87，105
湯壽軍(湯素君)　111，143
湯太夫人　106
湯陰　258
唐采臣　54
唐齝生　153
唐董事　252
唐仲蘭(唐仲南)　17，18
唐醉石　152
弢甫　178
訇卿　164
陶北溟(北溟)　173，183
陶希聖(希聖)　169
陶洙(心如)　257
童錫梁(童梅岑)　55，157

W

［荷］Wilhelmina(威廉明娜、荷后)
　　103
萬弟　70，73
汪藹士　185
汪大燮(伯唐)　160
汪精衛　145
汪詒年(汪仲閣)　121，165
汪詒書(汪九頌年)　55，178
王葆心(王季薌)　170
王代豐　2
王代功(伯亮)　29
王鈍根(鈍根)　114，119，121，
　　131，132

王福庵(王維季)　152，158
王闓運(王湘綺、湘綺、王壬父、壬父
　　丈、王壬丈、壬丈、王氏)　1，4，
　　5，7—9，13，20，22，25，26，
　　29—33，40，52，55，57—61，65，
　　66，185，272，273，290
王禮純(禮純)　29
王壽齡(王芰生)　36
王先謙(葵園)　185
王欣夫　195
王莘田　55
王揖唐(什公)　187
王蘊章(王蒓農、王尊農、王蕁農)
　　114，118，122，136
王正廷　145
魏綏章　122，125，127
文君　265
吳桂蓀　147
吳劍秋(劍老)　214
吳雷川(雷川)　260
吳佩孚(蓬萊)　177，183，188
吳士鑑(吳絧齋)　145，147，148
吳滔(吳伯滔)　248，251
吳廷燮(吳向老)　185
吳興東(吳禔工)　178，189，239，
　　249
吳玉林　325
吳子昂　176
伍廷芳(伍博士、伍秩老)　116，
　　118，140

X

［德］希利曼　118
希兄　73
夏粹芳　79

夏定侯　164

夏仁虎(蔚如)　256

夏蔭棠　129

夏曾佑　275

仙槎(仙兄、仙)　149—153，155，158，159，162，187

向艾之　157，165

蕭伯愷　83，87

蕭息叟　255

蕭哲夫(哲夫)　83，87

[日]小澤文四郎(朗日廬主)　195，209

謝國楨(謝兄、剛甫、剛主、傭書堂)　169，174，192，209，254，256

新會　170

星槎　2，55

星叔　249

邢契莘　114

邢邱　273

徐榕生　256

徐紹先　125

徐世鈞　115

徐燮元　133

徐一士(一士、相甫)　188，192，236，261，263，273，276，315

許修直(修直)　177，178

旭初　254

薛次莘　143，145

薛仲華　158

遜五　253

Y

雅兄　232

嚴恩橚(嚴南漳)　111

嚴復(嚴氏)　101

陽新石　269

楊聃生　122

楊翰華　176

楊繼增　156

楊鑑資(鑑資)　185，239，254

楊君武(君武)　253

楊壽楠(楊味芸)　250

楊文川(楊醫)　81，86

楊彥和　255

楊昭雋(楊潛庵、潛安)　87，290，301，303

楊鍾羲(芷晴、鍾廣、留坨、雪橋)　185，234，239，247，251，254

堯峯　250

葉藜生　123

易簡　173，202

易象(梅僧)　18

殷太夫人　83，89

尹寰樞(尹任先、任先)　143，145，147

尹金陽(尹和師、尹和叟、尹叟、尹和伯、尹和白)　6，8—10，13，14，17—19，22，24，27，30，32，35，38—40，55，57，83，271，272

隱侯　258

[英]英皇　103

有常　195，249，258

幼權　316

于寶珊(桂嫂、桂辛夫人)　92，94，95，161

于非闇(非闇)　192

余壽秋　72

俞伯剛(伯剛)　113

俞大維(大維)　118，121，135

俞明頤(俞壽臣、俞壽丞、壽丞、壽臣)

87，110，113，121
俞明震（恪士）　113
餘園　185
袁世凱（袁總統、項城）　98，113
袁向梅　147
袁仲燦（仲燦）　171，174
遠庵　256
［美］約翰孫（美領）　138
芸青　237
惲震　143

Z

曾寶蓀（寶蓀女士）　139
曾福謙　151
曾廣鈞（曾重伯、曾皺庵、曾皺公、曾
　皺師、皺公、皺師、環天、曾公）
　3—6，9，14，18，31，35，39，46，
　57，64，65，169，187
曾廣銓（敬詒）　139
曾廣鎔（履初）　164
曾廣鎮（曾俊衡）　83
曾紀芬（阿母、外姑、先岳母）　4，
　67—71，73—75，78，80，83，90，
　94，110，111，115，119，121，
　139，162，241，249，321
曾紀壽（曾岳松）　88
曾麟生（麟生、曾林生、曾菱生）　22，
　36，122
曾實夫　183
曾香浦　148
曾頤（曾勇父）　156
章華　98
章一山　94，95，100
章仲愚　250
張百熙（張文達公）　179，180

張弁　94
張伯英（張勻圃、勻圃、勻翁）　178，
　192，220，224，229，234，242，
　243，249，250
張伯駒（似園）　185
張純敬　121，122
張福　95
張鶴隱　121
張蘭老　215
張其鍠（張子武、子武、武兄、武）　3，
　5，36，47，51，53—55，58，62，
　68，78，79，81—88，90—93，
　95—99，101，105，111，113，
　114，121，122，128，146，165
張劭希（張劭翁、張劭師、張師、劭師）
　4，13，38，149，150，152，153，
　158，161，164，178
張石麟（石麟）　115，123
張叔宜　55
張太夫人（外祖姑）　2
張效彬（張敬園）307，317
張心澹（荷雲）　191，242，248
張貽志（張一志）　145，152—154，
　158，164
張挹霏　243
張美翊（張讓三）　95
張詠棣　115
張玉斌　318
張裕麟　141
張煜全（張昶雲）　176
張元濟（張菊生、菊生、張菊老）　80，
　122，148，318，331
張允亮（庾樓）　174
趙恒惕（趙夷午）　55
趙女醫（趙醫）　191—193

趙逸生　151，153

徵蓮表姊　92

摯甫兄　36

鍾更生　147

鍾介民（介民、寧遠）　166，209，253

鍾子嚴　251

仲健　143

周夢公　38

周佩之　92

周森友　137

周士老　170

周瘦鵑　114

周肇祥（周君）　173

朱次江（振鏞）　191

朱荷生　18

朱交涉員　131

朱敏章　120

朱念祖　156

朱彭壽（小汀翁）　229

朱淇筠（淇筠）　92

朱啓鈐（啓鈐、桂辛、桂兄、桂公、桂、朱公、蠖公、蠖叟）　92—95，151，153，154，163，164，172，177，180，220，221，282，330

朱師轍（朱少濒）　185

朱紆章　255

朱淞筠（淞筠）　92

朱湘筠（湘筠、朱長女公子）　92，95

朱效曾　146

朱杏生　145

朱友漁　137

朱宇田　4，5

朱澤農（澤農）　94，152，184

朱子培　318

朱子陶（子陶）　111，149，153，154，158，164

祝惺元（硯西、硯兄、祝公、硏兄）　168，169，174，188，193，204，207

莊鴻宣　114

卓君實（君實）　92，151

卓君衛（君衛）　26，82，83，86—89，92，93，97，98，149—153，158，160—162，164，265

卓君庸（本愚）　153

卓君則（君則）　153

宗子楨　148

左謙（左敏求）　184

左台生　121

左台孫　46—49，82，83，114

圖書在版編目(CIP)數據

瞿兌之日記/唐雪康輯録. —上海:上海人民出
版社,2025.
(中國近現代日記叢刊)
ISBN 978-7-208-18945-4

Ⅰ.①瞿… Ⅱ.①唐… Ⅲ.①日記-作品集-中國-
清後期 Ⅳ.①I265.2

中國國家版本館 CIP 數據核字(2024)第 110647 號

封面題簽　　王水照
責任編輯　　張鈺翰
封面設計　　汪　昊

中國近現代日記叢刊

瞿兌之日記

唐雪康　輯録

出　　　版　　上海人民出版社
　　　　　　　(201101　上海市閔行區號景路 159 弄 C 座)
發　　　行　　上海人民出版社發行中心
印　　　刷　　蘇州工業園區美柯樂製版印務有限責任公司
開　　　本　　890×1240　1/32
印　　　張　　16.5
插　　　頁　　12
字　　　數　　367,000
版　　　次　　2025 年 6 月第 1 版
印　　　次　　2025 年 6 月第 1 次印刷
ISBN 978-7-208-18945-4/K・3401
定　　　價　　128.00 圓